Stefan Schwarz

ZwischenWelten
Die Weisse Krähe

Roman

lincom

LINCOM GmbH 2020

LINCOM GmbH
Hansjakobstr.127a
D-81825 Muenchen

contact@lincom.eu
www.lincom.eu

webshop: www.lincom-shop.eu

Taschenbuchausgabe
Erstauflage in der lincom pocket Reihe 2020

Erstveröffentlichung

Bibliografische Information der Deutschen Nationalbibliothek

Die Deutsche Nationalbibliothek verzeichnet diese Publikation in der Deutschen Nationalbibliografie; detaillierte bibliografische Daten sind im Internet über http://dnb.dnb.de abrufbar.

lincom pocket 27 · ISBN 978-3-96206-040-4

MIX
Paper from responsible sources
FSC® C083411

Gesetzt aus der Palatino Linotype
Gedruckt in der E.U.

Umschlagsgestaltung: Außenumschlag: Martin Neuhaus und Nicolas Schwarz
Innenumschlag: Rebecca Mamuzic
Lektorat: Agentur Silke Becker-Mamuzic

Für Anna, dem gütigsten Menschen,
dem ich in meinem Leben begegnet bin.
In ewigem Gedenken und dankbar, ihr Urenkel zu sein.

»Wirklich weise ist, wer mehr Träume in seinem Inneren trägt, als die Realität zerstören kann.«

indianische Weisheit

»Nichts lebt lange.
Nur die Erde und die Berge.«

White Antelope, Southern Cheyenne

New Ulm, Minnesota, 21. Mai 1860

Niemand konnte sie verstehen. Unermesslicher Schmerz breitete sich in ihr aus, als sie ihren geliebten Vater sah, wie er aus der Gefängniszelle geholt und unter Schlägen und Tritten seiner Peiniger vorangetrieben wurde. Mit auf den Rücken gefesselten Händen wurde er in Richtung des vor ihr hoch aufragenden und furchteinflößenden Galgens gezerrt.

Anna war verzweifelt.

Mit ihren gerade mal fünfzehn Jahren war sie bereits am Ende all ihrer Hoffnung angelangt. Tränenüberströmt stand sie da und konnte sich vor Schreck und Entsetzen nicht bewegen. Sie war gar nicht in der Lage ihren Blick von dem abzuwenden, was nun unweigerlich mit ihrem Vater passieren würde.

Als er an ihr vorbeigeführt wurde, sah sie die unendliche Liebe und Verzweiflung in seinen Augen. Er sah sie an und sie konnte seine zärtliche Umarmung des Abschieds beinahe körperlich spüren. Sie fing an zu weinen und schrie wie besessen: »Lasst ihn los! Er ist unschuldig! Um Himmels willen …«

Niemand nahm auch nur annähernd Notiz von ihr. Die Leute standen lachend und sich offensichtlich sehr an dem nun folgenden Spektakel amüsierend beisammen, unterhielten sich angeregt und rissen Witze. Mitleidlos. In freudiger Erwartung auf das Schauspiel, das sich ihnen bieten würde, wenn dieser Taugenichts seinem verdienten Schicksal zugeführt wurde. Es herrschte geradezu ausgelassene Stimmung in der kleinen Stadt, dessen Einwohner an Ereignissen dieser Art anscheinend besondere Freude zu empfinden schienen.

Anna und ihr Vater waren Fremde. Da war ein Urteil schnell gefällt. Es betraf schließlich niemanden, den man kannte oder den jemand vermissen würde. Es wurde getrunken. Alles war auf den Beinen und zur Hinrichtungsstelle unterwegs. Auch Frauen, Kinder ... und niemand schien auch nur zu bemerken, dass Anna verzweifelt versuchte, sich noch ein letztes Mal Gehör zu verschaffen.

Sie bekam einen heftigen Stoß in ihre Rippen. So fest und schmerzhaft, dass ihr für einen Moment die Luft wegblieb. Drei junge Burschen, ungefähr in Annas Alter, machten sich einen Spaß daraus, sie mit einem groben, ungeschnitzten Ast zu malträtieren. Immer wieder stießen sie nach ihr, während Anna versuchte die Schläge mit ihren Armen abzuwehren oder den Stößen in ihre Richtung auszuweichen. Lachend und prustend verspotteten und beschimpften sie sie. »Hey, Tochter eines Pferdediebes - ha ha. Komm, sieh zu wie sie das Schwein aufknüpfen.«

Und wieder ein Schlag. Diesmal von oben. Anna war gerade dabei sich umzudrehen und so konnte sie den Ast nicht sehen, der krachend auf ihrem Hinterkopf landete und sie zu Boden schleuderte.

Einen kurzen Augenblick war alles dunkel um sie herum.

Die Stimme eines Mannes erklang wie aus weiter Ferne. Ihre Peiniger ließen von ihr ab, wohl um sich einen guten Platz als Zuschauer zu ergattern, denn die Hinrichtung sollte nun beginnen. Anna lag noch im Staub der Straße, als das Pfeifen in ihren Ohren nachließ und sie endlich die Worte verstand, die der Mann auf dem Podest über ihren Vater sagte.

Er habe gegen die Gesetze des Staates Minnesota verstoßen, sei vor ein ordentliches Gericht gestellt und für schuldig befunden worden die drei Pferde von Malcolm McFee gestohlen zu haben. Man habe ihn und seine Tochter zusammen mit den gestohlenen Pferden aufgegriffen und ihn ordnungsgemäß an das Gericht überstellt.

Anna setzte sich auf, über und über mit Sand und Staub bedeckt. Sie hörte die Worte des Mannes und wusste, dass der Moment gekommen war, da sie völlig allein in dieser grauenhaften Welt zurückgelassen werden sollte.

›Ich liebe dich so sehr ...‹

Es war die verzweifelte Stimme ihres Vaters!

So, als säße er direkt neben ihr.

›Es tut mir so unendlich leid! Anna ... was ... soll nur aus ihr werden? Meine kleine Anna. Oh mein Gott!‹

»Vater?«, Anna sprach laut. Sie drehte sich um. Nichts.

Eine böse Vorahnung überkam sie.

Sie blickte auf, sah zum Galgen und ihren Papa bereits mit der Schlinge um den Hals auf einem der Pferde sitzen, die ihnen vor ein paar Tagen unglücklicherweise zugelaufen waren.

Anna hatte einen Blick für Pferde. Sie erkannte es eindeutig als eines der Tiere wieder.

Tränen liefen ihm über seine blutverkrusteten Wangen. Aber er bewegte nicht die Lippen, als sie wieder seine Stimme hörte: ›Anna ... verzeih mir ...‹

Er schien mit seinen Blicken etwas zu suchen. Etwas in der Menge zu suchen. Sie! Er suchte sie! Anna.

›Herr - pass auf mein kleines Mädchen auf. Ich bitte dich!‹

Anna hörte seine Stimme klar und deutlich. Panik erfasste sie, denn tief in ihrem Inneren wusste sie, was es zu bedeuten hatte.

»Ich komme Papa!«

Anna versuchte aufzustehen. Sie musste etwas unternehmen!

Völlig benommen sank sie aber sofort wieder auf die Knie. »Papaaa…«

›Heilige Maria, Mutter Gottes ...‹, erklang wieder ihres Vaters Stimme.

»Papa – nein, bitte!«

»Vollstrecken!«, rief der Mann auf dem Podest. Durch einen Schlag auf das Hinterteil des Pferdes setzte sich das Tier unter ihm in Bewegung.

Ein Ruck riss ihren Vater aus dem Sattel und ließ ihn in den Abgrund der Finsternis stürzen. Er fiel. Es war ein einziger Meter, der ihn vom sicheren Boden trennte. Ein Meter nur, der Rettung und Leben bedeutet hätte, der als Abstand aber genügte, ihr den geliebten Vater und einzigen Menschen zu nehmen, den sie auf dieser Welt noch hatte.

Lautes Lachen und Applaus folgten, während Anna in sich zusammenfiel. Diesmal war es kein Knüppel. Kein Ast. Keine fremde Einwirkung von außen, die sie abermals aus dem Gleichgewicht brachte und sie erneut in den Staub der Straße zurückbeförderte.

Sie fiel und fiel ... alles um sie herum wurde schwarz. Die Stimmen der Menschen entfernten sich. Anna war ohnmächtig geworden.

****

New Ulm, Minnesota, 18. Mai 1860 ... drei Tage zuvor

Es war ein herrlicher Tag.

Seit Wochen waren sie bereits unterwegs und Anna hatte das Gefühl, langsam wieder zu Kräften zu kommen. Zu viel war passiert. Was sie erlebt hatten, war mehr als ein Mensch verkraften konnte.

Einzig und allein die Liebe und Stärke ihres »Daddys« wie man hier sagte, hatten ein Überleben in diesem neuen, fremden Land überhaupt möglich gemacht. Woher ihr Vater all diese Kraft und Zuversicht nahm, das war Anna ein Rätsel. Ihr Vater war ein starker Mann, das spürte Anna instinktiv. Sie war gerade fünfzehn geworden. Fünfzehn!

Was hatte sie sich alles ausgemalt, was und wer sie mit fünfzehn Jahren wohl sein würde.

Daheim in Böhmen, so hatte sie sich immer vorgestellt, würden sie bereits in einem schönen, neuen Haus wohnen. Ihr Vater wäre ein erfolgreicher Geschäftsmann mit einigen Angestellten, die für ihn arbeiten würden. Sie wären angesehene Bürger und die Leute würden sie mit neidvollen Blicken bewundern, wenn sie mit immer wieder neuen, wunderschönen Kleidern sonntags die Kirche besuchten und ihre reservierten Plätze in den vorderen Bänken einnehmen würden.

Da ihr Vater mit Sicherheit ein großzügiger Spender sein würde, hätten sie schließlich ein Anrecht auf feste Plätze beim Gottesdienst.

Aber alles war anders gekommen ...

Trotzdem verspürte Anna in diesem Moment sogar etwas wie Harmonie. Ja, sogar Stolz.

Mit ihrem Vater unterwegs zu sein - einfach nur unterwegs - erschien ihr mit das Beste zu sein, was sie beide momentan vom Leben zu erwarten hatten.

Es war ein warmer, sonnendurchfluteter Morgen. Nachdem sie gefrühstückt hatten - es gab nur ein trockenes Stück Brot, einen Apfel, den sie sich teilten und einen großen Schluck Wasser - machten sie sich auf in Richtung Westen.

Sie liefen eigentlich immer Richtung Westen.

»Dort«, so sagte ihr Vater, »liegt ein Stück Land, das für uns geschaffen wurde, mein Kleines. Ein Stück Land, das einen Neuanfang für uns beide bedeutet. Ein Ort, an dem wir vergessen können. Dort werden wir unser Glück wiederfinden. Vertrau mir.«

Anna vertraute ihrem Vater.

Es war ein langer Weg gewesen seit ihrem letzten Aufenthalt in Neu Prag. New Prague!

Als sie die Siedlung erreichten, amüsierten sie sich sehr über die wenigen Hütten, die ihre geliebte Heimat widerspiegeln sollten.

Ein Mann aus Bayern hatte sich dort erst vor wenigen Jahren niedergelassen und das erste Blockhaus errichtet.

Bereits nach ein paar Monaten war, mehr durch Zufall, eine Gruppe weiterer Siedler dazu gestoßen, die vom Bischof zu St. Paul eigentlich den Rat bekommen hatten weiter nördlich, in die Nähe von St. Cloud zu ziehen. Das Schicksal aber hatte gewollt, dass diese Familien, von denen einige wie Anna und ihr Vater ebenfalls aus Böhmen stammten, fälschlicherweise dem Minnesota River gefolgt und so auf diese kleine, bereits bestehende Ansiedlung getroffen waren.

So war ein Name schnell gefunden und das neue Prag, fernab der Heimat gegründet worden.

Die kleine Siedlung hatte Anna nicht gefallen. Sie hatte deprimierend und unfreundlich auf sie gewirkt.

Auch die Bewohner waren nicht sehr nett zu ihnen gewesen, was ungewöhnlich war, stammten sie doch zum Teil aus derselben Heimat. Unterhalten hatten sie sich sogar auf Deutsch.

Einerseits waren einige offenkundig sehr interessiert daran, woher sie kamen, wohin sie wollten oder warum sie die Heimat verlassen hatten.

Auf der anderen Seite wirkten die Menschen aber sehr verschlossen. Wie eine eingeschworene Gemeinschaft, die sich vor Einflüssen von außerhalb zu schützen suchte. Niemand schenkte Anna und ihrem Vater große Aufmerksamkeit, nachdem das - wie Anna empfand - Verhör beendet war.

Trotzdem mussten sie eine Weile an diesem Ort verbringen. Sie hatten fast kein Geld mehr und auch die Vorräte waren mittlerweile zu knapp geworden, um sofort weiter zu ziehen.

Weiterziehen, Richtung Westen - wohin sonst?

Vater hatte beim Schmied des Dorfes Arbeit gefunden, der bereit gewesen war, ihn für ein paar Tage zu beschäftigen und ihn dafür mit Lebensmitteln und einer Unterkunft zu bezahlen.

Es war keine Frage, dass Vater gezwungen gewesen war, dieses Angebot anzunehmen und auch, dass ihre Arbeitskraft in dieser Abmachung automatisch mit eingerechnet wurde.

Das aber hatte Anna nicht das Geringste ausgemacht. Was hätte sie auch anderes tun sollen, als ihren Vater zu unterstützen, so gut sie nur konnte? Sie waren eine Familie! Oder besser: Alles, was ihnen von ihrer Familie geblieben war.

Geschlafen hatten sie in der Scheune über dem Stall, was Anna herrlich fand, weil sie dort erstens alleine waren und sie zweitens an ihre Heimat erinnert wurde. Auch dort hatten sie auf ihrem Weg nach Prag des Öfteren in Scheunen übernachtet. Anna war glücklich gewesen in dieser Zeit.

Wohin sie das Leben einmal verschlagen würde, darüber hatte sie damals nicht einmal nachgedacht. Sie war zur Schule gegangen wie alle Kinder und ihre Eltern hatten ihr Sicherheit und Liebe gegeben.

Nach einigen Tagen war es dann soweit gewesen, dass sie genügend Proviant beisammenhatten und alles in ihren Rucksäcken verstauten.

Anna war froh diesen Ort verlassen zu können und hatte sich gefreut, wieder alleine mit ihrem Vater auf Wanderschaft zu sein.

Er hatte für jeden Tag, den sie unterwegs waren, eine genaue Vorstellung, was den Zeitplan betraf. Anna fragte sich oft, was ihn wohl antrieb. Welche Termine hatte er vor Augen? Was konnte es sein, das diesem armen geschundenen Mann so viel Kraft verlieh, dass es sogar für sie beide ausreichte?

Jedenfalls war es ein beruhigendes Gefühl, dass ihr Vater immer noch genau zu wissen schien, was er vorhatte, wohin sie gehen würden und was sie erwarten würde.

Doch wie sie noch am selben Tag bitterlich erfahren musste, irrte Anna in diesem Punkt.

Zwei Tage war es her, dass sie die Siedlung von New Prague verlassen hatten. Sie hatten sich eben auf einem umgefallenen Baum am Rand des Weges niedergelassen, um eine kurze Pause einzulegen, eine Kleinigkeit zu essen und einen Schluck Wasser zu sich zu nehmen, als sie in der Ferne das Geräusch von näherkommenden Pferden oder Reitern wahrnahmen. Man konnte schwerlich einschätzen wie viele Tiere es sein mochten, aber jedenfalls mehr als nur eines. Das Geräusch wurde lauter und kam schnell näher.

Plötzlich liefen drei Pferde aus dem Unterholz direkt auf sie zu. Die Pferde waren beschlagen und hatten Zaumzeug angelegt.

Vater lief einige Schritte auf sie zu und brachte die Tiere zum Stehen.

»Hooo, Hooooo - alles ist gut. Beruhigt euch, alles ist gut. Hooo!«

Mit diesen Worten und seinen beruhigenden Händen am Hals der Tiere hatte er die Pferde sehr schnell unter Kontrolle. Sie wurden ruhiger und entspannten sich schließlich.

Vater hatte gelernt mit Pferden umzugehen und es war offensichtlich, dass er eine gewisse Ausstrahlung auf die Tiere ausübte, fast so, als würden sie ihn kennen.

Als erneut das Geräusch von sich nähernden Hufen zu hören war, hielt Anna das nicht für ungewöhnlich. Die Pferde waren wohl davongelaufen und ihnen war es gelungen sie für ihren Besitzer anzuhalten und zu beruhigen.

Schon kamen fünf Männer auf Pferden angaloppiert und brachten ihre Pferde erst kurz vor ihrem Vater zum Stehen, der spontan ein paar Schritte auf die Reiter zugetan hatte.

Sie hielten ihre Gewehre in den Händen, einer von ihnen hatte den Revolver gezogen.

Es dauerte einen Moment, bis ihr Vater begriff: Sie dachten wohl, er wollte sich mit den Pferden davonmachen. Ein Missverständnis, das er im Begriff war sofort zu klären. Die Männer würden ihm dankbar sein dafür, dass er die Pferde gebändigt und zur Ruhe gebracht hatte.

»Guten Morgen Sir«, sagte er in gewohnt selbstbewusstem Ton, wobei Anna sich nicht sicher war, ob das gerade zu diesem Zeitpunkt auch wirklich zutraf.

Die Männer wirkten nicht sonderlich beeindruckt. Auch ließen ihre Gesichter und Gesten auf eine gewisse Grobschlächtigkeit schließen, was in ihr spontan Angst aufkeimen ließ.

Der älteste der Männer wendete sein Pferd und deutete auf die drei ihnen zugelaufenen Pferde: »Na? Das hattet ihr euch ja fein ausgedacht, wie?«

Ihrem Papa war die Verblüffung im Gesicht abzulesen.

»Sir, ich denke hier liegt ein Missverständnis vor ...«

»Halts Maul!«, fuhr ihm der Mann dazwischen.

Anna trat unweigerlich einen Schritt zurück.

»Hören Sie ...«

»Hast nicht g'hört was mein Dad g'sagt hat, Penner? Maul halten! Sonst knallt's!«

Es war einer der Begleiter des älteren Mannes, der sein Gewehr auf Vater anlegte und den Hahn der Schusswaffe mit einem deutlich hörbaren Klick nach hinten spannte. Er spuckte eine eklige, braune Brühe auf den Boden und wischte sich mit dem ganzen Ärmel seiner Jacke über den Mund.

»Ha, siehste Dad? Der Dreckskerl und seine Dirne machen sich gleich in die Hos'n - Scheiße! Ha ha!«

»Sie ist meine Tochter!«

Vater war außer sich und wollte gerade in großen Schritten auf den Mistkerl losgehen, als alle fünf Männer spontan die Waffen auf ihn richteten, so dass kurz die Pferde scheuten und er gezwungen war einzuhalten und stehen zu bleiben.

»Wer sind Sie und was bilden Sie sich ein?«, brach es aus ihm hervor.

Da gab ein anderer Mann, er musste ungefähr im selben Alter wie ihr Vater sein, seinem Pferd die Sporen, schnellte nach vorn und traf Annas Vater mit seinem Stiefel mitten ins Gesicht.

Dieser stürzte zu Boden und überschlug sich im Staub der Straße.

»Papa!«

Es ertönte das Gelächter der Männer, die es bis jetzt nicht einmal für nötig gehalten hatten, von ihren Pferden abzusteigen.

Anna lief zu ihrem Vater und half ihm mit großer Mühe, zumindest auf die Knie zu kommen, wobei er aber sofort nach vorne überkippte und sich mit den Händen zusätzlich vom Boden abstützen musste.

Aus dem Augenwinkel nahm Anna wahr, wie zwei der Männer hinter ihnen von ihren Pferden abstiegen und auf sie zukamen.

Da kam der nächste Hieb, der ihren Vater voll in die Magengrube traf und dazu führte, dass er sich spontan übergeben musste.

Es war der dicke Mann gewesen, den Anna gerade noch hoch auf seinem Pferd hatte sitzen sehen. Er musste drei oder vier Jahre älter sein als sie selbst, hatte schwulstige Finger und rot unterlaufene Augen. Der Kerl wirkte ungepflegt und auf Anhieb abstoßend auf sie.

Wieder lachten die Männer, als er sich triumphierend zu seinen Kumpanen umdrehte.

Vater lag nun halb bewusstlos auf dem Boden und krümmte sich vor Schmerzen zusammen.

Anna fing an zu weinen, was den Typen noch mehr zu reizen schien, denn er kam auf sie zu und versetzte ihr einen heftigen Schlag mit seinem Handrücken ins Gesicht, so dass ihr die Wange aufplatzte, sie ebenfalls zu Boden fiel und völlig benommen liegen blieb.

Wie aus einem Nebel heraus bekam sie mit, wie die anderen Männer ihren Vater hochhoben, ihm die Hände auf den Rücken fesselten, um ihn dann mit einem Stoß in seinen Rücken wieder auf die Erde zu werfen.

Sie lachten. Der ältere Mann, dem Vater versucht hatte das Missverständnis zu erklären, gab Anweisungen die Pferde an sein Tier zu binden, damit sie aufbrechen konnten.

Der dicke Kerl kam auf Anna zu, die immer noch auf dem Boden lag, das Gesicht mit ihren Händen bedeckte und weinte.

Er packte sie grob an den Oberarmen und zerrte sie hoch.

Die Wunde in ihrem Gesicht brannte wie Feuer. Außerdem taten ihr nun auch die Arme weh, so wie sie von diesem unbarmherzigen, ungehobelten Mistkerl herumgerissen wurde.

Er zog sie so nah an sich heran, dass sie seinen stinkenden Atem riechen konnte. Außerdem roch der Kerl bestialisch nach Schweiß und, Anna war sich sicher, Urin.

Mit einem widerlichen Grinsen drückte er sich jetzt noch fester an sie und presste und rieb mit voller Absicht seinen Unterleib gegen Annas Körper. Sie spürte etwas Hartes, das gegen ihren Oberschenkel drückte. So hielt er sie einen Moment lang fest, indem er ihre Hände auf ihren Rücken drückte und sie mit festem Griff an den Gelenken umklammerte. Anna konnte sich vor Schmerzen in den Armgelenken keinen Zentimeter bewegen. Sie war ihm völlig ausgeliefert.

Umso mehr schien er diesen Moment zu genießen, atmete schwer und stoßweise. Ein leises Stöhnen entfuhr seiner Kehle.

Schallendes Gelächter brach bei seinen Begleitern aus, die dabei waren die Pferde zu verschnüren. Das Geschehen betrachteten sie anscheinend nur nebenbei, unbeteiligt und mehr oder weniger teilnahmslos.

Anna hatte furchtbare Angst und verspürte einen noch nie zuvor da gewesenen Ekel vor einem anderen Menschen.

Er kam mit seinem Gesicht ganz dicht an ihres heran und steckte mit einer schnellen Bewegung seine Zunge in ihr rechtes Ohr, bevor er leise zu flüstern begann: »Na, meine Süße? Jetzt kann Daddy dir wohl nicht mehr zu Hilfe kommen. Flittchen.«

Anna unternahm einen kläglichen Versuch sich zu wehren und loszureißen, aber ihr Widersacher hatte eindeutig zu viel Kraft.

Er riss ihre Hände hinter ihrem Rücken so weit nach oben, dass Anna befürchtete, er würde ihr mit einem Ruck den Arm auskugeln.

Ein stechender Schmerz durchfuhr ihre Schultergelenke.

Plötzlich ließ er sie los und sie stürzte vornüber, ungeschützt mit dem Gesicht zu Boden.

Völlig hilflos lag sie da. Geschunden und vor Schmerz fast besinnungslos.

Aber er schien nicht vorzuhaben von ihr abzulassen. Er kniete sich neben sie auf den Boden und nahm ihren Kopf in seine Hände, fast so, als wäre es eine Geste der Zärtlichkeit und Liebe.

»Ich könnte dich auf der Stelle töten, Hure.«

Wieder kam er mit seinem Mund sehr nah an Annas Ohr und flüsterte: »Aufknüpfen werden sie euch. Haste schon mal gesehen, wenn jemand aufgeknüpft wird? Nein? Ein echtes Schauspiel sag ich dir.«

Einer der anderen rief: »Hey, Robert komm endlich! Lass das Weibsstück. Wir nehmen die beiden mit.«

Robert aber redete weiter auf sein Opfer ein. Er rückte näher und legte sich fast mit seinem ganzen, massigen Körper über sie, stützte sich aber noch mit den Händen ab.

Den Spaß wollte er sich nicht so einfach entgehen lassen. Er spürte ihre Angst und das erregte ihn auf bisher nicht gekannte Weise.

Klar hatte er schon mit Mädchen zu tun gehabt. Er hatte sogar schon mit einer geschlafen.

Sicherlich, das war im Hurenhaus in der großen Stadt St. Paul gewesen, als er mit seinem Bruder und seinem Vater geschäftlich dort gewesen war. Sein Vater hatte Witze gerissen und gemeint, er müsse »zum Mann gemacht werden«.

Er war überzeugt es richtig *getan* zu haben. Er hatte es ihr besorgt.

Die Prostituierte war nicht besonders hübsch gewesen und er hatte mit seiner Standhaftigkeit so seine Probleme gehabt. Als sie angefangen hatte an seinem Ding herumzumachen und sich nicht wirklich etwas bewegte, hatte sie zu lachen angefangen. Das war der Moment gewesen, an dem Robert sich aufgesetzt, sie gepackt und zu Boden geworfen hatte. Er war auf sie losgegangen und hatte ihr mit der Faust zwei-, dreimal ins Gesicht geschlagen. Im selben Moment hatte sich sein Glied aufgerichtet und war senkrecht in die Höhe gestanden.

Wie wild hatte er sich auf sie geworfen, mit festem Griff ihre Brüste umklammert und in sie hineingestoßen, voller Angst, der Zustand seines Spielkameraden könnte ihm abermals den Dienst verweigern.

Nach wenigen Momenten war er zum Höhepunkt gekommen.

Erst als er aufgestanden war, hatte er bemerkt, dass die Frau vor ihm auf dem Boden bewusstlos gewesen war. Ihre Nase hatte geblutet und war augenscheinlich gebrochen gewesen. Außerdem war

Blut aus ihrem Mundwinkel geflossen.

Er hatte ein paar Scheine aus seiner Jackentasche geholt, zusätzlich zu dem, was die Hure vorher schon vorab von ihm erhalten hatte, hatte diese auf den regungslos am Boden liegenden Körper geworfen, sein bestes Stück verstaut und das Zimmer verlassen.

Richtig besorgt hatte er es dieser Schlampe!

Ansonsten hatte er mit Mädchen seines Alters keine wirklichen Erfahrungen.

»Sie lassen mich nicht ran«, sagte er zu seinem Bruder, der mehr Erfolg bei den Frauen hatte und damit prahlte, er habe bereits fünf flach gelegt. Einmal hatte Robert der Nachbarstochter Kathie in den Ausschnitt fassen dürfen, sie war aber nicht bereit gewesen, sein Glied anzufassen und ihn zu befriedigen. Es hatte über eine Stunde gedauert, bis die Schmerzen der Anspannung in seinen Hoden nachgelassen hatten. Nur zu gerne hätte er sie damals dafür bestraft. Ihn zuerst heiß zu machen und dann abzuservieren!

Eines Tages wollte er sie dafür büßen lassen.

Aber nachdem sein Vater und der alte Herr von Kate Freunde waren, hatte er zu dem Zeitpunkt damals nichts unternehmen können. Auch hatte er kein Bedürfnis verspürt, die Schlampe bald wieder zu sehen. Sein Moment würde schon noch kommen. Die Farm von Kathies Familie war ja nur einen zweistündigen Ritt entfernt.

»Vielleicht werden sie dich laufen lassen. Aber dein Alter, der ist auf jeden Fall dran«, sagte er jetzt zu Anna. »Bepissen wird er sich. Sein Schwanz wird hart werden und alle werden sehen, dass er 'nen Steifen hat, wenn er zappelnd am Strick hängt. Vollscheißen wird er sich! Weißt du das?«

Anna konnte sich nicht bewegen. Er lag halb auf ihr und erdrückte sie fast mit seinem Gewicht.

»Robert!«, ertönte der wütende Tonfall des älteren Mannes.

»Was ist? Kann man nicht mal einen Moment seinen Spaß haben? Verdammt, Dad!«

»Wir müssen weiter. Und du, mach, dass du auf deinen Gaul kommst. Es ist jetzt keine Zeit für solche Spielchen.«

Robert ließ Anna liegen und stand auf.

Kurz drehte er sich noch einmal um und spuckte ihr direkt ins Gesicht. Wieder lachten die Männer und er sagte: »Der hätt' ich's besorgt! Verlasst Euch drauf. Ich werd's ihr schon noch besorgen!«

Die drei Pferde wurden aneinandergebunden und Anna sah mit an, wie ihr Vater gezwungen wurde, mühevoll und unter Schmerzen auf eines der drei Tiere aufzusteigen. Er konnte sich kaum im Sattel halten, als einer der Männer ihm die Hände am Sattelknauf zusammenband.

Der dicke Junge ging zu seinem Pferd und führte es an den Zügeln zu Anna heran, die immer noch auf der Erde saß und nicht fassen konnte, was da mit ihr und ihrem Vater geschah.

Wieder stampfte er direkt auf sie zu, ließ die Zügel seines Pferdes fallen und stieß mit dem Fuß nach ihr: »Aufstehen, Miststück!«

Anna gab sich große Mühe, sich die Anstrengung nicht anmerken zu lassen. Die Schmerzen machten ein einigermaßen würdevolles Aufstehen fast unmöglich.

So verzerrte sie zwar ihr Gesicht, war aber doch in der Lage der Aufforderung so nachzukommen, dass sie von ihrem Peiniger zumindest nicht noch eine weitere Attacke in Kauf nehmen musste.

Er kam auf sie zu, zeigte bei seinem widerwärtigen Grinsen seine ungepflegten, gelb-bräunlichen und kaputten Zähne und band mit einem Lederriemen ihre Handgelenke zusammen.

So zerrte er sie dann zu einem der freien Pferde und befahl ihr aufzusteigen.

Anna war eine gute Reiterin und selbst mit gefesselten Händen war es keine Schwierigkeit für sie aufzusteigen und sich sicher im Sattel zu halten. Selbst wenn das Pochen in ihren Schultergelenken, die Schrammen und Blessuren und der mit Staub verdreckte Riss auf ihrer Wange sie fast verzweifeln ließen. Ihr Gesicht brannte wie verrückt. Jede kleinste Bewegung schien ihr fast die Arme ausreißen zu wollen.

Aber sie wollte sich nicht noch mehr demütigen lassen. So biss sie die Zähne zusammen und ließ sich nicht anmerken, wie nahe sie den Tränen war, als die Männer schließlich aufsaßen und die Gruppe sich in Bewegung setzte. Wohin, das wusste Anna nicht. Sie betete aber, dass ihnen auf dem Weg jemand begegnen würde, der ihnen zu Hilfe käme.

Obwohl niemand ihren Weg kreuzte, keimte große Hoffnung in Anna auf, als sie nach einem mehrstündigen Ritt ohne weitere Zwischenfälle endlich auf einen kleinen Ort zuritten. Unterwegs hatten sie nur einmal eine kurze Rast eingelegt und einer der Männer hatte Vater und ihr sogar etwas Wasser zu trinken gegeben.

Aber was konnte diese Rohlinge dazu bewegen sich einem derartigen Risiko auszusetzen? Ihnen musste doch klar sein, dass jetzt alles herauskommen würde und sie für die Tat an ihrem Vater und ihr selbst zur Rechenschaft gezogen würden.

Egal, sie und ihr Vater würden gerettet werden. Sie würden in Sicherheit sein. Anna war völlig entkräftet, das Gefühl der Hoffnung aber gab ihr Mut und Zuversicht.

Obwohl ihr eine innere Stimme zuflüsterte, dass hier etwas nicht stimmen konnte, weigerte sie sich, diesem mahnenden Ton Gehör zu schenken.

Sie ritten in diese kleine Stadt ein, wie eine Gruppe von Menschen, die nach einem langen Weg der Anstrengung und Entbehrungen, endlich eine Insel der Zivilisation erreichte. Die Leute standen vor den Gebäuden und sahen ihnen zu, als wäre es eine Prozession.

»Helft uns! Diese Männer haben mich und meinen Vater überfallen und verschleppt!«

Keiner der umherstehenden Männer und Frauen bewegte sich, niemand schien sich angesprochen zu fühlen.

»So helft uns doch ...«

»Halt die Fresse, Göre. Sonst bekommst du meine Stiefel zu spüren«, sagte der Mann, der neben dem Alten ritt.

Sie konnte es nicht fassen! Warum halfen ihnen die Leute nicht?

Sollte dieser Wahnsinn denn kein Ende nehmen?

So sehr sie auch dagegen ankämpfte, Tränen schossen ihr in die Augen und sie konnte ein Schluchzen nicht mehr unterdrücken. Zum Glück aber reagierte niemand darauf. Sie hatte befürchtet, sie würde wiederholt einen Akt der Aggression auslösen.

Langsam näherten sie sich einem größeren Gebäude, das im Gegensatz zu den anderen Häusern irgendwie würdevoller auf Anna wirkte. Aus dem Haus kamen Männer auf die Veranda. Es schien als würden sie erwartet, was Anna stutzig machte.

Ein grauhaariger, gut gekleideter Mann kam auf sie zu und sagte: »Na, Malcolm? Was haben wir denn da?«

»Sir, wir haben sie«, sagte der älteste der Männer, von dem Anna mittlerweile wusste, dass er der Vater des dicken Jungen und des Kerls war, den sie, obwohl er deutlich älter als sein Bruder war, Johnnyboy nannten. Anna schätzte ihn auf über zwanzig.

Er sah besser aus als sein Bruder, was aber wirklich nicht schwer war.

John hatte ihren Vater als Erster mit der Waffe bedroht und sie als Dirne beschimpft. Insgesamt schien Johnnyboy nicht der Hellste zu sein, sein Auftreten und seine Gestalt aber waren wesentlich gepflegter als die der anderen Männer. Im Gegensatz zu seinem Bruder wirkte er deshalb sogar fast gutaussehend.

Dieser Robert gehörte zu den schrecklichsten und widerwärtigsten Menschen, denen Anna jemals begegnet war. Einem Menschen derart ausgeliefert zu sein war eine Erfahrung, die einen tiefen Einschnitt in Annas bisherigem Leben darstellte.

Nichts war mehr so, wie es einmal war.

Und Anna erkannte, dass sie kein Kind mehr war.

Nur hätte sie sich das Erwachsenwerden niemals so abrupt und vor allem niemals so grausam vorgestellt.

»Einen halben Tagesritt von hier entfernt haben wir sie auf frischer Tat erwischt. Die geklauten Gäule hatten sie bei sich.«

Anna wurde brutal aus ihren Gedanken gerissen.

»Das ist nicht wahr!«, entfuhr es ihr.

»Meine Tochter sagt die Wahrheit, Sir«, meldete sich ihr Vater leise zu Wort.

Er schien schwerer verletzt zu sein, als Anna angenommen hatte, denn seine Worte klangen wie ein leises, gequältes Flüstern, was Anna einen furchtbaren Schrecken einjagte.

»Diese Männer haben uns überfallen und hierher verschleppt. Wir haben keine Pferde gestohlen, so wahr mir Gott helfe«, fuhr er fort.

»Lassen Sie den lieben Gott mal schön aus dem Spiel, Fremder«, entgegnete der Mann, der offensichtlich irgendeine führende Position in dieser Stadt zu bekleiden schien.

»Sie sind hier in New Ulm und werden der hiesigen Gerichtsbarkeit überstellt, dessen Vorsitz zu leiten mir zur Ehre gereicht.«

»Hören Sie, Mister ...«, aber ihr Vater wurde jäh unterbrochen.

»Das Schwein hat sich gewehrt, als wir sie erwischt haben, Peter«, sagte Malcolm, der Vater der McFees.

»Stimmt«, bestätigte Robert. »Das kleine Biest hier wollte mir die Augen auskratzen, ich habe mich gewehrt. Schaut sie euch doch an!«

Anna war wie vom Blitz getroffen!

»Nein, das stimmt nicht!«, rief sie. »Diese Männer sind brutal über uns hergefallen und haben uns hierher verschleppt.«

»Das werden wir sehen. Alles zu seiner Zeit«, meinte der Mann, der unübersehbar seine Autorität genoss.

»Richter O'Connor«, mischte sich Johnnyboy ein. »Sie sperren die beiden ein, ja?«

»Selbstverständlich«, meinte der Richter, »es handelt sich um ein Kapitalverbrechen. Auf Pferdediebstahl steht die Todesstrafe, John.«

Anna wurde kreidebleich im Gesicht.

»Da möcht ich aber nicht in deren Haut stecken«, bemerkte John mit einem dümmlichen Grinsen im Gesicht. »Knüpfen se die beid'n auf?«, fragte er und machte dabei eine Geste, die den Strick über seinem Kopf darstellen sollte. Dabei legte er seinen Kopf schief und streckte auf eklige Art und Weise seine Zunge seitlich aus dem Mund.

»Das muss das Gericht entscheiden«, erwiderte der Richter ernst.

»Sie sind das Gericht, stimmt's?«, stellte Robert fest.

»Das ist korrekt«, sagte O'Connor.

»Na, dann sind wir ja beruhigt«, meinte der alte McFee darauf in belustigtem Tonfall.

Anna wurde auf erschreckende Weise bewusst, dass die Männer in dieser Sekunde das Urteil bereits gesprochen hatten.

»Führt sie ab und sperrt sie ein. Getrennt voneinander, wenn ich bitten darf«, befahl der Richter und sofort traten zwei Männer, die hinter dem Richter gestanden hatten nach vorne.

Nachdem sie die Handfesseln ihres Vaters gelöst hatten, halfen sie ihm vom Pferd und hielten ihn an beiden Oberarmen fest. Auch die Lederriemen um Annas Handgelenke wurden entfernt.

›Papa wäre gar nicht in der Lage sich zur Wehr zu setzen‹, schoss es Anna durch den Kopf. ›Im Gegenteil. Er ist sogar darauf angewiesen, von den beiden Männern gestützt zu werden.‹

Es war nicht schwer zu erkennen, dass er Schwierigkeiten hatte sich aus eigener Kraft auf den Beinen zu halten.

Entsetzen erfasste Anna, als er ausspuckte und es unverkennbar Blut war, das aus seinem Mund tropfte. Dicke rote Flecke entstanden auf dem sandigen Boden.

»Papa!«, schrie sie, stieg von ihrem Pferd und wollte zu ihm laufen.

Sofort wurde sie von den McFee Brüdern zurückgehalten, die kurz vorher ebenfalls von ihren Tieren abgestiegen waren. Sie zerrten an ihren Armen, was Anna vor Schmerz die Tränen in die Augen trieb.

»Dürfen wir Sie in Ihre Zelle geleiten, Ma'am?«, sagte Robert.

Alle lachten.

Anna war wütend und verzweifelt. Sie wurden abgeführt wie Verbrecher.

Es hatte sich eine Menschenansammlung gebildet, die der Konversation gelauscht hatte. Die halbe Stadt schien untätig zuzusehen, wie ihr Vater und sie selbst als Pferdediebe abgestempelt, in ihre Zellen gebracht wurden.

Ihre *Zelle* allerdings, stellte sich als simpler Bretterverschlag heraus, trotzdem aber so stabil entworfen, dass an Ausbruch nicht zu denken war. Sie war gefangen.

Den Anweisungen des Richters wurde Folge geleistet und so wurden sie schrecklicherweise getrennt voneinander eingesperrt. Wohin man Vater brachte, das wusste sie nicht.

Außer Stroh und einem Krug Wasser befand sich nichts in diesem kleinen muffigen Loch, als das Anna es empfand. Sie hatte sich noch nie so alleine und verzweifelt gefühlt. Sie musste ihrem Vater helfen! Er war verletzt! Aber sie war eingesperrt. Wie ein Hund.

Sie setzte sich auf den Boden ins Stroh, senkte ihren Kopf auf die Knie und fing bitterlich an zu weinen.

Wie hatte es soweit kommen können?

Anna weinte, bis sie sich schließlich völlig erschöpft der Länge nach auf das ausgebreitete Stroh fallen ließ.

Es war mittlerweile früher Abend geworden, wie sie durch das schwächer werdende Licht, welches durch die Schlitze zwischen den Brettern fiel, feststellte. Es fühlte sich an, als würde sie in einen Abgrund fallen.

Müdigkeit und Erschöpfung forderten ihren Tribut und so fiel Anna in einen dämmrigen Zustand zwischen Wachsein und Schlaf. Weiter und immer weiter wurde sie in diesen Strudel gerissen. Er trug sie fort.

Er riss sie mit sich, an den Ort, an dem die Erinnerungen aufbewahrt werden.

****

New Ulm, Minnesota, 22. Mai 1860
… der Tag nach der Hinrichtung

Anna war in einem unruhigen, seelenlosen Schlaf gefangen.

Einmal, irgendwann mitten in der Nacht, war sie erwacht. Sie wusste nicht, wo sie sich befand, fühlte sich schwach und war völlig verwirrt.

Ein Traum?

Das ... was geschehen war ...

Anna bekam ein flaues Gefühl im Bauch. Das Adrenalin verursachte ihr Atembeschwerden und ließ sie am ganzen Leibe erzittern.

Nein! Es war kein Traum. Es war schreckliche Wirklichkeit. Diese Erkenntnis stürzte sie in tiefste Verzweiflung.

Sie kannte diese Umgebung nicht. Dieses Bett, diesen Raum. Schluchzend vergrub sie ihr Gesicht in dem weichen Kopfkissen, das angenehm roch und ihr ein klein wenig das so wichtige Gefühl von Geborgenheit vermittelte.

Trotzdem - sie war allein mit ihrem Schmerz.

Es war niemand da, der sie tröstete. Niemals mehr.

Die Gedanken verschmolzen zu einer unwirklichen Welt aus Erinnerungen, Verlust und Trauer. Sie wurde immer und immer weiter hineingezogen in diesen Strudel, der die Verbindung zwischen Schlaf und bewusstem Erleben darstellt. Es war der Moment, in dem die Gedanken in Traum übergehen. Der Ort, an dem die Grenzen verschwimmen. Dieser schwebeartige Zustand, in dem die Zeit still zu stehen scheint.

Sie legte sich auf den Rücken und spürte, wie ihr die Tränen über die Wangen liefen. Mit geschlossen Augen lag sie da.

Bilder drängten sich in ihr Bewusstsein.

Bilder ihres Vaters.

Erinnerungen aus früher Kindheit. Wie sie über eine Wiese mit vielen bunten Wildblumen lief. Direkt zu ihrem Papa, der sie lachend mit weit ausgestreckten Armen empfing, sie unter den Achseln packte und durch die Luft wirbelte, so als wäre er ihr ganz eigenes Karussell. Sein Lachen erfüllte ihre kleine Welt. Es gab ihr Sicherheit. Sie spürte, dass sie geliebt wurde.

Nichts würde ihr diese Sicherheit nehmen können. Nicht, solange ihr Papa für sie da war.

Als es draußen zu regnen begann und die Tropfen sanft aber stetig an die Fensterscheiben klopften, war Anna bereits wieder eingeschlafen.

»Mein armes Kind.«

Wie aus einer anderen Welt drang eine Stimme zu ihr durch.

Anna wollte nicht erwachen. Etwas in ihr sträubte sich geradezu den Weg einzuschlagen, der unweigerlich in die Wirklichkeit zurückführen musste.

»Es ist Zeit, Liebes.«

Es war die sanfte Stimme einer Frau. Einer nicht mehr jungen Frau wie Anna erkannte. Ihr war diese Stimme fremd.

Sie öffnete die Augen.

Erschrocken zog sie mit einem Ruck die Bettdecke hoch und umschlang sie mit beiden Armen.

»Du musst keine Angst haben, mein Kind. Ich bin Mrs. Badgath. Nach diesen schrecklichen Ereignissen habe ich dich für eine Weile bei mir aufgenommen. Du brauchtest dringend Ruhe.«

»Wo ... wo bin ich?«, stammelte Anna.

»Du bist bei mir zuhause. Wie ich schon sagte: Du hast jemanden gebraucht, der sich um dich kümmert. Du bist ohnmächtig geworden, Schätzchen.«

Mrs. Badgath war eine ältere Dame. Sie hatte eine Haube auf dem Kopf und trug ein hochgeschlossenes, farbloses Kleid, das ihre dünne Gestalt unvorteilhaft betonte. Ein sanftes, gutmütiges Lächeln umspielte ihre Mundwinkel. In ihren Augen waren deutlich die Jahre der Entbehrungen und Anstrengungen zu erkennen, die sie letztendlich in dieses gottverlassene Land gebracht haben mussten.

Ihr Blick wirkte müde und vermittelte umso mehr den Eindruck, dass auch Mrs. Badgath von einer tiefen Traurigkeit befallen war, die sich in ihrem Herzen eingenistet hatte.

Schon schossen Anna wieder Tränen in die Augen.

»Ja, weine ruhig. Es tut gut. Es macht den Schmerz erträglicher. Ich weiß wovon ich spreche, glaub mir.«

Mrs. Badgath hatte wohl auch einen geliebten Menschen verloren. Nur konnte Anna sich nicht vorstellen, dass sie wirklich nachvollziehen konnte, wie es war, wenn man mitansehen musste, wie der eigene Vater der Ungerechtigkeit einer machtbesessenen Meute ausgeliefert war, die nichts anderes als seinen Tod wollte.

In Anna stieg ein Gefühl auf, das sie noch nie vorher in ihrem Leben verspürt hatte. Es verunsicherte sie, mit welcher Macht es von ihr Besitz ergriff.

Es war Hass. Blanker Hass.

Hass auf diesen Ort und seine Menschen. Seine Gerichtsbarkeit und vor allem auf die Leute, denen sie zuerst begegnet waren, als sie sich diesem Nest genähert hatten. McFee, seine Söhne und all seine Begleiter. Dieser Richter ...!

Spontan versiegten ihre Tränen. Sie wichen der Vorstellung, letztendlich doch noch Gerechtigkeit walten zu lassen, auch wenn sie keine Ahnung hatte, wie sie das jemals in die Tat hätte umsetzen sollen. Sofort machte sich erneut Mutlosigkeit breit.

Was konnte sie mit ihren fünfzehn Jahren schon tun?

»Jetzt steh erstmal auf und geh dich waschen«, meinte Mrs. Badgath. »Und dann komm nach unten und leiste mir beim Frühstückmachen Gesellschaft. Es ist wichtig, dass du so gut es auch nur immer geht auf andere Gedanken kommst.«

Mit diesen Worten verließ Mrs. Badgath die kleine Kammer und begab sich über eine Treppe auf den Weg nach unten.

Es war fast rührend wie sich die alte Dame darum bemühte, in ihr einen Funken Hoffnung zu wecken und sie war ihr aufrichtig dankbar dafür.

Wenn sie sich nicht jemanden anvertrauen konnte, würde sie die Kontrolle verlieren. Würde sie verrückt werden?

Anna hatte schon oft darüber nachgedacht. War sie normal?

Diese Stimmen!

Diese immer wiederkehrenden Stimmen, die sie vernahm, wenn Menschen des Todes waren.

Dieser Fluch verfolgte sie. Es gab nichts was sie dagegen tun oder unternehmen konnte. Vorgestern erst hatte sie die verzweifelte Stimme ihres Papas gehört.

Kurz bevor ...

Anna brach in Tränen aus.

Sie stützte sich auf die kleine Kommode, auf der die Waschschüssel und ein Krug mit Wasser standen, konnte sich aber nicht auf den Beinen halten. Sie sank regelrecht in sich zusammen, als sie sich mit dem Rücken an die Seitenwand der Kommode gelehnt langsam, unter Schluchzen zu Boden sinken ließ.

So saß sie weinend eine ganze Weile, ihren Kopf zwischen den Knien und konnte sich lange nicht beruhigen.

Erst als sich Mrs. Badgath zu ihr auf den Boden setzte, sie fest in die Arme nahm und an sich drückte, schien sich ihre ganze Trauer in einem lauten Schrei der Verzweiflung und des Schmerzes Luft zu machen. Anna schrie und weinte. Dabei drückte sie sich fest an die alte Lady, so dass auch diese nach einer kurzen Weile zu weinen begann.

So saßen die beiden auf dem hölzernen Boden und hielten sich in den Armen. Die Zeit stand still, während sich der Kummer in einem Meer aus Tränen aufzulösen schien.

Aber es hatte etwas Erlösendes.

Und so beruhigte sich Anna langsam wieder.

Sie konnte nicht sagen wie lange sie sich so in den Armen dieser fremden Frau ausgeweint hatte, aber als sie ihre Umgebung das nächste Mal bewusst wahrnahm, saß sie bereits an einem Tisch und hatte eine wohltuende Tasse Tee vor sich stehen.

Mrs. Badgath war dabei Brot aufzuschneiden und erst jetzt bemerkte Anna, dass sie zu lange nichts mehr gegessen hatte. Ihr Magen knurrte und rebellierte so laut, dass es ihr fast peinlich war.

Auch wenn es ihr schwerfiel, die Bissen hinunterzuschlucken, sie kam zu Kräften. Schlafen und Essen. Das bewirkte Wunder.

»Du wirst leider bald abgeholt, mein Kind«, meinte Mrs. Badgath und traf Anna damit völlig unvorbereitet.

»Abgeholt?«, Anna war verstört.

»Ja, Kleines. Das Gericht hat beschlossen, dich nach Saint Paul zurückbringen zu lassen.«

»Aber - was soll ich da? Was ... was haben die mit mir vor?«, stieß Anna hervor.

»Sie werden sich um dich kümmern, Kind. Bestimmt. Wahrscheinlich besorgen sie dir eine Stelle. Eine Arbeit, du verstehst schon. Du musst doch schließlich von etwas leben. Ich habe gehört, dass viele Mädchen gebraucht werden, in einer aufstrebenden Stadt wie Saint Paul. Sie ist jetzt unsere stolze Hauptstadt, weißt du? Die Siedlerströme nehmen kein Ende und du wirst sehen: Es wird jede Hand gebraucht.«

Anna wusste nicht wie ihr geschah.

Diese Menschen wollten über sie bestimmen. Entsetzen erfasste sie. Wie ein gehetztes Tier begann sie sich umzusehen. Einen Ausweg suchend.

›Eine Fluchtmöglichkeit ausloten‹, schoss es ihr wie ein Blitz durch den Kopf.

Da klopfte es an die Tür.

Anna sprang von ihrem Stuhl auf.

Mrs. Badgath legte beschwichtigend die Hand auf Annas rechte

Schulter und begab sich zur Tür.

Als sich die Tür öffnete, traute Anna ihren Augen nicht. Sie bekam weiche Knie und kalter Schweiß bildete sich auf ihrer Stirn.

Es war Robert McFee, der da in der Tür stand. Er hatte brav seinen Hut abgenommen und hielt ihn vor seinem dicken Bauch.

Ganz so, als wüsste er, wie man sich anständig benimmt und wie man eine Lady mit guten Manieren beeindrucken kann.

»Kommen Sie doch herein, Mr. McFee. Ich hoffe Ihrer Familie geht es gut? Hat sich Ihr Vater von der Erkältung erholt?«

Nichts deutete darauf hin, dass die alte Dame auch nur ahnte, welcher Kreatur sie da gegenüberstand.

»Jo, Ma'am. Mei'm alten Herrn geht's wieder gut. Danke der Nachfrage. Und schön grüßen soll ich auch. Dad schwärmt immer noch von Ihrem Nusskuchen, den Sie zu Ostern gebacken hatten, Mrs. Badgath.«

»Oh, Sie Schmeichler«, rief die alte Dame entzückt. »Ganz wie Ihr Vater«, fügte sie noch hinzu und tat so als wäre sie beschämt.

Anna saß da wie versteinert. Dieser Kerl. Er dachte offensichtlich, er käme durch, mit seinem kindlichen Gehabe. Als sie noch überlegte, wie sie der alten Lady schonend beibringen könnte, was das für ein widerlicher Mistkerl war, der ihr schmierige Komplimente machte, sagte Robert plötzlich: »Hallo, meine Kleine.« Wieder stand ihm dieses ekelerregende Grinsen breit im Gesicht. Er verspottete sie. »Ich bin hier, um dich abzuholen. Wir werden gemeinsam eine kleine Reise unternehmen.«

»Nein! Ich ...«, Anna versagte die Stimme.

»Aber mein Kind. Ich habe dir doch erzählt, dass du nach Saint Paul begleitet wirst«, sagte Mrs. Badgath.

»Nein, dieser Mann ...«, Anna zeigte auf Robert McFee, »... er ist einer der Leute, die meinen Vater verschleppt und unschuldig hingerichtet haben«, schrie Anna.

»Beruhig dich doch, meine Liebe«, meinte die alte Dame besorgt.

»Beruhigen? Dieser fette Kerl ist ein Mörder! Und er hat mich angefasst!«

Entsetzen erschien in Mrs. Badgaths Gesicht.

»Das ist ja unerhört!«, erwiderte sie. »Also, das hätte ich nicht gedacht!«

»Sie steht unter Schock, Ma'am«, mischte Robert sich ein. »Ich werd mich schon um sie kümmern.«

Bei diesen Worten zwinkerte er Anna auf eindeutige Art und Weise zu und streckte kurz seine Zungenspitze zwischen seinen wulstigen Lippen hervor.

»Ja, nehmen Sie sie bitte mit«, entgegnete die völlig aufgelöste Mrs. Badgath und erst jetzt erkannte Anna, dass *sie* es gewesen war, die die alte Dame so in Rage versetzt hatte.

Natürlich glaubte Mrs. Badgath Anna nicht ein Wort ihrer Geschichte.

Sie war offensichtlich gut bekannt mit den McFees und musste somit zwangsläufig gegen Anna eingestellt sein, wenn es darum ging, dass Mitglieder der Gemeinde solcher Untaten bezichtigt wurden.

Als Robert Anna an den Handgelenken packen wollte, riss sie sich los und schrie wie wildgeworden: »Lass mich in Ruhe, du Schwein!«

Sie schlug um sich, stieß mit dem rechten Fuß gegen den Stuhl, der wiederum den Tisch so zum Wackeln brachte, dass die Tassen umfielen und sich der Tee auf dem Tisch ergoss.

»Na warte, Fräulein«, gab Robert von sich und wollte sich auf Anna stürzen. Die aber drehte sich blitzschnell um und rammte ihm mit voller Wucht den Ellbogen in die Magengrube.

Robert sackte zusammen und fiel zu Boden. Keuchend rang er nach Luft und war versucht seine Pistole zu ziehen. Im letzten Moment wurde er sich aber bewusst, dass er das in Gegenwart der Lady auf gar keinen Fall riskieren durfte. Hier in New Ulm galt er immer noch als rechtschaffener, angesehener Bürger. Die Farm seines Vaters machte gute Geschäfte und das konnte nur funktionieren, wenn sie sich nichts zu Schulden kommen ließen. Spaß haben mussten sie eben woanders.

So rappelte er sich mühevoll hoch, während er gerade noch sah wie Anna aus dem Haus rannte. Ihr altes, abgetragenes Kleid wehte eben zur Tür hinaus.

Da vernahm er schon einen erstaunten Schrei von draußen.

»Wohin denn so schnell, kleines Mäuschen?«

Es ertönte Gelächter.

Anna war direkt in die Fänge eines von McFees Gefährten gelaufen, als sie versucht hatte aus dem Haus zu fliehen. Er hatte sie in Empfang genommen, ihr die Hände auf den Rücken gedreht und nun hielt er sie von hinten fest umklammert.

Das Mädchen schrie und wehrte sich verzweifelt, stieß die Beine in die Luft, so dass sie von dem Mann regelrecht hochgehoben wurde.

»Eine richtige Wildkatze ist das«, stieß der hervor und die Männer, die sich mittlerweile eingefunden hatten, um sich das Spektakel nicht entgehen zu lassen, lachten abermals laut auf.

Nach einer Weile gab Anna entkräftet auf. Sie war völlig verschwitzt und außer Atem, als Robert an ihr vorüberging und leise, so dass es keiner außer ihr hören konnte, zischte: »Miststück, dreckiges!«

»Lass sie los, Dave«, gab Robert Anweisung.

»Wenn sie versucht abzuhauen, knall sie ab.«

Erschrocken über seine eigenen Worte drehte sich Robert auf dem Absatz um. Als er aber bemerkte, dass keine Gefahr drohte, weil ihnen Mrs. Badgath nicht nach draußen gefolgt war, fügte er süffisant hinzu: »Oder reitet sie nieder, bis sie in Fetzen hängt.«

Anna war zu geschockt, um zu weinen. Obwohl ihr danach war. Auf der anderen Seite spürte sie instinktiv, dass sie jetzt keine Schwäche zeigen durfte. Sie musste unbedingt ihre Sinne beisammenhalten, sich konzentrieren und versuchen wieder zu Kräften zu kommen.

Schweigend setzte sie sich auf den Boden. Im Schneidersitz. Wartend.

Sie starrte einfach geradeaus, so als wolle sie ihre Umgebung vollends ausblenden.

»Pass auf sie auf, Dave. Ich pack die Sachen und dann mach ich mich mit ihr auf den Weg.«

Die Verunsicherung war den Männern deutlich anzumerken, als sie nach fast einer Stunde zu der Stelle vor Mrs. Badgaths Haus zurückkamen und Anna immer noch in derselben Körperhaltung, vor sich hinstarrend, vorfanden.

»Ich nehm Jack mit«, meinte Robert. »Der war eh noch nicht in Saint Paul. Soll seinen Spaß haben. Der Kerl ist schon achtzehn und hat immer noch nicht seine Unschuld verloren! Der darf dann direkt nach mir, wenn ich mein Geschäft *abgeschlossen* hab, bei so einer süßen Bardame ...« Ein kehliges Lachen entfuhr seiner Brust. Und auch die Männer lachten dreckig.

Von hinten kam ein weiterer Bursche heran. Offensichtlich Jack, der das Gespött über seine Person nicht gehört haben konnte. Er war groß, sehr dünn und trug ebenfalls einen Revolver. An der linken Hand führte er zwei Pferde an den Zügeln heran, sagte aber nichts.

Anna nahm das meiste ohnehin nur aus den Augenwinkeln wahr.

»Wo bringt ihr die Göre hin?«, fragte einer der umstehenden Männer.

»Ach! Da is' so'n Friedensrichter in Saint Paul. Der glaubt anscheinend, er muss auch noch das Gesindel bekehren«, spottete Robert. »Da werden wir mal sehen, ob er Glück hat mit der kleinen Klapperschlange hier.«

»Hey! Steh auf, du Biest!«, schrie er Anna an.

Anna reagierte nicht.

»Aufstehen, hab ich gesagt!«

Wieder zeigte Anna keine Reaktion. Sie saß immer noch im Schneidersitz und machte keine Anstalten, der Aufforderung Folge zu leisten. Wutentbrannt griff sich Robert eine Reitpeitsche aus einer der Satteltaschen, holte aus und schlug Anna damit mit voller Wucht ins Gesicht.

Anna fiel vorn über in den Sand der Straße. Der Hieb hatte ihr tief ins Fleisch geschnitten, dicht unter der bereits verheilenden Wunde, die ihr durch den Schlag bei ihrer Festnahme verpasst worden war. Der Schmerz war unerträglich. Mit blutender Wange und einer klaffenden Schnittwunde richtete sie sich unter Aufbietung all ihrer verbliebenen Kräfte auf und schaute Robert direkt in die Augen.

»Ich werde dich töten«, sagte sie ruhig.

Mit vor Zorn hochrotem Gesicht holte Robert abermals mit der Peitsche aus, als sich mehrere Männer der Schaulustigen auf ihn stürzten und ihn zurückhielten.

»Lass sie, McFee! Was ist denn in dich gefahren?«

Wutschnaubend ließ Robert die Peitsche sinken und meinte plötzlich gespielt heiter: »Ihr werdet doch noch Spaß verstehen, hä? Yeah, hab mich hinreißen lassen. Was soll's?«

Als sich die angeheizte Stimmung wieder gelegt hatte und keine spektakuläre Vorstellung mehr zu erwarten war, trollten sich die Leute langsam, einer nach dem anderen.

Zurück blieben, der etwas verschüchtert dreinschauende Jack, Robert und die bereits wieder im Schneidersitz am Boden kauernde Anna. Mit gläsernen Augen, den Blick starr nach vorne gerichtet.

Blut lief ihr über die Backe und tropfte von ihrem Kinn.

»Scheiß drauf!«, meinte Robert. »Ich geh erstmal was saufen. Wenn ich zurückkomme, will ich, dass ihr bereit seid. Und die Schlampe soll gefälligst auf dem Gaul da hocken!«

Damit drehte er sich um und ging in Richtung Saloon.

Anna wusste, dass sie diesem Jack nur eine Menge Ärger bescheren würde und bemerkte seine Nervosität, als er sie aufforderte, sich vorsichtig das Gesicht zu waschen und die Wunde bestmöglich zu reinigen.

So folgte sie seinen Anweisungen, wofür sie ein dankbares Lächeln von ihm empfing. Ihre Gedanken kreisten um die Revolver der beiden Männer.

Im Reiten konnte sie mit Sicherheit mithalten. Das hatte sie als eines der ersten Dinge nach ihrer Ankunft in Amerika gelernt. Es hatte sich schnell herausgestellt, wie talentiert Anna im Umgang mit den Tieren war. Bis jetzt hatte sie den glücklichen Umstand nicht erkannt, dass ihr Pa nach ihrer Ankunft in New York so schnell Arbeit gefunden hatte. Trotz der wenigen Erfahrung, die er in der Arbeit mit Pferden vorzuweisen hatte, hatte er bei einem Schmied, im nicht weit von New York entfernten Danbury gelernt, wo sie für eine Weile untergekommen waren. Die Frau des Schmieds hatte ihnen die Sprache der Amerikaner beigebracht, bevor sie nach Pittsburgh gereist waren.

Papas Befähigung als Schneider war erstmal nicht gefragt gewesen. Aber er hatte schnell gelernt und seinen Fleiß unter Beweis gestellt. Anna hatte geholfen, wo sie nur konnte, und war dafür mit der Möglichkeit belohnt worden, Reiten zu lernen. In der kurzen Zeit hatte sie ihre Fähigkeiten immer weiter verbessert und war schnell zu einer begabten Reiterin geworden.

›Wir hätten nie aus Pittsburgh weggehen sollen.‹

Aber, auch wenn sie eine gute Reiterin war, ... ob es für eine Flucht reichen würde?

Es war ganz offensichtlich, dass sie das langsamste Pferd zugeteilt bekommen hatte. Wenn, dann müsste sie sich also eines der anderen Tiere schnappen. Ihr wurde mulmig zumute bei diesem Gedanken. Auf der anderen Seite sagte ihr eine innere Stimme, dass es darum ging ihr Leben zu retten. Dieser Robert war nicht bei Sinnen. Und er war pervers. Sie wollte es nicht darauf ankommen lassen, ihm hilflos ausgeliefert zu sein. Jack, der war wohl ein anständiger Junge, wie es schien. Aber sie konnte sich täuschen.

Am meisten Sorge machten ihr die Revolver. Hatte sie eine Chance?

Oder würde sie ohnehin einfach erschossen werden, sobald sie diese Ortschaft verlassen hatten?

Angst umklammerte ihr Herz.

Todesangst!

Ihre Wange hatte zu bluten aufgehört.

Erleichtert stellte Anna fest, dass die Wunde, die ihr durch den Schlag mit der Reitpeitsche zugefügt worden war, nicht so tief ins Fleisch geschnitten hatte, wie anfänglich befürchtet.

Es hatte sich furchtbar angefühlt, als sie nach einer Weile mit den Fingern über den Riss auf ihrer Haut getastet hatte. Jetzt aber, nachdem sie die Wunde von dem bereits verkrusteten Blut gereinigt hatte, stellte sie fest, dass der Schaden in einem erträglichen Maß geblieben war. Sie würde vermutlich keine Narbe davontragen müssen. Schweigend ging sie hinüber zu ihrem Pferd und saß auf.

Nach wenigen Minuten kehrte Robert McFee mit zwei Flaschen unter dem Arm zurück. Offensichtlich hatte er sich beruhigt.

Die Tatsache, dass Anna auf ihrem Pferd saß und bereit war loszureiten, fasste er wohl als Beweis seiner Autorität auf.

»Hab uns was zum Saufen besorgt«, meinte er zu dem jungen Jack und grinste.

Jack drehte sich kopfschüttelnd zu seinem Pferd um und überprüfte die Sattelgurte. Robert war damit beschäftigt die beiden Flaschen in den Satteltaschen zu verstauen und hatte diese, offensichtlich missbilligende Geste Jacks, nicht wahrgenommen. Robert und Jack stiegen auf ihre Pferde.

»Wir brechen auf!«, rief Robert in einer Art, als würde er ein ganzes Regiment befehligen.

Er ritt voran, danach folgten Anna und hinter ihr Jack.

Als sie den Ort verließen prägte sich Anna den Namen tief in ihrem Bewusstsein ein. ›New Ulm‹!

Die Stadt würde sie wiedersehen!

›Aber es wird nicht das kleine verängstigte, wehrlose Mädchen sein!‹, schwor sich Anna in Gedanken.

Es musste um die Mittagszeit gewesen sein, als sie das Städtchen verlassen hatten. Anna hatte ihr Zeitgefühl verloren, denn sie waren nun bereits einige Stunden unterwegs und langsam begannen die Schatten der Bäume und Sträucher sich zu strecken, weg von der sich dem Horizont immer schneller nähernden Sonne.

Anna war froh, bei der alten Lady noch etwas gegessen zu haben, auch wenn es nur ein paar Bissen gewesen waren.

Mittlerweile war sie furchtbar hungrig, aber Robert schien noch gar keine Anstalten zu machen, sich einen geeigneten Platz für ihr Nachtlager zu suchen. Einige Male hatte sie sich auf ihrem Pferd umgedreht, als sie eine geeignete Stelle, einen felsgeschützten Winkel oder einen Platz direkt neben dem kleinen Fluss erspäht hatte, den sie aufgrund ihrer Erfahrung in diesem Land selbst ausgesucht hätte.

Jack musste das erkannt haben, denn nach einer Weile schloss er zu ihr auf, bewegte sein Pferd direkt neben das ihre und meinte: »Keine Angst, Robert weiß, was er tut. Er kennt diese Gegend wie seine Westentasche. Wir werden bald rasten und unser Lager aufschlagen.«

Anna wusste nicht, ob sie sich darüber freuen sollte oder ihrer Angst freien Lauf lassen und diesen Jack um Hilfe anzuflehen.

»Ich habe Hunger«, sagte sie mit leiser, zögerlicher Stimme.

»Ich auch«, entgegnete Jack und ein nettes Lächeln zierte dabei sein Gesicht. »Wir werden aber noch eine Weile aushalten müssen, denn richtig dunkel wird es erst in ein paar Stunden. Wie ich Robert kenne wird er die Zeit nutzen wollen, um bestmöglich voran zu kommen.«

»Sie kennen Robert gut?«

»Na ja - gut ist vielleicht ein wenig übertrieben. Wir sind ein paar Mal zusammen geritten. Ich arbeite für seinen Vater. Die McFees besitzen ein großes Stück Land bei New Ulm, das sie den Indianern abgekauft haben. Das muss irgendwann vor zehn Jahren oder so gewesen sein. Die Stadt existiert noch nicht sehr lange, weißt du.«

»Die Stadt gehört den McFees?«

»Um Himmels willen, nein«, lachte Jack.

»Sie sind nur schon vorher da gewesen. Das wollte ich sagen. Und sie haben beim Aufbau der Stadt geholfen. Ich brauche nicht zu betonen, dass sie dabei gut verdient haben, nehm' ich an.« Jack klang amüsiert.

Anna wollte mehr wissen.

»Und so kam es dann, dass diese Bande zu den angesehenen Bürgern der Stadt zählt, stimmt's? Obwohl sie wahrscheinlich gar nicht in der Stadt selber leben und so auch niemand mitbekommt, wie sie wirklich sind und was sie treiben, richtig?«

»Bande? Wie kommst du denn auf so einen Ausdruck? Aber ... ja. Die McFees leben auf ihrer Farm, außerhalb der Stadt. Sie betreiben Landwirtschaft und Viehzucht, was wiederum der Gemeinde zugutekommt, die ja versorgt sein will. Außerdem habe ich nie etwas Unrechtes gesehen oder gehört, über Malcolm und seine Söhne.

Ok, klar ... ihre Umgangsformen sind nicht die allerbesten und Robert kann schon echt widerlich sein. Aber du machst ihn für die Sache mit deinem Vater verantwortlich und das ist nicht richtig.«

Anna hob den Kopf und sah ihm direkt in die Augen. Hass spiegelte sich deutlich in dem Blick, den Jack nun von ihr empfing als sie sagte: »Wie ist Ihr Name, Jack?« Annas Augen hatten sich zu Schlitzen verengt, »oder heißen Sie nur Jack *Ahnungslos*?«

Jack wurde mulmig zumute. Sein Pferd schien seine Unruhe unmittelbar zu spüren und brach ein wenig zur Seite aus, so dass er es fest am Zügel nehmen musste.

»Templer. Jack Templer ist mein voller Name.«

»Dann verraten Sie mir mal was, *Jack Templer*«, sagte sie spöttisch und in scharfem Ton: »Waren Sie vielleicht dabei, als diese McFee-Bande über meinen Vater und mich hergefallen ist? Haben Sie gesehen wie mein Vater zusammengeschlagen und gedemütigt wurde und wie sich dieses Schwein Robert McFee an mich rangedrückt hat, mit seinem widerlichen Körper? Haben Sie gehört was er mir ins Ohr geflüstert hat, während ich ihm hilflos ausgeliefert war?«

Und weiter zischte sie: »Waren Sie dabei, als uns die Pferde zugelaufen sind und mein Vater die Tiere beruhigt hat, um sie ihrem Besitzer zu übergeben?«

»Ich, äh ...«, stammelte Jack.

Mit hasserfülltem Gesicht spuckte Anna zu Boden. »Verflucht sollt ihr sein! Alle miteinander!«

Jack ließ sich mit seinem Pferd wieder zurückfallen und sie ritten wie vorher, schweigend in einigem Abstand hintereinander her.

Es wurde allmählich dunkel.

»Wir sind da!«, Robert hielt sein Pferd an und deutete auf eine Stelle oberhalb des Flusses, an der drei Bäume nahe beieinanderstanden, gerade so als würden sie die Türme einer natürlichen Burg bilden.

Beim Näherkommen erkannte Anna, dass sich in der Mitte der Bäume bereits eine Feuerstelle befand. Robert war tatsächlich nicht zum ersten Mal hier. Er hatte diese Stelle zum Übernachten bewusst ausgewählt und hatte sie zielstrebig hierhergeführt.

Anna musste ihm zugestehen, dass die Wahl dieses Lagerplatzes von Erfahrung geprägt war. Durch die Bäume war nicht nur ein bestmöglicher Sichtschutz gegeben. Der Lagerplatz bot gleichzeitig eine Art Schutzwall und den direkten Zugang zum Fluss, der auch nicht abgeschnitten werden konnte. Zur Not hätte man den Fluss sogar als Fluchtweg nutzen können. Sie schlossen zu Robert auf und stiegen von ihren Pferden. Anna war es nicht gewohnt so lange auf dem Rücken eines Pferdes sitzen zu müssen und so hatte sie das Gefühl jeden einzelnen Muskel zu spüren. Ihr Hintern fühlte sich richtiggehend taub an. Das schlimmste allerdings war ihr Gesicht.

Den ganzen Tag hatte der Schnitt in ihrem Gesicht gebrannt wie Feuer. Es war ein pochender Schmerz gewesen, der sich bei jeder Anstrengung verschlimmerte, zum Beispiel, wenn sie durch ungängiges Gelände kamen, eine Böschung hinab ritten oder einen Hügel bezwingen mussten.

Doch Anna hatte sich die Schmerzen nicht anmerken lassen.

Nur ein einziges Mal, als sie sich durch dichtes Geäst zwängen mussten und sich der Abstand zwischen Robert und ihr zu sehr verringert hatte, hatte sie ein Ast plötzlich, wie aus dem Nichts, mitten ins Gesicht getroffen. Robert, da war sie sich sicher, hatte diesen Ast mit voller Absicht zurückschnellen lassen, denn sie hatte ein gemeines Lachen vernommen, als ihr vor Schmerz die Tränen in die Augen geschossen waren.

Zum Glück hatte die Wunde aber nicht wieder zu Bluten begonnen.

Der Schlag hatte den Riss auf Annas Wange nur knapp verfehlt.

Trotzdem hatte sie sich danach wie benommen gefühlt. Sie hatte Kopfschmerzen bekommen und ihr ganzes Gesicht hatte sich angefühlt, als wäre es geschwollen. Jack hatte diese wiederholte Gemeinheit Roberts anscheinend nicht mitbekommen. Jedenfalls hatte er sich nichts anmerken lassen.

Anna wusste ihn nicht einzuschätzen.

Sie hatte sich die Tränen des Schmerzes aus den Augen gewischt, als sie kurz nach dem Vorfall über eine kleine Lichtung geritten waren.

Jack hatte sie angesehen, sich besorgt gegeben und gefragt, ob alles in Ordnung wäre. Sie hatte ihn nur mit einem Blick der Abscheu bedacht und ihr Pferd weiter angetrieben.

Jetzt hatten sie ihren ersten Lagerplatz auf der Reise nach Saint Paul erreicht. Anna wollte sich nur ein wenig die Beine vertreten, als sie Roberts Stimme vernahm: »Hey, Göre. Wie heißt du eigentlich? Oder soll ich dich weiter Göre nennen? Ha ha.«

»Ich heiße Anna.«

»Na dann, *Anna,* geh mal schön los und besorg uns Holz für die Nacht. Wolln's ja gemütlich haben, wenn die Nacht kalt und einsam wird, oder?« Ein gemeines Grinsen unterstrich die Zweideutigkeit, welche Robert offensichtlich größtes Vergnügen bereitete. »Ich geh erstmal pissen! Hey - kannst mir ja helfen, Anna. Und *echte* Frauenarbeit leisten«, dabei hatte er bereits die Flasche Whiskey in der Hand und nahm einen großen Schluck.

Anna machte sich auf, um Holz zu sammeln. Jeder Schritt, der die Entfernung zwischen ihr und diesem Kerl vergrößerte, war eine Erleichterung für sie. Als sie den Lagerplatz verließ, hörte sie noch die Stimme von Jack, der sich an Robert wandte.

»Robert! Lass die Kleine in Frieden. Sie hat dir nichts getan. Unsere Aufgabe ist es, sie wohlbehalten beim Friedensrichter in Saint Paul abzuliefern. Nicht mehr und nicht weniger. Also hör auf sie zu schikanieren, in Ordnung?«

»Wer wird denn ...? Ist doch nur Spaß, Kleiner. Das verstehst du schon, wenn du älter wirst.«

Anna war unweigerlich stehen geblieben, duckte sich hinter einem Gebüsch und versuchte das Gespräch der beiden Männer zu verfolgen.

»Das Biest ist die Tochter eines Pferdediebes. So etwas liegt in der Familie. Glaub mir. Vater Bandit, Tochter Hure. So etwas hört man oft.«

»Das ist doch Geschwätz«, erwiderte Jack. »Die Kleine kann doch nichts für die Taten ihres Vaters. Und außerdem: Seid ihr euch wirklich so sicher, dass die beiden vorhatten eure Pferde zu stehlen?«

Da schrie Robert: »Jez' hör' mal zu, du Wicht! Das Gericht von New Ulm hat zweifelsfrei die Schuld von dem Scheißkerl festgestellt und er ist aufgeknüpft worden für sein Verbrechen. Beweis genug?«

Jack ließ nicht locker: »Ich mein ja nur ... Ein Missverständnis ist doch schließlich immer möglich.«

»Dreck, sag ich!« Robert wurde zusehends aggressiver. »Wer bist 'n du, dass du dir einbildest, das Gesetz in Frage stellen zu können?«

Während des ganzen Gesprächs nahm Robert immer wieder kräftige Züge aus der Flasche, die bereits zu einem Drittel geleert war.

»Un' jez' halts Maul und mach endlich Feuer. Wo zum Teufel bleibt das Weibsstück mit dem Holz?«

Anna scharrte schnell das am Boden liegende Reisig zusammen, stand auf und erreichte das Lager gerade, als sich Roberts Gehilfe daran machte die Feuerstelle neu herzurichten. Sie warf die dünnen Äste neben den am Boden knienden Jack und wollte sich sofort wieder auf den Weg machen, um nach größeren Zweigen und Ästen Ausschau zu halten. Das Feuer brauchte schließlich Nahrung für eine ganze Nacht.

Robert lief ihr ein paar Schritte nach und fasste sie am Arm.

»Du wärst eigentlich ein hübsches Kind, wärst du nicht die Tochter eines Lumpen.«

Sein Atem stank nach Alkohol.

»Lass sie, Robert. Wir brauchen Holz, bevor es völlig dunkel ist. Lass sie gehen, sie soll Holz sammeln«, ermahnte Jack.

Bei diesen Worten riss Anna sich los, in dem sie mit einem Ruck ihre Schulter nach vorne stieß. Damit befreite sie ihren Arm aus Roberts Umklammerung und verschwand schnell im Gebüsch am Ufer.

Robert lachte, nahm noch einen Schluck aus der Flasche und machte sich bereits etwas unbeholfenen Schrittes auf zu den Pferden.

»Absatteln!«, sprach er zu sich selbst im Befehlston.

Jack schüttelte den Kopf und folgte Robert, um ihm zu helfen, die Pferde zu versorgen.

Als Anna nach einer Weile zurückkam, hatte Jack bereits Feuer gemacht. Sie hatte große Äste gefunden, die sie nun mit Mühe in Richtung Feuerstelle hinter sich her schleifte.

»Ich hab noch mehr«, meinte sie zu Jack, der sofort aufstand und ihr folgte.

Als sie genügend Holzreserven für die Nacht zusammengetragen hatten, war die Sonne bereits hinter dem Horizont verschwunden und tauchte die Landschaft in einen Ton aus Orange und Rot, der Anna an die Abende erinnerte, als sie mit ihrem Vater unterwegs gewesen war.

Es waren ähnliche Plätze gewesen, an denen sie ihr Lager aufgeschlagen und das Schauspiel der Farben und der Natur um sie herum bewundert hatten.

Sie waren glücklich gewesen, einfach nur zusammen sein zu können und froh, die Erinnerungen und Erlebnisse hinter sich zu lassen. In diesen Momenten hatten sie nicht weiter mit ihrem Schicksal gehadert. Es war ein Traum im Vordergrund gestanden. Der Traum, von der Zukunft in einem Land, in dem nichts unmöglich schien, wenn man sich nur richtig anstrengte. Sie hatten eigenen Grund und Boden besitzen wollen. In Freiheit.

Nach einem spärlichen Abendessen, das aus grünen Bohnen und etwas Speck bestand, zu dem es jeweils einen Brocken geschmacklosen, ungesalzenen Brotes gab, legten sie sich schlafen.

Robert musste zu diesem Zeitpunkt bereits völlig betrunken sein, wie Anna vermutete, denn er hatte die ganze Flasche Schnaps alleine geleert. Jack hatte immer wieder abgelehnt, als Robert versucht hatte, ihn zum Mittrinken zu animieren. Er war verärgert gewesen, als Jack gemeint hatte, dass wenigstens einer von ihnen einen klaren Kopf behalten sollte.

Anna blieb lange wach, obwohl ihr die Müdigkeit tief in den Knochen steckte. Sie lag auf der Seite und drehte den Männern den Rücken zu.

Als Jack sich erhob und den Rest seines Kaffees ins Feuer schüttete, drehte sie sich um, stellte sich aber schlafend.

Jack legte sich zwischen ihr und Robert nieder, deckte sich zu und starrte, auf dem Rücken liegend, zum Sternenhimmel empor.

»Hilf mir«, sagte Anna.

Jack drehte sich langsam zu ihr und sah ihr in die Augen.

»Helfen? Wovor fürchtest du dich?«

»Er wird versuchen mich zu töten, Jack. Ich weiß es.«

»Aber warum sollte er das tun? Was hast du ihm getan?«, flüsterte er, obwohl sie sich beide darüber bewusst waren, dass ihr Gespräch niemals das laute Schnarchen, das Roberts Kehle entfuhr, übertönen würde.

»Ich weiß es nicht, Jack. Er ist aus irgendeinem Grund dazu getrieben, mich zu quälen. Er wird mich töten, ich weiß es einfach. Außer ich finde einen Weg zu fliehen oder ihm zuvor zu kommen.«

»Ich ... weiß nicht ...«, stotterte Jack.

»Aber du weißt wovon ich spreche. Du spürst es genauso wie ich. Auch wenn du es nicht zugeben willst. Ich habe seine Erregung spüren müssen, als er mich gepackt hat. Sein Bruder, sein Vater und ihr Gesindel haben meinen Vater geschlagen, während Robert sich an mir gerieben hat. Es erregt ihn, mich in seiner Gewalt zu haben und du Jack, stehst ihm im Weg.«

»So ein Unsinn! Ich kann nicht glauben, dass du denkst, du könntest auch nur annähernd Zweifel bei mir streuen. Warum sollte ich dir so eine Geschichte abkaufen?«

»Weil du spürst, dass es die Wahrheit ist. Du machst einen Fehler, Jack. Ich hoffe, du wirst dafür nicht bezahlen müssen.«

Anna drehte sich wieder auf die andere Seite, ohne noch ein weiteres Wort an Jack zu richten. Sie lauschte den Geräuschen der Nacht bis sie in einen unruhigen Schlaf fiel, der ihren Sinnen die notwendige Ruhe bescherte, nach der jede Faser ihres Körpers verlangte.

Anna brauchte Kraft, um sich auf den Kampf vorzubereiten, der unausweichlich folgen würde: dem Kampf ums Überleben.

Am nächsten Morgen war Jack bereits auf den Beinen und dabei sein Pferd zu satteln, als Anna die Augen aufschlug. Überraschenderweise fühlte sie sich erholt und ausgeruht, obwohl sie das Gefühl hatte, in dieser Nacht nie richtig tief geschlafen zu haben. Es war ein sonniger, schöner Morgen. Die Vögel sangen ihr süßes Lied der Freiheit und Unbekümmertheit. Eine Stimmung, die Anna seit jeher in sich aufgesogen hatte. Die Luft war klar und wirkte so rein, dass sie einige tiefe Züge machte, fast so, als wollte sie ihre Lungen vom Staub der Vergangenheit befreien. So, als wäre sie in der Lage, die Energie in sich aufzunehmen und etwas Neues daraus entstehen zu lassen.

Jack sah unsicher zu ihr herüber. Sie spürte seinen Blick, drehte sich zu ihm um und konnte sofort die Last spüren, die sie ihm auf seine Schultern geladen hatte. Jack hatte nun die Verantwortung für sie, selbst wenn er dieses Versprechen niemals ausgesprochen hatte.

Sie lächelte ihn an und schenkte ihm ein aufrichtiges »Guten Morgen.«

Sofort war ihm die Erleichterung anzusehen und er antwortete: »Guten Morgen, Anna.«

Nach einem kurzen Moment fügte er hinzu: »Ich werde aufpassen auf dich, ich tue mein Bestes. Trotzdem glaube ich immer noch, dass du Unrecht hast.«

In diesem Moment machte sich Robert bemerkbar, als er sich aufsetzte und mit glasigen, geröteten Augen zu ihnen herübersah, aber nichts von sich gab, außer einem ekligen Grunzen, das in einen Hustenanfall überging, als er sich von seinem Schlafplatz erhob.

Er drehte sich um, ließ die Hose herunter, kratzte sich am Hintern und pinkelte an einen der Bäume, wobei er sich mit einer Hand am Stamm abstützen musste, um das Gleichgewicht nicht zu verlieren.

Angewidert dreht sich Anna um, wogegen Jack diese Prozedur wohl nicht zum ersten Mal miterleben musste. Er ging einfach weiter seiner Tätigkeit nach und kümmerte sich nun auch um Annas Pferd.

Robert drehte sich um, während er sein Teil in der Hose verstaute und schnauzte Anna an: »Hey, mach gefälligst Kaffee, blödes Ding. Steht hier rum und glotzt meinen Schwanz an.«

Anna hatte nicht das geringste Bedürfnis, diese Aussage klarzustellen, nahm sich die Blechkanne und ging zum Fluss, um Wasser zu holen.

Das klare, kalte Wasser umspülte ihre Hände. Am liebsten hätte sie ihren ganzen Körper hineingetaucht in dieses herrliche, erfrischende und reinigende Nass. Natürlich widerstand sie dieser Versuchung, schob nur die Ärmel ihres Kleides zurück, tauchte ihre Unterarme weit hinein und warf sich mehrere Male Wasser ins Gesicht.

Sie empfand keinen Schmerz an ihrer Wange. Der Schnitt schien bereits gut zu verheilen. Nur auf Druck reagierte er noch sehr empfindlich.

Wäre sie alleine gewesen, sie hätte sich ausgezogen und ein Bad genommen. Der Fluss lud sie geradezu ein. Sie hätte ihre Kleider seit langem wieder einmal gewaschen und sie einfach in der Sonne trocknen lassen, während sie sich in das hohe Gras am Ufer begeben hätte. Nackt und frei von allen Zwängen und Gefahren.

Sie hätte alles abgeschüttelt. Alles hinter sich gelassen, was ihre Seele so schwer belastete. Sie wäre alleine gewesen, mit sich.

Dieser Gedanke erschien ihr in diesem Moment so erstrebenswert, dass sie kurz überlegte, ob sie eine Chance hätte, wenn sie jetzt gleich, völlig ohne Plan, einfach davonlaufen würde.

»Du solltest ihn nicht zu lange warten lassen«, Jack war von hinten an sie herangetreten, fast so als hätte er ihre Gedanken erraten.

»Er braucht seinen Kaffee nach so einem Saufgelage, sonst kommt er nicht in die Gänge und wir verlieren nur unnötig Zeit. Umso eher wir dich in Saint Paul abliefern, umso eher wirst du in Sicherheit sein. Und damit mein ich nicht Robert. Eine Reise mit einem Kind durch ehemaliges Indianergebiet ist schon Risiko genug. Auch wenn schon lange nichts mehr vorgefallen ist. Abgesehen von versoffenen Rothäuten, kann man hier auch einigem anderen Gesindel begegnen, was besser zu vermeiden ist.«

Dass Jack sie eben *Kind* genannt hatte, schmerzte Anna. Sie war fünfzehn und er sollte sich eigentlich darüber im Klaren sein, dass sie bereits seit einiger Zeit kein Kind mehr war.

Sicherlich lag das zu einem großen Teil daran, dass sie so fürchterlich verwahrlost aussah in ihrem alten, abgetragenen Kleid. Mit ihren völlig ungepflegten schwarzen Haaren und dem Staub überall. Sie hatten alles verloren, als sie von den McFees und ihren Männern überfallen worden waren.

Ihr Vater und sie hatten weite Strecken zu Fuß zurücklegen müssen, da sie sehr bald genötigt gewesen waren, den kleinen Wagen und die Pferde zu verkaufen. Zuerst hatten sie noch einen Maulesel besessen, der dann aber ebenfalls den Rucksäcken und einem anständigen Gewehr für die Jagd gewichen war.

Ebenso wie die Rucksäcke, die ihr gesamtes Hab und Gut beinhaltet hatten, war auch das Gewehr einfach an der Stelle zurückgeblieben, an der sie aufgegriffen worden waren. Jedenfalls hatte Anna nicht gesehen, dass sich einer der Männer McFees die Mühe gemacht hätte, nach ihren paar Habseligkeiten Ausschau zu halten. Gewehr und Rucksäcke lagen wahrscheinlich immer noch unter dem umgefallenen Baumstamm, auf dem sie vor ein paar Tagen gerastet hatten, bevor sie überfallen worden waren.

Anna war immer stolz gewesen, wenn ihr Vater betont hatte, was für ein wunderhübsches Mädchen sie war. Sie hatte kräftiges, tiefschwarzes Haar und ungewöhnlich strahlend blaue Augen. Eine

Kombination, die nur äußerst selten war, denn viele von Annas Freundinnen in der Schule von Zwickau, hatten zwar blaue Augen gehabt, aber diese Mädchen waren durchwegs blond gewesen.

»Du wirst einmal eine genauso schöne Frau werden wie deine Mutter«, hatte Papa oft zu ihr gesagt. Anna war auf dem besten Wege dahin. Sie wurde zur Frau.

Als sie mit Vater auf ihrem Weg in den Westen durch die Ortschaften und Städte gekommen war, war es ihr öfter aufgefallen, wie ihr die jungen Burschen bewundernde Blicke zugeworfen hatten. Sie war freundlich angelächelt und einmal sogar zu einem Tanz eingeladen worden, der am Abend in dieser Stadt zur Feier des Gründungstages stattgefunden hatte. Vater hatte sie natürlich nicht alleine hingehen lassen und ihr auch nur einen einzigen Tanz mit dem jungen Mann gestattet. Später war Anna klar geworden, dass er sie damit nur hatte schützen wollen. Sie mussten weiterziehen.

›Er wollte verhindern, dass ich mich verliebe.‹

Es hätte sie interessiert, was gewesen wäre, wenn. Oft war sie nachts wach gelegen, neben ihrem Vater und hatte sich vorgestellt wie es wohl gewesen wäre, wenn sie diesen netten Jungen damals nach dem Tanz geküsst hätte.

Jack jedenfalls war anscheinend nicht aufgefallen, dass sie bereits eine Frau war. Offensichtlich hatte dieser Feigling Robert da einen sichereren Blick dafür. Es entging ihr nicht, wie oft er ihre Brüste anstarrte. Für ihre fünfzehn Jahre war Anna bereits sehr gut geformt. Viele Frauen wären neidisch gewesen auf ihren wohlproportionierten und wunderschön geformten Körper.

So gesehen war Anna froh über ihr graues, schlichtes Kleid, welches keinerlei Einblicke oder Rückschlüsse auf ihre Figur zuließ.

Solange sie vorsichtig war, sollte sie nicht Gefahr laufen, irgendwelche ungewollten Reaktionen hervorzurufen. Denn wie Frauen auf Männer wirkten und was das auslösen konnte, darüber war sich Anna im Klaren.

Sie hatte die Mädchen in den heruntergekommenen Kneipen und Saloons auf den Balkonen stehen sehen. Hatte deren Gebaren und Gesten gesehen, wenn Männer an ihnen vorbeiritten und sich immer wieder nach ihnen umdrehten, gerade so, als würden sie einem inneren Zwang folgen. Selbst bei ihrem Vater hatte sie festgestellt, dass er mit irgendetwas zu kämpfen gehabt hatte. Sie konnte nur erahnen, welchen Sehnsüchten ihr Vater ausgesetzt war, seitdem sie alleine unterwegs gewesen waren.

»Ich komme schon«, sagte sie zu Jack, nahm die mit Wasser gefüllte Kanne und begab sich zurück zur Feuerstelle. Sie legte großzügig Holz nach und stellte die Kanne mit dem kalten, klaren Flusswasser auf das kleine Gitter über dem Feuer.

Robert war verschwunden. Er verrichtete wohl gerade sein Morgengeschäft, denn sein Pferd war bereits versorgt und gesattelt. Es bestand kein Zweifel, dass Jack das für Robert erledigt hatte. Roberts Vater war schließlich sein Boss.

Es dauerte auch nicht lange, bis Robert zurückkam. Er schwankte leicht, als er zwischen den beiden Gebüschen hinter den Pferden hervortrat. Er stolperte zu den Decken, die seinen Schlafplatz markierten und ließ sich mit einem schweren Seufzer auf den Hosenboden fallen.

»Gibt's Kaffee?«, fragte er, mehr bestimmend als höflich.

Anna nahm den Kaffee, den sie in der Zwischenzeit gemacht hatte von der Feuerstelle und goss eine der Blechtassen randvoll.

Als sie die Tasse Robert reichte, stieß er mit seiner zittrigen Hand an den Rand der Tasse. Sie schwappte über und der heiße Kaffee ergoss sich über Roberts Hand.

»Das hast du mit Absicht gemacht, du Flittchen!«

Mit dem Fuß trat er nach oben und schleuderte Anna die immer noch volle Tasse aus der Hand. In hohem Bogen ergoss sich der Kaffee über die Feuerstelle, wobei Anna zum Glück aber nicht verbrüht wurde. Sogleich sprang Robert von seiner Decke auf.

»Na warte ...«

Anna wich erschrocken zwei Schritte zurück und stolperte beim Rückwärtsgehen über die Reste der bereitgelegten Holzreserven für die Nacht. Sie stürzte und konnte sich gerade noch mit ihren Ellbogen abfangen, um nicht mit dem Rücken ungeschützt auf den Boden zu fallen.

Robert stand wutentbrannt über ihr, griff sich einen herausragenden, dicken Ast des Feuerholzes, hob ihn über seinen Kopf, um auf Anna einzuschlagen, als ein Schuss fiel.

Entsetzt fuhr Robert herum und starrte in die vor Aufregung weit aufgerissenen Augen von Jack, der seine Waffe gezogen und einen Warnschuss in die Luft abgegeben hatte, um Robert zur Vernunft zu bringen. Jack stand da, richtete den Revolver auf McFee.

»Bist du wahnsinnig geworden, Robert? Willst du sie umbringen?

Es war doch keine Absicht, verdammt! *Du* bist doch gegen die Tasse gestoßen!«

»Mann, ich glaube, du bist dir nicht bewusst, mit wem du dich hier anlegst, Kleiner. Jetzt steck mal schön brav das Schießeisen weg und beruhig dich, bevor ich mich vergesse.«

»Du wirst ihr nichts tun!«, beharrte Jack mit zitternder Stimme.

Anna lag immer noch auf dem Boden, aufgestützt auf ihren Ellbogen und starrte auf die Szene der beiden Männer, die zu eskalieren drohte.

»Jack, du bist ein selten dämlicher Hund, das kann ich dir sagen.«

Robert ließ den schweren Ast fallen, ging zu seiner leeren Tasse, die in einiger Entfernung auf dem Boden lag, hob sie auf und schwankte zurück zur Feuerstelle, um sich erneut Kaffee einzuschenken.

Danach setzte er sich, als wäre nichts geschehen, auf seinen Platz und trank mit lauten Schlürfgeräuschen die heiße, schwarze Brühe.

Anna wischte sich mit dem Ärmel ihres Kleides den Schweiß von der Stirn. Wäre Jack nicht eingeschritten - Robert hätte sie auf der Stelle erschlagen.

Jack stand immer noch, völlig aufgelöst, mit gezogenem Revolver in der Hand da, als hätte er nicht begriffen, dass sich der Sturm dieser Auseinandersetzung bereits gelegt hatte.

Erst als Anna aufstand und auf ihn zuging, schien er zu erwachen und warf ihr ein unsicheres Lächeln zu, so als wollte er sagen: ›Wir haben gewonnen, Anna‹.

Anna verstand die Geste und lächelte ebenfalls flüchtig. Sie fühlte sich wie ein gehetztes Tier. Nirgends war sie sicher. Der Jähzorn dieses Ungetüms von Mensch, der da in Ruhe seinen Kaffee trank, machte ihr Angst. Sie wusste, dass er das Eingreifen Jacks niemals auf sich beruhen lassen würde, so wie dieser ihn behandelt und gedemütigt hatte. Äußerlich völlig ruhig, musste in seinem Inneren übermächtiger Zorn und Hass auf Jack die Oberhand gewinnen. Jack war zu Roberts Feind geworden, dessen war sich Anna sicher.

Die weitere Reise an diesem Tag verlief ohne nennenswerte Zwischenfälle, bis sie am späten Nachmittag an eine Stelle am Fluss kamen, an der sie ihre Pferde tränken und die Wasserflaschen auffüllen wollten. Bis dahin hatte Robert den ganzen Ritt über nicht einmal das Wort an Jack oder Anna gerichtet.

Erst hier meinte er: »Ab jetzt beginnt der Weg, den wir nicht weiter am Fluss zurücklegen werden. Also füllt eure Flaschen und gebt den Tieren zu trinken. Ab hier kenne ich den Weg nicht mehr so genau. Wir müssen uns nach Osten orientieren.«

Er stieg vom Pferd und führte es über die Böschung hinunter zum Fluss. Jack und Anna sahen ihm nach und stiegen dann ebenfalls von ihren Pferden ab. Anna ließ sich auf einem Felsen vor der Böschung nieder und tastete vorsichtig die Stelle an ihrem Gesicht ab, an der die Reitpeitsche deutlich ihre Spuren hinterlassen hatte.

Jack ging einen Schritt auf sie zu und blieb ebenfalls unterhalb der Böschung in einiger Entfernung stehen. Robert war wohl damit beschäftigt sein Pferd zu tränken und vielleicht – ja, vielleicht wusch er sich sogar Hände und Gesicht.

»Es verheilt gut«, sagte Jack in ruhigem Ton. »Du wirst sehen. Es wird keine Spur von dem Schlag zurückbleiben.«

»Danke«, sagte Anna.

»Keine Ursache«, meinte Jack. »Ich bin schließlich kein Doc.«

»Das meine ich nicht«, erwiderte Anna. »Du hast mir heute Morgen das Leben gerettet.«

»Ach, na ja, ... das war doch selbstverständlich. Es war nur ein Reflex. Das hätte jeder getan.«

»Jeder gute Mann hätte das getan. Das stimmt. Aber gute Männer sind selten geworden in diesen Tagen, Jack.«

Beschämt starrte Jack zu Boden und trat von einem Fuß auf den anderen.

Anna sah ihm in die Augen. Sie sah ihm direkt ins Gesicht, als sie seine Stimme erneut vernahm, ohne dass sich seine Lippen bewegten: ›Sie ist wirklich ein hübsches Mädchen. Ich hab sie gern.‹

»Nein!«, schrie Anna.

Aber schon war Robert von hinten an Jack herangetreten und stieß ihm mehrere Male sein großes Messer in den Rücken. Blankes Entsetzen war in Jacks Augen geschrieben, als er langsam zu Boden sank, wobei er seine Hände fest um Roberts Oberarme krallte. Im Todeskampf riss und zerrte er am Hemd seines Mörders, bis ihn seine Kräfte verließen und er vornüber ins hohe Gras fiel.

Anna sprang auf.

Was sollte sie tun? Schon kam Robert, immer noch mit dem blutigen Messer in seiner Hand, auf sie zugelaufen.

»So, Miststück! Jetzt werden wir beide miteinander ein wenig Spaß haben.«

Anna drehte sich um und lief weg. Nur weg von hier.

Sie lief so schnell sie konnte in Richtung Wald, aber das Gelände war uneben und an manchen Stellen sumpfig. Jeder ihrer Schritte versank ein wenig mehr im Morast. So kam sie fast nicht mehr voran und hörte, wie Robert ihr immer näherkam.

Als sie sich umdrehen wollte, um den Abstand zwischen sich und ihrem Verfolger mit einem schnellen Blick abzuschätzen, stolperte sie über eine hervorstehende Wurzel und stürzte in den matschigen Untergrund. Sogleich war Robert über ihr, ließ sich auf sie fallen und hielt ihr sein Messer an den Hals, während er mit der anderen Hand unter ihr Kleid fasste und ihr Unterkleid zerriss. Die Spitze seines Messers stach bereits leicht in ihren Hals und sie fing an zu bluten. Wie besessen zerrte er an ihrer Kleidung bis sie vor Schmerzen aufstöhnte.

Das schien ihn noch mehr anzufachen. Sie vernahm das Geräusch von zerreißendem Stoff, als er sie unter ihrem Kleid entblößte. Er fasste sie an. Dort!

Dann plötzlich setzte er sich auf sie, drückte ihren Kopf nach hinten in den Schlamm und setzte ihr die scharfe Klinge direkt an die Kehle.

»Rühr dich ja nicht. Sonst bist du tot«, fauchte er sie an.

Anna spürte wie ihr ganzer Kopf immer weiter versank und die kalte Nässe ihr die Haare verklebte.

Er setzte sich mit den Beinen auf ihre Arme und begann mit dem Messer von oben langsam ihr Kleid aufzuschneiden. Dabei ging er so ungeschickt vor, dass er abrutschte und mit der Klinge Annas Kinn verletzte. Er schien sich aber nicht weiter für die Schnittwunde zu interessieren, sondern fuhr fort, das Kleid in Fetzen zu schneiden.

Als er Annas nackte Brüste mit seiner groben Hand umfasste, stöhnte er leise auf. Er knetete und fasste brutal zu. Ungestüm packte er dann eine ihrer Brustwarzen und drückte so fest zu, dass Anna vor Schmerz laut aufschrie.

Daraufhin schlug er ihr mit der Faust ins Gesicht und Anna vernahm plötzlich nur noch einen lauten Pfeifton, der alle anderen Geräusche des Waldes, das schwere Atmen ihres Peinigers, seine wüsten Beschimpfungen und Drohungen auf unnatürliche Weise ausblendete. Sie ließ ihre Arme auf den Boden sinken und wehrte sich nicht mehr.

Eine innere Stimme befahl ihr: ›Nicht ohnmächtig werden, Anna! Um Himmels willen, nicht ohnmächtig werden!‹

Völlig benommen von dem Schlag registrierte sie, dass Robert ihr Kleid hochzog und über ihr kniend anfing an seiner Hose herum zu machen.

Ihre Hand, die ausgestreckt am Boden um Halt suchte, stieß gegen etwas Hartes, Kaltes. Ein Stein.

Sie verlagerte ihr Gewicht ein wenig auf die linke Seite, bekam den Stein zu fassen und drückte mit aller Kraft ihren Rücken durch, so dass Robert, der mit keiner Gegenwehr mehr gerechnet hatte, ein Stück nach vorne kippte. Er musste sich abstützen, um nicht vornüber zu fallen.

Das war der Moment in dem Anna ihren Arm frei bekam.

Sie schlug so fest sie nur konnte mit dem Stein auf Roberts Kopf, der sogleich mit einem Grunzen nach vorne fiel und regungslos mit seinem ganzen Körper auf Annas Gesicht liegen blieb. Er war so schwer, dass Anna die Luft wegblieb und drückte ihren Kopf immer tiefer in die Schlammkuhle. Ihr wurde mehr und mehr die Bewegungsmöglichkeit genommen. Je länger sie unter seinem massigen Körper liegen würde, umso weiter würde sie einsinken und am Ende jämmerlich ersticken.

Sie musste noch mal ihre ganze Kraft zusammennehmen, denn sie wusste, sie würde nur einen einzigen Versuch haben. Für diesen einen Versuch musste sie alles mobilisieren, was ihr an Kraft geblieben war, um nicht hier und heute ihr Leben lassen zu müssen.

Mit einem Schrei der Verzweiflung hievte sie sich hoch und drehte dabei ihre Schultern auf die Seite. Der regungslose Körper von Robert rutschte von ihr herunter und so war zumindest ihr Oberkörper von seiner Last befreit. Ihre Rippen schmerzten wie wild. Robert hatte sie so hart angepackt, dass sie befürchtete, innerlich verletzt zu sein. Kaltes, schlammiges Wasser lief aus ihren Haaren, als sie sich aufsetzte. Es lief über ihren Rücken, über ihre entblößten Brüste und mischte sich mit dem Blut, das immer noch von ihrem Kinn tropfte.

Mit viel Mühe zog sie ihre Beine unter Roberts fettem Körper heraus und war schließlich frei.

Auf allen Vieren schleppte sie sich aus dem schlammigen Untergrund in Richtung der Pferde, als sie hinter sich ein Geräusch vernahm, das ihr den Atem erneut stocken ließ.

Robert drehte und wälzte sich in der Kuhle, in welcher der Kampf stattgefunden hatte. Er setzte sich auf und sah unverwandt in ihre Richtung. Blut lief aus der Wunde an seinem Kopf und überströmte seine hässliche Fratze, als er rief: »Baby! Hiergeblieben. Ich bin noch nicht fertig mit dir.«

Voller Panik sprang Anna auf und lief so schnell sie konnte in Richtung Fluss. Sie stolperte, schwankte, ihr zerrissenes Kleid behinderte sie.

›Verdammt, das Biest hat mich schlimmer zugerichtet, als ich dachte. Ich kann ja kaum aufstehen. Verdammt tut das weh!‹

Als Anna diese Worte vernahm, blieb sie abrupt stehen.

Wie angewurzelt stand sie da und blickte in Richtung des Flusses. Konnte das sein? Dieser Kerl würde ihr gegenüber doch niemals offen seine Schwäche zugeben. Sie drehte sich zu Robert um und sah ihm mit zornigem Blick in die Augen.

›Ah, verdammt. Was macht se denn jez'?‹, hörte sie Roberts Stimme.

Seine Lippen bewegten sich nicht!

Anna folgte ihrem Instinkt. Wie ein wildes Tier lief sie auf Robert zu und sprang ihn an wie eine Raubkatze. Robert fiel nach hinten und versuchte verzweifelt an sein Messer heranzukommen. Aber es war zu spät.

Anna landete mit ihrem vollen Gewicht auf seinem Brustkorb. Mit einem lauten Knacken war deutlich zu hören, wie ihm ein paar Rippen gebrochen wurden. Er schrie und versuchte seinen Revolver zu ziehen, als Anna ihm, erneut mit dem Stein bewaffnet, die rechte Hand zerschmetterte, indem sie erst einmal und dann immer wieder auf seine im Schlamm liegende Hand und seinen Unterarm eindrosch.

Von Robert war jetzt nur noch ein leises Wimmern zu vernehmen.

Anna war völlig außer Atem.

»Verdammt! Du verdammtes Stück Scheiße. Schau was du angerichtet hast«, keuchte er.

Er lag auf dem Rücken, blutüberströmt und drohte: »Ich werd dich umbringen. Ja, das werd ich. Und vorher werd ich dich ficken.«

Bei diesen Worten rammte Anna ihm mit voller Wucht den Ellbogen in die Magengrube.

Robert spuckte Blut. Er drehte sich zunächst auf die Seite, dann auf den Bauch, um sich vor weiteren Tiefschlägen zu schützen und krümmte sich vor Schmerzen. Anna erhob sich und stand mit breiten Beinen über ihm. Sie blickte auf ihren Widersacher herab, der zerstört vor ihr im Schatten des Waldes im Dreck lag.

Sie sah hinauf zum blauen Himmel, vernahm die Stimmen der Natur um sich herum. Das Zwitschern der Vögel, das Summen der Insekten und fühlte sich stark.

Dieser Moment veränderte sie.

Robert gab einen Laut von sich und erneut stürzte sie sich auf ihn.

Sie sprang auf seinen Rücken und drückte mit aller Kraft sein Gesicht in das Schlammloch, in dem sie selbst noch vor einigen Minuten um ihr Leben gekämpft hatte. Robert versuchte sich verzweifelt zur Wehr zu setzen, aber so wie vorher Anna, wurde er mit jeder Bewegung nur tiefer in den Schlamm hineingezogen. Sie verlagerte ihr ganzes Gewicht auf seinen Kopf und drückte ihn immer weiter in den Morast.

Es kam Anna wie eine Ewigkeit vor, bis Roberts Gegenwehr in unkontrollierte Zuckungen überging und er schließlich bewegungslos liegen blieb.

Sein Überlebenskampf war verloren.

Anna drückte seinen Kopf noch einige Minuten tief in die Kuhle, in der sich mehr und mehr rotes Schlammwasser ansammelte. Sie wollte sichergehen, dass dieses Schwein sein Leben wirklich ausgehaucht hatte.

Kälte überkam sie. Plötzlich hatten die langen Schatten des Waldes etwas Unheimliches an sich. Etwas Bedrohliches.

Anna atmete schwer.

Mit schockierender Deutlichkeit wurde ihr plötzlich klar, welches Risiko sie eingegangen war, als sie sich auf Robert gestürzt hatte. Er war eigentlich ein viel zu starker Gegner für sie gewesen.

Nur weil sie seine Stimme gehört hatte, war sie sich sicher gewesen, dass er sterben würde. Aber konnte sie wirklich darauf vertrauen?

Und selbst wenn - es hätte genauso gut sein können, dass er sie im Kampf schwer verletzt und mit in den Tod gerissen hätte.

Sie fing am ganzen Leib an zu zittern.

Der Schlamm fühlte sich eisig an.

Anna musste zurück zum Licht. Zurück in die warme Sonne, wo die Pferde auf sie warteten. Die beiden Tiere grasten, gerade so als hätte diese schreckliche Szene niemals stattgefunden.

Jack!

Tränen schossen Anna in die Augen. Jack war ein guter Kerl gewesen und viel zu jung, um zu sterben. Er hatte sein Leben in gewisser Weise für sie gegeben, denn er hatte sich Robert zum Feind gemacht. Ihretwegen.

Erst als sie auf seinen Leichnam zuging, wurde ihr bewusst, dass sie halb nackt vor ihm stand. Halb nackt und verdreckt.

Sie wusste, was sie zu tun hatte. Sie ging hinunter zum Fluss, wo sie das dritte Pferd vorfand, das Robert an einen langen Ast angebunden hatte, bevor er über Jack hergefallen war. Der Fluss plätscherte dahin, als wäre die Ruhe dieses Ortes niemals gestört worden.

Anna legte ihr Kleid ab, den in Fetzen gerissenen Unterrock und sprang splitternackt in den Fluss. Sie schwamm, tauchte unter und spürte keine Kälte mehr. Sie bewegte sich schnell und spürte die Kraft jedes einzelnen Muskels in ihrem Körper.

Sie hatte sich gewehrt! Sie hatte gekämpft.

Und sie hatte einen der Mörder ihres Vaters zur Strecke gebracht.

Tiefe Zufriedenheit breitete sich in ihrem Inneren aus.

Sie schwamm zum Ufer zurück und begann sich gründlich zu waschen. Sie wusch ihre langen schwarzen Haare und die Nässe verlieh ihnen wieder diesen besonderen Glanz, auf den sie schon als kleines Mädchen immer wieder aufmerksam gemacht worden war. Sogar Fremde hatten sie auf offener Straße auf die Farbe ihres Haares angesprochen und ihr Komplimente gemacht über den seidigen Glanz, der von ihm ausging.

An der Wasseroberfläche betrachtete sie ihr Spiegelbild. Es war nicht mehr zu sehen: das Mädchen, das Kind.

Anna sah eine Frau. Entschlossenheit und Stärke strahlten aus diesen blauen Augen. Sie war jemand anderes geworden.

Immer noch nackt kletterte sie die Böschung empor und ging zu den Pferden. Sie streichelte Jacks Pferd und flüsterte ihm ins Ohr: »Du gehörst jetzt zu mir. Vertrau mir.«

Die Wärme der Sonne hatte ihren Körper bereits fast getrocknet. Die Kälte war gänzlich verschwunden und die Gegenwart der Tiere gab ihr ein Gefühl der Gemeinsamkeit und Geborgenheit.

Sie war alleine. Sie stand nackt auf einer kleinen Lichtung an einem Fluss und fühlte sich trotzdem absolut sicher.

In Jacks Satteltaschen fand sie eine Hose und ein Hemd. Nachdem Jack sehr schmal gebaut war, passte ihr die Hose sogar, auch wenn sie um den Bauch herum immer noch etwas sehr locker saß. Sie benutzte ein Stück Seil als provisorischen Gürtel um den Hosenbund, zog sich das Hemd über, knöpfte es zu und stopfte es in die Hose.

Erst jetzt konnte sie dem geschundenen Körper des armen Jack gegenübertreten. Sie kniete sich neben ihn, nahm seinen Kopf zwischen ihre Hände und küsste ihn sanft auf die Stirn.

Robert hatte einen Spaten auf seinem Pferd mitgeführt. Anna kletterte erneut die Böschung hinab und holte Roberts Pferd. Mit dem

Spaten hob sie eine Grube aus, tief genug, um Jack ein würdiges Grab zu erschaffen.

Bevor sie seine Leiche in die Grube beförderte, bemächtigte sie sich seines Revolvers und des Patronengurts, der um Jacks Hüfte geschnallt war. Mit einiger Mühe zog sie dem Toten auch Stiefel und Hosen aus. Das Hemd war völlig blutverschmiert und nicht mehr zu gebrauchen. Die anderen Sachen aber konnten lebenswichtig für sie sein, auch wenn die Stiefel bestimmt zwei Nummern zu groß für sie waren.

Nachdem die Arbeit verrichtet war, verstaute Anna den Spaten wieder am Sattel von Roberts Pferd. Sie schnallte sich den Patronengurt um, ließ die dazugehörige Waffe in den Halfter gleiten und stieg auf das größere, schnellere Tier von Jack. Der Revolver gab ihr das ungewohnte Gefühl, vollends Herrin der Lage zu sein. Es war wie eine Offenbarung. Anna wollte nicht mehr schwach sein. Nie wieder wollte sie nur das Opfer sein.

Am Zügel ziehend drehte sie ihr Pferd in die Richtung, in der sie Roberts Leiche zurückgelassen hatte. Die ersten Krähen hatten sich bereits auf dem Kadaver niedergelassen und hackten auf Roberts leblosen Körper ein.

Tiefe Zufriedenheit erfasste Anna, obwohl sie wusste, dass es Unrecht war, sich am Tode eines anderen Menschen zu erfreuen.

Aber hier und jetzt war sie das Gesetz. Die Gerechtigkeit hatte sich ihr Recht verschafft.

Ein letztes Mal blickte sie auf Jacks unscheinbares Grab hinab, sprach ein leises Gebet und verließ diesen Ort, an dem sie fast ihr Leben verloren hätte.

Sie verließ ihn als Siegerin.

****

Minnesota, 26. Mai 1860

Aus dem dichten Wald kommend lenkte er sein Pferd den Hang hinunter, auf die kleine Lichtung zu, welche einen offenen Zugang zum Fluss gewährte.

Der Tod lag im Verborgenen, war aber so deutlich zu spüren, dass es keinen Zweifel geben konnte. Auch das Tier wurde dem gegenwärtig, denn es schnaubte und bewegte sich unruhig, während es seinen Reiter sicher den Hügel hinabtrug. Unübersehbar waren die Spuren der Pferde. Nicht älter als zwei Tage. Drei Pferde. Zwei davon beladen, alle mit Reiter.

Eines der Tiere hatte einen sehr schweren Mann zu tragen gehabt. Zu schwer für einen beweglichen Mann. Die anderen beiden hatten keine tiefen Spuren hinterlassen. Die Reiter könnten Frauen gewesen sein, auch wenn eines der Tiere zusätzlich beladen war.

Langsam ließ er sich seitlich von seinem Pferd gleiten, indem er mit einem schnellen Schwung das rechte Bein über den Rücken des Tieres schwang und lautlos mit beiden Füßen auf der Erde landete.

Er ging in die Hocke und nahm die von den Pferdehufen aufgerissene Erde zwischen die Finger, rieb und roch daran, ohne den Blick von seiner Umgebung abzuwenden. Nichts schien sich seiner Aufmerksamkeit entziehen zu können. In seinen dunklen Augen spiegelte sich volle Konzentration. Jedes Geräusch wurde im Bruchteil einer Sekunde seinem Ursprung zugeordnet, was das Gehör des Mannes zu einem perfekten, schier unüberwindbaren Warnsystem werden ließ.

Er erhob sich und führte sein Tier weiter auf den leise plätschernden Fluss zu. Es war nur seine Hand, die sanft auf dem Hals des Tieres lag, welche dem Pony zu verstehen gab, ihm zu folgen.

Von diesem Ort ging keine Gefahr mehr aus. Der Kampf war bereits vorüber und hatte seine Opfer gefordert. Der Tod hatte sich über diesen Ort gelegt und ihm den Frieden zurückgegeben.

Als er näher an den Fluss und auf die Lichtung zukam, erblickte er sofort den von Menschenhand geschaffenen, kleinen Erdhaufen, wie ihn weiße Siedler oft errichteten, um ihre Toten zu ehren.

Sie hätten sie den Bären und Wölfen, den Füchsen und Wildkatzen auch direkt verfüttern können.

Weiter hinten, im moorigen Gelände, wo der Wald den Schatten der Ewigkeit spendete, war das wohl auch so geschehen. Krähen machten sich über den Kadaver eines Mannes her, der unübersehbar der unbewegliche, korpulente Reiter gewesen sein musste. Es konnte nicht lange dauern, bis das erste größere Wildtier seinen Anspruch auf das Fressen geltend machen würde.

Ungerührt zog der Mann Bilanz. Weiße. Zwei Tote.

Wieder sah er sich um. Keine Feuerstelle. Kein Lager.

Nirgends ein Zeichen eines Überfalls zu entdecken. Die Weißen mussten unterwegs in Streit geraten sein. Nicht ungewöhnlich.

Viele weiße Männer waren dem bösen Geist des Alkohols verfallen.

Dafür aber Spuren, die vom Ort des Geschehens wegführten.

Drei Pferde. Eines nicht bepackt, eines mit Reiter - oder Reiterin?

Es war offensichtlich, dass das eine Tier seinen schweren Reiter hier zurückgelassen hatte. Aber auch eine der Frauen war gestorben. Oder ein sehr schlanker oder kleiner Mann.

Außer dem Toten am Waldrand und diesem Erdhaufen war nichts zurückgeblieben. Eines der Pferde hatte jetzt weder Last, noch einen Reiter zu tragen. Es war das kleinste der Tiere, weniger kräftig.

Vor zwei Tagen hatte der Kampf stattgefunden.

Der Reiter oder die Reiterin war daraufhin allein weitergezogen. Unverletzt, wie es schien.

Instinktiv wurde er sich der Gegenwart eines weiteren Geschöpfes bewusst und lächelte, als er sich umdrehte und einen großen Bären aus dem Wald hervortrotten sah. Der Geruch des Todes hatte ihn doch schneller angelockt, als es den Anschein gehabt hatte.

Er befand sich jedoch in sicherer Entfernung zu dem Tier und wollte ihm seine Beute auch keineswegs streitig machen. Der Bär nahm sich der Leiche an und zerrte sie schließlich mit sich, in Richtung des Waldes.

Der Indianer fand Annas Fußspuren, die von unten am Fluss durch den Sand und die weiche Erde nach oben zur Böschung führten.

Ein Kind!

Es musste ein Kind oder eine sehr junge Frau sein, die den Kampf überlebt hatte und dann allein weitergeritten war.

Unschwer zu erkennen, dass der Weg in einer völlig anderen Richtung fortgesetzt wurde.

Flucht. Der Reiter oder die Reiterin war auf der Flucht.

Aber was konnte die Weißen bewegen, hinter einem Kind oder einer jungen Frau her zu sein?

Prüfend richtete er den Blick empor zum Himmel.

Es würde ein schweres Gewitter geben, noch ehe die Sonne viermal die Nacht besiegen würde.

Dark Cloud war in seinem Volk ein heiliger Mann. Er hatte die spirituelle Kraft seiner Ahnen geerbt, die über ihn wachten und seine Wege begleiteten und bestimmten. Ihm wohnte der große Zauber inne. Sein Volk respektierte und ehrte, seine Feinde fürchteten ihn.

Im Laufe der letzten Jahre und Jahrzehnte hatte sein Volk, die Dakota, in seinen Augen alles verloren, was dem Ursprung ihres Daseins gerecht geworden wäre. Die Dakota waren ein sterbendes Volk.

Das Gebiet ihres Stammes war zehnmal so groß gewesen, bevor der weiße Mann seine Leute über das große Wasser geführt hatte. Viele tausend Soldaten, Siedler, Frauen und Kinder waren wie eine Heuschreckenplage über das Land seines Volkes hereingebrochen.

Die Männer hatten gestohlen, vernichtet und gemordet.

Bevor sich das Leben der Dakota verdunkelt hatte, waren die Jagdgründe von unerschöpflichem Reichtum gewesen.

Jetzt war das Lachen aus dem Gesicht seines Volkes verschwunden.

Viele Versprechungen waren gemacht worden.

Neun Winter waren vergangen seit Häuptling Little Crow den Vertrag mit den Weißen unterzeichnet hatte, der ihnen ein friedliches Leben in einem eingeschränkten Lebensraum garantieren sollte.

Für eine gewisse Zeit war tatsächlich Frieden eingekehrt, dann aber hatten die Weißen ihr Versprechen erneut gebrochen. Erst zwei Winter waren vergangen, als man die Reservation der Dakota erneut verkleinert hatte. Das Gebiet am Minnesota River, das den Dakota geblieben war, war zu klein, um eigenständig zu überleben.

So war der Stamm von der Versorgung durch die Weißen abhängig geworden.

Bei diesem Gedanken spiegelte sich blanker Hass in seinen Augen.

Viele Male hatte er die Geister um Rat gefragt. Er hatte sich immer wieder in Trance versetzt, um mit den Ahnen zu sprechen und eine Lösung für das Überleben seines Volkes gesucht. Die Visionen waren immer schwerer zu deuten gewesen. Immer wieder hatte er sich alleine in die verbotenen, ehemaligen Jagdgründe begeben, so wie es ihm befohlen war. Er hatte nicht gejagt. Nur das Gebiet seiner Väter und Vorfahren konnte eine Antwort auf die Fragen bergen.

Dark Cloud war zu einem Suchenden geworden.

Eine der Visionen hatte immer wieder Gestalt angenommen. Es war eine Macht, die von Vergeltung getrieben wurde. In der Form einer Krähe. Einer weißen Krähe, welche die Krieger der Dakota in den Kampf führte. Von den Ahnen beseelt war sie gekommen, um zu töten. Und in seinen Visionen folgte er ihr. Wohl wissend, dass der Kampf nicht zu gewinnen sein würde.

Als Häuptling Little Crow sich auf den Vertrag mit dem Militär der Vereinigten Staaten von Amerika eingelassen hatte, war er überzeugt gewesen, die einzige Überlebenschance für sein Volk ergriffen zu haben. Dark Cloud hingegen hatte das damals für einen Fehler gehalten. Wie viele der Krieger wollte auch er gegen die Eindringlinge kämpfen. Er wollte lieber einen ehrenvollen Tod sterben, anstatt unter dem Joch und der Gnade des weißen Mannes leben zu müssen.

Viele Winter waren seitdem vergangen. Und viele Dakota hatten ihr Leben verloren. Oft hatten die Frauen keine Milch in ihren Brüsten, um die Babys zu ernähren. Die Nahrungsmittelzuteilungen der Agenturen waren zu klein oder von minderer Qualität. Die Menschen hungerten, die kleinen Kinder und Alten starben.

Gekauft!

So nannte es die Regierung. Gekauft hätten sie das Land der Dakota.

In Wahrheit hatten sie das Land gestohlen. Niemand besaß das Recht, die Lebensgrundlage eines anderen zu kaufen. Die Weißen waren verblendet in ihrer Gier nach Geld und Macht.

Darüber war sich »Das Feuer der sieben Stämme« einig, der große Rat der Stämme. Viele heilige Männer und Frauen hatten den Untergang der weißen Rasse vorhergesagt.

»Sie sind schwache, dumme Wesen und werden sich irgendwann

selbst vernichten«, so lauteten die Vorhersagen.

»Sie haben keinen Respekt vor dem wahren Leben, deshalb wird sie der große Geist nicht lange dulden. Auch erkennen sie die Zusammenhänge des Daseins nicht. Aus Unwissenheit vernichten die Weißen ihre eigene Lebensgrundlage. Sie sind maßlos, neidisch und eitel. Das Töten bereitet ihnen Freude. Die Jagd dient nicht mehr dem heiligen Zweck. Die Opfer werden nicht geehrt.«

Wegen ihrer Felle wurden immer wieder unzählige Tiere getötet, während ihr Fleisch einfach zum Verfaulen liegen gelassen wurde.

Es war eine Frage der Zeit, wann dieses Volk an sich selbst zugrunde gehen würde. Darin stimmten alle überein. Wann diese Zeit kommen würde, das wusste Dark Cloud nicht und auch nicht, ob die Dakota dann noch existieren würden. Wie viele weise Häuptlinge hatte auch er erkannt, dass sein Volk einen weiteren Kampf nicht überleben würde. Er hatte sich dem Schicksal gefügt, der Kampf war beendet.

Der Stamm der Dakota hatte die Jagdgründe seiner Vorfahren verloren.

Einige Krieger verließen die Reservation. Sie zogen mit ihren Familien weiter Richtung Westen und schlossen sich dort anderen Stämmen an, die sich dem Kampf gegen die Eindringlinge verschworen hatten. Immer wieder kam es zu Auseinandersetzungen. Immer mehr Frauen und Kinder mussten ihr Leben lassen, wenn Militäreinheiten ganze Dörfer dem Erdboden gleichmachten.

Mit unglaublicher Brutalität und Grausamkeit gingen die Soldaten gegen die Indianer vor. Sie töteten die Krieger, köpften Kinder und Babys vor den Augen ihrer Mütter, fielen dann über die Frauen her, schnitten ihnen, während sie sich an ihnen vergingen, die Brüste ab und ließen sie verblutend auf dem Schlachtfeld zurück.

Zweifel kam auf bei den Stämmen, ob es sich bei ihren Peinigern wirklich um menschliche Wesen handeln konnte.

So wurde auch in den westlichen Gebieten, ein Stamm nach dem anderen unterworfen. Die Geschichten der Gräueltaten wurden von Feuer zu Feuer getragen. Viele hatte der Mut verlassen.

Die meisten Überlebenden der Dakota aber waren geblieben und besiedelten das Land nördlich des Missouri Rivers, auf einem schmalen Streifen, der das Gebiet der Reservation bedeutete. Innerhalb dieses Gebietes war es den Indianern erlaubt zu jagen und zu fischen, Ackerbau zu betreiben und ihrem traditionellen Leben nachzugehen. Die Weißen hatten ihnen als Zeichen des guten Willens sogar Gewehre überlassen.

Während der eine Teil des Stammes an dem traditionellen Leben festhalten wollte, gab es auch die anderen, die sich mit der Lebensweise des weißen Mannes vertraut gemacht hatten und versuchten, ihr Leben an das der Siedler anzupassen. Sie waren Farmer geworden, kleideten sich wie die Weißen, übernahmen deren Sprache und Gebräuche. Einige traten sogar dem christlichen Glauben bei.

Dark Cloud war ein gebildeter Mann, was diese Fragen anging. Er sah es als seine Verpflichtung, so viel Wissen über seine Feinde anzusammeln, wie er nur konnte. Früh hatte er die Sprache der Weißen erlernt, denn nur wer die Worte seiner Feinde zu deuten wusste, konnte sie wirkungsvoll bekämpfen. Den Umgang mit dem Gewehr hatte er sich genauso zu eigen gemacht wie die Schrift des weißen Mannes.

Viele Male hatte er sich den ehrenvollen Tod im Kampf herbeigesehnt, war sich dann aber seiner Verantwortung bewusst geworden. Es war der Führer in ihm, der ihm gebot, die Waffen ruhen zu lassen und Little Crow in dessen Bemühungen um Frieden zu unterstützen.

Seitdem das Gebiet der Dakota auf das winzige Gebiet am Minnesota River beschränkt worden war, wurden die Bedingungen jedoch immer unerträglicher. Vor allem die jungen Krieger wurden zusehends unruhiger und wollten kämpfen. Sie würden ihm bedingungslos folgen, sobald er zum Kampf aufrufen würde, dessen war er sich sicher. Selbst wenn das gegen die Entscheidung der Häuptlinge sein würde. Aber Dark Cloud war nicht bereit, das Leben so vieler zu opfern. Nicht ohne ein Zeichen.

Er stand in der Schuld seiner Ahnen, die einen anderen Weg für ihn bestimmt hatten. Und so zog er immer wieder durch dieses, jetzt für sein Volk verbotene Land seiner Vorfahren und suchte diesen Weg.

Die Vorzeichen standen gut. Bald würde er den Willen seiner Vorväter verstehen. Er würde wissen, was zu tun war.

Er ging wieder hinüber zu seinem Pony, welches bis auf ein Messer, welches in einem Halfter an seinem ledernen Gürtel steckte, alle anderen Waffen trug. Sein Gewehr genauso wie Pfeil und Bogen: Die heiligen Waffen der Jagd.

Anders, als von den Soldaten gedacht, wäre es Dark Cloud niemals in den Sinn gekommen, das Gewehr für die Jagd zu benutzen. Es sollte den Weißen den Schmerz zurückgeben, wenn es an der Zeit war.

Leise Worte flüsterte er seinem Pferd ins Ohr, bevor er sich mit einem eleganten Sprung auf dessen Rücken manövrierte. Langsam setzte sich das Tier in Bewegung. Und zwar in die Richtung der Spuren des oder der Flüchtigen. Dark Cloud konnte es sich nicht erklären, aber eine Stimme in seinem Herzen gebot ihm, dieser Spur zu folgen.

Die Fähigkeit dem Herzen zu folgen, war eine der Eigenschaften, die der weiße Mann entweder vergessen, verlernt oder niemals besessen hatte.

Die Schatten wurden bereits länger, als der heilige Mann der Dakota diesen friedlichen Ort des Todes verließ.

****

Minnesota, 24. Mai 1860

Anna war ohne Pause geritten, nachdem sie die Lichtung am Fluss verlassen hatte, auf der sie beinahe ihr Leben verloren hatte. Trotz des warmen Wetters saß der Schock über das Erlebte so tief, dass sie immer wieder fröstelte und stoßweise am ganzen Körper zitterte. Dann wieder wurde ihr plötzlich furchtbar heiß, so dass ihr der Schweiß auf der Stirn stand.

Auch der Schnitt auf ihrer Backe fing von Zeit zu Zeit an zu pulsieren und zu schmerzen. Sie wusste zwar, dass die Wunde gut am Verheilen war, trotzdem liefen ihr immer wieder dicke Tränen über die Wange.

Das Hochgefühl, das sie nach ihrem Sieg über Robert McFee beim Verlassen der kleinen Lichtung empfunden hatte, war verflogen.

Es war mittlerweile fast dunkel. Anna saß immer noch auf Jacks Pferd und führte die anderen beiden Tiere an den Zügeln mit sich.

Die Geräusche der Finsternis nahmen zu und Anna bekam Angst. Noch nie zuvor in ihrem Leben war sie völlig alleine gewesen. Sie hielt die Pferde an, blickte sich nach einer geeigneten Stelle für eine Rast um, konnte aber bereits nicht mehr weit genug sehen, um eine große Auswahl an möglichen Lagerplätzen erkennen zu können.

Der ungewöhnlich laute Schrei eines Greifvogels ließ sie vor Schreck zusammenfahren.

Sie stieg ab und führte die Pferde zu Fuß weiter.

Der Waldboden war weich, sie kam dennoch einigermaßen voran.

Nach einer Weile stieß sie auf eine Kuhle, die von einem, vor langer Zeit umgefallenen Baum stammen musste. Er hatte mit seinem Wurzelwerk einiges an Erdreich mit sich gerissen und so eine Mulde entstehen lassen, die sich Anna nun als Lagerplatz anbot.

Umgeben von hohen Bäumen war es an dieser Stelle auch möglich ein Feuer zu machen.

Anna band die Pferde an den Zügeln um einen Baumstamm fest und begann die Tiere von den Satteln und der Last zu befreien.

Mit geübten Handgriffen versorgte sie die Tiere und fing an, Holz aus der Umgebung aufzusammeln, in dem sie mit den Händen über den Waldboden glitt, um größere Äste auszumachen.

Sie war bereits von Dunkelheit umgeben. Die Mulde noch einmal zu verlassen, erschien ihr zu riskant.

Egal wie rational dieser Gedanke oder dieses Gefühl auch sein mochten, sie musste versuchen mit dem auszukommen, was sie von innerhalb der Kuhle erreichen konnte.

Tatsächlich hatte sie nach einer Weile einen nicht zu kleinen Haufen trockenes Holz gesammelt und begann die Feuerstelle vorzubereiten.

In der Mitte der Mulde befreite sie eine größere, kreisförmige Stelle von kleinen Ästen und Reisig, so dass nur noch der blanke, kühle Waldboden zu spüren war.

Wie schon so oft errichtete sie einen Stapel Holz aus kleinen und mittleren Zweigen, wobei sie die dünnsten und trockensten nach unten platzierte. Aus den Satteltaschen entnahm sie eine Packung

Zündhölzer und entfachte mit zittrigen Händen ein Feuer, das sich ohne Probleme dem trockenen Geäst annahm und auf der Suche nach mehr Nahrung auf die größeren Äste übersprang, die Anna nachlegte.

Die wohlige Wärme und das Licht ließen Anna sofort ruhiger werden.

Sie holte eine Decke aus dem Gepäck, wickelte ihren Körper darin ein, setzte sich ans Feuer und starrte eine ganze Zeit lang völlig regungslos in die Flammen. Sie war so erschöpft, dass sie das Hungergefühl völlig überging, das sich in ihrem Körper ausbreitete.

In ihrem Kopf herrschte völlige Leere.

Irgendwann aber kamen die Gedanken zurück. Und mit ihnen die schrecklichen Erinnerungen an die vergangenen Tage.

Der Überfall, die Gefangennahme. Oh Gott! Die Hinrichtung ihres geliebten Vaters. Tränen liefen ihr über das Gesicht.

Der Abtransport aus New Ulm und der Ritt mit diesem Wahnsinnigen.

Jack! Dieser arme, junge Kerl, der sein Leben lassen musste.

Für nichts!

Ein lautes Schluchzen entfuhr ihrer Kehle und überraschte sie selbst. Es war, als suchte ihr Körper ein Ventil für den unerträglichen Schmerz.

Ein lautes Knacken in einiger Entfernung ließ Anna aufschrecken.

Automatisch schnellte ihre Hand zu dem an ihrer Hüfte befestigten Revolver.

Sie wusste damit umzugehen.

Vor ihrer Abreise von der Farm in Pittsburgh waren sie von ihren Freunden fast gezwungen worden den Umgang mit Schusswaffen zu erlernen. Ohne Gewehr und Revolver hatten sie sie nicht aufbrechen lassen wollen und betont, dass dies nicht nur der Notwendigkeit der Jagd geschuldet war. Sie sollten sich im Ernstfall zu verteidigen wissen. Auch waren sie gewarnt worden, dass sich eine Menge Gesindel außerhalb der Städte herumtrieb. Rothäute, entlaufene Negersklaven, Kopfgeldjäger und Halunken, die bereits wegen ein paar Dollar bereit waren zu töten.

Anna und ihr Vater hatten einige Zeit damit verbracht, das Schießen und den Umgang mit den Waffen zu erlernen und zu üben. Sie wären in der Lage gewesen, sich gebührlich zu verteidigen, wenn es wirklich zu einer gewaltsamen Auseinandersetzung gekommen wäre, was bis auf das Zusammentreffen mit den McFees, bei dem sie feige überrumpelt worden waren, zum Glück nicht notwendig geworden war.

Das Jagen mit dem Gewehr war eine Mindestvoraussetzung für das Überleben in der Wildnis, das hatten sie nach ihrer Abreise aus Pittsburgh sehr schnell erkannt. Oft hatte es nur Fleisch gegeben, über mehrere Tage hinweg. Und das, obwohl Papa darauf bestanden hatte, nur Kleinwild zu jagen. Alles andere sei maßlose Verschwendung, hatte er gesagt.

Jetzt war Anna froh darüber, dass sie einen einigermaßen sicheren Umgang mit dem Revolver vorweisen konnte. Sie zog die Waffe, spannte den Hahn und konzentrierte sich auf die Geräusche um sich herum. Welches Wesen es auch immer gewesen sein mochte, das dieses Geräusch verursacht hatte, es hatte sich wohl in den Wald zurückgezogen. Von Stille aber konnte trotzdem keine Rede sein. Die Laute der Nacht umgaben sie. Der Wald lebte.

In einiger Entfernung war das Geheul der Wölfe zu hören, welches wie ein Signal zum Anbruch der Jagd auf Anna wirkte. Mit einem Schauder wurde ihr bewusst, dass sie selbst diese Nacht zu den Opfern zählen könnte. Gehetzt und gejagt von einem Rudel hungriger Wölfe.

Ihre Hand klammerte sich fester um den Griff des Revolvers. Sie würde zu kämpfen wissen und nicht in Panik geraten. Panik, das wusste sie, war ihr härtester Gegner, den es niederzuringen galt. Sie war bereit.

Bis jetzt hatte Anna ihr Nachtlager niemals völlig allein in der Wildnis aufschlagen müssen. Mit gezogenem Revolver in der Hand stand sie langsam auf, ging hinüber zu den Satteltaschen und holte weitere Decken hervor. Mit einer Hand breitete sie eine der Decken an der Feuerstelle aus, legte mehr Holz ins Feuer und setzte sich. Wenn überhaupt an Schlaf zu denken sein würde, wäre ihr Schlafplatz damit ausreichend gerichtet. Zu mehr konnte sie sich beim besten Willen nicht überwinden. Mit dem Finger am Abzug des Revolvers zog sie die Decken noch enger um ihre Schultern und begann sich nach wenigen Minuten etwas zu entspannen.

Einen Gedanken hatte sie bis jetzt völlig verdrängt.

Was war nur los mit ihr?

Nach dem entsetzlichen Verlust ihres Papas hatte sie der Schock völlig übermannt. Die schrecklichen Geschehnisse danach hatten eine Trauer unmöglich gemacht. Sie schämte sich.

Am meisten erschrocken war sie aber über den Fluch, der nun endgültig Besitz von ihr ergriffen zu haben schien. Niemals würde sie vergessen können, wie sie damals als Kind den Unfall des jungen Burschen miterleben musste. Wie er eingeklemmt worden war und sie die Gedanken des Sterbenden hatte hören können. Sie hatte gebetet und wieder gebetet, dass sie sich damals alles nur eingebildet hatte und etwas Ähnliches niemals wieder geschehen würde. Tief in ihrem Inneren aber hatte sie immer gewusst, dass es weder Einbildung noch Zufall gewesen sein konnte. Es *war* real gewesen, auch wenn es unerklärlich blieb.

Seit damals allerdings war sie von dem Fluch verschont geblieben.

Es war das einzige Erlebnis dieser Art geblieben. Bis jetzt!

Die letzten Worte ihres Vaters würden niemals mehr aus ihrem Gedächtnis verschwinden. Sie war dankbar für die Ohnmacht, die ihren Körper zum Zeitpunkt des Todes ihres Papas überwältigt hatte.

Ihre Erinnerungen an die Hinrichtung beschränkten sich auf die Szenen, als ihr Vater noch am Leben gewesen war. Was danach passiert war, das wusste sie nicht. Das Erste, an das sie sich erinnern konnte, war das Erwachen in dem Haus dieser Fremden.

Aber dann … dann hatte es sich wiederholt!

Kurz bevor Robert den unglücklichen Jack niedergestochen hatte, war Anna bewusst gewesen, dass dieser arme Kerl sein Leben lassen würde. Sie hatte es mit solcher Sicherheit gewusst! Sie hatte es gespürt. Sie hatte seine Gedanken hören können!

Wieder lief ihr eine dicke Träne über ihr geschundenes Gesicht.

»Nein«, sagte sie laut zu sich selbst und wischte sich energisch über die Augen. Sie wollte sich nicht in Selbstmitleid ergeben.

Bei näherer Betrachtung der Umstände war da noch etwas anderes.

Der Fluch, wie sie es für sich nannte, hatte ihr ebenso das Leben gerettet, darüber wurde sie sich erst in diesem Moment bewusst.

Ja - hätte sie versucht vor Robert zu fliehen ... hätte er seinen Revolver erreicht, ... dann wäre jetzt vermutlich sie diejenige, die tot auf der Lichtung zurückgelassen worden wäre.

Ein kalter Schauer lief ihr über den Rücken.

Ehrlicherweise musste sie sich eingestehen, dass sie die Attacke auf Robert niemals in Erwägung gezogen hätte, wäre der Fluch nicht in Erscheinung getreten. In dem Moment, als sie Roberts Stimme vernommen hatte, war etwas passiert. Den Angriff hatte sie in absoluter Sicherheit geführt, niemals die Unterlegene sein zu können. Roberts Tod war bereits besiegelt, noch bevor sie, einem Raubtier gleich, zum Sprung auf ihn angesetzt hatte. Sie war wie von einem Instinkt getrieben gewesen. Dem Instinkt zu überleben.

Jetzt im Nachhinein bewunderte sie ihren eigenen Mut, auch wenn schwermütige Gedanken von ihrer Seele Besitz ergriffen. Einen Menschen getötet zu haben, selbst jemanden wie diesen gemeinen, schmierigen und brutalen Robert McFee, das machte ihr zu schaffen.

Und es machte sie stolz. Dafür wiederum schämte sie sich.

Die Gedanken begannen zu verschwimmen. Erschöpfung und Müdigkeit forderten ihren Tribut.

Langsam sank Anna vorne über in sich zusammen. Das Knistern des Feuers, vermischt mit den Rufen der Nacht, schuf eine Atmosphäre der Ruhe. Im Moment des Einschlafens ließ sich Anna auf die ausgebreitete Decke neben sich sinken und fühlte sich zuhause.

****

Minnesota, 28. Mai 1860

An diesem Morgen wollte es irgendwie gar nicht richtig hell werden.

Dunkle Wolken belegten die Landschaft mit ihren Schatten und tauchten die Umgebung in ein und dasselbe diffuse, graue Licht.

Das Strahlen und die bunten Farben der blühenden Blumen und

Büsche waren einer Bedrohlichkeit gewichen, die sich in dem Geräusch des in einiger Entfernung grollenden Donners manifestierte.

Noch war es trocken, aber das Gewitter schien näher zu kommen.

Es waren vier Tage vergangen, seit Anna die Lichtung am Fluss verlassen hatte, die zum Schauplatz des Sterbens geworden war.

Wie friedlich und schön dieser Ort bei ihrer Ankunft gewesen war … der Fluss, die warme Sonne und der Wald. Selbst die bedrohliche Lage, in der sich Anna befunden und die Angst, die sie verspürt hatte, hatten ihren Blick für die Schönheit der Natur nicht trüben können.

Es war ein Platz zum Verweilen gewesen. Einer jener Orte, die einem das Gefühl vermittelten, angekommen zu sein.

Welches Spiel das Leben auch immer mit ihr spielte, es war ein grausames Spiel geworden. Diese Stelle am Fluss, die Geschehnisse, ihr Überleben - alles schien in unerklärbarer Weise vorausbestimmt. Es war kein Zufall gewesen, dass es genau diese wunderschöne Lichtung gewesen war, welche die Ereignisse heraufbeschworen hatte.

Unschuld war von ihr ausgegangen. Und nun war dieser Ort verflucht!

Das Grauen hatte die Lichtung erfasst. In Annas Erinnerung sah sie nur tiefrotes Blut, das sich mit der schlammigen Erde des Waldbodens vermischte und von ihm aufgesogen zu werden schien.

Zwei Tote. Einer, gestorben durch ihre Hände.

Anna ritt langsam. Sie hatte weder Plan noch Ziel.

Das Einzige, das sie mit Sicherheit wusste, war, dass sie erstmal nicht wieder in die Nähe dieser Stadt kommen durfte. Es würde einige Zeit dauern, bis die Menschen feststellten, dass sie niemals in Saint Paul angekommen waren. Das Verschwinden von Jack und diesem Fiesling Robert McFee würde Fragen aufwerfen. Schlimmstenfalls würden sie auf der Suche nach den beiden sogar auf Roberts Leiche stoßen.

Verdammt!

Angst breitete sich in ihrem Herzen aus.

Sie hätte Roberts Leichnam irgendwie verschwinden lassen müssen.

Stattdessen hatte sie durch das Grab für Jack auch noch die deutlichste Spur hinterlassen, die man sich nur vorstellen konnte. Plötzlich fühlte sie sich verfolgt. Immer wieder drehte sie sich um und gab unbewusst ihrem Pferd die Sporen, in dem sie ihre Fersen sachte in die Flanken des Tieres trat. Irgendetwas stimmte nicht. Sie wurde beobachtet!

Auf einmal war es ganz deutlich zu spüren: Sie war nicht allein.

Eine ganze Weile ritt sie mit ihren drei Pferden so dahin, als sie es plötzlich nicht mehr ertragen konnte.

»Was ist?«, rief sie laut. »Na los, dann kommt mich schon holen!«

Nichts rührte sich.

Das tiefe Grollen des heranrückenden Donners zerriss die Stille des Waldes.

Sie musste weiter, weg von hier.

Von Panik erfasst trieb sie ihre Tiere ein weiteres Mal an. Die Landschaft um sie herum begann sich zu verändern. Dichte Wälder wechselten sich mehr und mehr mit größeren, weiten Flächen ab, auf denen sie schneller und ungehindert vorankam, bis sie schließlich wieder in das Dickicht eines weiteren Waldstückes eindrang und verschwand. Insgesamt wurde das Gelände felsiger, von weniger Waldflächen durchzogen. Anna ritt leicht bergauf.

Sie täuschte sich nicht.

Zwei Augen verfolgten jede ihrer Bewegungen.

-

Bereits seit dem gestrigen Abend war Dark Cloud ständig in ihrer Nähe und beobachtete ungläubig das große, weiße Mädchen mit den langen schwarzen Haaren, wie es sich durch das Gebiet seiner einstigen Jagdgründe bewegte und dabei Spuren hinterließ, die selbst einem Mann mit geschlossenen Augen ausgereicht hätten, die Verfolgung aufzunehmen.

Unsichtbar folgte er dem Mädchen, nicht wissend was ihn dazu trieb.

Etwas in seinem Herzen zwang ihn dazu, die Verfolgung fortzusetzen.

Die Geister schienen sich ihrer Sache sicher zu sein. Er musste geduldig warten, bis ihm seine Aufgabe offenbart wurde.

Sollte er dieses weiße Mädchen töten?

Niemand würde je davon erfahren. Ein Vergeltungsakt der Soldaten war damit ausgeschlossen. Konnte es sein, dass es das war, das ihn antrieb? Das Töten dieser jungen Frau?

Dark Cloud versuchte das Alter des Mädchens zu schätzen. Sie musste um die siebzehn oder achtzehn Winter zählen. Ihre Größe und die Entwicklung ihres Körpers deuteten darauf hin. Was konnte das Mädchen verbrochen haben, um vor den Soldaten oder den Menschen aus der Stadt fliehen zu müssen? Warum hatte sie die beiden anderen getötet? Was hatte ihr die Kraft und den Mut verliehen sie zu besiegen?

Vielleicht war sie von bösen Geistern besessen, die ihren Verstand verwirrten. Völlig hilflos wirkte sie allerdings nicht. Die Art und Weise, wie sie ihr Nachtlager errichtet und gesichert hatte, wie sie am nächsten Morgen aufgebrochen war und wie sie ihre Tiere führte, zeugte von Erfahrung. Ob es für das Überleben genug war, bezweifelte er allerdings. Er hatte wenige Weiße gekannt, die dazu im Stande gewesen waren, auf sich alleine gestellt, in den Wäldern zu überleben. Sie waren ein so schwaches Volk! Stärke bewiesen sie einzig und allein durch ihre Übermacht, durch ihre Waffen, die denen seines Volkes überlegen waren und durch ihre Gier, die sie zu unbarmherzigen, grausamen Feinden werden ließ.

Als er das Mädchen in den Wald hineinrufen gehört hatte, war es ihm eiskalt über den Rücken gelaufen. Er hatte im Schutz des Unterholzes gelegen, sich instinktiv umgesehen und die Umgebung mit scharfem Blick durchsucht.

An wen waren ihre Worte gerichtet gewesen?

Wer oder was sollte sie holen kommen?

Sie war doch völlig allein.

Es war unmöglich, dass sie sich seiner Anwesenheit bewusst war.

Dark Cloud war verunsichert, denn es konnte bedeuten, dass dieses Mädchen ebenfalls mit den Geistern im Kontakt stand. Er musste sich eingestehen, dass vieles darauf hinwies, dass diesem Mädchen der Zauber innewohnte. So wie er selbst gehörte sie vielleicht ebenfalls zu den Auserwählten.

Nach einer Zeit der Überlegung war er sich dessen sicher. Er konnte es mehr und mehr spüren, umso länger er sich in ihrer Nähe befand.

Am Abend zuvor, als sie ihr Nachtlager errichtet hatte, war er so nahe an sie herangekommen, dass er im Schein des Feuers ihre strahlenden, blauen Augen hatte sehen können. Er hatte seine Hand bereits an seinem Messer gehabt und sie wohl getötet, hätte sie auch nur einen einzigen, weiteren Schritt auf ihn zugetan.

Jetzt war er froh darüber, dass dies nicht passiert war.

Dieses weiße Mädchen war eine Botin. Sie gehörte zu dem, was der große Geist für sein eigenes Schicksal vorgesehen hatte. Sie war Teil seiner Bestimmung, konnte Heil oder Unheil bedeuten. Sollte es seine Aufgabe sein sie zu töten, so würden ihm die Geister ein unmissverständliches Zeichen geben. Solange aber musste er warten.

Dark Cloud brachte sein Pferd in Bewegung und setzte die Verfolgung in sicherem Abstand fort.

-

Es war jetzt bereits später Nachmittag und es hatte zu regnen begonnen. Anna hatte sich nach einer Weile wieder in den Griff bekommen. Die aufkeimende Panik hatte sich gelegt. Sie ritt nun wieder in gemächlichem Schritttempo und zog die Decke, die sie sich um die Schultern gelegt hatte, etwas enger um ihren Körper. Der Regen war kalt. Immer lauter und in immer kürzer werdenden Abständen krachte nun das markerschütternde Donnern des Gewitters über ihr. Die Tiere scheuten und zerrten an den Zügeln.

Verzweifelt schaute sich Anna nach einer dem Sturm abgewandten, geschützten Stelle um, die ausreichend Platz bot, um auch den Tieren einen gebührenden Unterstand zu gewähren. Aber so sehr sie auch suchte, es war nirgends eine Möglichkeit zu entdecken. Sie entschied sich, die nächste Anhöhe zu überqueren, um auf der anderen Seite des Kamms weiter nach einem geeigneten Schlupfwinkel Ausschau zu halten. Entschlossen trieb sie die Tiere den steilen Anstieg hinauf an.

Es regnete mittlerweile in Strömen. Anna, die Pferde und das Gepäck waren völlig durchnässt. Die Kälte schlich sich langsam in alle Körperteile.

Bei dem Versuch, sich die Anhöhe hinaufzuarbeiten, rutschten die Pferde immer wieder ab und hinterließen mit ihren Hufen große Furchen im Untergrund. So war an ein Weiterkommen nicht zu denken. Anna stieg ab und versuchte die Pferde an den Zügeln nach oben zu führen. Es war bereits fast dunkel. Blitze zuckten immer wieder auf, begleitet von ohrenbetäubendem Donner.

In den weit aufgerissenen Augen konnte Anna die Angst erkennen, welche die Tiere erfasst hatte. Durch jeden Blitz und jedes Krachen der Urgewalten schien diese weiter verstärkt zu werden. Trotzdem gelang es ihr mit viel Anstrengung, die Pferde nach oben zu bringen.

Der Bergkamm war mit Wiese bedeckt, teilweise felsig und nur vereinzelt standen kleinere Baumgruppen. Wieder krachte ein Donner über ihren Köpfen.

Das kleinere Pferd, auf dem Anna die Stadt verlassen hatte, drehte sich mit einem Ruck von Anna weg, riss ihr die Zügel aus der Hand und lief davon. Die beiden anderen Tiere, die es ihrem Artgenossen instinktiv gleichtun wollten, wurden von Anna aber erfolgreich zurückgehalten. Mit aller Kraft stemmte sie sich dagegen.

Als sie die Tiere wieder beruhigt hatte, saß sie auf und ritt den Kamm entlang, immer noch auf der Suche nach Schutz vor dem immer stärker werdenden Sturm. Der Weg, der sich wie ein angelegter Pfad über den Hang zu ziehen schien, verwandelte sich aufgrund der enormen Regenmenge schnell von einem Rinnsal zu einem stetig anwachsenden, kleinen Bach. Der Untergrund war steinig und bot für die Hufe der Pferde ausreichend Halt. Immer noch ging es bergauf.

Als ein Blitz in eine, nur einige Meter entfernte Baumgruppe einschlug, war es um die Beherrschung der Tiere endgültig geschehen.

Annas Pferd bäumte sich auf und schleuderte sie in hohem Bogen aus dem Sattel. Anna fiel zu Boden und schlug hart mit dem Kopf auf einem der Felsen auf. Völlig von Panik ergriffen traten die Pferde nach hinten aus und rannten los. Anna, die völlig benommen und hilflos auf dem Boden lag, konnte nicht ausweichen, als das große

Packpferd auf den Unterschenkel ihres rechten Beines trat, der so unglücklich auf einer scharfen Felskante lag, dass sich eine tiefe Wunde in Annas Bein schnitt. Höllischer Schmerz ließ Anna laut aufschreien und riss sie aus ihrer beinahen Bewusstlosigkeit.

»Halt!«, schrie sie aus Leibeskräften den davonstoßenden Pferden hinterher, als müssten sie die hilflose Lage verstehen, in der sie Anna in diesem Moment zurückließen.

Stöhnend ließ sie sich nach hinten fallen. Sie war ihrer letzten Kraft und Hoffnung beraubt. Blutend lag sie in dem immer mehr anschwellenden Bach und verlor langsam das Bewusstsein.

Schwindel erfasste sie und ihr wurde schlecht. Ihr Bein bereitete ihr solche Schmerzen, dass ihr die Tränen in die Augen schossen, als sie versuchte sich zu bewegen. Auf den Ellbogen robbte sie sich aus dem Wasser. Der Sturm tobte über die Anhöhe hinweg, brachte einige der Bäume in bedrohliche Schräglage. Zwischen zwei Felsen blieb Anna schließlich liegen, bereit zu sterben.

Die Geräusche und das Tosen des Sturms verschwanden immer mehr aus ihrem Bewusstsein. Ihr Bein fühlte sich taub an, was den Schmerz in eine Region ihrer Wahrnehmung verschob, die sie nicht mehr deuten konnte. Blut lief über ihr Gesicht.

Anna lag da, nicht fähig zu weinen und wurde ohnmächtig.

****

Minnesota, 29. Mai 1860

Es waren die hellen Strahlen der Sonne, die sie am nächsten Morgen weckten.

Anna blinzelte. Sie lag zwischen zwei Felsen und die Sonne schien ihr direkt ins Gesicht. Nass und klamm lag ihre Kleidung eng an ihrem Körper. Im ersten Moment erschrak sie zutiefst: Sie konnte sich nicht bewegen! Ihr war bitterkalt. Außerdem lag sie ziemlich verdreht auf der Seite.

Wieder versuchte sie, sich aus dieser misslichen Lage zu befreien, um sich einigermaßen gerade zu positionieren. Ein stechender Schmerz jagte durch ihren Körper. Ihr ganzer Rücken schien in Mitleidenschaft gezogen zu sein. Am schlimmsten aber schmerzte ihr rechtes Bein. Ihre Wade brannte wie Feuer. Ihre Arme waren aufgrund der Stellung, in der sie die Nacht verbracht hatte, eingeschlafen und es brauchte eine ganze Weile, bis Anna fähig war, die Durchblutung soweit zu stimulieren, dass sie in der Lage war, ihre Hände und Unterarme wieder richtig zu bewegen. Sie rollte sich nun so gut es ging auf den Rücken, was aufgrund der eng beieinanderstehenden Felsen fast unmöglich war. Ein lautes Stöhnen entfuhr ihrer Kehle.

Völlig eingeengt lag sie einen Moment so da, bevor sie vorsichtig versuchte ihre Beine zu bewegen.

Ihr Linkes schien ihren Befehlen widerstandslos zu gehorchen.

Das rechte Bein aber schien vollends geschwollen und taub zu sein.

Solange sie es nicht bewegte, spürte sie nur ein undefinierbares Brennen, das sich von der Wade, über das Knie bis zum Oberschenkel ausdehnte.

Ein Schrei erfüllte den Bergkamm, als Anna versuchte ihre Beine soweit anzuziehen, dass sie sich aus der Spalte zwischen den Felsen lösen konnte.

Obwohl sie am ganzen Körper fror, standen ihr kleine Schweißperlen auf der Stirn, als sie sich zurück auf den Boden sinken ließ. Nichts an ihrer Position hatte sich verändert. Ihr Atem ging schnell, ihr Herz raste.

›Konzentrier dich!‹, befahl sie sich in Gedanken.

So gut sie konnte, richtete sie ihren Oberkörper ein Stückchen auf und fasste sich mit den Händen unter ihre beiden Kniebeugen. Mit einer möglichst gleichmäßigen Bewegung wollte sie versuchen, die Beine anzuziehen. Mit Entsetzen stellte sie fest, wie geschwollen sich ihr rechtes Bein unterhalb des Kniegelenks anfühlte.

Wiederum mit einem schrillen Schrei, der die Stille dieses sonnigen Morgens zerriss, packte sie ihre beiden Beine, und zog sie an. Schließlich lagen ihre Oberschenkel auf ihrem Brustkorb und sie konnte ihre Beine mit einer leichten Drehung auf dem niedrigeren der beiden Felsen ablegen. Anna war von dieser Anstrengung völlig außer Kräften. Tränen des Schmerzes traten ihr in die Augen.

Was genau war eigentlich passiert?

Sie erinnerte sich, dass ihr Pferd gescheut hatte und in Panik geraten war, als in der Nähe ein Blitz eingeschlagen hatte. Sie war abgeworfen worden und wusste noch, wie sehr sie sich selbst dabei erschrocken hatte. Aber dann?

Richtig! Sie war hart mit dem Kopf aufgeschlagen und hatte fast das Bewusstsein verloren. Ihr Pferd war auf ihr Bein getreten.

An mehr konnte sie sich nicht erinnern, was den letzten Abend betraf.

Verdammt! Was für ein Pech. Wollten die Schicksalsschläge denn gar kein Ende nehmen? Was hatte sie verbrochen, dass sie so hart bestraft wurde? War es der Fluch?

Erneut überkam Anna das Gefühl der Verzweiflung.

Aber nein, das wollte sie nicht zulassen.

›Nicht aufgeben! Reiß dich zusammen!‹

Nachdem ihre Beine nun mehr oder weniger befreit waren, zumindest lagen sie nicht mehr zwischen den Felsen und fühlten sich auch nicht mehr so taub an, stützte sich Anna mit den Armen von den Felsen zu ihrer Rechten und Linken ab. Sie versuchte mit aller Kraft zu drücken, um ihren Oberkörper ein wenig schräg nach hinten zu manövrieren. Erleichtert stellte sie fest, dass sie ihr linkes Bein mit einsetzen konnte und es ihr somit nicht allzu schwerfiel, sich aus der Spalte zu ziehen.

Als sie frei auf dem Geröll neben den Felsen lag, setzte sie sich langsam auf.

Sie zitterte. Ob von der Anstrengung, der Kälte oder wegen des Schocks, das vermochte sie nicht zu sagen. Jedenfalls musste sie aus diesen nassen Sachen raus. Außerdem auch raus aus dem Wasser.

Wie sie jetzt erst feststellte, saß sie immer noch auf dem Weg, den das Wasser in der letzten Nacht geformt hatte, als es sich nach dem vielen Regen zu einem kleinen Bach formiert hatte. Jetzt war er wieder zu einem Rinnsal zusammengeschrumpft. Trotzdem ging diese Kälte von ihm aus, welche sich ihrer bemächtigte. Das kalte Wasser raubte ihr zusätzlich Energie.

Es war an der Zeit nach ihrem Bein zu sehen.

Anna erschrak fürchterlich, als sie die hässliche, tiefe Schnittwunde an ihrer rechten Wade betrachtete. Dort klaffte ein regelrechter Riss, der sich mehrere Zentimeter über die Länge ihres Unterschenkels zog.

Das kalte Wasser musste die Blutung im Laufe der Nacht dann aber doch irgendwann gestoppt haben, eine andere Erklärung fiel ihr in diesem Moment dazu nicht ein. Das, was jetzt an Blut aus der Wunde lief, war die Folge ihres Befreiungsversuchs und der damit verbundenen Anstrengung, dessen war sie sich sicher. Sie schleppte sich von den Steinen weg, zu einer kleinen mit Gras bewachsenen Stelle oberhalb des Wasserlaufs. Bis auf ihr rechtes Bein konnte sie alle Gliedmaßen wieder bewegen. Und je mehr sie sich bewegte, umso reibungsloser funktionierten auch die gewohnten Bewegungsabläufe wieder. Es fühlte sich an, als wäre sie nur eingerostet gewesen.

Anna sah sich um.

Mit schnellen Bewegungen zog sie das nasse Hemd aus und reckte ihren nackten Oberkörper den warmen Strahlen der Sonne entgegen. Ihre Haut war so weiß. Nur ihre Arme, die ja ständig der Sonne ausgesetzt waren, waren tief gebräunt und bildeten einen starken Kontrast zu der Farbe ihres Bauches, ihrer Brüste und ihrer Schultern.

Sie zog auch Strümpfe und Schuhe aus. Als Nächstes löste sie die Schnur um ihren Hosenbund, hievte sich hoch, so dass sie auf ihrem linken Bein stand, welches nun ihr gesamtes Körpergewicht zu tragen hatte und bemühte sich um Gleichgewicht. Mit einem Arm ausgestreckt stabilisierte sie ihren Stand so weit, dass sie mit der anderen Hand die Hose öffnen konnte.

Wie ein nasser Sack fiel diese zu ihren Füssen und sofort verspürte sie die Wärme, die nun ihren ganzen Körper durchflutete. Die Sonne brachte das Leben zurück.

Sie war nackt, aber sie war allein.

Nachdem diese wenigen Kleidungsstücke alles waren, was sie besaß, legte sie sie ordentlich auf einen Felsen zum Trocknen ab. Schuhe, Strümpfe, Hemd, Hose und das Seil, welches ihr als Gürtel diente.

Ungläubig betrachte sie ihre Habseligkeiten. Immer noch auf einem Bein stand sie da, nackt und blickte auf die Kleidungsstücke.

›Viel hab ich nicht mehr zu verlieren‹, dachte sie bei sich.

Anstatt in tiefste Traurigkeit und Verzweiflung zu verfallen, ergriff sie plötzlich ein anderes Gefühl, dessen sie nicht Herr werden konnte.

Und so fing sie zuerst an zu kichern, was sehr schnell in ein unkontrolliertes Lachen überging. Sie konnte nicht anders.

Die Situation, in der sie sich nun befand, alles, was sie erlebt hatte, seit sie vor Monaten mit dem Schiff in Hamburg aufgebrochen waren, war so unwirklich, so unfassbar, dass es sich im Grunde genommen nur um einen völlig überzogenen Albtraum handeln konnte. Das Schicksal machte sich über sie lustig. Wenn es sie also hier und jetzt das Leben kosten sollte, dann war das eben so. Anna hatte keine Lust mehr Angst zu haben.

Ein weiterer Lachanfall bahnte sich an und ließ Anna kurz aus dem Gleichgewicht geraten. Sie stolperte nach vorn und versuchte sich instinktiv mit ihrem rechten Bein abzustützen.

Der Schmerz, der daraufhin ungebremst durch ihren Körper jagte, holte sie in die Realität zurück, das Lachen erstarb. Sie fiel nach vorn, fing den Sturz aber durch ihre Arme und das linke Bein soweit ab, dass Schlimmeres vermieden wurde. Langsam rollte sie sich auf den Rücken und setzte sich wieder auf. Das Bein.

Es musste etwas geschehen.

Anna verstand nicht viel von medizinischen Dingen, aber ihr war klar, dass die Schwellung, welche sich durch den tiefen Schnitt in ihr Bein gebildet hatte, eindeutig auf eine sich anbahnende Entzündung hinwies. Soweit sie sich erinnerte, musste eine Wunde in jedem Fall gereinigt und verbunden werden.

›Verbinden. Mit *was* bitte schön?‹

Sie schaute sich um.

Langsam zog sie sich wieder hoch und balancierte erneut ihr Gewicht auf dem linken Bein.

›Da vorn, da liegt doch was‹, hörte sie sich in Gedanken sagen.

Tatsächlich, in einiger Entfernung sah sie etwas Dunkles, Graues auf dem Boden liegen. Es lag neben dem Wasserlauf.

Anna sah in Richtung der Bäume zu ihrer Rechten und entdeckte einen größeren Ast, von dem sich die Zweige soweit entfernen ließen, dass sie ihn als Stütze verwenden konnte. So humpelte sie dann, auf dem linken Bein und dieser provisorischen Krücke, hinunter zu der Stelle, an der dieser Gegenstand lag. Dabei musste sie höllisch aufpassen, mit dem Ast nicht im vom Regen aufgeweichten Morast zu versinken. Vor jedem Schritt prüfte sie vorsichtig den Untergrund, bevor sie sich aufstützte.

Trotz des Hilfsmittels schmerzte ihr ganzes rechtes Bein so sehr, dass sie immer wieder stehenbleiben und verschnaufen musste.

Als sie nahe genug herangekommen war, stellte sie mit Freude fest, dass es sich bei dem Gegenstand im Gras um die dicke, schwere Decke handelte, die sie letzte Nacht wegen des Regens und des Sturms eng um sich geschlungen getragen hatte, als sie mit den Pferden den Weg nach oben angetreten war. Sie konnte ihr Glück kaum fassen. Die Decke war nicht ins Wasser gefallen und somit schon beinahe wieder trocken.

Sie hüllte ihren nackten Körper in die Decke und fühlte sich auf Anhieb um einiges sicherer. Gezielt blickte sie sich um, hielt nach eventuell aus den Satteltaschen herausgefallenen Gegenständen Ausschau, welche ihr in dieser Situation hilfreich sein konnten.

Nichts.

Anna ärgerte sich über sich selbst. Warum nur hatte sie den Gurt mit den Patronen und dem Revolver abgelegt, als sie die Pferde den Hang hinaufgeführt hatte. Klar, das zusätzliche Gewicht hatte sie belastet.

Wie konnte sie nur so unvorsichtig sein.

Sie fasste mit der rechten Hand durch ihre bereits fast trockenen, langen schwarzen Haare und stellte fest, dass ihr Haaransatz am Hinterkopf völlig verklebt war.

Der Sturz vom Pferd hatte ihr offensichtlich eine Platzwunde am Hinterkopf beschert. Vorsichtig tastete sie die Stelle ab. Es schien ihr nicht weiter besorgniserregend. Um sicherzugehen entschied sie sich aber, auch diese Wunde so gut es eben ging zu reinigen und auch ihre Haare von Blut und getrocknetem Schlamm zu befreien.

Ein Stückchen weiter unten hatte sie eine Stelle entdeckt, in der sich das klare Wasser in einer Art natürlichem Becken sammelte, bevor es über die Felsen den Weg ins Tal fortsetzte. Dort schien ihr eine geeignete Stelle zu sein, um ihre Wunden zu reinigen. Ihre Kleider würden noch eine Zeit lang zum Trocknen brauchen, so humpelte sie weiter, nur in die Decke gehüllt, gestützt von dem Ast, der ihr half, ihr rechtes Bein so wenig wie möglich zu belasten.

Unten angekommen legte sie die Decke beiseite und ließ ihren Körper in das kalte Wasser gleiten. Die Mulde, in welcher sich das Wasser gesammelt hatte, war glücklicherweise von einer Tiefe, die es Anna sogar erlaubte unterzutauchen. Die Wasserhöhe bedeckte gerade ihren Bauchnabel, wenn sie sich aufrecht hinstellte.

In der Zwischenzeit musste es später Vormittag sein. Nur kleine Wolkenfelder durchzogen den sonst strahlend blauen Himmel.

Durch die Decke und die Anstrengung, mit Hilfe des schweren Astes nach unten ans Wasser zu kommen, war Anna richtiggehend heiß geworden. Die alles beherrschende Kälte der Nacht hatte ihren Körper gänzlich verlassen. Nun legte sie ihren Kopf nach hinten ins Wasser und durchspülte ihre Haare, indem sie mit den Fingern vorsichtig die Kopfhaut massierte. Immer wieder trennte sie das strähnig gewordene Haar dadurch, dass sie mit den Fingern von den Haarwurzeln bis zu den Spitzen strich. Im klaren Wasser lösten sich Blut und kleine Bröckchen des getrockneten Schlamms aus ihrem Haar. Der Schlamm zerfiel und regnete als feiner Sand auf den Grund des Beckens.

Die niedrige Temperatur des Wassers betäubte den Schmerz ihres rechten Unterschenkels so weit, dass Anna diesen Moment der Ruhe sogar genoss. Sie stellte sich vor, das Wasser um sie herum würde einer warmen Quelle entspringen und ihr ein wohltuendes Bad bescheren. Ein Bad, mitten in der Herrlichkeit der unberührten Natur.

Die Schwerelosigkeit im Wasser ließ sie die Verletzungen an Körper und Seele vergessen und so trieb sie dahin, in einem Moment, der nur ihr allein gehörte. Immer wieder stellte sie sich auf und genoss die heißen Strahlen der Sonne auf ihrer Haut. Es war ein einziges Wechselbad zwischen der Kälte des Wassers und der Wärme des Sommers, der unaufhaltsam die Landschaft in seinen Besitz nahm.

Sommer.

Anna hatte den Sommer immer geliebt. Als Kind in einem der umliegenden Seen von Zwickau Baden zu gehen, war stets eines der größten Ereignisse des Jahres gewesen. An den Wochenenden hatten sie des Öfteren mit der ganzen Familie Badeausflüge unternommen.

Alle waren dabei gewesen. Sie waren glücklich gewesen.

Bei diesen Gedanken schließlich, kamen sie wieder. Anna kam es so vor, als würden sie nun für immer ihre ständigen Begleiter sein: Tränen.

Schnell verdrängte sie die Gedanken und Erinnerungen. Sie stieg aus dem Wasser und setzte sich auf den großen, flachen Felsen, auf dem sie die Decke zurückgelassen hatte. Ihr Bein schien wieder einigermaßen zu funktionieren. Jedenfalls hatte sie es jetzt sogar ein wenig belasten können und der Schmerz fühlte sich mehr wie viele tausend kleine Nadelstiche an. Das Brennen, welches sich vor dem Bad noch über ihr gesamtes Bein ausgebreitet hatte, war verschwunden und sie schöpfte Hoffnung.

Sie legte sich nach hinten, nahm als Schutz die Hände unter den Kopf und trocknete ihren schlanken Körper in der Sonne. Nach einer Weile kam ihr, als sie die Decke neben sich betrachtete, eine Idee. Sie stieg nach unten und suchte nach flachen, scharfkantigen Steinen, was ihr aufgrund der Tatsache, dass es sich hier durchwegs um schweres Schiefergestein handelte, nicht schwerfiel. Sie brauchte im Grunde nur kleinere, bröckelige Felsen zu zerschlagen und erhielt somit genau die Art von Werkzeug, die ihr vorschwebte. Mit drei großen und zwei kleineren Schieferplatten kam sie zurück zu der Stelle, an der die Wolldecke lag. Das Brennen in ihrem Bein war wieder erheblich schlimmer geworden, nachdem die Kühlung durch das Wasser ausgesetzt hatte. Jetzt versuchte sie ein größeres, längliches Stück der Decke abzutrennen.

Es sollte der Verband werden, den sie dringend für ihren rechten Unterschenkel brauchte. Die Wunde war jetzt einigermaßen sauber und musste verbunden werden. Tatsächlich gelang es Anna unter Zuhilfenahme der spitzen, scharfen Steinkanten, einen Streifen aus der Wolldecke herauszuschneiden. Der Erfolg machte ihr Mut.

Sie schnitt an Anfang und Ende des Wollstreifens Schlitze in den Stoff, wickelte das Material mehrmals um ihre rechte Wade und zog zu. Der Riss in ihrem Fleisch schien sich unter dem Druck zusammenzudrücken, genau der Effekt, den Anna zu erzielen gehofft hatte.

›So kann es wieder zusammenwachsen und heilen‹, dachte sie bei sich. Sie verknotete die Enden mit den durch die Schlitze entstandenen Bändern und betrachtete ihr Werk. Ein Lächeln huschte über ihr Gesicht. Erfreulicherweise fühlte sich das Bein durch den Verband viel stabiler an. Sie erhob sich und versuchte es vorsichtig zu belasten.

In der Tat war eine deutliche Verbesserung zu spüren.

Trotzdem nahm sich Anna vor, das Knie und den Unterschenkel so gut sie konnte zu schonen, um den Heilungsprozess bestmöglich zu unterstützen. Wenn sie hier draußen überleben wollte, dann brauchte sie einen genauen Plan. Die Verletzung war ihr größtes Risiko im Moment, das wusste sie.

Anna packte den Rest der Decke und den Ast, verließ das Felsplateau oberhalb des kleinen Teichs, in dem sie gebadet hatte und humpelte zurück zu ihren Kleidungsstücken, die mittlerweile vollständig getrocknet waren. Sie klopfte die Kleidungsstücke aus, in dem sie sie sanft gegen die flache Oberseite der Felsen schlug. Regelrechte Staubwolken entstanden und wurden durch den leichten Wind davongetragen. Vorsichtig streifte sie dann das in Fetzen hängende Hosenbein über den Verband, stieg auch in das zweite und zog die Hose hoch. Sie schien noch weiter geworden zu sein. Dabei fiel ihr auf, dass ihr Magen schon seit einiger Zeit zu rebellieren begonnen hatte. Sie hatte seit gestern Mittag nichts mehr gegessen und war in der Zwischenzeit furchtbar hungrig. Was sollte sie tun?

›Zunächst mal anziehen!‹, befahl sie sich.

Sie band mit dem Seil die Hose um ihre Taille und streifte das Hemd über. Dieses war glücklicherweise noch in besserem Zustand.

Es fehlte bis jetzt noch nicht einmal ein Knopf. Zuletzt zog sie Strümpfe und Schuhe an. Die Schuhe machten ihr Sorgen.

Sie richtete ihren Blick auf das Gelände, dessen Überwindung festes Schuhwerk unbedingt voraussetzte.

Die Stiefel des armen Jacks wären jetzt hilfreich gewesen, nur waren ihr diese, so wie alles andere auch, mit der Flucht der Pferde abhandengekommen. Sie trug immer noch ihre eigenen Schuhe, welche für eine Wanderung auf Wegen und Straßen zwar bequem und hilfreich waren, hier aber zum Problem werden konnten. Auf die paar Dinge, die ihr geblieben waren, musste sie nun sehr sorgfältig achtgeben. Nichts durfte mehr verloren gehen oder weiter beschädigt werden. Ihr Leben konnte davon abhängen. Sie hatte noch nicht einmal ein Messer. Das größte Problem, dem sie sich momentan gegenübersah, war die Versorgung mit Nahrung. Wasser war kein Problem. Dieses Land kannte offensichtlich keinen Durst.

Aber was sollte sie essen?

Sie beschloss sich auf den Weg zu machen, um dieser bergigen Gegend baldmöglichst den Rücken zu kehren. Die weiter unterhalb gelegenen Wälder würden mehr Möglichkeiten bieten. Auf den Reisen mit ihrem Vater und speziell den letzten Wochen ihrer Wanderung in diesem Land, hatte sie viel gelernt über Pflanzen, Beeren und Pilze. Im Wald hatte sie eine definitiv bessere Chance zu überleben als hier oben. So schlug sie sich den Rest Decke über die Schulter, fasste beherzt den Ast, der ihr weiterhin als Stütze dienen sollte und machte sich auf den Weg.

›Aufgeben kommt nicht in Frage, Anna!‹

-

Dark Cloud hatte sich vor dem Sturm in Sicherheit gebracht. Als das Gewitter so nahegekommen, dass der Gewalt des Feuers unmittelbar das Grollen des Donners gefolgt war, hatte er sich einen Unterschlupf in der Felsenwand gesucht. Keine Höhle, aber eine tiefe Ausbuchtung im Gestein, die genug Platz für einen Mann, ein Pferd und eine Feuerstelle bot. Noch bevor der Regen das Holz völlig durchnässt hatte, saß er bereits an einer Feuerstelle und bereitete sich auf die Nacht vor.

Er sang sich in Trance.

Leise, aber unaufhörlich, war seine Stimme zu vernehmen, welche die Schatten der Nacht, die Seele des Sturms und die unendliche Weite der Jagdgründe seiner Vorfahren anzurufen schien.

Der Indianer war eins geworden mit seiner Umgebung. Verschmolzen mit dem Land, der Urgewalt der Natur und den Geistern seiner Ahnen.

Immer wieder wurde der monotone Gesang durch das tosende

Gebrüll des Donners zerrissen. Blitze zuckten durch die Nacht und zeigten das Gesicht des Mannes, dessen Augen auf eigenartige Weise nach hinten verdreht zu sein schienen.

Dark Cloud war ein heiliger Mann.

Ihm wohnten Fähigkeiten inne, wie man sie normalerweise nur bei Tieren kannte. Instinkt und Vorahnung hatten ihn zu einem geachteten, mächtigen Mann seines Volkes gemacht. Seine Leute verehrten ihn. Trotzdem war es nicht Stolz, der ihn antrieb, sondern das genaue Gegenteil war der Fall. In seinem Inneren wurde er von tiefen Zweifeln geplagt. Was sollte er tun? Welche Macht war im Stande das Schicksal seines Volkes zum Guten zu wenden? Wie viele Frauen, Kinder und Krieger seines Volkes sollten sie noch beweinen müssen, bis der Zorn ihrer Ahnen den weißen Mann und seine Sippschaft zerschmettern würde?

Am nächsten Morgen war von Regen und Sturm keine Spur mehr gewesen. Die Sonne war wieder Herrin der Lage geworden und Dark Cloud dankte Mutter Erde für seine Unversehrtheit.

Das weiße Mädchen konnte in dem Sturm nicht weit gekommen sein.

Bevor er die Spur aber wiederaufnahm, musste er sich noch einmal auf die Jagd begeben. Er verließ seinen Lagerplatz in Richtung des großen Waldes. Die Spur des Kindes würde wahrlich nicht schwer wiederzufinden sein.

In langsamem Dahintraben ritt er an der Steilwand der Felsen entlang, als ihn das laute Schreien der Vögel an den Ort führte, an dem der Tod sein Recht gefordert hatte.

Vor ihm lag das kleinere, schwächere Pferd des Mädchens.

Es musste, vom Sturm in Panik versetzt, den Abhang hinuntergestürzt sein. Die Krähen hatten dem Kadaver bereits die Augen ausgehackt.

Zerschmettert lag das Tier am Boden, den Kopf auf unnatürliche Weise nach hinten verdreht. Der offene Bauch legte Zeugnis darüber ab, dass sich bereits größere Aasfresser in der Gegend befinden mussten. Dark Cloud wollte nicht auf deren Rückkehr warten.

Außerdem schien das Mädchen in Schwierigkeiten zu sein.

Die Weißen waren ein so schwaches, dummes Volk. Aber sie wollten es sich nicht eingestehen. Sie nannten es: Fortschritt.

In Wirklichkeit war es Gier.

Trotzdem sagte ihm eine innere Stimme, dass dies seine Berufung war. Er konnte das Mädchen nicht sich selbst überlassen. Aus einem völlig unerfindlichen Grund heraus spürte er sogar so etwas wie Verantwortung für sie.

Er wendete sein Pferd und trat mit den Fersen in die Flanken des Tiers. In wildem Galopp trug ihn sein Pony den niedrigen Bergketten des Hinterlandes entgegen. Auf der Suche nach einem weißen Mädchen, das hier im Grunde nichts, aber auch gar nichts verloren hatte und ebenso gut bereits tot sein konnte.

-

Anna folgte dem Lauf des Wassers nach unten. Viel war von dem am gestrigen Abend entstandenen Bach nicht übriggeblieben. Ein Rinnsal, das sich von einer großen Pfütze zur nächsten schlängelte.

Unterbrochen wurde dieser Lauf nur hin und wieder durch eines dieser aus Felsen geborenen Becken. Immer wieder machte Anna eine kurze Rast, benetzte ihre Arme, ihre Stirn oder ließ sich sogar nieder, um ihre Füße ins kühle Nass zu tauchen.

Ihr war furchtbar heiß.

Eine innere Hitze schien sich über ihren ganzen Körper auszubreiten, ihr Mund war trocken, obwohl sie immer wieder einen großen Schluck Wasser zu sich nahm. Erst als ihr schwindlig wurde, begriff sie, dass es Fieber war, das sich ihres Körpers bemächtigte. Sie musste sich ausruhen und dringend etwas essen, um sich bei Kräften zu halten.

Mittlerweile hatte sie das erste Waldstück erreicht und suchte verzweifelt nach Sträuchern mit genießbaren Beeren. Ebenso suchte sie den dahinterliegenden Waldboden nach Pilzen ab, bei denen sie sich sicher sein konnte, keine giftigen zu erwischen.

Die Ausbeute aber blieb kläglich. Die wenigen Beeren und Pilze stopfte sie sich in den Mund, hatte aber sofort das Gefühl ihren Hunger dadurch erst richtig angeheizt zu haben. Das Schwindelgefühl nahm zu.

Anna taumelte weiter in den Wald hinein, weg von dem Dickicht der eng stehenden Sträucher, hin zu den hohen Bäumen, die über ihr das Dach einer riesigen, grünen Kathedrale zu bilden schienen. Der Schrei eines Raubvogels hoch über den Wipfeln ertönte, als Anna sich erschöpft zu Boden sinken ließ. Mit dem Rücken an einen der riesigen Bäume gelehnt saß sie da und atmete schwer.

Schläfrigkeit übermannte sie.

›Nein Anna, du bist noch nicht bereit zu sterben! Nur ein wenig ausruhen, dann geht es gleich weiter.‹

Als sich hinter dem Baum gegenüber ein neugieriges Eichhörnchen zeigte, war Anna bereits eingeschlafen.

Die Sonne war dem Horizont bereits sehr nahe gerückt, als Anna Stunden später erwachte.

Sie fühlte sich elend.

Ihr Bein pochte, der Schmerz zog sich nun bis hinauf in den Oberschenkel. Sie hatte mit offenem Mund geschlafen, der Rachen tat ihr weh und die Trockenheit verursachte ihr Schwierigkeiten beim Schlucken. Sie hatte so einen unheimlichen Durst ... gleichzeitig verlangte ihre Blase Erleichterung. Ihr Bein war so steif geworden, dass sie gar nicht wusste, wie sie sich in der Hocke halten sollte, um zu pinkeln.

Langsam setzte sie sich auf und lehnte sich mit ausgestreckten Beinen wieder zurück, mit dem Rücken an den Baum. Anschließend löste sie den Knoten des als Gürtel fungierenden Seils um ihren Hosenbund und zog die Hose bis zu den Knien herunter. Nie und nimmer konnte sie das rechte Bein abknicken!

So stemmte sie sich mit beiden Händen vom Boden ab und ließ der Natur ihren Lauf.

Nachdem sie sich erleichtert hatte, ließ sie sich auf die linke Seite fallen, um sich nicht mit ihrem eigenen Urin zu besudeln und rollte sich weg von der Pfütze, die unter ihr entstanden war. Wieder keimte ein Funken innerlicher Freude in ihr auf, als sie feststellte, dass sie auch diese Situation gemeistert hatte.

›Wie ein Ertrinkender, der sich an einen Strohhalm klammert‹, machte sie sich gedanklich über sich selbst lustig.

Die Fröhlichkeit war auf der Stelle verschwunden, als sich ihr gesamter Körper im Anfall eines Schüttelfrostes einem unkontrollierbarem Zucken hingab. Mit herunter gelassenen Hosen lag Anna da, schlang die Arme um ihren Oberkörper, zitterte und fror in einer eisigen Welle, die tief aus ihrem eigenen Körper strömte. Einige Minuten lag sie so da, unfähig ihre Bewegungen unter Kontrolle zu bringen. Als das Zittern endlich nachgelassen hatte, kam die Hitze zurück.

›Besser Hitze und sich bewegen können.‹

Mit viel Mühe zog sie die Hose wieder hoch und band ihren provisorischen Gürtel um ihre Hüften.

Sie musste zurück. Zurück zum Wasser, ob ihr das nun gefiel oder nicht. Der Durst war unerträglich geworden.

Wasser! Sie brauchte unbedingt Wasser.

So schleppte sie sich auf ihren Händen und dem intakten Knie wieder in Richtung des kleinen Bachs. Wider Erwarten hatte sich das Rinnsal auf seinem Weg nach unten nämlich dann doch in einen stattlichen Bach verwandelt, der von mehreren Seiten und Zuflüssen gespeist wurde. Das klare Wasser schien ihr wie eine Vision. Sie hätte seinen Lauf nie verlassen dürfen.

Ihr rechtes Bein schleifte sie einfach hinter sich her. Wie leblos hing es an ihr und schmerzte bei jeder Bewegung. Mehrere Male ließ sich Anna einfach zu Boden sinken. Einmal fing sie bitterlich an zu weinen, ein andermal entfuhr ihr ein Schrei, der auf unnatürliche Weise zwischen den Bäumen widerhallte. Aber immer wieder nahm sie alle Kraft zusammen und schleppte ihren geschunden, von Fieber heimgesuchten Körper weiter.

Als sie endlich das Plätschern des Baches vernahm, war sie fast ohnmächtig in sich zusammengesackt und bereit zu sterben. Es waren nur wenige Meter, die sie vom Wasser trennten. Nur eine kleine mit Gras überwachsene Stelle wäre noch zu überqueren gewesen, um an die herrliche Kühle und das erfrischende, klare Wasser des Baches zu gelangen. Anna wusste, dass es diese letzte Hürde sein würde, die sie nicht mehr überwinden konnte.

Mit letzter Kraft drehte sie sich auf den Rücken und blickte mit

Tränen in den Augen in den abendlichen Himmel über ihr.

›Wunderschön.‹

Es war der Moment des Sterbens, der nun gekommen war.

Anna hatte keine Angst.

Alle Last, jeder Schmerz fiel von ihr ab.

Sie fühlte sich, als würde sie schweben. Die Umrisse der Landschaft, die sie nur noch aus den Augenwinkeln wahrnahm, begannen zu verschwimmen. Die Geräusche schienen sich über sie lustig zu machen, denn was sie vernahm, war das Flattern aufgescheuchter Vögel, ein entferntes Lachen, welches sich wie das Wiehern eines Pferdes anhörte und das unnatürliche Plätschern des ruhigen, kleinen Bachs, der sich in einen reißenden Fluss zu verwandeln begann und ihren Körper und ihr Leben davonzuspülen drohte.

Sie drehte ihren Kopf, um ihren Blick auf den Bach richten zu können, als sie die Gestalt des Todes sah, die sich unaufhaltsam auf sie zu bewegte.

Kein Entkommen.

Kein Widerstand.

Niemals mehr.

Die Gestalt kam näher. Mit langen schwarzen Haaren und nacktem Oberkörper entsprach sie nicht den Vorstellungen eines Engels, wie Anna sich die Boten des Himmels vorgestellt hatte.

Alles um sie herum begann sich zu drehen.

Sie schloss die Augen, um für den Moment bereit zu sein, da ihre Seele ihren Körper verlassen würde.

Worte wurden gesprochen, die sie nicht verstehen konnte. Völlig verzerrte Töne drangen an ihr Ohr. Wortfetzen. Einzelne Wörter, die in ihr Bewusstsein drangen. Manche verstand sie, andere schienen in einer ihr fremden Sprache gesprochen zu werden.

Berührungen.

Ihr Oberkörper schwebte nun nach oben, gerade so als würde er angehoben. Als würde ihr Kopf von starken Händen gehalten.

Anna genoss den Zustand der Schwerelosigkeit und gab sich dem Sterben nun vollends hin. Welche Macht mochte es sein, der sie nun begegnete? War es Gott? Einer seiner Gesandten?

Der Empfindlichkeit ihrer Lippen war es zu verdanken, dass sich nun doch noch eine andere Wahrnehmung mit den verschleierten Eindrücken ihrer Sinne vermischte. Feuchtigkeit.

Es war Wasser, das sie auf ihren Lippen spürte. Wasser, das sich in ihrem Mund ausbreitete, den Weg in ihre Kehle fand und dort sofort einen Schluckreiz auslöste. Sie trank!

Aber was machte das für einen Sinn?

Anna öffnete die Augen und blickte in das markante Gesicht eines unbekannten Mannes. Seine muskulösen Arme hielten sie hoch, während er ihr zu trinken gab.

Wie eine Unbeteiligte betrachtete sie die Szene, wie von außen.

Der Tod hatte eine seltsame, unheimliche, fremde Gestalt und nun bemächtigte er sich ihrer.

Sie war verloren.

Verloren, aber dankbar.

Mit einem Lächeln im Gesicht verließ sie diese Welt, als ihr Körper regungslos in sich zusammenfiel und alle Kraft aus ihrem Muskeln entwich.

****

»Eines Tages werdet ihr einem Volk begegnen, das weiß ist. Sie werden stets versuchen, euch etwas zu geben, aber nehmt nichts. Zuletzt, so glaube ich, werdet ihr die Sachen nehmen, die sie euch anbieten und das wird euch krank machen.«

Sweet Medicine, Cheyenne-Prophet

Boston, Massachusetts, April 1860

Es war einer dieser Morgen, an dem bereits beim Frühstück der Haussegen gewaltig schief gehangen hatte. Wie so oft hatte sich Will mit seinem Vater über die unterschiedlichen Vorstellungen gestritten, was seine Zukunft betraf.

Sein Vater, Gustav Kronberg, war einer der Männer gewesen, die sich vor bereits vierzehn Jahren zu John A. French & Co zusammengeschlossen und den Boston Herald gegründet hatten. Aus einem Einwanderer ohne Vermögen war einer der mächtigsten und reichsten Männer Bostons geworden. Die Führung seiner eigenen Druckerei und die Zeitung hatten sein Dasein bestimmt. Es war das Lebenswerk seines Vaters.

Geboren als zweites Kind der Kronbergs im bayrischen Nürnberg, hatte Gustav eine Lehre bei einer der großen Druckereibetriebe seiner Heimatstadt absolviert und war mehr aus Abenteuerlust, als aus reiflicher Überlegung nach Amerika ausgewandert. Das war im September 1840 gewesen, kurz nach seinem zwanzigsten Geburtstag. Nach Beendigung der Lehrzeit hatte es für ihn kein Halten mehr gegeben. »Die Welt wartet auf mich«, hatte Gustav entschlossen erklärt und sein Elternhaus verlassen.

Unbeirrt war er direkt nach Boston gekommen.

In der Stadt Fuß zu fassen wurde ihm durch den Umstand, dass eine der bedeutendsten Druckereien der Stadt seit längerem händeringend auf der Suche nach gut ausgebildeten Arbeitern gewesen war, sehr leicht gemacht. Dieser glückliche Zufall versetzte ihn in die

Lage, sein Erspartes nicht wie geplant für eine Übergangszeit in der neuen Welt heranziehen zu müssen. Er hatte eine wirklich gut bezahlte Stelle bekommen und wohnte von Beginn an in einer stattlichen Wohnung im Zentrum von Boston.

Gustav hatte sich von Anfang an wohl gefühlt in dieser aufstrebenden, pulsierenden Stadt, die ihn mit offenen Armen empfangen hatte.

Und ebenso schien das gesellschaftliche Leben Bostons auf einen jungen Mann wie ihn gewartet zu haben, denn es hatte nicht lange gedauert und er war zu einem der begehrtesten Junggesellen der gehobenen Bostoner Gesellschaft avanciert. Sein Bekanntheitsgrad und seine Reputation stiegen umso mehr, weil er bei seiner Anstellung sehr gut vorankam und bald als Juniorchef der Druckerei gehandelt wurde. Der Betrieb gehörte dem angesehenen Julius Clark, der bereits im fortgeschrittenen Alter war und selbst keine Nachkommen hatte.

Seine Frau war in jungen Jahren verstorben und hatte Kraft und Lebenswillen des damals noch nicht einmal dreißigjährigen Julius mit sich genommen. Der Drucker war seither allein geblieben und hatte sich ausschließlich auf seine Arbeit und den Aufbau des Betriebs konzentriert. Viele irische Einwanderer, auf die Boston wie ein Magnet zu wirken schien, fanden in seinem Unternehmen eine überdurchschnittlich bezahlte Arbeit. Zumindest, wenn man es mit den Löhnen verglich, die an die Leute üblicherweise bezahlt wurden.

Clarks Arbeiter dankten es ihm mit Treue und Loyalität.

Aber es hatte sich keine wirkliche Persönlichkeit unter ihnen befunden. Keiner wie Gustav Kronberg. So war es nicht verwunderlich gewesen, dass er den jungen Mann aus Deutschland bevorzugt behandelte, ihn ohne Umschweife in das Geschäft einführte, die Buchhaltung mit ihm besprach und ihm sehr bald entsprechende Weisungsbefugnisse im Unternehmen einräumte.

Julius, das war schnell für jedermann erkennbar gewesen, hatte Gustav Kronberg als seinen Nachfolger ausgewählt und dem jungen Mann damit Tür und Tor zur Bostoner Gesellschaft weit aufgestoßen.

Dieser wiederum genoss die Zeit seiner uneingeschränkten Freiheit als Junggeselle. Er war auf allen Festen und Bällen ein gern gesehener Gast, sorgte immer wieder für delikate Gerüchte, ließ aber nie Zweifel an seiner Rechtschaffenheit aufkommen.

Trotzdem war das leichte Leben von begrenzter Dauer gewesen, als Gustav bereits im zweiten Jahr nach seiner Ankunft in Boston der Frau seines Lebens begegnet war.

Gudrun Burnsdale, ein Jahr älter als er, war die Tochter eines Industriellen, der mit der maschinellen Verarbeitung von Baumwolle große Gewinne erzielt hatte und so schnell ein angesehenes Mitglied der Bostoner Oberschicht geworden war. Schon als Gustav Gudrun das erste Mal gesehen hatte, war er von ihrer Schönheit überwältigt gewesen. Als er ihr kurz darauf vorgestellt worden war, hatte ein einziger Blick aus ihren tiefbraunen Augen genügt, um sein Herz zu gewinnen.

Die beiden hatten noch im selben Jahr geheiratet. Dass Gudrun zum Zeitpunkt der Hochzeit bereits mit William schwanger gewesen sein musste, wurde allseits geflissentlich übersehen. Die Bekanntgabe der Schwangerschaft wurde innerhalb der Familie gefeiert und in den gesellschaftlichen Kreisen mit Freude zur Kenntnis genommen.

Als sich Julius Clark zwei Jahre darauf zur Ruhe gesetzt und die Druckerei damit an Gustav als seinen Stellvertreter übergeben hatte, hatte Gudruns Vater den Betrieb kurzerhand gekauft und seinen Schwiegersohn als Geschäftsführer eingesetzt. Mit der Führung des Druckereibetriebes und der 1846 folgenden Mitbegründung des Boston Herald, hatte sich Gustav in jungen Jahren bereits seinen Lebenstraum erfüllt. Er, Gustav Kronberg aus Nürnberg in Deutschland, war Mitinhaber einer großen und wie sich herausstellen sollte, mächtigen Tageszeitung geworden.

Nach William schenkte Gudrun noch zwei weiteren Kindern das Leben. Richard und Katharina. Sein Schwiegervater überschrieb Gustav schließlich das Unternehmen der Druckerei.

So waren die Kronbergs, vermögend und angesehen, aus der Bostoner Gesellschaft bald nicht mehr wegzudenken gewesen, was aber mehr den Umständen, als der Tatkraft des jungen Einwanderers geschuldet gewesen war. Gustav hatte Glück gehabt.

Nicht, dass es ihm an Fleiß und Entschlossenheit gemangelt hätte.

Zu seinen unbestreitbaren Fähigkeiten war das entscheidende

Quäntchen Glück hinzugekommen, welches oft den Unterschied macht zwischen Erfolg oder Niedergang. Er betrachtete es als eine Fügung des Schicksals, für die er ehrliche Dankbarkeit empfand. Gustav war ein demütiger Mensch, der rechtschaffen und gläubig war.

Trotz dieser Eigenschaften war er andererseits als harter, fairer Verhandlungspartner und gewiefter Geschäftsmann bekannt, der seine Ziele durchzusetzen wusste. Wer sich ihm in den Weg stellte oder gar zum Gegner machte, hatte oft das Nachsehen.

Gustav war erfolgreich.

Diesen Erfolg wollte er mit allen Mitteln verteidigen und irgendwann an seinen erstgeborenen Sohn, William, weitergeben.

Der junge William aber … hatte anderes im Sinn.

Jetzt trottete Will die Straße entlang, in der ihr stattliches Anwesen lag und verließ diese wohlhabende Wohngegend Bostons nach Norden, in Richtung des Hafens. Ausgerüstet mit Block und Schreibgerät war er auf dem Weg, seiner Arbeit für die Zeitung seines Vaters nachzugehen. Widerwillig.

Erst vor ein paar Wochen war er achtzehn Jahre alt geworden. Zu alt, um sich von seinem Vater weiter herumkommandieren zu lassen. Es würde der Tag der großen Aussprache zwischen ihm und seinem Pa kommen. Er würde ihm klarmachen, dass er nicht gewillt war, in die Fußstapfen seines alten Herrn zu treten. Nicht Reporter werden! Nicht Redakteur! Schon gar nicht Chefredakteur und damit Leiter des Boston Herald. Das war das Lebenswerk seines Vaters, nicht das Seine. Für sich selbst hatte Will andere Pläne.

Die Tatsache, dass er des Öfteren großes Lob und Anerkennung für seine Arbeit erhielt, ließ ihn keineswegs kalt. Er freute sich über die Zustimmung, die ihm für seine Berichte und Artikel in der Zeitung widerfuhr. William hatte Talent, was dazu führte, dass er immer wieder entsprechende Angebote von anderen Blättern erhielt, sehr zum Ärger, aber sicherlich auch Stolz seines Vaters.

Ob ehrliches Interesse an seiner Mitarbeit dahintersteckte, das konnte er nicht sagen. Will vermutete hinter den Angeboten vielmehr gezielte Angriffe auf seinen Vater und den Boston Herald.

Welch ein Triumph wäre es gewesen, den Sohn des großen Gustav Kronberg abzuwerben.

Und genau diese Rolle, dieses undurchdringliche Rampenlicht seines Vaters war es, das Will in Rage versetzte. Nur der *Sohn* eines Mannes zu bleiben, der so unangreifbar, so übermächtig im Glanze seiner Macht und seines Reichtums stand, dass niemand auch nur wagte, Widerspruch zu äußern oder eine seiner Entscheidungen infrage zu stellen, empfand er als eine nicht von der Hand zu weisende Demütigung.

Sein Vater ließ sich von Speichelleckern hofieren. Will wurde übel bei dem Gedanken, sein Leben lang unter diesem Joch verbringen zu müssen. Nein, Will brauchte die Freiheit der eigenen Entscheidung. Er wollte etwas sehen von der Welt. Dann in die Politik gehen.

Aber erst, nachdem er die notwendige Erfahrung gesammelt hatte, um zu urteilen, um Entscheidungen mit Maß und Verstand treffen zu können, zum Wohle der Menschen und der ganzen Nation.

Sein Vater war in politischen Dingen ganz anderer Meinung als er selbst. Konservativ und - Will konnte es nicht anders betrachten - stur wie ein Maulesel.

Und gerade jetzt befand sich ihr Land in der wohl schwierigsten Situation seit der Unterzeichnung der Unabhängigkeitserklärung.

Die Frage nach der Abschaffung der Sklaverei zerriss das Land förmlich in zwei unversöhnliche Lager und manifestierte sich in einer immer unüberwindbarer werdenden Grenze zwischen Nord und Süd. Immer mehr Menschen sprachen offen von Krieg. William konnte nicht fassen, was sich in Staaten wie Nebraska bereits unübersehbar anbahnte: ein Bruderkrieg.

Und das nur, weil es Menschen gab, die nicht der Vernunft und der Stimme ihres Gewissens folgten, sondern der Profitgier, der Sucht nach Reichtum und Macht.

Auch er hatte das Buch gelesen, das sich in den nördlichen Gebieten der Vereinigten Staaten wie ein Lauffeuer verbreitet hatte und die öffentliche Meinung vehement gegen die Staaten im Süden aufbrachte. Es war mehr als offensichtlich, dass der Süden mit allen Mitteln an der Sklavenhaltung festhalten wollte. Obwohl er wusste, dass der Wohlstand des Südens von dem Einsatz der Schwarzen, vor allem in der Landwirtschaft abhing, war er der festen Überzeugung, dass alle Menschen gleich waren. Gleich vor Gott, gleich vor anderen Menschen. Jeder hatte das angestammte Recht auf Freiheit und Menschenwürde.

Sein Vater allerdings hatte sich sogar geweigert, das Buch auch nur zu lesen.

»Onkel Toms Hütte« hatte die Welt verändert, daran bestand kein Zweifel. Im Norden war das Buch in beachtlicher Zeit zum Bestseller geworden, im Süden wurde es verboten und verbrannt.

Bereits vor neun Jahren war die Geschichte zunächst als eine Serie in der Washingtoner Wochenzeitung The National Era erschienen und hatte wie der Funke gewirkt, der nötig gewesen war, um einen Flächenbrand zu entfachen. Die Hitze war förmlich zu spüren und Will war mitten drin. Er wollte mehr wissen, sich engagieren und recherchierte über die Schriftstellerin.

Von protestantischen Eltern erzogen und tief gläubig, bezeichnete die Autorin des Romans die Sklaverei als »eine Sünde gegen Gott«.

Getrieben von ihrem Glaubenseifer verfasste Harriet Beecher Stowe jede Woche eine Fortsetzung. Noch bevor die beiden letzten Folgen in der Zeitung erschienen waren, war das Martyrium und der Tod von Onkel Tom, das Leid und die verzweifelte Flucht seiner Tochter und ihres Kindes, in einer Auflage von fünftausend Stück als Roman veröffentlicht worden. Will hatte sich von Anfang an für diese Frau und die Geschichte, die sie schrieb, begeistert. Und das, obwohl er die Handlung und den Inhalt des Romans anfänglich nur auszugsweise zu lesen bekommen hatte.

Die Erstauflage des Buchs war innerhalb von nur achtundvierzig Stunden vergriffen gewesen. Noch im selben Jahr, so hatte er sich sagen lassen, waren über dreihunderttausend Exemplare über den Ladentisch gegangen und das nur in den Vereinigten Staaten. Die ganze Welt schien sich plötzlich dafür zu interessieren, was Amerika in den tiefsten Zwiespalt seiner noch so jungen Geschichte riss.

Alle wollten sich eine Meinung bilden. Der Roman wurde zum Lehrbuch über das Schicksal und Leiden der Sklaven in seinem Heimatland. Und die ganze Welt las mit.

Übersetzungen des Buches gab es nach Aussage des Verlegers in fast ganz Europa. Artikel über das Buch, Interviews und Meinungen von Politikern und Personen des öffentlichen Lebens erschienen in fast allen Zeitungen des Landes. Im Norden in den allermeisten Fällen positiv, den Abolitionismus unterstützend, im Süden mit harter Kritik, Spott und immer öfter auch: unverhohlenen Drohungen.

Will selbst hatte die Lektüre mit Begeisterung, Scham und immer größer werdendem Zorn verschlungen. Wenn auch nur die Hälfte von dem, was den Menschen in diesem Buch angetan wurde, den Umständen in den Südstaaten entsprach, so war es allerhöchste Zeit, etwas dagegen zu unternehmen. Es musste gegen das Böse vorgegangen werden und wenn es denn so sein sollte, auch mit Gewalt.

In diesem Punkt aber war sein Vater völlig anderer Meinung: »Die Schwarzen seien genau da, wo sie hingehörten«.

Will erinnerte sich an die heftige Diskussion, die er gerade erst mit seinem Dad, am Abend nach seiner eigenen Geburtstagsfeier, im großen Salon geführt hatte.

Die Gäste hatten das Haus verlassen, seine Mutter und die anderen waren bereits schlafen gegangen.

Gustav hatte in seinem, wie Will empfand, übergroßen Lehnsessel gesessen, Zigarre geraucht und genüsslich die Nase über einen Cognacschwenker gehalten, als er gemeint hatte: »Ich weiß, was dich beschäftigt, mein Sohn. Du bist immer noch der Ansicht, ich sollte das Buch dieser Protestantin lesen, die zum Aufruhr gegen den Staat und das System des Südens aufruft.«

»Ich bin der Meinung, du solltest dich damit befassen, dass kein Mensch das Recht hat, sich über einen anderen zu stellen. Sklaverei ist Sünde und die Gräueltaten, von denen berichtet wird, können nicht länger hingenommen werden. Wir müssen endlich etwas dagegen unternehmen«, war es aus Will herausgeplatzt.

Noch war sein Vater ruhig geblieben, als er erwidert hatte: »Wir? Wen meinst du mit *wir*? Bist du dir denn gar nicht im Klaren darüber, was das bedeuten würde? Seien wir doch mal für einen Moment realistisch und vergessen die Hetzparolen dieser Abolitionisten, von denen die meisten doch auch nur gedankenlose Mitläufer sind, wie es scheint. Die Neger in den Südstaaten, die wären doch noch nicht mal überlebensfähig, wenn wir sie von heute auf morgen aus der Sklaverei entlassen würden. Was sollten sie denn deiner Meinung nach tun? Alle zu uns in den Norden kommen?«

Erbost hatte Will die Stimme erhoben: »Und? Die Alternative? Wir vergessen unseren Glauben und versündigen uns ebenfalls, weil wir es zulassen, dass Millionen Menschen in unserem Land in Knechtschaft und Leibeigentum leben. Weil wir es billigen, dass sie misshandelt, verkauft und ermordet werden? Nein, Vater. Wir sind Christen ...«

»Christen?«, hatte ihn sein Vater forsch unterbrochen. »Die Menschen, die den christlichen Glauben als Begründung für diese absurde Idee der Gleichmacherei heranführen, die sollten sich eher mal überlegen, was sie da sagen. »Christlich« bedeutet, die Verantwortung, die man für die Neger übernommen hat, auch zu tragen und sie nicht wieder der Verwahrlosung und dem Elend zu überlassen. Es sind Wilde und das bleiben sie auch!«

»Außerdem«, war er zornig fortgefahren, »hast du schon mal über die wirtschaftliche Entwicklung der Staaten im Süden nachgedacht?

Was die Abschaffung der Sklaverei für Konsequenzen nach sich ziehen würde? Und was *das* wiederum für die Industrie im Norden bedeutet, die auf die Rohstoffe aus dem Süden angewiesen ist?

Nein - soweit denkt ihr alle nicht! Die Schwarzen sind aus ihrem armseligen, verrotteten Zustand, in dem sie sich wahrscheinlich seit Jahrtausenden befunden haben, befreit worden. Diese Leute sind zu dumm, um für sich selber sorgen zu können. Sieh das doch endlich ein!«

Will war vor Wut fast der Kragen geplatzt, als sein Vater das Gespräch mit einem knappen »Gute Nacht. Für mich ist das Gespräch damit erledigt«, beendet hatte.

Ein scharfes »Ja, Sir«, hatte Will ihm noch entgegengeschleudert und war auf sein Zimmer verschwunden.

Am Tag darauf hatte er seinen Großvater in dieselbe Kerbe schlagen hören, wie am Abend zuvor seinen Pa. Dieser hatte auf einem Podest vor dem Rathaus gestanden und vor einer kleineren Menge an Zuhörern gesprochen, von denen sich viele kopfschüttelnd abgewandt hatten und ihres Weges gegangen waren.

»Die Neger sind Wesen zweiter Klasse«, war seine Aussage gewesen. »Keine *Mitmenschen*, als die sie von den völlig verblendeten Aktionisten bezeichnet werden«, so hatte er in die Menge gerufen.

David Burnsdale trat öffentlich vor die Menschen, wann immer sich eine Gelegenheit bot.

»Kreaturen! Die wissen doch nicht mal, wie sie alleine überleben sollen. Unsere Nation ist zu groß und zu wichtig, als dass sie sich an den Befindlichkeiten einer offensichtlich minderwertigen Rasse entzweien darf.«

Die Misshandlungen, das Auseinanderreißen von Familien, die Brutalität und die Arbeitsbedingungen, unter denen viele der Schwarzen zu Tode kamen, schienen ihn nicht weiter zu interessieren.

Auch nicht die Vergewaltigungen, das Morden oder die Verstümmelungen der Menschen in Gefangenschaft, welche als Strafmaßnahmen augenscheinlich an der Tagesordnung waren.

Angesprochen auf die Art und Weise, wie die Sklaven im Süden gehalten wurden, hatte er mit lauter Stimme entgegnet: »Solcherlei Vorkommnisse mag es geben. Ich will diese Methoden auch nicht grundsätzlich gutheißen. Aber es ist nun mal nicht unsere Entscheidung, welche Wege die Schöpfung für uns vorgesehen hat.

Es liegt mir fern, diese Wesen als Menschen zu bezeichnen. Sie sollten vielmehr froh sein, ein Dach über dem Kopf geboten zu bekommen, eine Arbeit und damit einen Sinn in einem christlichen Dasein.«

Will achtete und liebte seinen Großvater, aber für derartige Aussagen schämte er sich für ihn. Inständig hoffte er, dass sich ihm nicht weiterhin Gelegenheiten bieten mögen, seine Meinung öffentlich kundzutun.

Sein Vater Gustav, Chef eines der größten Druckunternehmen und Mitinhaber des Boston Herald, war vorsichtiger, was sein Auftreten in der Öffentlichkeit betraf. Zwar nutzte er seine Stellung und versuchte im Hintergrund die Fäden zu ziehen, was politische Entscheidungen betraf, stieß aber sehr schnell an die Grenzen seiner Macht. Die Bostoner Gesellschaft quittierte seine Aktivitäten mit Unverständnis. Bald fingen einige der *alten Freunde* an, ihn regelrecht zu meiden.

Gustav war sich anscheinend nicht im Klaren darüber, wie sehr sein Ansehen bereits gelitten hatte. Er hatte sich zu einer Minderheit gesellt, denn die überwiegende Mehrheit der Menschen im Norden war der Ansicht, dass es Gottes Geschöpfe waren, die da auf den Plantagen des Südens geknechtet und gefoltert wurden. Menschen, die ein Recht auf ein freies, menschenwürdiges Dasein hatten. Dass es bereits Sünde war, auch nur den Blick von diesem Leid abzuwenden. Das war der Grund, warum die Bewegung der Abolitionisten mehr und mehr Gewicht bekam. Immer mehr Menschen bekannten sich öffentlich und traten für die Abschaffung der Sklaverei ein.

Seit 1850 der »Fugitive Slave Act« in Kraft getreten war, der es Sklavenjägern offiziell erlaubte, auch in den nördlichen Staaten Jagd auf entflohene Leibeigene zu machen, war die Situation immer öfter eskaliert. Es kam zu wilden Schlägereien, wenn sich die Bevölkerung auf die Seite der Schwarzen stellte, welche abtransportiert und zurück zu ihren Besitzern in den Süden geschleppt werden sollten. Polizisten weigerten sich einzugreifen und die Rechte der Menschenjäger durchzusetzen. Ehemalige Sklaven wurden versteckt oder über die Grenze nach Kanada geschleust. Es hatten sich regelrechte Organisationen gegründet, so wie die »Underground Railroad«, die sich genau diesen Zweck auf die Fahnen schrieben: ehemaligen Sklaven zur Flucht zu verhelfen.

Geheime Routen und sichere Orte wurden ausgekundschaftet und eingerichtet, Fluchthelfer taten sich zusammen und finanzierten die anonymen Machenschaften im Namen der Menschlichkeit.

Will, der aufgrund seiner Tätigkeit als Reporter viele offizielle und inoffizielle Kontakte pflegte, Informanten und Spitzel in jeder Schicht der Gesellschaft zu seinen Quellen zählte, hatte gehört, dass eben diese »Underground Railroad« seit nunmehr 50 Jahren bestand und seitdem schwarzen Menschen aus dem Süden zur Flucht verhalf.

Oft hatte er überlegt, mit den Organisatoren in Kontakt zu treten und seine Mitarbeit anzubieten. Ehrlicherweise hatte es ihm aber bis jetzt am notwendigen Mut gefehlt. Die Situation begann sich immer mehr zuzuspitzen. Alles deutete darauf hin, dass das Land in einen wohl nicht mehr aufzuhaltenden Konflikt hineingetrieben wurde. Es würde Krieg geben, wenn sich die südlichen Staaten nicht auf die

Forderungen des Nordens einlassen und die Sklaverei beenden würden.

Eine Frau, die ihn auf der Straße aus Versehen ziemlich heftig anrempelte, weil sie sich offensichtlich mit ihren Einkäufen übernommen hatte, riss Will aus seinen Gedanken.

Er war zu einer Veranstaltung unterwegs, zu der einer dieser selbsternannten Prediger aufgerufen hatte und schon ziemlich spät dran. Seit vor etwa vier Monaten die Hinrichtung des von seiner göttlichen Mission getriebenen John Brown stattgefunden hatte, waren immer mehr dieser Prediger unterwegs, die sich im Namen des Herrn gegen die Sklaverei aussprachen. Einige von ihnen hatten es zu einer stattlichen Anzahl von Anhängern gebracht. Der ein oder andere erhielt sogar finanzielle Unterstützung durch angesehene Bostoner Bürger oder abolitionistische Organisationen.

Dieser John Brown war ein bemerkenswerter Mann gewesen. Gottesfürchtig hatte er nach dem Gebot der Nächstenliebe gelebt, bis irgendwann der Zorn Gottes durch ihn einen Erfüllungsgehilfen gefunden hatte, der die Sünde der Sklaverei mit Gewalt zu bekämpfen suchte. Einige Morde, bis hin zum Massaker von Pottawatomie gingen auf sein Konto und hatten so den Begriff vom »Bleeding Kansas« geprägt, der bald in aller Munde sein sollte. Es waren in der Tat kriegsähnliche Zustände gewesen, die im Kansas Territorium für Unruhe gesorgt hatten, was dem jungen Will aber erst später richtig zu Bewusstsein kam, als er erwachsen wurde. John Brown hatte für seine tiefe Überzeugung und seinen Glauben gekämpft.

Erst letztes Jahr, nachdem er die Stadt Harpers Ferry in West Virginia in der Absicht, einen offenen Sklavenaufstand anzuzetteln, überfallen hatte, war er festgenommen und zum Tode verurteilt worden.

Im Laufe des Prozesses war seine Anhängerschaft stetig gestiegen und bald war er zum Helden des Abolitionismus ausgerufen worden, während Vertreter der südlichen Bundesstaaten energisch von einem Mörder und Verbrecher tönten.

Am 2. Dezember letzten Jahres, war John Brown schließlich in Charles Town, Virginia, gehängt worden.

Wie sich nach seinem Tod herausstellte, hatte er während seiner Gefangenschaft sämtliche Fluchtangebote abgelehnt, da er sich als Vorreiter des nahenden Kampfes gesehen hatte, der den Sklaven die Freiheit bringen würde. Er hatte sich bewusst für den Märtyrertod entschieden.

So wie es aussah, sollte er Recht behalten. Die Situation spitzte sich mehr und mehr zu. Die Leute schlossen sich zusammen, organisierten sich. Weil es ihnen ihr Glauben befahl, suchten viele Männer und Frauen das Rampenlicht und hielten Reden, sammelten Gleichgesinnte um sich und versuchten, die Stimmung gegen die Sklaverei im Süden weiter anzufachen.

Ähnlich wie dieser Prediger, zu dem Will nun unterwegs war.

Er sollte für die Zeitung seines Vaters einen Artikel über die Vorkommnisse des heutigen Tages verfassen, denn nicht selten kam es bei derartigen Veranstaltungen zu heftigen Tumulten und Auseinandersetzungen. Wills Aufgabe für den Boston Herald war es, die Geschehnisse im Detail festzuhalten und den Bericht anschließend für einen Artikel in der Zeitung zu überarbeiten und umzuformulieren. Das bedeutete, dass er den ganzen Tag auf den Beinen sein würde, um an der Veranstaltung teilzunehmen, zu recherchieren, eventuell Interviews mit Beteiligten oder umstehenden Personen zu führen oder Zitate festzuhalten. Oft arbeitete er anschließend bis spät in die Nacht, um den Entwurf zu überarbeiten, damit dieser noch in der Ausgabe des darauffolgenden Tages erscheinen konnte.

Und das gerade heute!

Es war der Tag, an dem abends einer der größten Bälle des Jahres stattfinden sollte. Einige Veranstaltungen standen bereits im Zeichen der immer näher rückenden Wahlen, welche der Zukunft des Landes die entscheidende Richtung weisen würden.

Die Menschen nahmen die Umstände gerne zum Anlass, um sich zu amüsieren, ausgelassene Feste zu feiern, zu sehen und um gesehen zu werden. Die gesamte Bostoner Gesellschaft würde anwesend sein.

Es würde das Ereignis des Frühsommers werden und er, Will, würde nicht, oder nur teilweise dabei sein können. Es gab Momente, da verfluchte er seine Arbeit für die Zeitung seines Vaters regelrecht.

Und da war noch der entscheidende Punkt: Margaret.

Margaret hatte sehr verärgert reagiert, als er ihr mitgeteilt hatte, dass er an einem so wichtigen Tag und Abend zu arbeiten hatte. Sie hatte ihm deutlich zu verstehen gegeben, dass sie keinerlei Verständnis dafür aufbrachte, dass er zu dieser »Negerveranstaltung« musste, wie sie es nannte. Will konnte es ihr nicht einmal verdenken.

Sie sah verständlicherweise keinen Sinn mehr in seiner Arbeit für die Zeitung, denn sie wusste um den Kampf, der in seinem Inneren tobte. Es wurde immer deutlicher, dass dies nicht seine Zukunft sein würde. Warum sich Will so gegen die Arbeit und die damit verbundene Nachfolge seines unbestritten sehr erfolgreichen Vaters sperrte, war ihr allerdings ein Rätsel. Will hatte die Begabung zu schreiben. Er war ein erstklassiger Reporter geworden in der relativ kurzen Zeit, in der er für seinen Vater und dessen Zeitung arbeitete. In seinen Artikeln und Berichten brachte er die Dinge genau auf den Punkt. Oft hatte sie mitbekommen, wie anerkennend über seine Arbeit beim Boston Herald gesprochen wurde. Es hatte sie mit Stolz erfüllt. Aber es sei seine Entscheidung, hatte sie stets betont, wobei Will sich sicher war, dass sie es nicht verstand. Sie hatte immer zu ihm gehalten, würde es aber mit Sicherheit lieber sehen, wenn er den erfolgreichen Weg bei der Zeitung fortsetzen würde.

Dass sie aber wegen dieser Arbeit auf seine Gesellschaft an dem heutigen Abend verzichten sollte, wegen einer Tätigkeit, welche ohnehin keine Früchte tragen würde, das ging ihr entschieden zu weit. Die letzten Tage war sie sehr verärgert gewesen. Sie hatten sich deshalb auch kaum gesehen. Als sie am gestrigen Abend mit beiden Familien zu Abend gegessen hatten, hatte sie sogar so getan, als wäre es ihr plötzlich nicht mehr so wichtig, ob er bei dem Ball überhaupt anwesend sein würde. Sofort war Eifersucht in ihm aufgestiegen. Sollte es da einen anderen Kerl geben, der Margaret den Hof machte?

Oder war es nur ein wohlüberlegter Schachzug einer jungen Dame, die sich vernachlässigt fühlte?

Margaret konnte sehr geschickt vorgehen, um ihre Ziele zu verfolgen und durchzusetzen. Oft fragte er sich, ob sie mit seiner Entscheidung, nicht die Nachfolge seines Vaters antreten zu wollen, wirklich bereits abgeschlossen hatte, egal wie sehr sie auch betonen mochte, bei allem hinter ihm zu stehen. Schließlich hatte sie es auch nicht versäumt, immer wieder ihre Enttäuschung darüber zum Ausdruck zu bringen.

Ein eigenartiges Gefühl beschlich ihn.

Manchmal, so kam es ihm vor, schien sie regelrecht mit seinem Vater unter einer Decke zu stecken. Die beiden legten es mit ihren spitzen Bemerkungen, lobenden Worten über sein großes Talent und Visionen, seine Zukunft betreffend, geradezu bewusst auf die teils heftigen Auseinandersetzungen an, die dann unweigerlich folgten.

Natürlich war sich Will darüber im Klaren, was er aufgeben musste und dass eine Entscheidung gegen seinen Vater einen totalen Neuanfang bedeuten würde. Es war gut möglich, dass ihm sein alter Herr die Unterstützung sogar komplett verweigern würde.

Margaret Forsyth und er waren gemeinsam aufgewachsen. Sie waren bereits als Kleinkinder von derselben Kinderfrau versorgt worden, da sich das Anwesen der Kronbergs direkt neben dem von Margarets Eltern befand. So war die Kinderbetreuung kurzerhand zusammengelegt worden, da die Kronbergs mit den Forsyths seit Jahren eng befreundet waren.

Früh hatten die beiden Elternpaare wohlwollend genickt, wenn die beiden zusammen waren, etwas gemeinsam unternehmen wollten oder später dann, händchenhaltend im Garten spazieren gegangen waren. Auch wenn es niemals deutlich ausgesprochen wurde: Margaret und er waren schon sehr früh ein Paar gewesen. Will wäre es nicht mal in den Sinn gekommen, diese Beziehung in Frage zu stellen.

Margaret war ein hübsches Mädchen mit langen braunen Haaren, einer sensationellen Figur und wunderschönen grün-grauen Augen.

Natürlich war er in sie verliebt! Was hätte er auch sonst sein sollen?

Will war nun achtzehn Jahre alt, Margaret nur drei Monate älter.

Das Thema Heirat war bereits hin und wieder angesprochen worden.

Vornehmlich von der Seite ihrer beider Eltern, in letzter Zeit aber auch immer öfter von Margaret selbst, die mehr und mehr darauf drängte, er solle seinem Vater endlich reinen Wein einschenken.

»Du musst endlich eine Entscheidung treffen«, hatte sie ihm erbost entgegengeschmettert. »Was willst du tun in Zukunft? Wovon sollen wir leben?«

Will verspürte mehr und mehr den Druck, der auf ihm lastete. Natürlich, Margaret hatte nicht unrecht mit ihren Äußerungen und Fragen. Aber was sollte er tun?

Er wusste ja selbst nicht genau, was er wollte und schon gar nicht, wie er seinem übermächtigen Vater endgültig beibringen sollte, dass er aus dem Zeitungsgeschäft aussteigen wollte. Die Konsequenz konnte sein, dass ihn sein Vater enterben würde. Das war natürlich auch Margaret klar. Es wäre dann sein Bruder Richard, der seinem Vater auf den Redaktionsthron und als Leiter der Druckerei nachfolgen würde.

Will verstand es als ein Zeichen ihrer Liebe zu ihm, dass sie bezüglich des Erbes mit Verständnis reagierte und auf diesen Punkt nicht weiter einging. Es bedeutete schließlich nicht, dass er nach der Aufgabe seiner derzeitigen Karriereplanung verarmt sein würde.

Dass Margaret so überaus verständnisvoll reagierte, mochte zum anderen auch daran liegen, dass ihre Familie ebenfalls zur Oberschicht Bostons zählte, sie das einzige Kind der Forsyths war und sich deshalb wohl niemals wirkliche Sorgen über finanzielle Dinge machen musste.

Aber was sollten dann die ständigen Fragen danach, von was sie später leben sollten, wenn er nicht den Wünschen seines Vaters entsprechen und die Zeitung verlassen würde?

Letztendlich, da war sich Will sicher, ging es ihr um Ansehen, Ehre und den tadellosen Ruf ihrer Familie. Margaret wollte nicht mit einem Versager als Mann gebrandmarkt sein.

Noch galt Will als aufstrebender junger Mann, der das Imperium seines Vaters übernehmen würde. Die Rolle der zukünftigen Frau Kronberg, Gattin des Kronberg-Erben, wäre für sie wie geschaffen gewesen. Es gab wohl niemanden in Boston, der einen Zweifel an dieser Entwicklung hegte. Nur Margaret, er selbst und sein Vater Gustav wussten von den tiefen Zweifeln und dem Sturm, der in Wills Innerem tobte und nach Freiheit verlangte.

Es war an der Zeit, Entscheidungen zu treffen. Will wusste, dass dies für sein ganzes späteres Leben bestimmend sein würde. Je länger er aber darüber nachdachte, umso verstörter und unsicherer wurde er. Margaret war fordernd und bestimmend. So war sie schon immer gewesen. Sie sprach von Liebe, hatte ihm aber niemals mehr als einen Kuss und wenige Berührungen erlaubt, während Will immer öfter in echte Schwierigkeiten geriet, wenn seine Sehnsucht und sein heißes Verlangen ihn in tiefe Verzweiflung stürzten.

In den seltenen Momenten, an denen sie einen Abend nur zu zweit in romantischer Atmosphäre verbrachten, sich küssten und verstohlene Zärtlichkeiten austauschten, hatte er danach über Stunden hinweg unter großen Schmerzen in seinem Unterleib zu leiden. Eine einzige, wirkliche Berührung von ihr, das wünschte er sich in solchen Momenten mehr als alles andere auf der Welt. Eine Berührung nur, da war er sich sicher, hätte zur explosionsartigen Linderung seiner Anspannung führen können. Nur ein *Anfassen* ... welches die Süße und Echtheit ihrer Liebe für ihn endgültig unter Beweis gestellt hätte.

Konnte das zwischen Liebenden denn wirklich zu viel verlangt sein? Manchmal kamen Zweifel in ihm auf, ob ihre Leidenschaft für ihn nur gespielt sein könnte und trotzdem wartete, ja *hoffte* er auf die nächste Gelegenheit. Margaret würde ihrem Verlangen schon irgendwann nachgeben, wenn die Sehnsucht zu übermächtig werden würde.

Dazu war es bis jetzt aber nicht einmal annähernd gekommen. Sobald Margaret auch nur das Gefühl beschlich, dass er mehr verlangen könnte, wurde das Liebesspiel unterbrochen, die Kleidung zurechtgerückt und zu einer höflichen, gediegenen Konversation übergegangen. Ein einziges Mal nur hatte er sie bewusst seine Erektion spüren lassen, mit dem Ergebnis, dass sie abrupt aufgestanden und wortlos das Zimmer verlassen hatte. Will war damals wie vor den Kopf gestoßen gewesen, hatte sich schuldig gefühlt und nach einer Weile wie ein geprügelter Hund, mit gesenktem Kopf das Haus der Forsyths verlassen. Völlig verwirrt, zutiefst traurig und gedemütigt.

Seither hatte er es tunlichst vermieden, ihr mit seinem Unterleib zu nahe zu kommen. Er wurde zu einem Gefangenen seiner selbst. Gefangen in seinen Träumen, Sehnsüchten und wie es schien, unerfüllbaren Bedürfnissen.

Nach und nach hatte er, zuerst zögerlich und mit schlechtem Gewissen, damit begonnen selbst Hand an sich zu legen und so war es ihm gelungen, zumindest die schlimmsten Dämonen seiner Leidenschaft im Griff zu behalten. Manchmal erschien es ihm, als könne er erst wieder klar denken, nachdem er sich des immensen, aufgestauten Drucks entledigt hatte. Nicht selten empfand er Scham und Schande danach. Sein Selbstwertgefühl litt Höllenqualen.

Allerdings war da auch noch etwas anderes: Natürlichkeit.

Seine Gefühle, sein Bewusstsein und eben auch diese Leidenschaft waren Teil seiner selbst. Er lernte damit umzugehen und spürte, welche Kraft und Ausdauer in den Lenden eines jungen Mannes heranwuchsen. Es machte ihn stolz. Er wäre ja auch gar nicht in der Lage gewesen, diese Gefühle und Bedürfnisse zu unterdrücken. Kein Mann konnte das.

Einige seiner Freunde vergnügten sich mittlerweile bereits mit Prostituierten oder Mädchen, die sie in den Bars der Stadt kennenlernten. Laut Aussage seiner Bekannten hatten die jungen Frauen sehr wohl ihren Spaß an den sinnlichen Spielchen, auch wenn sie Geld dafür nahmen. Und so fragte sich Will immer öfter, was nicht stimmte, mit Margaret und ihm.

Aber sich eine Frau zu kaufen, das kam für Will nicht in Frage. Das konnte und wollte er Margaret nicht antun. Selbst wenn sie es niemals erfahren würde.

Außerdem gestand er sich mit einem Lächeln ein, gab es seit ein paar Wochen durchaus einen Hoffnungsschimmer. Das erste Mal hatte er noch gedacht sich verhört oder die Bemerkung und Gesten Margarets nicht richtig gedeutet zu haben, als sie ihm zu verstehen gegeben hatte, eine *offizielle Verbindung* könne vieles ändern. Dabei hatte sie so verführerisch gelächelt, wie er es niemals zuvor an ihr gesehen hatte und ihren Blick - so war es ihm zumindest vorgekommen - direkt auf die Stelle zwischen seinen Beinen gesenkt. Es war der erotischste Moment in seinem ganzen Leben gewesen. Sofort hatte er eine Erektion bekommen und nachdem er sich nicht einfach schnell irgendwo hinsetzen konnte, musste es Margaret aufgefallen sein. Sie hatte nur unglaublich bezaubernd gelächelt, sich umgedreht und so getan, als würde sie sich ausschließlich um die Drinks kümmern, die sie als Aperitif vor dem Abendessen nehmen wollten.

Nach diesem Ereignis hatte es noch eine Andeutung hier oder ein verstohlenes Lächeln dort gegeben. Aber immer wieder war ein Hinweis auf eine offizielle, beziehungsweise standesgemäße Verbindung zwischen zwei Menschen gefallen. Margaret hatte es verstanden, das Thema, wann immer sie konnte, in eben diese Richtung zu lenken. Beispielsweise, wenn sie im Park ein Paar beobachteten, welches sich verstohlen aber leidenschaftlich küsste oder einmal sogar, als sie mit dem Wagen durch die Straßen Bostons unterwegs gewesen waren und eine Prostituierte auf Freierfang gesehen hatten. Margaret hatte beiläufig gemeint, ihr täten die Männer leid, die so etwas nötig hätten, weil sie es versäumt hatten den Bund der Ehe einzugehen. So wären sie gar nicht erst in Versuchung gebracht worden, wie Margaret meinte. Dass, wie er wusste, in den meisten Fällen genau das Gegenteil der Fall war, das verschwieg er ihr wissentlich. Er wollte sie dieser Illusion nicht berauben.

Will war Reporter und somit auf Kontakte aller Art angewiesen. Einige seiner Informantinnen gingen eben gerade dieser Tätigkeit nach. So hatte er von ihnen Dinge in Erfahrung gebracht, welche den *heile Welt Vorstellungen* von Margaret doch ziemlich energisch widersprachen. Einige der Geschichten waren, wenn auch nur ein Fünkchen Wahrheit darin war, so abenteuerlich, dass er sie auf alle Fälle besser für sich behielt. Sogar sein Großvater wurde genannt, ebenso wie Margarets eigener Dad. Zu beweisen wären solche Berichte ohnehin nicht gewesen. ›So viel zu verheirateten Männern‹, hatte er bei sich gedacht und das Gespräch in einer anderen Richtung fortgesetzt.

Als Will den Hafen erreichte, war er noch völlig in Gedanken.

Die Entwicklung, die seine Beziehung zu Margaret nahm, gefiel ihm. Aber was entscheidender war: Die Veränderung ihres Verhaltens ihm gegenüber faszinierte ihn. Konnte es sein, dass die Frau in ihr erwacht war? Dass sie schließlich von dem gleichen Begehren wie er selbst erfasst worden war?

Ein lauter Schrei riss ihn aus seinen Tagträumen, als er auf die große Menschenmenge stieß, die sich um ein Rednerpult in der Mitte des kleinen Platzes vor den Anlegestellen gebildet hatte. Selbst die Pier dahinter war von Zuschauern und Zuhörern belegt worden.

Es waren deutlich mehr Menschen als erwartet von der Versammlung des Predigers angezogen worden.

»Halts Maul!«, rief ein gut gekleideter Mann mit hohem Hut und elegantem Mantel aus den hinteren Reihen, was zu einer sofortigen Bewegung der Menschenmenge führte und den Mann unsanft zu Boden riss. Hände griffen sofort nach dem Gestürzten, um ihn auf die Beine zu ziehen, während andere erbost die Fäuste ballten und dem Mann mitten ins Gesicht schlugen. Die Stimmung schien bereits zu kippen. Erschreckt stellte Will fest, dass er in seinen Gedanken versunken fast zu spät zu dieser Demonstration gekommen wäre.

Die Menge in den hinteren Reihen beruhigte sich allmählich wieder, während vorne auf dem Podest der Prediger unaufhörlich wetterte und gestikulierte. Auch wenn Will im Grunde derselben Meinung war wie dieser Geistliche, er hatte die Phrasen und Beschimpfungen auf die Sklavenhalter des Südens einfach schon zu oft gehört. Es waren immer dieselben Argumente. Dieselben Hetzparolen und Mobilmachungen. Immer wieder und immer lauter ertönte nun die Stimme des Mannes auf dem Podest. Er war mit einem schwarzen Mantel bekleidet, trug einen ebenfalls schwarzen Zylinder auf dem Kopf und wurde von einer Gruppe von Männern begleitet, die offensichtlich zu seinem Schutz, rechts und links vom Rednerpult Aufstellung genommen hatten. Ein übermächtiger Bart zierte sein Gesicht, in dem sich das Alter des Mannes deutlich ablesen ließ. Tiefe Falten durchzogen die vom Wetter gegerbte Haut. Sein schneeweißes Haar wehte im Wind und das Rednerpult begann leicht zu schwanken, unter den heftigen Bewegungen, mit denen er seiner Rede mehr Ausdruck zu verleihen suchte.

»Kinder Gottes! Es sind alles Kinder Gottes«, vernahm Will gerade noch, als eine Gruppe von Männern mit Halstüchern über Mund und Nase durch die Menge nach vorne drängte und anfing, mit Pferdeäpfeln nach dem Prediger zu werfen. Auf der Stelle griffen die Männer des Geistlichen ein, warfen sich förmlich auf die Angreifer und prügelten wie wild auf die Störenfriede ein, die für die Unruhe verantwortlich gemacht wurden.

Noch schritten die Polizeikräfte nicht ein, die sich im Hintergrund bereits formiert hatten.

Die Lage hatte sich von selbst wieder beruhigt, als die Gegner der Veranstaltung vor den Männern des Predigers Reißaus genommen hatten und in den kleinen, finsteren Gassen des Hafenviertels verschwunden waren.

Will suchte sich einen etwas erhöhten Beobachtungspunkt, von dem er das Geschehen besser überblicken konnte. Egal was passieren würde, er musste sich aus dem unmittelbaren Vorgehen unbedingt heraushalten. Und das nicht nur, weil ein eventuell entstehender Tumult seine Arbeit gefährden konnte. Es war noch nicht lange her, als ein Kollege und Freund von ihm bei einer Schlägerei ums Leben gekommen war. Irgendwie war Jonathan immer weiter in die Ausschreitungen hineingeraten, so als wäre er in eine Art undefinierbaren Strudel geraten, dessen Sog ihn mitten hineingezogen hatte, in den gewalttätigen Mob. Im Verlauf der wütenden Schlägerei war Jonathan gestürzt und zu Tode getrampelt worden. Will war schockiert gewesen. Bis zu diesem tragischen Vorfall war ihm die Gefahr eines solchen Einsatzes nie wirklich bewusst gewesen.

Aus einiger Entfernung, von der Stufe des Kutschbocks eines Fuhrwerks herab, beobachtete er nun den Verlauf der heutigen Veranstaltung.

Es folgte ein viel zu langer Monolog des Gesandten Gottes, zu dem sich der Mann vor wenigen Augenblicken selbst ernannt hatte und wurde erst unterbrochen, als aus heiterem Himmel und völlig aus dem Nichts ein Schuss fiel. Das Geräusch schien die Luft über den Köpfen der Menschen regelrecht zu zerreißen. Die Menge stob auseinander, viele Menschen duckten sich oder ließen sich ganz zu Boden fallen. Auch Will zog instinktiv den Kopf ein, sprang von dem Kutschbock und suchte hinter einer nahen Häuserecke Deckung. Das Geschrei der Menschen fachte die Panik an und so liefen Männer, Frauen und auch Kinder in alle Himmelsrichtungen weg von der Pier. Einige stürzten ins Wasser, andere wurden zu Boden gerissen und niedergetrampelt.

Will blickte vorsichtig um die Hausecke, die ihm Schutz bot und erkannte, dass der Schuss sein eigentliches Ziel offenbar verfehlt hatte. Er nahm auch an, dass es sich mehr um einen Warnschuss gehandelt hatte, der in die Luft abgegeben worden war. Aber wer konnte das schon sagen?

Jedenfalls war der Prediger unverletzt geblieben und versuchte, sich, dicht umringt von seinen Männern, durch das Chaos und das Getümmel der Menge zu einem Wagen auf der anderen Seite des Platzes in Sicherheit zu bringen.

Als er aber gerade dabei war den Wagen zu besteigen, wurden er und seine Gefolgsleute von mehr als einem Dutzend Männern mit Kapuzen über den Köpfen angegriffen und sogleich entfesselte sich eine brutale Schlägerei. Die maskierten Männer trugen schwere Knüppel bei sich, mit denen sie unbarmherzig und mit voller Gewalt auf die schutzsuchenden Männer des Predigers einschlugen. Blut spritzte. Schreie gellten durch die Luft. Als die Polizeikräfte nach dem Laut von mehreren schrillen Trillerpfeifen auf den Platz strömten, hatten sich die Leute des Redners nach dem ersten Schrecken bereits wieder einigermaßen formiert und stießen ihrerseits mit geeinten Kräften nach vorne. Ein brutales Krachen war zu hören, als die beiden Gruppen frontal aufeinanderprallten. Trotzdem wurden die Angreifer mit den Knüppeln dadurch in zwei Lager getrennt, was ihre Attacke sofort um einiges abschwächte. Ebenfalls mit Knüppeln ausgerüstet schlugen die Polizisten nun auf alles und jeden ein, der sich im vorderen Bereich des Wagens befand. Zwei junge Frauen, die nach dem Schuss unglücklicherweise unter dem Wagen des Predigers Schutz gesucht hatten, versuchten nun, an der Schlägerei vorbei die Flucht zu ergreifen. Mit Entsetzen sah Will, dass einer der Polizisten sofort mit seinem Knüppel auf die beiden losging. Die kleinere der beiden erlitt einen heftigen Schlag mitten ins Gesicht, fiel wie tot nach hinten um und blieb mit blutüberströmtem Gesicht regungslos auf der Straße liegen. Die Zweite lief noch ein paar Schritte nach vorn und kam vor einem anderen, großen und bullig wirkenden Polizisten zum Stehen. Will konnte erkennen, dass sie erleichtert lächelte, da sie sich wohl in Sicherheit wähnte. Im Gesicht des Polizisten erschien ein breites Grinsen, als er seinen Arm über den Kopf zog und seinen Knüppel direkt und mit voller Wucht auf die rechte Schulter der Frau herunter sausen ließ. Als das Mädchen vor ihm auf die Knie sank, drückte er ihr Gesicht in seinen Schoß und schlug ihr anschließend seitlich auf den Kopf, so dass sie unmittelbar bewusstlos zu Boden sank. Das Ganze hatte nur Sekunden gedauert und war im Kampfgetümmel der Männer komplett untergegangen. Außer Will hatte es wohl niemand zur Kenntnis genommen.

Hoch oben auf dem Wagen stand der Prediger mit mittlerweile ebenfalls blutüberströmtem Gesicht und schleuderte der kämpfenden Menge aus Leibeskräften Worte des Untergangs und der Apokalypse entgegen.

»Sehet und werdet zu Sehenden! Der Zorn Gottes soll niederkommen auf Euch und Eure Häupter zerschmettern. Auge um Auge! Der Allmächtige soll richten über Euch!«

Bei diesen Worten wurde der Mann von dem Wagen gezerrt und verschwand aus Wills Blickfeld. Geradezu verschluckt wurde er von der wütenden, raufenden, prügelnden Menge.

Nach einigen Minuten des Kampfes mit oder gegen die Polizei, begann sich das Handgemenge langsam aufzulösen, nachdem weitere Einheiten der Ordnungshüter in die Schlägerei eingegriffen hatten.

Die Angreifer auf die Veranstaltung begannen die Flucht zu ergreifen.

Nach und nach ließen sie von den Männern des Predigers, sowie den Polizisten ab und verschwanden, so wie zuvor die Pferdeäpfelwerfer, in den Gassen, die vom Hafen in die Stadt hineinführten.

Einige der Flüchtenden liefen direkt an Will vorüber, der sich immer noch starr vor Entsetzen an die Hauswand drückte. Sie rissen sich die Kapuzen von den Köpfen und rannten, als wäre der Teufel hinter ihnen her. Hinter ihnen Männer der Polizei, die aber nach ein paar Schritten die Verfolgung aufgaben. Völlig außer Atem und mit einer Platzwunde über dem rechten Auge rief ihnen einer der Polizisten hinterher: »Verfluchte Iren! Nutzloses Gesindel! Macht, dass ihr wegkommt, ihr Drecksäcke!«

Als er Will an der Wand stehen sah, machte er einen Schritt auf ihn zu und wollte bereits seinen Knüppel tanzen lassen, als Will schnell ein Papier zückte, welches ihn als Mitarbeiter einer Zeitung auswies.

»Boston Herald«, stammelte er, worauf der Mann den Prügel wieder sinken ließ.

»Ah, ein Schreiberling. Na, dann schreib das mal schön auf, was ich dir sage, mein Kleiner. Diese drecksverfluchten Iren lassen sich von den Südstaatlern bezahlen, um hier Unruhe zu stiften.«

»Scheißkerle!«, schrie er aus vollem Hals in die Gasse hinein, in der die Flüchtenden verschwunden waren. »Das sind solche Schweine, dass einem das Kotzen kommen könnte.«

Will tat wie ihm geheißen, nahm Block und Bleistift zur Hand und machte erste Notizen, während er neben dem Polizisten nun direkt zum Schauplatz des Geschehens hinüberging.

»Ihr Name war ...«, Will zögerte.

»Matthews«, antwortete der Polizist, der nun sichtlich stolz war, hier einem Zeitungsmann ein Interview zu geben, »Sergeant Matthews.« Will entgingen nicht die Blicke der anderen Polizisten, die dem mit schwellender Brust stolzierenden Matthews nun zugeworfen wurden. »Schreiben Sie ruhig, was ich vorhin gesagt hab und erwähnen Sie auch meinen Namen.«

»Das werde ich gerne tun, Mr. Matthews«, log Will. »Vielen Dank.«

Er notierte sich noch die Ausführungen und Schilderungen des Mannes, stellte interessierte Fragen über den *heldenhaften* Einsatz der Leute und gab sich unterwürfig. Zum Schluss bedankte er sich für das Interview und wandte sich von Matthews ab, denn es war ihm durch das Gespräch mit dem Polizisten gelungen, sich völlig frei auf dem Schlachtfeld, als welches er es empfand, bewegen zu können und sich umzusehen. Matthews hatte sich durch sein Interview in den Augen der anderen Polizisten sozusagen für ihn verbürgt. Er gehörte somit irgendwie dazu.

Mit Entsetzen blickte Will sich um. Überall lagen Verletzte. Menschen schrien oder stöhnten vor Schmerz. Viele Körper lagen regungslos auf dem Boden. Überall war Blut. Sanitäter waren herbeigerufen worden und taten ihr Bestes, sich um die Opfer der gewalttätigen Auseinandersetzung zu kümmern. Von den beiden jungen Frauen war keine Spur zu sehen. Will war sehr besorgt, konnte sie aber nirgends entdecken. Weder bei den Sanitätern, noch bei den Verletzten, welche noch auf Versorgung warten mussten. Er hoffte, dass die beiden die Gräueltaten einigermaßen überstehen würden. Es war das Brutalste, das er jemals in seinem Leben mitangesehen hatte.

Es war überhaupt das erste Mal gewesen, dass Will einer Konfrontation wie dieser unmittelbar gegenübergestanden hatte.

Die Lage war offensichtlich viel brisanter und viel schlimmer als Will vermutet hatte, denn hier waren Amerikaner auf Amerikaner losgegangen, wenn man von den engagierten Schlägertrupps der Iren mal absah. Aber auch diese waren schließlich von Amerikanern gedungen worden. Auch wenn die überwiegende Mehrheit der Bürger in den Staaten des Nordens für die strikte Abschaffung der Sklaverei war, so konnte an der Entschlossenheit der Menschen, die an ihrer gewohnten und luxuriösen Lebensweise festhalten wollten, keinerlei Zweifel bestehen. Das, was hier auf sie alle zukam, das wollte er sich nicht einmal ausmalen.

Von den Ereignissen und Eindrücken noch völlig verstört, brachte er dennoch detailliert zu Papier, was sich an diesem Tag am Hafen von Boston zugetragen hatte. Das meiste davon hielt er lediglich in Notizform fest, anderes aber formulierte er bereits aus, um es für seinen endgültigen Artikel in der Zeitung verwenden zu können.

Die beiden misshandelten Frauen gingen ihm nicht aus dem Kopf.

Er wusste, dass er es bereuen würde sich mit der Polizei anzulegen, sollte er in seinem Artikel über das berichten, was er mit angesehen hatte. Umso mehr, als er sich darüber im Klaren war, dass weder Zeugen, noch die Frauen selbst zu finden sein würden, um seine Anschuldigungen zu bestätigen. Der Polizeiapparat von Boston hatte eine unglaubliche Macht. Korruption gehörte zum täglichen Geschäft.

Er beschloss zu versuchen, die Bilder aus seinem Kopf zu verdrängen und die Prügelattacke auf die beiden Frauen in seinem Artikel nicht zu erwähnen. Was konnte er schon anderes tun?

Als er mit seinen Kurzaufzeichnungen fertig war, verbrachte er Stunden damit, Augenzeugen zu interviewen, mit anderen Polizisten über deren Eindrücke des Einsatzes zu sprechen und mehr über den Zeitpunkt des Eingreifens der Beamten in Erfahrung zu bringen. Warum hatten sie nicht schon vorher eingegriffen?

Die erste Attacke auf die Veranstaltung wäre bei weitem Grund genug gewesen, die Einheiten sofort einschreiten zu lassen und die Wiederherstellung der Ordnung nicht den Männern des Geistlichen zu überlassen. Will wurde das Gefühl nicht los, dass hier etwas nicht stimmte. Bestätigt wurde seine Vermutung zusätzlich, da keiner der Polizisten auch nur im Geringsten bereit war, ihm Auskunft über den genauen Wortlaut des Einsatzbefehls zu geben. Es schien, als hätten die Gesetzeshüter einen Tipp erhalten. So, als wäre der erste, harmlosere Angriff nicht geplant gewesen und die Einheiten der Polizei bewusst zurückgehalten worden, um auf den wirklichen Überfall der Iren zu warten. Das aber wäre noch unmöglicher zu beweisen gewesen.

Will beschloss, diesbezüglich einen seiner Kontakte zu befragen, welcher Zugang zu Akten der inneren Abteilung der Polizeiverwaltung hatte. Vielleicht würde sich ja etwas Konkreteres in Erfahrung bringen lassen.

Erst am späten Nachmittag verließ Will die Pier, nachdem er mit seinen Recherchen vor Ort fertig geworden war. Er wusste, dass er Margaret auf keinen Fall enttäuschen durfte, was sein Erscheinen auf dem Ball an diesem Abend betraf. Sie hatte erst aufgehört zu insistieren, als er versprochen hatte, sie zumindest ein oder zwei Stunden auf den Ball zu begleiten und sich so wenigstens beim Dinner an ihrer Seite zu zeigen. Will hatte sich geschmeichelt gefühlt, dass sie schließlich doch so vehement auf sein Erscheinen bestanden hatte.

Nach dem Essen, das wusste er, würde er den Ball verlassen und auf den Tanz verzichten müssen, um seine Arbeit rechtzeitig zu beenden und den Druck der morgigen Ausgabe nicht zu verzögern.

Nun musste er sich sputen, um das Margaret gegebene Versprechen einhalten zu können. Schließlich musste er vorher noch nach Hause, sich waschen und angemessene Garderobe anlegen.

Mit sehr gemischten Gefühlen verließ er die Hafengegend und machte sich auf den Heimweg. In seiner Tasche sein Notizbuch, in dem sich die gesamte heutige Tragödie befand. Sein Land war auf dem Weg in einen Bürgerkrieg.

Der Ballabend war bereits im Gange und mit einem großen Bankett eröffnet worden, als Will gerade noch rechtzeitig eintraf, ohne größeres Aufsehen zu erregen. Er entdeckte Margaret im hinteren Bereich des großen Saals, wo sie sich mit einem Glas Champagner in der Hand im Gespräch mit einigen Gästen befand. Will kannte die Leute nicht, was aber nicht weiter verwunderlich war, denn die wohlsituierte Oberschicht der nördlichen Staaten Amerikas wuchs durch die vielen vermögenden Europäer, die ins Land strömten, in einem geradezu atemberaubenden Tempo. Er schnappte sich ebenfalls ein Glas von einem Tablett, das von einem Bediensteten an ihm vorüber getragen wurde und betrachtete Margaret.

Sie schien sich bereits köstlich zu amüsieren.

Er genoss diesen kurzen Moment der Ruhe, bevor er sich offiziell der Ballgesellschaft anschließen, Margaret begrüßen und sich vorstellen würde. Margaret sah umwerfend aus.

Sie trug ihr neues Ballkleid, welches sie eigens für diesen Abend in Auftrag gegeben hatte. Goldene Seide, durchzogen mit türkisblauer, feiner Stickerei, umspielte ihren zierlichen Körper. Die langen Handschuhe reichten bis über die Ellbogen, wodurch ein verführerischer, schmaler Streifen ihrer schneeweißen Haut sichtbar blieb, bevor die gebauschten Ärmel des Kleides ihre zarten Schultern bedeckten. Stolz erfüllte Will, dass er der Auserwählte war, der dieser wunderschönen Frau den Hof machen durfte.

Mit dem Rücken zu ihm stand eine andere junge Dame, mit der sich Margaret nun sehr angeregt unterhielt. Die beiden Frauen tuschelten, lachten und wirkten dabei, als würde sie irgendetwas Geheimnisvolles verbinden. Margarets Gegenüber hatte lange, blonde Haare, welche in einer sanften, fülligen Welle offen über ihre Schultern fielen. Will sah sich um. Es war nicht schwer zu bemerken, dass dieses blonde Wesen die anwesenden Herren geradezu in übermotivierte Aufregung versetzte. Der eine lachte ein wenig zu übertrieben, der andere gab seinen Ausführungen über unlängst getätigte, äußerst erfolgreiche Geschäfte, ein bewusst zu hohes Maß an Lautstärke. Wieder ein anderer wurde nicht müde bei dem Versuch auf sich aufmerksam zu machen, in dem er unentwegt um die beiden jungen Damen herumstolzierte, mit dem Ziel einen Blick der Blonden zu erhaschen. Offenbar hatte er bereits das eine oder andere Glas Champagner zu viel zu sich genommen.

Auch Margaret empfing bewundernde, teils eindeutige Blicke der umstehenden Herren. Aber auf eine ganz andere Art und Weise. Es musste wohl daran liegen, so dachte Will bei sich, dass es ja allgemein bekannt war, dass Margaret und er ein Paar waren.

Plötzlich wurde es ihm ein wenig unbehaglich, da er feststellte, dass er selbst von einigen Gästen bereits argwöhnisch betrachtet wurde. Auch er blickte, zugegebenermaßen, verträumt und unentwegt zu den beiden jungen Damen hinüber. Es war wie ein Zwang, den wohl die meisten der anwesenden Männer verspürten. Von diesen beiden Frauen ging ein Zauber aus, der nicht zu erklären war.

Trotzdem - etwas an der Art und Weise wie sich die beiden Frauen miteinander unterhielten und sich dabei in Szene setzten, irritierte ihn.

Margaret schien sich wie in einem Bann zu befinden, so wie sie an den Lippen dieser mysteriösen Unbekannten hing. Sie lachte laut und überschwänglich, flüsterte ihrer Freundin etwas ins Ohr und lächelte verführerisch. So kannte er seine Margaret nicht. Es schien, als wäre das zurückhaltende, oft schüchtern wirkende Mädchen, plötzlich vom Leben erfasst worden.

Er konnte aus der Entfernung nicht verstehen, worüber sich die beiden jungen Frauen unterhielten, aber er stellte ein ungewöhnliches Leuchten in den Augen seiner zukünftigen Verlobten fest, welches er so noch nicht bei ihr gesehen hatte. Nachdem ihm die Blonde aber immer noch ihren, zugestanden, bezaubernden Rücken zuwendete, konnte er auch nicht von ihren Lippen ablesen oder ihrer Mimik entnehmen, worüber die beiden sprachen.

Will stellte sein Glas ab und ging langsam entspannten Schrittes auf die beiden Frauen zu.

Wie auf Kommando nahm die Unbekannte mit einer geschmeidigen Bewegung ihre Haare auf der linken Seite nach vorne, entledigte sich mit einem grazilen Schwung, des um ihren Hals geschwungenen, gelben Seidentuches und entblößte damit ihre zierliche Schulterpartie, was Will auf der einen Seite fast den Atem verschlug, auf der anderen Seite ein deutlich hörbares Raunen im Saal auslöste.

Einige Männer wurden spontan von ihren Frauen gemaßregelt, den Blick abzuwenden, anderen blieb der Mund offenstehen. So als hätte sie gewusst, dass Will auf dem Weg war sich vorzustellen, machte sie aus ihm einen stotternden Dummkopf, noch bevor er auch nur ein einziges Wort gesagt hatte.

Zu Wills Erstaunen war Margarets Reaktion auf sein Erscheinen eher die eines kleinen Mädchens, das bei etwas ertappt worden war, als die einer Dame, welche ihren zukünftigen Verlobten erblickte. Sie wirkte überrascht und unsicher. Wenn ihn nicht alles täuschte, lief sie sogar ein wenig rot an.

Als er sich zu ihnen gesellte, Margaret mit einem angedeuteten Kuss auf die Wange begrüßte und sich anschließend der Blonden zuwendete, war er von ihrem Anblick wie geblendet. Vor ihm stand die schönste Frau, die er jemals in seinem Leben gesehen hatte. Ihr Lächeln schien das gesamte Licht des Ballsaals zu überstrahlen, die Sanftheit ihrer Gesichtszüge, der Ausdruck ihrer blauen, unglaublich klaren Augen und die alles in Besitz nehmende Anmut ihrer Gestalt, raubten ihm die Worte. Er hatte ihr die Hand geben wollen und nun stand er da, umschloss ihre behandschuhten kleinen Finger mit seiner großen Hand, blickte ihr in die Augen und brachte keinen Ton heraus.

Einen langen Moment stand er nur da, ihre Hand in der seinen. Er bewegte sich nicht, sagte auch nichts.

»Will?«, vernahm er Margaret.

Abrupt lockerte er seinen Griff und gab die Hand der Schönen frei.

»Oh, ... ja ... äh, verzeihen Sie. Mein Name ist Will ... William Kronberg. Schön Sie ... kennenzulernen, Miss ...?«

»Di Lauro. Sylvia Di Lauro«, beendete sie seinen Satz.

Und weiter ergänzte sie charmant: »Die Freude ist ganz auf meiner Seite, Mr. Kronberg. Margaret hat mir schon so viel von Ihnen erzählt.«

Will war immer noch völlig befangen.

Sylvia trug ein elegantes, wunderbar geschnittenes Abendkleid aus roter Seide, das ungewöhnlicherweise schulterfrei geschnitten war und ihre schlanke Figur auf geradezu betörende Weise nachzeichnete.

Sie zeigte deutlich mehr Haut, als es für die konservative Bostoner Gesellschaft üblich war und das, obwohl sie jetzt wieder das gelbe, ebenfalls aus feinster Seide bestehende Tuch so elegant über ihre Schulterpartie gelegt hatte, dass man es gerade noch als standesgemäß beschreiben konnte.

Lange, dunkelbraune Handschuhe betonten ihre schlanken Unterarme und ihr reizender Hals wurde von einer silbernen Kette mit fein eingefassten Edelsteinen geziert. Das lange blonde Haar schmeichelte ihrem Teint. Ja, es umspielte ihr Gesicht in einen Schimmer aus Gold und einem Glanz, den Will niemals zuvor gesehen hatte.

Alles an dieser Frau war perfekt.

Die leicht geschwungene Nase, die hohen, etwas keck wirkenden Wangenknochen, ihre roten, sinnlichen Lippen ..., sie war wie ein lebendiges Gemälde, eingefasst in das Licht und die Stimmung dieses herrlich warmen Ballabends. Ihr Kleid, der Rahmen dieses Kunstwerks, betonte die Formen ihres jungen Körpers, so dass die Blicke geradezu unweigerlich auf den Ansatz ihrer wohlgeformten Brüste gezogen wurden, was in Wills Augen unmöglich zufällig so arrangiert sein konnte. Die Eleganz und Finesse dieser Garderobe war von einem Meister der Verführung entworfen. Sie wurde von ihrer Besitzerin nach allen Regeln der Kunst vorgeführt und dadurch unweigerlich zu einem Meisterwerk erhoben. Es war genau die Art von Ballkleid, welches sich bei den Gästen unauslöschbar in die Erinnerung an diesen Abend einbrennen würde. Es vollendete Sylvias Erscheinungsbild, das Will in seinem Inneren nur als ›atemberaubend‹ zu bezeichnen wusste.

Sylvia schien ihm die Bewunderung, seine Unsicherheit und aufkeimende Unbehaglichkeit anzumerken und fügte hinzu: »Sie arbeiten für Ihren Vater bei der Zeitung, nicht wahr? Ich habe vor ein paar Tagen einen Artikel von Ihnen gelesen.«

Will erwachte aus seiner Trance.

»Entschuldigen Sie, Miss Di Lauro. Ihr kennt euch schon länger? Du hast mir nie von Sylvia erzählt, Liebling«, sagte Will an Margaret gewandt.

»Schatz«, erwiderte Margaret, »Sylvia ist auch noch nicht lange in

Boston. Aber wir haben beide das Gefühl, als würden wir uns schon ewig kennen. Stimmt doch, oder?«, kicherte sie und blickte Sylvia dabei in die Augen.

»Ich bin mit meiner Familie erst vor zwei Wochen in Boston angekommen und habe Margaret kennengelernt. Unsere Väter haben geschäftlich miteinander zu tun und Mr. Forsyth war so freundlich, uns die ersten Tage in Boston bei sich aufzunehmen.«

»Du bist ja nie zu Hause, Will. Ich wollte dir Sylvia und ihre Familie schon die ganze letzte Woche vorstellen. Aber immer hast du zu tun. Bist ständig unterwegs und mit deiner Arbeit beschäftigt«, entgegnete Margaret vorwurfsvoll.

»Sie sagten, Sie hätten von mir gehört«, meinte Will. »Wie darf ich das verstehen?« Dabei versuchte er seiner Stimme einen interessierten, aber nicht fordernden Tonfall zu verleihen, damit man ihm seine Unbeholfenheit nicht anmerkte.

»Sie sind der Sohn von Gustav Kronberg, dem Verleger«, beantwortete Sylvia seine Frage. »Wie ich schon sagte, ich habe bereits einen Artikel von Ihnen im Boston Herald gelesen. Ihr Stil gefällt mir. Sehr sogar. Sie sind der wohl begabteste und wie es scheint, erfolgreichste Reporter hier in Boston, ist es nicht so? Es spricht sich eben herum ...«

Mit einem Blick, der Wills Knie regelrecht weich werden ließ, unterstrich sie ihr Kompliment und schenkte ihm ein entwaffnendes Lächeln.

»Vielen Dank«, erwiderte Will. »Das ist wirklich sehr liebenswürdig von Ihnen. Aber ich befürchte, zu viel Ehre für mich. Ich bin mir über meine Berufung noch keineswegs im Klaren.«

»Oh, das wäre aber ein wirklicher Verlust für die Zeitung Ihres Vaters«, folgerte Sylvia.

»Wir werden sehen, was die Zukunft bringt«, meinte Will und warf Margaret einen liebevollen Blick zu, der von ihr mit einem wissenden, wohlgesonnenen Blick erwidert wurde.

»Darf ich die Damen zu Tisch geleiten?«

Es war ein wunderbarer Abend. Will genoss die Gesellschaft der beiden schönen Frauen und die vielen neidischen Blicke der Herren, die von Sylvias Reizen völlig in den Bann gezogen wurden. ›Verständlich‹, dachte Will bei sich. Er musste sich selbst immer wieder dazu zwingen den Blick abzuwenden, um sie nicht unentwegt anzustarren. Es war, als könne kein Mann der Ausstrahlung und Faszination dieser Frau entrinnen.

Die drei unterhielten sich, lachten viel und Will erfuhr von Sylvias Reise über den Atlantik, von den Schwierigkeiten des Schiffs, als es in schwere See geriet und die Vorzüge, die es mit sich brachte, nicht dritter Klasse reisen zu müssen. Sylvia erzählte von ihrem Leben in Italien und den immer schwieriger werdenden Lebensumständen in ganz Europa. Sie war vierundzwanzig und wollte in Amerika einen vielversprechenden, gerne gutsituierten Mann kennen lernen, um zu heiraten und sich eine Zukunft aufzubauen. Dabei hatte sie gelacht und ihr Glas »auf die Schönheit der Jugend und des Lebens« erhoben.

Die Zeit verging wie im Flug und Will konnte sich gar nicht erinnern, wann er sich das letzte Mal so gut amüsiert hatte.

Leider war es dann aber trotzdem an der Zeit, sich von seiner charmanten Gesellschaft zu verabschieden. Wieder einmal hatte er noch zu arbeiten. Immerhin nutzte er die Gelegenheit, um noch wenigstens einmal mit Margaret zu tanzen und verließ, letztlich in getrübter Stimmung, den Ballsaal. Er war seinem Versprechen Margaret gegenüber treu geblieben. Jetzt musste er arbeiten.

Einige Zeit später hatte Will mit Margaret für eines der folgenden Wochenenden einen gemeinsamen Ausflug geplant. Ein Picknick, zu dem Margaret sehr zum Verdruss von Will und ohne ihn vorher zu fragen, auch Sylvia eingeladen hatte.

Er wollte endlich wieder mit Margaret alleine sein, was sich seit dem Ball kein einziges Mal ergeben hatte.

So liebreizend Sylvia auch sein mochte, so hatte sie, zumindest für Wills Dafürhalten, seit ihrem Erscheinen in Boston ein zu einnehmendes Wesen an den Tag gelegt. Die gesamte Bostoner Gesellschaft war fasziniert von ihrer Schönheit, der Eleganz und dem offensichtlichen Reichtum der Familie, der den Di Lauros sofort Tür und Tor geöffnet hatte.

Der Einfluss, den sie seit dem Ball auf Margaret auszuüben schien, missfiel ihm.

Sylvia Di Lauro war es gewohnt, dass sich die Menschen nach ihr richteten. Sie wusste, wie sie andere Menschen beeinflussen, ja sogar steuern konnte und es kostete sie nicht einmal Mühe. Margaret verkündete bereits nach wenigen Tagen, sie seien »beste Freundinnen« geworden.

Die beiden jungen Frauen verbrachten in seinen Augen bereits zu viel Zeit miteinander. »Sylvia hier, Sylvia dort ...«, er konnte es schon fast nicht mehr mitanhören. Die beiden gingen einkaufen, Margaret begann sich ähnlich wie Sylvia zu kleiden und nahm auch Wesensarten ihrer neuen Freundin an.

Als Sylvias Eltern dann bei einem gemeinsamen Abendessen bei den Forsyths ankündigten, dass sie die Absicht hatten, Boston zu verlassen, um in New York sesshaft zu werden, hatte Margaret sogar geweint und war auf ihrem Zimmer verschwunden.

Wie ein hilfloser kleiner Junge war er sich vorgekommen, als seine zukünftige Verlobte das Dinner beendet hatte und die Treppe zu ihrem Schlafzimmer hinaufgestürmt war. Als er sich verstört umgesehen hatte, war ihm Sylvias Blick aufgefallen, die ihn aufs Genaueste zu beobachten schien. Er hatte ihr in die Augen gesehen und sie hatte den Blick erwidert. Lange. Viel zu lange, um es als unbedeutend abtun zu können. Ihm war, als führe sie etwas im Schilde, kam aber, als sie ihn schließlich mit einem bezaubernden Lächeln bedacht hatte, zu dem Schluss, dass sie nur seine Liebe zu ihrer Freundin auf den Prüfstand gestellt und seine Reaktionen verfolgt hatte.

Jedenfalls hoffte er es, denn er konnte sich nicht erklären, was diese Frau bezwecken könnte. Sie würde ja wohl kaum auf eine Affäre mit ihm aus sein, so schmeichelhaft dieser Gedanke auch sein mochte.

Heute war der Tag, den sie vor einiger Zeit für ihr Picknick verabredet hatten und sehr zur Freude Wills hatte Sylvia kurzfristig absagen müssen, wie Margaret verlauten ließ.

Margaret hatte sich nach der Ankündigung der Di Lauros wieder unter Kontrolle bekommen und gemeint, sie müsse eben akzeptieren, dass das Leben nun mal seine eigenen Wege nahm.

»Ich muss mich glücklich schätzen, einen Menschen wie Sylvia kennengelernt zu haben. Eine neue, echte Freundin. Und New York ist ja nicht *aus der Welt*«, sagte sie und damit war das Thema eigentlich auch schon erledigt.

Will war zwar einerseits sehr verwundert über diese schnelle Bewusstseinsänderung, auf der anderen Seite konnte er nicht behaupten, dass es ihn traurig stimmte, Margaret endlich wieder für sich allein zu haben. Sylvia, das musste er eingestehen, war ein wirklich bezauberndes Wesen.

Nicht nur ihrer Schönheit wegen war sie allseits beliebt. Sie besaß das gewisse Etwas, hatte einen wundervollen Humor und eine Ausstrahlung, welche nicht nur die Männerwelt in ihren Bann zog. Sie war etwas Besonderes, daran gab es keinen Zweifel.

Der heutige Tag aber, der mit einem strahlenden, sonnigen Morgen begonnen hatte, gehörte ihnen ganz allein.

Will war in Hochstimmung und verdrängte dadurch die Gedanken, die ihn immer wieder an der Zuneigung Margarets zweifeln ließen. Er betrachtete es einfach als glückliche Fügung des Schicksals, dass Sylvia so kurzfristig etwas dazwischengekommen war.

Obwohl die beiden Anwesen direkt nebeneinanderlagen, fuhr er am frühen Vormittag standesgemäß mit dem Einspänner bei den Forsyths vor, um Margaret abzuholen.

Diese hatte bereits alles für ihr gemeinsames Picknick vorbereiten lassen und sah hinreißend aus in ihrem leichten Sommerkleid.

Es war inzwischen Mitte Mai und ungewöhnlich warm für diese Jahreszeit. Die Luft war so klar, dass der Himmel über ihnen in seinem schönsten Blau erstrahlte. Gerade so, als wolle er sie zu diesem herrlichen Tag im Freien einladen.

Nach einer etwa einstündigen Fahrt in die ländliche Umgebung um Boston, erreichten sie eine kleine Brücke am Fluss, an dessen Ufer sie Pferd und Wagen abstellten.

Mit Picknickkorb und einer Wolldecke als Sitzgelegenheit unter dem Arm, schlenderten sie über die große Wiese und am Lauf des Flusses entlang. Als Margaret nach seiner Hand griff, überkam Will ein unaussprechliches Glücksgefühl. Nicht, dass es so ungewöhnlich gewesen wäre, mit Margarets Hand in der seinen einen Spaziergang zu machen, aber hier und jetzt, das war etwas anderes. Es waren keine Menschen um sie herum, keine Beobachter. Immer schon hatte Will insgeheim das Gefühl beschlichen, dass es eine wohl überlegte und kalkulierte Zurschaustellung ihrer gegenseitigen Zuneigung und Zugehörigkeit für die Öffentlichkeit war, die Margaret dazu verleitete, mit ihm händchenhaltend in der Stadt zu flanieren. Meist war es ihm deshalb eher unangenehm gewesen, da er instinktiv gespürt hatte, dass diese zärtliche Geste nicht ihm persönlich und schon gar nicht ihm als Mann galt.

Jetzt aber fühlte es sich völlig anders an. Schon die Art der Berührung, als sich ihre Hände trafen, war von einer liebevollen, elektrisierenden Zärtlichkeit erfüllt. Wie sehr hatte er sich danach gesehnt.

So liefen sie durch das hohe Gras und überquerten die Wiese in Richtung des kleinen Wäldchens, welches sich wie eine grüne, einsame Insel an Fluss und Graslandschaft anschmiegte, etwa eine halbe Meile von der Brücke entfernt.

Wie selbstverständlich schienen sie beide genau diesen Ort für ihr Picknick ausgesucht zu haben, denn sie spazierten, Hand in Hand, genau auf dieses idyllische Fleckchen Erde zu, weit ab von den Zwängen und Gedanken der restlichen Welt um sie herum. Es war endlich soweit, dass sie alles andere vergessen und nur zu zweit sein würden, in einem Moment, der nur ihnen beiden gehören sollte.

Es würde das erste Mal eine Gemeinsamkeit sein, die sie weg trieb von den möglichen Blicken anderer Menschen. Will spürte tief in seinem Inneren, dass etwas geschehen war. Nicht nur Margarets Finger, die nun unaufhörlich sanft über die seinen streichelten sagten ihm, dass sich etwas verändert hatte. Alles schien sich plötzlich anders anzufühlen und das gefiel ihm.

Am Rand des Wäldchens angekommen, breiteten sie die Decke aus, ließen sich nieder und nahmen sich alle Zeit der Welt, genossen die Köstlichkeiten, welche Margaret zum Teil sogar selbst zubereitet hatte, tranken Wein und unterhielten sich angeregt. Sogar über Politik, seine Arbeit bei der Zeitung und den nahenden Krieg, der sich wohl nicht mehr aufhalten lassen würde. Will erzählte von seinem Erlebnis, über welches er am Abend des Balls noch den Bericht zu schreiben gehabt hatte. Auch von den beiden jungen Frauen, die er in seinem Artikel nicht erwähnt hatte und deren Misshandlung. Margaret verfolgte seine Ausführungen mit echtem Interesse, was ihn für einen Moment sehr glücklich machte.

Schließlich ließ er sich nach hinten sinken und streckte sich auf der ausgebreiteten Picknickdecke der Länge nach aus. Der Wein war ihm ein wenig zu Kopf gestiegen. Er hatte gut gegessen und fühlte sich satt und zufrieden. So lag er eine Weile auf dem Rücken, beobachtete den tiefblauen Himmel und wie der Wind die schneeweißen Wolken vor sich hertrieb, auf ihrem Weg vom Ozean, als plötzlich Margarets Gesicht über dem seinen war.

Sie küssten sich und Margaret fiel in seine Arme.

Auch dieser Kuss war anders als sonst.

Margaret war viel fordernder als er es bisher von ihr gewohnt war. Ihre Zunge schien unendlich verspielt, gleichzeitig hart. Ihre Lippen bewegten sich sinnlich, weich und unglaublich zärtlich. Schwer atmend lagen sie eng ineinander verschlungen und gaben sich lange und ausdauernd dem Liebreiz ihrer Liebkosungen hin. Diesmal schien es Margaret auch nicht zu stören, seine Erektion zu spüren.

Schon bei der ersten Berührung ihrer Zungen hatte sich sein Glied aufgerichtet. Zuerst hatte er noch umständlich versucht, seine Erregung vor ihr zu verbergen, in dem er seinen Unterleib immer wieder von ihr abzuwenden versuchte. Jetzt aber drückte sein hartes Glied merklich zuckend gegen ihre Schenkel, welche sie scheinbar bewusst auch immer wieder genau so positionierte, dass sie seinen Zustand spüren konnte.

Will konnte gar nicht fassen, was nun geschah.

Margaret umfasste seine Zunge mit ihren Lippen und begann sanft an ihr zu saugen, was Will in einen Zustand höchster Erregung versetze.

Er atmete schwer und stöhnte leise.

Dann passierte es.

Will erzitterte heftig unter dem Samenerguss und sofort zeigte sich ein großer nasser Fleck auf seiner hellen Leinenhose. Margaret machte keine Anstalten ihre intensiven Liebkosungen zu unterbrechen, atmete ebenfalls stoßartig und genoss die Macht, welche die Natur ihr über diesen Mann und seine Leidenschaft verlieh.

Erst als sich der Körper ihres Geliebten unter ihren Küssen entspannte und seine Zunge ebenfalls zu erschlaffen schien, gab sie sie frei und blickte auf Will, der die Augen geschlossen hielt. Keuchend lag er in Margarets Armen und lief vor Scham und Entsetzen über das, was ihm widerfahren war, knallrot an. Dann öffnete er langsam die Augen und blickte in ihr wunderschönes Gesicht, in dem sich wahre Liebe und Zuneigung widerspiegelte.

Sie löste die Umarmung, warf in einer anmutigen Bewegung ihre glänzenden, langen Haare nach hinten, stemmte sich schließlich mit ihren Händen nach oben und blickte unverwandt auf Wills Missgeschick. Zuerst lächelte sie ihn an, dann fing sie an zu kichern.

»Du bist ein richtiger Mann, William Kronberg!«, sagte sie in bestimmtem, aber sanftem Ton.

Will war außer sich vor Glück, als sie hinzufügte: »Eine *Frau Kronberg* würde dich sehr glücklich machen«, wobei sie dem Wort *Frau* eine besondere Betonung zukommen ließ und ihren Blick ganz bewusst noch einmal nach unten, auf den großen Fleck in seinen Hosen richtete.

Als Margaret fortfuhr, »auch eine *zukünftige* Frau Kronberg würde das mit Sicherheit gerne tun«, wusste Will, was sie ihm damit sagen wollte.

Sobald er ihr offiziell einen Heiratsantrag machen würde und sie verlobt wären, da war er sich nun sicher, würde sich alles ändern.

Sie würde ihn erhören und mit ihm schlafen.

Wie konnte er nur so blind sein?

Die Erkenntnis, dass sie ihn offensichtlich nur aus Gründen des Anstandes zurückgewiesen und seine Sehnsüchte im Zaum gehalten hatte, war jetzt wie eine süße Offenbarung.

Natürlich, was hätte sie auch tun sollen? Dem Umstand, dass es nun doch zu solch einem Moment der Hingabe und Leidenschaft gekommen war, maß er einen unglaublichen Wert bei. Sie beide, so folgerte er jetzt, hatten sich einfach nicht länger dagegen zu wehren gewusst. Sie liebten sich! Und er wusste, was er zu tun hatte ...

Minnesota, 4. März 1861

Die zwei Reiter hinterließen tiefe Spuren im Schnee, als ihre Ponys durch die weiße Pracht stapften. Teilweise sanken die Beine der Tiere zur Hälfte ein, bis sie auf dem unebenen Untergrund der zum Teil felsigen Berghänge genug Halt fanden.

Es war ein langer Winter, der das Land fest in seinem eisigen Griff behielt. Selbst die Alten konnten sich an keine so schneereichen Zeiten erinnern, die das Land und seine Bewohner so lange in ihrem Besitz genommen hatten wie diese. Die Menschen hungerten, viele waren verzweifelt.

In früheren Tagen war das Überleben in der Gemeinschaft gesichert gewesen. Sie hatten für sich selbst gesorgt und sich in keinerlei Abhängigkeit befunden. Das Land war groß und mächtig gewesen.

Der Reichtum an Fischen, Kleintieren und Großwild hatte sie alle ernährt und auch über einen harten Winter gebracht. Sie hatten bedächtig Vorräte angelegt und sich eine geeignete Stelle für ihr Winterquartier gesucht, lange bevor der kalte Boden ihrer Jagdgründe von den ersten Schneeflocken bedeckt worden war.

Jetzt gab es Kinder im Dorf, denen diese Rituale bereits nicht mehr vertraut waren. Sie waren zu jung, um die Zeiten der Freiheit und des Stolzes ihrer Vorfahren noch erlebt zu haben.

Schweigend ritten die beiden hintereinander her, auf dem Weg zu einem Ort, der dem Volk der Dakota seit Generationen heilig war.

Es war ein spiritueller Ort, der die Verbindung zwischen dem Leben diesseits und dem Dasein jenseits des Todes bedeutete.

Die Zusammenkunft der Welten.

Noch drei Tage sollte es dauern, bis sie ihr Ziel erreichen würden.

In dicke Felle gehüllt, trieben sie ihre Tiere immer wieder an den Rand der Erschöpfung. Ein Zurückbleiben war keine Option, ebenso wenig wie eine Umkehr.

Es musste etwas geschehen, denn ihr Stamm würde unter den gegebenen Umständen keinen weiteren Winter überstehen. Die Kinder und die Alten wären die ersten, die verhungern oder erfrieren würden.

Frauen und Männer würden folgen. Konnten die Geister ihnen einen Weg zeigen, der ein ganzes Volk zurück auf den Pfad des Lebens bringen würde? Waren die Weißen zu bezwingen?

Dark Cloud versetzte seinem Pony einen energischen Hieb in die Flanke, als es auf einer Anhöhe ins Taumeln geriet und mit einem lauten Wiehern im Schnee steckenzubleiben drohte. Das Tier stellte sich auf die Hinterbeine, schlug die Vorderhufe in die Höhe und wäre beinahe zur Seite gekippt, hätte der Indianer nicht mit aller Kraft dagegengehalten und mit seinem gesamten Körper das Gleichgewicht wiederhergestellt.

Oben auf dem Bergrücken angekommen bot sich ihm ein Anblick, der die gesamte Weite des Landes, die Unendlichkeit der großen Welt offenbarte. Jedes Mal, wenn er diese Anhöhe erklomm, hielt er inne. Ein leiser Gesang durchbrach die Stille.

Dark Cloud huldigte der überwältigenden Pracht der Schöpfung. Er stimmte mit ein in das Pfeifen des Windes, das Rauschen in den Wipfeln der hohen Bäume und das Ächzen, der mit Schnee schwer beladenen Äste.

Als das zweite Pony mit seinem Reiter aufschloss, unterbrach er seinen Gesang, breitete die Arme aus und gab so seinem Weggefährten unmissverständlich zu verstehen, dass dieser Aussichtspunkt eine besondere Bedeutung hatte. Soweit das Auge reichte, war es das Land der Dakota gewesen, bevor der weiße Mann das erste Mal seinen Fuß auf diese Erde gesetzt hatte. Dark Cloud deutete in jede der Himmelsrichtungen und begann erneut seinen monotonen Gesang.

Es waren die Augen eines Neuankömmlings, deren Aufmerksamkeit er auf die Seele dieses Landes zu richten versuchte. Eingehüllt bis unter die Nase, blickten diese Augen auf das Vermächtnis der Ahnen eines sterbenden Volkes. Eines Vermächtnisses, das dem Volke der Dakota gestohlen worden war. Es waren blaue Augen. Blaue, fremde Augen, die den Blick über dieses gewaltige, schneebedeckte Land schweifen ließen. Die strahlenden Augen einer jungen Frau, die von Dark Cloud an den heiligen Ort der Begegnung geführt wurde.

Denn auch sie war eine heilige Frau. Ihr wohnte der Zauber inne.

Der Indianer wusste was er tat, auch wenn er nicht wusste, worin ihre Aufgabe bestehen würde. Noch hatte er die Zeichen nicht deuten können, auf die er so inständig gewartet hatte, auf die er vertraute.

Sie verließen den Bergrücken in Richtung Westen. Schweigend, wie die Tage zuvor, ritten sie hintereinander her, unaufhaltsam ihrer Bestimmung entgegen. Es war ihre gemeinsame Bestimmung, daran hatte der heilige Mann der Dakota keinen Zweifel. Zwischen ihnen bestand eine Verbindung. Die Kraft des Zaubers würde hervorbringen, was das Schicksal für sie bestimmt hatte.

Eines aber sah er seit langem in voller Deutlichkeit: Es würde den Tod bringen ...

****

Washington, 4. März 1861 … am selben Tag

»In euren Händen, meine unzufriedenen Landsleute, nicht in den meinen, liegt die folgenschwere Entscheidung über einen Bürgerkrieg. Die Regierung wird euch nicht angreifen. Ihr könnt keinen Konflikt haben, ohne selbst die Angreifer zu sein.«

Mit diesen Worten wurde an diesem vierten März 1861 der sechzehnte Präsident der Vereinigten Staaten von Amerika in sein Amt eingeführt. Dreißigtausend Menschen hatten sich in der fernen Stadt, Washington, vor dem Kongressgebäude versammelt und lauschten der Rede des Mannes, der die Union der Vereinigten Staaten von Amerika in einen Bürgerkrieg führen würde, der mehr als 750.000 Menschen den Tod bringen sollte.

****

Boston, Massachusetts, Mai 1860

Als die beiden schließlich ihre Sachen zusammenpackten, die Picknickdecke und den Korb, die leere Flasche und alle sonstigen Gegenstände verstaut hatten, verließen sie die Wiese und gingen langsamen Schrittes, händchenhaltend, zurück zu ihrem Wagen, den sie an der kleinen Brücke zurückgelassen hatten. Will drohte vor Verliebtheit fast zu platzen.

Mittlerweile hatte sich aber auch ein anderes Gefühl eingestellt, welches er in dieser Intensität noch nie verspürt hatte: Stolz.

Er war stolz, ein so wunderbares Mädchen wie Margaret das Seine nennen zu dürfen, war stolz darauf, in sie verliebt zu sein und auch auf welche Weise er ihr heute seine Männlichkeit unter Beweis gestellt hatte. Die Scham über sein Missgeschick war einem Gefühl der Stärke und Ritterlichkeit gewichen, auch wenn die Auswirkung immer noch deutlich an seinen Hosen zu sehen war. Aber es war ihm egal. Dieser Moment entschädigte ihn für alle Sehnsüchte und Qualen, die er in seiner Einsamkeit durchlitten hatte. Er hatte dieses Mädchen heute zu *seinem* Mädchen gemacht. Er liebte sie und sie liebte ihn. Daran konnte nun kein Zweifel mehr bestehen. Dieser Tag war der schönste in seinem bisherigen Leben gewesen.

Sie fuhren mit dem Wagen zurück in die Stadt, alberten auf dem Weg wie kleine Kinder, als der Wagen in den unebenen Furchen der Wege hin und her geschüttelt wurde und hatten Spaß miteinander. Sie lachten, sangen Lieder und waren einfach nur glücklich, als sie am späten Nachmittag in die Einfahrt des Anwesens der Forsyths einbogen und der Wagen vor dem großen Eingangsbereich des Wohnhauses zum Stehen kam. Es war anscheinend niemand zu Hause, zumindest erschien niemand in der Tür, um sie herein zu bitten. Dankbar warfen sie sich ein verschmitztes Lächeln zu, denn sie beide waren sich im Klaren darüber, dass Will sich niemals einfach hätte erheben können, ohne den Fleck auf seiner Hose zu offenbaren.

Nachdem sich nach einer Weile aber immer noch niemand zeigte, sprang Margaret in einem gekonnten Schwung vom Kutschbock, noch ehe Will auch nur die Möglichkeit hatte, aufzustehen und ihr vom Wagen herunterzuhelfen.

Sie drehte sich noch mal zu ihm um und kicherte: »Pass lieber auf, dass bei dir drüben keiner diesen kostbaren Fleck bemerkt.«

Bei dem Wort »kostbar« begann sich Wills Hose erneut deutlich auszubeulen und er ließ sich sofort wieder auf die Kutschbank nieder.

Margaret lachte laut auf und gab dem Pferd mit ihrem Handschuh einen Klaps aufs Hinterteil, worauf der Wagen anfuhr und Will alle Hände voll zu tun hatte, die Zügel zu greifen und den Wagen wieder unter Kontrolle zu bringen. Immer noch lachend, mit den Händen vor dem Mund, stand Margaret vor dem Portal des großen Hauses und blickte Will hinterher. Beim Verlassen des Anwesens drehte er sich noch einmal zu ihr um, um ihr einen Abschiedskuss zuzuwerfen.

Margaret aber war bereits im Haus verschwunden.

Will stand wie angewurzelt auf dem Treppenansatz des Hauses seiner Eltern, als sich die Tür öffnete, da sich einer der Dienstboten wohl genötigt fühlte, den jungen Herrn des Hauses willkommen zu heißen.

Schnell drehte er sich zu Seite, lief an dem Butler vorbei, nahm immer zwei oder sogar drei Treppenstufen auf einmal und verschwand in seinem Zimmer im ersten Stockwerk des Hauses. Er verschloss die Tür hinter sich und ließ sich aufs Bett fallen. Was für ein Tag!

Nach einer Weile erhob er sich, zog sich die Hosen aus und ging zur Waschschüssel mit dem Krug Wasser hinüber. Er entfernte den Fleck so gut er konnte und legte sich wieder aufs Bett. Der Abend brach herein, das Zimmer um ihn herum verschwand immer mehr und übergab die deutlichen Konturen der Möbel und Gegenstände der herannahenden Finsternis. Will blickte starr zur Decke empor und überließ sich seinen Gedanken. Immer wieder blickte er zu der Hose hinüber, welche er über eine Stuhllehne zum Trocknen aufgehängt hatte. Seine Gedanken kreisten um Erinnerungen, Vorstellungen und Pläne, was seine und Margarets Zukunft betraf. Völlig neuen Plänen, wie er sich eingestehen musste.

Ja, er würde um Margarets Hand anhalten und das so bald wie möglich. Er hatte eine Entscheidung getroffen. So wie Margaret gesagt hatte: Er war ein Mann! Ein Mann musste in der Lage sein, Entscheidungen zu treffen, auch wenn diese nicht immer bequem oder angedacht sein mochten. Ja, selbst wenn es bedeuten sollte, dass er mit seinen eigenen Vorstellungen zurückstecken musste. Ein gemeinsames Leben mit Margaret erschien ihm in diesem Moment erstrebenswerter als alles andere auf der Welt. Sie würden eine Familie gründen und glücklich sein. Hier in Boston.

›Das Leben schlägt eben manchmal seine eigenen Wege ein‹, hörte er seine Geliebte sagen. Dabei lächelte er. Das Schicksal hatte sie beide bereits vor langer Zeit zusammengeführt. Er würde sich dem fügen und war sehr froh darüber, dass er die Aussprache mit seinem Vater so lange hinausgezögert hatte, denn nun hatten sich die Dinge grundlegend verändert. Er war nun bereit, den Weg einzuschlagen, den sich sein Vater für ihn gewünscht hatte. Plötzlich fühlte er sich von einer riesigen Last befreit. Sie fiel von ihm ab, wie schwere Mühlsteine, die er jahrelang mit sich herumgetragen hatte. Eine unbeschreibliche Leichtigkeit ergriff Besitz von ihm.

Glücklich und zufrieden schlief er ein.

Als er am nächsten Morgen erwachte, fühlte er sich frisch und ausgeruht wie nie. Es war ein herrlicher, strahlender Tag angebrochen. Das Zwitschern der Vögel erschien ihm wie das Lied, das in seinem Herzen tobte. Er stellte fest, dass es doch noch sehr früh am Morgen sein musste, als er offensichtlich als Erster den großen Salon betrat, in dem das Personal bereits den Frühstückstisch für die Familie gedeckt hatte. Normalerweise war sein Vater immer der Erste, der sich nach unten begab, um sich am Frühstückstisch bereits mit der täglichen Morgenausgabe zu beschäftigen, sie nach Fehlern durchsuchte und mögliche Verbesserungsvorschläge für folgende Ausgaben in seinem Notizblock festhielt. Dabei rauchte er seine erste Pfeife am Tag.

Der Geruch des Tabakrauchs hatte Will und seine Geschwister begleitet und eingehüllt, solange er denken konnte.

Heute aber war *er* der Erste und würde mit großartigen Neuigkeiten aufwarten können. Der immerwährende Streit zwischen ihm und seinem Vater hatte die Harmonie des familiären Zusammenlebens seit langem empfindlich gestört. Jetzt kamen Schuldgefühle in ihm auf. War er zu egoistisch gewesen?

Jedenfalls würde dieser Disput nun endgültig ausgeräumt werden.

Will war bereit alle Forderungen seines Vaters zu erfüllen und die Nachfolge in der Druckerei, viel wichtiger aber noch ... im Boston Herald anzutreten. Er war bereit, in die übergroßen Fußstapfen seines Dads zu treten und sein Bestes zu versuchen.

Noch heute wollte er bei Mr. Forsyth vorstellig werden und offiziell um die Hand seiner Tochter anhalten. Ihre Beziehung sollte damit endgültig legimitiert werden.

Als sein Vater, bereits mit der Zeitung in der Hand, erstaunt über Wills Anwesenheit, den Salon betrat, strahlte der junge William über das ganze Gesicht. Gustav blickte über seine Brillengläser hinweg und sah seinem Sohn in die Augen. Unvorbereitet auf das, was nun folgen würde, sagte er nur: »Sohn?«

Die Verunsicherung war ihm deutlich anzumerken, was selten genug vorkam. Will genoss diese Anspannung regelrecht, denn sein Vater, der sich nun nervös die Pfeife zu stopfen begann, rechnete wohl mit der alles entscheidenden Auseinandersetzung, die er unweigerlich auf sich und seinen Sohn zukommen sah.

Will aber wollte seinen alten Herrn nicht weiter auf die Folter spannen. Es war Gustav anzusehen, dass ihm das befürchtete, klärende Gespräch mit seinem ältesten Sohn seelische Schmerzen bereitete.

Will erkannte die Liebe in den Augen seines Vaters, der nun doch als erster das Wort ergriff, indem er sagte: »Egal, was du tun wirst, mein Sohn. Ich werde immer stolz auf dich sein. Das solltest du wissen.«

Will war wie vom Donner gerührt.

»Es ist«, fuhr sein Vater fort, »nicht meine Absicht, dir mein Leben überzustreifen. Alles, was ich will, ist dir die Chancen aufzuzeigen. Wir sind gewiss nicht immer einer Meinung«, dabei lächelte er, »aber ich kenne deine Ambitionen in die Politik zu gehen. Die Zeitung könnte ein hervorragendes Sprungbrett für dich sein. Ich meine ...«

»Vater ...«, unterbrach ihn Will, »... ich werde den Weg gehen, den du für mich vorgesehen hast. Ohne Einschränkungen.«

Ungläubige Freude erstrahlte im Gesicht seines Vaters, dem vor Erstaunen die noch kalte Pfeife aus dem Mundwinkel zu rutschen drohte.

»William, mein guter Junge.«

Er kam auf seinen Sohn zu und drückte ihn fest an sich.

»Du machst mich zum glücklichsten Vater der Welt. Ich verspreche dir, du wirst diese Entscheidung niemals bereuen.«

Will hatte Tränen in den Augen.

»Darf ich fragen, was zu diesem Umdenken und Entschluss geführt hat?«, fuhr Gustav fort. »Sollte da eine gewisse junge Dame eine Rolle spielen, die wir alle gut kennen?«

»Ja, Vater«, antwortete Will wahrheitsgemäß und leicht errötend.

»Ich will Margaret noch heute um ihre Hand bitten und auch bei ihrem Dad vorstellig werden.«

»Und die beiden werden dich erhören«, lächelte sein Vater wissend.

»Du hast mir heute das größte Geschenk gemacht, mein Junge. Ich danke dir.«

Die beiden standen immer noch im Raum, in einer innigen Umarmung, als Gudrun, Wills Mutter, den Raum betrat. Sie blieb abrupt stehen und betrachtete die Szene. Schrecken stand ihr im Gesicht geschrieben, denn sie hatte die Befürchtung, es wäre eine Geste des Abschieds. Als die beiden Männer ihre Anwesenheit bemerkten, drehten sie sich, mit vor Freude strahlenden Mienen, zu ihr um. Gustav kam auf sie zu und meinte: »Es ist alles in bester Ordnung, meine Liebe. Guten Morgen. Es ist alles in wunderbarer Ordnung.«

Mit diesen Worten verließ er den Salon und verschwand eiligen Schrittes die Treppe hinauf.

Will war sich insgeheim sicher, sein alter Herr wollte sich die Rührung nicht weiter anmerken lassen.

Seine Mutter kam auf ihn zu und umarmte ihn ebenfalls. Nicht wissend, was eigentlich vorgefallen war zwischen Vater und Sohn.

Ihr Instinkt aber sagte ihr, dass die beiden einen großen Schritt aufeinander zugemacht haben mussten. Will gab ihr einen sanften Kuss auf die Stirn und sagte: »Guten Morgen, Mutter.«

Es war das harmonischste Frühstück, welches die Familie seit langer Zeit gehabt hatte. Im Gegensatz zu sonst, schien es Gustav an diesem Morgen überhaupt nicht eilig zu haben.

Gudrun war natürlich überaus neugierig und fragte einige Male nach, was denn los sei. Dass sich Vater und Sohn immer wieder in die Augen blickten und dabei ein Lächeln meist nicht unterdrücken konnten, fiel schließlich auch den anderen auf. Alle fingen spontan an zu lachen, ohne den eigentlichen Grund dafür zu kennen.

Will hatte seinem Vater das Versprechen abgenommen, absolutes Stillschweigen zu bewahren, solange er noch nicht mit Margaret geredet und bei Mr. Forsyth vorgesprochen hatte. Nicht, dass er im entferntesten Zweifel gehegt hätte, aber er wollte sich seiner Sache sicher sein. Außerdem wollte er verhindern, dass sich die Neuigkeiten verbreiteten, bevor Margaret oder ihr Vater es aus seinem Munde erfahren hatten. Die Geschwindigkeit, mit denen sich solcherart Informationen oft herumsprachen, war schwindelerregend. Dienstboten sprachen mit Dienstboten, die mit ihren Hausherrinnen, welche dann für Klatsch und Tratsch in der Oberschicht sorgten. Boston war doch irgendwie ein Dorf geblieben, dachte Will bei sich.

Auch über seine beruflichen Pläne sollte noch nichts erwähnt werden, denn es war ohnehin niemandem außerhalb der Familie bekannt gewesen, dass Will die Nachfolge seines Vaters in Frage gestellt hatte.

Dass seine Mutter insgeheim darüber Bescheid wusste, das war Will klar gewesen, auch wenn niemals darüber gesprochen worden war. Auch für sie mussten die neuen Entwicklungen eine große Freude und Erleichterung bedeuten. Ihr erstgeborener Sohn würde in Boston bleiben, eine Familie gründen und ihr Enkelkinder schenken.

Seine Mutter würde überglücklich sein, dessen war er sich sicher.

Gut gelaunt, mit einem Lied auf den Lippen, verließ Will nach dem Frühstück das elterliche Haus und machte sich auf den Weg in Richtung Innenstadt. Er hatte einen genauen Plan für den heutigen Tag vor Augen, der ihn als Erstes in die Bank of Boston führte, in der er auf einem eigenen Konto seine Ersparnisse führte.

Anders als viele junge Männer seines Alters und somit auch viele seiner Freunde, war Will ein sparsamer Mensch. Das meiste Geld gab er für Bücher aus. Er besaß eine große Anzahl an politischen Schriften, aber auch Abenteuerromane, Novellen und Kurzgeschichten. Außerdem viele Artikel, Berichte und Beschreibungen über fremde Länder, welche ihn faszinierten und geradezu in ihren Bann zogen.

»Um eine fundierte politische Bildung vorweisen zu können, kommt man um das Studium fremder Länder und Kulturen nicht umhin«, predigte er seinen Freunden immer wieder, wenn sie diskutierten, politisierten und ihre Weltanschauungen miteinander verglichen.

Oft ging bereits die Sonne auf, wenn sie sich schließlich auf den Nachhauseweg machten, nachdem sie einen weiteren Abend mit Reden, Trinken und Rauchen verbracht hatten.

Will war stets einer der Hauptredner auf derartigen Treffen, gerade weil er sich mit dem Trinken wohlweislich zurückhielt. Er besaß die Art von Ausstrahlung, die keinen Alkohol bedarf, um sich zu entfalten. Im Gegenteil. Hatte er einmal ein wenig zu tief ins Glas geschaut, dann hielt er sich lieber zurück und vertrat seine Ansichten etwas weniger vehement.

»Werft einen Blick auf Europa. Ihr werdet so einer Entwicklung begegnen, die auf längere Sicht absehbar ist. Es werden Kriege folgen, so wahr ich hier stehe.«

Einige seiner Freunde begannen sich über ihn lustig zu machen, andere zeigten sich von der Art und Weise, wie Will sich präsentierte und seine Reden hielt, geradezu begeistert. Sie hingen förmlich an seinen Lippen, wenn er mit rhetorischer Gewandtheit Zusammenhänge darlegte und Theorien schuf, welche sie weit in die Zukunft blicken ließen.

»Die bevorstehenden Wahlen werden das Ergebnis bringen, welches unserem Land die Ehre zurückgeben wird«, behauptete er. »Es wird zum Bruderkrieg kommen, für den nicht nur die Sklavenstaaten des Südens mit ihrem Blut bezahlen werden. Dessen bin ich mir, so traurig mich das auch stimmen mag, mittlerweile sicher. Trotzdem wird die Gerechtigkeit den Sieg davontragen. Wir müssen uns diesem Kampf stellen, mit allem, was wir haben. Für die Gerechtigkeit, die Freiheit und die Einheit der Vereinigten Staaten von Amerika.«

Viele seiner Freunde waren sich darüber einig, dass Will eine grandiose, politische Zukunft vor sich hatte. Er würde die Verbindungen geschickt nutzen, die sich durch die Arbeit in der Zeitung seines Vaters ergeben würden. Sobald er erstmal vom einfachen Reporter zu einem führenden Mitglied der Zeitung aufgestiegen war, würden ihm ganz andere, mächtigere Kanäle und Foren der Macht zur Verfügung stehen.

Und Will war nun bereit, diesen Weg zu beschreiten. Die Frau an seiner Seite würde ein angesehenes Leben in Boston führen. Seine Kinder würden von den besten Privatlehrern des Landes unterrichtet werden. Die Menschen würden zu ihnen aufblicken und Margaret die standesgemäße Anerkennung erfahren, nach der sie sich so sehr zu sehnen schien. Sie waren jung. Es lag eine großartige Zukunft vor ihnen.

Mit den Händen in den Hosentaschen bog er zügigen Schrittes um eine Häuserecke und erreichte die Straße, in der sich das Bankgebäude befand. Sein Herz schlug eindeutig einige Takte schneller, was, wie er wusste, nichts mit der Geschwindigkeit des Gehens zu tun hatte.

Er war auf dem Weg zu einem Heiratsantrag!

Unsicherheit mischte sich mit Vorfreude. Auch, oder gerade, *weil* er sich so sicher war, dass Margaret seinen Antrag niemals ausschlagen würde, wollte er diesen einzigartigen Moment in ihrem Leben zu einem unvergesslichen Augenblick werden lassen. Zwei Menschen, die so offensichtlich zusammengehörten wie er und seine Margaret, waren wohl die glücklichsten Geschöpfe auf Erden.

Immer noch konnte er sein Glück kaum fassen. Er würde ihr Mann werden. Sie würden sich lieben, ehren und begehren. Mit einem verschmitzten Lächeln im Gesicht ertappte er sich, wie er sich ausmalte das erste Mal mit ihr zu schlafen. Beide waren sie unberührt und würden sich für alle Zeit gehören.

Als er vor dem großen Gebäude stand, in dem die Bank ihren Sitz hatte, wurde er von Ehrfurcht ergriffen. Noch nie war er an diesen Ort gekommen, um einen größeren Betrag von seinem Konto abzuheben.

Jetzt war der Zeitpunkt gekommen und er würde seine Zukunft

bestimmen.

Will trat vor an den Schalter und wurde von einem Herrn mittleren Alters begrüßt. Der Mann trug eine runde Brille, welche er ganz vorne auf seine Nasenspitze geschoben hatte und war mit einem weißen Hemd bekleidet, über dem er eine schwarze, fein mit goldenen Fäden bestickte Weste trug. Er wirkte auf Will sehr konservativ und steif, was seiner freundlichen Begrüßung etwas überaus Förmliches verlieh.

Nachdem die Formalitäten erledigt waren, zahlte der Mann ihm einen Betrag in bar aus, der dreiviertel seines gesamten Sparguthabens darstellte. Noch nie hatte Will einen derartigen Geldbetrag mit sich in der Jackentasche spazieren getragen. Es wurde ihm etwas mulmig zumute, als er das Geld in seiner Brieftasche verschwinden ließ, diese in seiner Jacke verstaute und schließlich das Bankgebäude verließ.

Er stand nun vor der schweren Eingangstür der Bank und sah sich um. Wurde er beobachtet?

Ja, es kam ihm so vor, als würden es ihm die Passanten auf der belebten Straße ansehen können, was er eben getan hatte und mit welchem Betrag in der Tasche er sich nun unter ihnen befand. Schutzlos.

Eine leichte Panik begann in ihm aufzusteigen.

Als sich eine schwere Hand auf seine Schulter legte, erschrak er bis ins Mark. Seine Knie drohten weich zu werden und er tat unvorsichtig einen Schritt nach vorne. Auf der Straße kam ein großer Wagen mit vier Pferden gefahren, der ihn nur knapp verfehlte, als ihn die Hand an der Schulter von der Straße zurück riss.

»Hey! Will, was ist denn los mit dir? Bist lebensmüde?«

Will blickte in das Gesicht seines alten Freundes, Moritz, als er sich umdrehte und mit zitternden Händen dessen Pranke von seiner Schulter schubste.

»Äh, nein, schon gut. Alles in Ordnung. Du hast mich fast zu Tode erschreckt!«

»Ich hab dich aus der Bank kommen seh'n und deinen Namen g'rufen, Will. Sorry, aber ich dachte du hättest mich g'hört. Was machst du hier, alter Junge? Heut' nichts zu arbeiten?«

»Doch, schon. Na ja, eigentlich nicht. Ich ...«

»Sapperlot«, gab Moritz von sich, als er seine Taschenuhr aufklappte und sie eilig wieder in seiner Westentasche verschwinden ließ.

»Ich bin spät dran, mein Freund. Entschuldige bitte.«

In deutscher Sprache fügte er noch hinzu: »Küss die Hand der gnädigen Dame, wenn du sie siehst. Sag der Margaret an schönen Gruß von mir. Servus.«

Und schon hatte Moritz die Straße überquert und war in einer Seitengasse verschwunden. Will war schwindlig.

Sein österreichischer Freund hatte ihm einen furchtbaren Schrecken eingejagt. Er musste sich setzen.

Er ging ein paar Straßen weiter und setzte sich auf eine Bank in einem kleinen, nett angelegten Park. Wieder sah er sich um.

Niemand nahm Notiz von ihm. Niemand warf ihm argwöhnische Blicke zu, warum auch? Woher sollten die Menschen denn wissen, welchen Betrag er mit sich führte. Langsam beruhigte er sich.

Nach einer Weile erhob er sich und die gute Laune kehrte zurück.

Er schlenderte durch den kleinen Park und setzte seinen Weg fort, zu seinem nächsten Ziel: der kleinen Gasse der Juweliergeschäfte in der Mitte der Stadt.

Will erstand dort einen kostbaren Ring aus Gold, mit wunderbar verzierter Fassung, welche einen fein geschliffenen Diamanten beherbergte. Zu dem, was er auf der Bank abgehoben hatte, musste er sogar noch einen Betrag zuschießen, den er glücklicherweise zusätzlich in seiner Geldbörse mit sich geführt hatte und das, obwohl ihm der Juwelier sogar versicherte, ihm einen sehr großzügigen Sonderpreis für das edle Stück zu machen. Der Ring wurde in einer kleinen Schachtel nett verpackt und verschwand in Wills Jackettasche.

›Auf zum Gefecht‹, dachte er bei sich, als er den kleinen Schmuckladen verließ und sich auf den Weg begab, einer jungen Frau einen Heiratsantrag zu machen.

Wie Will wusste, wollte sich Margaret mit ihrer neuen Freundin Sylvia in der Stadtwohnung von deren Eltern treffen. Wie so oft hatten sie vor, Einkäufe zu erledigen und sich später am Abend bei den Forsyths zum Dinner einzufinden.

Vor der Wohnung der Di Lauros wollte er Margaret mit dem Ring und einem kleinen Blumenstrauß in den Händen abfangen, auf die Knie sinken und vor der ganzen Welt um ihre Hand anhalten.

Entschlossen machte er sich auf den Weg, denn es war ein gutes Stück, das er zu Fuß zurücklegen musste. Er genoss den strahlenden Tag, der für sein Vorhaben wie gemacht zu sein schien.

Immer wieder bekam er Herzrasen, wenn er an die ihm bevorstehende Prüfung dachte. Ja, es war eine Prüfung des Lebens, der er sich stellen musste. Es gehörte Mut dazu, dessen war er sich plötzlich mehr als bewusst. Je näher er der Stadtwohnung der Di Lauros kam, umso nervöser und aufgeregter wurde er. An einem kleinen Straßenstand kaufte er einen zierlichen Strauß bunter Blumen und setzte seinen Weg fort.

Es war früher Nachmittag, als er schließlich die Kreuzung erreichte, von der die Straße abzweigte, in der Margaretes Freundin und ihre Eltern eine stattliche Wohnung über zwei Etagen gemietet hatten.

Auf der gegenüberliegenden Straßenseite näherte er sich dem Hauseingang. Zwei Uhr dreißig, wie er feststellte, als er seine Taschenuhr nach der genauen Uhrzeit befragte. Er war also eine halbe Stunde zu früh, wenn sich an Margarets und Sylvias Plan nichts geändert hatte und sie sich um drei Uhr verabredet hatten.

Perfektes Timing also.

Immer mehr Unruhe stieg in ihm auf. Es mischte sich Vorfreude mit Unsicherheit. Angst? Nein, nicht direkt Angst, aber er konnte nicht leugnen, dass sich durchaus auch ein nicht unbeträchtlicher Anteil Unbehaglichkeit zu den Glücksgefühlen mischte, die ihn in seinem Inneren aufwühlten.

Es wurde viertel vor drei. Margaret musste jeden Moment auftauchen.

Drei Uhr.

Keine Spur von Margaret, die normalerweise die Pünktlichkeit in Person war.

Als die große Uhr der nahegelegenen Kirche halb vier schlug, beschloss Will, bei Sylvia vorstellig zu werden, vorausgesetzt sie war überhaupt zu Hause. Er begann sich Sorgen zu machen.

So überquerte er die Straße und stieg die Treppenstufen zur Eingangsempore der Wohnung nach oben.

Ein goldenes Schild an der schweren Eichentür bestätigte ihm, dass er richtig war. Der Name »Di Lauro« prangte in schwarzen, großen Buchstaben auf dem gravierten Schild.

Er klopfte mit dem dafür vorgesehenen Eisenring zweimal an die Tür.

Nichts rührte sich.

Nach einer Weile versuchte er es noch einmal, drehte sich dabei bereits mit einigem Unbehagen in Richtung Straße, so als würde er spüren von Passanten oder Nachbarn beobachtet zu werden, die sich fragen mochten, was er so lange an einer fremden Haustür zu schaffen hatte.

Will hätte nicht sagen können, warum er sich nicht einfach umdrehte und den Eingangsbereich verließ, stattdessen drehte er an dem schweren Messingknauf der Tür und stellte überrascht fest, dass diese nicht abgeschlossen war. Jeder hätte also ungehindert in die Wohnung eindringen können. Er öffnete die Tür und trat ein.

»Hallo? Miss Di Lauro? Ist jemand zu Hause?«, rief er vorsichtig in den Raum.

Keine Reaktion.

Unsicher ging Will weiter und erreichte den Salon. Auch hier war keine Menschenseele zu entdecken. Konnte es sein, dass Sylvia das Haus verlassen und vergessen hatte, die Eingangstür abzusperren?

Sorgenvoll blickte Will sich um. Es war nichts Ungewöhnliches zu entdecken. Keine Spuren eines gewaltsamen Eindringens oder Hinweise, die auf ein Verbrechen hätten deuten können.

Da nahm er Geräusche wahr, die aus dem oberen Stockwerk zu kommen schienen. Langsam näherte er sich dem Treppenansatz.

Die Stufen führten nach oben, in die erste Etage der Stadtwohnung.

Ein Seufzen war zu hören. Ein ersticktes Seufzen! Es klang, als würde jemand unter großen Schmerzen leiden.

›Oh, mein Gott‹, was sollte er tun? Es handelte sich anscheinend doch um ein Verbrechen. Jemand musste Sylvia überfallen haben und hielt sie nun in seiner Gewalt.

Da! Wieder dieses Geräusch. Wie ein Jammern.

Will war sich sicher: Dort oben hielt irgendjemand Sylvia in seiner Gewalt. Womöglich schwebte sogar Margaret in großer Gefahr, sollte sie tatsächlich vor ihm die Wohnung betreten haben. Auch von dem Hausmädchen war keine Spur gewesen!

Panik ergriff ihn. Was wäre die richtige Entscheidung?

Würde er das Haus verlassen, um Hilfe zu holen, könnte es zu spät sein. Wer konnte wissen, welcher Wahnsinnige hier sein Unwesen trieb und was er vorhatte? Raubmord? Erpressung? ... Alle möglichen Verbrechen und Untaten kamen Will in den Sinn.

Eilig huschte er zurück in den Salon, ergriff den schweren Schürhaken, der neben dem Kamin an einem dafür vorgesehenen, gusseisernen Ständer hing und eilte zurück zur Treppe.

Langsam und so lautlos wie möglich schlich er nun Stufe um Stufe hinauf. Er konnte seinen eigenen Atem hören. Schweiß rann ihm von der Stirn.

Die offene Treppe führte oben in einen kurzen Gang, von dem weitere Zimmertüren in die angrenzenden Räumlichkeiten führten. Er hielt inne und lauschte, von wo die Geräusche gekommen sein mochten.

Wieder vernahm er ein leises Stöhnen. Ansonsten war nichts zu hören. Keine Schläge, keine Hinweise auf eine denkbare Gewaltanwendung.

Keine Stimmen.

Vielleicht ein Unfall, schoss es ihm durch den Kopf. Vielleicht war jemand unglücklich gestürzt und nun auf Hilfe angewiesen!

Mit dem Rücken zur Wand arbeitete er sich Schritt für Schritt zu den Türen der oberen Räume vor. Die erste Tür war geschlossen. Unwahrscheinlich, dass die jetzt immer deutlicher werdenden, menschlichen Laute aus dem dahinterliegenden Zimmer kommen konnten.

Weiter.

Will erstarrte, als er die nächste Tür erreicht hatte, welche einen deutlichen Spalt offenstand und der Anblick, der sich ihm bot, wie ein Blitzschlag in sein Herz einfuhr.

Sylvia Di Lauro saß oder besser lag, völlig nackt in einem schweren Lehnsessel. Ihre Beine weit geöffnet, räkelte sie sich mit den Schenkeln rechts und links über den Armlehnen in dem Sessel, während eine andere, halbnackte Gestalt mit langen, braunen Haaren, sich mit dem Gesicht in ihrem Schoss befand. Margaret!

Sylvias Oberkörper bäumte sich immer wieder auf, sie drückte ihre Brüste nach oben und warf den blonden Kopf nach hinten. Ihre Augen waren geschlossen, ihr Körper bebte und ihrer Kehle entrannen diese Laute, von denen Will fälschlicherweise angenommen hatte, sie wären der Ausdruck eines nicht zu ertragenden, körperlichen Schmerzes.

Will trat näher heran.

In seiner linken Hand, vor seiner Brust, hielt er immer noch den kleinen Blumenstrauß fest mit der Faust umklammert. In seiner Rechten lag der Griff, des erhobenen, eisernen Schürhakens, den er nun langsam zu Boden sinken ließ.

Vorsichtig schob er mit dem Fuß die Tür weiter auf und stand mitten im Türrahmen, als die Scharniere ein fast lautloses Knarren von sich gaben.

Sylvia, die unter jetzt deutlich lauterem Seufzen, unentwegt auf ihren eigenen Lippen kaute, während Margaret instinktiv, durch die Reaktionen ihrer Freundin ermutigt, die Intensität ihrer Küsse und Liebkosungen zu verstärken schien, öffnete die Augen und blickte Will direkt ins Gesicht.

Mit weit aufgerissen Augen, starr vor Schreck und Entsetzen stand er da, unfähig sich zu bewegen oder etwas zu sagen.

Sylvias Blick verwandelte ihre schönen, mandelförmigen Augen in kleine Schlitze, als sie Will ein triumphierendes Lächeln zuwarf. Alles in diesem Blick verhöhnte und verspottete ihn.

Er ließ ihn wissen: ›Sie gehört mir, Will. Ich habe gewonnen. Sieh, was sie mit mir macht ...!‹

Der gusseiserne Schürhaken fiel aus Wills Hand und landete mit einem lauten Krachen auf dem hölzernen Fußboden.

Margaret, die von Wills Anwesenheit bis jetzt noch nichts mitbekommen hatte, drehte sich erschrocken zu ihm um.

Sie trug nur ein weißes Unterkleid. Er sah ihre wunderschönen Brüste und trat auf der Schwelle einen großen Schritt rückwärts.

»Will!«, entfuhr es Margaret. Tränen schossen ihr in die Augen. Sie wandte ihren Blick zurück auf Sylvia, die mittlerweile einen Ausdruck des tiefen Bedauerns vortäuschte.

Als sie sich wieder umdrehte, ihr auf dem Boden liegendes Mieder packte, um sich notdürftig zu bedecken und sich aufrichtete, um Will eine Erklärung für diese Situation zu geben, war dieser bereits verschwunden.

Will rannte die Treppe hinunter, schleuderte den Blumenstrauß in den Salon und verließ die Wohnung. Die Tür knallte hinter ihm ins Schloss, als er auf die Straße hinauslief. Dort hielt er kurz inne und blickte noch mal zurück auf das Gebäude und die Fenster im ersten Stockwerk.

Hinter der Glasscheibe sah er Margarets tränenüberströmtes Gesicht, die versuchte das Fenster zu öffnen.

Er wandte sich ab und begann abermals zu rennen.

Er lief und lief. Durch die Straßen und engen Gassen der Innenstadt, durch kleinere Gärten und Parks, vorbei an kopfschüttelnden Passanten, Spaziergängern und Frauen mit kleinen Kindern.

›Weg, nur weg von hier!‹

Völlig außer Atem, kam er schließlich in der Hafengegend an und ließ sich schwer keuchend am Straßenrand nieder, vergrub sein Gesicht in seinen Händen und versuchte einen klaren Gedanken zu fassen.

›Lächerlich!‹

Es war alles so lächerlich. Und er, Will Kronberg würde zum Gespött ganz Bostons werden.

›Liebe!‹

›Ha! - Die kann mir gestohlen bleiben! Verdammt! Wie konnte ich nur so ein Narr sein?‹

Verzweiflung mischte sich mit Schmerz. Liebe schlug in Hass um. Nichts war mehr so, wie es hätte sein sollen.

Ein schwerer Kloß in seinem Hals schien ihn ersticken zu wollen.

Er brauchte Luft!

›Ich muss weg von hier!‹

Will erhob sich und ging schnellen Schrittes weiter.

Weiter in Richtung Wasser.

»Ich muss einen klaren Kopf bekommen«, sagte er laut zu sich selbst.

Als er die Pier erreichte, blieb er stehen und blickte eine ganze Zeit aufs Wasser hinaus. Völlig verschwitzt stand er da. Innerlich tief verletzt und gedemütigt, begann der Schmerz die Oberhand zu gewinnen. Er konnte nicht mehr dagegen an. Seine Augen begannen sich mit Tränen zu füllen.

Hektisch kramte er in seiner Jackettasche. Der Ring, ›Verdammt‹, der musste doch hier irgendwo sein! Schließlich fanden seine zittrigen Finger das kleine Paket.

Kostbar!

›Ja, du bist mir so kostbar, dass es mir die Luft abschnürt‹, dachte er bei sich.

Er drehte sich von der Wasserfront weg und tat ein paar Schritte, während er langsam und bedächtig die Verschnürung löste, das nette Päckchen öffnete und den Ring herausholte. Dann drehte er sich abrupt um, lief schnellen Schrittes auf die Bucht zu und schleuderte den Ring mit einem lauten, alles durchdringenden Schrei in die Fluten.

Noch am selben Nachmittag meldete sich Will zum Militär.

Er schlich noch einmal unbemerkt in das Haus seiner Eltern, nahm sein letztes Bargeld aus der Schublade seiner Schlafkommode und hinterlegte einen Abschiedsbrief für seine Eltern, in dem er die genauen Umstände und Beweggründe für sein plötzliches Verschwinden mit den Worten darlegte: »Ich habe Margaret verloren«.

Bereits am Tag darauf verließ die Einheit seine Heimatstadt Boston.

Er würde sie niemals wiedersehen.

****

Reservat der Santee Dakota, Minnesota, Februar 1862

In dicke Wolldecken gehüllt und zusätzlich durch ein großes, übermächtig wirkendes Fell eines Büffels geschützt, saß die Gestalt regungslos vor dem Eingang eines großen Zeltes. Die langen, schwarzen Haare spielten im eisigen Wind, während ihr Blick starr nach vorne gerichtet war. Eine der Wolldecken trug die Aufschrift »US« am unteren Ende, was ein eindeutiges Zeugnis über verlorene Freiheit und vergessenen Lebensmut ablegte, in einer Welt, die sich von Grund auf verändert hatte.

In dem schmalen, ausgehungerten Gesicht waren keinerlei Anzeichen einer Regung zu erkennen. Die Augen, welche die Kälte des Winters in ihrem tiefen Blau widerspiegelten, waren von einer eigentümlichen Leere beseelt. Sie wirkten wach, trotzdem aber nicht im Hier und Jetzt befindlich.

Es war die Kraft des Denkens, die den Körper am Leben erhielt und die Sinne auf das konzentrierte, was den Hunger, die Kälte und das sehnsüchtige Warten auf den Frühling erträglich werden ließ.

Seit Wochen hatte der Winter das Land mit seiner ganzen Härte fest im Griff.

Zwar waren die Schneefälle aufgrund der enormen Kälte mehr und mehr zurückgegangen, der Boden aber war so hart gefroren, dass jede einzelne Schneeflocke so auf ihm liegen blieb, wie sie vom Himmel gefallen war. Die Menschen in der Reservation litten.

Die Vorräte gingen zur Neige. An Jagen war zu dieser Jahreszeit in dem kleinen, ihnen verbliebenen Streifen Land nicht zu denken.

Es gab nunmal nichts zu jagen!

Die Dakota, wie viele andere Indianerstämme auch, waren in die völlige Abhängigkeit der Behörden geraten und es gab nichts, was sie dagegen hätten tun können. Innerhalb der Reservationen wurden sogar Häuser für die Indianer errichtet, Kirchen und Schulen. Es gab einen vom Staat angestellten Agenten, der für alle Bereiche der in der Reservation lebenden Menschen verantwortlich zeichnete. Dieser kontrollierte den Handel, kümmerte sich um die handwerkliche Ausbildung der »zivilisierten Indianer« und um die Auszahlungen der mit der Regierung vereinbarten Jahrgelder, was die einst stolzen Stämme letztendlich zu unmündigen Kindern deklarierte. Die Weißen beanspruchten das Recht, ja sahen es als ihre von Gott gegebene Pflicht, die *Wilden* unter Beaufsichtigung und Bevormundung zu stellen. Das Reservationsgebiet, das den Dakota von ihren einst riesigen Jagdgründen geblieben war, umfasste einen etwa zehn Meilen breiten und hundert Meilen langen Streifen an den Ufern des Minnesota Rivers, das durch die beiden sogenannten Agenturen begrenzt wurde. Diese waren im Namen der Indianerbehörde in Washington errichtet worden und sollten die Indianer mit Lebensmitteln, Kleidung und dem Notwendigsten an Werkzeugen und anderen Waren versorgen.

So, wie der weiße Mann die Indianer innerhalb der Reservation in die obere und untere Gruppe einteilte, so wurden auch die beiden Agenturen in die obere, gelegen am Zufluss des Yellow Medicine Rivers und die untere Agentur benannt, welche sich etwa zehn Meilen südöstlich des Einflusses des Redwood in den Minnesota River befand.

Die Agenturen waren geschaffen wie kleine, speziell angelegte Siedlungen der Weißen. Es gab Regierungsgebäude, Wohnungen für die Beamten, Warenhäuser und Kaufläden, Ziegelbrennereien sowie Schmieden und andere Werkstätten. Hier war der Handel ansässig und die Aussicht auf schnelles, leicht verdientes Geld der Köder, der viele Menschen immer wieder dazu trieb, die Indianer bei den Geschäften zu übervorteilen, zu betrügen und sich dabei auf Kosten der Reservatsbewohner finanziell zu bereichern. Einige der Händler waren durch diese Art von Gewerbe zu großem Wohlstand gekommen.

Es unterlag ausschließlich der Kontrolle des Agenten, wie sich der Umgang mit den Indianern im Reservat darstellte. Ob diese unter der Aufsicht eines fairen oder eines betrügerischen, korrupten Agenten standen, konnte über Leben oder Tod entscheiden. Denn nur innerhalb ihrer Gemeinschaft hatten die Indianer das Recht auf eine eigene Gerichtsbarkeit. Alles andere unterlag den Entscheidungen des Agenten. Im Guten wie im Schlechten. Letztendlich waren die Menschen den Institutionen der Agenturen völlig ausgeliefert.

So auch die Dakota, die bis vor kurzem noch das Glück gehabt hatten, mit einem der ihren als Ansprechpartner zu verhandeln.

Als Agent für die Reservation der Santee Sioux war viele Jahre ein Mann eingesetzt gewesen, der als Weißer sogar Teil ihres Volkes geworden war. Er hatte eine Santee zur Frau genommen und viele Jahre bei den Dakota gelebt, bevor er die Verantwortung für die Menschen übernommen hatte.

Immer mehr Indianer hatten den christlichen Glauben angenommen, hatten sich die Haare geschnitten, ihre traditionelle Kleidung gegen die der Farmer getauscht und waren Bauern geworden. Viele lebten in Häusern, die sie aus Holz errichtet hatten und nahmen die Lebensweise und Gebräuche der Weißen an.

Obwohl einige der Krieger mit dieser neuen Situation nicht zurechtkamen und sich dem Alkohol hingaben, sich eine erhebliche Anzahl der Dakota weigerte, die eigenen Traditionen gegen die des weißen Mannes einzutauschen und in kleineren Gruppen und Dörfern, abseits der entstandenen Reservatssiedlungen lebte, herrschte zumindest überwiegend eine Stimmung des gegenseitigen Vertrauens.

Es war die Zeit, die von Frieden geprägt gewesen war.

Dann hatte sich schlagartig alles geändert.

Die Leute von der Agentur nannten es »Demokratie«, die dazu geführt hatte, dass die Weißen einen neuen, obersten Häuptling gewählt hatten. Dieser neue Häuptling in der fernen Stadt Washington, der im Süden des Landes damit beschäftigt war, gegen andere Weiße Krieg zu führen, hatte noch vor Einbruch des Winters einen anderen Mann anstelle des alten Agenten eingesetzt. Einen Mann, der von der Lebensweise und den Bedürfnissen der Dakota nichts wusste und den es auch nicht kümmerte, dass ihnen die Lebensgrundlage immer weiter entzogen wurde.

In den wenigen Monaten, die seit seiner Einsetzung vergangen waren, war es zu Hunger und Elend im Volke der Dakota gekommen. Der Zustrom der weißen Siedler in das ehemalige Land der Stämme schien kein Ende nehmen zu wollen. Waren es vor wenigen Jahren noch vereinzelte Ansiedlungen und einzelne Farmen gewesen, die sich spärlich über die Landschaft verteilt hatten, so waren es jetzt Tausende, die in einem nicht abreißen wollenden Strom das Territorium bevölkerten.

Um dem Sicherheitsbedürfnis dieser Anzahl an neuen Siedlern, vor allem in den begehrten Ländereien südlich und östlich der Reservation gerecht zu werden, wurde schließlich ein Soldatenlager, das die Weißen »Fort Ridgely« nannten, an der östlichen Ecke der Reservation angelegt. Nur zwölf Meilen entfernt von der unteren, der Redwood Agentur.

Unter den Indianern war es vermehrt zu Unstimmigkeiten gekommen, seit sich die Situation verschlechtert und der neue Agent, ein gewisser Galbraith, von der Indianerbehörde die Zuständigkeit übertragen bekommen hatte. Es gab immer mehr, die gegen die ihnen aufgezwungene, neue Lebensart der Weißen aufbegehrten. Die Siedler nannten sie »Blanket Indians«, der wollenen Decken wegen, die einen Hauptteil ihrer Bekleidung ausmachten. Sie versuchten weiterhin fast ausschließlich von der Jagd zu leben und von dem, was die Natur ihnen als Nahrung zur Verfügung stellte. Als Jäger und Sammler durchstreiften sie das Reservat. Sie akzeptierten keine Häuser, zogen durch die Reservation und lebten in kleineren Gruppen, jeweils unter der Führung eines Häuptlings.

Einer der mächtigen Männer unter ihnen war Dark Cloud. Das Wort des heiligen Mannes hatte Bedeutung und die Kraft, sich auch über die verschiedenen Gruppen hinweg Gehör zu verschaffen. Er war kein Häuptling, lebte mit seiner Familie zu unterschiedlichen Zeiten in verschiedenen Gruppen, war hoch angesehen und den Weißen so gut wie unbekannt.

»Sie reden mit den Häuptlingen. Dark Cloud wird durch ihren Mund hören, was der weiße Mann *wirklich* zu sagen hat.«

Durch den geringen Waldbestand innerhalb des Reservationsgebietes und die Überjagung der Wildbestände durch die Siedler, waren die Gruppen der traditionell lebenden Dakota immer öfter genötigt, das Grenzland zu überschreiten. Der Ruf und das Drängen der Siedler nach Sicherheit, hatten die Regierung schließlich zum Handeln gezwungen und weitere Soldaten in das Land der Santee gebracht.

Das Kommando in Fort Ridgely sollte für die Aufrechterhaltung von Ruhe und Ordnung sorgen und mit seiner Einheit ebenfalls die beiden Agenturen unter ihren Schutz stellen.

Schließlich wurden die Bedingungen, unter denen die Indianer zu leiden hatten, immer unerträglicher. Der Schmerz des Hungers und die Wut über die Ausbeutung und die Unterdrückung durch das schwache Volk der Weißen ließen viele verzweifeln.

Die »Traditionellen« wurden weniger. Viele der Menschen gaben schlichtweg auf, andere verließen das Land ihrer Vorfahren und zogen mit ihren Familien in die Jagdgründe ihrer Brüder im Westen.

Die verbliebenen Menschen innerhalb des Reservates aber versuchten, ihr Auskommen mit dem Anbau von Getreide und wildem Reis abzusichern, auf die jährlich vereinbarten Zahlungen des weißen Mannes zu warten und sich mit diesem Geld in den Agenturen zu versorgen.

Unter ihnen auch ihr eigentlicher Anführer, Little Crow, der nun selbst in einer Holzhütte lebte und versuchte, sich an das Leben als Farmer zu gewöhnen. Little Crow war Häuptling einer der vier Dakota Stämme, der Mdewakanton, die sich wiederum in neun Gruppen unterteilten, jeweils mit einem Führer oder Häuptling.

Die Mdewakanton, sowie die Wahpekutes lebten im südlichen Teil der Reservation, wobei die nördlichen Gebiete von den Stämmen der Wahpetones und der Sissetones besiedelt worden waren. Diese hatten überwiegend den christlichen Glauben angenommen, waren Bauern geworden und verfügten über bessere Beziehungen zu den Weißen, was der Gemeinschaft der Stämme aber keinen Schaden zufügte.

Zusammen waren die Stämme das östliche Volk der Sioux, das von den Weißen oft als Waldland-Indianer oder Santee Sioux bezeichnet wurde.

Insgesamt siebentausend Sioux lebten bereits seit mehreren Jahren in der Reservation am Minnesota River. Ein Umstand, für den viele Little Crow persönlich verantwortlich machten, dem Unterzeichner der Verträge mit den Bleichgesichtern.

Little Crow hatte viel an Respekt und Einfluss eingebüßt. Viele der Häuptlinge und Krieger waren entmutigt und enttäuscht worden.

So sehr ihr Häuptling auch versucht hatte, ihnen die Lage begreiflich zu machen, seine Beweggründe und sein Ziel, das Volk der Dakota vor dem Untergang zu bewahren, darlegte, es erhoben sich immer wieder Stimmen, die sogar von Verrat an seinem Volk sprachen.

Von vielen wurde er für die Verhandlungen, den Verlust der Jagdgründe und den Verkauf ihres Stolzes verantwortlich gemacht.

Trotzdem war es ihm immer wieder gelungen, das Volk der Santee zu einen. Little Crow war ein großer Mann. Seine Worte zogen die Herzen der Menschen in ihren Bann. Er wusste um diese Gabe und verstand es, die Häuptlinge der verschiedenen größeren und kleineren Gruppen um sich zu vereinen.

Aber die Ernte des letzten Sommers war schlecht gewesen. An ein Absichern durch das Anlegen von Vorräten war deshalb nicht zu denken gewesen und vielen Familien war bereits das Geld ausgegangen.

Immer häufiger zogen die Männer zu den Agenturen und mussten teure Kredite bei den Händlern akzeptieren, um das Notwendigste an Lebensmitteln für das Überleben ihrer Familien zu erhalten. Die Menschen wurden krank und schwach. Die Kleinsten litten am meisten und es waren einige Kinder und Alte gestorben. Es schien das Ende der Geschichte des großen und stolzen Stammes der Santee-Dakota zu sein. Zumindest war es das, was aus den Erzählungen vieler heraus zu hören war.

Durch den wiederum sehr harten Winter war eine weitere Missernte für den kommenden Sommer zu befürchten, was den Indianern vollends die Lebensgrundlage entziehen würde. Angst und Verzweiflung erfasste die Menschen. Viele Krieger hatten sich gebeugt, resigniert. Andere aber, vor allem die Jungen, wollten sich zur Wehr setzen. Bis jetzt war es dem Häuptling noch gelungen, seine Leute von einem tödlichen, sinnlosen Kampf gegen die Eindringlinge zurückzuhalten. Little Crow war ein weiser Mann, der trotz seines mittlerweile infrage gestellten Machtanspruchs seine Führungsaufgabe niemals vernachlässigte oder gar zur Aufgabe seiner Privilegien bereit gewesen wäre. Er war sich seiner Verantwortung gegenüber seinem Volk zu jeder Zeit bewusst.

Ein eisig kalter Windstoß riss die am Boden kauernde Gestalt aus ihren fernen Gedanken und ließ sie die Decken noch einmal straff um ihren viel zu dünnen Körper zusammenziehen, um einen zusätzlichen Verlust an Körperwärme zu verhindern.

Das Gelernte über die Menschen, unter denen sie nun lebte und die Geschichten über deren Leidensweg, beschäftigte ihren Geist in ähnlicher Weise wie ihr eigenes Schicksal. Die Zusammenhänge wurden einfach nicht klarer. War alles wirklich nur ein Zufall oder sollte ihr Freund Recht behalten, der davon überzeugt war, alles würde einer Vorbestimmung unterliegen, der auch sie nicht widersagen konnte?

Es waren eineinhalb Jahre vergangen, seitdem Anna von den Dakota aufgenommen worden war. Warum, das konnte sie sich selbst nicht erklären, denn wie sie in den vergangenen Monaten erfahren musste, hatten die Dakota nicht den geringsten Grund, den Weißen mit Freundschaft zu begegnen. Nicht selten war es blanker Hass, den sie in den Augen der Menschen lesen konnte, wenn sie in der Dorfgemeinschaft ihren Tätigkeiten nachging. Sie war geduldet, aber keineswegs akzeptiert. Dass sie bleiben durfte, ja regelrecht unter dem Schutz der Dakota stand, die sie vor dem Zugriff der Leute aus der Stadt verbargen, das lag, wie sie wusste, an dem Einfluss des Mannes, der in den letzten Wochen und Monaten ein Freund und Vertrauter für sie geworden war. Es war Dark Cloud gewesen, der sie damals in der Wildnis gefunden und hierhergebracht hatte. Er genoss hohes Ansehen unter diesen Menschen.

Fieberträume hatten sie heimgesucht, als sie ihren damaligen Verletzungen beinahe erlegen wäre. Die Entzündung an ihrem Bein hatte sich zu einem Fieberherd entwickelt und es hatte Wochen gedauert, bis sie wieder einigermaßen zu Kräften gekommen war.

Die Zeit bis dahin hatte sie in einem Zustand verbracht, der von Albträumen, Ängsten, aber auch von Gleichgültigkeit geprägt gewesen war. Nie war sie sicher gewesen, ob sie wachte oder träumte, ob diese fremde, zutiefst beängstigende Umgebung real oder einzig die Ausgeburt ihrer Phantasie gewesen war. Ihr geschundener Körper hatte sich in Fieberkrämpfen geschüttelt, während seltsame Gesänge sie in eine Welt begleiteten, welche sie in ihre Vergangenheit zurückführte, in der sie mit ihrer Familie immer wieder dieses Schiff bestieg, sich mit ihrem Vater auf einem Weg ins Ungewisse befand, der sie ins Unglück stoßen sollte. Nie war sie in der Lage, etwas dagegen zu unternehmen. Oft erschien die Fratze des Mannes, den sie getötet hatte. Er verlachte und verhöhnte sie, spuckte ihr ins Gesicht und versuchte sie zu berühren. Sie wälzte sich hin und her, versuchte sich aus seiner Umklammerung herauszuwinden, lag plötzlich auf dem weichen Boden des Waldes und hatte furchtbaren Durst. Immer wieder war ihr diese Kreatur erschienen, von der sie nicht sagen konnte, ob es der Teufel oder ein von Gott gesandter Bote gewesen war, der sie ins Jenseits begleiten sollte. Blitze zuckten durch die Nacht, das Donnern über ihr schmerzte ihr in den Ohren. Plötzlich flog sie durch die Luft. Sie fiel und fiel. Der Abgrund schien schier nicht enden zu wollen. Sie versuchte sich zu verstecken. Vor den Männern, die sie verfolgten. Doch sie hielten sie fest. Warum nur?

Wie hatten sie sie finden können? Der Baum. Der Strick. Dort war ihr Vater. Was konnte sie tun?

Aber dann war wieder diese Gestalt erschienen, hatte ihr zu trinken gegeben und sie damit aus den Fängen ihrer Peiniger befreit. Ihre Seele war an einen Ort gereist, an dem sie Ruhe und Geborgenheit fand.

Schlaf.

Anna hatte die ganze Zeit über die Anwesenheit dieses unbekannten Wesens gespürt. Instinktiv hatte sie sich immer wieder an dessen Nähe geklammert, wenn das Böse versuchte, die Gewalt über sie zu übernehmen und sie fortzureißen drohte. In seltenen Momenten, in denen sie mit aller Anstrengung versucht hatte, ihre Augen zu öffnen und mit zittrigen Lidern all ihre Konzentration auf die Umgebung um sich herum zu legen, erblickte sie das markante Gesicht eines Unbekannten, der sich über sie beugte, ihr die nassen Haare aus dem Gesicht strich und ihr zu essen gab. Es war ein bitterer Brei gewesen, den sie in kleinen Mengen zu sich genommen hatte und der ihr nach wenigen Momenten das Geschenk der Ruhe, der Schmerzfreiheit und des Schlafs beschert hatte. Anna wusste, dass ihr Leben in der Hand dieses fremden Mannes lag.

Leben. Ja, noch war sie am Leben.

Wie in Trance hatte Anna mitbekommen, wie sie auf ein Pferd gehoben worden war. Man hatte ihr Arme und Beine fest um den Körper des Tieres gebunden und sie damit auf dem Rücken des Ponys vor dem Herunterfallen gesichert.

Wie lange sie so unterwegs gewesen war, das konnte sie nicht sagen, aber als sie das nächste Mal erwacht war, hatte sie sich in Gesellschaft von mehreren Frauen befunden, die sie versorgt und an ihrem Bein einen Verband angelegt hatten. Die Frauen, die Umgebung ... alles war anders gewesen. Unbekannt.

Anna hatte auf einem Lager am Boden gelegen und ihre Gedanken nicht sortieren können. Was war geschehen? Wo war sie?

Die Frauen um sie herum hatten fremdartig ausgesehen und keine von ihnen sprach ein Wort. Erst als die Stimme eines Mannes erklungen war, der den Frauen, in einer ihr unbekannten Sprache offensichtlich geboten hatte, sich zurückzuziehen, war es Anna bewusstgeworden: Indianer!

Diese Menschen hatten sie gesund gepflegt. Wie sich herausgestellt hatte, war der Indianer, der sie gefunden und gerettet hatte, ein mächtiger und angesehener Mann seines Volkes.

Dark Cloud war auf ihre Spuren gestoßen, hatte die Leiche Roberts entdeckt und war ihr gefolgt. Außerdem sprach und verstand er die Sprache des weißen Mannes, was er aber zunächst vor Anna verborgen gehalten hatte.

Es war ein Zelt, in dem die Indianer ein Lager für Anna gerichtet hatten. Wochen waren vergangen, in denen Anna außer diesem Mann nur eine Frau zu Gesicht bekommen hatte. Diese hatte sie versorgt, ihr Wasser und Essen gegeben, aber kein Wort zu ihr gesprochen. Ein einziges Mal nur hatte Anna ein aufmunterndes Lächeln von ihr erhalten. Ansonsten hatte Dark Cloud Stunden damit verbracht, bei Anna im Zelt zu sitzen, eine lange Pfeife zu rauchen und zu beobachten. Seine Anwesenheit, seine Blicke, einfach alles an ihm hatte niemals etwas Aufdringliches an sich gehabt. Niemals hatte Anna sich gestört oder bedrängt gefühlt. Er hatte Abstand gewahrt, seine Gesten waren freundlich und aufgeschlossen gewesen.

Zu jeder Zeit konnte Anna ihm ihre Bedürfnisse mitteilen, egal ob sie etwas brauchte oder Hilfe beim Aufstehen benötigte, um sich zu erleichtern.

Es war offensichtlich seine Ehefrau, die sich um alle fraulichen Belange zu kümmern hatte, die Anna stützte, aus dem Zelt führte und sie auch wieder zurückbegleitete.

Anna war wieder zu Kräften gekommen.

Die Geborgenheit, welche diese Menschen sie spüren ließen, die Sicherheit, in der sie sich hier, nach allem, was sie erlebt hatte befand, ließ sie ihre innere Ruhe wiederfinden.

Als Dark Cloud dann zu ihr gesprochen hatte, war es ihr geradezu wie ein Wunder vorgekommen. Dieser Mann hatte etwas Besonderes an sich, das sich nicht in Worte fassen ließ. Nachdem Anna genesen war, hatten sie viele Stunden und Tage nur mit Reden verbracht.

Dark Cloud wollte alles über Anna wissen, wie sie in dieses Land gekommen war und warum. Woher sie stammte und was es mit ihrer Flucht vor den Weißen auf sich hatte. Ihre Erzählungen über Europa, ihre Heimat Böhmen und der großen Stadt Prag, versetzten den Indianer immer wieder in Erstaunen. Er hing förmlich an ihren Lippen, so als könnte er die Orte sehen, welche ihm die junge, eigenartige Frau beschrieb.

Im Gegenzug wollte Anna alles über die Kultur und das Leben der Dakota erfahren. Sie war so wissbegierig, dass es der Indianer bald als eine Art Pflicht empfand, für sie als Lehrer zu fungieren. Die Geschichte dieses Volkes, seitdem die Europäer in ständig steigender Zahl über das Land und die Jagdgründe der Dakota hergefallen waren, betrübte sie zutiefst, denn genau dies war auch der Plan ihres Vaters gewesen, als sie ihre Heimat verlassen und in Hamburg das Schiff bestiegen hatten.

»Land, Kinder!«, hatte er gesagt. »Fruchtbares, gutes, unendlich weites Land, das nur auf Menschen wie uns wartet, die es urbar machen.«

Anna hatte mitbekommen, wie das Land im fernen Amerika angepriesen worden war. »Amerika braucht Siedler«, so hatte es geschrieben gestanden. Dass dieses Land jemandem gehören könnte, dem man es mit Gewalt entriss, das wurde mit keiner Silbe erwähnt.

Und so würden sich weiter viele tausend Menschen auf den Weg machen, in der Hoffnung auf eine bessere Zukunft und ein Stück Land, das sie ihr Eigen nennen konnten.

Bei diesen Gedanken fühlte sich Anna schuldig.

Die Gespräche mit ihrem neuen Freund entwickelten sich zum

Höhepunkt ihrer Tage, die sie zum großen Teil mit den Verpflichtungen gegenüber der Stammesgemeinschaft verbrachte.

Es war ein beiderseitiges Geben und Nehmen und die Geburt einer tiefen Freundschaft zwischen zwei fremden, aber verwandten Seelen.

Niemals wäre es Anna in den Sinn gekommen, zu den Menschen zurückkehren zu wollen, die sich für *zivilisiert* hielten. Ihre eigene Zugehörigkeit zu diesen Menschen verleugnete sie. Sie hatte nichts gemein mit denen, die in dieses Land gekommen waren, um sich alles und jeden untertan zu machen. Für das, was sie den Völkern angetan hatten, empfand sie Schande und Scham. Je mehr sie von dem heiligen Mann des Stammes der Santee erfuhr, umso größer wurde der Abstand zu den weißen Siedlern und zu der Welt, die Anna nur noch hinter sich zurücklassen wollte. Dass sie niemals eine Dakota werden würde, das wusste sie. Aber inständig hoffte sie darauf, bleiben zu dürfen.

-

»Sie ist beseelt vom Zauber. Der große Geist ist Teil von ihr und spricht durch ihren Mund. Dark Cloud wird lernen und verstehen, was sie zu sagen hat. Niemand soll ihr zu nahetreten. Sie wird unter meinem Schutz stehen und meiner Verantwortung.«

Niemand stellte die Worte des heiligen Mannes infrage.

Die Entscheidung war getroffen worden, noch bevor Anna wieder ganz gesund gewesen war.

Von den meisten Stammesmitgliedern wurde sie mit Respekt und Distanz behandelt. Anna arbeitete hart und lernte schnell. Durch ihr langes, schwarzes Haar, das Anlegen indianischer Kleidung und ihrer durch das Leben in der freien Natur immer dunkler werdenden Haut, war sie von den Indianerfrauen bald fast nicht mehr zu unterscheiden.

Ungewöhnlich aber blieben ihre strahlenden, blauen Augen, welche sie von den Stammesmitgliedern abhob.

Das Zelt, in dem sie gepflegt worden war, sollte ihr eigenes werden. Niemand würde sie hier vermuten. Die Reservation der Indianer würde ihr zugleich Zufluchtsort und neues Zuhause sein.

Dark Cloud war ein geduldiger Lehrer, er nahm sie mit, wenn er unerlaubt die Grenzen der Reservation überschritt und in die großen Weiten eindrang, welche die einstigen Jagdgründe seiner Vorväter gewesen waren. Immer noch war er auf der Suche nach Antworten, die er, wie er sagte, nur hier im Land seiner Ahnen finden konnte.

Während Anna die Sprache der Dakota erlernte, stellte sie belustigt fest, dass Dark Cloud sogar einige Sätze und Wörter in deutscher Sprache sprach und verstand.

»Es ist die Sprache, welche gesprochen wird in der Stadt der Weißen. Du warst dort. In der Stadt, die sie New Ulm nennen. Dort haben sie deinen Vater getötet«, hatte er ihr eines Tages gesagt, als sie Rast an einem kleinen Fluss gemacht und sich an dessen Ufer niedergelassen hatten.

»New Ulm«, hatte Anna in eigenartigem, abwesendem Flüsterton wiederholt.

In diesem Augenblick hatte Anna schwer mit sich zu kämpfen gehabt.

Mit aller Kraft war es ihr gelungen, die Tränen der Wut und des Schmerzes zurückzuhalten. Von einer Sekunde auf die andere, war das Lachen aus dem hübschen, jungen Gesicht verschwunden gewesen.

Hass war an die Stelle des Strahlens in ihren Augen getreten.

Sie hatte sich erhoben und war ohne ein weiteres Wort schnellen Schrittes die Uferböschung und den dahinterliegenden Hang hinaufgestiegen. Weiter, immer weiter nach oben.

Auf dem Kamm des Hügels angekommen, richtete sie ihren Blick nach Osten. Dort im Osten, woher sie gekommen waren, lag die Stadt, die sie und ihren Vater ins Verderben gestürzt hatte. Bis dahin war ihr nicht bewusst gewesen, dass sich das Territorium des Dakota Reservates in unmittelbarer Nähe *dieser* Stadt befand. Es war immer nur von der Stadt der Weißen die Rede gewesen, zumindest hatte ihr gegenüber niemand im Dorf den Namen des Ortes ausgesprochen oder sie hatte ihn schlichtweg nicht erkannt. Die indianischen Bezeichnungen der Orte, Namen und Gegebenheiten trafen sich selten mit den Ausdrücken in der Sprache der Europäer.

Eine ganze Weile hatte sie nur so dagestanden und in die Richtung geblickt, wo in weiter Ferne diese Stadt liegen musste. Schließlich hatte sie die Anwesenheit Dark Clouds gespürt, der ihr lautlos auf die Anhöhe gefolgt war und nun hinter ihr stand. Sanft hatte er seine Hand auf ihre Schulter gelegt.

»Ich weiß, was meine weiße Schwester empfindet. Der Tag wird kommen, an dem sich der Himmel der weißen Siedler verdunkeln wird. Dark Cloud hat es gesehen. Nur wird es keinen Ausweg geben für das Leben seines Volkes. Diese Dinge werden geschehen. Und du wirst ein Teil davon sein.«

****

Fort Snelling, Minnesota, 23. April 1861

Als Will vor nun fast einem Jahr mit seiner Einheit aus Boston abgerückt war, hätte er sich niemals träumen lassen, wohin das Schicksal ihn verschlagen würde. Sie waren immer weiter Richtung Westen gezogen, hatten die großen Seen passiert und nach einem wochenlangen, für seine Verhältnisse mörderischen Marsch, die rund eintausendvierhundert Meilen bis ins Herz des noch so jungen Staates Minnesota zurückgelegt. Die Schönheit des Landes und die Faszination, welche diese unendliche Weite auf ihn ausübte, ließen ihn bald die Entbehrungen und jede Anstrengung vergessen. Die nicht enden wollenden Wälder, die sich mit ihrem Reichtum an Leben über die sanften Hügel nach Norden hin ausbreiteten, das kristallklare Wasser der Flüsse, Bäche und Seen, welches dem Land seine Seele einzuhauchen schien, die Prärie Richtung Westen, das alles war wie eine Offenbarung für ihn.

»Mit Himmel gefärbtes Wasser«, das war wohl der indianische Name für dieses unbeschreibliche Land, wie ihm einer seiner Kameraden erzählt hatte. Ja, die übergroße Anzahl an kleineren und größeren Seen, in denen sich der Himmel über der Landschaft tausendfach widerspiegelte, gaben dieser Bezeichnung ihre angestammte Berechtigung. Hinzu kam, dass ihn jeder Schritt, den er tiefer in dieses fremde, fast unberührte Land tat, auch einen weiteren Schritt von seiner Vergangenheit entfernte. Von dem, was er gewesen war oder sich zumindest eingebildet hatte zu sein. Niemals zuvor hatte er sich derart gedemütigt gefühlt. Immer wieder fragte er sich, was wohl in Margaret vorgegangen sein musste und welche Intrige Sylvia Di Lauro eigentlich gesponnen hatte. Konnte es sein, dass die beiden Frauen sich wirklich liebten? Aber wenn dem so war, warum hatte Margaret weiter dieses grausame Spiel mit ihm gespielt. War sie verführt worden oder hatte er sich sein ganzes Leben in ihr getäuscht?

Diese Intimität, welche die beiden jungen Frauen miteinander geteilt hatten ... es war ... unfassbar!

Nicht, dass er von solchen Dingen nicht schon gehört gehabt hätte. Sogar eine seiner Informantinnen hatte ihm berichtet, sie sei für ihre Dienste auch schon von Frauen bezahlt worden. Die meisten ihrer Kolleginnen hätten dergleichen aber strikt abgelehnt und ihr damit einen weiteren, nicht umkämpften Geschäftszweig eröffnet.

»Mit einer Zunge kann man unglaubliche Dinge anstellen«, hatte sie gesagt und Will erinnerte sich, wie er verlegen das Thema gewechselt hatte. Wills Träumereien waren daraufhin zu neuen Höhenflügen entfacht worden. Fest hatte er sich vorgenommen, dieses Geheimnis für Margaret zu bewahren, sie eines Tages eben genau auf diese Art und Weise zu erregen und glücklich zu machen.

Aber das Schicksal hatte wohl andere Pläne für ihn vorgesehen. Letztendlich war er sogar dankbar dafür, Margaret und Sylvia bei ihrem Liebesspiel ertappt zu haben und nicht über Gerüchte und Umwege darauf aufmerksam gemacht worden zu sein. Er hätte es wahrscheinlich nicht einmal geglaubt. Eher war anzunehmen, dass er sich für die Wiederherstellung von Margarets Ehre sogar geschlagen hätte. Ja, er hätte sein Leben dafür riskiert und die Wahrscheinlichkeit, bei so einem Duell getötet zu werden, wäre nicht einmal gering gewesen. Wie er sich selbst eingestehen musste, hatte er zu diesem Zeitpunkt weder einen Bezug zu Schusswaffen gehabt, noch auch nur annähernd die angemessenen Fähigkeiten besessen, sie zu bedienen.

Auf dem Weg nach Westen war es ihm oft schlecht gegangen, so tief war die Wunde, die seinem Herzen zugefügt worden war.

Manchmal lag er die halbe Nacht wach und starrte auf den überwältigenden Sternenhimmel über ihm. Er gab sich ganz seinen Gedanken hin, lauschte den Geräuschen der Natur. Wenn dann Selbstmitleid, Wut und die Trauer über seine verlorene Liebe überhandnahmen, liefen ihm dicke Tränen übers Gesicht. Auch die Trennung von seinen Eltern und Geschwistern machten ihm zu schaffen. Niemals hatte er sich so einsam gefühlt.

Wenn aber am nächsten Morgen die Sonne über dieser atemberaubenden Landschaft aufging, Licht und Wärme die Dämonen der Nacht vertrieben, waren alle Zweifel, Zorn und Heimweh stets wie weggeblasen.

Will war ein Mann. Er war sich seiner Jugend, seiner Kraft und Ausdauer bewusst. Plötzlich war es ein Segen, ja geradezu, als würde eine schwere Last von ihm abfallen, dass er seit seiner Flucht aus Boston nur noch für sich selbst Verantwortung zu tragen hatte. Die einzigen Verpflichtungen bestanden jetzt gegenüber der US Armee. Damit würde er besser zurechtkommen. Die Ausbildung war hart, aber nicht unfair.

Er lernte schnell mit Waffen umzugehen und bewies, obwohl er in einer Infanterieeinheit diente, seine vorzüglichen Fähigkeiten als Reiter. Diese Begabung mit Pferden umzugehen, brachte ihm sehr bald den Vorzug, immer öfter als Kundschafter ausgewählt zu werden. Er genoss es, allein in einigem Abstand zu seiner Einheit unterwegs zu sein. Wie ein Entdecker, der in unbekanntes, unerschlossenes Territorium vordrang wollte er sein und so einen Teil der Geschichte mit seinem Namen verbunden sehen. Allerdings achtete er sorgfältig darauf, sich nicht zu weit von der Truppe zu entfernen. Die Soldaten in seiner unmittelbaren Umgebung zu wissen, war ein Sicherheitsaspekt, der ihn viel mutiger erscheinen ließ, als er sich in Wirklichkeit fühlte. Die Gesellschaft seiner Kameraden wurde zum Ersatz für die häuslichen, familiären Beziehungen, die er seit seiner Kindheit gekannt hatte. Neben vereinzelten Rivalitäten und Reibereien zwischen den aus allen Gesellschaftsschichten stammenden Männern, erwuchsen bald echte Freundschaften. Der raue Umgang miteinander, die derben Witze und Streiche, die sie sich spielten, wurden bald zum gewohnten Umgang. Nicht, dass er erste Spuren von Verwahrlosung bei sich entdeckte. Es hatte nur an Wichtigkeit verloren, die Etikette einzuhalten. Hier sprach man so, wie es einem in den Sinn kam. Man redete nicht um Dinge herum, sondern nannte sie unumwunden beim Namen. Andererseits konnte man sich aufeinander verlassen, was Will mehr als alles andere zu schätzen wusste. Er wollte kein zweites Mal verraten werden. Immer mehr wurde ihm bewusst, dass er hier etwas gefunden hatte, das er in der Welt seines alten Herrn, der gesellschaftlichen Anlässe, der Fürsorge seiner Mutter und der geheuchelten Liebe Margarets, seit langem vergeblich gesucht hatte.

Es hatte auch mit der Befriedigung seiner Abenteuerlust zu tun, die er solange zu unterdrücken gezwungen gewesen war. Was er fühlte, war ein Ausdruck von Freiheit, den er in dieser Art niemals zuvor verspürt hatte. Vielleicht war es zu vorschnell und zu übertrieben, von »Glück« zu sprechen, aber es war die einzige Beschreibung, welche Will bei näherer Betrachtung in den Sinn kam.

Je weiter Will mit seiner Einheit nach Westen vordrang, desto weniger oft plagten ihn seine schmerzhaften Erinnerungen. Das Leben fand zu seinem eigenen Rhythmus zurück. Hier war er ein Unbekannter. Niemand wusste von der Erniedrigung, die er hatte erfahren müssen. Er war so wie alle anderen. Keiner wusste von seinem übermächtigen Vater oder von der Tatsache, dass er einer reichen Bostoner Familie entstammte. In seinem Rucksack hatte er gerade mal die paar Geldscheine, die er vor seiner Abreise noch schnell aus der Kommode in seinem Zimmer genommen und hastig in die Hosentasche gestopft hatte. Er war auch nicht mehr William Kronberg.

Sein neuer Name war William Eaton. Das war der erste Name gewesen, der ihm in den Sinn gekommen war, als er sich in Boston überstürzt zum Militär gemeldet hatte. Leichtsinnig, wenn er jetzt darüber nachdachte, denn William O. Eaton war der erste Herausgeber des Boston Herald gewesen, der Zeitung, für die auch sein Vater immer noch arbeitete. Es war zwar sehr unwahrscheinlich, dass es jemandem gelingen würde, hier eine Verbindung zu erkennen, aber es machte ihm trotzdem Sorgen. Warum jemand Interesse an diesen Zusammenhängen haben sollte, das war ihm selbst nicht klar. Es hinterließ einfach ein gewisses Unsicherheitsgefühl und so ärgerte er sich insgeheim darüber, keinen anderen Nachnamen ausgewählt zu haben.

Nach und nach hatte Will auch sein Selbstvertrauen wiedergewonnen. Niemals wieder würde er seine Entscheidungen durch die Liebe zu einer Frau bestimmen lassen. Wenn es kein Miteinander geben sollte, dann würde er sein Leben eben allein verbringen.

»Die Armee ist Ehefrau genug«, spotteten einige der Männer, die schon länger dabei waren, des Öfteren. »Und für das, was man so hin und wieder braucht als Mann, gibt es andere Möglichkeiten. Wirst schon sehen, Kleiner.«

Das waren nicht nur Sprüche, das wusste Will. Je mehr er darüber nachdachte, umso weniger verstand er die Einstellung, die er früher einmal vertreten hatte. Was war schon dabei, ab und zu ein Mädchen zu besuchen und sie für ihre Zuneigung zu bezahlen? Wahrscheinlich war das sogar ehrlicher, als dieses Liebesgetue, welches ihm erstmal gestohlen bleiben konnte.

Bei diesen Gedanken kam er sich bereits wie ein alter Haudegen vor, den das Leben, die Armee und der Kampf geformt und abgehärtet hatten. Seine Familie, das war nun seine Einheit. Und seine Einheit, die hatte schließlich ihren Außenposten erreicht: Fort Snelling in Minnesota.

Gebaut hoch über dem Zusammenfluss des Mississippi und des Minnesota Rivers, thronten die Steinmauern des Forts, welches bis auf Weiteres ihr Zuhause werden sollte.

Der Anblick flößte den Männern, die als Neuankömmlinge das Fort erreichten, Ehrfurcht und Stolz ein. Sie waren nun ein Teil dessen, was die Stärke und den Ruhm dieses jungen Landes ausmachte.

Sie waren in der Armee der Vereinigten Staaten von Amerika. Fort Snelling war zu einem der größten Ausbildungslager der US Armee geworden. Und Will wollte in der Armee vorankommen. Aufgrund seines überdurchschnittlichen Bildungsniveaus sollte es ihm nicht schwerfallen, bald zum Sergeanten befördert zu werden. Entsprechende Andeutungen und Bekundungen seiner Vorgesetzten ermutigten ihn, hoch motiviert und mit Übereifer an die ihm übertragenen Aufgaben heranzugehen. Nichts war ihm lieber, als seine Vergangenheit so schnell und so weit wie möglich hinter sich zu lassen. So verbrachte er einige Monate unter dem Drill der Ausbildung, bis er schließlich tatsächlich zum Sergeanten befördert wurde. Seine Ausbilder hatten Wort gehalten.

Wie er vorhergesagt hatte, war Abraham Lincoln im November des letzten Jahres zum Präsidenten gewählt worden. Überraschenderweise hatte Lincoln, gegen die Stimmen seiner Parteigenossen, auf die Befürwortung der sofortigen Abschaffung der Sklaverei verzichtet und die verfassungsmäßigen Rechte der Sklavenbesitzer sogar anerkannt. Will vermutete hinter dieser Vorgehensweise einen geplanten und wohlüberlegten Schachzug. Der Präsident hatte versucht, die Wogen erst einmal zu glätten und die Emotionen nicht weiter hochkochen zu lassen. Langsam, so war wohl sein Kalkül, würden Maßnahmen wie Entschädigungszahlungen und die allgemeine Stimmung im Land ihr Übriges tun, um die Institution der Sklavenhaltung immer weiter ins Abseits zu drängen, bis es schließlich zur Abschaffung der Sklaverei in den gesamten Vereinigten Staaten kommen würde. Trotzdem galt Lincoln aber als bekannter Gegner der Sklaverei, daran war nicht zu rütteln.

Die Handlungsweise des Präsidenten würde von den Sklavenhaltern garantiert als offener Affront gegen die Rechte der südlichen Staaten gewertet werden.

Der junge Will sollte mit seiner Vermutung Recht behalten.

Es war gekommen, wie es kommen musste.

Noch im selben Jahr, am 20. Dezember 1860, war South Carolina nach einer Abstimmung der Delegierten, mit einem Verhältnis von hundertneunundsechzig zu null Stimmen aus der Union ausgetreten. Bis letzten Februar waren diesem Beispiel die Staaten Mississippi, Florida, Alabama, Georgia, Louisiana und Texas gefolgt. Sie hatten sich daraufhin sogar zu einem eigenen Staatenbund zusammengeschlossen: den »Konföderierten Staaten von Amerika« und auch einen eigenen Präsidenten bestimmt.

Jefferson Davis, welcher einer Sezession zunächst ablehnend gegenübergestanden hatte, war als Präsident der Konföderierten Staaten in sein Amt eingeführt worden.

›Verrückte Welt‹, dachte Will bei sich.

Wie er es als Journalist gelernt hatte, sammelte er alle Informationen, die er nur bekommen konnte. Aus Zeitungsmeldungen, Gerüchten oder den Fetzen der Gespräche, die er manchmal von seinen Vorgesetzten mitbekam, machte er sich sein eigenes Bild der derzeitigen politischen Situation. Alles wurde bis ins Detail festgehalten, aufgeschrieben und sortiert.

Als Lincoln bei seiner Vereidigung im März mit seiner Rede den abtrünnigen Staaten noch einmal eindeutig die Hand reichen wollte, da war es schon zu spät gewesen, dessen war Will sich sicher. Nichts und niemand würde diesen Konflikt stoppen können. Es würde Krieg geben. Genau so, wie er es seinen Freunden damals in Boston prophezeit hatte, als er noch der junge, aufstrebende Journalist gewesen war, mit einer mehr als verheißungsvollen politischen Zukunft.

Will saß gerade mit einigen Kameraden zusammen und nahm sein Mittagessen zu sich, als sich die Meldung wie ein Lauffeuer im Lager verbreitete.

»Krieg! Krieg!«, riefen einige der Soldaten freudestrahlend, als sie von den Kommandoständen des hinteren Bereichs des Forts angelaufen kamen. Sie warfen ihre Kappen und Hüte in die Luft, tanzten und feierten den in ihren Augen wohl kurz bevorstehenden Sieg.

Wussten diese Idioten denn eigentlich, um was es ging?

Will stand auf, ging geradewegs auf den Colonel zu, der ebenfalls mit nachdenklicher Miene an der steinernen Wand des Pulvermagazins lehnte und fragte geradeheraus: »Was ist geschehen, Sir?«

Ohne ihn anzusehen, den Blick weiter starr geradeaus gerichtet, antwortete der Colonel mit tiefer, kratziger Stimme: »Wir sind angegriffen worden. Charleston. Die Südstaatler haben Fort Sumter unter Beschuss genommen. South Carolina, Sergeant.«

»Ich weiß, wo Charleston liegt, Sir. Vielen Dank, Sir«, brachte Will noch an, bevor der Colonel sich umdrehte und ohne ein weiteres Wort, wie bei einem Spaziergang, über den Exerzierplatz schlenderte und im Quartier der Offiziere verschwand.

Wie Will anschließend von den Kameraden und anderen Vorgesetzten erfuhr, war Fort Sumter am 12. April unter Beschuss genommen worden und hatte sich bereits zwei Tage später ergeben.

Am nächsten Morgen herrschte bereits wilde Aufregung im Fort, als Will sich nach einer unruhigen, schlaflosen Nacht auf dem Paradeplatz einzufinden hatte. Es wurde ihnen mitgeteilt, dass ihre Einheit im Fort zurückbleiben würde, während die Offiziere und Einheiten mit mehr Kampf- und Ausbildungserfahrung nach Osten, zur allgemeinen Mobilmachung abkommandiert würden.

Die Niederschlagung der, wie sie es nannten, »Rebellion«, würde nur kurze Zeit in Anspruch nehmen. Das Fort mit seinen verbleibenden Einheiten solle auch weiterhin einen wichtigen Beitrag zur Aufrechterhaltung und Sicherung des Grenzgebietes leisten und seinen Verpflichtungen nachkommen. Ebenfalls würde im Osten und Norden des Landes zur Absicherung eine Truppenaushebung folgen, welche den Einsatz Fort Snellings als Ausbildungslager unverzichtbar werden ließe.

Will war außer sich!

Zurückbleiben, während die anderen Männer für eine Sache in den Kampf ziehen sollten, die seit langem zu einer Gewissensfrage für ihn geworden war. Für die er sich mit seinem Vater gestritten hatte und die seiner tiefen Überzeugung entsprach. Er sollte tatenlos zusehen, wie andere für etwas ihr Leben riskierten, von dem sie nicht annähernd so viel wussten wie er selbst? Es war diese Überzeugung, die mit zu dem Entschluss geführt hatte, in die Armee der Vereinigten Staaten einzutreten. Er wollte etwas gegen die Sklaventreiber im Süden unternehmen und dabei sein, wenn das Unvermeidliche geschehen würde, das, was er all die Monate vorhergesehen hatte: den Krieg zwischen Nord und Süd.

Wutentbrannt versuchte er den Major nach dem Appell zur Rede zu stellen, wurde daraufhin jedoch umgehend unter Arrest gestellt.

Das Abrücken der Truppen aus Fort Snelling beobachtete er hinter Gitterstäben aus dem Fenster einer kleinen Zelle, in der er die nächste Woche verbringen sollte.

Die Armee der Nordstaaten war durch die Gründung der Konföderation gezwungen, auf ihre Reserven zurückzugreifen, was für viele Offiziersanwärter einen plötzlichen Sprung in ihrer Karriere zur Folge hatte. Aus Mangel an ausgebildeten, qualifizierten Führungskräften wurden kurzerhand Soldaten zu Sergeanten und Sergeanten zu Offizieren ernannt.

Zwanzig Tage nach seiner Entlassung aus dem Arrest wurde Will an einem strahlenden Frühlingsmorgen selbst zum 2nd Lieutenant befördert.

****

Obere Agentur, Reservat der Santee Dakota,
Minnesota, 4. August 1862

Will war mittlerweile fest im Grenzgebiet, in Fort Ridgely stationiert. Der im Süden seines Vaterlandes tobende Bruderkrieg hatte unvorhersehbares Leid und Schrecken über die Nation gebracht. Entgegen aller Voraussagen bissen sich die beiden Streitkräfte immer mehr ineinander fest. Der von vielen prophezeite schnelle Sieg über die Rebelleneinheiten des Südens war ausgeblieben. Viele tausend Männer hatten bereits ihr Blut vergossen und waren in fernen, unbekannten Gegenden begraben worden.

Die Flamme des Aufruhrs schien im Gegenteil immer heller zu lodern. Vermehrt kam es den Menschen zu Bewusstsein, dass der Norden durchaus imstande war, den Krieg gegen die rebellierenden Staaten zu verlieren. Militärische Misserfolge auf beiden Seiten trugen dazu bei, dass sich ein immer größer werdender Druck auf die gesamten Vereinigten Staaten von Amerika ausbreitete. Aus allen Landesteilen meldeten sich immer mehr Männer, Söhne und Väter, zu freiwilligen Kontingenten. Frauen beweinten ihre gefallenen Familienmitglieder, die teilweise lediglich als vermisst gemeldet wurden, trotzdem aber ihre Heimreise niemals antreten würden. Die Schlachtfelder im Süden brauchten menschliches Material, nur so konnte es Will benennen.

Wie konnten es diese Sklaventreiber wagen?

Es war nur eine Frage der Zeit, bis auch er den langen Marsch nach Süden würde antreten können. Er brannte innerlich darauf, das

Seine dazu zu tun, um dem Morden und Töten ein Ende zu bereiten. Sie mussten einfach den Sieg erlangen, kämpften sie doch für die einzig gute Sache. Welcher Teufel die Machenschaften der Südstaatler begünstigte, das wusste er nicht. Jedenfalls schienen sie wesentlich mehr der bösen, niederträchtigen Energie zu mobilisieren, als er es jemals für möglich gehalten hatte. Im Vergleich zu den Staaten im Norden waren die Rebellen im Grunde arm. Die Rüstungsindustrie, die Ressourcen, das Kapital, alles war mehr oder minder im Norden beheimatet. Wie konnten es die Aufrührer nur so weit bringen?

Warum er bis jetzt nicht für den Kampf im Süden eingesetzt wurde, das verstand er nicht. Sicherlich, er war auf seinem neuen Posten einer der wenigen, die zugegebenermaßen mehr Überblick und Führungsqualitäten besaßen als die vielen einfachen Soldaten, die nun von überall her rekrutiert wurden.

Der Posten im Grenzgebiet zu dem Indianerreservat erforderte auch ein gewisses Maß an Fingerspitzengefühl. Aber war das nicht genau die Art von Qualität, die bei den Schlachten im Süden den eventuell entscheidenden Unterschied machen konnte?

Bevor Will vor zwei Jahren in Fort Snelling angekommen war, hatte er so gut wie keine Indianer zu Gesicht bekommen. Boston war nicht gerade der Ort, an dem sich Menschen mit roter Hautfarbe wohl gefühlt hätten. Es gab Vorführungen von fahrenden Schaustellern, welche blutrünstige, wild bemalte Kreaturen als Attraktion darboten.

Alles in allem war es Will aber immer schon schwergefallen, den Darbietungen etwas Ernsthaftes oder gar Echtes abzugewinnen. Es war schlicht und ergreifend Geldmacherei mit dem Exotischen, Unbekannten gewesen. Ein Spiel mit der Angst der Leute vor dem Andersartigen. Es lag in der Natur des Menschen, sich auf der einen Seite vor Brutalität, Tod und bestialischen Grausamkeiten zu fürchten, sich auf der anderen Seite aber unausweichlich eben genau von diesen Dingen angezogen zu fühlen. So wie sich die einen beim Betrachten von wilden Raufereien amüsierten, so waren andere als Zuschauer bei jeder Demütigung, Bestrafung oder Hinrichtung anwesend. Den Applaus bei öffentlichen Hinrichtungen, wenn der Gehängte noch am Strick baumelte und die Beine des armen Teufels in wilden Zuckungen den Todeskampf begleiteten, hatte er noch nie verstehen können. Will hatte viele unterschiedliche Menschen kennengelernt, hatte im Laufe seiner Journalistenlaufbahn vieles gesehen und mit vielen Angeklagten, Verurteilten oder Opfern gesprochen. Oft war es nicht zu erklären gewesen, was in den Menschen vorgegangen war. Was veranlasste den Vergewaltiger zu seiner Tat, lebte er doch ein ganz normales, bürgerliches Familienleben? Warum konnten es manche Mörder nicht unterlassen, wieder loszuziehen, um sich ein nächstes Opfer zu suchen? Welches Gedankengut, welche Verblendung brachte die Leute dazu sich einzubilden, einen Menschen anderer Hautfarbe besitzen zu können? Als Will allerdings das erste Mal in Fort Snelling mit indianischen Scouts im Dienste der US Armee zusammenarbeiten sollte, war ihm selber nicht geheuer zumute gewesen. Der Abstand zwischen ihm als Weißen und den Männern dieser anderen, fremdartigen Kultur, war ihm viel größer erschienen, als er es für möglich gehalten hatte. Die Indianer waren anders als alle anderen Soldaten im Fort. Sie sonderten sich ab und blieben die meiste Zeit unter sich.

»Vergiss die Rothäute«, hatten ihm seine Kameraden eingebläut.

»Hey - und dreh denen nicht den Rücken zu, wenn es wider Erwarten doch mal zu einem Kampf gegen dieses Gesindel kommen sollte. Die sind nicht ehrlich. Die meisten sind Mörder und Betrüger. Die zucken nicht mit der Wimper, wenn sie dir ein Messer in den Rücken jagen. Vergiss das nicht.«

In unmittelbarer Nähe des Forts lebte ebenfalls eine kleine Gruppe von Dakotas, wie die Menschen hier genannt wurden. Es handelte sich ausschließlich um Männer, die im Grunde nur damit beschäftigt waren, um Alkohol zu betteln.

Mit schallendem Gelächter wurde einer dieser Männer eines Tages begleitet, als er völlig betrunken, mit halb heruntergelassenen Hosen über den Exerzierplatz stolperte. Die Männer aus Wills Einheit verspotteten und beschimpften den Mann aufs wüsteste.

Einer stand sogar auf, sprang lachend, auf einem Bein hüpfend auf den Betrunkenen zu und gab ihm mit der Schulter einen derart festen Stoß, dass der Indianer meterweit in den Staub des Vorplatzes geschleudert wurde. Die Flasche war zerbrochen und die Scherben hatten tief in seine Hand geschnitten. Trotzdem war der Unglückliche einfach auf dem Rücken liegen geblieben.

Entsetzt war Will aufgesprungen, aber sofort energisch von einem Mann seiner Einheit zurückgehalten worden, der damals noch im Rang über ihm gestanden hatte.

»Lass das!«, hatte der ihn angeherrscht. »Das Schwein soll vermodern.«

Niemals würde er den Gesichtsausdruck und das widerliche Grinsen dieses Mannes vergessen, als der sich mit einem dreckigen, kehligen Lachen gelassen wieder an die Strohsäcke gelehnt hatte und damit fortgefahren war, mit seinem großen Jagdmesser einen Apfel zu schälen. Angewidert hatte Will, ohne ein weiteres Wort zu verlieren, den schattigen Vorbau der Baracke verlassen und sich zu seinem Pferd begeben, das außerhalb der steinernen Mauern des Forts untergebracht war.

Als er am nächsten Morgen in aller Frühe den Exerzierplatz überquert hatte, waren zwei Soldaten gerade damit beschäftigt gewesen die Leiche des Indianers fortzutragen. Er musste den ganzen Tag bewusstlos in der prallen Sonne gelegen haben, ohne dass ihm jemand Aufmerksamkeit geschenkt, ihn in den Schatten getragen oder gar etwas zu trinken gegeben hatte.

Will hatte tiefe Scham empfunden. Schuldgefühle waren in ihm aufgekommen und er fragte sich, warum er sich nicht energisch gegen den Mann in seiner Einheit gestellt und den Tod dieses armen Teufels verhindert hatte. Was geschehen war, das hatte er nicht voraussehen können. Dass man einen Menschen zum Tode verurteilte, nur dadurch, dass man ihm die Hilfe verweigerte und zusah, wie er jämmerlich zu Grunde ging, auf eine derartige Idee war er bis zu diesem Zeitpunkt gar nicht gekommen. Die Züge, die das Leben hier draußen mitunter annahm, konnte und wollte er nicht akzeptieren. Er hatte sich geschworen, etwas Ähnliches nie wieder zu tolerieren oder zuzulassen. Wahrscheinlich hätten ein oder zwei Schluck Wasser genügt, dem Indianer das Leben zu retten. Zwei Schluck Wasser!

Dieser Tage war Will mit einer Handvoll Männer zur Oberen Agentur beordert worden, um die Ablösung für einen Teil der dort stationierten Männer zu stellen. Die Einheit, die zum Schutz der Agentur in einem eigens für die Armee errichteten Gebäude untergebracht war, umfasste etwa einhundert Mann. Seit über einer Woche waren sie nun auf ihrem Posten am Yellow Medicine.

Will war einer der Offiziere unter dem Kommando von Lieutenant Timothy J. Sheehan und das erste Mal für eine größere Anzahl von Männern mitverantwortlich.

Es war eine ruhige Woche gewesen seit ihrer Ankunft, trotzdem hatte Will ein ungutes Gefühl, denn der Krieg im Süden beschäftigte das Oberkommando so sehr, dass eine gewisse Destabilisierung der Außenposten nicht zu leugnen war. Auch Minnesota hatte sein Kontingent an Freiwilligen gestellt und fast jede Woche zogen weitere Männer der umliegenden Gemeinden, Farmen und der mit überwiegend deutschen Siedlern bevölkerten Stadt New Ulm ins Gefecht.

Wie Will mitbekommen hatte, waren die erwarteten Jahrgelder für die Indianer seit Wochen überfällig. Aufgrund des mit aller Heftigkeit wütenden Bürgerkrieges gab es mehr und mehr Gerüchte, die Regierung würde ihren Zahlungsverpflichtungen gegenüber den Indianern überhaupt nicht nachkommen können oder wollen. Es war seit Monaten nicht zu übersehen gewesen, dass es den Menschen im Reservat mitunter an Lebensmitteln mangelte. Die Indianer hungerten.

Des Öfteren hatte Will deswegen mit seinem Vorgesetzten in Fort Ridgely heftige Auseinandersetzungen gehabt, welcher der Ansicht war, es obliege nicht seiner Verantwortung und auch nicht seiner Entscheidungsgewalt, dem Agenten der Reservation in irgendeiner Weise Vorschriften zu machen oder sich einzumischen. Die Aufgabe der US Armee wäre es lediglich, für Ruhe und Ordnung zu sorgen. Der Rest sei nicht seine Sache.

»Was können wir dafür, dass diese Wilden nicht wissen, wie sie einen Pflug richtig zu bedienen haben?«

»Sir, Sie wissen sehr gut, dass es nicht das Unvermögen der im Reservat lebenden Menschen ist, das zu der Missernte im letzten Jahr geführt hat. Den Farmern in der Umgebung ist es ganz genauso ergangen«, argumentierte Will.

»Unvermögen«, wiederholte der Captain in süffisantem Ton und goss sich dabei einen weiteren Whiskey in sein graues, schmutziges Glas, das vor ihm auf dem Schreibtisch stand.

»Und? Was denken Sie, Lieutenant, soll ich Ihrer geschätzten Ansicht nach jetzt machen?«

Will räusperte sich.

»Sir, die Lagerhäuser der beiden Agenturen sind bis zum Rand mit Vorräten gefüllt. Die Gelder der Regierung müssen jeden Augenblick eintreffen. Lassen Sie wenigstens die Lebensmittel herausgeben. Zwingen Sie Galbraith notfalls dazu. Er und seine Händler werden ihr Geld bekommen, sobald der Stamm wieder zahlungsfähig ist.«

Ein herablassendes »Ha!«, entfuhr dem Captain. »Einen Scheiß werd ich.«

»Sir ..., ich ...«

»Maul halten, Lieutenant!« Die Stimme seines Vorgesetzten war dabei mehr ein Flüstern gewesen. »Sie haben keine Ahnung, Sie Jungspund. Wer meinen Sie, sollte denn ein gesteigertes Interesse daran haben, die Rothäute zu bemuttern? Haben Sie schon mal überlegt, was das für ein schönes Fleckchen Erde ist, auf dem diese Wilden hier hausen?«

Will verstand sofort, auf was der Captain anspielte.

»Sir, es gibt Verträge mit den Dakota.«

»Ja, ich weiß«, bei diesen Worten ließ sich sein Gegenüber mit einem dumpfen Geräusch auf dem Stuhl hinter dem Schreibtisch nieder.

»Das ist ja die Misere. Jedenfalls bin ich nicht bereit, den Rothäuten auch noch den Arsch abzuwischen«, bei dieser Bemerkung fing er an zu lachen. Zum Lachen war Will bei dieser Unterhaltung ganz und gar nicht zumute gewesen. »Sie können wegtreten, Lieutenant.«

Mit einem kurzen Nicken hatte Will sich verabschiedet und das Quartier des Captains verlassen.

Da war es wieder gewesen. Dieses Gefühl der Machtlosigkeit.

Die Gleichgültigkeit, mit der hier dem Leben anderer Menschen begegnet wurde, war nicht zu überbieten. Mehr und mehr kam Will zu Bewusstsein, dass hier ein böses, zutiefst unehrliches Spiel gespielt wurde. An den Gerüchten, Agent Galbraith und seine *privilegierten Händler* würden sich nur an den Indianern bereichern, schien mehr dran zu sein, als Will anfänglich zu glauben bereit gewesen war.

Und das unter den Augen der Armee, die zum Schutz der Menschen hierhergekommen war.

Nicht zum Schutze *aller* Menschen, wie Will mittlerweile verstanden hatte.

Die Hitze des Tages hatte die gesamte Agentur mit seinen Gebäuden, Werkstätten und Stallungen erfasst. Die Luft schien in Hitze und Trägheit zu stehen. Kein Lüftchen bewegte die Zweige in den Bäumen.

Will hatte sich mit einigen seiner Männer eben im Schatten der Pferdeställe niedergelassen, als plötzlich Bewegung in das Leben der Agentur kam.

Wie aus dem Nichts strömte plötzlich von überall her eine große Anzahl spärlich bewaffneter Indianer auf die Agentur zu, darunter einige wenige Frauen und sogar Kinder. Während viele ein wüst zusammengestelltes Sammelsurium an Kleidungsstücken der weißen Siedler trugen, waren andere in ihren traditionellen Gewändern oder einer Mischung aus beidem bekleidet. Den Menschen war deutlich anzusehen, welchen Entbehrungen sie ausgesetzt sein mussten. Viele schienen am Ende ihrer Kräfte zu sein.

Es mussten mittlerweile weit über tausend Indianer sein, welche die Agentur nun regelrecht eingekreist hatten und immer mehr Menschen kamen nach.

Will gebot seinen Männern Ruhe zu bewahren und auf ihre Posten zu gehen.

»Langsam und ohne hektische Bewegungen«, so war sein Befehl an den Sergeanten. »Ich will hier keinen Aufruhr provozieren. Noch scheint es sich nicht um einen Angriff zu handeln.«

»Jawohl, Sir«, war die knappe, fast geflüsterte Antwort des Sergeants, der nun die Straße überquerte und in den Mannschaftsunterkünften verschwand, um die Truppe in Alarmbereitschaft zu versetzen.

Wie zu beobachten war, blieben nun die Frauen und Kinder in gebührendem Abstand hinter den Kriegern der Sioux zurück, während diese zum größten Teil zu Fuß weiter auf die Gebäude der Agentur zuhielten. Dann begann ein großer Teil von ihnen plötzlich loszulaufen und ehe die Leute der Agentur sich versahen, waren etliche der Krieger bereits in die Lagerhäuser eingedrungen und hielten diese besetzt. Es mussten an die zweihundert bis dreihundert Männer der Santee sein, welche sich nun innerhalb der Agentur befanden und den weiteren Verlauf der Geschehnisse abzuwarten schienen. Der Kreis der anderen Siouxkrieger schloss sich indessen weiter um die Gebäude der Agentur. Immer mehr und mehr Männer verdichteten die Reihen und umstellten das Terrain.

Auf dem Weg herauf zur Agentur erschien eine Delegation von Menschen unterschiedlichstem Aussehens. Ein paar wenige Reiter, die meisten zu Fuß. Männer, Frauen und Kinder folgten sehr langsamen Schrittes einem Mann, der in einigem Abstand vor ihnen hertrottete. Unter sichtlicher Anstrengung quälte er sich regelrecht bis zu dem ersten Gebäude der Agentur hinauf, in dem er sich beim Gehen auf einen langen Holzstab stützte.

»Little Crow«, meinte einer von Wills Männern, der dem Häuptling offensichtlich schon einmal begegnet sein musste.

Eine unwirkliche, beklemmende Stille legte sich über die Szenerie.

Es mussten über zweitausend Menschen sein, die anscheinend vollzählig die Unterkünfte aus dem oberen Teil des Reservats verlassen hatten und sich auf den Weg zur Agentur begeben hatten.

Über das Anliegen, welches sie vorbringen würden, konnte kein Zweifel bestehen.

In der Zwischenzeit war Little Crow mit seiner Delegation bis zum Warenhaus vorgerückt, vor dessen Eingangstür nun breitbeinig, mit einer Flinte im Arm, Thomas Galbraith mit einigen seiner Leute stand und den Häuptling widerwillig in Empfang nahm.

Will ging langsam in Richtung des Warenhauses, bekam aber die ersten Sätze des Gesprächs zwischen den Indianern und dem Chef der Agentur nicht mehr mit.

»Was ist geschehen«, flüsterte er von hinten dem Mann ins Ohr, der neben dem Agenten stand.

»Die Rothäute verlangen weiteren Kredit«, meinte der Mann, und spuckte aus, um sich eines Krümels Tabak zu entledigen.

»Wir haben euch bereits genug im Voraus finanziert«, rief Galbraith in scharfem Ton, an den Häuptling der Dakota gerichtet.

»Das Volk der Dakota hungert, während ihr den gegebenen Versprechen nicht gerecht werdet.« Die Stimme des Häuptlings war klar und deutlich, ungebrochen und von nicht zu leugnender Stärke geprägt. »Die Menschen der Santee werden sterben, wenn ihr unserem Volk nicht zu essen gebt. Der weiße Mann hat Verantwortung übernommen.«

»Little Crow kann nicht behaupten, wir hätten uns nicht gebührend geduldig gezeigt«, meinte Galbraith. »Ihr steht bei den Händlern bereits so tief in der Kreide, dass diese oft selbst nicht mehr wissen, wie sie das alles finanzieren sollen. Ich denke, es wäre durchaus nicht verkehrt, ein wenig mehr Dankbarkeit zu zeigen, großer Häuptling.«

Galbraith zog in einer provozierenden Geste den Hahn seiner Flinte nach hinten, instinktiv rückten seine Männer näher zusammen und erhoben ebenfalls ihre Gewehre. »Was soll das hier werden, Häuptling?«, sprach er den vor ihm stehenden Indianer an.

»Ihr werdet die Dakota nicht sterben lassen. Little Crow war bei eurem weißen Vater in der großen Stadt. Wir haben eine Abmachung getroffen«, erwiderte der Häuptling.

»Lieutenant Eaton«, rief Galbraith so laut, dass es über den gesamten Vorplatz verständlich war, »lassen Sie ihre Männer Stellung beziehen! Der Häuptling hat offensichtlich vor das Kriegsbeil auszugraben.«

Der spöttische Unterton in Galbraiths Stimme missfiel Will zutiefst.

Der Mann hatte keinen Respekt gegenüber den Indianern. Außerdem schien er die Lage völlig zu unterschätzen.

»Sir, ich denke ...«, wollte Will gerade argumentieren, als ihn Galbraith unterbrach: »Über hundert Soldaten bewachen und beschützen die Agentur. Ich kann mir nicht vorstellen, dass Little Crow so viele Krieger seines Stammes in einen sinnlosen Tod schicken will. Aber wenn doch, bitte schön. Wir sind bereit. Hinter jedem dieser

Fenster ist ein Gewehr auf Euch gerichtet, Häuptling.«

Dabei zeigte er mit einer ausladenden Armbewegung auf die umstehenden Gebäude, in denen sich in der Tat die Anwohner und Händler der Agentur verschanzt hatten. Mindestens ein Gewehrlauf ragte aus fast jedem Rahmen. Das Gespräch war auf dem besten Weg, sich zu einer Situation zuzuspitzen, die es beiden Verhandlungspartnern unmöglich machen würde, auch nur einen Schritt von ihrem Standpunkt abzurücken. Nicht selten hatte Will eine Eskalation miterlebt, die in einer Diskussion wie dieser ihren Ursprung begründet hatte.

Schnellen Schrittes trat schließlich der diensthabende Offizier, Lieutenant Sheehan, eskortiert von einigen Soldaten, an die Gruppe der verhandelnden Personen heran.

Schon die ganze Zeit über hatte sich Will gefragt, wo eigentlich ihr Befehlshaber geblieben war. Erleichtert trat er nun einen Schritt zurück. Es war Sheehans Aufgabe, die Situation im Griff zu behalten und zu klären.

»Mr. Galbraith, Häuptling, was ist hier los?«, fragte er an den Agenten und Little Crow gewandt.

Während nun die beiden Kontrahenten von vorne begannen und dem Lieutenant ihre Anliegen vortrugen, ließ Will seinen Blick zielstrebig über die Köpfe der Anwesenden streifen.

Die Worte Galbraiths verblassten. Die Stimme des Indianers vermischte sich mit den Geräuschen der Umgebung, während Will seine Beobachtungen auf die Anwesenden und die in einiger Entfernung stehenden Menschen konzentrierte, welche die Agentur bereits vollständig umstellt hatten. Es war schwer abzuschätzen, aber um die kleine Ansiedlung der Agentur mussten sich über tausend Krieger versammelt haben. Fünfzehn Männer, acht Frauen und an die zehn Kinder hatte Little Crow mit sich geführt, um mit Galbraith und den anderen Händlern in Verhandlung zu treten. Warum nur brachte der Häuptling das Leben von Frauen und Kindern in Gefahr?

Nein, dieser Mann hatte nicht vor, hier einen kriegerischen Akt zu vollführen. Sah man sich die Gestalten der Menschen an, so war unübersehbar, wie ausgehungert und abgemagert die meisten von ihnen wirkten. Die Krieger waren so gut wie nicht bewaffnet.

Little Crow war als Bittsteller erschienen, nicht als Kämpfer.

Im hinteren Bereich der Delegation sah Will ein Indianermädchen, welches die Augen in eindeutig feindseligem, starr nach vorne gerichtetem Blick auf den Agenten gerichtet hatte. Dem leichten Zittern der Augenlider, welches Will sogar aus den paar Metern Entfernung ausmachen konnte, entsprang tiefster Hass. Es war unfassbarer Zorn, der in den Augen dieser jungen Frau loderte und durch das tiefste Blau, das Will jemals zuvor in den Augen eines Menschen gesehen hatte, auf eine Art und Weise hervorgehoben wurde, die Will spontan einen Schauer über den Rücken jagte.

In diesem Moment, wie wenn sie seinen auf ihr ruhenden Blick gefühlt hätte, drehte sie ihren Kopf leicht, fast unmerklich in seine Richtung und sah ihm direkt ins Gesicht.

Ihr langes schwarzes Haar umrahmte ihre stark hervortretenden Wangenknochen. Insgesamt waren ihre Züge, ihre Gestalt, ihr ganzes Auftreten, deutlich von wochen- oder bereits monatelangem Hunger geprägt, was aber nicht über ihre eigentliche Schönheit hinwegtäuschen konnte.

Will war wie gefesselt von ihrem Anblick.

Sie wendete den Blick nicht ab.

Einen viel zu langen Moment waren sie so miteinander verbunden. Ihm war, als könne diese seltsame, junge Frau tief in seine Seele sehen. Will musste schwer schlucken, war aber nicht imstande, seine Augen von dem Mädchen zu nehmen. Eine nicht zu definierende Angst machte sich in seinem Inneren breit, beschleunigte seinen Herzschlag und ließ seine Hände erzittern. Die Geräusche um ihn herum wirkten plötzlich wie gedämpft, gerade so, als würde jemand seine Ohren mit den Händen bedecken. Oder wie man es kennt, wenn man mit dem Kopf in einem tiefen See untertaucht. Ein mehr als beklemmendes Gefühl schickte sich an, von seinem ganzen Körper Besitz zu ergreifen. Fast wäre im schwindlig geworden, als die junge Frau ihren Blick abrupt von ihm abwendete und diesen wieder, wie zuvor, starr nach vorne richtete.

Erlösung.

Will fühlte sich, als würde er aus einem entfernten, unwirklichen Traum erwachen, bekam sich aber sofort wieder unter Kontrolle, als er seine Sinne schärfte und sich erneut auf das Geschehen um sich herum konzentrierte.

»Die Zahlungen der Regierung werden kommen«, platzte es völlig unvorhergesehen aus ihm heraus. Alle Augen richteten sich augenblicklich auf ihn. Nur nicht die der jungen Frau, wie er mit einem flüchtigen Blick in ihre Richtung feststellte. »Sir!«, wendete er sich an den völlig verdutzt dreinblickenden Sheehan, der bei den letzten, immer aggressiver werdenden Worten des Agenten vermehrt den Eindruck vermittelte, als würde ihm die Situation jeden Moment entgleiten. »Wir sollten nichts überstürzen und uns, bevor eine vorschnelle Entscheidung getroffen wird, zurückziehen, um uns mit den hiesigen Verantwortlichen zu beraten«, fuhr Will fort. Mit einer angedeuteten Kopfbewegung wies er dabei auf den inneren Bereich des Gebäudes.

»Was zum Teufel ...?«, mit wütendem Blick und halb geöffnetem Mund stand ihm Galbraith gegenüber. Ganz offensichtlich konnte er nicht fassen, in welcher Weise sich der Kommandierende von einem seiner Untergebenen infrage stellen ließ. Bevor der Agent aber seinen Satz zu Ende sprechen konnte, gab Sheehan, sichtlich nervös und um Fassung bemüht, seinem 2nd Lieutenant sogar Recht!

»Ja, äh, ... Mr. Galbraith, Sie ... haben gehört. Wir ziehen uns zur Beratung zurück«, wies Sheehan an.

Es war nur ein kurzes Nicken des Häuptlings, welches den Anwesenden zu verstehen gab, dass dieser den Vorschlag des jungen Lieutenants akzeptierte.

Will stand mit zittrigen Knien vor seinem Vorgesetzten, gerade so als hätte *er* nun das Kommando übernommen.

Little Crow zog sich mit den Kriegern, die ihm rechts und links zur Seite gestanden hatten in den Schatten der nahegelegenen Bäume zurück. Die Gruppe der Indianer war dabei, es ihm gleich zu tun, als aus dem hinteren Bereich des Warenhauses die Stimme eines älteren, offensichtlich angetrunkenen Mannes zu vernehmen war.

»Nichts werden die verdammten Rothäute bekommen! Gar nichts! Wer ist der Kerl, der die Unverschämtheit besitzt sich hier einmischen zu wollen?«

Will hatte in dem Moment wieder zu der jungen Frau hinübergesehen, deren Begegnung ihm auf so unerklärliche Weise unter die Haut gegangen war. Beim ersten Klang der Stimme des alten Mannes hatte sie Augen und Mund weit aufgerissen und die Hände vor ihr Gesicht geschlagen. Aber nur einen kurzen Moment. Jetzt ließ sie ihre Arme langsam sinken und senkte auch ihr Gesicht nach unten, nicht aber, ohne zuvor noch nach möglichen Beobachtern des Geschehens Ausschau zu halten. Ihre Reaktion hatte wie die eines gehetzten Tieres gewirkt. Oder wie die eines Menschen, der sich versteckt hatte und nun befürchten musste, entdeckt zu werden. Von wem und weshalb sie möglicherweise verfolgt werden könnte, das konnte Will sich beim besten Willen nicht erklären.

»Malcolm, beruhigen Sie sich«, beschwichtigte einer der Händler, als ein weißhaariger Mann auf die Veranda des Warenhauses hinaus stolperte. Sein Hut fiel ihm vom Kopf, als er mit Will zusammenprallte, der den Betrunkenen gerade noch auffangen konnte und so verhinderte, dass der alte Mann die Stufen hinab auf die Erde stürzte. Ein bestialischer Gestank drang Will in die Nase.

»Reißen Sie sich zusammen«, fauchte Will. »Corporal!«

Mit diesem Wort forderte Will einen seiner Männer auf, den Betrunkenen zu übernehmen und ihn in vorübergehendes Gewahrsam zu nehmen.

»Was fällt dir ein, Jungchen?«, lallte der Festgenommene. »Du weißt wohl nicht, mit wem du es zu tun hast.«

»Das tut nichts zur Sache«, entgegnete Will. »Sie sind eindeutig nicht in der Lage, einen durchdachten Beitrag zu diesen Verhandlungen zu leisten. Schaffen Sie mir den Mann aus den Augen, Corporal«, fügte er hinzu.

»Das wirst du bereuen, Junge«, blaffte der Alte noch, bevor der Corporal ihn gemeinsam mit einem seiner Männer unter den Armen packte und zu einer Scheune hinüber schleppte, wo er seinen Rausch ausschlafen sollte.

»Kommen Sie, Mr. Galbraith. Wir müssen festlegen, wie wir bei den Verhandlungen weiter vorgehen werden«, erklärte Sheehan, der nun offensichtlich seine Fassung wiedererlangt hatte.

Entschlossen folgte Will den anderen in das Innere des Warenhauses.

Während sich seine Augen langsam an das Halbdunkel des Raumes gewöhnten, blieb er fassungslos in der Mitte des Ladengeschäftes stehen, drehte sich langsam auf der Ferse seines rechten Fußes und sah sich um. Das Lager war geradezu überfüllt mit Gütern und Waren aller Art. Ja, es platzte fast aus allen Nähten und trotzdem ließen die Händler die Indianer hungern? Mit diesem Überfluss hätte er in seinen kühnsten Träumen nicht gerechnet. Angewidert, mit einem Kopfschütteln drehte sich Will wieder dem Geschehen zu.

»Verhandlungen?«, wandte sich der Agent nun kopfschüttelnd und mit erhobener Stimme an Sheehan. »Was für Verhandlungen? Sie überschreiten eindeutig Ihre Befugnisse, Lieutenant. Von Verhandlungen kann hier nicht die Rede sein! Wir haben das Gesindel seit Wochen und Monaten mit Krediten bedient und durchgefüttert, jetzt ist Schluss. So einfach ist das. Außerdem …«, fügte er wütend, an Will gewandt hinzu, »... was bilden Sie sich eigentlich ein? Für wen halten Sie sich, hier als Rädelsführer für die stinkenden Rothäute aufzutreten?« Mit dem nächsten Satz, wieder an Sheehan gerichtet, fauchte er: »Und Sie, Mr. Sheehan, lassen zu, dass Sie einer Ihrer eigenen Offiziere vor versammelter Mannschaft demütigt und Ihnen das Kommando streitig macht? Kein Wunder, dass uns die Rebellen massakrieren, so wie es um unsere Befehlskette bestellt ist!«

»Es reicht!«, entfuhr es Sheehan, dem jetzt endgültig der Geduldsfaden zu reißen schien. »Das Gesindel, wie Sie es nennen, ist am Verhungern, Mr. Galbraith. Und tun Sie nicht so, als wäre Ihnen diese Tatsache entgangen. Es unterliegt Ihrer alleinigen Verantwortung, wenn auch nur ein weiterer Mensch innerhalb dieser Reservation ums Leben kommt. Sir, ich appelliere an die Menschlichkeit und mache Sie darauf aufmerksam, dass ich Bericht erstatten werde, über jedes einzelne verlorene Leben.«

Will war geradezu begeistert über die Art und Weise, wie Sheehan nun doch Partei für die Anliegen der Indianer ergriff. Die Reaktion ließ auch nicht auf sich warten. Es spiegelte sich Unsicherheit im Gesichtsausdruck des Agenten wider, was der Aufmerksamkeit der umstehenden Männer keineswegs entging. Sofort stürmten einige, völlig aufgebracht, auf den Agenten ein.

›Die Händler‹, dachte Will abschätzend bei sich.

»Das können Sie nicht tun, Galbraith! Wir verlieren unser Geld, wenn die Regierung nicht bezahlt. Es ist Krieg, verdammt noch mal!«, erregte sich einer der Männer mit lauter Stimme. Viele stimmten ihm zu.

»Die werden einen Teufel tun und den Rothäuten das Geld in den Rachen stopfen, das sie jetzt viel dringender brauchen«, rief ein anderer. »Für Soldaten! Für Kanonen!«

»Verdammt! Die Rebellen schicken unsere Leute zur Hölle, wenn es so weiter geht - und ihr? Ihr kümmert euch lieber um ein paar heruntergekommene, dreckige Rothäute!«

»Aber, wenn die Wilden im Reservat alle draufgehen, dann gibt es hier auch nichts mehr zu holen«, sinnierte Galbraith, fast im Flüsterton. Er wirkte sichtlich eingeschüchtert und hatte wohl plötzlich auch Bedenken, sich für eine Entscheidung gegen den diensthabenden Offizier verantworten zu müssen. Letztendlich würde er alleine dastehen und sich rechtfertigen müssen.

Es entstand eine Pause. Alles wartete auf die endgültige Entscheidung des Agenten.

»Es bleibt keine andere Wahl«, fasste Will nun in energischem, wütendem Ton zusammen. Und er war in der Tat wütend. Was waren das hier für Menschen, die aus reiner Habgier den Tod eines anderen billigend in Kauf nahmen?

Wieder wurde seine Einmischung akzeptiert.

»Sie werden unter Aufsicht meiner Männer zumindest das Notwendigste an Lebensmitteln an den Häuptling herausgeben«, bestimmte Sheehan. »Außerdem werden Sie die Verteilung von Nahrungsmitteln an die Dakota auch von der Unteren Agentur in Aussicht stellen«, fügte er hinzu.

Spontan breitete sich erneut empörtes Gemurmel im Raum aus.

»Ich werde dafür die volle Verantwortung übernehmen«, schloss der Lieutenant und setzte zum Zeichen der Beendigung der Debatte seinen Hut auf, den er beim Betreten des Raumes abgenommen hatte.

Mittlerweile hatten sich seine Augen an die Lichtverhältnisse im Inneren des Hauses gewöhnt und so nahm Will aus den Augenwinkeln wahr, wie sogar einige ihrer eigenen Männer ungläubig, ja fast angewidert, den Kopf schüttelten. Keinesfalls aber, weil sie hinter der Entscheidung und seinem Eintreten für die Indianer standen, das war deutlich zu erkennen. Der Hass und die Verachtung, welche den Indianern von den hier versammelten Männern entgegengebracht wurde, war so tief verwurzelt wie ein Geschwür, das einen Menschen von innen heraus aufzufressen drohte.

»Wir hätten auf den alten McFee hören und Sie und Ihre Männer aus der Agentur hinausprügeln sollen.« Mit diesen Worten trat einer der Händler auf Will zu. Provozierend legte er dabei eine Hand auf den an seinem Gürtel befestigten Colt.

»Schluss jetzt«, schritt Galbraith ein, dem die sich immer weiter zuspitzende Situation nun doch endgültig zu weit zu gehen schien.

Will atmete innerlich auf. Was hätte er im Fall der Fälle tun sollen? Es auf eine Schießerei mit den Leuten der Agentur ankommen lassen? Erleichtert stellte er fest, dass sich die Gemüter zu beruhigen begannen.

»Also gut«, sagte der Agent schließlich. »Gebt die Vorräte an die Rothäute heraus. Aber ausschließlich Lebensmittel! Auf Kredit!«

Als die Indianer ihre Pferde bepackt hatten und jeder Mann, jede Frau und jedes Kind mit so vielen Vorräten ausgestattet worden waren, wie sie tragen konnten, verließen sie die Agentur. Man hatte ihnen die Zusicherung gegeben, auch in der Unteren Agentur Lebensmittel bereit zu stellen und diese ebenfalls gegen Kredit herauszugeben.

Friedlich zog der Häuptling mit den in seiner Obhut befindlichen Menschen ab. Will konnte das ein oder andere Lächeln in den Gesichtern der Kinder und Frauen erkennen. Glücklich darüber, den Hunger und die Entbehrungen überlebt zu haben, zogen sie an ihm vorüber. Auch in seinem Inneren verspürte er eine tiefe Befriedigung. Er hatte etwas Gutes getan.

Endlich war er in der Lage gewesen für seine Überzeugungen einzustehen und hatte dafür sogar einen Kampf riskiert. Nicht auszumalen, wenn es wirklich dazu gekommen wäre. Welche Auswirkungen dies nun allerdings für ihn selbst haben würde, welche Repressalien er seitens seiner Vorgesetzten und Kameraden zu erwarten hatte und welchen negativen Einfluss seine Einmischung auf seine Karriere in der Armee haben könnte, darüber dachte er nicht einmal nach.

Als eine der Letzten verließ die junge Dakotafrau die Agentur. Sie führte eines der jetzt mit Getreidesäcken beladenen Ponys an den Zügeln und drehte sich ständig nach der Scheune um, in der sie den alten McFee vorübergehend unter Arrest gestellt hatten. Als sie aber jetzt, direkt an Will vorüberzog, richtete sie noch einmal ihren Blick auf ihn. Sie sah ihm erneut direkt in die Augen.

Gerade, als dieser wieder das Aufkommen von Unbehaglichkeit verspürte, sagte sie in akzentfreier Sprache der Weißen ein kurzes: »Danke, Sie sind ein guter Mensch, Lieutenant Eaton.«

Er wollte spontan etwas erwidern, aber mehr als ein »Ich ... äh ...«, brachte er nicht zustande, als sie bereits an ihm vorüber war und sich der Gruppe der friedlich davonziehenden Sioux anschloss.

-

Als Anna die Stimme des alten McFee vernahm, war sie zunächst wie vom Donner gerührt. Für den Bruchteil einer Sekunde kam Panik in ihr auf und sie dachte an Flucht. Dann aber wurde ihr schlagartig bewusst, wie lange es mittlerweile her war, dass sie sich das letzte Mal gegenübergestanden hatten. Sie war jetzt kein Kind mehr, außerdem eine Indianerin, zumindest aus dem Blickwinkel der anwesenden Weißen heraus. Nichts unterschied sie von den anderen Frauen des Stammes. Kleidung, Haarfarbe und die von Hunger ausgezehrte Gestalt, alles verlieh ihr absolute Glaubwürdigkeit. Der Einzige, der überhaupt eine Chance hätte, eine Verbindung zu früheren Gegebenheiten herzustellen, war dieser alte, betrunkene Mann, der ihr aber nicht einen einzigen Funken Aufmerksamkeit schenkte.

Schon im nächsten Augenblick wich ihrem anfänglichen Entsetzen über dieses zufällige Zusammentreffen mit dem alten McFee die Überzeugung, dass der Tag ihrer Rache nicht mehr fern war. Das, was ihrem Vater und ihr selbst von den Menschen in New Ulm angetan worden war, sollte bestraft werden. Dies war der Grund, warum sie überlebt hatte. Der einzige Gedanke, den sie für ihre Bestimmung hielt.

Schuldig, das waren McFee und sein Sohn John, genauso wie dieser Dave und der weitere Begleiter der McFees, von dem sie allerdings den Namen nicht kannte. ›Martin‹? Hatten die ihn bei dem Überfall auf sie und ihren Vater nicht ›Martin‹ genannt?

Und dann war da noch dieser Richter in der Stadt, der ihren Vater ohne anständige Gerichtsverhandlung und ohne ihm überhaupt die Chance auf eine angemessene Verteidigung zu geben, bereits verurteilt hatte, noch bevor die eigentliche Verhandlung überhaupt begonnen hatte. Und überhaupt: New Ulm! Dieses Siedlerpack, das sich an Leid und Tod eines anderen Menschen ergötzte. Sie hatten gespottet und gelacht, während sie selbst verzweifelt versucht hatte, ihren Vater zu erreichen, bevor dieser verfluchte Richter die Worte gesprochen und die Seele ihres Papas dem Tode übergeben hatte. Diese Stadt war verflucht! Sie alle hatten es verdient, bestraft zu werden. So wie all die Leute, die für das Grauen verantwortlich zeichneten, welches die Dakota erleiden mussten. Dieses ganze Land, Amerika, war von Ausbeutung, Gräueltaten und Ungerechtigkeit geprägt. Es war zu einer Nation von Lügnern und Betrügern verkommen, die durch ihre unersättliche Gier schließlich in einen Krieg gegeneinander gestürzt worden war. Sollten sie sich ruhig gegenseitig umbringen! Jeder einzelne Amerikaner sollte tausend Tode sterben für das Unrecht, das sie den Völkern angetan hatten.

Viele Male hatte sie mit Dark Cloud über das Schicksal der Dakota gesprochen. Immer wieder waren sie zu dem Schluss gekommen, dass es ein großer Zauber, also eine Art Wunder sein müsste, welches einzig und allein im Stande wäre, den Untergang des stolzen Volkes der Dakota zu verhindern. Anna wollte das, was sie zu tun hatte, aber nicht auf dem Rücken ihrer neuen Freunde austragen.

Es war *ihre* Rache. Sie alleine würde die Überbringerin der Vergeltung sein. Und sie sollten wissen, warum sie sterben müssen.

So sollte sich ihre Rache auch zunächst nur auf diese fünf Personen beschränken. Über das Schicksal der anderen würde Gott Gericht halten müssen, ebenso wie über das Schicksal dieser Nation.

Anna nahm schnell die Hände von ihrem Mund, welche sie in der ersten, panischen Reaktion nach oben gerissen hatte. Sie ließ ihre

Arme wieder neben ihren viel zu schlanken Körper sinken. Schnell und unbemerkt blickte sie sich nach allen Seiten um. Niemand hatte ihre Erschrockenheit bemerkt. Niemand, außer diesem eigenartigen Soldaten, der ihr vorher diesen langen, fragenden Blick zugeworfen hatte. Sie hatte gespürt, wie seine Augen auf ihr ruhten und als sich ihre Blicke schließlich getroffen hatten, war da eine seltsame Verbundenheit zu spüren gewesen. Seine Ängste aber mussten tiefgründig sein. Ihm waren seine Unsicherheit, seine Unruhe und die Verletztheit seiner Seele deutlich anzumerken gewesen. Anna hatte den Schmerz gespürt, welcher in dem jungen Mann gefangen zu sein schien.

Jetzt hatten sich die Leute der Agentur zu Beratungen zurückgezogen. Die Drohgebärde der Dakota hatte also funktioniert. Dark Cloud, der zusammen mit den Kriegern in die Lagerhäuser eingedrungen war, um dann aus den Gebäuden heraus die Überlegenheit der Männer Little Crows unter Beweis zu stellen, war der Ansicht gewesen, man müsse nur gebührend zu zeigen wissen, dass der Stolz der Dakota keineswegs gebrochen war.

Es dauerte eine ganze Weile, bis schließlich der Agent, zusammen mit dem Befehlshaber und dem jungen Soldaten, vor die Tür traten und verkündeten, den Indianern sei ein weiterer Kredit für den Kauf von Lebensmitteln bereitgestellt worden. Sie könnten jetzt sofort so viele Vorräte mitnehmen, wie sie zu tragen im Stande wären. Aber keinerlei andere Güter oder Waren. Ausschließlich Nahrungsmittel würden der Ausgabe unterliegen. Außerdem würde man dafür Sorge tragen, dass dies auch in einigen Tagen in der Unteren Agentur, am Redwood, berücksichtigt würde. Auch dort stünden dann Vorräte zur Abholung bereit.

Als Anna zusammen mit Little Crow, Dark Cloud und den anderen die Agentur verließ, hatte sie das Bedürfnis, sich bei dem jungen Offizier zu bedanken. Sie wusste, dass es sein Verdienst war, dass sie erhalten hatten, weswegen sie hergekommen waren. Die nächsten Tage würde niemand in der Reservation hungern müssen.

Schließlich würden sie auch mit den Lebensmitteln aus den anderen Lagerhäusern der Unteren Agentur versorgt werden, bis endlich die versprochenen Zahlungen der Regierung eintreffen würden.

Das hatten ihnen der Agent und der Lieutenant zugesagt.

Anna wusste nicht warum, aber im Gegensatz zu dem Agenten, diesem Galbraith, vertraute sie auf die Worte des jungen Offiziers.

Beim Verlassen der Agentur sprach sie ihn an.

»Danke, Sie sind ein guter Mensch, Lieutenant Eaton«, sagte sie zu ihm und versuchte sich dabei zu einem Lächeln zu zwingen, was ihr aber nicht gelang.

Der Mann schien sichtlich verwirrt, wollte wohl noch etwas erwidern, aber da war Anna auch schon an ihm vorbei und schloss mit ihrem Pony zu den anderen der Gruppe auf. Als sie sich aus einiger Entfernung noch einmal umdrehte, stand er immer noch auf der kleinen Anhöhe und hob die Hand zu einem Gruß.

Diesmal lächelte Anna wirklich.

-

Dass das Versprechen, auch Vorräte aus der Unteren Agentur auf Kredit herauszugeben, nicht eingehalten werden würde und mit einer schlimmen Demütigung der Indianer enden sollte, stellte sich elf Tage nach dem friedlichen Abzug der Dakota aus der Oberen Agentur heraus.

»Wenn die Indianer Hunger haben, dann sollen sie doch Gras oder ihre eigene Scheiße fressen«, waren die Worte des Händlers Andrew Myrick, der neben Galbraith und Little Crow an der Zusammenkunft in der Redwood Agentur teilnahm.

Entsetzt und enttäuscht, tief in ihrem Stolz verletzt, verließen die Abgesandten der Sioux die Untere Agentur. Beschämt und hasserfüllt traten sie den Rückweg zu den Feuern, Hütten und Zelten der Reservation an.

Noch am selben Abend wurde Rat gehalten, was zu tun und wie diesem neuerlichen Vertragsbruch zu begegnen sei.

Viele der jungen Krieger stimmten für einen Kampf gegen die Weißen. Sie sahen den geeigneten Zeitpunkt gekommen, da die Blauröcke damit beschäftigt waren, sich in ihrem eigenen Krieg gegenseitig zu töten. Viele der stationierten Truppen waren abgezogen und zu den Schlachtfeldern im Süden abkommandiert worden.

Zurückgeblieben in Fort Ridgely und den beiden Agenturen zusammen, waren gerade einmal um die dreihundert Soldaten.

Die Farmen und kleineren Ortschaften um das Reservationsgebiet lagen so mehr oder weniger schutzlos vor ihnen. Sie müssten nur zuschlagen und alle Bleichgesichter töten.

Little Crow, der wie kein anderer seines Stammes die Fähigkeit besaß, die Macht der Worte zu gebrauchen, gelang es aber, die Gemüter soweit zu beruhigen, dass dieser erlittenen Demütigung kein überstürzter Angriff auf die weißen Siedler folgte.

Noch nicht ...

****

Grenzgebiet des Reservates, Minnesota, 17. August 1862

Es war ein strahlender Sonntagmorgen gewesen, als die vier jungen Krieger aufgebrochen waren, um die Reservationsgrenzen zu überschreiten und verbotenerweise, außerhalb des ihnen zugewiesenen Gebiets auf Jagd zu gehen. Die Weißen hatten das Little Crow gegebene Versprechen, weitere Vorräte auf Kredit zur Verfügung zu stellen, vor zwei Tagen gebrochen und so hatte sich abermals der Hunger in den Lagern der Sioux breitgemacht.

Es waren mehr als sechstausend Menschen, die in verschiedenen Dörfern innerhalb der Reservation ums Überleben kämpften. Männer, Frauen und Kinder litten seit Monaten unter den Bedingungen, die kein anderer als der weiße Mann zu verantworten hatte. Das ihnen zugewiesene Land wies nicht annähernd genug Waldbestand auf, um für den ohnehin dezimierten, durch die Ansiedlungen und Farmen der Siedler verdrängten Wildbestand, Unterschlupf zu bieten. Selbst die Wälder, die jetzt von den Weißen beansprucht wurden, waren zum großen Teil leergejagt. Das letzte Wild war aus den Wäldern des Minnesota Rivers vertrieben worden. So gut wie nie gelang es dort noch ein Reh oder einen Hirsch aufzuspüren und zu erlegen.

Diese Situation war für die Weißen nicht weiter erheblich, für die Menschen im Reservat aber bedeutete dies eine immer größer werdende Abhängigkeit von den Versorgungsleistungen durch die Regierungsbeamten.

»Die Grenzen des Reservats«, so Sungigidan, der Anführer der vier jungen Männer, »haben ihre Gültigkeit verloren, wenn das Volk der Dakota dadurch zum Sterben verurteilt wird.«

Mit diesen Worten durchquerte er den Fluss, um auf der anderen Seite die alten Jagdgründe seines Volkes zu betreten.

Die anderen folgten ihm wortlos.

-

Nach einem langen und heißen Tag waren die Krieger müde und erschöpft. Der große Geist hatte ihr Glück bei der Jagd nicht beseelt und so hatten die vier gegen Abend, hungrig und frustriert, den Rückweg in Richtung des Flusses angetreten. Ihr Weg führte an der Farm des weißen Siedlers Robinson Jones vorbei, der dort mit seiner Frau und seiner erst fünfzehnjährigen Adoptivtochter Clara lebte. Nicht weit davon entfernt, mit ein und demselben, aus groben Holzlatten errichteten Zaun umgeben, stand ein weiteres Wohnhaus mit zugehörigen Scheunen und Stallungen für die Tiere. Innerhalb des eingezäunten Grundstücks liefen Hühner umher.

Die vier jungen Krieger machten sich nicht einmal die Mühe ihre Anwesenheit zu verbergen, schließlich führten sie nichts Böses im Schilde. Die Tatsache, dass sie sich außerhalb der Reservationsgrenze befanden, stellte keinen allzu großen Verstoß gegen die von der Regierung auferlegten Regeln und Gesetze dar.

Was sollten die Weißen schon tun?

»Der weiße Mann lebt in Überfluss auf dem Land, das den Dakota gehört«, sagte einer der Krieger erbost, blieb stehen und griff mit der Hand unter den Zaunlatten hindurch, um sich an den dort liegenden Hühnereiern zu bedienen.

»Du tust Unrecht«, wurde er sofort von Sungigidan gescholten.

»Die Eier gehören dir nicht. Es sind die Hühner des Siedlers, die sie gelegt haben. Sie gehören ihm. Geh und frag, ob du sie haben kannst.«

»Der Siedler wird sterben, wenn er es wagt aus seinem Haus zu treten und versucht Nagiwicakte aufzuhalten!«

»Killing Ghost muss vernünftig sein und die Eier zurücklegen«, mischte sich nun Pazoiyopa, der jüngste unter ihnen ein.

»Ihr seid Feiglinge!«, spottete Nagiwicakte. »Ihr habt den Mut dieser bleichgesichtigen Weiber, die sich in ihren Häusern verstecken.«

Wütend warf er die Eier zu Boden.

»Es ist nicht schwer seinen Mut zu beweisen«, erwiderte Sungigidan, tief in seiner Ehre gekränkt und betrat das Grundstück.

»Ich werde den weißen Siedler töten. Dann wirst du sehen, dass Sungigidan kein Feigling ist.«

Mit diesen Worten betrat er das Grundstück und ging direkt auf das große geöffnete Tor der Scheune zu, aus dem deutlich die Geräusche eines arbeitenden Mannes zu vernehmen waren.

-

Erst vor ein wenig mehr als zwei Jahren war Robinson Jones mit seiner Frau, seinem neunzehnjährigen Stiefsohn Howard und seiner damals dreizehnjährigen Tochter Clara in das Gebiet am Minnesota River gekommen, um sich dort niederzulassen und eine Farm sein Eigen zu nennen.

Zusammen mit seinem Bruder Jakob hatte er sein ganzes Leben lang davon geträumt, dem Stadtleben den Rücken zu kehren und weit draußen in der Wildnis ein neues Leben zu beginnen. Sie hatten »einen Plan«, wie sie es genannt hatten, den sie niemals aus den Augen verlieren durften.

Als sich die Brüder vor Jahren von ihren Eltern in Brighton, England verabschiedet hatten, war jedem klar gewesen, dass es sich um einen Abschied für immer handeln würde. Sie waren nach New York gekommen, hatten den Rest ihres ersparten Geldes schnell aufgebraucht und waren gezwungen gewesen, jede noch so schlecht bezahlte Hilfsarbeit anzunehmen, die sich ihnen geboten hatte.

In den Wochen und Monaten, in denen es nur einem von ihnen nicht gelungen war Arbeit zu finden, hatten sie auf vorher geschaffene Reserven zurückgreifen müssen und so hatten sie es über Jahre nicht geschafft, einen nennenswerten Geldbetrag anzusparen. Immer wieder waren sie vor dem Nichts gestanden. Langsam war der Traum von einer eigenen, gemeinsamen Farm im westlichen Territorium der Vereinigten Staaten von Amerika in immer weitere Ferne gerückt.

Robinson war erst dreiundzwanzig Jahre alt gewesen, als sie England verlassen hatten, sein Bruder drei Jahre älter.

Nach fünf Jahren des gemeinsamen Versuchens in New York Fuß zu fassen, hatten sich ihre Wege schließlich getrennt. Jakob hatte die Stadt verlassen und war wie vom Erdboden verschluckt gewesen.

Roby, wie er von seinen Freunden und Kollegen genannt wurde, hatte bald darauf eine feste Anstellung an den Piers des New Yorker Hafens gefunden und zwei Jahre später die aus Irland stammende Ann Baker kennengelernt. Ann, zwei Jahre älter als er selbst, war bereits verwitwet und hatte einen zwölfjährigen Sohn, Howard. Sie hatten sich auf Anhieb verliebt und bereits ein Jahr später geheiratet.

Anns Vater war ein Mann des Mittelstandes gewesen, der in New York ein kleines, gut gehendes Hotel mit einem kleinen Restaurant betrieb, in dem Robinson schließlich über mehrere Jahre beschäftigt gewesen war, nachdem er seine Arbeit am Hafen gekündigt hatte.

Ein Jahr nach ihrer Hochzeit, Ann hatte vergeblich gehofft noch einmal schwanger zu werden, adoptierten sie die elfjährige Clara.

Mary Wilson war eine gute Freundin von Ann gewesen, als sie Opfer eines brutalen Raubüberfalls in den Gassen von New York geworden und dabei ums Leben gekommen war. Clara hatte ihren Vater nicht gekannt, denn dieser hatte ihre Mutter bereits kurz nach ihrer Geburt verlassen und war nie wieder zu ihr zurückgekehrt.

Für Ann und Robinson war es keine Frage gewesen, das Mädchen bei sich aufzunehmen und so waren sie durch diesen Schicksalsschlag plötzlich zu viert gewesen. Eine kleine Familie.

Ein weiteres Jahr darauf war Anns Vater nach kurzer, schwerer Krankheit verstorben.

Ihre Mutter hatte sich nicht davon abbringen lassen, ihren gesamten Besitz zu verkaufen, um nach Irland zurückzukehren und so waren sie plötzlich, wie aus dem Nichts, mit einer stattlichen Summe Geld ausgestattet gewesen.

Nachdem Ann den Traum ihres Mannes kannte und sich mit der

Idee einer eigenen Farm schon des Öfteren auseinandergesetzt hatte, setzten sie den Plan bald darauf in die Tat um.

Sie hatten New York den Rücken gekehrt und waren schließlich hier in Minnesota sesshaft geworden, hatten günstig Land erworben und mit dem Bau des Wohnhauses begonnen.

Die Anstellung des Farmgehilfen Rupert Grey, den sie auf ihrer Reise nach Westen in Chicago angeworben hatten und der etwa so alt war wie Roby selbst, hatte sich als echter Glücksgriff erwiesen. Schnell war eine Scheune entstanden, eine erstmal provisorisch gezimmerte Stallung und ein kleiner Gemüsegarten, den Ann hegte und pflegte.

Rupert war bald zu einem echten Freund der Familie Jones geworden.

Auch die mittlerweile dreizehnjährige Clara hatte tatkräftig Hand angelegt und entwickelte sich, sehr zur Freude ihrer Eltern, zu einer eigenständigen Persönlichkeit.

Howard, der bei ihrer Ankunft in Minnesota stolze neunzehn Jahre alt war, verliebte sich schnell in ein hübsches Mädchen namens Melanie aus dem nahegelegenen Ort Forest City. Bald war Hochzeit gefeiert worden und bereits im ersten Jahr ihrer Ehe mit Howard, hatte ihm Melanie einen Sohn geschenkt. Ein weiteres Wohnhaus war errichtet worden, unweit der Familie Jones.

Anns Sohn war zu einem tüchtigen Farmer geworden und der Erfolg gab ihm Recht. So lebten und arbeiteten die beiden Familien in dem gemeinsamen Interesse, für sich und ihre Nachkommen in diesem herrlichen, mit Fruchtbarkeit gesegneten Land, eine neue Zukunft aufzubauen.

Auch wenn die Ernten der letzten beiden Jahre nicht so üppig ausgefallen waren wie in den Zeiten davor, gab es keinen Grund sich zu beklagen. Neben dem Farmbetrieb bot ihre kleine Ansiedlung eine willkommene Rast und Unterkunft für Reisende, Neuankömmlinge oder Siedler, die weiterzogen, um immer tiefer in das sich unendlich ausbreitende Land vorzudringen. Außerdem wurde ihre kleine Gemeinschaft zugleich als Poststation genutzt und war eine gute Möglichkeit, Vorräte aufzufüllen. Robinson Jones war Postmeister und Händler in einer Person. Der einzige Wehmutstropfen, der

Roby ständig verfolgte, war die Trennung von seinem Bruder.

Nichts wünschte er sich mehr, als dass sein Bruder seine in New York deponierte Nachricht erhalten und ihnen nachfolgen würde.

Das Blatt hatte sich zu ihren Gunsten gewendet und das Glück hatte ihnen ermöglicht, ihren Traum zu verwirklichen. Sein Bruder würde ihm immer willkommen sein.

Rupert, der Gehilfe, hatte die Farm, wie er es formuliert hatte: »Nur vorübergehend verlassen«. Er hatte sich zum Minnesota Freiwilligen Kontingent gemeldet und war bereits vor Wochen mit seiner Einheit zuerst nach Fort Snelling und dann weiter in den Süden aufgebrochen.

Außer Ann, Clara und Howard mit seiner Familie, waren die vor ein paar Tagen aus Wisconsin angekommenen Websters zu Gast, die sich ebenfalls im westlichen Minnesota niederlassen wollten. Mit einem Planwagen waren sie auf dem Weg, sich ihren eigenen Traum zu verwirklichen. Es waren nette Leute und wie Robinson mit einem kurzen Blick in Richtung des zweiten, neu errichteten Hauses feststellte, gerade dabei sich mit Ann und Howard zu einem Plausch im Schatten der Bäume zu begeben.

›In Ordnung‹, dachte er bei sich, ›schließlich ist es der Tag des Herrn. Ich werd mich bald zu ihnen gesellen.‹

Weil er sich einbildete, draußen ein Geräusch gehört zu haben, stellte Robinson die Harke zur Seite und warf einen Blick aus dem großen Tor der Scheune.

Instinktiv griff er nach seinem Gewehr, als er die Scheune verließ, seinen verschwitzen Hut aufsetzte und dem Indianer, der das Grundstück bereits betreten hatte, entschlossen entgegenschritt.

Im Hintergrund nahm er drei weitere Gestalten wahr, die sich noch auf der anderen Seite des Zaunes befanden und sich den Gebäuden offenbar bewusst nicht näherten.

Mit freundlicher Stimme rief er ihnen zu: »Wir grüßen Euch!«

-

In diesem Moment trat der weiße Siedler mit einem Gewehr in den Händen aus der, dem Wohnhaus gegenüberliegenden Scheune und kam schnellen, entschlossenen Schrittes auf Sungigidan zu.

Pazoiyopariss und Kaomdeiyeyedan, die immer noch betreten am Zaun standen, wurde es etwas mulmig.

»Wir grüßen Euch!«

Mit diesen Worten ging der Weiße, dessen Name den Indianern als »Jones« bekannt war, auf Sungigidan zu und fragte, was sie auf seiner Farm suchten und was sie wollten.

Nagiwicakte war der erste von ihnen, der reagierte und nun ebenfalls das Grundstück des Weißen betrat. Schließlich folgten auch die beiden anderen.

Ohne das geringste Anzeichen einer Aggression war Sungigidan dabei, sich mit Jones zu unterhalten.

Als die drei Indianer näherkamen, sprachen die beiden Männer von der Jagd. Sungigidan erklärte, dass es ihnen nicht gelungen war ihre Jagd erfolgreich zu beenden und fragte den Weißen nach Alkohol.

»Etwas zu trinken werdet ihr von mir nicht bekommen«, sagte Jones.

»Aber ich kann euch Wasser und etwas zu essen anbieten.«

»Kennt der weiße Mann den Grund, warum Brown Wing und seine Gefährten auf ihrem Land kein Wild mehr erlegen können?«, fragte Sungigidan.

»Nein, den kenn ich nicht«, antwortete Jones knapp. »Vielleicht sollten die Dakota besser zielen üben.«

Unverkennbar stieg Wut in Nagiwicakte auf und er trat einen Schritt nach vorne.

Mit einer für Jones unmöglich erkennbaren Handbewegung, gab Sungigidan seinem Mitstreiter aber zu verstehen, nichts zu überstürzen.

»Der weiße Mann denkt ein besserer Schütze zu sein? So soll er seinen Worten Taten folgen lassen. Ist er bereit für einen Wettkampf?«

»Ein Zielschießen?«, konstatierte Robinson. »Warum nicht? Folgt mir.«

Die vier Indianer folgten dem Siedler in Richtung des zweiten Wohnhauses, wo vier weitere Weiße, zwei Frauen und zwei Männer im Schatten eines großen Baumes saßen und aus unerfindlichen Gründen auch nichts anderes taten als zu *sitzen*.

›Wir werden diese Leute niemals verstehen‹, dachte Pazoiyopa bei sich.

Als sie sich der Gruppe der Weißen näherten, fiel ihm der entsetzte Blick einer der Frauen auf. Sie erhob sich sogleich und ging davon, in Richtung des Wohnhauses. Schnell verschwand sie um die Ecke. Er hatte Angst und Erschrockenheit in ihren Augen lesen können, als sie sich der Gruppe, zusammen mit dem Siedler Jones, genähert hatten. Stolz flackerte auf in seinem Herzen. So sollte es sein! Von seinen Feinden gefürchtet!

»Wir werden ein kleines Wettschießen veranstalten«, gab Jones bekannt. »Es geht um die Ehre!«, dabei zwinkerte er dem jungen Howard zu, der sich auf der Stelle erhob und nach seinem am Baum lehnenden Gewehr griff.

»Lasst uns ein paar Schritte in Richtung des Wäldchens machen«, sagte Jones, »wir wollen ja niemanden verletzen.«

Am Rande des eingezäunten Grundstücks angekommen, etwa hundert Schritte von den Wohngebäuden entfernt, wurde eine Markierung in den Stamm einer mächtigen Eiche geschnitten, welche als Ziel dienen sollte.

»Möchten Sie ihr Glück ebenfalls versuchen, Mr. Webster?«, fragte Jones den anderen Weißen, der bereits im fortgeschrittenen Alter war.

»Nein, mein Lieber«, antwortete der belustigt. »Das überlasse ich gerne Ihnen. Nichts für ungut.«

»Howard? Du zuerst oder ich?«

Jones schien sich seiner Sache sehr sicher.

»Aber nein ...«, unterbrach er sich selbst, noch bevor Howard überhaupt eine Gelegenheit zum Antworten gehabt hatte. »Entschuldigt bitte mein Benehmen«, spöttelte er, »natürlich haben die *Häuptlinge* die Ehre des ersten Schusses. Also?«

Nach kurzem Zögern war es Kaomdeiyeyedan, von den Weißen »Breaking Up« genannt, der als erster vortrat, anlegte und den ersten

Schuss abgab.

Deutlich verfehlte er sein Ziel, als die Kugel mehr als dreißig Zentimeter unterhalb der Markierung einschlug.

»Häuptling?«, ließ Jones nun Sungigidan wiederum den Vortritt.

Sungigidan legte an, nahm sich Zeit für die Erfassung des Ziels und traf etwas seitlich der Markierung.

»Toller Schuss!«, meinte Howard.

»Jetzt einer von uns«, legte Robinson fest.

»Du oder ich, Howard?«

Howard trat vor. »Ich versuch's.«

Wieder knallte ein Schuss durch die Luft.

-

Beim ersten lauten Knall des Gewehrs war Clara völlig erschrocken von ihrem Stuhl aufgesprungen und zum Fenster gelaufen.

›Was ist da los?‹

Am unteren Ende des Grundstücks standen mehrere Personen, die ihr aber allesamt den Rücken zudrehten. Sie erkannte das Kleid ihrer Mutter, aber standen da nicht ... ja, standen dort nicht Indianer?

Entsetzt schlug sie die Hände vors Gesicht.

Wieder ein Schuss!

Jetzt erkannte sie auch Robinson, der ebenfalls ein Gewehr trug und in die ihr entgegengesetzte Richtung blickte.

Keine Anzeichen für Gewalt. Nichts, das darauf hindeuten würde, dass sich ihre Eltern und die Indianer feindlich gegenüberstanden.

Sie beruhigte sich.

Aber was um alles in der Welt ging dort vor sich?

Dieser Mr. Webster war auch anwesend. Von seiner Frau allerdings keine Spur.

Und Howard!

Ihr Herz machte unwillkürlich einen Sprung.

Clara mochte Howard sehr. Er war stets mehr als ein Bruder für sie gewesen. Niemals würde er erfahren, wie sehr sie ihn mochte und dass sie ihn für den bestaussehendsten Mann der ganzen Welt hielt.

Als er vor knapp über einem Jahr Melanie geheiratet hatte, war ihr zum Sterben zumute gewesen. Deshalb hatte sie sich bei der Hochzeitsfeier auch sehr bald mit angeblichen Kopfschmerzen zurückgezogen. Sie war zu ihrem geheimen Versteck in dem kleinen Wäldchen gelaufen, hatte sich auf den Boden gelegt und den ganzen Nachmittag geweint.

Die Fürsorge und Liebe, die ihr von Ann entgegengebracht wurde, obwohl sie nicht einmal ihre richtige Mutter war, hatte sie aber schnell wieder auf den richtigen Weg gebracht. Sie würde Howard immer lieben. Aber sie wollte auch das Beste für ihn. Er war jetzt verheiratet und hatte eine Familie. Ja, er war jetzt Vater!

Nicht so ein Mistkerl, der nur seinen Spaß haben wollte, um dann auf nimmer Wiedersehen zu verschwinden.

Clara hasste ihren eigenen Vater, ohne ihn zu kennen.

Sie ging hinüber an das andere Fenster, um eine bessere Sicht auf das Geschehen zu haben und sah, wie Howard kurz in ihre Richtung blickte, sich umdrehte, anlegte und ebenfalls einen Schuss abfeuerte.

Gleichzeitig mit dem Schuss schien ihr Herz für einen Moment auszusetzen.

Das Mädchen beschloss, sich schnellstmöglich umzuziehen und zu der kleinen Gruppe zu stoßen, die dort am Waldrand offensichtlich ein Wettschießen veranstaltete.

Das adrette Sonntagskleid schien ihr für den Abend nicht mehr angemessen. Es sollte etwas sein, das ein wenig mehr … Aufmerksamkeit auf sich zog.

›Howards Aufmerksamkeit‹, gestand sie sich mit einem Lächeln ein.

-

Entsetzen hatte Betsey Webster erfasst, als sie Jones mit diesen Wilden auf sich zukommen sah. Wie konnte er sie nur so leichtsinnig in Gefahr bringen.

Das waren doch keine Menschen!

Niemand konnte von ihr erwarten, dass sie sich der Gewalt dieser Kreaturen aussetzte. Und Viranus, ihr Gatte, der war anscheinend völlig von Sinnen. Sie war aufgesprungen und hatte den Versammlungsort verlassen, war einmal um das Haus herumgelaufen und hatte dann um die hintere Häuserecke gespäht, um herauszubekommen, was diese Leute im Schilde führten und warum Jones sie so leichtfertig mit ihnen in Berührung brachte. Sie hatte den genauen Wortlaut aus der Entfernung nicht verstehen können, hatte aber Worte wie »Wette«, »Ehre« und vor allem »Schießen« vernommen.

Konnte es sein, dass Jones allen Ernstes ein Wettschießen mit diesen Wilden veranstalten wollte?

Nein, das konnte nicht sein. Das durfte nicht sein!

Schnell hatte sie ihren Posten an der Hauswand verlassen und war zurück zu ihrem Planwagen gelaufen, der seitlich der Scheune im Schatten abgestellt war.

Sie kletterte gerade ins Innere des Wagens, als der erste Schuss fiel.

Mit einem leisen Schrei ließ sie sich zu Boden fallen und stieß sich das Knie. Instinktiv nahm sie ihre rechte Hand vor den Mund, gerade so, als wolle sie verhindern, dass ihr ein weiterer Ton entfuhr.

Hatten sie den langen, entbehrungsreichen Weg in dieses unwirtliche Land wirklich nur auf sich genommen, um hier von diesen zwielichtigen Gestalten massakriert zu werden?

Die Angst jagte ihr einen weiteren Schauer über den Rücken, als der zweite Schuss fiel.

Wimmernd ließ sie sich vornüber auf einen der mit Stroh gefüllten Getreidesäcke fallen.

Vorbei! Es musste bald vorbei sein!

›Reiß dich zusammen, Betsey! Reiß dich zusammen!‹

»Herr, gib, dass es bald vorüber ist!«

-

Als der dritte Schuss von Howard abgegeben worden war, nahm zuerst der eine, dann der andere Indianer das Ziel ins Visier. Weitere zwei Schüsse zerrissen die Luft.

In der Tat war es Robinson, der mit seinem Schuss der Zielmarkierung eindeutig am nächsten lag. Ein breites Grinsen stand ihm im Gesicht, als er sagte: »Das müssen die ehrenwerten Häuptlinge sich schon eingestehen. Der weiße Mann hat die besseren Schützen.«

Die vier jungen Krieger luden gerade ihre Gewehre nach, als Howard sich einmischte und freudig tönte: »Wir haben gewonnen. Keine Frage.«

Sungigidan und Nagiwicakte tauschten einen flüchtigen Blick, sahen zu Pazoiyopa und Kaomdeiyeyedan hinüber, die instinktiv verstanden.

Die Siedler hatten ihre Gewehre nicht nachgeladen!

Überraschenderweise war es der junge Pazoiyopa, der, wie aus dem Nichts, den ersten Schuss abgab. Er hob sein Gewehr und schoss Robinson Jones direkt in die Brust.

Sofort krachten drei weitere Schüsse.

Der Mann, den Jones als »Webster« bezeichnet hatte, erlitt einen Bauchschuss aus nächster Nähe, taumelte zwei Schritte nach hinten und fiel ebenfalls zu Boden.

Sungigidan zielte auf die Frau und traf sie ebenfalls in die Brust. Ohne einen Laut von sich zu geben, stürzte die Frau von Jones auf den Boden neben ihren Mann. Ihre Augen waren starr und geöffnet, als sie auf dem Rücken liegen blieb und ihr Kopf leicht zur Seite kippte.

Blut sammelte sich in ihrem Mundwinkel und tropfte auf den sandigen Boden.

Der junge Howard wurde von Nagiwicakte am Hals getroffen. Die Kugel hatte seine Schlagader zerfetzt. Blutüberströmt lag er mit dem Gesicht nach unten auf der Erde und bewegte sich nicht mehr.

Wie gehetzt blickten sich die vier jungen Krieger der Dakota in die Augen, überrascht von ihrer eigenen Courage. Nagiwicakte grinste, fing dann an zu lachen und begann, sein Gewehr erneut nachzuladen. Nur mit einer Handbewegung deutete er seinen Mitstreitern an, es ihm gleich zu tun.

In gebückter Haltung, wie im Kampf, liefen die vier Indianer jetzt in Richtung des Wohnhauses, in dem sich weitere Weiße befinden mussten. Die junge Frau des getöteten Bleichgesichts, der von den Indianern nur »Baker« genannt wurde und dessen Kind mussten sich noch im Haus befinden.

Heute war der Tag, an dem sie ihren Mut beweisen würden.

Keiner ihrer Feinde sollte diesen Tag überleben.

-

Melanie war, genau wie Clara, bereits von den ersten Schüssen alarmiert worden. Sie hatte zuerst den großen Kessel vom Feuer nehmen müssen, hatte dann den kleinen Jonathan vom Boden aufgehoben und war mit ihm vors Haus getreten, um nach dem Rechten zu sehen.

Drei Schüsse waren in einigermaßen großen Abständen abgefeuert worden, wodurch sie die Möglichkeit eines Kampfes bereits ausgeschlossen hatte. Jedenfalls hoffte und betete sie, dass alles in Ordnung sei. Gerade als sie das Haus mit Jon auf der Schulter verließ, fiel ein weiterer, vierter Schuss. Kurz darauf ein fünfter.

Sie sah aus einiger Entfernung, wie Howard auf Robinson zuging und ihm auf die Schulter klopfte. Aber da waren mehr Leute.

Ann, dieser Webster und ... Indianer!

Der Schreck fuhr ihr durch den gesamten Körper und ließ ihre Knie weich werden. Ihr Herzschlag fing an zu rasen. Aus einem unerfindlichen Grund spürte sie die aufkommende Aggression, die wie ein sich anbahnendes Gewitter über sie und ihre Liebsten hereinzubrechen drohte.

Sie hatte bereits Tränen in den Augen, als nach einem kurzen Moment ein weiterer Schuss abgegeben wurde und sie mit ansehen musste, wie Robinson, offensichtlich getroffen, zu Boden stürzte.

Weitere Schüsse zerrissen die Stille des Abends.

Von Panik erfasst lief sie zurück ins Haus. Schnell legte sie den kleinen Jon auf das große Schafsfell am Boden, packte hastig mit beiden Händen einen Stuhl, um an das über der Tür angebrachte Gewehr zu gelangen. Sie riss es förmlich aus seiner Verankerung, sprang vom Stuhl und rannte in die Mitte des Raumes, wo eine Luke den Zugang zu einem kleinen, für Vorräte angelegten Kellerraum markierte. Mit einem schnellen, geübten Griff öffnete sie die Luke, warf das Gewehr nach unten in die Dunkelheit, nahm den kleinen Jonathan auf den Arm und stieg auf der kleinen, engen Treppe hinab.

Unten angekommen, legte sie Jon auf die harte, staubige Erde, stieg die unter ihrem Gewicht knarrenden Holzstufen noch einmal bis zur Hälfte hinauf, fasste die Luke an der oberen Kante und ließ sie mit einem Schwung wieder zurück in ihren Rahmen auf den Fußboden krachen.

Der kleine Jon schien das Ganze für ein neues, abwechslungsreiches Spiel zu halten, dass sich seine Mama für ihn hatte einfallen lassen. Während der ganzen Aktion hatte er keinen einzigen Ton von sich gegeben.

Der kleine Spalt zwischen den groben Planken des Fußbodens über ihnen genügte, um einen schwachen Lichtstrahl der Abendsonne zu ihnen zu senden.

Jetzt, in den Armen seiner Mutter, blickte er ihr ins Gesicht und bedankte sich mit einem süßen Lächeln, wie es nur die Unschuld eines Kindes hervorbringen kann. Niemals würde Melanie das Lächeln des kleinen Jonathan vergessen, welches in diesem Moment der Verzweiflung alle Hoffnung der Welt in sich trug.

Schritte, die aufs Haus zukamen!

Die Haustür, die aufgestoßen wurde.

Poltern.

Ein umgestoßener Stuhl, die Lehne, die krachend über ihren Köpfen auf den Boden schlug und zerbarst.

Stimmen.

Eine Sprache, die Melanie nicht verstand.

Wieder Schritte, die sich allerdings wieder in Richtung Hauseingang zu bewegen schienen.

Stille.

Melanie zitterte am ganzen Leib. Nein, sie würde ihr Versteck vorerst nicht verlassen. Vielleicht ... auch nie mehr ...

-

Clara hatte die weiteren Schüsse vernommen und sich gewundert, dass diese so schnell aufeinander erfolgt waren. Die Männer am Ende des Grundstücks schienen ihren Spaß zu haben. Das Wettschießen hatte sie offenbar völlig in ihren Bann gezogen.

Endlich hatte sie ihre Haare noch einmal gebürstet und war bereit. Nach dieser letzten Gewehrsalve war Ruhe eingekehrt.

›Sie werden den Wettstreit doch hoffentlich noch nicht beendet haben?‹

Gut gelaunt, mit einem Lied auf den Lippen, verließ sie das Haus der Jones.

Kaum hatte sie den Weg in Richtung des Schießplatzes eingenommen, nahm sie von hinten ein Geräusch wahr. Schnelle Schritte kamen auf sie zu. Sie drehte sich um und erblickte gerade noch einen Indianer, der sein Gewehr hob und ihr in den Bauch schoss.

Sie taumelte ein paar Schritte rückwärts, stand dem Wilden aber immer noch aufrecht gegenüber. Weitere Indianer näherten sich aus der Richtung des anderen Wohnhauses.

Ungläubig sah sie auf die blutende Wunde hinab und wie das Blut zwischen den Fingern ihrer rechten Hand, die sie reflexartig auf ihren Bauch gesenkt hatte, hindurch sprudelte.

Der zweite Schuss traf sie an der Schulter und schleuderte sie mit aller Gewalt zu Boden.

Einen Augenblick später war Clara tot.

-

Schon als sie die vier schnell aufeinander folgenden Gewehrschüsse vernommen hatte, war Betsey in Tränen ausgebrochen.

Eine innere Stimme sagte ihr, dass es kein Ehepaar Mr. und Mrs. Webster mehr gab.

Keine Zukunft. Erloschene Träume.

Die Unvorsichtigkeit Robinsons hatte sie zur Witwe werden lassen.

Diese Wilden hatten Blut gewollt und es sich genommen.

Würden sie jetzt Jagd auf sie machen?

Wimmernd lag sie auf dem Boden des Wagens und versuchte sich bestmöglich zu verstecken. Voller Panik riss sie an den Decken, die auf dem Kutschbock lagen und zog sie über sich. Sie zerrte an den Säcken über ihr, bis sie schließlich auf sie herabfielen und sie mit ihrem ganzen Gewicht, in der Mitte des Wagens, regelrecht unter sich begruben.

Die Koffer!

Auch die Koffer brachte sie zum Umsturz. Sie landeten ebenfalls mit einem lauten Rumpeln, völlig ungeordnet im hinteren Teil und bedeckten ihre Beine.

Sie wagte kaum zu atmen, riskierte keinen Blick nach draußen.

Überleben oder sterben.

Nach einigen Minuten, in denen sie keinerlei ungewöhnliche Geräusche vernommen hatte, fiel ein weiterer Schuss, dann kurz darauf noch einer.

›Oh Herr! Diese Kreaturen sind immer noch da! Hilf mir Jesus, bitte hilf ...‹

Am ganzen Leibe zitternd verharrte Betsey über eine Stunde in ihrem Versteck, bis das Schreien eines kleinen Kindes ihr zu Bewusstsein brachte, dass die Gefahr vorüber sein musste.

Der kleine Jonathan und seine Mutter mussten das Massaker ebenfalls überlebt haben. Vorsichtig befreite sie sich von der Last, die sie über ihrem Körper aufgehäuft hatte und blickte nach draußen.

Mit tränenüberströmtem Gesicht saß Melanie, den Rücken an die Wand ihres Hauses gelehnt, auf der Erde und hielt ihren kleinen Sohn in den Armen.

Der Kleine schrie aus Leibeskräften, während seine Mutter mit leerem Blick in die Ferne starrte.

Betsey stieg vom Wagen, schritt langsam auf Melanie zu, kniete zu ihr nieder und umarmte sie.

Weinend ließen die beiden Frauen ihrer Trauer freien Lauf.

-

Als die Krieger der Dakota schließlich aus ihrem Blutrausch erwachten, waren fünf weiße Siedler tot. Tief in ihrem Inneren wussten die vier, dass sich nun alles verändern würde.

Schnell liefen sie an der Leiche des jungen Mädchens vorüber und verschwanden in der Richtung, aus der sie gekommen waren.

Angst vermischte sich mit Stolz. Unsicherheit mit Mut.

Schweigend kehrten sie in das Gebiet der Reservation zurück.

Es war spät in der Nacht, als Anna durch den aufkommenden Tumult im Lager geweckt wurde. Schnell warf sie sich eine Decke über die Schultern und verließ ihr Zelt. Überall waren Menschen an die Feuer getreten, gestikulierten wild, sprachen aufgeregt durcheinander, fielen sich in die Arme oder ließen sich wie geschockt zu Boden sinken und schüttelten ungläubig den Kopf. Einige junge Krieger liefen mit Kriegsgeheul in Richtung des Flusses, während Anna nur dastand und beobachtete.

Was war nur geschehen?

Eine größere Gruppe Krieger näherte sich dem Zelt, das Annas Zuhause geworden war, angeführt von Dark Cloud, der nun schnellen Schrittes auf sie zukam.

»Schlechte Nachrichten, meine Schwester. Vier junge Krieger haben eine Farm an der Biegung des Flusses überfallen und fünf weiße Siedler getötet. Drei Männer, zwei Frauen.«

Anna war geschockt, denn sie wusste, was dies zu bedeuten hatte und faltete spontan die Hände vor ihrem Mund. Die Armee würde einen entsetzlichen Vergeltungsschlag gegen die Santee führen. Sie würden bestimmt nicht auf Erklärungen oder Entschuldigungen der Indianer warten oder Rücksicht nehmen. An eine Auszahlung der Annuitäten war nun nicht mehr zu denken. Niemals würde ihnen die Regierung jetzt auch nur einen einzigen Cent des versprochenen, längst überfälligen Geldes auszahlen. Der Mord an den Siedlern hatte zu einer völlig veränderten Situation geführt und die meisten der jungen Männer im Stamm waren offensichtlich für Krieg gegen die Weißen.

Sie zogen lachend, in eindeutigen Posen des Kampfes durch die Siedlung, tanzten um die Feuer, hier und da löste sich ein Schuss, der die Stille der Nacht zerriss.

Dark Cloud ging direkt auf Anna zu und fasste sanft ihre Hände.

»Es wird Krieg geben, Anna. Es ist beschlossen.«

Anna sah in seine Augen und nickte stumm.

Dark Cloud nahm sie in seine starken Arme und hielt sie für einen Moment fest an seinem Körper.

Geborgenheit.

Anna hatte ihren Kopf an seine Brust gelegt und vernahm seinen

Herzschlag, als er fortfuhr: »Meine weiße Schwester wird eine Entscheidung treffen müssen, denn der Kampf wird gegen ihr eigenes Volk geführt werden.«

Anna löste sich energisch aus der Umarmung und blickte ihrem Freund direkt in die Augen.

»Es gibt nichts zu entscheiden. Und es gibt auch kein Volk, zu dem ich mich zugehörig fühle. Wenn ihr sagt, ich soll gehen, dann werde ich gehen. Aber der Kampf der Santee wird immer auch der meine sein, denn hier ist mein Zuhause. Das Volk der Dakota ist zu meinem Schicksal geworden in dem Moment, als du mir das Leben gerettet hast. Ich weiß, dass du es genauso spüren kannst wie ich.«

Ihr indianischer Freund schien genau zu wissen, wovon Anna sprach und unterbrach sie mit keinem Wort, keiner Geste, sondern suchte weiter die Verbindung ihrer Augen. »Vielleicht hatte die Bestimmung meinen Tod in den ehemaligen Jagdgründen deines Volkes vorgesehen. Vielleicht wäre es besser gewesen, ich wäre dort gestorben. Jetzt aber gehört mein Herz hierher.«

Es folgte ein langer Moment des Schweigens.

Dark Cloud und Anna standen sich gegenüber und hielten sich die Hände, während sich die Menschen um sie herum immer mehr in den Sog und den Taumel des bevorstehenden Krieges begaben.

»Du musst nicht gehen«, sagte Dark Cloud schließlich. »Du bist ebenso zu meiner Familie geworden, denn es besteht ein Band zwischen uns. Die Geister haben Dark Cloud noch nicht gesagt, wohin unser Weg uns führen wird. Aber der Tag der Erkenntnis wird kommen. Lass uns zu den Feuern gehen. Ich werde dir berichten, was die Häuptlinge beschlossen haben.«

Wie Anna erfuhr, war Dark Cloud bei den Beratungen zugegen gewesen. Nun berichtete er ihr, wie sich Little Crow strikt gegen einen kriegerischen Akt gegenüber den Weißen ausgesprochen hatte, da er dies für ein sinnloses Unterfangen hielt. Zu groß sei die Übermacht, gegen die sie in den Kampf ziehen müssten, hatte er betont.

Er habe sie gesehen, die Städte der Weißen im Osten.

Little Crow war ein weiser Mann und sah, ebenso wie Anna selbst, in einem Krieg gegen die Soldaten den Untergang seines Volkes voraus.

»Die weißen Männer sind wie Heuschrecken, wenn sie so dicht fliegen, dass der ganze Himmel ein Schneesturm ist. Tötet einen, zwei, zehn ... und zehn mal zehn werden kommen, um euch zu töten.«

Doch die Krieger wollten nicht lockerlassen und hatten immer heftiger auf ihren Häuptling eingeredet.

Als Little Crow von einem der anderen Häuptlinge Feigheit vorgeworfen worden war, hatte sich dieser schließlich dem Anliegen der Krieger gebeugt.

Tief in seiner Ehre gekränkt, hatte er die Worte gesprochen: »Ihr seid wie kleine Kinder – ihr seid Dummköpfe. Ihr werdet sterben wie die Hasen, wenn die hungrigen Wölfe sie jagen. Taoyateduta ist kein Feigling. Er wird mit euch sterben.«

Während einige der jungen Krieger noch in derselben Nacht loszogen, um sich das Blut der Weißen zu holen, Farmen überfielen und marodierend durch das Minnesota-Tal zogen, war der Angriff auf die Untere Agentur für den nächsten Morgen beschlossen worden.

Auch wenn sich nicht alle Häuptlinge sofort dem Kampf anschließen wollten, unschlüssig waren und Zeit für ihre Entscheidung benötigten, so hatte Little Crow doch den größten Teil der Krieger hinter sich.

Es wurden Boten ausgeschickt, um die wenigen Siedler zu warnen, die sich zu Recht Freunde der Santee nennen konnten. Ihnen sollte kein Leid geschehen.

Es war der 18. August des Jahres 1862, an dem der Aufstand der Santee Sioux in Minnesota seinen Anfang nahm.

Wie sich herausstellen sollte, hatte Andrew Jackson Myrick sein eigenes Todesurteil unterschrieben, als er den stolzen Kriegern der Dakota seine Demütigungen entgegengeschleudert hatte.

Er war eines der ersten Opfer, als der Angriff am frühen Morgen begann und eine Gruppe Santeekrieger unter der Führung Little Crows persönlich Jagd auf ihn machte.

Während die ersten Gebäude der Agentur in Flammen aufgingen, die Menschen in Todesangst versuchten, die Flucht zu ergreifen, niedergeschossen, erstochen und erschlagen wurden, versuchte Myrick sich mit einem Sprung aus der Dachluke seines Warenhauses in Sicherheit zu bringen. Aber er war nicht weit gekommen.

Als ihn die Indianer entdeckten, wie er humpelnd versuchte in Richtung Unterholz zu verschwinden, spickten sie seinen Rücken mit Pfeilen.

Anschließend stopften sie der Leiche mehrere Büschel Gras in den Mund.

»Soll er doch selber Gras fressen!«

Zwanzig weiße Männer ließen am frühen Morgen und im Laufe des Vormittags ihr Leben. Zehn Frauen und Kinder wurden gefangen genommen und fast fünfzig Seelen gelangten, nur durch die Hilfe befreundeter Santee, unbeschadet nach dem etwa zwölf Meilen entfernten Fort Ridgely.

****

Untere Agentur, Reservat der Santee Dakota,
Minnesota, 18. August 1862

Schon von Weitem waren die hohen Rauchsäulen zu sehen gewesen, die von Unheil, Kampf und Tod kündeten. Wie Gesandte des Schreckens verdunkelten sie den Himmel und wiesen auf den Ort des Geschehens: die Untere Agentur des Indianerreservats am Minnesota River. Wie dicke Nebelschwaden hatte sich der Rauch in den angrenzenden Waldgebieten der Agentur festgesetzt, durchzog das Unterholz und verbreitete den Geruch des Verderbens. Immer noch waren vereinzelt Schüsse, Kriegsgeheul und Schreie der Menschen zu hören, die sich, dem Tode geweiht, verzweifelt zur Wehr setzten, um Gnade flehten oder versuchten in panischer Todesangst die Flucht zu ergreifen.

Als Anna aus dem Dickicht des Waldes heraustrat, hetzten zwei Krieger der Dakota einem jungen Burschen hinterher, der weinend, wie ein Hase im Zickzack laufend, versuchte seinen Verfolgern zu entkommen. Er strauchelte, krabbelte auf allen Vieren die Böschung hinauf, rutschte wieder nach unten ...

In seinem verzweifelten Überlebenskampf rief er nach seinem Vater.

»Dad, verdammt, Dad. Helft mir! So helft mir doch.«

Er richtete sich auf und sah einen kurzen Moment zu Anna herüber.

Todesangst stand in seinen Augen.

Als die Lanze von hinten seinen schmalen Körper durchbohrte, so dass die scharf geschliffene, blutverschmierte Spitze weit aus seinem Brustkorb herausragte, fiel er zu Boden, spuckte Blut, robbte noch kurz über die mit Gras bewachsene Erde am Ufer des Flusses und blieb mit offenen, toten Augen liegen.

Kurz blieb sie stehen und starrte dem toten Jungen ins Gesicht.

Obwohl der junge Mann wohl in ihrem Alter gewesen sein musste, war Anna nicht im Stande, ein Gefühl ehrlichen Mitleids für diesen Burschen zu empfinden. Sie war mittlerweile so tief mit den Dakota verbunden, hatte so konsequent die Brücken zu ihrem früheren Dasein abgebrochen, dass der Hass fast völlig die Oberhand gewonnen hatte.

Nein, sie war keine Weiße mehr. Zumindest nicht im Vergleich mit diesen Kreaturen, die sich das Land der Dakota einverleibt, die Menschen misshandelt, ausgebeutet und schließlich weggesperrt hatten. Die, rücksichtslos und von grenzenloser Habgier getrieben, ganze Völker vernichtet hatten. Sollten sie bezahlen! Jetzt und hier!

Selbst wenn sie die Aussichtslosigkeit des Kampfes nicht verleugnen konnte, musste sie dem Volk ihres einzigen Freundes jetzt und für immer beistehen.

Außerdem - auch sie selbst hatte sich ihrem eigenen, bevorstehenden Kampf zu stellen. Bald würde die Zeit der Vergeltung anbrechen.

Als sie schließlich das Areal im Inneren der Agentur betrat, bot sich ihr ein Anblick des Schreckens und der Verwüstung.

Bis auf wenige Gebäude, in denen die Krieger der Dakota wohl noch Vorräte, Waffen oder andere nützliche Gegenstände vermuteten, war alles den Flammen zum Opfer gefallen. Überall auf dem Gelände lagen die Körper der getöteten weißen Siedler, der Händler und Agenturangestellten. Viele Männer hatten ihr Leben lassen müssen für den Verrat an den Dakota.

Anna schluckte schwer.

Noch niemals zuvor hatte sie so viele tote Menschen gesehen.

Die Frage nach Schuld und Unschuld hämmerte in ihrem Kopf.

Sie war nicht bereit, sich mit dieser Entscheidung auseinanderzusetzen und rief sich in Gedanken immer wieder das Bild der Gräueltaten dieser Menschen in Erinnerung. Vor ihren Augen sah sie die hungernden Kinder der Santee, das Sterben der ganz Jungen und Alten im Reservat, die nur noch Haut und Knochen gewesen waren, als ihnen die Kraft vollends aus den Körpern gewichen war. Die enttäuschten Gesichter der Menschen, durch die vielen nicht eingehaltenen Versprechen und Demütigungen. Und sie sah ihren eigenen Vater, welcher der Willkür und dem sadistischen Treiben dieser Leute zum Opfer gefallen war.

Entschlossen setzte sie ihren Weg fort und überquerte die staubige Straße, die zwischen den brennenden Häusern der Agentur hindurchführte.

Auf der anderen Straßenseite waren fünf junge Krieger der Sioux dabei, eine große Scheune in Brand zu stecken, als aus deren Inneren ein Schuss fiel. Einer der Indianer sackte in sich zusammen, woraufhin die restlichen vier mit Angst einflößendem Geheul in die Scheune eindrangen. Ein weiterer Schuss fiel, das Dach der Scheune brannte bereits lichterloh. Nun schleiften sie einen der Händler aus der Scheune. Der Mann versuchte sich zu wehren und schlug wild mit den Armen um sich. In festem Griff beförderten die Indianer den Gefangenen auf die seitlich gelegene Wiese neben dem Gebäude und warfen ihn zu Boden.

»Nein. Bitte ...«, rief der Mann. »Ich ... ich war immer ein Freund der Indianer. So hört doch ...«

Doch sein Flehen war vergebens.

Wie auf Kommando zogen die vier Indianer ihre Tomahawks und schlugen unbarmherzig, wie besessen, auf Arme und Beine des vor Schmerz und Angst Schreienden ein. Die Gnade eines schnellen Todes sollte dem Mann verwehrt bleiben. Die linke Hand des Händlers wurde abgetrennt, Blut ergoss sich aus allen Wunden und färbte das Gras dunkel.

Die Krieger ließen von ihm ab, traten ein paar Schritte zurück und zwei von ihnen setzten sich mit verschränkten Beinen auf den Boden.

Sie wollten ihrem Feind beim Sterben zusehen.

Anna wandte ihren Blick auf das nahegelegene Warenhaus.

Es war offensichtlich, dass die Krieger dieses Gebäude bewusst verschont hatten. Sie beschleunigte ihre Schritte und begann zu laufen, die blutige Szenerie hinter sich lassend. Sogleich hatte sie die Stufen erreicht, die auf die Veranda des Eingangsbereichs des Warenhauses hinaufführten und betrat das Innere des Ladens.

Auch hier hatten die Krieger gewütet. Der Laden war geplündert und nach allem Brauchbaren durchsucht worden. Dabei waren einige der Regale umgeworfen worden. Viel war zu Bruch gegangen. Einiges, was den Indianern als nutzlos erschienen war, war achtlos auf den Boden geworfen worden. In erster Linie waren die Krieger der Dakota auf der Suche nach Waffen, Munition und natürlich Nahrungsmitteln gewesen. Um die anderen Dinge wie Stoffe, Töpfe, Pfannen, Kleidungsstücke, Werkzeuge und dergleichen, würde sich der Stamm kümmern, wenn die Kämpfe beendet waren und sich die Untere Agentur fest in den Händen der Indianer befinden würde. Dass Anna, als einzige Frau, das Gelände der Agentur noch während der Kämpfe oder zumindest am Ende des Überfalls betreten hatte und von den Kriegern geduldet wurde, war, wie sie wusste, einzig der Tatsache geschuldet, dass ihr diese besondere Verbindung zu Dark Cloud einen gewissen Sonderstatus verschaffte. Sie verstand die Zusammenhänge nicht, aber es wurde gesagt, sie sei als »heilige Frau« zu den Dakota gekommen. Außerdem hatte sie bereits einen Weißen getötet, der ihr gegenüber kräftemäßig weit im Vorteil gewesen war.

Anna sah sich im Inneren des zerstörten Ladengeschäftes um.

Auf dem Boden verstreut lagen viele Dinge, welche für die Indianer von Bedeutung sein würden, aber auch etliches, das sie niemals auch nur anrühren würden. Es war genau diese Art von Dingen, nach denen Anna nun bewusst Ausschau hielt. Sie wusste, nach was sie suchte.

Umständlich musste sie sich einen Weg durch das Chaos und die Unordnung bahnen, über umgeworfene Möbelstücke klettern und mit Bedacht einen Fuß vor den anderen setzen, um nicht das Gleichgewicht zu verlieren. Schließlich sah sie unter einem umgestürzten Schrank ein größeres, verziertes Stück Stoff, das eindeutig auf ein Kleidungsstück schließen ließ, welches von der Machart war, das sie suchte: ein Kleid einer weißen Siedlerfrau, so wie es eine Indianerin niemals tragen würde.

Anna zerrte an dem Stück Stoff, in der Hoffnung, der schwere Schrank würde das Gefundene nicht mit aller Gewalt unter seiner Last festhalten wollen. Tatsächlich gelang es ihr, das Kleid unter dem Schrank hervorzuziehen. Sie hielt das Kleidungsstück vor ihren dünnen, ausgemergelten Körper. Selbst wenn sie besser genährt gewesen wäre, das Kleid war einige Nummern zu groß. Sie suchte weiter, denn wenn der Laden auch Kleidung für weiße Frauen führte, dann bestand die begründete Hoffnung, dass es hier nicht nur dieses eine Frauenkleid gab. Tatsächlich wurde Anna fündig, als sie über die Rückwand des Schrankes kletterte und auf der anderen Seite wieder festen Boden unter die Füße bekam. Drei oder vier Frauenkleider lagen achtlos weggeworfen auf dem Boden. Anna nahm sich ihrer an, fand einen großen Sack und stopfte zwei der Kleider hinein, nachdem sie vorher Form und Größe abgeschätzt und für einigermaßen passend eingeschätzt hatte.

Schuhe! Beinahe hätte sie es übersehen: Sie brauchte Schuhe.

Hatte sie nicht unter einem der Regale ein Paar Stiefel liegen sehen? Da konnten doch auch welche für Frauen oder Kinder mit dabei sein. Zurück über den umgeworfenen Schrank und hin zu den Regalen.

Sie kam sich wie eine Schatzsucherin vor, inmitten einer Piratenhöhle. Alles, was sie finden sollte, würde ihr gehören.

Mit einiger Anstrengung hob sie das massive Regal nach oben, bis es mit einem Krachen zurück an die Rückwand des Raumes polterte.

Zumindest einigermaßen stand es nun wieder an seiner ursprünglichen Position, wie die Spuren an den Wänden zeigten. Unten auf dem Boden lag eine größere Anzahl an unterschiedlichen Schuhen und Stiefeln. Schnell traf Anna eine Auswahl aus zwei verschiedenen Paar Stiefeln und einem sogar sehr elegant aussehenden Paar Schuhen, wie es wohl zu besonderen Anlässen getragen wurde. Was sie aussuchte, musste unbedingt wenigstens einigermaßen ihrer Schuhgröße entsprechen, denn an Schuhen würde sie keine großen oder grundlegenden Änderungen vornehmen können. Zu den eleganten Schuhen würde auch eines der Kleider passen, das sich bereits in ihrem Sack befand. Anna hatte eine genaue Vorstellung, wie sie mit den Stoffen und Materialien umzugehen hatte, um die Kleidungsstücke ihrer eigenen Körpergröße und Form anzupassen.

Etwas Entscheidendes aber fehlte noch, um ihre Fertigkeiten unter Beweis stellen und die Kleidungsstücke entsprechend abändern zu können: Nähzeug und Schere!

Im vorderen Bereich des Ladens waren handwerkliche Gerätschaften und Werkzeuge auf dem Boden verstreut gelegen. Tatsächlich fand Anna nach einer Weile genau das, wonach sie gesucht hatte. Eine große Schere, Nadel und Garne, sogar in verschiedenen Stärken und Farben.

Als sie ihre Beute in dem Sack verstaut hatte, vernahm sie ein Geräusch aus dem hinteren Teil des Raums, wo die Ladentheke stand.

Mit den Absätzen schwerer Stiefel wurde gegen Holz getreten. Das Splittern der Bretter war deutlich zu vernehmen, als plötzlich ein Mann vor ihr auftauchte, der sich offensichtlich in einem der Schränke unter dem Verkaufstisch versteckt haben musste. Sein langer Bart war blutverkrustet. Aus einer Platzwunde an seinem Kopf lief immer noch Blut über sein Gesicht. In der einen Hand hatte er ein großes Jagdmesser, in der anderen einen Revolver, den er nun auf Anna gerichtet hielt.

›Eine Squaw‹, hörte sie ihn sagen, ohne die geringste Bewegung seiner Lippen festzustellen.

Der Mann musste um die vierzig Jahre alt sein, wie Anna schätzte. Er atmete schwer und blinzelte, als ihm das Blut von der Stirn in die Augen lief.

›Der Drecksau zieh ich das Fell über die Ohren‹, war der nächste Satz, den Anna aus den Gedanken des Mannes vernahm. Es war Deutsch, wie Anna entsetzt feststellte. Starr vor Schreck stand sie wie angewurzelt da und wagte nicht, sich zu bewegen.

Bei den Worten, die Anna wie aus einer anderen Welt erreichten, hob er sein Messer und tat einen Schritt auf sie zu. Schwankend und unsicheren Schrittes stieg er über das Gerümpel am Boden, hielt gleichzeitig aber immer noch den Revolver auf ihren Kopf gerichtet.

Er stolperte, fiel mit einem Knie in eine der leeren Schubladen, deren Boden unter seinem Gewicht krachend zersplitterte, zog sich aber wieder hoch und kam auf sie zu. Anna stand ganz still.

Sie war sich völlig sicher, dass dieser Mann dem Tode geweiht war. Die Frage, die sich stellte, war, was er vorher noch mit ihr anstellen würde.

Sie wagte nicht zu antworten oder auch nur einen Laut von sich zu geben. Ihr Gegner war verletzt und schien wie von Sinnen. Ein falsches Wort konnte ihren Untergang bedeuten. Er kam näher, sah sie an und ließ dabei unaufhörlich die Klinge des großen Messers in der Luft kreisen. Immer wieder deutete er Messerstiche in ihre Richtung an. Instinktiv trat Anna einen Schritt nach hinten, blieb mit ihrem Fuß an etwas hängen und fiel mit samt ihrem Gepäck rücklings auf den Haufen mit leeren Kisten und Gerümpel.

Wie ein gehetztes Tier in der Falle stolperte der Mann nun zu einem der kleinen Fenster. Hektisch wechselte sein Blick von Anna nach draußen und wieder zurück zu ihr.

›Erst sehen, was die Wilden machen! Ah, verdammt, mein Bein‹, jetzt erst bemerkte Anna die Schusswunde an seinem linken Oberschenkel.

›Ich werd sie aufschlitzen, diese verdammte Squaw und ihre Eingeweide zum Trocknen aufhängen ... Wenn diese roten Teufel endlich verschwunden sind ...‹

»Mach ja keine Zicken«, sprach er sie nun in englischer Sprache an. »Wenn du mich überhaupt verstehst, du rote Hure.«

Anna sagte nichts.

Sie sah sich im Halbdunkel des Raums nach etwas um, das ihr als Waffe dienen konnte. Eine Pfanne vielleicht! Aber gegen einen Revolver und ein Jagdmesser?

›Scheint keiner mehr da zu sein, verdammt‹, unterbrachen die Gedanken des Mannes ihre Suche.

›Jetzt ist sie dran. Verdammt, und wenn's das Letzte ist, was ich tu. Die dreckige Squaw muss dran glauben.‹

Ohne Anna dabei aus den Augen zu lassen, wechselte er hastig von Fenster zu Fenster, versicherte sich, dass draußen niemand mehr zu sehen und keiner in der Nähe war. Unaufhörlich zeigte der Lauf des Revolvers in ihre Richtung. Er würde sofort schießen, wenn sie sich rühren oder Anstalten machen würde, sich zu erheben, dessen war sich Anna sicher. Dann drehte er sich zu ihr um und steckte langsam, wie bedächtig, seinen Revolver in den an seinem Bein befestigten Halfter.

Plötzlich sprang er, sich allerdings nur auf einem Bein bewegend, auf sie zu, packte sie brutal an ihren langen Haaren, riss ihren Kopf nach oben und versetzte ihr einen harten Faustschlag ins Gesicht.

Ein entsetzlicher Schmerz durchzuckte Annas Körper. Sie fiel erneut nach hinten und landete auf den harten Brettern des Fußbodens.

Es war so ziemlich die einzige Stelle des Raums, die nicht mit Waren und Gerümpel übersäht war, direkt vor den Fenstern. Genau da wollte sie ihr Widersacher offensichtlich auch haben.

Völlig benommen lag sie da, Blut tropfte aus ihrer Nase. Ein lautes, schrilles Pfeifen war alles, was sie vernahm. Unaufhaltsam breitete es sich in ihrem Kopf aus und ließ alle Geräusche der Umgebung darin verschwinden.

Überleben!

Es würde jetzt nur noch darum gehen, zu überleben. Der Weiße, der an ihr Rache nehmen wollte, war zum Sterben verurteilt, daran bestand für Anna nicht der geringste Zweifel. Ihre Erfahrung sagte ihr auch, dass dies in den nächsten Momenten geschehen musste. Der Fluch, der in ihrem Inneren wohnte, hatte ihr das Sterben eines anderen Menschen noch niemals mit längerer Voraussicht zu Bewusstsein gebracht. Aber konnte sie sich darauf verlassen?

Es würde auch nichts an ihrer Lage ändern. Sie musste jetzt etwas unternehmen. Jetzt sofort!

Trotz des übermächtigen Schwindelgefühls versuchte sie ihre Gedanken weiter zu ordnen. Aus den Augenwinkeln heraus nahm Anna wahr, wie ihr Peiniger an den Fenstern wieder und wieder nach etwaigen Angreifern Ausschau hielt.

Sie musste einen Gegenstand erreichen, der es ihr ermöglichen würde, sich zur Wehr zu setzen. Irgendetwas!

So versuchte sie zunächst, sich nach oben zu stemmen und auf die Knie zu kommen.

Sogleich war der Mann aber wieder zur Stelle und packte sie erneut mit festem Griff an den Haaren. Diesmal schlug er nicht zu, sondern schleifte sie über das Gerümpel hinweg durch den Raum, zu einem der umgestürzten Tische, auf denen vorher wohl, fein säuberlich sortiert, die Waren gelegen haben mussten, welche nun über den ganzen Boden verstreut lagen.

Er stöhnte. Sein Bein hatte durch die Anstrengung wieder stark zu bluten begonnen. Mit einer Hand hob er nun den Tisch an, während er sein Opfer mit der anderen zu Boden zerrte. Der Tisch landete krachend auf seinen vier Beinen und stand nun fest auf dem hölzernen Boden.

Anna erkannte, dass auch das Messer wieder in den dafür vorgesehenen Halfter an seinem Gürtel verschwunden war.

Das Messer! Würde es ihr gelingen, das Messer zu erreichen?

Den Revolver würde sie niemals schnell genug herausziehen können, aber das Messer könnte eine Überlebenschance bedeuten.

Grob fasste er nach, als Anna versuchte ihren Kopf ein wenig zu drehen, um seinem Griff zu entfliehen.

Er schleuderte ihren Kopf mit derartiger Wucht nach hinten, dass sie befürchtete, es könne ihr das Genick brechen. Anna durchfuhr abermals ein fürchterlicher Schmerz, als er sie brutal wieder nach oben zerrte und ihr dabei ein ganzes Büschel Haare ausgerissen wurde. Der Weiße aber behielt sie weiterhin fest im Griff.

Ihr wurde immer schwindliger. Übelkeit bemächtigte sich ihrer und sie befürchtete, sich übergeben zu müssen. Sie war nicht mehr in der Lage sich angemessen zu verteidigen. Ihr Körper war dabei, ihr den Gehorsam zu verweigern. Alle Kraft wich aus ihren Muskeln.

Sie wäre nicht einmal mehr im Stande, alleine aufzustehen.

An den Armen wurde sie hoch gezerrt und bäuchlings auf den Tisch geworfen. Wie ein erlegtes Tier, schoss es ihr durch den Kopf.

Schon spürte sie, wie sich ein Seil um ihre Handgelenke legte und tief in ihr Fleisch schnitt, als ihr dieser hasserfüllte, weiße Händler die Hände auf den Rücken fesselte.

Brutal zog er das Seil, viel zu fest, zu einem schmerzenden Knoten zusammen. Anna stöhnte unwillkürlich auf. Sie war verloren.

Ein heftiger Würgereiz überkam sie und sie erbrach das Wenige, das sie am Morgen zu sich genommen hatte, auf die Tischplatte.

»Du Drecksau!«, schrie der Mann.

Ein gewaltiger Schlag, der sie zwischen die Schulterblätter traf, nahm ihr den Atem. Der Schmerz drang durch ihren Körper bis in jede Faser und in jede Zelle ihres Bewusstseins. Sie hatte keine Möglichkeit mehr sich zu bewegen. Auch als sie versuchte zu sprechen, den Mann in deutscher Sprache von ihrer Unschuld zu überzeugen, kamen nur konfuse, unverständliche Laute aus ihrem Mund.

Sie konnte nicht einmal um Gnade flehen.

Was nun mit ihr geschah, nahm sie wie aus weiter Entfernung wahr.

Sie wurde auf den Rücken gedreht, lag nun mit einem Hohlkreuz auf ihren gefesselten, schmerzenden Händen auf dem Tisch.

Noch war sie bei Bewusstsein.

Langsam öffnete sie die Augen und blickte in das Gesicht dieses alten, zornigen Mannes, sah seinen blutverkrusteten Bart, die rot unterlaufenen Augen und das Jagdmesser, das er nun wieder in der Hand hielt.

Angst!

»Jetzt wirst du bezahlen für das, was ihr uns angetan habt«, sagte er mit weinerlicher Stimme.

Mit voller Kraft stieß er das Messer direkt neben ihren Kopf in die Tischplatte. Er zerrte ihren Körper an den Kniegelenken über den Tisch, so dass ihre Beine über den Rand des Tisches nach unten baumelten. Dann beugte er sich nach unten und fasste ihre Fußgelenke, die er nun ebenfalls mit einem Strick, rechts und links an die Tischbeine band.

Sie war nun völlig hilflos. Ganz dem Treiben dieses Wahnsinnigen ausgeliefert.

»Haste schon mal zugesehen, wie einem Tier das Fell abgezogen wird? Kein schöner Anblick«, nuschelte er ihr ins Ohr. »Nur sind die

Viecher tot, wenn man das tut. Das wirst du nicht sein. Und dreimal darfst du raten, wo ich mein Messer als Erstes ansetzen werde.«

Blankes Entsetzen stand in Annas weit aufgerissen Augen geschrieben, als ihr ein schmutziges Tuch als Knebel in den Mund geschoben wurde. Ihre geschwollene Nase, das trockene Blut darin machten es ihr fast unmöglich zu atmen. Tränen liefen ihr über das Gesicht. Sie starrte nach oben an die Decke des dunklen Raumes und ergab sich ihrem Schicksal. Es würde das Ende ihres Weges sein, der seit langem schon mit Schmerzen gepflastert gewesen war. Es war niemand da, der ihr jetzt noch zu Hilfe kommen konnte. Die Geräusche des Kampfes waren lange verklungen, die Krieger der Dakota mit Sicherheit bereits abgezogen. Nur sie und dieser weiße, hässliche Mann waren noch hier. Sie, weil sie die Möglichkeit ergreifen wollte, an der Beute der Sioux teilzuhaben, er, weil es ihm erfolgreich gelungen war, den Kriegern der Dakota zu entkommen und sich zu verstecken, bis der Überfall vorüber gewesen war.

So lag sie nun auf einem Tisch und erwartete ihr qualvolles Ende.

Schon war der Mann wieder über ihr.

Pure Rachsucht sprach aus seinen Augen. Wut und Mordlust spiegelten sich in dem Blau seiner Augen, als er in die ihren blickte.

Ein kurzes Zögern. Er wirkte irritiert. Ja, sie hatte ebenfalls tiefblaue, strahlende Augen, in denen sich nun Verzweiflung, Angst und Tränen zeigten. Er schüttelte den Kopf.

»Du wirst dran glauben, kleine Squaw. Und ich will, dass du mitbekommst, was ich mit dir mache. Pass gut auf!«

Mit einem lauten Schniefgeräusch wischte er sich mit dem Ärmel über Mund und Nase.

Schon spürte sie die Klinge an ihrem Hals und begann zu wimmern.

Er durchtrennte die Verschnürung ihres Kleides und fuhr vorsichtig mit der Schneide des Messers zwischen Haut und Leder, so, als wäre er ein Arzt und darauf bedacht sie nicht zu verletzen. Er schnitt weiter, bis das Messer zwischen ihren Brüsten angelangt war und sich ein langer Riss in ihrem Kleid gebildet hatte. Wieder stieß er das Messer in das Holz des Tisches, packte das Leder rechts und links an den Verschnürungen und riss das Kleid mit einem heftigen Ruck in

Fetzen.

Nun schien er völlig vor den Kopf gestoßen, als er Annas helle Haut und ihre weißen Brüste erblickte.

»Das gibt's doch nicht«, entfuhr es ihm, abermals in deutscher Sprache. In Englisch fuhr er fort: »Du bist eine Weiße. Verdammt!«

»Eine Wei ...«

Ein Schuss zerriss die Luft in dem kleinen Verkaufsraum des ehemaligen Warenhauses. Glas splitterte, als die Kugel die Scheibe des Fensters durchschlug und in die Brust des Mannes eindrang, der mit dem Messer über Annas gepeinigtem Körper stand und ihr die Haut in kleinen Stücken vom Körper lösen wollte.

In unnatürlicher Manier riss dieser die Augen auf und starrte ein letztes Mal auf Anna herab. Er hob das Messer in seiner rechten Hand, war aber nicht mehr in der Lage es festzuhalten. Die große Klinge fiel aus seiner Hand, wobei die Schneide beim Fallen eine Schnittwunde an Annas Arm hinterließ. Anna spürte den Schmerz nicht.

Ihr Widersacher stürzte vornüber und landete mit seinem ganzen Gewicht auf ihrem Unterleib. In seinem Todeskampf krallte er sich an den zerfetzten Resten ihres Kleides fest, riss seitlich an dem Leder, verlor den Halt und krachte zu Boden.

Anna liefen Tränen über die Wangen, immer noch hatte sie den Blick starr nach oben gerichtet.

Leere.

Nach einem viel zu langen Moment, in dem sie nur das schnelle Klopfen ihres eigenen Herzens wie den Donnerschlag eines tosenden Gewitters wahrnahm, erschien ein anderes, bekanntes Gesicht in ihrem Blickfeld. Dark Cloud hatte ihr abermals das Leben gerettet.

Und wieder war es ein Weißer gewesen, der ihr nach dem Leben getrachtet hatte. Unaufhaltsam erwuchs unerträglicher Hass in Annas Innerem. Diese Menschen hatten es nicht verdient, sich für die herrschende Rasse zu halten. Mit dem Überfall der Dakota hatten sie ihre gerechte Strafe erhalten. Man musste sie bekämpfen, töten und den Rest von ihnen aus dem Land der Santee vertreiben.

Wortlos löste ihr indianischer Freund den Knebel sowie die Fesseln an ihren Händen und Füßen. Er gab ihr zu trinken.

Anna erhob sich, fasste seine Hand und führte sie an ihre Wange.

Eine Geste der Dankbarkeit.

Fürchterliche Kopfschmerzen überlagerten die Auswirkungen der anderen Verletzungen an Leib und Seele, welche Anna angetan worden waren. Eine eisige Kälte, die direkt aus ihrem Herzen zu kommen schien, ließ sie erzittern.

Um ihren Oberkörper zu bedecken, legte sie sich eines der am Boden liegenden Männerhemden an und schwankte auf wackligen, unsicheren Beinen zur Tür und nach draußen ins Freie. Nicht aber ohne ihre Beute, die sie in dem Sack über ihrer Schulter mit sich führte.

Auf einem von den Siedlern erbeuteten Pferd verließ sie gemeinsam mit dem Indianer die Agentur. Oben auf dem Hügel angelangt zügelte und wendete Dark Cloud sein Pony.

»Der Kampf hat eben erst begonnen.«

****

Fort Ridgely, Minnesota, 18. August 1862

Die Ereignisse, die sich vor zwei Wochen an der Oberen Agentur abgespielt und zu einem friedlichen Abzug der Indianer geführt hatten, waren keineswegs nur auf positive Kritik gestoßen.

Nicht genug damit, dass sich Will dem Vorwurf der Befehlsanmaßung stellen musste, die Auslegung der Vorfälle hatten ihm bei vielen seiner Kameraden und innerhalb der Truppe einen zweifelhaften Ruhm beschert. Während einige durchaus auf seiner Seite standen, ihm auf die Schulter klopften und versicherten, er habe das einzig Richtige getan, brachte die Mehrheit der Männer wenig Verständnis für die Handlungsweise des diensthabenden Offiziers auf, der zu den Verhandlungen mit den Rothäuten regelrecht gedrängt worden war. Einige seiner eigenen Leute behaupteten sogar, Will hätte Sheehan manipuliert!

Außerdem warfen sie ihm vor, ein Indianerfreund zu sein, spuckten vor ihm auf den Boden oder suchten gar die körperliche Auseinandersetzung, in dem sie seinen Rang missachteten, sich ihm in den

Weg stellten oder ihm den militärischen Gruß verweigerten.

Will ließ sich nicht beirren. War er nicht in die Armee eingetreten, um gegen Unmenschlichkeit, Rassismus und Intoleranz zu kämpfen?

Was machte es für einen Unterschied, ob die Opfer der Ausbeutung schwarze Menschen waren oder Indianer? Es war immer das gleiche Prinzip. Schwierig zu begreifen, dass sich Amerika seit über einem Jahr in einem schrecklichen Bürgerkrieg befand, um für die Werte von Freiheit und Gerechtigkeit einzustehen. Der Norden hatte sich gegen die Fortführung der Sklaverei ausgesprochen. So viele tapfere Männer hatten für ihre Überzeugung ihr Leben gelassen. Aber fanden hier, auf den Territorien der Nordstaaten nicht genau dieselben Schandtaten statt? Warum wollte das niemand sehen?

Will hatte nach dem gehandelt, was ihm sein Gewissen befohlen hatte.

Was diesen Menschen hier angetan wurde, ging über Grausamkeit weit hinaus. Man hatte sie in eine Abhängigkeit hineinmanövriert, aus der es keinen Ausweg gab. Hunger hatte ihre Gesichter und Gestalten gezeichnet. Ihr Vertrauen war immer und immer wieder aufs schändlichste missbraucht und enttäuscht worden. Trotz der offenen Missachtung, welche ihm nun von den meisten Männern zuteilwurde, empfand er tief in seinem Inneren Stolz und Zufriedenheit. Die Tatsache, dass die Gelder für die Menschen im Reservat, wider Erwarten, vor zwei Tagen doch endlich eingetroffen waren, bestätigte, dass seine Handlungsweise die einzig richtige gewesen war. Nicht auszudenken, was passiert wäre, wären die Verhandlungen in der Agentur am Yellow Medicine nicht zu einem friedlichen Ergebnis gekommen.

Soweit Will in Erfahrung bringen konnte, war das Versprechen, die Indianer übergangsweise auch aus der Unteren Agentur am Redwood mit Lebensmitteln zu versorgen, wiederum nicht eingehalten worden. Wie ihm einige der indianischen Scouts berichteten, war es sogar zu einer schlimmen Demütigung der Häuptlinge und speziell Little Crows gekommen, worüber sich die Krieger im Dienste der US Armee köstlich zu amüsieren schienen.

»Gras sollen sie fressen«, war der immer wiederkehrende Satz, der zur allgemeinen Belustigung diente.

Will empfand tiefe Scham.

Aber nun waren die Gelder ja da. Alles würde gut werden.

Es war früh am Morgen, es musste so gegen neun Uhr sein, als ein Zivilist im wilden Galopp in Fort Ridgely eintraf. Die Art und Weise, die Gehetztheit und die unverkennbare Anspannung des Mannes, seine Körperhaltung und schließlich das in seinem Gesicht geschriebene Entsetzen, ließen in Will sofort die Alarmglocken klingen, als der Mann an ihm vorbeigeritten war. Er machte auf dem Absatz kehrt und folgte dem Reiter im Laufschritt zu den Offiziersunterkünften, wo augenblicklich ein regelrechter Tumult entstanden war.

Völlig außer sich berichtete der Mann, die Untere Agentur am Redwood sei von Indianern aufs Grausamste überfallen worden und viele der ansässigen Menschen hätten ihr Leben verloren.

»Fast die ganze Agentur brennt! Es ist ein richtiges Blutbad!«, berichtete er mit zitternder Stimme. »Ich hab mich versteckt, als sie in unser Haus eingedrungen sind. Was mit den anderen geschehen ist, das ... das weiß ich nicht. Ich ... ich ... hab die Stimme und die Schreie meiner Gudrun gehört, als sie sie hinausgezerrt haben. Mein Sohn ...«, ihm versagte die Stimme.

Nach einem Moment, in dem er nach Fassung rang, fuhr er fort: »Ich hab dann nach einer Weile mein Versteck verlassen und mich weggeschlichen. Diese Teufel waren gerade dabei alles in Brand zu stecken! Bevor sie zur Scheune kamen, hab ich mir den Gaul geschnappt und bin abgehauen. Warum sie mich nicht gesehen oder verfolgt haben, das weiß ich nicht. Wahrscheinlich hatte ich einfach nur Glück.« Er fiel vor dem Captain auf die Knie und flehte: »Ihr müsst meiner Frau und meinem Jungen zu Hilfe kommen, lasst sie nicht im Stich«, wieder versagte ihm die Stimme.

Captain Marsh war der Kommandeur in Fort Ridgely, der zu Wills Überraschung sofort reagierte und Befehl zum Aufbruch gab. Keiner konnte wissen, auf welche Übermacht des Gegners sie stoßen würden. Waren es nur ein paar marodierende Gruppen von Kriegern, die sich zusammengetan hatten oder war dieser Überfall der Beginn einer ganz anderen Art der Auseinandersetzung mit den Indianern? Im zweiten Fall würde der befohlene Hilfseinsatz für die

Agentur einem Selbstmord gleichkommen, der zudem das Fort selbst in größte Gefahr bringen würde. Unglücklicherweise waren am Tag zuvor erst zwei Kompanien zu je fünfzig Mann aus Fort Ridgely abgerückt, um die Unionstruppen im Kampf gegen die Rebellen zu verstärken. Unter ihnen die meisten Freiwillige. Männer und Burschen, die sich dem großen Kampf der Nordstaaten gegen den abtrünnigen Süden angeschlossen hatten und jetzt unwissentlich vor der Situation standen, dass ihre Familien, Freunde und Nachbarn von den Indianern der Reservation bedroht wurden. Gerade einmal um die achtzig Mann waren als Besatzung für Fort Ridgely zurückgeblieben, von denen sich nun über die Hälfte auf den Weg machen sollte, um einen, in Wills Augen, völlig sinnlosen Rettungsversuch der Unteren Agentur zu unternehmen. Noch war Will Offizier!

Er musste wenigstens versuchen, dem Captain seine Bedenken und Zweifel an diesem Einsatz kundzutun.

Er trat ein paar Schritte nach vorn und sprach den Captain, der gerade damit beschäftigt war seine Waffen anzulegen, von der Seite an.

»Sir, verzeihen Sie, aber ich halte das für einen Fehler.«

Der Captain sah ihn nicht einmal an, als er seinen Säbel zog, die Klinge prüfend gen Himmel richtete und in seiner rechten Hand ausbalancierte. »Sie schon wieder, Eaton. Als hätten Sie noch nicht genug angerichtet.«

»Sir? Ich ...«

»Maul halten, Lieutenant! Sie sind also allen Ernstes der Meinung, ich sollte diese braven Leute ihrem Schicksal überlassen? Frauen, Kinder ... was geht nur in Ihnen vor? Es sind Weiße, verdammt noch mal!«

»Sir, wenn ich sprechen darf ...? Natürlich müssen wir uns um eventuelle Überlebende kümmern ... ich meine nur, das Fort ...«

»... das Fort und seine Besatzung sind dafür da, die Menschen in diesem Land zu schützen, Lieutenant Eaton! Und genau das werde ich tun. Für Feiglinge ist da eben kein Platz.«

»Sir! ...«

»Sergeant Culver!«, rief der Captain und sofort trat Culver aus der hinteren Reihe, der in Alarmbereitschaft versetzten, zum Abmarsch bereiten Männer hervor.

»Zu Befehl, Sir!«

»Nehmen Sie Lieutenant Eaton unter Arrest. Er scheint sich mit seinen Indianerfreunden verbrüdern zu wollen. Über weitere Maßnahmen entscheide ich, wenn ich zurück bin.«

»Jawohl, Sir«, antwortete Culver knapp.

Will war wie vor den Kopf gestoßen. Einige Männer lachten und spuckten in seine Richtung.

»Second Lieutenant Gere, lassen Sie die Männer antreten, wir brechen auf. Sie übernehmen das Kommando, solange wir fort sind.«

In leiserem Tonfall fügte er noch hinzu: »Möge Gott mit uns sein.«

In schnellem Marschtempo verließ die Einheit das Fort.

Über vierzig Mann machten sich auf den Weg zur etwa zwölf Meilen entfernten Agentur am Redwood. Mit dabei, der Dolmetscher Quinn.

Nur etwas mehr als dreißig Soldaten, darunter Will, blieben unter dem Kommando von Lieutenant Thomas P. Gere in Fort Ridgely zurück.

Will konnte es nicht fassen. Zweifel kamen in ihm auf.

Hatte Marsh vielleicht doch Recht mit seiner Entscheidung? Waren Menschenleben zu retten? Konnte er sich in seiner Einschätzung getäuscht haben?

»Vorwärts Eaton!«, vernahm er die unsanft klingende Stimme von Culver. »Du weißt ja, wo die Arrestzelle ist. Hast ja schon einige deiner Freunde drin gesehen.«

Damit spielte Culver unverblümt auf die meist betrunkenen Indianer an, welche hin und wieder als Vorsichtsmaßnahme zum Ausnüchtern in die Zellen gesperrt wurden.

»Beweg dich!«

Mit diesen Worten rempelte er Will an und stieß ihn in Richtung des Gebäudekomplexes, in dem sich die Arrestzelle befand.

Schweigend ließ Will sich von den beiden Soldaten abführen.

Krachend fiel die schwere, aus Eisengittern bestehende Tür, hinter ihm ins Schloss, als er sich demonstrativ auf den harten Zellenboden im Schneidersitz niedergelassen hatte. Er musste nachdenken. Was hier mit ihm geschah, das war einfach nicht richtig. Die ganze Welt schien sich gegen ihn verschwören zu wollen. Er dachte an Margaret, die ihm schon seit längerer Zeit nicht mehr im Kopf herum gespukt hatte. Den Schmerz und den Verrat an ihrer Liebe hatte er bereits überwunden gehabt. Aber jetzt, in seiner Verzweiflung, kamen all diese Dinge wieder hoch. Die schöne Silvia. Die beiden Frauen, verzückt in ihrem Liebesspiel ... Er, der gehörnte Sohn eines reichen Zeitungsmannes. Was für eine lächerliche Figur er doch abgab!

Der Krieg, der im Süden des Landes tobte und so vielen jungen Männern das Leben kostete - für eine Überzeugung, wegen der auch er selbst in die Armee eingetreten war - eine Schande. Er wollte kämpfen gegen das Unrecht der Sklaverei. Aber nicht einmal das war ihm vergönnt gewesen. Das Schicksal hatte ihn hierher verschlagen. In eine Welt, in der Menschen ihr grausamstes Gesicht offenbarten. Frustration, Ohnmacht und Selbstmitleid begannen die Überhand zu gewinnen. Er ließ sich rückwärts, mit ausgestrecktem Körper auf den harten Lehmboden fallen und neigte den Kopf zur Seite, so dass man durch die Zellentür sein Gesicht nicht sehen konnte. Mit einem schweren Kloß im Hals starrte er die grobe Steinmauer an und überließ sich seinen Gedanken.

Jäh wurde er nach einer Weile aus seinem Halbschlaf gerissen, als laute Rufe und Geräusche in seine kleine Zelle drangen. Das Fort geriet abermals in Aufregung. Die Anspannung war instinktiv zu spüren. Will trat an das kleine, vergitterte Fenster der Außenwand, rieb sich die Augen und blickte auf den in der prallen Sonne liegenden Exerzierplatz des Forts, wo sich eine kleinere Ansammlung von Soldaten und Zivilisten um einen offensichtlich gerade angekommenen Planwagen versammelten. Es war eine logische Folge des Indianerüberfalls auf die Agentur, dass sich immer mehr Zivilisten in die vermeintlich sicheren Mauern der Gebäude in und um das Fort begeben würden. Immer noch war Will nicht klar, wie Gere mit seinen paar Männern einem Angriff der Dakota standhalten wollte, die, je nachdem wie sich die Situation tatsächlich darstellte, auch in einer Zahl von mehreren hundert, wenn nicht gar tausend Kriegern aufwarten konnten.

Sollten sich auch nur die ersten Anzeichen eines bevorstehenden Angriffs auf das Fort zeigen, war auch kaum anzunehmen, dass Gere ihn in seiner Zelle verbleiben lassen würde. Dann würde jeder Mann und jedes Gewehr gebraucht. Noch aber war nichts von einem möglichen Ansturm der Indianer zu erkennen. Möglicherweise war die Tat an der Redwood Agentur ja doch nur die Auswirkung von Hunger und Verzweiflung gewesen, welche einige, wenige Krieger zu diesem Überfall bewogen hatte. Vielleicht - nein: *Hoffentlich* würde es zu keinen weiteren Übergriffen der Dakota kommen.

Während Will den Tag in seiner Zelle verbrachte, trafen immer mehr Siedler aus den umliegenden Orten und Farmen in Fort Ridgely ein, um sich vor möglichen Angriffen der Indianer in Sicherheit zu bringen. Die Nacht brach herein. An Schlaf war nicht zu denken.

Zusammen mit den Gewehren der angekommenen Siedler waren es nun an die fünfzig Männer, welche die Nacht über Wache hielten, sich gegenseitig ablösten und einen bevorstehenden Angriff der Dakota erwarteten. Die Leute saßen zusammen mit den Soldaten an den Feuern, während Will eine immer stärker werdende Einsamkeit verspürte. Sie schnürte ihm regelrecht die Kehle zu.

Der nächste Vormittag brachte weitere Siedler und Flüchtlinge.

Was die Menschen allerdings zu berichten hatten, blieb Will verborgen, denn dafür war die Distanz zwischen dem Vorplatz und seinem Zellenfenster einfach zu groß.

Aber er sah immer wieder Tränen. Die Leute gestikulierten wild, schlugen die Hände vor ihre Gesichter und wurden von den Anwesenden in den Arm genommen. All dies ließ eine düstere Vorahnung in Will erwachen. Immer wieder stürzte er zu dem kleinen Fenster, wenn einer seiner Kameraden etwas näher an der Arrestzelle vorbeischritt. Er sprach ihn an, wollte wissen, was die Siedler erzählten, bekam aber keine Auskunft. Niemand redete mit ihm. Es war durchaus vorstellbar, dass Culver seinen Leuten verboten hatte, mit ihm, dem Gefangenen, zu sprechen.

Mittlerweile war die Mittagszeit angebrochen und die Sonne

brannte unbarmherzig auf die Dächer des Forts nieder. Kein Lüftchen wehte.

Will sah gerade wieder aus dem Zellenfenster, als er die Stimme eines Mannes vernahm, der außen an der Wand gelehnt im Schatten stand. Seinen Hut hatte er tief ins Gesicht gezogen, zwischen den Zähnen einen langen Grashalm, auf dem er unentwegt herumkaute. Will konnte ihn nur knapp, von der Seite sehen, erkannte aber, dass es sich um einen seiner Kameraden handelte.

James Blackwood, ein eher unangenehmer Zeitgenosse, der mit Wills Einmischung bei den Verhandlungen mit Little Crow mehr als nicht einverstanden gewesen war und Will ebenfalls einen »beschissenen Indianerfreund« genannt hatte. Jetzt sinnierte Blackwood über die Vorkommnisse und sprach seine Gedanken aus: »Würde mich interessieren, was Gere vorhat, sollten wir wirklich angegriffen werden, ... was nicht unwahrscheinlich ist, wenn man den Berichten der Leute Glauben schenkt.«

Will erwiderte nichts und ließ Blackwood fortfahren.

»Da greifen diese Rothäute doch tatsächlich das ganze Grenzland an. Es müssen schon weit mehr als hundert Weiße massakriert worden sein, wenn das alles stimmt. Die roten Teufel ziehen umher und töten die Männer. Dann schnappen sie sich jede weiße Frau, jedes Kind und bringen alle um, nachdem sie mit den Frauen wer weiß was angestellt haben.«

Will verstand den gelassenen Tonfall nicht, der in Blackwoods Stimme mitklang. Er tat wie unbeteiligt. Gerade so, als würden diese Dinge in einem weit entfernten Land geschehen und nicht hier, in unmittelbarer Umgebung.

»Weißt du, was ich glaube?«, fuhr der Soldat fort, »ich glaube, dass jemand wie du da ganz fein raus ist, wenn er in seiner Zelle sitzt und das Ganze nur beobachtet. Wahrscheinlich würdest du nicht mal schießen, wenn uns die Dreckschweine überfallen. Du bist ein solcher Feigling, Eaton.«

Mit einem Kopfschütteln trat Will zwei Schritte vom Fenster weg.

»Hörst du mich, du Schlappschwanz? Der Alte Grover - weiß Gott, wie ihm die Flucht gelungen ist - hat mitansehen müssen, wie seine junge Schwiegertochter von zwei dieser Teufel vergewaltigt und dann nackt mit den Pferden zu Tode geschleift worden ist. Angeblich hing ihr das Fleisch in Fetzen vom Körper! Aber dich lässt das bestimmt kalt. Hauptsache die Schweine haben was zu fressen!«

Der Monolog wurde unterbrochen, als ein lauter Alarmruf die Soldaten auf Gefechtsposition befahl.

Die drei sechspfündigen Haubitzen waren bereits am Vormittag in Position gebracht worden, um einem Angriff bestmöglich entgegenwirken zu können. Das ganze Fort war nun in wildem Aufruhr. Blackwood hatte nur noch ein knappes »Scheiße« von sich gegeben und war schnellen Schrittes in Richtung der provisorisch errichteten Barrikaden verschwunden. Nicht einmal dafür waren genügend Männer im Fort verblieben! Marsh hätte in jedem Fall zuerst das Fort absichern müssen, anstatt die dringend benötigten Männer auf eine ungewisse Mission zu schicken. Mit der Anzahl an Soldaten, die Gere jetzt noch zur Verfügung hatte, war an mehr als diese, auf die Schnelle errichteten Schutzmaßnahmen, nicht zu denken gewesen. Es waren so gut wie keine vernünftigen Verteidigungsanlagen vorhanden, da ein Angriff auf das Fort bis zu diesem Tag als unmöglich angesehen worden war. Niemals wäre jemand auf die Idee gekommen, dass sich das Fort einem Angriff von den im Reservat lebenden Indianern gegenübersehen würde. Jetzt war es zu spät. Zu wenige Männer. Zu wenig Material. Sie würden mit dem auskommen müssen, was ihnen zur Verfügung stand. Wagen, Möbel, Holzbretter und Balken, Fässer, Wagenräder ... alles an Gerümpel, was sich innerhalb des Forts befand und Schutz bieten konnte, war aufgehäuft worden.

Will sah nach draußen, wartete angespannt auf das, was nun folgen würde.

Entwarnung!

Wieder war es eine, diesmal aus fünfzehn bis zwanzig Menschen bestehende Gruppe von Siedlern aus der Umgebung, die sich aus größerer Entfernung dem Fort genähert hatte und damit einen längeren Zeitraum schwer zu identifizieren gewesen war. Alles in allem zeigte dieser Alarm aber die Angespanntheit, die Nervosität, welche die Gemüter zum Kochen brachte. Den Rest besorgte die Hitze.

Es wurde Abend.

Der malerische Sonnenuntergang tauchte das Fort in die schönsten Farben, was eine Atmosphäre von trügerischer Friedlichkeit schuf. Die Männer lagen hinten den Barrikaden, die Frauen brachten Essen und füllten die Wasserflaschen. Gewehrläufe wurden überprüft und gereinigt, Pistolen geladen und schussbereit neben den Männern abgelegt. Hier und da wurden die Säbel auf Hochglanz poliert und wieder zurück in die Scheiden gesteckt.

Will betrachtete die Szenerie hinter seinen Gitterstäben und es überkam ihn ein Gefühl von Ruhe und Melancholie.

Plötzlich hasteten mehrere Soldaten an seinem Zellenfenster vorbei und liefen in Richtung der Offiziersunterkünfte. Einen Moment später sah er Lieutenant Gere aus dem Gebäude treten, der seine Leute, wild mit den Armen gestikulierend, in Alarmbereitschaft versetzte.

Es schien loszugehen.

»Alarm!«, schrie einer der Privates und sofort machten sich die Männer gefechtsbereit, legten ihr Gewehre an und warteten auf weitere Befehle. Auch die Frauen reagierten sofort. Sie verließen ihre Männer, packten die Kinder, die sich eben noch ausgelassen auf dem Vorplatz getummelt hatten und verschwanden in den steinernen Gebäuden des Forts. Einen Moment lang kehrte eine geisterhafte Stille ein. Kein Wort war zu hören, kein Geräusch. Die Stimmung im Fort war zum Zerreißen gespannt.

Als dann eine viel zu lange Zeit nichts passierte, auch keine Anweisungen oder Befehle folgten, war die ansteigende Nervosität der Männer so spürbar, dass sie auch von Will Besitz ergriff. Seine Hände begannen zu schwitzen und er bemerkte, wie ihm die Knie weich wurden. Furcht!

Von Entsetzen gepackt taumelte er ein paar Schritte rückwärts, bis er mit dem Rücken an die unebene, raue Steinwand der Zelle stieß.

Mit einer schnellen Drehung ließ er sich auf das Gestell seiner Schlafstatt sinken. Wie ein Tier in der Falle lauschte er und bereitete sich instinktiv auf den bevorstehenden Todeskampf vor.

Dann aber, wie aus dem Nichts, schwappte die Stimmung der auf ihren Gefechtsposten verharrenden Männer, von Anspannung, Konzentration und ängstlicher Hilflosigkeit, plötzlich in tosendes Jubelgeschrei um, als einer der Aussichtsposten verlauten ließ: »Es sind unsere Leute, verdammt noch mal! Unsere Leute! Sie kommen zurück! Seht nur!«

Will sprang von seiner Pritsche auf und stolperte zu dem kleinen Fenster. Er hielt sich mit beiden Händen an den Gitterstäben fest und hüpfte vor Freude in seiner Zelle, in dem er wie beim Tanzen abwechselnd erst den einen, dann den anderen Fuß nach vorne reckte.

Freudestrahlend stieß er in den Jubel mit ein, als eine ganze Weile später die Einheit des freiwilligen Kontingentes unter Lieutenant Sheehan in das Fort zurückkehrte.

Der sofort nach dem Bekanntwerden des Überfalls auf die Agentur losgesandte Bote hatte Sheehan und seine Männer zu einer sofortigen Rückkehr bewogen. Ohne auch nur einen einzigen Schuss abgegeben zu haben, wurden die fünfzig Männer wie Helden gefeiert und Will trug die Begeisterung mit. Nie hätte er für möglich gehalten, dass Menschen in einer eben noch so aussichtslosen Situation in der Lage sein würden so ausgelassen zu feiern und sich ihres Lebens zu freuen.

Bis auf die Wachen, die auf ihrem Posten blieben, schienen alle Menschen zu tanzen, zu lachen und alles um sich herum vergessen zu wollen. Will sog diese Stimmung in sich auf.

Als sich die Feier dann spät am Abend aufzulösen begann und die Nacht ihren dunklen Schleier über das Land legte, fiel Will zunächst in einen tiefen Schlaf. Die Aufregungen und Erschöpfung forderten ihren Tribut.

Nach ein paar Stunden aber erwachte er abrupt, als sich erneut Schritte im Laufmarsch an seinem Zellenfenster vorüberbewegten.

Er fuhr hoch und hastete mit wild schlagendem Herzen zu dem vergitterten Fenster. Diesmal konnte er die Worte des Corporals hören, der mit zwei Männern direkt neben der Zellenluke stehen geblieben war und berichtete, dass Marsh mit seinen Leuten bei Redwood Ferry geschlagen worden war, als sie sich am Fluss zum Wasserholen begeben hatten und in einen Hinterhalt geraten waren.

Unter großen Verlusten hatten sie schließlich den Rückzug angetreten und den Fluss durchschwommen. Captain Marsh war in den Fluten angeblich ums Leben gekommen. Die beiden Privates Dunn und Hutchinson waren vorausgeschickt worden, während sich der

Rest der Überlebenden die Nacht über in ihrem Versteck aufhalten würde, um bei Tagesanbruch einen Fluchtversuch zu unternehmen.

Will hatte Recht behalten.

Und auch seine schlimmsten Befürchtungen hatten sich bewahrheitet: Die Dakota hatten einen Krieg begonnen.

Er schlurfte zurück und ließ sich auf seine Pritsche fallen. Sollten die Indianer unter Little Crow vorhaben das Fort anzugreifen, solange nicht mehr Verstärkung eingetroffen war, wären sie alle verloren. Selbst mit den fünfzig Mann, die unter Sheehan zurückgekehrt waren, konnten die Indianer zwanzigfach in der Überzahl sein, wenn es Little Crow oder einem der anderen Häuptlinge gelingen sollte, die Stämme zu vereinen.

Will machte sich auf einen langen und aussichtslosen Kampf gefasst.

Gegen Mitternacht aber wiederholte sich das unverhoffte Ereignis des Abends und ließ selbst bei Will unwillkürlich Hoffnung aufkeimen.

Auch die andere Einheit, die ebenfalls in einer Stärke von fünfzig Mann das Freiwilligenkontingent der Minnesota Infantry im Kampf gegen die Rebellen verstärken sollte, war von dem Boten erreicht worden und hatte sofort den Rückmarsch angetreten. Als sie ziemlich genau um Mitternacht in Fort Ridgely eintrafen, wurden auch sie mit Jubel und Freudentränen empfangen. Die Menschen schöpften neuen Mut und es mehrten sich die Stimmen derjenigen, die einen Angriff der Dakota nun doch eher für unwahrscheinlich hielten. Will, der immer wieder nur Gesprächsfetzen mitbekam, zog nun auch die Möglichkeit in Betracht, dass ihre Chancen durch die Verstärkung von nunmehr hundert Mann gar nicht mehr so schlecht standen. Schließlich verfügten sie über deutlich bessere Waffen. Allein die drei Haubitzen würden einen deutlichen Unterschied machen. Inständig hoffte er, dass es zu keinem Angriff der Dakota kommen würde.

Die Ausgelassenheit der Menschen konnte aber nicht darüber hinwegtäuschen, dass immer noch an die vierzehn Männer vermisst wurden. Alle im Fort beteten für eine gelingende Flucht der Soldaten, welche den Überfall der Dakota am Redwood Ferry überlebt hatten.

Der späte Vormittag des zwanzigsten August brachte schließlich die Erlösung. Die Gebete waren erhört worden.

Unter größten Anstrengungen und völliger Erschöpfung erreichten die Vermissten das Fort. Will hatte Tränen in den Augen, als sich die Männer vor Freude in die Arme fielen.

Sheehan hatte als dienstältester Offizier das Kommando von Gere übernommen, gab Anweisungen, formierte die Männer und tat alles, um sich bestmöglich auf den von ihm immer noch erwarteten Angriff vorzubereiten.

Es war der frühe Nachmittag des 20. August 1862.

Will konnte aus seiner Zelle nicht verfolgen, was draußen genau vor sich ging. Er wurde von Unruhe ergriffen, lief in der engen Zelle auf und ab und spähte immer wieder aus dem kleinen, vergitterten Loch in der Wand nach draußen.

Plötzlich wurde die schwere Holztür des Vorraumes zu seiner Zelle aufgestoßen und Culver trat ins Innere.

»Der Lieutenant will dich sehen!«, schnauzte er Will an und schloss mit einem großen Schlüssel die eiserne Gittertür auf, die sich quietschend nach innen öffnete.

»Sheehan?«

»Nein, der Sekretär von Lincoln höchstpersönlich, du Arsch! Natürlich Sheehan, der hat jetzt das Sagen.«

Will warf Culver noch einen missmutigen Blick zu und verließ die Zelle. Gemeinsam mit Culver überquerte er den Platz.

Die grelle Sonne blendete ihn, denn er war so viel Tageslicht einfach nicht mehr gewohnt. Bei den Offiziersunterkünften angelangt, betraten sie das Gebäude und klopften an die Tür des befehlshabenden Offiziers.

»Herein!«, tönte die energische Stimme Sheehans.

Hinter Culver trat Will in das Büro, unsicher, was ihn hier zu erwarten hatte.

»Sie nicht, Culver.«

»Sir?«, der Sergeant wirkte offensichtlich betreten.

»Ich möchte mit Lieutenant Eaton alleine sprechen.«

Nach einem kurzen Zögern antwortete der Serge mit einem knappen: »Sehr wohl, Sir.«

Die Augen mit einem feindseligen Blick auf Will gerichtet, verließ Culver das Büro und schloss die Tür hinter sich.

»Was geschehen ist, interessiert mich nicht«, eröffnete Sheehan ohne zu zögern das Gespräch. »Zumal mir zugetragen wurde, Sie hätten Marsh lediglich warnen wollen, was die Kampfkraft der feindlichen Einheiten betrifft. Woher Sie diese Informationen beziehen, lassen wir einmal dahingestellt. Es ist keine große Kunst eins und eins zusammenzuzählen, wenn man ein gewisses Maß an strategischer Begabung mitbringt.«

»Sir, es war nie meine Absicht, gegen die Interessen der Vereinigten Staaten von Amerika zu intervenieren. Ich liebe mein Vaterland.«

Es entstand eine längere Pause.

Sheehan, der Will hinter seinem Schreibtisch gegenüberstand, starrte ihm nur in die Augen. Gerade so, als wöge er den Wahrheitsgehalt der Worte Wills ab.

»Das glaube ich Ihnen sogar«, sagte er nach einer Weile. »Auch ich bin der absoluten Überzeugung, dass wir bei den Verhandlungen in der Agentur am Yellow Medicine River das Richtige getan haben.«

Sheehan stützte sich mit der rechten Hand auf den Schreibtisch und ließ sich schwerfällig auf den dahinterstehenden Stuhl sinken.

Auf dem Schreibtisch stand eine gläserne, mit geschliffenen Verzierungen versehene Flasche, die Sheehan nun öffnete, seine Nase darüber hielt und tief einatmete.

»Möchten Sie auch einen Schluck? Hinter Ihnen auf dem Kasten sind Gläser.«

»Sehr gerne, Sir«, antwortete Will und stellte zwei der Gläser vor sich auf dem Schreibtisch ab. Sheehan goss großzügig ein.

»Auf unser stolzes Vaterland!«

Will nahm einen großen Schluck und sofort fühlte er sich besser.

»Dieser Myrick war ein Narr«, sagte Sheehan unverblümt und meinte weiter: »Sie haben sicher davon erfahren, dass den Indianern entgegen der Abmachung, die wir mit ihnen getroffen hatten, die Lebensmittel am Redwood verweigert worden sind. Dieser Drecksack Myrick hat die Häuptlinge zutiefst beleidigt und Galbraith hat nicht mal den Versuch unternommen, das zu verhindern oder zu beschwichtigen. Ihm und den Händlern der Unteren Agentur haben wir den Schlamassel zu verdanken, daran gibt es keinen Zweifel.«

»Ja, Sir. Das sehe ich auch so«, bestätigte Will.

Sheehan sah ihm direkt in die Augen.

Schweigen.

Er trank in einem Zug aus, knallte das leere Glas auf die schwere Tischplatte und sagte: »Es ist zum aus der Haut fahren! Unsere Einheiten werden von den Rebellen an allen Fronten vernichtend geschlagen und wir sind dazu verdammt, uns hier mit ein paar wildgewordenen Rothäuten rumzuprügeln. Verdammt!«

»Noch besteht Hoffnung, dass es zu keinem Überfall der Sioux kommen wird, Sir. Little Crow ist kein Dummkopf«, warf Will ein.

»Trotzdem werden unsere Truppen hier gebunden, Eaton. Daran ist nicht zu rütteln. Einen besseren Dienst hätten die den Konföderierten gar nicht erweisen können. Ein Pack unterstützt das andere, so ist das nun mal.«

»Wir sollten versuchen mit Little Crow zu verhandeln, Sir.«

»Dafür ist es definitiv zu spät, mein Junge. Die Dakota sind bereits entschieden zu weit gegangen. Es müssen an die hundert weiße Siedler sein - Männer, Frauen und Kinder, die von den Wilden massakriert oder verschleppt worden sind. Wenn nicht mehr.«

»Denken Sie das wirklich?«, fragte Will, worauf er einen sehr verstörten und argwöhnischen Blick Sheehans empfing. »Ich meine«, fuhr er schnell fort, »dass die Indianer tatsächlich Frauen und Kinder umbringen?«

»An den Berichten, die uns erreichen, kann kein Zweifel bestehen«, erwiderte der Lieutenant. »Ich werde Ihren Arrest aufheben. Sie können wegtreten, Eaton.«

»Jawohl, Sir«, entgegnete Will, verließ das Büro des Befehlshabers und schloss die Tür hinter sich.

Er verspürte ein unglaubliches Gefühl der Erleichterung.

Als er zu Sheehan gerufen worden war, hatte ihn das ungute Gefühl beschlichen, es könnte zu weiteren Restriktionen ihn betreffend kommen. Wider Erwarten schien es aber jetzt, als würde der diensthabende Offizier eher auf seiner Seite stehen, als auf der Seite der

Indianerhasser. Sheehan machte einen vernünftigen Eindruck auf Will.

Auf dem Weg zurück zu seiner Einheit begegnete ihm erneut Culver, der mit zwei Männern dabei war, Getreidesäcke von einem Wagen abzuladen. Das Fort richtete sich auf eine mögliche Belagerung ein.

»Na, Eaton? Solltest schleunigst ein Bad nehmen. Wer jemandem so tief in den Arsch reinkriecht, der stinkt!«

Will war sich völlig im Klaren darüber, dass er auf der Stelle zurück in die Arrestzelle gebracht werden würde, sollte er dem Drang nachgeben und die Herausforderung annehmen. Obwohl ihm in dem Moment nichts reizvoller erschien, als dem Mann die Zähne einzuschlagen, rief er sich zur Vernunft und ging schweigend an den Dreien vorüber, die es ihm sofort mit schallendem Gelächter dankten.

Trotz der Tatsache, dass Sheehan seinen Arrest aufgehoben hatte, war Will das Kommando über seine Leute entzogen worden, was er, wenn er ehrlich zu sich selbst war, auch begrüßte. Er wusste nicht mehr, wo er stand. Nicht, dass es zu den Indianern irgendeine besondere Verbindung gegeben hätte. Nein, er hatte keine indianischen Freunde. Im Gegenteil. Er wusste mit dieser fremden Kultur noch nicht mal groß etwas anzufangen. Es hatte sich in der relativ kurzen Zeit, die er hier im Westen verbracht hatte, nie die Möglichkeit ergeben, sich eingehender mit dem Leben der Menschen in der Reservation zu beschäftigen.

Schon wegen seiner angeborenen Neugier und seinem Beruf als Reporter hätte er natürlich gerne viel mehr über diese Menschen erfahren. Wahrheiten. So vieles hätte er gerne gewusst. Denn das, was unter den Soldaten erzählt wurde, die Gerüchte und Märchen, die angeblichen Gräueltaten der Wilden und die vielen, offensichtlich frei erfundenen Geschichten - es war klar, dass es sich hierbei bestenfalls um Halbwahrheiten handeln konnte. Das Prinzip war überall das Gleiche: Es war die Andersartigkeit, welche die Menschen erschreckte. Deshalb folgten sie ihrem Instinkt und kämpften dagegen an. Will hatte viel über Minderheitentheorien gelesen.

Auch der Abolitionismus war nur eine logische Folge, wenn man sich die Tatsachen genauer betrachtete. Ein Kampf für die Rechte der Menschen. Die einzig richtige Entscheidung. Abschaffung der Sklaverei. Was für ein hehres Ziel!

Und hier? Die Menschen, die hier als Feinde bezeichnet wurden, versuchten nichts anderes, als in einer sich grundlegend ändernden Welt zu überleben. Der Kampf gegen ihre Peiniger war eine unausweichliche Folge der Begebenheiten und so wie die Dinge sich darstellten, nicht unberechtigt. Jeder würde sich zur Wehr setzen, wenn ihm die Lebensgrundlage entzogen wird. Man musste bei Gott kein Experte sein oder sich mit den tatsächlich verhandelten Vertragsbedingungen auseinandersetzen, um das Unrecht zu erkennen, das den Stämmen der Dakota hier angetan worden war.

›Und immer noch wird ...‹, dachte Will bei sich.

Leute wie dieser Myrick oder auch Galbraith hatten die Situation seit langem gewissenlos ausgenutzt. Die Indianer waren getäuscht und betrogen worden. Und das vor den Augen des Staates. Die Annuitäten waren in den meisten Fällen nie zur direkten Auszahlung an die Indianer gekommen. Sie wurden mit den angefallenen Schulden mit Zins und Zinseszins, Gebühren und erfundenen Abgaben verrechnet und einbehalten. Will hatte von vielen Vorfällen dieser Art gehört.

Ja, die Leute in den Agenturen unterhielten sich offen darüber und machten ihre Scherze über die »dummen Rothäute«, die nicht einmal rechnen konnten. Die wenigen Dakota, die versuchten, die Beträge gegeneinander zu stellen, Aufzeichnungen machten und den Betrug zur Anzeige bringen wollten, wurden nicht gehört.

Jeder Weiße wusste, dass es für die Indianer keine Gerichtsbarkeit gab, welche den Dakota in irgendeiner Weise tatsächliche Rechte eingeräumt hätte. Will aber war durch seine Arbeit bei der Zeitung gewohnt und interessiert Aufzeichnungen zu machen, zu analysieren und Rückschlüsse abzuleiten. Seine, zugegeben, nicht sehr professionellen Recherchen hatten trotzdem zweifelsfrei ergeben, welches Ausmaß der Betrug an den Indianern hatte. Würde man sich eingehender mit den Tatsachen, Indizien und Zeugen auseinandersetzen, so würde ein Skandal unfassbaren Ausmaßes aufgedeckt werden, dessen war Will sich sicher. Nur ... kein Skandal ohne öffentliches

Interesse. Und genau das war der Punkt, der Will mehr zu schaffen machte, als er es jemals für möglich gehalten hatte. Diese Heuchler!

Auf der einen Seite gaben sie vor, für eine gerechte Sache in den Krieg mit den Konföderierten Staaten zu ziehen, während auf der anderen Seite Ausbeutung, Unterdrückung, Unrecht bis hin zu Mord nicht nur toleriert, sondern im Interesse von Macht und Geld sogar zielstrebig gefördert wurde. Es konnte keinen Zweifel geben, wer die tatsächlichen Schuldigen an diesem Aufstand der Dakota waren.

Was würde passieren, wenn das Fort angegriffen werden sollte? Würde er, William Kronberg, auf diese Menschen schießen können?

Tiefe Zweifel belegten sein Herz mit Kummer. Er war nicht in der Lage, hier und jetzt eine Entscheidung zu treffen. Die Indianer, so wusste er, waren jedenfalls nicht seine Feinde. Die Händler, Siedler und vor allem die Regierung seines Landes aber auch keinesfalls seine Freunde. Es war noch nie Wills Stärke gewesen, sich zu verstellen oder gute Miene zu einem, in diesem Fall, *mehr* als bösen Spiel zu machen.

So war ihm sein Argwohn, seine Zweifel und die Unsicherheit deutlich anzumerken, als er schließlich zu seiner Einheit und seinen Kameraden stieß. Die Männer saßen dicht gedrängt im Schatten der Barrikaden. Tische, Schränke und andere Möbelstücke waren teilweise wie ziellos übereinander gehäuft worden, um den Verteidigern des Forts eine schnelle Deckung zu geben.

Will nahm in einigen Metern Entfernung an einer der erloschenen Feuerstellen der letzten Nächte Platz, saß somit in der prallen Sonne und zog seinen Hut tiefer ins Gesicht. Entsprechend seiner eigenen Stimmung wurde er willkommen geheißen: »Dreht euch nicht weg von dem Indianerfreund, wenn's losgeht«, spottete Blackwood. »Sonst habt ihr vielleicht sein Messer im Rücken.«

»Verdammte Scheiße! Als würde es nicht reichen, sich mit den roten Schweinen herumzuschlagen. Müssen wir auch noch Kindermädchen für verräterische Offiziere spielen?«, stimmte der Sergeant mit ein.

Sergeant McCullen war einer der dienstältesten Sergeanten im Fort. Sein gepflegter Schnurrbart war sein ganzer Stolz. Als Will vor Monaten als Neuling zu der Kompanie gestoßen war, hatte McCullen ihn freundschaftlich unter seine Fittiche genommen. Er war einer der Kameraden, auf die man sich blind verlassen konnte. Ein »Pfundskerl«, wie ihn die vielen aus Deutschland stammenden Männer des freiwilligen Kontingents aus New Ulm und Umgebung oft betitelten.

So hatte er Will damals eingeführt und ihm den ein oder anderen Kniff gezeigt. War es im Umgang mit der Waffe oder mit den Vorgesetzten, McCullen war ihm ein guter Freund gewesen. Selbst als Will ihn auf der militärischen Karriereleiter überholt hatte, hatte er sich stets freundlich und aufgeschlossen gezeigt. Es hatte ihrer Kameradschaft keinen Abbruch getan und McCullen hatte sich geschmeichelt gefühlt, wenn Will trotz seines Rangs hin und wieder Rat bei ihm gesucht hatte. Will hatte »den alten Serge«, wie er von den Leuten im Fort genannt wurde, immer gemocht und geschätzt. Die Sprüche über Rothäute, die versauten Squaws und die besoffenen Dakotaschweine hatte Will damals geflissentlich überhört. Er hatte zu dem Zeitpunkt keinen großen Sinn darin gesehen, sich auf Grundsatzdiskussionen einzulassen. Außerdem war nicht von der Hand zu weisen gewesen, dass er aufgrund seiner Unerfahrenheit nicht wirklich mitreden konnte. Er konnte nicht sagen, welche Geschichten, Gerüchte oder Einschätzungen der Männer um ihn herum wirklich stimmten und welche nicht. So hatte er es vorgezogen, den Mund zu halten.

Im Laufe seiner Ausbildung aber war er dann doch in den Ruf geraten, die Dinge sinnloserweise zu hinterfragen. Einige der Männer seiner Einheit konnten mit seinen Fragen und Äußerungen schwer oder gar nicht umgehen, was nach Wills Einschätzung zum größten Teil daran lag, dass sie eben nicht über das entsprechende Bildungsniveau verfügten. Mehr und mehr war Will mit der Zeit als Außenseiter angesehen worden. Es war deutlich zu spüren gewesen.

Jetzt aber hatte sich die Situation völlig verändert. Der Wind hatte sich gegen ihn gedreht und blies Will mit einer steifen Brise ins Gesicht.

»Pass gut auf«, sagte McCullen nun an Will gewandt und zwar so, dass auch alle zuhören konnten. »Wenn ich auch nur das Gefühl habe, du könntest mir irgendwie blödkommen da draußen, wenn's losgeht«, er spuckte eine eklige Brühe aus Spucke und Kautabak auf den Boden, »dann jag ich dir höchstpersönlich und ohne mit der Wimper zu zucken eine Kugel in deinen verdammten Schädel. Und das geht schneller als 'ne Hure zu ficken.«

Will schüttelte nur ungläubig den Kopf.

»Hey, Eaton! Ich rede mit dir, verdammt!«, ertönte erneut die Stimme des Sergeanten.

Will hob den Kopf und sah McCullen direkt in die Augen. Bewusst zog er dabei die Pause in die Länge, bevor er antwortete. Jetzt, in diesem Moment, war ihm alles egal. In gespielt gelassenem, fast zu ruhigem Ton erwiderte Will: »Was willst du eigentlich von mir? Suchst du bloß einen Sündenbock oder bist du wirklich so borniert, dass du nicht erkennst, was hier tatsächlich abgeht? Seid ihr wirklich alle so blind oder einfach nur dumm? Was die Sache allerdings nicht besser macht.«

»So Jungchen, jetzt reicht's.«

Der alte Serg war gerade dabei aufzustehen und auf Will loszugehen, als mit einem Surren und einem dumpfen Schlag ein Pfeil direkt neben seinem Gesicht in die harte Planke des Holzfasses einschlug, an dem er eben noch mit dem Rücken gelehnt hatte.

Schon fielen die ersten Schüsse, woraufhin sich die Soldaten und bewaffneten Siedler an den Barrikaden reflexartig zu Boden fallen ließen und zu ihren jeweiligen Stellungen robbten. Das laut erklingende Kriegsgeheul der Dakota jagte Will einen Schauer über den Rücken. Er ließ sich ebenfalls auf die staubige Erde fallen und kroch auf allen Vieren in den Schutz, hinter einen großen, umgeworfenen Wagen, wobei er sich noch eines der bereit gestellten Gewehre schnappte, bevor er seine Stellung bezog. Er würde sich verteidigen. Er musste um sein Leben kämpfen, ob ihm das nun gefiel oder nicht. Auch wenn ihm in diesem Moment die Zeit zum Nachdenken fehlte, seine Handlungen und Reaktionen allein von dem Instinkt zu überleben gelenkt wurden, so erkannte er deutlich, dass sich in einem Krieg nie wirklich Gut und Böse gegenüberstanden.

Es waren Einzelinteressen von Leuten wie Galbraith, oder diesem Myrick, welche die Menschen in den Kampf trieben.

Und die Interessen des Staates, der die Reichen immer reicher und mächtiger werden ließ. Dessen Bestrebungen nichts mit dem Wohle seiner Bürger zu tun hatten, sondern einzig und allein mit Macht, Habgier und Gewalt.

Wie aus dem Erdboden gestampft, erhoben sich aus dem hohen Gras, welches in Richtung des Flusses stand, die Körper hunderter Krieger der Dakota.

Wieder verfluchte Will innerlich die Arroganz, welche die Armee daran gehindert hatte, das Fort besser zu befestigen. Die Zeit seit dem Überfall auf die Agentur hatte gerade dafür gereicht, diese lächerlichen Barrikaden zu errichten. Nicht einmal die hölzernen Außengebäude um das Fort oder die vielen Heuschober in den Schluchten und Niederungen hatten entfernt werden können.

Wie fatal! Denn diese boten ihren Angreifern jetzt sogar noch zusätzlichen Schutz.

Das Donnern der Geschütze zerriss die Luft. Gewehrsalven krachten und versetzten die Luft mit einem Nebel aus Pulverdampf. Pfeile surrten und schlugen neben ihnen in die hölzernen Gefechtsstände. Männer wurden getroffen und schrien. Krieger stürzten blutend zu Boden. Der Kampf wütete innerhalb weniger Minuten und bot ein Bild des Grauens. Will, der die Szenerie zuerst nur wie versteinert betrachtet hatte, zog den Hebel seines Gewehrs und schoss.

Wieder und wieder lud er nach und schoss auf jeden und alles, was sich außerhalb der Stellung bewegte.

Er wollte leben. Nur leben ...

****

Reservat der Santee Dakota, Minnesota, 20. August 1862

Es war kurz nach Sonnenaufgang, als Anna ihr Zelt verließ und mit einem gut gefüllten Leinensack über ihrer rechten Schulter schnellen Schrittes hinunter zur Wasserstelle lief, wo die Ponys und die von den Weißen erbeuteten Pferde grasten. Der Morgen war noch kühl, die Luft klar und nur wenige Menschen waren zu sehen.

Hier und dort ein paar Krieger, welche die Nachtwache über das Lager und die Tiere übernommen hatten. Einige Kundschafter, die zur Absicherung der Umgebung die Nacht außerhalb des Dorfes verbracht hatten, kamen eben zurück. Sie waren auf dem Weg zu ihren Lagern, zu ihren Familien. Die Szene war von einer unglaublichen Ruhe beseelt. Geradezu friedlich wirkte das Leben im Dorf. Die Menschen ließen sich keine Angst einjagen und waren bereit für das, was ihnen bevorstand.

Anna lockte eines der Tiere mit einer Handvoll Hafer. Es war offensichtlich ein Reitpferd. Ein schönes Tier, das aus einem der Ställe der überfallenen Farmen stammen musste. Als sie das Tier an den Zügeln aus der Herde führte, stand er plötzlich vor ihr.

Ebenso wie sie selbst hatte auch Dark Cloud sein Pony für den Ritt vorbereitet, seine Waffen gerichtet und geschnürt. Sein Gewehr ragte deutlich sichtbar aus dem ledernen Halfter, griffbereit, sei es im Angriff oder der Verteidigung. Seinen Bogen hatte er über seinen nackten, muskulösen Oberkörper gespannt, einen Köcher voll todbringender Pfeile auf seinem Rücken. Hinter dem Medizinmann, ebenfalls bewaffnet und jeweils ein Pony an ihrer Seite führend, folgten fünf junge Krieger, bereit, ihr Leben für eine Sache zu geben, die nicht die ihre war.

Anna hatte das Dorf alleine verlassen und ihre Angelegenheiten regeln wollen. Niemand sollte hineingezogen werden in das, was sie als ihre Berufung empfand. Niemand sollte je wieder mit ihrem eigenen Schicksal verbunden sein. Sie wollte nicht noch mehr Schmerz über diese Menschen bringen, die ihr so viel bedeuteten.

Am Abend zuvor waren etwa hundert junge Männer von einer sehr unorganisierten, wilden Attacke auf die Stadt zurückgekehrt. Sie hatten den Ort der Weißen in Angst und Schrecken versetzt, ohne aber einen wirklich durchdachten Angriff geführt zu haben. Von den Hängen hatten sie die Stadt unter Beschuss genommen, dabei auch einige Siedler verwundet oder sogar getötet. Vorgerückt auf die Gebäude der Siedlung aber waren sie nicht. Es war unter den Häuptlingen zu heftigen Diskussionen gekommen, bis sich Little Crow schließlich mit seiner Entscheidung durchgesetzt hatte, zuerst das Soldatenfort anzugreifen.

»Wenn die Siedler nicht mehr unter dem Schutz der Soldaten stehen, werden sie von sich aus das Land verlassen, das nicht ihr eigenes ist. Es ist die einzige Möglichkeit, die den Santee geblieben ist.«

Wie Anna von Dark Cloud erfahren hatte, war Little Crow zu keinem Zeitpunkt davon überzeugt gewesen, die Dakota hätten auch nur die Spur einer Chance im Kampf gegen den weißen Mann. Little Crow war im Osten gewesen, in Washington. Er hatte die Übermacht der Weißen gesehen. Hatte die Soldaten und ihre Bewaffnung in Augenschein genommen. Selbst wenn es ihnen gelingen würde, das Fort einzunehmen, die Rache des weißen Vaters in Washington würde vernichtend sein.

»Wir sind am Ende eines weiten Weges angekommen. Little Crow wird euch führen, soweit er kann.«

So wurde am gestrigen Abend der Angriff auf das Soldatenfort beschlossen, mit den Häuptlingen und allen Kriegern, die bereit waren, in diesen Krieg zu ziehen. Nicht von allen Gruppen innerhalb des Reservats war bereits Nachricht gekommen, ob sie sich dem Kampf Little Crows ganz oder teilweise anschließen würden. Es gab durchaus auch ablehnende Haltungen einiger der Häuptlinge, die einen Kampf gegen die Weißen für aussichtslos hielten und an den guten Beziehungen festhalten wollten.

»Über siebentausend Mäuler sind zu stopfen«, hatte dieser Galbraith bei den Verhandlungen am Yellow Medicine, der Oberen Agentur gesagt. Siebentausend!

Anna war sich über die Zahl der im Reservat lebenden Menschen vorher nie im Klaren gewesen. Ihr Leben bei den Indianern hatte bis zu diesem Zeitpunkt meist nur aus den paar Zelten der Gruppe um Dark Cloud bestanden. Immer öfter, wenn sie eine Zeit im Lager Little Crows gewesen waren, hatte sie über die Macht, die alleine in dieser Anzahl von Menschen begründet lag, nachgedacht. Es war vielleicht möglich, einige Siege davonzutragen, einen Krieg aber konnten die Dakota nicht gewinnen.

Anna hatte vergeblich versucht, mit Little Crow zu sprechen.

Sie hatte auf Dark Cloud eingeredet und sogar mit den Häuptlingen Wamditanka, von den Weißen »Big Eagle« genannt, und einem weiteren, engen Vertrauten Little Crows gesprochen, dessen Vorfahre der Namensgeber einer Stadt unweit der Reservation gewesen war.

Mankato war der erste gewesen, der Anna bei dem Gespräch mit ihrem indianischen Namen überrascht hatte.

Er hatte sie während ihres Gesprächs »White Crow«, die »Weiße Krähe«, genannt. Zuerst hatte Anna nicht verstanden, von wem der Häuptling im Zusammenhang mit ihr selbst gesprochen hatte. Dann aber war der Name immer wiedergekehrt und sie hatte verstanden, dass es ihr galt, wann immer dieser Name gerufen wurde.

Die Häuptlinge hatten Anna angehört, sie hatten ihre Meinung respektiert und sich bedankt. Es hatte alles nichts geholfen.

Der Krieg war trotzdem beschlossene Sache geblieben.

Anna blickte auf zu Dark Cloud, sah ihm in die Augen. Es war deutlich zu merken, dass sich ihr indianischer Freund auf keinen Fall davon abbringen lassen würde, sie auf ihrem Weg zu begleiten.

Schweigend schnürte Anna den Sack um den Hals des ungesattelten Pferdes und schwang sich mit einem gekonnten Sprung auf den Rücken des Tieres. Es würde ein heißer Sommertag werden.

Doch dieser Tag war anders, konnte er doch über das Schicksal eines ganzen Volkes bestimmen. Während die Dakota in den verzweifelten Kampf um das Überleben ihres Stammes ziehen würden, hatte sie ihre eigene Rechnung zu begleichen. Ein Schwur war ein Schwur.

Nichts konnte sie daran hindern.

Sie drehte sich noch einmal langsam zu den Zelten und den darin friedlich schlafenden Menschen um. Dann gab sie ihrem Tier einen sanften Stoß in die Seiten und verließ das Lager.

Hinter ihr bestiegen die Krieger ihre Ponys und folgten der Weißen Krähe. Wohin sie dieser Weg auch führen würde.

Durch die Wälder und das offene Land zogen sie in Richtung Stadt. Sie kamen an den Farmen vorbei, welche der Wut, der Rache und der Zerstörung durch die nicht unter Kontrolle zu bringenden Krieger der Santee zum Opfer gefallen waren. Es war ein Bild des Schreckens. Überall lagen tote Siedler. Meist Männer und Jungen, aber vereinzelt auch Frauen und sogar wenige Kinder. Die Häuser und Scheunen waren niedergebrannt, das Vieh gestohlen.

Anna konnte nicht verstehen, warum es den Häuptlingen nicht

gelungen war, diese Verbrechen zu verhindern. Die Krieger, die für diese Taten verantwortlich waren, mussten sich in einem wahren Blutrausch befunden haben. Nicht nur einmal war es offensichtlich kein Kampf gewesen, der die Weißen das Leben gekostet hatte.

Die Szenerien ließen eindeutige Rückschlüsse zu auf das, was geschehen war. Regelrechte Hinrichtungen. Und deutliche Spuren eines qualvollen, nicht enden wollenden Todeskampfes.

Es gab keinen Zweifel, einige dieser Menschen waren zu Tode gequält worden. Die Art und Weise war an Grausamkeit kaum zu überbieten.

Am allermeisten aber schockierte Anna der Anblick einer getöteten Frau, deren Leiche halb nackt im Staub vor einem nur noch aus Schutt und Asche bestehenden Wohnhauses gelegen hatte.

Zu deutlich zeugte das Bild von der Vergewaltigung, die diese erduldet haben musste. Tief in ihrem Inneren musste sich Anna eingestehen, dass die Krieger, welche anderen, teils unbewaffneten Menschen, derartige Grausamkeiten antun konnten, ebenfalls nichts anderes waren als Verbrecher.

Auch wenn sich Vorfälle dieser Art auf wenige Ausnahmen beschränkten, so konnte es nicht darüber hinwegtäuschen, welch Kreatur sich doch in vielen Männern verborgen halten musste. Dieses grausame Wesen kam dann zum Vorschein, wenn der Hass die Überhand gewann und vermeintlich keine Gefahr bestand, zur Rechenschaft gezogen zu werden. Der Krieg zeigte auf diese Weise sein hässlichstes Gesicht. Dass dies aber keinesfalls die Regel war, das zeigte sich unter anderem an den vielen Frauen und Kindern, die mittlerweile in den Lagern der Santee gefangen gehalten wurden. Diese wurden ausnahmslos gut behandelt und es wurde ihnen kein zusätzliches Leid zugefügt. Die meisten unter ihnen hatten ihren Mann, ihren Vater, Sohn oder Bruder verloren. Ihr Heim war zerstört worden. Little Crow war sich über die Verantwortung für seine Gefangenen bewusst. Während die meisten kleinen Siedlungen und Farmen ein ähnliches Bild der Zerstörung abgaben, gab es eine nicht unerhebliche Anzahl an Häusern und Höfen, die von ihren Bewohnern einfach nur verlassen worden waren. Die Menschen hatten sich in Sicherheit bringen können und Anna kannte den Grund. Viele

Indianer und Siedler hatten sich arrangiert. Sie hatten sich gegenseitig unterstützt, Handel getrieben und im Laufe der Zeit waren echte Freundschaften entstanden. Es waren viele vernünftige und anständige Menschen, auch unter den weißen Siedlern. So waren sie zu einem Teil vor den bevorstehenden Überfällen gewarnt worden, ihre Häuser blieben verschont.

Schließlich erreichten sie die Straße, welche nach wenigen Meilen in Richtung Stadt abzweigte. Hier drangen sie in das Dickicht des Waldes ein und fanden nach einigen Minuten zu Fuß eine Lichtung an einem kleinen Bach. Viel zu weit von der Straße entfernt, als dass jemand ihre Gegenwart bemerken könnte.

Anna band das Pferd an einen der mächtigen Stämme, löste den Leinensack und verschwand in den Gebüschen, die das Ufer des Baches säumten. Schweigend setzten sich die Krieger und warteten.

Nach ein paar Schritten, so dass sie vor fremden Blicken geschützt war, ließ sich Anna an einer kleinen, mit hellem Gras bewachsenen Böschung auf den Knien nieder. Sie löste die Verschnürung des Stoffbeutels und holte die Dinge hervor, an denen sie in den letzten Tagen gearbeitet hatte.

Vor ihr lag nun eines der Kleider, wie es die weißen Siedlerfrauen zu tragen pflegten. Mit viel Mühe hatte Anna es auf ihre eigene Größe abgeändert, die Passform entsprechend ihres viel zu schlanken Körpers angepasst. Außerdem hatte sie ein Stück Seife, einen Kamm, Haarnadeln und ein einigermaßen passendes Paar Schuhe.

Anna zog sich aus, stieg in das kühle Nass des Baches und watete bis zu einer etwas tieferen Stelle, wo sich das Wasser in einem kleinen, natürlich geformten Becken sammelte. Sie ließ ihren ganzen Körper ins Wasser gleiten und tauchte unter. Mit der Seife wusch sie sich Haare und Körper, was ihr mittlerweile mehr als befremdend vorkam. Der parfümierte Geruch passte einfach nicht mehr zu ihr.

Sie stieg aus dem Bach und lief hinüber zu einer kleinen Lichtung.

Die Sonne brannte bereits unbarmherzig auf das Dach des Waldes nieder. Bis auf diese kleine Stelle am Ufer lag der Boden des Waldes komplett im Schatten. Nur der durch den Bach entstandene Spalt zerriss die Dichte des Blättermeers über ihr und ließ die heißen

Strahlen der Sonne zu ihr durchdringen.

Nach einer Weile kämmte sie ihr langes, schwarzes Haar bis es wieder in diesem ungewöhnlichen Glanz erstrahlte, der ihm schon seit langer Zeit abhandengekommen war. Geschickt flocht sie es zu zwei Zöpfen und steckte es mit den Haarnadeln fest, zu einer Frisur, die der einer weißen Frau einigermaßen entsprach.

Perfekt hätte sie es auch nicht hinbekommen, darüber war sie sich im Klaren. Aber genau das war der gewünschte Effekt. Ebenso, wie sie darauf geachtet hatte, dass Kleid und Schuhe in keinster Weise den Eindruck vermitteln durften, es handle sich dabei um neue Kleidungsstücke, so musste sie ihrem ganzen Erscheinungsbild etwas Geschundenes, in Mitleidenschaft gezogenes verleihen. Schließlich war sie auf der Flucht und hatte sich alleine, zu Fuß, bis zur Stadt durchschlagen müssen.

Sie zog das Kleid an und betrachtete ihr Spiegelbild an einer ruhigen Stelle des Baches im Wasser. Im ersten Moment war sie fast erschrocken. Sie *war* eine Weiße!

Als sie zurück zu ihren Gefährten ging und ohne Vorwarnung aus dem dichten Unterholz hervortrat, verfehlte ihr Anblick auch nicht seine Wirkung. Zwei der Krieger sprangen erschrocken auf und griffen zu ihren Waffen, einer fing spontan an zu lachen und Dark Cloud betrachtete sie wie eine Fremde.

»Meine Schwester weiß, was sie tut?«

»Ja, ich weiß es«, antwortete Anna knapp.

Dark Cloud reichte ihr den Halfter mit einem etwas kleineren Jagdmesser darin. Er war so gearbeitet, dass er mit Verschnürungen fest um einen Arm oder ein Bein angebracht werden konnte.

Unter entsprechender Kleidung blieb er verborgen, so dass niemand auch nur auf die Idee einer derartigen Bewaffnung kommen würde.

Anna schob ihr Kleid weit nach oben und befestigte den Halfter an ihrem rechten Oberschenkel. Als sie das Kleid wieder nach unten zog, war das Messer verschwunden.

Sie bedankte sich bei ihren Freunden, in dem sie jedem einzelnen ihrer Begleiter ihre Aufwartung machte. Eine kurze Umarmung, ein leichtes Drücken und schon war sie verschwunden, auf dem Pfad zurück zur Straße. Auf dem Weg in die Stadt.

Es dauerte eine ganze Weile, Anna hatte bestimmt schon zwei, wenn nicht drei Meilen auf der Straße in Richtung der Stadt zurückgelegt, als sich von hinten ein Wagen in größerer Geschwindigkeit näherte.

Das Trappeln der beiden Pferde, der Lärm der über die staubige Straße holpernden Wagenräder, war bereits von Weitem zu hören gewesen.

Jetzt kam der Wagen immer näher und Anna blieb am Wegrand stehen, bückte sich mit dem Oberkörper nach unten und gab vor, völlig erschöpft zu sein. In weiser Voraussicht hatte sie beim Erreichen der Straße dafür gesorgt, dass ihr Gesicht, sowie Kleid und auch Haare mit einer glaubwürdigen Schicht von Staub bedeckt waren.

Der Wagen polterte heran, wurde aber sofort abgebremst, als die Leute ihre Gestalt am Wegrand ausgemacht hatten. Langsam näherte sich die Kutsche. Die Pferde schwitzten und schnaubten. Sie mussten seit längerem wie wild angetrieben worden sein und Anna kannte den Grund dafür. Schließlich hielt der Wagen neben ihr an.

Oben auf der Bank des Wagenlenkers saß ein Mann mittleren Alters, mit einem langen Bart und einem verschwitzten Hut auf dem Kopf. Neben ihm eine Frau, dahinter im Inneren des Planwagens zwei Jungen, die neugierig ihre Köpfe nach vorne reckten.

»Gute Güte, Kind! Was machst du denn hier auf der Straße? Ganz allein!«

»Wir ... wir sind überfallen worden«, jammerte Anna in weinerlichem Ton. »Ich versuche die Stadt zu erreichen. Sie ... sie sind alle tot. Mein Gott, hilf mir ... sie sind alle tot.« Mit diesen Worten ließ sie sich auf die Knie fallen und täuschte einen Zusammenbruch vor, der den Mann veranlasste, spontan von seinem Kutschbock zu springen und sich ihrer anzunehmen. Er ließ sich zu ihr nieder und sagte: »Das ist schrecklich, mein Kind. Aber hier können wir nicht bleiben. Viel zu gefährlich.« Hastig drehte er sich nach allen Seiten um und inspizierte die Umgebung rechts und links neben der Straße. »Jeden Moment kann das Unheil über uns hereinbrechen. Komm, wir nehmen dich mit in die Stadt.«

Anna gab vor, bitterlich zu weinen.

Die Frau stieg ebenfalls vom Wagen und kam mit besorgter, ängstlicher Miene auf die beiden zu: »James, lass uns hier verschwinden. Schnell!«

Sie legte ihren Arm um Annas Schultern und drückte sie an sich.

»Komm, mein Kind. Ich helfe dir aufzustehen. Wir müssen fort von hier. Unser aller Leben hängt davon ab.«

»Diese dreckigen Rothäute!«, schimpfte der Mann, während er seinen Pferden etwas Wasser darbot, sich dabei immer wieder hektisch drehte und die Umgebung im Auge behielt.

Anna erhob sich und ließ sich von der Frau hinten zum Wagen führen.

Aus dem Inneren streckte ihr der größere der beiden Jungen seine Hand entgegen, um ihr beim Einsteigen in den Wagen zu helfen.

Kaum war sie im Inneren und unter dem gewölbten Dach der Plane verschwunden, trieb James die Pferde auch schon wieder an und der Wagen setzte sich mit einem heftigen Ruck in Bewegung. Anna taumelte und wurde auf einen der Getreidesäcke geworfen, auf dem sie dann auch sitzen blieb.

Sie war auf dem Weg in die Stadt!

Niemand würde groß Notiz von ihr nehmen, wenn sie mit einer Familie, in deren Wagen, die Stadt erreichte. Hätte sie alleine, zu Fuß auf die Stadt zugehen müssen, so hätte sie sich vielen Fragen zu stellen gehabt. Dieser Gefahr war sie sich von Anfang an bewusst gewesen. Es musste früher oder später Flüchtende geben, die sich in der Stadt in Sicherheit bringen wollten. Welchen anderen Weg als die Straße hätten sie mit ihren Wagen auch nehmen sollen?

Ihr Plan war aufgegangen.

Nachdem Little Crow damit beschäftigt war, die Krieger für den Angriff auf das Fort um sich zu sammeln, konnte sie davon ausgehen, dass die flüchtenden Siedler im Moment von Überfällen verschont bleiben würden. Der erste Teil war also geschafft.

Der Wagen rumpelte und krachte. Viel zu schnell trieb dieser James die Pferde an. Die Insassen wurden hin und her geworfen. Anna hielt sich mit der einen Hand an der Verstrebung der Plane, mit der anderen an den Brettern der Kutsche fest. Zum Glück war der Getreidesack, auf dem sie saß, die bequemere Variante, denn er glich die harten Stöße wohl noch am besten aus, wenn die Räder durch die Schlaglöcher rasten. Die beiden Jungs auf den Kisten machten sich einen Spaß daraus, ließen sich hoch schleudern und holten sich mit Sicherheit den ein oder anderen blauen Fleck dabei.

Schließlich aber rief die Frau geradezu entzückt: »Die Stadt! James! Da vorne ist die Stadt!«

»Ja, Lilly! Wir haben es geschafft!«, antwortete der Familienvater und drosselte die Geschwindigkeit. Jetzt, bei langsamerer Fahrt, erhob sich Anna und trat ein paar Schritte nach vorne zum Kutschbock. Dabei musste sie sich ihren Weg über die vielen Kisten und wild durcheinander geworfenen Gegenstände bahnen und aufpassen, sich nicht zu verletzen. Sie wollte einen Blick nach draußen werfen, auf die vor ihnen liegende Stadt.

New Ulm! Diese verhasste kleine Stadt im Nirgendwo, die ihren Vater das Leben gekostet hatte.

James lenkte den Wagen direkt auf die von den Bewohnern errichteten Barrikaden zu. Die Hauptstraße war gesperrt. Anna wurde mulmig zumute. Konnte es sein, dass sie erkannt wurde? Nach all der Zeit?

Eher unwahrscheinlich. Trotzdem beschlich sie ein Gefühl der Unruhe und der Angst. Sie stolperte wieder nach hinten, setzte sich auf den Getreidesack und sah aus dem Wagen. Die Randgebiete der Stadt waren menschenleer. Die Häuser am Stadtrand weder befestigt, noch verbarrikadiert oder auf eine mögliche Verteidigung vorbereitet. Alles schien sich ausschließlich auf den Bereich der Hauptstraße und den mit Barrikaden abgegrenzten Teil der Innenstadt zu konzentrieren.

›Dort muss ich hinein. Ich hab keine andere Wahl.‹

Sie reckte den Kopf aus dem hinteren Teil des Planwagens und sah, wie sie am Haus der alten Mrs. Badgath vorbei fuhren. An der Scheune, vor der sie gesessen hatte und Robert ihr mit der Peitsche ins Gesicht geschlagen hatte. Die Erinnerungen waren präsent, als wäre es erst gestern geschehen.

Aber jetzt musste sie sich etwas einfallen lassen.

James stoppte den Wagen vor den Barrikaden und sofort kamen

ihm Bewohner entgegengelaufen, stellten in einem wilden Durcheinander Fragen an die Familie und umringten die Neuankömmlinge. Vorne wurden Fässer weggerollt, um den Weg in das Innere der Verteidigungsanlage zu öffnen.

»Lasst sie doch erstmal reinkommen!«, ertönte eine laute Stimme.

Langsam setzte sich die Kutsche wieder in Bewegung und ließ das Gerümpel der Barrikaden hinter sich. Hinter der Sperre stiegen James und Lilly sofort vom Wagen und die Menge schloss sich um sie.

›Wie der Pöbel, der sich in der Hoffnung auf wohltätige Gaben um die herrschaftlichen Leute drängt.‹

Die beiden Jungs setzten sich nach vorne auf den Kutschbock und genossen offensichtlich den Rummel, der sich um sie und ihre Eltern ergab. Anna versuchte hinten aus dem Wagen zu klettern, blieb aber ungeschickt mit ihrem Kleid an irgendetwas hängen. Sie sah nach oben und entdeckte einen hervorstehenden Nagel, an dem sie sich verheddert hatte.

»Wen haben wir denn da?«, hörte sie die Stimme eines Mannes hinter sich. »Darf ich Ihnen behilflich sein?«

Anna war zu Tode erschrocken.

»Ich ... bin hängen geblieben«, stammelte sie.

»Moment, das haben wir gleich«, meinte der junge Mann, der wohl in ihrem Alter sein musste und ihr mit seinem sympathischen Lächeln ein wenig die aufkeimende Panik nahm. »So, das hätten wir. Darf ich?« Er streckte ihr seine Hand entgegen. Sie zögerte kurz, lächelte aber dann und nahm seine Hilfe an. Er nahm zuerst ihre Hand, fasste sie aber dann mit seinen großen Händen um ihre schmalen Hüften und hob sie regelrecht vom Wagen herunter. Anna bemerkte, dass sie rot wurde.

»Ich ... danke«, sagte sie, vermied es aber, dem jungen Mann direkt in die Augen zu blicken.

»Woher kommt ihr?«, wollte er wissen.

Anna sah sich von seiner Frage bedrängt, sie musste weg von hier.

»Ich denke meine Eltern erzählen es gerade, wir sollten nach vorne gehen.«

»Ja, natürlich«, meinte der junge Kerl und drehte sich, um mit ihr nach vorne zu ihren *Eltern* vorzustoßen. Er war eben dabei, sich einen Weg durch die drängelnde, neugierige Menschenmenge zu bahnen, als Anna auf dem Absatz kehrtmachte und in eine Seitenstraße verschwand.

Sie war angekommen. Sie war in der Stadt.

-

Es waren die wohl schlimmsten Tage seines Lebens gewesen. Nie hätte er gedacht, einmal in eine derartige Situation zu geraten, in der es für so viele Menschen nur noch um das nackte Überleben gehen würde. Dass er … ja er alleine, die Verantwortung auf seinen Schultern tragen müsste.

Seit Bekanntwerden der ersten Überfälle innerhalb der Reservation hatte sich alles schlagartig verändert. Die Rothäute mussten tatsächlich wahnsinnig geworden sein. Diese gottverdammten Wilden!

Es war von Hunderten Toten die Rede. Die Farmen und Siedlungen im Umland waren angegriffen, die Männer getötet und viele der Frauen und Kinder von den Indianern gefangen genommen worden. Zumindest, wenn man den Berichten der Flüchtlinge Glauben schenken konnte.

›Gefangene! Ich möchte nicht wissen, was diese Kreaturen mit den weißen Siedlerfrauen anstellen. Herrgott!‹

Die Anspannung und die Anstrengungen der letzten Tage hatten tiefe Spuren hinterlassen. Er ließ sich auf seinem Stuhl hinter dem Richterpult nieder, hielt seinen Kopf in den Händen und dachte nach.

Vor zwei Tagen war die Nachricht von dem Überfall auf die Agentur am Redwood wie ein Lauffeuer durch die Stadt gejagt. Zuerst hatte er es gar nicht glauben wollen und beschwichtigt, da hätte sich wohl jemand einen derben Spaß erlaubt. Dann aber waren die ersten Siedler in die Stadt gekommen. Sie hatten von Gräueltaten berichtet, die weit über die Vorstellungskraft eines anständigen Mannes hinausgingen. Immer mehr Schutzsuchende waren in die Stadt geströmt und hatten mit ihren Erlebnissen Angst und Panik verbreitet.

Als gestern die Hölle über ihnen loszubrechen schien, war er vor

Schreck zunächst wie gelähmt gewesen. Die Rothäute hatten die Stadt angegriffen. Seine Stadt! Fünf Männer waren ums Leben gekommen. Sechs Einwohner, darunter eine Frau und sogar ein Kind waren verwundet worden. Seitdem hatte er alles getan, die Stadt bestmöglich auf einen größeren Angriff der Indianer vorzubereiten. Er war jetzt mehr als vierzig Stunden, mehr oder weniger ununterbrochen, auf den Beinen. Irgendwann waren ihm ein paar wenige Stunden Schlaf gegönnt gewesen, aber das war es auch schon. Er fühlte sich niedergeschlagen, müde und am Ende seiner Kräfte. Immer noch trafen Flüchtlinge ein und seit dem gestrigen Angriff fand das Leben der Menschen im Grunde nur in dem Bereich innerhalb der Barrikaden statt. Um die neunhundert Einwohner hatte New Ulm vor dem Ausbruch des Aufstandes gezählt, jetzt musste die Anzahl der Menschen auf mindestens das Doppelte angewachsen sein.

Und alle riefen nach ihm. Er als Richter trug die Verantwortung.

Die Menschen erwarteten einen Ausweg von ihm. So als wäre er Kommandant einer organisierten Truppe. Sahen die Leute das Chaos denn nicht, in dem sie sich befanden? Wollten sie es nicht sehen?

Das Aufbauen der Barrikaden, das Sichern der Vorräte und des Trinkwassers sowie die Einrichtung eines provisorischen Lazaretts hatten wirklich gut funktioniert, das musste er sich eingestehen.

Es war seiner Umsicht und der strukturierten Vorgehensweise durch die Befolgung seiner Anweisungen zu verdanken gewesen. Sie hatten es geschafft, sich bestmöglich auf einen Angriff vorzubereiten.

Aber war es wirklich genug? Hatten sie vielleicht etwas Entscheidendes übersehen?

Die Unsicherheit nagte an seinem Selbstvertrauen. Die Zweifel, die Müdigkeit und die Erschöpfung forderten ihren Tribut.

Peter O'Connor war schon vor etlichen Jahren zum Richter der Stadt berufen worden. Damals war er ein junger Mann gewesen, der im Schweiße seines Angesichts gearbeitet hatte, um für sich und seine Familie hier im Westen eine Zukunft aufzubauen. Seine Familie ...

Was für eine Illusion.

Bereits vor mehr als fünf Jahren hatte seine Frau ihn verlassen und die Zwillinge mitgenommen. Keine Familie!

Er war zu einem einsamen, verbitterten Mann geworden. Aber redlich und rechtschaffen! Keiner konnte etwas anderes über ihn behaupten.

Stets hatte er sich für die Belange der Einwohner seiner Stadt und den umliegenden Farmen eingesetzt. Immer hatte er das Wohl der Bürger über sein eigenes gestellt, hatte Fremde aus der Stadt verjagt, Verbrecher verfolgt und sie den Arm des Gesetzes spüren lassen. Es war *seine* Stadt. New Ulm war unter seinem Amt zu einem wichtigen Handelspunkt aufgestiegen, den Wohlstand hatten die Menschen seiner Arbeit und seiner Autorität zu verdanken.

Jetzt aber fühlte er sich elend. Verbraucht. Schließlich war er auch nicht mehr der Jüngste.

Ausruhen. Ja, er musste sich nur eine Weile ausruhen, um wieder zu Kräften zu kommen. ›Die Stadt braucht mich. Vielleicht mehr als jemals zuvor.‹ Mit diesen Gedanken schlief Richter O'Connor auf seinem Stuhl sitzend, mit auf das Richterpult gesunkenem Oberkörper, ein.

Als sich wenig später die hintere Tür zum Gerichtssaal öffnete, war er bereits so tief in den so sehr benötigten Schlaf gefallen, dass er von dem leisen Quietschen der Scharniere und den sich langsam nähernden Schritten nicht geweckt werden konnte. Sein Geist befand sich viel zu weit weg, um eine Verbindung zur Wirklichkeit herstellen zu können.

-

Anna ging mit langsamen Schritten auf den Schlafenden zu. Immer wieder blickte sie sich um. Erleichtert stellte sie fest, dass sie alleine im Raum waren. Von draußen klangen vielerlei Geräusche zu ihnen herein, gedämpft durch die geschlossenen Fenster. Niemand schien sich für das Geschehen im Gerichtssaal zu interessieren.

Plötzlich aber, sie stand jetzt direkt vor dem Mann, knarrte einer der Balken des Fußbodens unter ihr zu laut. Das Ächzen des Holzes ließ den Richter nun doch erschreckt die Augen öffnen.

Er richtete sich auf und lehnte sich mit dem Rücken an die Stuhllehne. Seine Brille hing ihm schief im Gesicht, in seinen Mundwinkeln hatte sich Speichel gesammelt, den er mit seinem Handrücken abtupfte und an seinen linken Ärmel wischte.

»Ich ... ich muss eingeschlafen sein«, sagte er in Richtung der Besucherin. Anna sah ihm nur in die Augen. »Was ... was kann ich für Sie tun, junges Fräulein?«, fragte er in höflichem Tonfall, nahm seine Brille ab und holte ein Tuch aus seiner Brusttasche hervor. Bedächtig begann er die Brillengläser damit zu reinigen. »Oh Verzeihung«, fügte er schnell in englischer Sprache hinzu, als ihm aufgefallen war, dass er die Frage in deutscher Sprache gestellt hatte. Ein deutlicher Akzent verriet zwar, dass es keinesfalls seine Muttersprache sein konnte, trotzdem war es deutsch gewesen. Annas Sprache.

»Ich verstehe Sie sehr gut«, antwortete Anna ebenfalls auf Deutsch.

»Ich bin etwas durcheinander, entschuldigen Sie bitte meine Zerstreutheit. Es sind schwere Zeiten. Ich komm gerade nicht auf Ihren Namen. Ich bin wohl doch müder, als es den Anschein hat, Miss ...«

»... Wirsik«, vervollständigte Anna seinen Satz.

›Das kann doch nicht sein, reiß dich zusammen. Du wirst dich doch erinnern können, wer das ist!‹, schalt sich der Richter in Gedanken.

Er konnte nicht wissen, dass Anna seine Gedanken hören konnte. Hatten noch vor einigen Momenten tiefe Zweifel an Anna genagt, Zweifel, ob sie in der Lage war, ihr Vorhaben in die Tat umzusetzen, so wurde sie jetzt von einer tiefen Befriedigung erfasst. Zum ersten Mal empfand sie das, was mit ihr geschah nicht als Fluch. Es war wie der Wink der Vorsehung, der ihr in ihrem Tun die Sicherheit und Zustimmung gab. Wie eine Absolution.

»Ich, wie ... Sie kommen mir bekannt vor, Fräulein Wirsik«, stammelte O'Connor weiter. »Helfen Sie mir doch bitte auf die Sprünge ...«

Er rückte seine Brille näher Richtung Nasenwurzel und reckte seinen Kopf nach vorne. So ließ er seinen Blick abschätzend über Annas Gesicht und ihre Gestalt wandern.

»Es ist schon eine Zeit her, dass wir uns begegnet sind«, sagte Anna.

»Sie haben damals für *Gerechtigkeit* gesorgt, wie Sie es nannten.«

Dabei legte sie ihren Kopf etwas schief und sah ihn mit schmalen, alles durchdringenden Augen an. So, als müsste der Richter in ihren strahlend blauen Augen ablesen können, nach was ihre Seele verlangte.

»Hm ...«, meinte der Richter. »Eine Verhandlung? Ich führe sehr viele Verhandlungen in meinem Amt als Richter, mein Kind. Warum sagen Sie mir nicht einfach, was Sie von mir wollen?«

Aufkeimende Verärgerung schwang in seinen Worten.

»Gerechtigkeit. Gerechtigkeit ist alles, was ich will«, erwiderte Anna.

Sie trat näher an den Mann heran, so dass dieser sich genötigt sah, sich von seinem Stuhl zu erheben, was er so plötzlich tat, dass der Stuhl dabei nach hinten umfiel und krachend auf dem Holzboden landete.

»Was ... was erlauben Sie sich!«, rief er empört, doch Anna machte keine Anstalten, zurückzuweichen.

›Oh mein Gott, jetzt weiß ich's ... sie ... sie ist die Tochter dieses Pferdediebs. Damals ... als der junge McFee spurlos verschwunden ist‹, hörte sie seine Gedanken. Er stolperte zwei Schritte rückwärts.

»Du bist die Tochter des Pferdediebs, den wir verurtei...«

»Ermordet!«, schrie ihn Anna an. »Ihr habt einen unschuldigen Mann ermordet!«

In einer schnellen Bewegung fasste Anna unter ihr Kleid und machte einen Satz auf den Richter zu. Ungläubiges Entsetzen stand in seinen weit aufgerissenen Augen, als ihm bewusstwurde, dass Anna ihm ein Messer in den Bauch gerammt hatte. Wie aus einem Reflex heraus griff er nach ihrer Schulter und fasste hart zu, um sich festzuhalten, als Anna die Klinge in seinen Eingeweiden mit einem energischen Ruck um neunzig Grad drehte. Blut spritzte aus der Wunde, so dass das Hemd des Richters in Sekundenschnelle dunkelrot durchtränkt war. Er sank langsam zu Boden. In einer blitzartigen Bewegung riss Anna das Messer zurück und stach ein weiteres Mal zu. Nur ein Gurgeln war der Kehle ihres Opfers zu entnehmen, als der leblose Körper zur Seite kippte und auf den Planken des Fußbodens landete.

Beim Fallen hatte Anna das Messer aus dem Leib des Sterbenden gezogen und so stand sie nun, mit der blutverschmierten Waffe in der Hand über dem Leichnam und blickte in die offenen, toten Augen des Verdammten. Es war vollbracht.

Mit zittrigen Händen, weichen Knien, aber voller Genugtuung und Stolz stand sie da, weidete sich an dem Anblick des von ihr Getöteten und wünschte sich, ihr Vater könne sie sehen.

›Es ist deine Rache, Vater.‹

Jetzt aber war keine Zeit zu verlieren. Ein schneller Blick versicherte ihr, dass ihr Kleid nicht allzu sehr in Mitleidenschaft gezogen worden war. Es waren nur kleine Blutspritzer, die sie schwerlich verraten würden. Sie wischte die Klinge an der Kleidung des Toten ab und ließ das Messer wieder in dem Halfter unter ihrem Kleid verschwinden. So, wie sie den Gerichtssaal betreten hatte, verließ sie ihn durch die hintere Tür. Wenige Augenblicke später stand sie im Freien.

Langsam ging sie durch die Straßen und schien auch nicht weiter aufzufallen. Fast wiegte sie sich bereits in Sicherheit, als hinter ihr ein markerschütternder Schrei einer Frau ertönte. Die Leiche war entdeckt worden! Zu schnell.

Sie senkte ihr Gesicht, beschleunigte ihre Schritte.

›Nur weg vom Gerichtsgebäude!‹

Wie aus dem Nichts stand plötzlich eine Gestalt vor ihr.

Sie richtete ihren Kopf langsam auf und blickte in das lächelnde Gesicht des jungen Mannes, der ihr vorhin von der Kutsche geholfen hatte.

»Da sind Sie ja! Sie werden schon überall gesucht. Die Leute haben erzählt, dass sie Sie aufgelesen haben. Stimmt das? Was ist geschehen? Woher kommen Sie und was ist mit Ihrer Familie?«

»So viele Fragen ...«, entgegnete Anna und versuchte einen möglichst ruhigen und gefassten Eindruck zu machen. »Ich musste einfach eine Weile allein sein, nach allem, was geschehen ist. Das verstehen Sie doch sicher.«

»Selbstverständlich, Miss. Entschuldigen Sie bitte meine Aufdringlichkeit. Mein Name ist Jack.«

›Jack‹, durchfuhr es Anna wie ein Schlag.

»Ich bin Elisabeth«, log sie. »Sie sind sehr freundlich, Jack. Dahinten ist irgend so ein hysterischer Aufruhr. Ich glaube die Leute sind, wie ich, mit ihren Nerven am Ende. Lassen Sie uns von hier verschwinden, ja?«

Offensichtlich fühlte sich Jack vom Glück beseelt, als er freudestrahlend einwilligte. Sie hakte sich bei ihm unter und sie gingen Seite an Seite direkt auf die Hauptstraße zu, wo sich die Leute immer noch um die Befestigung der Barrikaden bemühten.

Wie sollte sie den Kerl nur loswerden?

»Gibt es hier nicht irgendwo einen Ort, wo man etwas alleine sein kann? Du könntest auch bei mir bleiben. Zu meinem Schutz«, sagte sie und sah ihm dabei direkt in die Augen.

Er schluckte schwer, meinte dann aber: »Komm mit, ich weiß was. Die alte Scheune am Stadtrand, da ist bestimmt niemand mehr. Die Leute sind doch feige und bleiben lieber auf der Hauptstraße gefangen.« Er lachte laut auf. »Wie die Karnickel ... gefangen von ein paar wildgewordenen, dämlichen Rothäuten. Ist das zu fassen!«

Siegessicher nahm er sie bei der Hand und sie liefen vorbei an den Barrikaden, ohne dass ihnen jemand größere Aufmerksamkeit schenkte. Entweder hatte er ihr bei ihrer Ankunft nicht richtig zugehört oder er verdrängte die Tatsache einfach, dass sie die Leute, mit denen sie angekommen war, vorher noch als ihre Eltern ausgegeben hatte.

Nach einer kurzen Wegstrecke waren sie bereits bei der Scheune angelangt. Der Junge öffnete das rechte Tor und führte sie hinein.

Sofort, nachdem er das Tor hinter ihnen geschlossen hatte, griff er nach ihr und wollte sie küssen. Anna aber löste sich von ihm, lächelte und sagte: »Nicht so schnell. Lass uns auf einer Leiter nach oben gehen. Dort oben lagert doch Stroh, oder?«

Ein breites Grinsen erschien auf dem Gesicht des jungen Mannes. Sofort sah er sich nach der Leiter um.

Anna suchte fieberhaft nach einem Ausweg. Hinter ihr stand ein kleiner Hocker.

Als Jack gerade dabei war, die schwere Leiter anzulehnen, die ihn zu seinem himmlischen Vergnügen führen sollte, schlug ihm Anna mit voller Wucht den Hocker über den Kopf. Mit einem Stöhnen brach der junge Mann zusammen und blieb regungslos auf dem Boden liegen.

Anna atmete schwer. Sie schleuderte den Hocker beiseite, lief zum Scheunentor, spähte kurz hinaus und verließ das hölzerne Gebäude, nachdem sie keinen Menschen auf dem Vorplatz und den anliegenden Häusern ausmachen konnte. Schnell verließ sie die Stadt und verschwand bald darauf im Dickicht des angrenzenden Waldes.

Nach mehreren Stunden, in denen sie den Wald durchquert und immer wieder für kürzere Strecken auch die Straße benutzt hatte, kehrte sie schließlich zu der Stelle zurück, an der ihre indianischen Freunde ihre Rückkehr erwarteten.

Als sie auf die sechs Krieger zuging, war ihre einzige Reaktion ein an Dark Cloud gerichtetes, kurzes Nicken. Dieser richtete seinen Blick zum Himmel, stieß seinen Bogen in die Luft und fiel in einen kurzen, leisen Gesang ein. Die anderen Krieger bezeugten ihren Respekt in kurzen Bemerkungen, einer schüttelte ihre Hand.

Anna verschwand wie vor Stunden hinunter an den kleinen Bach, legte ihre indianische Kleidung an, öffnete ihr schwarzes Haar und kam zurück zu ihren Gefährten.

So kehrten sie der Umgebung von New Ulm den Rücken, während der Kampf in und um das Soldatenfort bereits in vollem Gange war.

Sie machten sich auf den Weg, zurück zu den Feuern des Lagers von Little Crow, der mit Sicherheit von ihrem Freund in ihr Vorhaben eingeweiht gewesen war.

Little Crow war ein weiser Mann, ebenso wie ihr enger Freund Dark Cloud. Beide wussten und verstanden, was geschehen musste.

Anna hatte bewiesen, dass ihr der große Zauber innewohnte.

Sie verließ diesen Ort mit dem Gefühl einer tiefen inneren Ruhe und Genugtuung. Auch wenn ihr klar war, dass ihre Mission noch nicht beendet war. Es war erst der Anfang gewesen ...

****

»Hungrige Männer helfen sich selbst, wenn sie dazu gezwungen werden.«

Little Crow

New Ulm, Minnesota, 22. August 1862

Als die Krieger am vergangenen Tag von ihrem erfolglosen Angriff auf das Soldatenfort zurückgekehrt waren, war Uneinigkeit unter den Häuptlingen entstanden. Little Crow war bei dem zweiten Angriff leicht verwundet worden, so dass Mankato, einer von Little Crows engsten Vertrauten, den Angriff zu Ende geführt hatte.

Mankato war einer der Führer der insgesamt neun Gruppen des Stammes der Mdewkanton, dem auch Little Crow und Dark Cloud angehörten. Anna hatte verstanden, dass Little Crow als Oberhäuptling bereits viel an Macht und Ansehen verloren hatte. Nicht nur aufgrund der damaligen Unterzeichnung der Verträge war es zu Streitigkeiten unter den Stämmen gekommen. Sogar jetzt, da er sich für den Krieg gegen die Weißen entschieden hatte, verweigerten ihm einige der nördlichen Stämme vehement ihre Unterstützung. Sie drohten sogar, auf die Krieger Little Crows zu schießen, sobald diese ihr Territorium innerhalb des Reservats auch nur betreten würden. Alles, was Anna über die Stämme der Dakota wusste, hatte sie von Dark Cloud erklärt bekommen, der stets ein geduldiger Lehrer gewesen war. Die Dakota, oder »Santee« wie sie sich selbst nannten, untergliederten sich in vier Stämme. Die Mdewakantons und Wahpekutes im südlichen Gebiet der Reservation, die Sissetones und Wahpetones im Norden. Jeder der Stämme bestand aus verschiedenen Gruppen, jeweils unter einem Anführer.

»Zwischen den Feuern« hatte Dark Cloud seine eigene Position beschrieben und gelacht, als Anna ihn direkt darauf angesprochen hatte. Es war nicht zu übersehen, welches Ansehen ihr Freund bei den südlichen Stämmen genoss, auch wenn er selbst kein Häuptling im eigentlichen Sinne war. Er hatte eine Art Sonderstatus, denn auch ihm folgten einige Krieger mit ihren Familien. Unter ihnen viele

Mdewakantons und Wahpekutes, aber auch - und das widersprach der eigentlichen Ordnung - einige Sissetones und Wahpetones von den nördlich gelegenen Stämmen. Niemand aber schien diese Tatsache auch nur ansatzweise infrage zu stellen.

Als Mankato gestern mit den Kriegern zurück ins Lager gekommen war, hatte eine sehr niedergedrückte Stimmung geherrscht. Die Dakota hatten viele Opfer zu beklagen. Als die Soldaten mit dem schweren Beschuss durch Kanonen begonnen hatten, wodurch sie zwar ihre eigenen Gebäude, aber auch die sich mittlerweile dort verschanzten Krieger vernichteten, war der Angriff Little Crows zerschlagen worden. Einer der Kämpfer hatte Anna berichtet, wie sich der Ansturm auf das Fort plötzlich in ein wahlloses Durcheinander verwandelt und die Krieger zum Rückzug gezwungen hatte. Little Crow war mit leichten Verwundungen ins Lager zurückgekehrt und hatte von der sich zu ihren Ungunsten drehenden Entwicklung des Kampfes berichtet. Schließlich hatten Späher die Vorhut einer Armeeeinheit entdeckt, die sich in einer Stärke von über tausend Mann unter dem Befehl von Colonel Sibley auf dem Weg zum Fort befand. Mankato hatte den Angriff sofort abgebrochen und die Krieger waren ins Lager von Little Crow zurückgekehrt. Nur Beobachter und Späher waren beim Fort geblieben, um von den dortigen Vorkommnissen berichten zu können.

Obwohl immer noch Krieger der anderen Stämme in das Kriegslager des Oberhäuptlings strömten, um sich dem Kampf gegen die Weißen anzuschließen und Little Crows Kriegshäuptling Gray Bird den Siedlern in den umliegenden Dörfern schwere Verluste zugefügt und viele Gefangene gemacht hatte, beschlossen einige der Anführer aufgrund der hohen Anzahl an Toten und Verwundeten, in ihre Lager zurückzukehren und den Kampf zu beenden.

Little Crow aber wollte sich nicht geschlagen geben. Die Weißen würden Rache nehmen und »die Dakota wie Hunde erschießen«, wenn sie nicht zusammenhalten und sich verteidigen würden. Der Kampf sei noch lange nicht zu Ende. Durch die Unterstützung der angesehenen Häuptlinge Mankato, Gray Bird, Medicine Bottle und Shakopee, gelang es ihm aber schließlich, die Krieger für einen weiteren Angriff auf ein Ziel zu gewinnen, den er mit geeinten Kräften durchführen wollte: New Ulm.

Anna hatte die Verhandlungen und Diskussionen aus einiger Entfernung verfolgt und war sogar in der Nähe des Rats geduldet worden, an dem eigentlich nur Häuptlinge und angesehene Krieger teilnehmen durften.

Die Weiße Krähe genoss als Frau eine Sonderbehandlung. Sie war eine Weiße, die aus unerklärlichen Gründen mit den Dakota in Verbindung stand. Eine heilige Frau, durch die der Geist der Ahnen sprach und die unter dem persönlichen Schutz Dark Clouds stand, der ihre Sprache sprach, ihr die Worte der Dakota gelehrt und sie in seiner Gruppe aufgenommen hatte. Die Erzählungen über ihre Taten waren in kürzester Zeit in aller Munde gewesen. Einen Weißen hatte sie bereits getötet, als Dark Cloud sie gefunden und ins Dorf gebracht hatte. Mit einem Weißen hatte sie in der Agentur gekämpft, als sie beinahe ihr Leben verloren hatte. Ihr Mut und ihre Klugheit aber, die sie bewiesen hatte, als sie allein in die Stadt gegangen und ihrer Bestimmung gefolgt war, hatte sie zur Heldin werden lassen. Die Krieger, die sie begleitet hatten, strotzten vor Stolz und sprachen von Ruhm und Ehre, der Weißen Krähe gefolgt zu sein, auch wenn sie sie nur bis zu dem Wald vor der Stadt begleitet hatten.

Anna hatte die Nähe zum Rat gesucht und jedes Wort verstanden, das gesprochen wurde. Immer wieder hatte sie sich beherrschen müssen, nicht ebenfalls das Wort zu ergreifen, denn sie war sich der Tatsache bewusst, dass sie damit den Bogen der Toleranz endgültig überspannt hätte. Als dann schließlich der Beschluss der Häuptlinge gefasst worden war, am darauffolgenden Tag gegen die Stadt der Weißen zu ziehen, hatte die Vorstellung Anna eine Gänsehaut über den Rücken gejagt. Ja, dort waren sie alle versammelt. Der Pöbel.

Diese unbarmherzige Meute, die sich an der Hinrichtung eines Unschuldigen belustigt und ergötzt hatte. Die Leute, die zum größten Teil aus Deutschland stammten und damit sogar dieselbe Sprache benutzten, die sie früher einmal gesprochen hatte, bevor ihr Leben diese unerklärliche Wendung genommen hatte.

Nichts verband sie mit diesen Menschen. Gar nichts!

Sterben sollten sie unter dem Hagel der Dakotapfeile und den Kugeln aus ihren Gewehren. In Flammen sollte diese Stadt stehen und so ihrer gerechten Strafe nicht entkommen können.

Dark Cloud hatte gewusst, dass Anna sich niemals davon abbringen lassen würde, an diesem Kriegszug teilzunehmen. Der Angriff auf das Soldatenfort, das war noch etwas anderes gewesen. Auch da hatte Anna dabei sein wollen, aber es war nicht ihr Kampf gewesen. Ihr Freund hatte sich ihr gegenüber durchgesetzt und so war sie nach ihrer Rückkehr bei den anderen Frauen im Dorf geblieben. Jetzt aber, der Angriff auf die Stadt der Siedler, *diese* Stadt ...

Nichts würde seine weiße Schwester zurückhalten können. Deshalb hatte er es auch nicht einmal versucht. Dark Cloud wusste, dass Anna einzig und allein von dem Gedanken an ihre Rache an den Bewohnern des Ortes getrieben wurde. Sie war es, die ihr den Lebenswillen zurückgegeben hatte. Anna würde alles riskieren und war bereit, alles zu verlieren, um dieser Aufgabe gerecht zu werden. Nichts würde sie aufhalten können, außer ihrem eigenen Tod.

Und so stand sie nun hier am Ufer des Flusses und blickte auf die Häuser und Scheunen, welche durch die gleichen Hände errichtet worden waren, die auch ihren Vater getötet hatten.

Gebückt rannte sie mit den Kriegern durch das hohe Gras, bis sie sich in Schussweite der ersten Gebäude auf dem Boden niederließen und auf das bevorstehende Angriffssignal warteten. Anna schlug das Herz bis zum Hals. Angst, Hass, Unsicherheit und Kampfeswille zerrten an ihrer Seele. Alle gleichzeitig und in verschiedene Richtungen. Sie konnte durch eine Nebenstraße direkt auf die Befestigungsanlagen der Siedler blicken.

Auf der Hauptstraße in der Mitte der Stadt, waren die Barrikaden in den letzten zwei Tagen erweitert und erhöht worden. Die Ermordung des Richters hatte die Verteidiger mit Sicherheit zusätzlich auf den Plan gerufen.

Es war früh am Morgen, als über sechshundert Krieger den Kreis um die Stadt enger zogen und schließlich das Feuer eröffneten.

In dem darauffolgenden Häuserkampf wurden viele der Gebäude in Brand gesteckt. Nach und nach rückten die Krieger auf die Barrikaden der Siedler vor, die ihren Angreifern zwar zahlenmäßig überlegen waren, offensichtlich aber nicht über genügend Feuerkraft verfügten. Keine Kanonen, zu wenig Gewehre oder Handfeuerwaffen.

Anna verschanzte sich zunächst in einer der Scheunen, gab mit ihrem Vorderladergewehr mehrere Salven ab, kletterte schließlich nach oben und beschoss die sich hinter den Barrikaden verschanzenden Siedler mit Pfeilen. Und sie traf.

Ein Soldat wurde von ihr in die Brust getroffen, erhob sich unter Schmerzen und fiel nach vorne über die Deichsel des Wagens, der ihm Deckung geboten hatte. Ein zweiter und dritter Pfeil, Anna hätte nicht sagen können, von wo sie abgeschossen worden waren, bohrten sich fast gleichzeitig in den Rücken des Mannes. Er spuckte Blut und blieb regungslos liegen. Einem anderen Siedler mit großem Hut verpasste sie einen Pfeil in den linken Oberarm, andere verfehlten ihr Ziel und spickten wie drohende Mahnmale die Barrikaden.

Im Laufe des Tages gingen fast hundert Häuser in Flammen auf, trotzdem gelang es ihnen nicht, die Verteidigungslinien zu durchbrechen. Immer wieder war Anna zurück zum Fluss gelaufen, hatte neue Pfeile geholt, war wieder in den brennenden Häuserschluchten verschwunden und versuchte im Kampf ihr Möglichstes zu geben, als plötzlich einige Soldaten und Siedler einen Ausbruch wagten, in dem Versuch, die Angreifer zurückzudrängen. Instinktiv fasste sie an den Revolver, den sie an einem Gurt um ihre hirschlederne Hose trug und zog sich durch die Tür in eines der Ladengeschäfte zurück. Beißender Qualm kam ihr aus dem Inneren des Hauses entgegen und raubte ihr die Atemluft.

Sie musste raus hier, nur raus. Die Scheibe neben ihr splitterte und Scherben schnitten sich in ihren Oberarm. Draußen vor der Tür stand ein Mann und zielte mit einer Pistole auf ihren Kopf. Instinktiv ließ sie sich zu Boden fallen, rollte ihren Körper über die groben Bretter des Fußbodens, stieß mit dem rechten Fuß die nur angelehnte Tür auf und legte an. Die Ladentür flog auf und sie starrte in das erstaunte, ungläubige Gesicht des Schützen, der wohl der Annahme gewesen war, er hätte sie erledigt. Zwei Schüsse zerrissen die Luft und der Mann flog im hohen Bogen nach hinten auf die Straße. Ein großes Loch klaffte in seiner Brust, er rührte sich nicht mehr. Ein anderer

Mann in Soldatenuniform rannte über die Straße, griff dem Getroffenen von hinten unter die Arme und schleifte ihn hinter einen Holzverschlag am gegenüberliegenden Gebäude.

Aus dem Augenwinkel heraus nahm Anna einen Schatten wahr, der sich auf der sandigen Straße bewegte. Offensichtlich war es der eines Verteidigers, der sich über die Dächer der Häuser bewegte. Anna sprang auf die Füße, rannte aus der Tür und auf die Straße hinaus. Sie legte an, zielte und schoss auf die Gestalt, die eben dabei war, eines der nächsten Dächer zu erreichen. Der Siedler wurde getroffen, wirbelte herum und stürzte vom Dach. Sich rückwärts bewegend lud sie den Revolver nach und verschwand in einem Stall, der von der immer mehr um sich greifenden Feuersbrunst bis zu diesem Zeitpunkt noch verschont geblieben war.

Ohne sichtlichen Erfolg zogen sich die Kämpfe den ganzen Tag und über den beginnenden Abend hin.

Bei Sonnenuntergang begannen die Krieger schließlich damit, sich enttäuscht und niedergeschlagen in die umliegenden Wälder zurückzuziehen. Es wurde dunkel. Anna lag auf einer Decke am Ufer des Flusses und betrachtete die brennende Stadt, die sich unter einem leuchtenden Himmel vor ihren Augen ihrem Untergang hingab.

Es wurden immer mehr Gebäude, die vom Flammenmeer verschluckt zu werden schienen. Sie konnte Gestalten erkennen, die zwischen den brennenden Gebäuden hindurchliefen. Nichts aber deutete darauf hin, dass in irgendeiner Weise Löschversuche unternommen wurden. Im Gegenteil. Plötzlich ging ein weiter abseitsstehendes Haus in Flammen auf, welches eigentlich zu weit entfernt von den brennenden Gebäuden auf der gegenüberliegenden Straßenseite stand. Die Siedler zündeten ihre eigenen Häuser an! Aber warum?

»Sie versuchen uns die Deckung zu nehmen«, vernahm sie plötzlich die Stimme Medicine Bottles hinter sich. Medicine Bottle war ebenfalls Häuptling der Mdewkanton-Santee und einer der engsten Freunde Little Crows. »Mankato wird den Angriff beenden.«

Anna ließ ihren Kopf nach unten ins Gras sinken. Sie hatten verloren.

Sie sank nieder, fühlte, wie die Kraft aus ihren Muskeln schwand und war nach wenigen Momenten eingeschlafen.

Als der nächste Morgen anbrach, hatten die meisten Krieger die Dunkelheit genutzt und sich in ihre Dörfer zurückgezogen. Immerhin hatten sie über zweihundert Gefangene gemacht. Einige der Kämpfer waren immer noch dabei, die Stadt zu beschießen.

Die ersten Schüsse im Morgengrauen hatten Anna von ihrem Lager hochschrecken und instinktiv zu ihrem Revolver greifen lassen. Wie sie feststellte, war nun auch Little Crow anwesend, der ihnen trotz seiner Verwundung gefolgt war. Er besprach sich mit Mankato und den anderen Häuptlingen, während Anna in einiger Entfernung im Wald verschwand, um sich zu erleichtern. Als sie zu ihrem Nachtlager zurückkehrte, war der Kriegszug bereits für beendet erklärt worden und die meisten der noch anwesenden Krieger machten sich zum Abmarsch bereit. Anna packte ebenfalls ihr Bündel und schloss sich der Gruppe Little Crows an, die sich mit über hundert Kriegern auf den Weg zurück ins Reservat machte.

Sie fühlte sich elend, gedemütigt und besiegt.

****

Fort Ridgely, Minnesota, 31. August 1862

Vor vier Tagen war Colonel Henry Hastings Sibley mit einer aus vierzehnhundert Mann starken Truppe aus Saint Paul eingetroffen, beauftragt mit der Niederschlagung des in Minnesota wütenden Sioux-Aufstandes.

Will war erleichtert gewesen.

Obwohl sich Fort Ridgely dem ersten und dann auch dem zwei Tage später folgenden zweiten und heftigeren Angriff der Indianer erfolgreich gestellt hatte, war die Situation zu keinem Zeitpunkt klar gewesen.

Niemand hatte sagen können, was Little Crow im Schilde führte und niemand im Fort zweifelte daran, dass er der Anführer des Aufstands gewesen war. Kein anderer Häuptling hätte es geschafft, so viele Krieger der Dakota-Stämme hinter sich zu vereinen.

Am 22. August war es zum zweiten, deutlich massiveren Angriff der Dakota auf Fort Ridgely gekommen, der Lieutenant Sheehan sogar dazu genötigt hatte, einige der vorgelagerten Gebäude des Forts in Brand zu setzen, damit sie den immer näher rückenden Kriegern nicht als Schutz dienen konnten. Unter Einsatz der Artillerie war es ihnen dann gelungen, die Indianer in die Flucht zu schlagen. Es mussten an die achthundert Krieger gewesen sein, die an dem Angriff beteiligt gewesen waren. Dagegen war der Angriff, der zwei Tage zuvor stattgefunden und Will das erste Mal um sein Leben hatte fürchten lassen, nur ein Vorgeschmack auf das gewesen, was über die Besatzung und die in das Fort geflüchteten Siedler hereinbrechen sollte.

Nach der Zurückschlagung der ersten Angriffswelle war erstmal eine trügerische Ruhe eingekehrt. Will dokumentierte das Geschehen aufs Genaueste.

Am Tag nach dem ersten Gefecht hatte es ein heftiges Gewitter gegeben und so hatten die Verteidiger die Zeit genutzt, sich auf einen weiteren Angriff vorzubereiten. Sie hatten die Verteidigungsanlagen noch einmal bestmöglich verstärkt, den Regen als Trinkwasser gesammelt, ein Gebäude als zusätzliches Lazarett eingerichtet und sich ausgiebig mit der strategischen Lage befasst. So waren die Stellungen der Kanonen neu bestimmt, die Flanken gesichert und die Aufteilung der Männer auf ihren Posten neu eingeteilt worden.

Will, der nicht sagen konnte, ob er bereits Blut an den Händen hatte, war mehr und mehr verunsichert gewesen. Dies war nicht der Krieg, für den er sich gemeldet hatte, um seinem Vaterland zu dienen. Mehr und mehr beschlich ihn das Gefühl, dass er hier genau für diese Art von Menschen kämpfte, gegen die er einst in den Krieg ziehen wollte. Keinen einzigen Schuss hatte er bewusst todbringend platziert, hatte nur auf die Beine der Angreifer gezielt, was zu seinem Unglück nicht unbemerkt geblieben war und noch einmal vermehrt zu seiner Ausgrenzung geführt hatte. Aber das war ihm egal, denn er hatte seinen Entschluss bereits gefasst: So schnell wie möglich würde er aus der Armee der Vereinigten Staaten austreten. Aus einer Armee, die für alles andere als seine eigene Überzeugung eintrat. Eine Armee, die in seinen Augen nicht unterstützungswürdig war.

Der Bruderkrieg tobte im Süden des Landes.

Beide Parteien beteten zu demselben Gott. Beide dachten, für eine gerechte Sache zu kämpfen. Gerechtigkeit!

›Wenn es einen gerechten Gott gibt, so müssen beide Seiten untergehen‹, schrieb Will als Kommentar in seine Aufzeichnungen.

Dass ihm das Quittieren des Dienstes in Kriegszeiten niemals genehmigt werden würde, darüber war er sich im Klaren. Dies bedeutete, dass er auf der Hut sein musste. Die Unterscheidung zwischen Freund und Feind würde für ihn in den nächsten Tagen und Wochen von entscheidender Bedeutung sein. Sein Leben konnte davon abhängen. In den eigenen Reihen der Männer unter Lieutenant Sheehan war er gebrandmarkt. Jeder wusste Bescheid.

Will galt als Indianerfreund, dem nicht zu trauen war. So war es nicht unwahrscheinlich, dass er, sollte es zu weiteren Gefechten kommen, von seinen Kameraden im Stich gelassen würde, wenn es darauf ankam. Außerdem stand zu befürchten, dass »sich eine Kugel verirren und den eigenen Mann treffen könnte«, wie es Leute wie dieser Blackwood unverhohlen formulierten. Sie hassten Will.

Die Männer Sibleys waren zum größten Teil unerfahrene, junge Burschen. Eintausendvierhundert Mann hatte er zum Kampf gegen die Indianer ins Feld geführt und trotzdem war der Colonel dazu verdammt, erst mal in Fort Ridgely Stellung zu beziehen. Völliges Unverständnis, ja sogar Empörung war dem Oberbefehlshaber von Seiten der Siedler entgegengeschlagen, als er nicht unverzüglich mit seinen Männern die Verfolgung der Angreifer aufnahm.

Auch wenn das, wie Will wusste, die einzig richtige Entscheidung gewesen war, so brachte sie dem Kommandanten eine Menge Ärger und Widerspruch ein. Was hätte er denn tun sollen?

Mit einem Haufen unerfahrener Männer, zu wenig Material, Munition und Gewehren losmarschieren und sich von den Indianern in einen Hinterhalt locken lassen? So, wie es um die Ausrüstung der Truppe bestellt war, wäre es für viele der jungen Soldaten einem Selbstmordkommando gleichgekommen, sich auf offenem Feld mit Little Crows Kriegern anlegen zu wollen. Nein, Sibley tat gut daran, auf die ihm zugesagten Mittel zu warten, ob das den Leuten nun gefiel oder nicht.

»2nd Lieutenant William Eaton, Sir«, sagte er selbstbewusst, als er dem Colonel an diesem Morgen vorgestellt wurde.

»Ach, Sie sind das ... First Lieutenant Sheehan hat mir bereits Bericht erstattet. Machen Sie sich bereit, Eaton. Wir werden eine Einheit rausschicken, um die Siedler zu beerdigen, die bei den feigen Überfällen der Wilden ihr Leben gelassen haben. Ich könnte wetten, dass sich dadurch das Bild, das Sie sich so wohlgefällig über Little Crow und seine Meute machen, ein wenig ins Wanken gerät.«

»Sir, jawohl, Sir«, erwiderte Will knapp, dem der Schreck, bei Sibley persönlich vorsprechen zu müssen, immer noch in den Gliedern saß.

Sheehan musste das eingefädelt haben. Was der Lieutenant allerdings damit bezweckte, war ihm nicht klar.

Will hatte versucht, in den Gesprächen mit den neu angekommenen Männern so viele Fakten zu sammeln, wie möglich. Auch über Sibley.

Er hatte erfahren, dass sich die Nachricht vom Sturm auf die Agentur und die Überfälle auf die umliegenden Farmen des Reservats wie ein Lauffeuer im ganzen Land verbreitet hatte. Viele Männer hatten ihre Familien auf Wagen gepackt und waren in die Städte geflüchtet, wo sofort Verteidigungsanlagen in Form von Barrikaden errichtet, Waffen, Munition gehortet und eine Art militärische Ordnung organisiert worden war. Sogar die weiter nördlich gelegenen Einheiten von Fort Ripley und Fort Abercrombie hatten laut den Aussagen der Ankömmlinge viele der Flüchtenden aufgenommen und sich auf einen Kampf mit den marodierenden Dakota vorbereitet. New Ulm war angegriffen worden und hatte große Verluste zu verzeichnen gehabt. Das musste etwa eine Woche her sein. Zum Glück hatten die Menschen durch die Bürgerwehr der etwa dreißig Meilen entfernten Stadt Mankato Unterstützung erhalten und so den Angriffen der Indianer widerstehen können. Zwei Tage nach dem Hauptangriff der Dakota war die Stadt evakuiert worden. Zweitausend Menschen waren auf über hundertfünfzig Wagen, auf Pferden oder zu Fuß nach Mankato geflohen, gesichert, durch deren flankierende Bürgerwehr. Wie berichtet wurde, hatten die Indianer viele Gefangene gemacht.

Es war unfassbar. Das ganze Land schien in Flammen zu stehen.

Hutchinson, die nächst gelegene, größere Ansiedlung neben New Ulm hatte sogar hölzerne Palisaden um den Ort errichtet, um sich gegen die bevorstehenden Attacken der Angreifer zu wappnen.

Viele der Männer, die auf die Farmen zurückgekehrt waren, nachdem sie ihre Familien in Sicherheit gebracht hatten, waren ermordet worden. Es waren aber auch ganze Familien ausgelöscht worden, wenn die Siedler versucht hatten, ihr Eigentum gegen die Indianer zu verteidigen. Männer und auch Frauen und Kinder waren getötet worden, so versicherten die Leute aus Saint Paul und Umgebung, die sich zumeist freiwillig dem Kontingent unter dem Colonel angeschlossen hatten. Von Sheehan und einigen anderen Offizieren, die noch bereit waren mit ihm zu sprechen, erfuhr Will, dass Sibley im Gebiet um das Indianerreservat kein Unbekannter war.

Als junger Mann hatte der Colonel bereits Geschäfte mit den Indianern gemacht, als er vor mehr als fünfundzwanzig Jahren von einem aus Deutschland stammenden Händler die American Fur Company übernommen hatte. Das Geschäft mit den Pelzen hatte zu diesem Zeitpunkt wie kein anderes floriert, so die Aussagen, und Sibley war zu einem wohlhabenden Mann geworden. Es schien auch ein offenes Geheimnis zu sein, dass er später, als es zu den ersten Verträgen mit den Dakota gekommen war, ein *hübsches Sümmchen* der den Indianern zustehenden Gelder für sich beansprucht hatte. Mit der Begründung, die indianischen Lieferanten der Felle hätten zu hohe Preise verlangt, war es ihm offenbar gelungen, fast ein Drittel der Zahlungen an die Indianer für sich einzubehalten.

Die Rede war von etwas weniger als einer halben Million US Dollar.

Will war fassungslos, als er diesen Bericht von einem Unteroffizier aus Saint Paul regelrecht diktiert bekommen hatte.

Natürlich recherchierte er weiter, befragte viele der Männer, die aus Saint Paul, der Hauptstadt des Bundesstaates stammten und so aus erster Hand berichten konnten. Die Jüngeren unter ihnen konnten über Sibley und seinen Werdegang wenig erzählen. Die Älteren aber schienen sehr genau über ihren jetzigen Befehlshaber Bescheid zu wissen.

»Sibley war unser erster Gouverneur, als Minnesota endlich zum Bundesstaat wurde«, meinte einer der 2nd Lieutenants stolz, der im Rang also auf der gleichen Stufe wie Will selbst stand. »Danach wurde das dann Ramsey. Alexander Ramsey, der das Amt heute noch hat. Dreimal darfst du raten, wer damals die Ansprüche Sibleys auf das Geld der Indianer für rechtens erklärt hat ...«

»Ramsey«, antwortete Will, mehr zu sich selbst als zu seinem Gegenüber.

»Ganz genau. Und die Folgen kannst du dir ausrechnen. Nachdem er mit seinem Antrag durchgekommen war, erhoben alle anderen Pelzhändler dieselben Ansprüche, was dazu geführt hat, dass die Indianer um fast die gesamte Auszahlungssumme betrogen worden sind.«

»Du klingst nicht gerade so, als würdest du die Machenschaften dieser Leute gutheißen«, führte Will an.

»Ich sehe, was ich sehe. Und ich sage: Das, was den Indianern in der Vergangenheit angetan wurde, war Unrecht. Was hier und heute passiert, ist den Händlern und Agenten anzulasten, denn es war ihre eigene Habgier, die den Dakota keine andere Wahl gelassen hat, als sich zur Wehr zu setzen. Über die Art und Weise kann man streiten. Frauen und Kinder zu töten, das macht sie zu Bestien. Deshalb bin ich hier.«

»Und dieser Ramsey? Er bereichert sich ebenfalls am Leid der Indianer?«, versuchte Will nachzubohren.

»Schwer zu sagen. Offiziell habe ich noch nichts dergleichen mitbekommen, aber hey - rechne mal zwei und zwei zusammen. Der Kerl übernimmt das Amt von Sibley, erkennt anstandslos dessen Ansprüche auf eine riesige Summe des Indianergeldes an und das alles ohne Gegengefälligkeiten? Das glaubst du doch wohl selber nicht! Die stecken alle ganz tief unter einer Decke, das sag ich dir.«

Will hatte alles notiert. Er sammelte weiter Fakten und gab sich Mühe, das Geschriebene nicht mit eigenen Interpretationen der Geschehnisse zu verwässern. Warum er so akribisch recherchierte, das konnte er sich selbst nicht erklären. Es musste etwas mit seinem Drang zu tun haben, die Wahrheit über die tatsächlichen Vorfälle herauszubekommen, auch wenn er sich natürlich darüber im Klaren war, dass die Wahrheit niemanden interessieren würde.

Noch am Vormittag wurden einhundertsiebzig Mann unter Captain Hiram P. Grant in Marsch gesetzt. Will, der der Infanterieeinheit zugeteilt worden war, schritt mit gemischten Gefühlen voran, als sie das Fort verließen und zielstrebig in Richtung des Flusses marschierten. Einerseits war er froh darüber, das Fort und die Besatzung hinter sich zu lassen und jetzt mit Männern unterwegs zu sein, die nicht mit Vorbehalten gegen ihn belastet waren, andererseits wusste er nicht, was ihn da draußen erwarten würde. Die Männer der Kavallerieabteilung galoppierten mit hoch erhobenen Köpfen an der Wagenkolonne, die ihnen für den Transport von Verpflegung und Material zur Verfügung gestellt worden war, vorüber und bildeten die Vorhut.

Sibley hatte sich gezwungen gesehen, den Forderungen der im Fort versammelten Siedler nachzukommen. Wenn er sich schon weigerte, sofort die Verfolgung der Wilden aufzunehmen, so sollte er wenigstens dafür Sorge tragen, dass die Leichen der Ermordeten ein anständiges Begräbnis erhielten. Schließlich lagen die Toten immer noch menschenunwürdig auf ihren Farmen, in den kleinen Siedlungen oder der offenen Prärie. Der Colonel gab in dieser Beziehung nach, wollte sich aber vorrangig auf eine Art Schnellausbildung der vielen Freiwilligen konzentrieren und auf die Sicherung des Nachschubs für das eigentliche Eingreifen der Truppe.

Schnell hatte der Bergungstrupp das Fort hinter sich gelassen und den Sichtkontakt verloren. Sie marschierten den ganzen Vormittag entlang des Flusses, vorbei an Redwood Ferry, wo der in Wills Augen völlig unüberlegte und unverantwortliche Befreiungsversuch Captain Marshs sein grausames Ende gefunden hatte und beerdigten bis zum Abend sechzehn tote Siedler, die zum Teil auf barbarische Art und Weise ums Leben gekommen waren. Zu Wills Entsetzen bestätigten sich die Aussagen seiner Vorgesetzten. Es waren Frauen und sogar ein Kind unter den Opfern gewesen. Zwei der Frauen waren ganz offensichtlich geschändet worden. Unter Little Crows Kriegern mussten sich einige grausame Bestien befinden. Mit einem Krieg, Mann gegen Mann, hatte das nichts mehr zu tun. Es war der menschliche Abgrund, der sich vor Will auftat. Die Taten der Männer waren mit nichts zu rechtfertigen und mussten aufs Schärfste bestraft werden.

Während der Beerdigungen mussten sich einige der jungen Soldaten übergeben, andere schienen wie unter Schock zu stehen. Sie saßen mit weit aufgerissenen Augen auf dem Boden, sprachen kein Wort und beobachtenden ihre Kameraden, wie sie die Leichen in Tüchern in den zuvor ausgehobenen Gruben versenkten.

Gerade, weil Will von der Schuld der Indianer bis dahin nicht überzeugt gewesen war, weil er diese Grausamkeiten nicht für möglich gehalten und fälschlicherweise sogar Verständnis für die Lage der Dakota aufgebracht hatte, zwang er sich nun dazu, bei den allermeisten der Beerdigungen mit Hand anzulegen. Wie alle Beteiligten, hatte er sich ein Tuch über Mund und Nase gebunden und arbeitete verbissen, gerade so, als hätte er persönlich Wiedergutmachung zu leisten.

Schwärme von Fliegen und der Geruch der Verwesung begleiteten das traurige Schauspiel. Immer wieder stieg Ekel in Will auf und verursachte einen Würgereiz, den er aber unterdrückte, um sich auf die Arbeit zu konzentrieren und so den Opfern ein würdiges Geleit zu geben.

Die ganze Zeit über waren Wachen aufgestellt und einige Spähtrupps hielten in angemessenem Abstand Ausschau nach dem Feind, aber alles blieb ruhig. Nicht ein einziger Indianer war seit ihrem Abmarsch aus dem Fort zu sehen gewesen. Will vermutete, dass sie sich aus dem Gebiet um das Fort zurückgezogen hatten und ihre Kräfte anderenorts sammelten, um den nächsten Schlag vorzubereiten. Viele der Städte und Siedlungen um das Reservat hatten Angriffe gemeldet.

Wills Erlebnisse, Zweifel und Gedanken bescherten ihm eine unruhige, schlaflose Nacht.

Am nächsten Morgen setzten sie ihre Suche nach Opfern und möglichen Überlebenden der Massaker fort, während sich eine Gruppe von Männern um einen gewissen Major Joseph Brown absetzte, um eigenverantwortlich nach den Rothäuten zu suchen, die angeblich viele Gefangene gemacht hatten. Browns eigene Familie war unter den Vermissten und so war der Versuch, die Spur der Dakota aufzunehmen, mehr als verständlich.

Den ganzen Tag hindurch wurden weitere Gruben ausgehoben, fanden weitere Beerdigungen statt. Wie ein Wunder kam es ihnen vor, als es ihnen gelang eine verwundete Frau zu bergen. Diese war bereits bei einem der ersten Überfälle verletzt worden und es war ihr gelungen, in die Wildnis zu entkommen. Sie hatte sich immer in der Nähe von Wasser aufgehalten, ihre Wunden gereinigt und sich mit dem Wenigen, das die Natur ihr bot, am Leben gehalten.

Trotzdem war die Stimmung am Abend, während sie ihr Lager an einem Bach namens Birch Coulee Creek aufschlugen, mehr als gedrückt. Man konnte es den jungen, unerfahrenen Männern ansehen, welche Spuren und Narben ihnen durch den Anblick des Grauens an ihren Seelen zugefügt worden waren. Die meisten von ihnen waren noch nie mit Krieg und Verderben in Berührung gekommen. Will war sich darüber bewusst, dass er durch seine Ausbildung in Fort Snelling sowie der beiden Angriffe auf Fort Ridgely bereits auf einen gewissen Erfahrungsschatz zurückblicken konnte. Die Toten und Verwundeten, die sie während der Schlacht zu beklagen gehabt hatten, gingen ihm nicht mehr aus dem Kopf.

Obwohl er niemals mit derartigen Szenen und Bildern gerechnet hätte, war das einzige Gefühl, das nach dem Abrücken aus Fort Ridgely übriggeblieben war, schlichte, alles überlagernde Müdigkeit.

Captain Grant hatte ihnen aufgrund der Tatsache, dass sie die ganze Zeit über keinen einzigen Indianer zu Gesicht bekommen hatten, eine ruhige Nacht vorausgesagt. Sie sollten sich entspannen und Kraft schöpfen. Nachdem auch die ins Lager zurückgekehrten Spähtrupps keinerlei feindliche Bewegungen gemeldet hatten, verzichtete er bewusst auf eine zusätzliche Befestigung des Nachtlagers, welche nur eine weitere Anstrengung für die Männer bedeutet hätte. Es wurden weder Gräben ausgehoben, noch Wachen in weiterer Entfernung um das Lager postiert. Noch vor Sonnenuntergang stieß schließlich auch die unter Captain Andersons Befehl stehende Kavallerieeinheit wieder zu ihnen. Auch er hatte von keinerlei Feindberührung zu berichten. Insgesamt, zusammen mit den von Andersons Einheit durchgeführten Beerdigungen, waren es vierundfünfzig Tote, die in den beiden Tagen zu Grabe getragen worden waren. Vierundfünfzig!

Will saß auf der Deichsel eines der im Halbkreis in Stellung gebrachten Wagen, rauchte die Reste einer Zigarre und notierte die Geschehnisse in seinem Notizbuch. Das Rauchen hatte er sich seit seinem Aufenthalt in Fort Snelling zur Gewohnheit gemacht. Es beruhigte ihn und begleitete ihn in den Zeiten, in denen er sich zurückzog, um sich seinen Gedanken hinzugeben. Immer öfter gönnte er sich diesen Genuss, wenn er schrieb, was zu seinem Leidwesen viel zu selten der Fall war. Er tat jetzt wieder den Dienst eines normalen Soldaten. Offiziell war er zwar immer noch Offizier, aber ohne Kommando. Es störte ihn nicht weiter. Auch wenn die Kameraden seine Stellung hinterfragten und teilweise sogar infrage stellten, berührte es ihn nicht mehr. Er wollte nur noch er selbst sein. Armee hin oder her. Niemals wieder wollte er sein Gewissen, seine Tatkraft oder Engagement unter den Befehl eines anderen Menschen stellen.

Aus seiner Armeejacke holte er eine kleine Flasche Whiskey, die er vor Tagen von einem der Händler im Fort erworben hatte, nahm einen kleinen Schluck und blickte in die Ferne. Er genoss den Anblick, wie die untergehende Sonne die Landschaft in ein warmes Orange tauchte.

Es war ein überwältigendes Farbenspiel, welches den Himmel, das Dach der Welt, in seinen schönsten Schattierungen erstrahlen ließ, bis es am Ende des Horizonts in tiefstem, dunklem Blau der Nacht den Weg bereitete.

Er strich sich mit der Hand durch seinen mittlerweile stattlichen Bart und lächelte bei dem Gedanken an ein heißes Bad, wohlriechende Seife und einer Rasur, alles Dinge, die in früheren Jahren zu den täglichen Selbstverständlichkeiten gehört hatten. Es fühlte sich an, als würde er Jahrzehnte zurückblicken, wenn er an das Leben dachte, welches er in Boston geführt hatte.

Teilnahmslos beobachtete er, wie auch der Trupp unter Major Brown zurück zur Einheit zurückkehrte. Als einer der Männer Browns an ihm vorüber schritt, sprach er diesen an.

»Und?«, war alles, was er den Private fragte.

»Nichts. Keine einzige Rothaut zu sehen. Den ganzen verdammten Tag nicht. Ein paar Leichen haben wir noch begraben. Arme Teufel! Das war's. Hey! Hast du was zu Saufen?«

Will reichte ihm die Flasche und der Mann nahm einen gebührlichen Schluck. »Danke, Mann! Bist in Ordnung. Bis dann.«

Schon entfernte sich der junge Private und verschwand in einem der Zelte.

›Keine einzige Rothaut‹.

Nachdenklich sah Will sich um. Wie war Grant zu der Entscheidung gekommen, hier das Lager für die Nacht aufzuschlagen? Bei näherer Betrachtung: keine gute Wahl. Der Bach, der Birch Coulee Creek, wie ihn einer der Offiziere genannt hatte, war ein gutes Stück vom Lager entfernt. ›Zu weit‹, dachte Will bei sich, ›wenn es zu einem Belagerungszustand kommen würde‹. Außerdem war die rechte Flanke des Lagers mit Baumbestand gesäumt, was dem Gegner bei einem möglichen Angriff zusätzliche Deckung bieten würde. Auf der anderen Seite wucherte hoher Grasbewuchs, unmöglich, einen sich heranschleichenden Feind auszumachen. Dazu die Wagen, die nur halbkreisförmig aufgestellt und die Wachposten, die viel zu nah am Lager postiert worden waren. Unverantwortlich.

Sie konnten von Glück reden, dass kein Indianer in der Nähe war. Anderenfalls hätten sie sich schlimme Versäumnisse vorzuwerfen gehabt. Er war einfach zu müde, dem Major seine Bedenken zu melden. Ganz abgesehen davon, dass dieser bestimmt keinen Wert auf seine Ratschläge legen würde.

Will legte sich schlafen, als die Dunkelheit die letzten Sonnenstrahlen vertrieben und sich das Himmelszelt wie eine Decke aus Sternen über ihnen ausgebreitet hatte. Er wollte, nein, er konnte sich nicht in eines der Gemeinschaftszelte begeben. Sein Platz war hier. Alleine, unter freiem Himmel. Trotz der Müdigkeit versuchte er die vergangenen Stunden und Tage zu analysieren. Warum waren die Dakota so plötzlich wie vom Erdboden verschwunden? Was würden die nächsten Schritte Little Crows und seiner Häuptlinge sein?

Einen Augenblick später war er eingeschlafen.

-

Little Crow führte die Krieger von New Ulm in nordöstlicher Richtung am Fluss entlang. Anna hatte mitbekommen, dass einige der Späher am Nachmittag eine Einheit Soldaten ausgemacht hatten, die sich, unschwer zu erkennen, auf Spurensuche befand. Ihren Spuren!

Die Blauröcke versuchten, sie zu verfolgen.

Auf ihrem Weg waren aber auch einige der getöteten Siedler von den Soldaten begraben worden, wie dem Häuptling berichtet wurde. Bis zum Abend hatten Späher die Einheit, die augenscheinlich von dem ehemaligen Agenten Brown angeführt wurde, bis zu einem größeren Soldatenlager am Birch Coulee Creek verfolgt. Von den Soldaten unbemerkt, hatten die Krieger eine Nachricht sowohl an Little Crow, als auch an dessen Kriegshäuptling Gray Bird übermittelt, der sich mit über dreihundertfünfzig Kriegern auf dem Weg nach New Ulm befand, um den Überfall auf die Stadt zu unterstützen. Gray Bird und seine Krieger kamen Little Crow auf der südlichen Seite des Flusses entgegen. Weitere Krieger unter Big Eagle, Red Legs, Dark Cloud und anderen Häuptlingen hatten sich ihnen angeschlossen. Ein Hochgefühl der Macht keimte in Anna auf, als sich die Einheiten der Sioux in der Nähe des Soldatencamps vereinten und sich die Häuptlinge zu Beratungen zurückgezogen hatten. Es war das Bewusstsein, ein Teil von etwas Großem und Mächtigem zu sein. Der Angriff auf New Ulm hatte die Kriegerin in ihr geweckt. Nicht eine einzige Sekunde hatte sie über die von ihr getöteten Soldaten und Siedler nachgedacht. Nicht einen Funken Reue hatte sie verspürt. Kein Gewissen hatte sich gemeldet und ihr den Schlaf geraubt. Auch wenn sie nicht wusste, wer die Leute gewesen waren, sie waren schuldig gewesen. Darüber bestand kein Zweifel. Wieder war es Dark Cloud, der sie über die Ereignisse und den Beschluss der Häuptlinge unterrichtete.

»Sie wissen nicht, dass wir hier sind. Der Kommandeur der Soldaten hat den denkbar schlechtesten Ort für ihr Lager ausgewählt, das werden wir uns zunutze machen.«

»Wir werden angreifen?«, platzte es aus Anna heraus.

»W*ir* werden angreifen, Anna. Nicht du.«

»Aber es ist auch mein Kampf. Ihr habt kein Recht, über mich zu bestimmen und mich zurückzuhalten.«

»Du bist eine Frau. Es ist der Kampf, den die Krieger führen müssen. Die Weiße Krähe sollte der Bestimmung folgen, die ihr zugewiesen ist. Du solltest Kinder bekommen und dein Leben nicht aufs Spiel setzen, Anna. Dein Weg ist nicht der eines Kriegers.«

»Woher willst du das wissen? Ich denke, dass dir deine innere Stimme etwas anderes sagt. Du weißt, dass ich eine Kriegerin bin.«

Mit dem Feuer der Wut in den Augen drehte sich ihr Freund zu ihr um: »Die Entscheidung ist gefallen.«

Zu genau wusste Anna, dass dem nichts hinzuzufügen war. Sie wusste um ihre Stellung und dass sich Dark Cloud nicht würde umstimmen lassen. Auf der anderen Seite war sie nicht bereit, die Entscheidung zu akzeptieren. Sie bildete sich ein, dass es bereits einige Krieger gab, die ihrem Wort folgen würden, wenn es darauf ankam. Sie war eine heilige Frau unter den Dakota. Dark Cloud hatte nicht das Recht, sie zu belehren. Sie richtete ihre Waffen zurecht, setzte sich auf ihre Decke, die sie als Nachtlager bereitet hatte und stellte sich mental auf den Kampf ein, der am nächsten Tage folgen würde. Dunkelheit umgab sie, denn es wurden keine Feuer entzündet.

Lautlos überquerten die ersten Krieger den kleinen Bach, verteilten sich am Ufer und umschlossen von allen Seiten das Soldatenlager.

Kein Geräusch war zu hören.

Als die Sonne die Schwärze der Nacht zu verdrängen begann, war das gesamte Lager der Weißen umstellt. Viele der Krieger lagen verborgen im hohen Gras der Ebene, andere hielten sich im angrenzenden Wald versteckt. Zusätzlich bot die Uferböschung des Bachlaufs Deckung, die von einer größeren Anzahl von Kriegern genutzt wurde, um sich näher an die Pferde der Soldaten heranzupirschen. Nichts konnte die Ruhe dieses herrlichen Sonnenaufgangs trüben. Außer dem Singen der Vögel war kein verdächtiges Geräusch zu hören. Noch nicht.

Anna hatte unruhig geschlafen und sich früh auf die Seite des Soldatenlagers begeben, auf der die Planwagen standen. Es war einfach unglaublich, in welcher Sicherheit sich die Soldaten wiegten. Keine der Wachen war weit genug vom Lager postiert worden, um rechtzeitig Alarm schlagen zu können. Ja, sie würden den Feind erst entdecken, wenn der Angriff bereits in vollem Gange sein würde.

Ihr Herz raste wie wild. Sie lag mit ihren Waffen im hohen Gras und wartete.

Dann, der erste Schuss. Schon donnerte eine ganze Salve von Gewehrschüssen und zerriss die Stille des Morgens. Auf der dem Bach zugewandten Seite des Lagers, wo die Pferde der Weißen standen, brach regelrecht Panik unter den Tieren aus. Viele stürzten getroffen zu Boden. Der Angriff der Krieger auf der gegenüberliegenden Seite galt den Wachen und den Pferden der Blauröcke. Little Crow wollte ihre Beweglichkeit einschränken.

Immer wieder knallten Schüsse durch die Luft, das Wiehern der Pferde klang wie der Hilferuf einer dem Tode geweihten Kreatur.

Anna erhob sich und gab den neben ihr im Gras kauernden Kriegern auf Sioux den Befehl zum Angriff.

Wie selbstverständlich sprangen acht, neun Krieger auf, verließen ihre Deckung und rannten hinter Anna auf die Planwagen zu.

-

Will schreckte von seinem Schlafplatz hoch. Schüsse! Es waren eindeutig Gewehrschüsse. Drei, vier, dann eine ganze Salve. Er setzte sich auf. Noch völlig benommen, aus dem Tiefschlaf gerissen, versuchte er die Lage abzuschätzen und seine Gedanken und Bewegungen unter Kontrolle zu bringen.

Schon wurden die ersten Warnungen und Befehle gerufen.

»Indianer! Zu den Waffen!«

Der Private, der neben ihm die Nacht verbracht hatte, sprang auf und lief in Richtung der Planwagen, wohl um sich eines der dort angelehnten Gewehre zu holen. Er war nur vier, fünf Schritte gelaufen, als sich ein Pfeil mit einem dumpfen Schlag in seine Brust bohrte. Der Mann drehte sich zur Seite. Er blickte Will in die Augen, fiel zuerst auf die Knie und dann vornüber, auf den sandigen Boden der Ebene. Leere, tote Augen starrten Will an. Gerade so, als würden sie ihn für den Tod des jungen Soldaten verantwortlich machen wollen. So, als würden sie Anklage erheben: »Warum hast du nur zugesehen und nicht geholfen?«

Will verwarf den irrationalen Gedanken, packte den Revolver, den er des Nachts immer unter seinem provisorischen Kopfkissen behielt und rollte sich zu einem der Zelte hinüber.

Das Lager befand sich in absolutem Chaos. Von überallher wurden teilweise wirre Befehle durcheinandergerufen, Einheiten versuchten sich zu sammeln, auf der Seite zum Bach hin wurde offenbar auf die Pferde geschossen. Die panischen Todesschreie der Tiere ließen die Männer vor Angst erstarren. Viele saßen, zum Teil völlig ungeschützt, auf dem Boden und hielten sich an ihren Gewehren fest, unfähig sich zu bewegen. Will richtete seinen Blick auf die Planwagen. Entsetzen packte ihn, als er die Gestalten sah, die sich aus dem hohen Gras vor dem Lager auf die Wagen zubewegten, auf die zusätzlichen Gewehre und somit auf ihre Reserve an Waffen und Munition, die sich im Inneren der Planwagen befand.

»Zu den Waffen! Folgt mir!«, schrie er aus Leibeskräften und lief auf einen der Planwagen zu, in den zumindest einer der Krieger auf der Rückseite eingedrungen war, sofern er es richtig beobachtet hatte.

Wie, als hätten sie nur auf den Befehl eines ihrer Offiziere gewartet, folgten ihm die meisten der Männer aus den ersten beiden Zelten in Richtung der völlig unzureichenden Wagenbarrikade. Überall krachten Schüsse.

Will war fast bei dem Wagen angelangt, als auch er von einem Pfeil der Dakota in die Schulter getroffen wurde. Ein brennender Schmerz breitete sich von seiner linken Schulter über den gesamten Oberkörper aus. Er stieß einen Schmerzensschrei hervor und fiel auf die Knie.

»Verdammt!«

Um ihn herum kam es bereits zu den ersten Kämpfen Mann gegen Mann. Er richtete sich auf, erhob sich und stolperte mit gezogenem Revolver weiter auf die Deichsel des Wagens zu, bereit, den Eindringling zu stellen.

Mit einem markerschütternden, hohen Schrei sprang ihn der Krieger aus dem Inneren des Wagens an und schleuderte ihn mit aller Gewalt zu Boden. Will fiel hart und stürzte mit dem Hinterkopf auf einen der flachen Felsen, was ihm kurzzeitig die Besinnung raubte.

Er konnte sich kaum bewegen, versuchte aber, sich so gut wie möglich zu konzentrieren. Sein Leben hing davon ab.

Der Angreifer hatte sich nach dem Sturz kurz abgerollt und schon war er wieder da. Abermals sprang er den am Boden liegenden Will an und brach dabei den Pfeil ab, der immer noch in der Schulter seines Opfers steckte. Wieder durchzuckte Will dieser schreckliche, alles betäubende Schmerz.

Der Krieger war immer noch auf ihm. Alles drehte sich. Er war dabei das Bewusstsein zu verlieren, absolut unfähig sich zu verteidigen.

Die langen Haare des Kriegers wehten um die schemenhafte Gestalt, als er ein Messer hoch über seinen Kopf hob, bereit seinem Gegner die Klinge in den Leib zu rammen und ihm den endgültigen Todesstoß zu versetzen. Will sah in das Gesicht des Mannes, der ihn töten würde. Er erwartete den tödlichen Stoß!

Aber ... das konnte nicht sein ... seine Sinne schwanden.

Der Mann, es war ... eine Kriegerin. Ein Mädchen! ... *Das* Mädchen ...

-

Anna und die Krieger hatten den ersten der Wagen erreicht. So wie es aussah, interessierten sich die Soldaten ausschließlich dafür, was auf der anderen Seite des Lagers mit ihren Pferden geschah. Sie erklomm die Rückseite des Wagens, kletterte ins Innere und sah sich hastig um.

Planen, Kochgeschirr, alles lag wild durcheinander im Wagen verstreut. Aber vorne, hinter dem Kutschbock war noch etwas anderes. Kisten. Ja, es waren Munitionskisten!

»Kommt her!«, befahl sie den Kriegern, die aus der Deckung nachgerückt waren. Zwei der Krieger bestiegen ebenfalls den Wagen und kletterten über das Gerümpel nach vorn.

Sie lächelten Anna offen an, als ihnen bewusst wurde, was sie in dem Wagen entdeckt hatte. Sofort schleppten sie eine der schweren Kisten nach hinten. Einer der beiden sprang vom Wagen, nahm das sperrige, hölzerne Ungetüm von oben in Empfang und begann damit, es in Richtung der eigenen Stellungen davonzuschleifen.

Anna blickte nach vorne aus dem Wagen, um den Abtransport weiterer Kisten abzusichern. Einer der Soldaten hatte sich erhoben und wollte eben auf den Wagen zukommen, als er von einem Dakotapfeil niedergestreckt wurde. Sterbend fiel er zu Boden und blieb regungslos liegen. Ein anderer, näher an der Feuerstelle, packte eine Pistole und rollte sich in Richtung der Zelte davon.

»Holt mehr Krieger hierher!«, befahl sie dem ersten ihrer beiden Mitstreiter, der sich sofort auf den Weg machte, hinten aus dem Wagen sprang und wild gestikulierend versuchte, andere Krieger auf sich aufmerksam zu machen.

»Zu den Waffen! Folgt mir!«, ertönte der Schrei eines der Blauröcke von den Soldatenzelten herüber und schon begannen ihre Feinde mit dem Gegenangriff. Vorsichtig sah Anna aus dem Wagen und zählte an die zehn Blauröcke, die auf die verschiedenen Planwagen zugelaufen kamen. Sofort stellten sich einige tapfere Dakota dagegen und wenige Augenblicke später tobte der Kampf. Aus dem Augenwinkel nahm sie einen der Soldaten wahr, der ihrem Wagen am nächsten war. Er wurde von einem Pfeil an der Schulter getroffen, stürzte zu Boden, rappelte sich aber kurz danach wieder auf und stolperte direkt auf die Vorderseite des Wagens zu, in dem sie sich befand.

Mit einem schrillen Kampfschrei stürzte sie sich aus dem Wagen auf den Mann und warf ihn zu Boden, wobei er mit dem Kopf hart auf einen der Felsen aufschlug.

Sie prallte von ihm ab, rollte sich sofort wieder herum und sprang ihn erneut an. Er lag, von dem Schlag völlig benommen, auf dem Rücken und bewegte sich kaum noch. Mit einem Satz landete sie auf seinen Hüften und brach dabei den Pfeil ab, der sich tief in die Schulter des Weißen gebohrt hatte. Sie zog ihr Messer, hob es weit über ihren Kopf, um ihrem Gegner den tödlichen Schlag zu versetzen und ... zögerte.

Es war der junge Lieutenant, der sich bei den Verhandlungen um die Lebensmittel für sie eingesetzt hatte. Der junge Mann, dessen Anblick ihr seitdem nicht mehr aus dem Kopf gegangen war. Dessen Lächeln ihr ein merkwürdiges Glücksgefühl geschenkt und in ihr eine unbekannte Sehnsucht ausgelöst hatte, die sie sich selbst nicht erklären konnte.

Er öffnete kurz die Augen und sah zu ihr empor, wie sie mit der Klinge über ihrem Kopf auf ihm saß, bereit ihm das Leben zu nehmen. Im nächsten Moment aber fiel er in die Bewusstlosigkeit. Es war der Moment, als sie das Messer mit aller Gewalt nach unten in den sandigen Boden neben seinem Kopf stieß.

****

Wood Lake, Minnesota, 22. September 1862

Auch wenn sie sich über die Entscheidung ihres Freundes und Führers hinweggesetzt und an dem Kampf gegen die Soldaten teilgenommen hatte, so hatte Anna durch ihre Taten ein weiteres Mal bewiesen, dass sie keine Weiße mehr war. Selbst die Häuptlinge sprachen von ihr nun als »die Kriegerin« und alle schienen sich einig darüber zu sein, dass der große Zauber sich nicht zügeln lassen würde, dass es ihre Bestimmung war, mit den Dakota zu kämpfen, um den weißen Mann zu vertreiben.

Die Schlacht am Birch Coulee Creek, als es ihr gelungen war Gewehre und Munition zu erbeuten, hatte eine große Bedeutung für Little Crow und die Häuptlinge gehabt. Ihr Ansehen war noch einmal deutlich gestiegen und selbst wenn Anna sich über die Aussichtslosigkeit des Kampfes gegen die US Armee nur zu bewusst war, so hatte auch sie sich von dem Gedanken an einen Sieg über dieses Betrügerpack beflügeln lassen. Es war ein guter Kampf und immer mehr Krieger schlossen sich ihnen an. Mankato und Gray Bird, sowie Shakopee und Medicine Bottle sprachen sich dafür aus, dass Anna an den folgenden Kampfhandlungen teilnehmen solle. Dark Cloud, der immer noch als eine Art Vormund für Anna fungierte, hatte sich dem Beschluss der anderen schließlich gebeugt.

Anna war nun Kriegerin.

Und mehr als das. Der Zauber in ihr vermochte es, sie zur Anführerin zu erheben. Nicht gegen den Willen der Häuptlinge, aber doch als Autorität, die irgendwo unter der ihres Freundes Dark Cloud angesiedelt war. Es blieb unausgesprochen und doch war sich jeder instinktiv darüber bewusst.

Schon als sie die Gewehre erbeutet hatten, waren ihr die Krieger anstandslos gefolgt. Es war nicht einmal die Frage nach einem rechtmäßigen Führungsanspruch aufgekommen. Sie war als Einzige an Ort und Stelle gewesen, hatte die Krieger angeführt und die richtige Entscheidung getroffen. Dass sie den jungen Lieutenant am Leben gelassen hatte, das hatte im Eifer des Gefechts wohl niemand mitbekommen. Zumindest hatte sie niemand darauf angesprochen. Es war ein Reflex gewesen.

Dieser junge Offizier hatte es nicht verdient gehabt zu sterben und das nicht nur deshalb, weil er sich für die Verteilung der Vorräte eingesetzt hatte. Es waren ... seine Augen. Das Lächeln, mit dem er sie bedacht und verzaubert hatte, als sie sich damals bei der Agentur verabschiedet hatten und seine natürliche Unbeholfenheit ihr gegenüber. Anna konnte es sich nicht erklären, aber sie hatte oft über diesen jungen Mann nachgedacht. Sehr oft. Sie hatte sein Gesicht vor ihren Augen gehabt und hatte davon geträumt, wie es wohl wäre, den jungen Offizier zu küssen. Natürlich hatte sie diese Gedanken nur im Geheimen und sich auch niemandem anvertraut. Niemand wusste, was in ihrem Inneren vorging. Es war auch in höchstem Masse unwirklich, denn Anna hätte niemals damit gerechnet, dem jungen Mann wieder zu begegnen. Das war auch der Grund, warum sie sich ihre Träumereien gestattet hatte.

Einmal war sie beim Wasserholen am Fluss etwas zu lang ihren Gedanken nachgehangen, sie konnte sich genau erinnern. Dark Cloud war plötzlich hinter ihr gestanden. Wie lange er sie beobachtet hatte, das konnte sie nicht sagen. Jedenfalls hatte er etwas sehr Merkwürdiges gesagt, als sie seine Anwesenheit bemerkt hatte und aufgestanden war, um wieder ins Dorf zurückzukehren.

»Du wirst zur Frau, Anna. Du musst das akzeptieren.«

Anna war verärgert gewesen. Nicht unbedingt über die Aussage ihres Freundes, aber sie hatte sich ertappt gefühlt. Am schlimmsten wog die Tatsache, dass Dark Cloud einfach nur Recht gehabt hatte. Die Art, wie sie über den jungen Soldatenlieutenant nachdachte, hatte nichts mit den Jungmädchenträumen von damals gemein, als sie sich gefragt hatte, wie es wohl wäre, mit einem jungen Mann zu tanzen oder sich ausgemalt hatte, wie sich der erste Kuss wohl anfühlen würde. Das Zusammentreffen hatte sie berührt. Auf eine seltsame, unerklärliche, aber wunderschöne Weise.

So schön wie sein Lächeln, das klassische, männliche Gesicht, seine breite Schulterpartie, in der bei ihrem letzten Zusammentreffen ein Pfeil gesteckt hatte.

Ein flaues Gefühl im Bauch bemächtigte sich ihrer bei dem Gedanken an seine Verletzung. Konnte die Verwundung lebensgefährlich gewesen sein? War er womöglich seinen Verletzungen erlegen?

Tief in ihrem Herzen hoffte sie, dass es ihm gut ging, dass er die Verwundung gut überstehen und sie sich wiedersehen würden.

Zwei Tage nach dem Überfall auf das Soldaten Camp, nachdem sie wegen der nochmaligen Verstärkung durch weitere Soldaten und Kanonen die Belagerung hatten aufgeben müssen, war eine Nachricht von Colonel Sibley an Little Crow eingetroffen. Es war die unmissverständliche Aufforderung des Colonels zur Aufgabe gewesen. Little Crow sollte sich ergeben und die Gefangenen frei lassen, nur so würde Sibley die Kampfhandlungen einstellen und auf weiteres Blutvergießen verzichten. Es war das erste Mal gewesen, dass Anna an den Beratungen der Häuptlinge direkt teilgenommen hatte. Beschlossen wurde, mit einer Erklärung an Sibley heranzutreten, welche die wahren Gründe des Krieges und die Schuldigen benennen sollte. Die Händler, welche die Dakota zu diesem gewalttätigen Schritt gezwungen hatten, sollten zur Rechenschaft gezogen werden. Galbraith sollte namentlich genannt werden, denn der Agent war in aller Augen der tatsächlich Schuldige.

Er war derjenige gewesen, der die Indianer hungern lassen und nicht zu seinem Wort gestanden hatte.

Als Überbringerin der Antwort hatte Anna sich freiwillig gemeldet und so war es geschehen.

Sie war alleine in das Soldatenfort geritten und hatte Little Crows Antwort überbracht. Niemand hatte sie behelligt oder versucht, sie aufzuhalten. Sie hatte die Botschaft übergeben, ihr Pferd gewendet und das Fort in langsamen Trab wieder verlassen. Nicht ein Wort war über ihre Lippen gekommen.

Seitdem hatten sie keinerlei Reaktion mehr von Sibley erhalten.

Späher hatten berichtet, dass weitere Wagen im Fort angekommen waren, was nur bedeuten konnte, dass sich die Soldaten auf den großen Kampf vorbereiteten.

Aber auch Little Crow war bereit.

Einige Tage später verließ die Hauptstreitmacht das Fort in Richtung der Oberen Agentur. Die Zeit schien gekommen.

Es war der Abend vor dem Angriff.

Am folgenden Morgen wollte Little Crow die Soldaten, die am Battle Lake ihr Lager aufgeschlagen hatten, mit einem Überraschungsangriff bezwingen. Die Einheiten, Sibley führte nach Aussagen der Späher selbst das Kommando, sollten unter Beschuss genommen werden, wenn sie ihr Lager abgebaut hätten und sich wieder auf der Straße befinden würden. Es sollte die gesamte Kolonne angegriffen werden, sobald sie sich nicht mehr in der Ordnung eines befestigten Lagers befinden würde.

Anna bereitete sich auf den bevorstehenden Kampf vor, legte ihre Waffen zurecht und begab sich zu den Feuern. Im Schneidersitz verbrachte sie mehrere Stunden, begab sich in die spirituelle Welt und konzentrierte sich auf die bevorstehenden Aufgaben.

Sie bemerkte kaum, als sich Dark Cloud zu ihr setzte.

Nach einer Weile, sie spürte seine Anwesenheit, öffnete sie die Augen und sah ihm direkt ins Gesicht.

Keiner von ihnen sprach ein Wort. Zu hören waren lediglich die leisen Gesänge der Krieger, die sich ebenfalls auf den Kampf vorbereiteten und das Knistern und Zischen des im Feuer verbrennenden Geästs.

Lange blickten sich die beiden schweigend in die Augen.

›Die Weiße Krähe muss stark sein‹, vernahm sie schließlich die Stimme ihres Freundes, Worte, die er nicht mit seinen Lippen geformt hatte.

»Nein!«, entfuhr es ihr in leisem Ton.

›Es ist die Vorsehung, welche den morgigen Sonnenaufgang als meinen letzten bestimmt hat. Meine Ahnen bereiten mir den Weg.‹

Wieder hatten sich die Lippen ihres Freundes nicht bewegt.

Jetzt aber sprach Dark Cloud sie an: »Ich habe nicht ergründen können, welcher Geist dich zu uns geführt hat. Und ich habe viel darüber nachgedacht. Ich habe versucht, die Zeichen zu deuten und mich auf die Suche nach Antworten begeben. So wie ich weiß, dass meine Zeit gekommen ist, so weiß ich auch, dass du den morgigen Tag überleben wirst. Du wirst leben, Anna, und Zeugnis ablegen über die Geschehnisse, die meinem Volk widerfahren sind.«

»Aber, wie kannst du dir so sicher sein? Dein Volk braucht dich, Dark Cloud! Ich ...«

»Auch du weißt was geschehen wird. Der Zauber in dir hat es dich wissen lassen. Es ist derselbe, der auch in mir ist. Ich habe Dinge gesehen, viele davon konnte ich nicht ergründen. Andere waren klar wie die Wasser des Bergflusses, der auf seinem Weg durch unsere Jagdgründe das Leben begründet. Ich bin ein Krieger, Anna. Und morgen wird der Tag sein, an dem ich einkehren werde in die Welt unserer Ahnen. Es ist der Lauf der Dinge.«

Dark Cloud erhob sich, legte seine Hand auf Annas Schulter, verweilte einen Augenblick und verließ ohne ein weiteres Wort die Feuerstelle. Er verschwand in der Dunkelheit.

Ein Gefühl der Machtlosigkeit erfasste Anna. Niemals zuvor hatte sich diese übersinnliche Befähigung mit einer derartigen Vorausschauung offenbart. Sie wollte nicht glauben, dass das Schicksal erneut eine so harte Prüfung für sie bereithalten sollte. Auf der anderen Seite wusste sie nur zu genau, dass sie niemals in der Lage sein würde, etwas dagegen zu unternehmen. Bis jetzt war immer eingetreten, was ihr durch die Gabe oder den Fluch vorausgesagt worden war.

Die Nacht verbrachte Anna ohne Schlaf, aber auch ohne Tränen.

Als die Landschaft in der Morgendämmerung in das erste Licht des herannahenden Tages getaucht wurde, waren die Krieger der Dakota bereits dabei, sich durch das hohe Gras an das Soldatenlager heranzupirschen. Auch Anna war unter den Angreifern, die auf allen Vieren, Meter für Meter an die Wagenburg mit ihren vorgelagerten, extra ausgehobenen Verteidigungsgräben heran robbten, um sich in angemessener Entfernung, auf das Angriffssignal wartend, bereit zu halten. Sie wollten beobachten, wie die Soldaten ihr Lager abbauen, die Ausrüstung verstauen und sich in Marsch setzen würden. Sobald sie sich in Reih und Glied auf der Straße befinden würden, sollte das Angriffssignal Little Crows den überraschten Einheiten Sibleys den vernichtenden Schlag versetzen.

Anna und die Krieger hatten ihre Stellung eben bezogen, als sich unerwartet auf der anderen Seite des Camps einige Wagen der Einheit in Bewegung setzten. Völlig ungläubig beobachteten Anna und die Krieger, wie die Wagen in die offene Prärie hinaus gelenkt wurden, anstatt auf dem ausgetretenen, besser befahrbaren Weg zu bleiben. Sie hielten geradewegs auf die Krieger zu, die sich auf der gegenüberliegenden Seite des Angriffsrings ebenfalls im hohen Gras versteckt hielten. Anna befürchtete das Schlimmste. Bereits einen Augenblick später bestätigten sich ihre Befürchtungen: Um nicht von den schweren Wagenrädern überrollt zu werden, verließen die Krieger ihre Deckung und eröffneten das Feuer. Das Überraschungsmoment war dahin. Sofort eilten den Angegriffenen weitere Truppen aus den Stellungen im Hintergrund zu Hilfe. Anna schätzte die Entfernung zwischen dem Camp und den ersten Kampfhandlungen auf etwa eine halbe Meile.

Einen Augenblick später war die gesamte Soldateneinheit in Alarmbereitschaft. Anna und die bei ihr befindlichen Krieger eröffneten ebenfalls das Feuer. Als sie bemerkte, dass die Soldaten dabei waren die Kanonen in ihre Richtung auszurichten, sprang sie auf, sammelte eine Handvoll Männer um sich und gab knappe Anweisung ihr zu folgen. Unter schwerem Beschuss überquerten sie das Schlachtfeld, um sich in der Nähe der Artillerie in Stellung zu bringen, aber es war zu spät. Noch bevor es Anna und den Kriegern gelang, sich mit den Männern Mankatos zu vereinigen und die Soldaten Sibleys an den Kanonen unter Feuer zu nehmen, brach die Hölle los. Das Donnern der Kanonen zerriss die Luft. Die Einschläge und Explosionen rissen die Erde auf und drohten alles und jeden zu verschlingen, der auch nur in die Nähe der Detonationen kam. Erde, Dreck und Gliedmaßen der Getroffenen flogen durch die Luft. Anna wurde von einer Druckwelle erfasst und durch die Luft geschleudert. Als sie sich schwerfällig aufrichtete und ihren Kopf hob, wurde sie Zeugin, wie Häuptling Mankato direkt von einer Kanonenkugel getroffen und zerfetzt wurde. Ein dumpfes Dröhnen breitete sich in ihrem Kopf aus und zwang sie, sich zurück auf den Erdboden fallen zu lassen. Nach einem Moment fasste sie sich wieder, ergriff das Gewehr, das neben ihr auf dem Boden lag und versicherte sich zunächst ihrer eigenen körperlichen Unversehrtheit. Prellungen, Abschürfungen, ansonsten schien sie nicht weiter verletzt zu sein.

Sie stützte sich auf das Vorderladergewehr, indem sie den Kolben in die Erde rammte und kam auf die Knie. Kugeln pfiffen durch das Gelände, neben ihr stürzte einer der Krieger getroffen zu Boden.

Sie lud das Gewehr und feuerte. Wieder Kanoneneinschläge vor und neben ihr. Sie musste weg von hier!

Langsam robbte sie rückwärts in Richtung des kleinen Wäldchens, viele der Krieger taten es ihr gleich. Von dieser Seite aus war an einen weiteren Angriff auf die Soldatenstellung nicht zu denken. Schließlich sprang Anna auf die Füße und lief auf die Anhöhe zu, um sich einen Überblick über die Schlacht zu verschaffen. Es bot sich ihr ein Bild des Grauens. Überall waren die Linien der Angreifer durchbrochen. Jetzt erst erkannte sie, dass sie den US Truppen zahlenmäßig ohnehin weit unterlegen gewesen waren. Die einzige Chance, die sie gehabt hatten, war in dem gescheiterten Versuch des Überraschungsangriffs begründet gelegen.

Nachdem der Kampf an die zwei Stunden gewütet hatte, war die Schlacht für die Dakota verloren. Während sich die meisten der Krieger geschlagen gaben und sich den Truppen Sibleys ergaben, ergriffen etliche die Flucht.

Zunächst schloss Anna sich den Männern um Little Crow an, der ungläubig und wütend über den fehlgeschlagenen Hinterhalt in sein Lager zurückkehrte. Dort sollte eine weitere Ernüchterung auf ihn warten, denn noch während des Kampfes hatten einige der Häuptlinge, darunter Wabasha, Red Iron und Taopi die Gefangenen in ihre Gewalt gebracht und fortbringen lassen. Sie waren gegen die Weiterführung der Kämpfe gewesen und hatten vor, die Weißen mit der Herausgabe der Gefangenen, die überwiegend aus Frauen und Kindern bestanden, zu besänftigen. Es war Verrat. Niemals zuvor hatte sie eine derart tiefe Enttäuschung und Traurigkeit in den Augen des Häuptlings gelesen, als er sich langsam zu seinen Kriegern umdrehte und ihnen mitteilte, dass der Kampf verloren war und sie fliehen mussten.

Little Crow musste sich geschlagen geben.

Mit über hundert Kriegern machte er sich auf, um sich der Gefangennahme durch die Soldaten Sibleys zu entziehen. Er war sich darüber im Klaren, dass ihm, dem Anführer des Aufstands, niemals Pardon gewährt werden würde. So floh er mit seinen Männern in Richtung Norden. Anna blieb.

Sie wollte Dark Cloud suchen, den sie seit dem gestrigen Abend nicht wiedergesehen hatte. Verzweifelt hielt sie Ausschau nach ihrem Freund, der sich nach der Aussage eines Mannes, der ein Bein verloren hatte und im Sterben lag, ebenfalls unter den Verletzten befinden sollte. Anna lief durch die Reihen der Verwundeten, aber ohne Erfolg.

Schließlich zog sie sich mit zwei verletzten Kriegern ihrer Gruppe in die Täler des Minnesota Rivers zurück, auf dem Weg zu Dark Clouds Lager im südlichen Teil der Reservation. Unbehelligt kamen sie gegen Abend am Flusslauf des Beaver Creek an, an dessen Ufern einige wenige Zelte ein kleines Dorf markierten, weit ab von den Kämpfen und der Niederlage des Dakota Häuptlings.

Einige Frauen und Kinder erwarteten sie. Tränen und leise Gesänge begleiteten den Sonnenuntergang. Bis lange in die Nacht hinein war an Ruhe nicht zu denken. Die Menschen hatten Angst. Die Krieger wurden versorgt, ihre Wunden gereinigt und verbunden. Bis auf Frauen und Kinder waren neben den beiden verwundeten Kriegern nur ein paar alte Männer in dem kleinen Dorf zurückgeblieben.

Anna wusste, sie würde Dark Cloud, ihren Retter, niemals wiedersehen.

****

Fort Ridgely, Minnesota, 2. Oktober 1862

Will hatte Glück gehabt.

Von der Schlacht am Birch Coulee Creek hatte er nach seiner Verwundung und dem Kampf mit der Indianerin nicht mehr viel mitbekommen. Alles, was er noch wusste, war, dass er von den Wagen weggeschleift und in die hinteren Reihen in Sicherheit gebracht worden war. Seine Verwundung hatte sich als nicht lebensbedrohlich herausgestellt, obwohl der Pfeil ihm eine tiefe Fleischwunde beigebracht und er viel Blut verloren hatte. Der Schlag auf den Hinterkopf war ebenfalls nicht unerheblich gewesen, aber er sei eben *hart im Nehmen*, wie ihm vom Armeearzt bestätigt worden war.

Während sich seine Einheit in einem erbitterten Kampf mit den Dakota befunden hatte, war er überwiegend bewusstlos gewesen und hatte sich den genauen Hergang der Schlacht schließlich von seinen Kameraden erzählen lassen müssen.

In der Zwischenzeit hatte sich vieles geändert: Der Aufstand der Dakota war mit der Schlacht am Wood Lake endgültig niedergeschlagen worden. Will selbst hatte nichts mehr zu dem Sieg der US Armee über Little Crow beitragen können, denn seine Verwundung hatte ihn an der Teilnahme an weiteren Kampfhandlungen gehindert.

Seit einer Woche war er nun wieder im Dienst und sollte sich am nächsten Morgen einer Einheit unter Captain Becker anschließen. Es war eine der Einheiten, welche mit der Aufgabe betreut wurden, das ehemalige Reservationsgebiet zu durchkämmen und abtrünnige Indianer zu inhaftieren, die der Anweisung Sibleys bis jetzt immer noch nicht Folge geleistet und sich in Gewahrsam der US Armee begeben hatten.

Will recherchierte aufs Genaueste, was seit seiner Verwundung geschehen war und hielt die Geschehnisse in seinen Aufzeichnungen fest. Birch Coulee hatte eine herbe Niederlage für die Soldaten bedeutet, es war nicht schön zu reden.

Als der Kampf in den frühen Morgenstunden des zweiten Septembers so abrupt begonnen hatte, war es den Indianern in den ersten Minuten des Überfalls gelungen, die meisten der Pferde ihrer Einheit zu töten und etliche Soldaten, darunter Will selbst, zu verwunden. Die Verteidigung des Camps hatte sich als äußerst schwierig herausgestellt, da es von allen Seiten gleichzeitig angegriffen worden war. Der nahe Wald, das hohe Gras und die Böschung zum Wasser hatten den Angreifern zusätzliche Deckung geboten. Will hatte mit seiner Einschätzung der Situation also absolut Recht behalten. Die Indianer hatten genau gewusst, was zu tun war und eiskalt zugeschlagen. Nach der ersten und zweiten Angriffswelle hatten sich die Dakota für eine Belagerung des Camps zurückgezogen. Stundenlang hatte die Einheit in der sengenden Sonne unter Beschuss gelegen. Abgeschnitten von Wasser und weiteren Vorräten. Neben den Verlusten, waren über dreißig Soldaten verwundet worden. Sibley, der den Lärm der Schlacht im etwa sechzehn Meilen entfernten Fort Ridgely vernommen hatte, schickte zweihundertvierzig Mann Verstärkung unter Colonel McPhail, der aber ebenfalls in einen Hinterhalt geraten und nach kurzem, heftigem Gefecht eingekesselt worden war. Das Einzige, was ihm noch gelungen war, bevor sich der Belagerungsring der Häuptlinge vollends um ihn und seine Männer geschlossen hatte, war, nach weiterer Verstärkung aus dem Fort zu schicken, was Sibley schließlich selbst zum Eingreifen in die Kampfhandlungen gezwungen hatte. Nur unter Einsatz der Artillerie war es Sibley dann am Vormittag des 3. September gelungen, die Indianer zum Rückzug zu zwingen und den Belagerungsgürtel aufzugeben.

Als Verluste notierte Will in seinen Aufzeichnungen: »22 Tote, 47 Schwerverletzte, über 50 leicht Verwundete und 90 getötete Pferde.«

Die Überlebenden waren wie ausgezehrt gewesen, von einer einunddreißigstündigen Belagerung ohne Wasser und Nahrung.

Zwei Tage später, so wurde berichtet, hatte Sibley Little Crow eine Nachricht zukommen lassen mit der Aufforderung zur sofortigen Aufgabe und Freilassung aller gefangen genommenen Siedler.

Bereits am 7. September war Little Crows Antwort in Fort Ridgely eingetroffen. Es war ein Indianermädchen, so wurde erzählt, welches Little Crows Antwort auf einem weißen Pferd überbracht hatte. Little Crow hatte versucht, Sibley von der Unschuld der Dakota zu überzeugen. Galbraith sei der Schuldige und für den Ausbruch der Kampfhandlungen verantwortlich. Er und die weißen Händler seien der Ursprung allen Übels und die Dakota hätten sich lediglich gegen den sicheren Hungertod zur Wehr setzen müssen. In Gedanken hatte Will dem Häuptling aus vollem Herzen zugestimmt, als ihm von den Anschuldigungen Little Crows berichtet worden war.

Dann hatte er beobachtet, wie eine Woche darauf die dringend erwarteten Reserven in Fort Ridgely eingetroffen waren. Die Waffen, Munition und Vorräte, die sofort umgeladen und bearbeitet worden waren, hatten über das Vorhaben Sibleys keinen Zweifel gelassen.

Der Colonel war im Begriff gewesen, einen letzten, vernichtenden Schlag gegen Little Crow und seine Häuptlinge zu führen.

Am 19. September schließlich hatte Sibley mit dem Großteil der Truppe Fort Ridgely verlassen und sich auf den Weg gemacht, die Indianer auf ihrem eigenen Gebiet zu stellen.

Am Wood Lake war es dann vier Tage später zur entscheidenden Schlacht gekommen. Die Indianer hatten durch den Beschuss der Artillerie keine Chance gehabt. Sie hatten schwere Verluste erlitten und sich wenig später entweder den Truppen der US Armee ergeben oder auf der Flucht befunden.

Die meisten Krieger allerdings hatten die Waffen niedergelegt und waren als Gefangene der US Armee inhaftiert worden.

Will erfuhr durch den Bericht eines Halbblutindianers, dass eine List Little Crows nicht aufgegangen war. So hatten die Soldaten schnell die Überhand gewonnen und die angreifenden Dakota in die Flucht geschlagen. Auch einige der Häuptlinge seien ums Leben gekommen, was die Kampfmoral der Krieger zusätzlich geschwächt hatte.

Sibley, der für diesen Sieg gefeiert wurde, hatte sich nach der Schlacht außer Stande gesehen, unmittelbar die Verfolgung Little Crows und der flüchtigen Krieger aufzunehmen. Für ein derartiges Vorgehen mangelte es ihm an der richtigen Ausrüstung und auch an Proviant. Wer hätte sagen können, wie lange sich eine derartige Verfolgung der Schuldigen hätte hinziehen können?

Es war Sibley nichts anderes übriggeblieben, als abzuwarten. Umso mehr als er befürchten musste, den sich immer noch in Little Crows Händen befindlichen Siedlern könne etwas angetan werden. Wie sich herausstellen sollte, hatten sich zu diesem Zeitpunkt über zweihundertfünfzig Gefangene in den Lagern der Dakota befunden.

Was dann geschehen war, das konnte für die US Armee nur als ausgesprochener Glücksfall gewertet werden: Die Indianer hatten sich entzweit.

Häuptlinge wie Wabasha und einige andere hatten sich noch während der Schlacht am Wood Lake der Gefangenen angenommen und diese in ein anderes Lager in Sicherheit gebracht. Little Crow war verraten worden. So war es für Sibley ein Leichtes gewesen, die Indianer auf dem Verhandlungsweg zur Aufgabe zu überreden und hatte seine Männer bereits einen Tag nach der Schlacht in Richtung der sogenannten Hazelnut Mission, in der Nähe von Granite Falls in Marsch gesetzt.

Am Morgen des 26. September marschierte Sibley mit seinen Truppen unbehelligt in das Indianerdorf ein, in dem sich zu diesem Zeitpunkt nach Aussagen von Augenzeugen über eintausendzweihundert Menschen befunden hatten.

Die Gefangenen waren unversehrt übergeben und Sibley als Befreier gefeiert worden. Unnachgiebig hatte der Colonel die Herausgabe der Schuldigen gefordert und so waren viele der Krieger unverzüglich festgenommen und in einem eigens errichteten Gefangenenlager gefesselt und inhaftiert worden. Auch war schnell ein Name für das Camp der Soldaten gefunden gewesen, in dem die insgesamt zweihundertneunundsechzig gefangenen Siedler ihre Freiheit zurückerhalten hatten: Camp Release.

Der gesamte Stamm wurde unverzüglich unter Arrest gestellt. Außerdem hatte Sibley Halbblut-Scouts in das gesamte Minnesotatal ausgesandt, welche die Nachricht über die Niederlage Little Crows und seine unmissverständliche Anweisung an alle Indianer der Reservation verbreiten sollten. Der Befehl lautete, dass sich alle Indianer ausnahmslos und sofort zu ergeben und sich in Gewahrsam der US Armee zu begeben hätten. Zuwiderhandlungen würden mit Verfolgung und dem Tode bestraft.

Will konnte sich nicht vorstellen, dass Sibley ernsthaft erwog, unschuldige Indianer, die sich nicht bei den Behörden meldeten, einfach über den Haufen schießen zu lassen. Die Zeiten der Massaker und Barbarei sollten nun endgültig der Vergangenheit angehören.

Am nächsten Morgen sollte er selbst zu einer der Einheiten gehören und mit Captain Becker in das Reservationsgebiet aufbrechen, um eventuell abtrünnige Indianer festzunehmen. Es würde ein Routineeinsatz werden, denn mit Widerstand war nicht mehr zu rechnen.

Früh am Morgen meldete sich Will vorschriftsmäßig zum Dienst. Captain Becker führte eine Kavallerieeinheit von dreißig Mann, die kurz nach Morgengrauen von Fort Ridgely in Richtung der Unteren Agentur am Redwood Creek aufbrach, mit dem Auftrag, das Gebiet nördlich des Minnesota Rivers nach Indianern zu durchkämmen.

Es war ein warmer Herbsttag. Die Sonne schien sich vor dem Winteranbruch noch einmal von ihrer freundlichsten Seite zeigen zu wollen und tauchte die Landschaft in ein geradezu goldenes Licht.

Die Bäume hatten mit der Verfärbung ihres Laubkleides begonnen und so bot sich der Anblick eines berauschenden Farbenspiels auf den Hügeln und in den Tälern. Es war, als würde die Natur die Zeiten des Friedens willkommen heißen, nach diesen sechs Wochen der Grausamkeiten, des Krieges und des Verderbens. Friedlich plätscherten die Bäche und Flüsse auf ihrem Weg von und zu den vielen Seen und Flüssen dieses herrlichen Landes. Nach etwa fünf Stunden und einer Rast in der Agentur setzten sie ihren Ritt auf der nördlichen Seite des Flusses fort, nachdem sie mit der Redwood Ferry, einem kleinen Floss, das die beiden Flussufer miteinander verband, übergesetzt waren.

Das Licht des Nachmittags ließ die Schatten der Bäume und Hügel bereits länger werden und Will fühlte sich glücklich, am Leben zu sein. Es war verdammt knapp gewesen. Der Pfeil, den er bei der Schlacht bei Birch Coulee abbekommen hatte, hätte nach Aussage des Docs nur einen einzigen Zentimeter tiefer sitzen müssen und Will wäre mit den anderen Opfern beerdigt worden. Oder bei dem Kampf, als er auf den Wagen zugelaufen und von innen heraus angesprungen und zu Boden geworfen worden war. Das Geschehen hatte einen wirklich sehr unglücklichen Verlauf genommen, denn er hätte sich gut und gerne zur Wehr gesetzt, wäre er nicht so hilflos mit dem Kopf auf dem Felsen aufgeschlagen. Die Wucht des Angriffs, als er zu Boden gerissen worden war, war einfach zu groß gewesen. Daraus konnte man ihm keinen Vorwurf machen. Aber ... war es wirklich ein Mädchen gewesen, das ihn so todesmutig angesprungen hatte? Konnte das sein? War es wirklich *dieses* Mädchen gewesen?

Er war erledigt gewesen, dem Tode geweiht. Warum hatte ihn das Indianermädchen verschont?

So sehr er sich auch bemühte, seine schemenhaften Erinnerungen an die Szene zu sortieren, immer wieder kam ihm das Gesicht der jungen Indianerin in den Kopf. Das Mädchen, das er bei der Agentur gesehen hatte, als er mit Sheehan und den Händlern über die Herausgabe der Lebensmittel verhandelt hatte. Aber wie und warum, um alles in der Welt, sollte sie an dem Überfall auf die US Armee beteiligt gewesen sein? Ein Mädchen! Das machte doch überhaupt keinen Sinn.

Will wurde aus seinen Gedanken gerissen, als einer der Soldaten, der als Kundschafter vorausgeritten war zur Einheit zurückkam und von einem Indianerdorf am Fuße der nächsten Hügelkette berichtete.

»Krieger?«, fragte Becker und kratze sich dabei nachdenklich seinen Bart.

»Nein, Sir. Nicht soweit ich gesehen habe, Sir«, antwortete der junge Private.

»Nun gut«, meinte Becker. »Mir folgen, aber ohne großes Aufsehen.«

Und schon setzte sich die Einheit in leichtem Galopp in Bewegung, um dem Captain in Richtung des Indianerdorfes zu folgen.

Nach wenigen Minuten hielten sie die Pferde auf einem Kamm an und erblickten das Dorf, welches aus nur wenigen Zelten bestand. Zwischen den Tipis gingen friedlich Menschen ihrer Arbeit nach, Kinder spielten und einige Alte saßen an den Feuerstellen, damit beschäftigt, Pfeife zu rauchen. Nicht weit von dem Lager war ein kleiner Flusslauf zu erkennen und drei Ponys, die am Ufer grasten.

-

Anna war eben dabei, ihre langen schwarzen Haare mit einem aus Rippenknochen bestehenden Kamm zu bearbeiten. Sie sprach mit einer der Töchter Dark Clouds über den verlorenen Krieg und über die Angst ihres Volkes, was nun mit ihnen geschehen sollte.

»Nicht alle Weißen sind schlecht«, sagte Wenonah, die vielleicht ein Jahr jünger als Anna und Dark Clouds erstgeborene Tochter war.

»Nein, das glaube ich auch nicht«, erwiderte Anna. »Aber, wenn man bedenkt, was den Dakota und den weißen Siedlern angetan worden ist, so wird es schwierig sein ein gerechtes Urteil zu finden.«

»Denkst du, mein Vater wird zu uns zurückkehren?«

Anna stand auf und schloss das Indianermädchen in die Arme.

»Ich glaube, Dark Cloud wird nicht zurückkommen, Wenonah. Er hat sein Leben gegeben für seine Überzeugung. Am Abend vor dem Kampf hat er mit mir gesprochen. Die Vorsehung hatte ihm gesagt, dass es sein Letzter sein würde.«

Nach einem Moment, in denen sich die beiden jungen Frauen in den Armen gehalten hatten, trennten sie sich voneinander und Wenonah trat ein paar Schritte zurück.

Wie aus dem Nichts zerriss ein Schuss die Luft.

Die Kugel durchdrang den Hals der jungen Indianerin. Sie zerfetzte ihren Kehlkopf und Blut spritzte aus der Wunde, als das Mädchen nach vornüber stürzte. Sie blieb regungslos auf der Erde liegen.

Entsetzen erfasste Anna. Was um alles in der Welt ging hier vor?

Schon krachten weitere Schüsse und Panik machte sich unter den Frauen und Kindern im Lager breit. Sie liefen wild durcheinander, wurden von Kugeln in den Rücken oder in die Brust getroffen, stürzten zu Boden, versuchten sich in die vermeintliche Sicherheit der Tipis zu retten oder blieben mit starren, offenen Augen auf dem Boden liegen.

Von einem Hügel sah Anna eine Einheit Soldaten auf sie zukommen. Mit gezogenem Säbel ritt der Anführer im schnellen Galopp voran und führte seine Männer zum Angriff. Einer der Alten versuchte, sich ihnen wild gestikulierend in den Weg zu stellen und wurde, obwohl er als Zeichen der Aufgabe seine Hände über dem Kopf hielt, mit mehreren Schüssen niedergestreckt. Schon hatten die Soldaten das Dorf erreicht. Der Kommandant schwang seinen Säbel und köpfte einen kleinen Jungen, der voller Angst in die Arme seiner blutend am Boden liegenden Mutter laufen wollte. Die Schreie der Frau würde Anna wohl niemals mehr vergessen können.

Überleben.

Instinktiv griff sie nach einem der Gewehre.

Sie würde nur einen einzigen Schuss haben. Konnte sie damit

wirklich etwas ausrichten? Sie legte an, schoss und holte wenigstens einen der Soldaten aus dem Sattel. Er stürzte und riss dabei sein Pferd um, so dass es den Blaurock unter seinem ganzen Gewicht begrub. Das Tier erhob sich, der Mann blieb regungslos liegen. Sein ganzer Kopf war blutig, sein Gesicht entstellt.

Anna ließ das Gewehr fallen und stürzte sich von hinten auf einen weiteren Soldaten, der gerade dabei war ein Mädchen aus einem der Zelte zu zerren. Sie zog ihr Messer und rammte es dem Soldaten in den Rücken. Einmal, ein zweites Mal. Schließlich ein drittes Mal. Der Mann fiel stöhnend zu Boden. Das Mädchen schrie und sprang auf. Da wurde es von einer Gewehrkugel in die Brust getroffen und nach hinten, durch den schmalen Eingang des Tipis ins Innere geschleudert.

Das kleinere Zelt neben der Toten war Annas Zuhause gewesen.

Anna warf sich zu Boden, so als wäre auch sie von einer Kugel getroffen worden, robbte zu ihrem Tipi und verschwand im Inneren.

Schnell! Sie musste schnell sein, wenn sie ihr Leben retten wollte. Für einen Kampf war es zu spät. Während sie sich die Kleider vom Leib riss, warf sie einen Blick nach draußen, wenige Augenblicke sollten ihr bleiben. Völlig nackt kramte sie nach dem großen Leinensack, in dem sie ihre Habseligkeiten verwahrte. Sie fand schließlich nach was sie gesucht hatte, löste die Schnürung um ihren Oberschenkel, um sich ihrer Waffe zu entledigen und zog sich eines der Kleider über den Kopf, welche sie von den Weißen erbeutet hatte. Schnell schlüpfte sie in die Schuhe, zog sich eine der Hauben auf den Kopf und stopfte ihr langes Haar darunter fest. Schritte näherten sich dem Zelteingang.

Sie ließ sich nach vorne in den Staub fallen und blieb regungslos liegen. Durch ihre leicht geöffneten Augen sah sie schwere Armeestiefel auf sich zu kommen.

»Eine Gefangene! Ich habe eine Gefangene gefunden!«, rief der Mann, der in ihr Zelt eingedrungen war.

-

Als Captain Becker den Befehl zum Angriff gab, war Will völlig perplex und vor den Kopf gestoßen. Einer der Scharfschützen hatte sein Gewehr angelegt und eine Indianerin erschossen, noch bevor Will sich der Bedeutung des Angriffsbefehls im Klaren gewesen war.

Der Captain befehligte eine Attacke auf ein friedliches Indianerdorf!

Becker zog seinen Säbel und gab seinem Pferd die Sporen. Sofort folgte die Einheit und ritt in vollem Galopp auf die sich im Tal befindlichen Zelte der Dakota zu. Schüsse fielen. Menschen stürzten zu Boden. Frauen, Kinder stoben in wilder Panik auseinander. Das konnte ... nein, das durfte nicht sein!

Will gab seinem Pferd ebenfalls die Sporen und folgte der Einheit, völlig unschlüssig darüber, wie er seine Kameraden stoppen oder wie er seinen Vorgesetzten zur Vernunft bringen sollte. Ein älterer Indianer, wohl ein einstiger Häuptling, wollte sich ergeben und wurde niedergeschossen. Was dann folgte, war an Grausamkeit kaum zu überbieten. Noch nie in seinem Leben hatte Will etwas Schrecklicheres erlebt. Becker ritt mit hoch erhobenem Säbel in das Indianerdorf ein. Ein kleiner Junge kreuzte seinen Weg und noch bevor Will mit seinen Lippen das Wort »Nein« formen konnte, hatte Becker dem Jungen mit dem Säbel den Kopf von den Schultern getrennt. Dieser kullerte in geradezu lächerlicher Art und Weise in die Richtung einer schreiend am Boden liegenden Frau, die verzweifelt die Arme in Richtung des kleinen Jungen ausgestreckt hatte. Einer der Soldaten stieg von seinem Pferd, ging auf die Frau zu, spuckte ihr ins Gesicht und zog seinen Revolver. Dreimal feuerte er der Frau in die Brust.

Will war außer sich.

Auch er hielt sein Pferd in der Mitte des Dorfes an und suchte Becker.

Dieser war eben dabei in eines der größeren Zelte einzudringen. Will lief von hinten auf ihn zu, beschleunigte noch einmal und stürzte sich auf seinen Kommandanten.

»Sind sie wahnsinnig geworden?«

Beide Männer stürzten zu Boden.

Während er sich im Kampf mit Becker auf dem Boden wälzte, nahm er aus den Augenwinkeln heraus wahr, dass sich eine junge

Indianerin und ein kleines Mädchen wimmernd an einer Strebe des Zeltaufbaus zusammenkauerten.

»Hey, Eaton. Ich glaub du hast zu viel Sonne abbekommen«, ertönte die Stimme des Sergeanten, der zusammen mit dem Captain in das Zelt eingedrungen war. Will war gerade dabei die Oberhand im Kampf gegen seinen Vorgesetzten zu erlangen. Er saß auf ihm, bereit, ihn zur Rede zu stellen, als von oben ein Gewehrkolben krachend auf seinem Schädel landete.

Will wurde von dem Captain heruntergezogen und auf die harte, trockene Erde im Inneren des Zeltes geworfen. Noch aber wollte er sich nicht geschlagen geben. Jemand musste das schreckliche Treiben der Soldaten verhindern. Er griff nach seinem Revolver, löste den ledernen Sicherungsriemen und zog die Waffe. Blut lief aus der Platzwunde an seinem Kopf und verschleierte ihm die Sicht.

Er legte an, aber da war der Sergeant wieder zur Stelle und hieb Will mit seinem Fuß die Pistole aus der Hand.

»Du verdammtes Früchtchen! Dir werd ich's zeigen«, stammelte der Serge.

»Lass ihn«, mischte sich Becker ein, der sich bereits wieder auf die Knie erhoben hatte. »Er soll ruhig zusehen, das Schwein. Halt ihn gut fest.«

Während draußen im Dorf immer noch Schüsse fielen, Menschen um ihr Leben liefen und versuchten ihren Mördern zu entkommen, packte Becker die junge Indianerin an den Knöcheln und schleifte sie in die Mitte des Zeltes. Das Mädchen wehrte sich verzweifelt.

Will lag bäuchlings am Boden, die Arme auf den Rücken, das Gesicht zur Seite gedreht, während ihn der Sergeant in festem Griff behielt und ihn zwang mit anzusehen, wie sich der Kommandant an dem Mädchen verging. Wie besessen zwang der Captain die Beine des Mädchens auseinander und hielt ihre Hände über ihrem Kopf fest. Als sie sich zu sehr zur Wehr setzte, zog er mit der rechten Hand sein großes Armeemesser und hielt ihr die scharfe Spitze an den Hals.

Ihr Hals begann zu bluten, als die Messerspitze in die weiche Haut schnitt. Sofort blieb sie wie versteinert liegen und gab ihren Widerstand auf. Becker zerriss ihr Kleid und entblößte ihre Brüste.

Will stiegen Tränen der Wut und Verzweiflung in die Augen.

Mit dem Messer am Hals der Unglücklichen fasste Becker mit der anderen Hand nach unten, zwischen die Beine des Mädchens und schob ihr Kleid nach oben. Er öffnete seine Hose und drang mit einem Grunzen in die Kleine ein, nachdem er sich in seine freie Hand gespuckt und sein Glied mit Speichel benetzt hatte. Will schätzte das Mädchen auf höchstens sechzehn Jahre. Der Sergeant, der auf ihm saß, lachte laut auf. Der Dreckskerl genoss den Anblick der Vergewaltigung.

Wieder versuchte Will sich aus der Umklammerung zu befreien, hatte aber keine Chance gegen den massigen Sergeanten. Dieser erhöhte nur den Druck und zog mit einem für Will äußerst schmerzhaften Ruck dessen Arme nach oben. Will war zur Untätigkeit verdammt. Er konnte der Indianerin nicht helfen, so sehr er es auch versuchte.

Plötzlich stand das andere, kleinere Mädchen vor Becker und ihrer misshandelten Schwester und blickte mit großen, weit aufgerissenen Augen auf das Geschehen. Tränen liefen dem Kind über die Wangen. Becker sah dem Mädchen ins Gesicht, hörte auf, wie wild in die Indianerin unter ihm zu stoßen und ergriff die Handgelenke seines Opfers mit seiner Linken. Dann ließ er das Messer los, das er immer noch in seiner rechten Hand am Hals der Indianerin gehalten hatte, zog seinen Revolver, zielte mitten in das Gesicht des kleinen Mädchens und spannte den Hahn.

»Neiiiiiiiiin!«, schrie Will aus Leibeskräften.

Becker drückte ohne zu zögern ab und schoss dem Kind mitten ins Gesicht. Von der Wucht der Kugel wurde der kleine Körper nach hinten geschleudert, ein Anblick, den Will wohl niemals wieder aus seinem Gedächtnis verbannen können würde.

Die Indianerin unter Becker stieß einen Schrei der Verzweiflung und des Entsetzens aus, was diesen dazu veranlasste, seine Aufmerksamkeit abermals auf sie zu richten. Er steckte die Pistole wieder in das Halfter, ergriff das Messer und drückte es seinem Opfer erneut an die Kehle. Dann stützte er sich mit den Ellbogen nach oben, so dass er das Mädchen ansehen konnte, als er mit seinen Stößen in ihren Unterleib fortfuhr. Todesangst stand in den Augen seines Opfers geschrieben. Sie blickte nur starr nach oben, während Will die großen Tränen beobachtete, die über ihr Gesicht liefen, von ihren Wangenknochen tropften und im harten Lehmboden versickerten.

Becker grunzte wie ein Schwein.

Schließlich erhöhte der Captain noch einmal die Geschwindigkeit seiner Stöße. Seine Hose war ihm mittlerweile in die Kniekehlen gerutscht und entblößte seinen blanken Hintern.

»Ja«, sagte er, »jetzt ... gleich ...«

Will begann zu weinen, als er mit ansehen musste, wie Becker in dem Moment, als er sich in die junge Indianerin vergoss, den Druck des Messers an der Kehle der Unglücklichen erhöhte und ihr unter einem lauten Aufstöhnen seinerseits mit einem Ruck die Kehle durchschnitt.

Das Mädchen sollte im gleichen Moment sterben, in dem Beckers kranke Begierde ihre Befriedigung fand.

Eine große Lache Blut verströmte sich bereits über den Boden, als die letzten Stöße dieses Wahnsinnigen in die Sterbende verebbten und er vom Körper seines leblosen Opfers abließ. Will sah ihn nur von hinten, als er seine Hose hochzog, diese zuknöpfte und sich dann langsam, mit einem dreckigen Grinsen im Gesicht zu ihnen umdrehte.

»So eine Schlampe!«

Wieder entfuhr dem Sergeanten ein kehliges Lachen.

Draußen im Lager schienen die Kampfhandlungen, ›das Massaker‹, wie Will es in Gedanken bezeichnete, beendet worden zu sein.

Es fielen so gut wie keine Schüsse mehr. Ebenso war kein Klagen oder Weinen mehr zu vernehmen. Will erschauderte.

»Ich schicke gleich ein paar Leute, Sergeant. Eaton wird unter Arrest gestellt. Wollen wir doch mal sehen, ob wir das Schwein nicht vors Kriegsgericht bringen können.«

Mit diesen Worten trat er an den immer noch unter der Gewalt des Sergeanten stehenden Will heran, kniete vor ihm nieder und fuhr fort: »Angriff auf einen Vorgesetzten, Eaton. Und das Ganze auch noch vor Zeugen ...«, er blickte dem Sergeanten in die Augen, was Will in seiner Stellung nur vermuten konnte.

»Schlechte Karten, Eaton. Im Übrigen solltest du uns dankbar sein, dass wir dir nicht gleich eine Kugel in deinen verdammten Schädel gejagt haben. Eigentlich juckt es mich immer noch.«

Der Captain zog erneut seine Pistole und drückte Will im nächsten Moment den Lauf der Waffe in seine Backe, dass es schmerzte.

Will wusste, dass er sich nicht in der Lage befand, dem etwas entgegenzusetzen. Immer noch hing sein Leben an einem seidenen Faden, zumindest solange, bis er nicht als offiziell festgenommen galt und unter Arrest gestellt war. Noch waren es nur diese beiden Männer, die ohne weiteres über ihn richten konnten. Keine Zeugen, keine widersprüchlichen Angaben.

In dem Moment schritten zwei Privates durch den Eingang des Zeltes.

»Sir, das Lager ist in unserer Gewalt, Sir!«

Becker ließ sofort von Will ab, erhob sich und trat auf die beiden Soldaten zu.

»Festnehmen!«, sagte er und deutete auf Will. »Der Kerl hat zwei Vorgesetzte bei der Ausübung ihres Dienstes angegriffen.«

»Jawohl, Sir«, antwortete einer der beiden und sofort ergriffen sie Wills Arme. Der Sergeant erhob sich von Wills Rücken und gab ihn frei. Will, der sich kaum auf den Beinen halten konnte, wurde abgeführt wie ein Verbrecher.

Draußen vor dem Zelt waren die Soldaten eben dabei, drei zum Teil schwer verletzte Krieger aus einem der Zelte zu zerren und ihnen mit Seilen die Hände auf den Rücken zu binden.

Auch Will wurden die Arme wieder auf den Rücken gedreht und ebenfalls gefesselt. Mit einem Tritt, der unvermittelt von hinten kam, landete er auf den Knien im Staub. Es gelang ihm gerade noch, das Gleichgewicht zu halten, so dass er nicht mit seinem blutüberströmten Gesicht voraus auf die Erde stürzte. So gut er konnte, sah er sich um.

Überall im Lager lagen tote Frauen und Kinder, zum Teil in grotesker Stellung, am Boden. Erschossen, verstümmelt, geschändet. Auch ein paar alte Männer waren unter den Opfern.

Im Hintergrund, etwas außerhalb des Lagers, sah Will, wie die Soldaten die drei verletzten Krieger aufs offene Feld hinausbeförderten. Nur einer der drei war in der Lage, sich auf den Beinen zu halten. Die Männer wurden geschlagen, gestoßen und geschleift. Dann wurden sie in Position gebracht. Einer stehend, die anderen beiden gerade so, dass sie sich unter Schmerzen auf den Knien halten konnten. Die Soldaten schritten nach hinten und schon erklang der Befehl: »Achtung! ... Anlegen! ... Feuer!«

Die Indianer wurden von den Kugeln des Erschießungskommandos regelrecht durchsiebt. Einer der beiden Knienden kippte nach vorne ins Gras, der andere drehte sich in einer unwirklichen Drehung auf die Seite. Der Krieger, der gestanden hatte, wurde nach hinten geschleudert und blieb auf dem Rücken liegen. Während die Soldaten zurück in das Indianerlager marschierten, wurden die Leichen der Krieger einfach in der Steppe liegen gelassen.

Will konnte den Anblick des Grauens und der Verwüstung kaum noch ertragen. Er ließ sich nach hinten auf seine Unterschenkel nieder und sackte regelrecht in sich zusammen. Fassungslos über das, was er an diesem Ort erleben musste, senkte er kopfschüttelnd seinen Blick.

Hatten die anderen gewusst, in welch mörderischer Mission sie Fort Ridgely verlassen hatten? Hatten sie sich gar freiwillig gemeldet?

Während er noch in Gedanken mit diesen Fragen beschäftigt war, vernahm er eine Frauenstimme, die sich von hinten näherte. Er konnte das Gesicht der Frau nicht sehen, als sie, begleitet von zwei Männern, an ihm vorbeigeführt wurde. Sie betonte, sie sei gut behandelt worden von den Dakota und schrie die Soldaten geradezu an, was in sie gefahren sei, friedliche Menschen zu überfallen und zu töten. Frauen, Kinder und Alte. Sie seien Bestien und kein bisschen besser als die Krieger, von denen sie überfallen worden war. Die Indianer seien auf Widerstand gestoßen, wovon hier nicht im Entferntesten die Rede sein konnte.

»Beruhigen Sie sich. Sie stehen unter Schock und wissen nicht, was Sie da sagen«, meinte einer der Männer, der versuchte, ruhig und beschwichtigend auf die Siedlerfrau einzureden.

Von hinten sah Will, dass es eine junge Frau sein musste, die nun als befreite Gefangene der Indianer mit Sicherheit als Rechtfertigung für dieses Massaker dienen würde. An eine Aufarbeitung des Vorfalls und an Gerechtigkeit würde nicht zu denken sein.

Die Frau trug ein Kleid, wie Will es oft bei den Siedlerfrauen gesehen hatte. Schlicht, einfach und schwarz. Der einzige Unterschied bestand darin, dass diese Frau keine der üblichen Hauben trug. Ihr pechschwarzes, glänzendes Haar war eher notdürftig nach oben gesteckt, was ihrem Anblick eine zusätzliche Wildheit verlieh. Die Haube war ihr offensichtlich vom Kopf gerutscht, denn sie trug sie in ihrer linken Hand. Das Glänzen ihrer Haare hatte etwas Unnatürliches. Es passte nicht zu ihrem sonstigen Erscheinungsbild. Und schon gar nicht zu einer angeblich gefangengehaltenen Geisel.

»Hey! Augen geradeaus, du Schwein«, ertönte die Stimme des Sergeanten von hinten. Wieder folgte ein schmerzhafter Tritt in Wills Rücken, der ihn diesmal unweigerlich auf den staubigen Boden beförderte. Will dreht sich auf den Rücken, um sich in die Lage zu versetzten, eventuell folgende Tritte seines Peinigers mit den Füßen abzuwehren. Der Sergeant stellte sich breitbeinig über ihn. Will blinzelte gegen die grelle Sonne, obwohl der Kopf seines Widersachers über ihm einen spärlichen Schatten warf und seine geblendeten Augen ein wenig vor dem Licht schützte.

Nur schemenhaft konnte Will das Gesicht des Mannes erkennen. Es war einfach immer noch zu hell, um ihn direkt ansehen zu können.

»Das sieht mir nach Kriegsgericht aus, Eaton. Diesmal bist du zu weit gegangen, Jungchen. Ich hab ja einiges erwartet, nachdem was ich über dich gehört hab. Aber dass du dermaßen dämlich bist, damit hätte ich nicht gerechnet. Ehrlich Mann, du hast es uns sogar noch einfacher gemacht als erwartet.«

Will reagierte nicht auf die Worte des Sergeanten, registrierte er doch, dass er offensichtlich in eine Falle getappt war. Er war nicht zufällig in der Todeseinheit von Becker gelandet. Die Armee hatte gewusst, dass er sich dem Befehl widersetzen würde, es war ein abgekartetes Spiel. Die einzige Frage, die sich ihm stellte, war, wer veranlasst haben mochte, dass er mit Becker und seiner Einheit reiten musste. Dieser Jemand musste sich im Klaren über den Einsatz gewesen sein. Will beschlich der Verdacht, dass Beckers Handeln ein offizieller Befehl zu Grunde lag. Bei dem Gedanken wurde ihm übel.

-

Nachdem sie von dem Soldaten im Zelt aus ihrer gespielten Bewusstlosigkeit geholt und einen Schluck Wasser zu trinken bekommen hatte, war sie zitternd am Boden gelegen und hatte die Geräusche des Todes und des Verderbens in sich aufgenommen.

Die Menschen schrien, Schüsse knallten, dann wieder hämisches Lachen und der Klang von Säbeln, die auf das Fleisch und die Knochen ihrer Opfer einschlugen. Das Kreischen von Frauen, die verzweifelt versuchten, sich gegen die Vergewaltigungen durch die Soldaten zur Wehr zu setzen. Es war grauenvoll.

Das Schlimmste für Anna aber war, dass sie nicht helfen konnte. Sie hatte weder eine Waffe, noch hätte sie gegen diese Übermacht der Armee auch nur den Funken einer Chance gehabt. Alles, was sie in dieser Situation tun konnte, war ihr eigenes Leben zu retten. Aber sie würde diesen gemeinen Überfall nicht vergessen. Die Soldaten sollten tausendfach dafür bestraft werden.

Der junge Soldat, der neben ihr auf dem Boden saß, bewegte seinen Kopf hin und her, so, als verfolge er, aus welcher Richtung die Todesschreie oder die anderen Geräusche des draußen vor dem Zelt wütenden Gemetzels kamen. Angst stand in seinem jungen Gesicht geschrieben. Schweiß tropfte von seiner Stirn.

»Wir ... wir bleiben hier, ... bis alles ... vorbei ist. Sie müssen keine Angst mehr haben, Miss«, sagte er mit brüchiger Stimme.

Er schien froh darüber, sich an den Gräueltaten seiner Einheit nicht beteiligen zu müssen und zog es vor im Inneren des Zeltes auf die Gefangene aufzupassen.

Als die Geräusche des Mordens, des Schändens und der Vernichtung schließlich verebbten, nur noch vereinzelt Schüsse fielen und der Todeskampf der Dakota verloren gegangen war, wendete sich der Soldat wieder an Anna: »Es ist soweit, kommen Sie.«

Er half ihr auf ihre wackligen Beine, die ihr für einen kurzen Moment den Gehorsam verweigern wollten. Aber er hielt sie fest und führte sie aus dem Zelt.

Als Anna die vielen getöteten und verstümmelten Körper ihrer Freunde sah, die über den ganzen Lagerplatz verstreut lagen, erlitt sie einen Schock und musste sich spontan übergeben. Der junge Mann hielt ihren Arm und kniete sich erneut neben sie nieder.

»Es tut mir so leid«, sagte er mit fast weinerlicher Stimme. »Ich hätte Ihnen den Anblick gerne erspart.«

»Private Johnson, bringen Sie die befreite Geisel zu uns herüber«, ertönte eine Männerstimme, in offensichtlich gewohnt überheblichem Befehlston. »Was ist mit der Frau? Ist sie verletzt?«

»Sir. Nein, Sir. Sie steht unter Schock.«

»Verständlich«, erwiderte der Mann, der augenscheinlich das Kommando über diese Todeseinheit innehatte, in ruhigerem Ton.

»Miss, es tut mir schrecklich leid, was Sie erleben mussten«, sprach er Anna, die immer noch auf dem Boden kauerte, nun direkt an.

Sofort fasste sie sich wieder. Sie erhob sich, trat vor den befehlshabenden Offizier, der, wie sie eben feststellte, den Rang eines Captains bekleidete, und stellte fest: »Ihr werdet in der Hölle schmoren für das, was ihr getan habt.«

Der Captain und seine Männer hatten mit einer derartigen Aussage wohl nicht gerechnet. Sie reagierten betreten, so als hätte es ihnen die Sprache verschlagen.

»Sie stehen unter Schock, Miss. Private Johnson, Sie tragen die Verantwortung für das Wohlergehen von Miss ... Wie ist Ihr Name?«

»Wi... Wolnisek«, log Anna. Kurz schoss ihr durch den Kopf, dass durch die Angabe ihres richtigen Namens *Wirsik*, eine Verbindung zu der Hinrichtung ihres Vaters in New Ulm hergestellt werden könnte.

»Anna Wolnisek«, fügte sie ergänzend hinzu, »und Sie, Captain, werden zur Rechenschaft gezogen werden, für das, was hier geschehen ist. Früher oder später. Im Namen der Menschlichkeit.«

»Nun, äh ... wie Sie meinen, mein armes, verstörtes Kind«, spöttelte er.

Der Sergeant, der neben ihm stand, lachte.

Dann fügte er hinzu: »Das sind Dinge, die Sie nicht verstehen können. Ich weiß nicht, was Sie durchmachen mussten, Miss Wolsek oder wie auch immer Ihr Name sein mag, aber ich versichere Ihnen, wir tun hier nur unsere Pflicht. Johnson! Bringen Sie die Kleine fort von hier. Nehmen Sie Berrington mit. Wir werden unser Lager eine Meile flussaufwärts aufschlagen. Reiten Sie mit ihr voraus. Dort hinten haben wir drei Ponys der Widerständler in Gewahrsam genommen. Bedienen Sie sich.«

»Jawohl, Sir«, antwortete der Private knapp, sichtlich erleichtert darüber, diesen Ort des Schreckens verlassen zu können.

Ein weiterer Soldat schritt an ihre Seite und ergriff ihren Arm.

»Nimm deine Hände von mir!«, schrie Anna ihn an.

»Bitte Miss, wir wollen nur Ihr Bestes«, beschwichtigte Johnson, der die ganze Zeit über sehr zuvorkommend und nett zu Anna gewesen war. Sie wollte ihm keinen Ärger machen, so fügte sie sich und ließ sich von den beiden Soldaten *abführen*.

»Was ist nur in euch gefahren? Wehrlose Menschen zu überfallen und zu ermorden ... Was seid ihr nur für Kreaturen?«

»Die Indianer haben sich nicht vorschriftsgemäß ergeben«, versuchte Johnson den Überfall zu rechtfertigen. »Es gab einen klaren Befehl.«

»Eine Anweisung, Frauen und Kinder zu töten, die bei ihren Familienangehörigen geblieben sind, weil diese alt oder krank sind und einen Marsch in eines der Soldatenlager nicht bewältigen können?«, giftete Anna.

»Nein Miss, bitte beruhigen Sie sich. Die Anweisung ging an alle Indianer im Reservat. Sie hätten sich ohne Ausnahme ergeben und unter Arrest stellen lassen müssen.«

»Und weil sie das nicht getan haben, es gar nicht gekonnt hätten, gibt es euch das Recht sie zu misshandeln, zu vergewaltigen und zu töten ...«

»Es tut mir leid, Miss, ich ...«

»Ihr seid Bestien und kein bisschen besser als die Krieger, die uns überfallen haben. Schlimmer noch! Die Indianer sind auf Widerstand gestoßen, während ihr gegen wehrlose Menschen vorgegangen seid. Von Widerstand kann hier nicht im Entferntesten die Rede sein!«

Als Anna diese Worte sprach, oder besser schrie, erkannte sie den jungen Offizier, dem sie das Leben geschenkt hatte. Er lebte!

Wie ein Gefangener wurde er von zwei anderen Soldaten aus einem der Tipis geführt. Sie drehten seine Arme nach hinten und fesselten ihm die Handgelenke auf den Rücken. Er sah furchtbar aus. Blut lief ihm aus einer Wunde auf seinem Kopf und mischte sich mit den bereits verkrusteten Kratzern und Wunden in seinem Gesicht.

Was hatte das zu bedeuten?

So sehr sie auch erschrak bei seinem Anblick, sie konnte nicht verhindern, dass ihr Herz unweigerlich einen Sprung machte. Sofort schämte sie sich dafür, im Angesicht der vielen toten Schwestern und Brüder. Instinktiv wendete sie ihr Gesicht ab, damit er sie nicht erkennen konnte.

Warum wurde er gefesselt?

»Hey! Augen geradeaus, du Schwein«, ertönte die Stimme eines anderen Mannes, als sie bereits an ihm vorbei war und ihrem Geleitschutz zu einem der Ponys im hohen Gras folgte.

Jetzt wurde er sogar von einem seiner Vorgesetzten von hinten getreten und zu Boden geworfen, wie sie aus dem Augenwinkel heraus mitbekam.

»Das sieht ...« und »Kriegsgericht«, waren die Worte, die sie gerade noch mitbekommen hatte. Sie waren bereits zu weit weg, um zu verstehen, was der Mann sagte, der sich breitbeinig über dem am Boden Liegenden aufgestellt hatte und ihn von oben herab betrachtete.

»Suchen Sie sich eines der Tiere aus, Miss«, sprach sie Johnson freundlich an und verhinderte so den Versuch Annas, die Szenerie weiter zu beobachten.

Der andere Soldat, Berrington hieß er wohl, hatte sich von ihr gelöst, um auch die anderen Ponys zu holen, wie er vorgegeben hatte.

»Was ist mit dem Soldaten, der dort auf dem Boden liegt?«, fragte Anna. Sie konnte deutlich das Unbehagen des jungen Soldaten spüren, als dieser sich nach allen Seiten umsah, bevor er antwortete: »Ein Deserteur, Miss. Einer, der das einzig Richtige getan hat, wenn sie mich fragen und nun seinen Kopf dafür hinhalten muss.«

Anna blickte dem Mann ungläubig in die Augen.

»Ja, Miss, Sie haben richtig gehört. Ich verurteile diesen gemeinen Überfall zutiefst. Nur bin ich zu feige, für meine Überzeugungen einzustehen. Das, was die Armee hier verbrochen hat, wird niemals wieder gut zu machen sein. Ich schäme mich dafür. Als ich vorhin in das Zelt gestürmt bin, habe ich gebetet, es mögen sich keine Indianer darin befinden. Ich habe ein Versteck gesucht«, sagte er mit gesenktem Blick.

Schweigen, während der Private dem Pony, auf das Anna gezeigt hatte, eine Decke über den Rücken warf. Es war ihr Pony, mit dem sie auch zurück ins Lager geritten war.

»Und dieser Mann, wie ist sein Name?«, fragte sie nach einer Weile, obwohl ihr sein Name seit ihrer ersten Begegnung nicht mehr aus dem Kopf gegangen war. Sie wusste, dass er Lieutenant war und Eaton hieß.

»Eaton heißt der arme Kerl. Will Eaton. Er ist sogar Lieutenant. Man hat ihm aber die Befehlsgewalt entzogen. Zu *indianerfreundlich,* lautet die Begründung, wenn es stimmt was ich gehört hab. Schön, dass Sie ihre Fassung wiedergefunden haben, Miss.«

›Will‹, dachte Anna, ›unsere Schicksale scheinen miteinander verbunden.‹ Es konnte kein Zufall sein, dass sich ihre Wege nun schon das dritte Mal, völlig unabhängig voneinander kreuzten. Die tiefe Trauer in Annas Herzen mischte sich mit einem neuen Gefühl, das zu beschreiben sie nicht in der Lage gewesen wäre. Ihre Tränen schienen ihr auf dem Weg in diesem Land abhandengekommen zu sein, denn sie konnte nicht um ihre Freunde weinen. Härte verspürte sie ... und Hass. Ein Hass, der immer mehr und immer stärker von ihr Besitz zu ergreifen schien. Er richtete sich gegen alle, an deren Hände das Blut Unschuldiger klebte. Gegen alle, die sich am Leid und der Unterdrückung anderer bereicherten. Gegen die Regierung in diesem Land, die offensichtlich nicht gewillt war, etwas gegen die Missstände, die Ausbeutung und die Gewalt gegen die Menschen zu unternehmen, für deren Leben und Wohlergehen sie verantwortlich war. Schließlich nannten sie es »Demokratie«!

Diese Demokratie schien aber, nicht anders als überall auf der Welt, nur für einen bestimmten Teil der Bevölkerung zu gelten. Nämlich für den, der es sich leisten konnte. Für die Reichen und Wohlhabenden. Für die Mächtigen und die Politiker, die es verstanden, ihren Nutzen aus der Situation zu ziehen, die sie den anderen aufbürdeten. Viele Stunden hatte sie mit ihrem Papa über diese Dinge gesprochen und diskutiert. Sie hatte so viel von ihm gelernt.

Schließlich mussten die Menschen ihr Schicksal selbst in die Hand nehmen. Sie mussten sich wehren. Kämpfen!

So, wie es ihr Vater getan hatte, als er jung gewesen war und sich am Aufstand gegen die österreichische Besatzung in seiner Heimat beteiligt hatte. Er war damals sogar verwundet worden, wie er ihr erzählt hatte und hätte beinahe sein Leben gegeben, im Kampf für Freiheit und Selbstbestimmung.

Und das, das sollte auch ihr Weg sein.

»Werden Sie reiten können ohne richtigen Sattel?«, fragte Johnson.

»Ich denke schon«, erwiderte Anna, die es natürlich gewohnt war ohne Sattel zu reiten. Der Private bot ihr hilfsbereit seinen Oberschenkel zum Aufsteigen an, indem er vor ihr auf die Knie ging und ihre Hand ergriff. Die beiden Männer bestiegen dann ebenfalls ihre Pferde, welche mittlerweile von dem sehr ruhigen Berrington herangeführt worden waren. Langsam setzten sie sich in Bewegung.

Aus Rücksicht auf Anna lenkten sie ihre Pferde um das Lager, in dem die anderen Soldaten dabei waren, die Zelte niederzubrennen. Die Leichen der Ermordeten wurden zu einem Haufen aufgeschichtet, neben dem eine große Grube ausgehoben wurde. Ein Massengrab.

Nur die Körper der offensichtlich hingerichteten Krieger, mit denen Anna ins Lager zurückgekehrt war, lagen noch in einiger Entfernung vom Lager in der Prärie. Es war noch ein dritter Mann hingerichtet worden, der sich nach der verlorenen Schlacht aus eigener Kraft in das Lager gerettet hatte. Dass die Männer schwer verletzt gewesen waren, hatte die Soldaten nicht daran gehindert, sie wie Hunde zu erschießen. Außer ein paar Vögel, die sich bereits über die Toten hermachten, interessierte sich niemand für sie.

Am Rande des Lagers, kurz bevor sie dem Ort des Grauens endgültig den Rücken kehrten, saß der junge Will am Boden, an einen Baum gefesselt. Diesmal wollte sich Anna nicht abwenden. Sie war sich über das Risiko bewusst. Es wäre ein Leichtes für Eaton, sie anzuklagen. Ob ihm allerdings jemand geglaubt hätte, dass sie im Grunde eine Indianerin war, dass sie eine Kriegerin war, das bezweifelte sie. Will Eaton war als Deserteur gebrandmarkt. Er würde sich vor einem Militärgericht zu verantworten haben und mit großer Wahrscheinlichkeit gehängt werden.

Außer ... es käme ihm jemand zu Hilfe. Jemand, mit dem keiner rechnete und der sich genau diesen Vorteil zunutze machen würde.

Anna sah die ungläubige Verwunderung in den Augen des jungen Lieutenants, als sie zu dritt an ihm vorüber ritten. Seine Reaktion ließ keinen Zweifel zu: Er hatte sie ebenfalls erkannt. Lange sahen sie sich in die Augen. So lange, bis sich Anna hätte umdrehen müssen, um die Verbindung aufrecht zu erhalten. Eaton sagte nichts. Kein Alarm.

Keine Anklage. Kein Verrat.

Alles, was Anna wusste, war, dass sie es nicht zulassen konnte, dass diesem Mann etwas angetan würde. Warum, das konnte sie nur ergründen, wenn sie in ihr eigenes Herz blickte.

Es bestand eine Verbindung zwischen ihnen. Eine unerklärliche, fast magische Anziehungskraft, die sie immer wieder aufeinander zu trieb. Es war eine Kraft, der sich Anna nicht entgegenstellen konnte.

›Der ich mich auch nicht entgegenstellen will‹, dachte sie bei sich, als sie das zerstörte Lager hinter sich ließen.

****

Fort Ridgely, Minnesota, 5. Oktober 1862

Nachdem sie eine Nacht am Zusammenfluss des Beaver Creek mit dem Minnesota River verbracht hatten, waren sie umgehend zurück nach Fort Ridgely aufgebrochen. Captain Becker hatte argumentiert, dass er es mit einer befreiten Geisel und einem Offizier, der unter Arrest stand, nicht verantworten könne, den Einsatz im Reservatgebiet fortzusetzen.

Die Sonne war bereits hinter dem Horizont versunken, als sie am folgenden Tag, müde und erschöpft, in Fort Ridgely angekommen waren. Einige Offiziere waren wie ein bestelltes Empfangskomitee bereitgestanden und hatten die Ankunft der Einheit beobachtet.

»Captain Becker, Sir. Sie sind aber schnell wieder hier. Was ist passiert?«

»Colonel Sibley, Sir«, hatte Becker steif geantwortet. »Wir mussten eine Geisel aus den Händen der Aufständischen befreien. Es sind zwei Verluste zu melden.«

»Ganz ausgezeichnet, Captain. Wirklich ausgezeichnet«, hatte Sibley den Offizier gelobt, ohne weiter auf die beiden getöteten Soldaten einzugehen.

Anna hatte Schwierigkeiten gehabt sich ruhig zu verhalten. In ihrem Inneren war ein Sturm entfacht. Sibley! Am liebsten wäre sie von ihrem Pony gesprungen und hätte sich eines der Gewehre geschnappt.

Mit aller Gewalt hatte sie sich gezwungen den Mund zu halten, denn dies war nicht der richtige Augenblick. Unvermittelt stieg Angst in ihr auf. Würde einer der Anwesenden in ihr die Indianerin erkennen, die Little Crows Botschaft an Sibley übermittelt hatte?

Der Captain war von seinem Pferd gestiegen und Sibley hatte ihm die Hand geschüttelt. »Lassen Sie absitzen. Die Männer sollen sich ausruhen und etwas zu essen bekommen.«

Als sich die beiden Offiziere umdrehten und in Richtung eines der Gebäude verschwanden, vernahm Anna noch Beckers Worte, der berichtete: »Es gab einen Zwischenfall, Sir. Eaton ...«

Mehr hatte Anna in diesem Moment nicht mitbekommen. Es war offensichtlich, dass in Beckers Bericht die Schuld des jungen Lieutenants bereits festgestanden hatte.

Schuldig, das war er auch.

Schuldig, sich für die Menschlichkeit eingesetzt zu haben.

Anna war von einigen der anwesenden Siedlerfrauen umsorgt und geradezu bedrängt worden. Nachdem das Reservationsgebiet, wie sie es ausdrückten: »Noch nicht gesäubert worden war«, hatten sie noch nicht wieder auf ihre Farmen im Umland zurückkehren können.

Immer noch regierte spürbar die Angst vor weiteren Überfällen.

Fort Ridgely hatte auf Anna mehr wie ein Auffanglager als ein Armeestützpunkt gewirkt. Überall standen Planwagen und Zelte. Teilweise waren Planen von den Aufbauten der Kutschen zu den umstehenden Bäumen gespannt, die ein mehr oder weniger improvisiertes Dach für die Nacht bieten sollten. Kinder waren lachend an ihr vorbeigelaufen und hatten ihr ein freundliches »Guten Tag« entgegengebracht.

Nach der vielen Zeit, die sie im Lager der Dakota verbracht hatte, war ihr diese Welt fremd geworden. Die Frauen erschienen ihr bieder, die Männer, abgesehen von den Soldaten, ungepflegt und grobschlächtig.

Vor dem Fort hatte Sibley ein Lager aus Armeezelten errichten lassen, welches den Menschen, die nahezu alles verloren hatten, eine Unterkunft bieten sollte. Viele der Farmen waren im Laufe der Kämpfe zerstört und niedergebrannt worden.

In eines dieser Zelte war nun auch Anna einquartiert worden. Sie war zusammen mit zwei anderen Frauen am hinteren Rand des Lagers in einem Viermannzelt untergebracht. Alles, was sie besaß, war das Kleid, das sie am Körper trug.

Die Menschen hatten sich organisiert. Noch an diesem Abend sollte sie weitere Kleidungsstücke erhalten. Sie marschierte zusammen mit den anderen Frauen und Mädchen zum nahegelegenen Fluss, wo sie sich gründlich wusch und danach ein anderes, sauberes Kleid anlegte.

Argwöhnisch beobachtete sie die Menschen um sich herum. Sie spürte, dass sie angestarrt wurde. Wie eine Wildkatze in Gefangenschaft schärfte sie ihre Sinne. All ihre Instinkte waren hellwach.

Die meisten der Leute waren überaus höflich und nett zu ihr gewesen. Aber immer wieder wurde sie auch von den Männern und Burschen mit aufdringlichen Blicken verfolgt. Wie die anderen Frauen hatte sie ihr Haar streng nach oben und unter einer Haube versteckt. Es war unangenehm. Ihre Haare waren einfach zu lang für eine derartige Behandlung. Eine ältere Dame hatte ihr unfreundlich zu verstehen gegeben, dass sie ihr Haar zu kürzen hatte.

Mit einem: »Ich kann gar nicht verstehen, wie man es soweit kommen lassen kann«, hatte sie unmissverständlich ihr Missfallen geäußert. »Die Jugend von heute sollte sich mehr an den alten Werten orientieren«, hatte die Alte dem noch hinzugefügt.

Anna wurde bewusst, dass diese Menschen wirklich nichts vom wahren Leben verstanden. Sie versteckten ihre Natürlichkeit hinter Masken. Dark Cloud, ihr Lehrer, hatte Recht gehabt. All seine Ausführungen und Gedanken, die er mit ihr geteilt hatte, entsprachen der Wirklichkeit. Das Leben der »Weißen«, wie Anna ihr eigenes Volk nun voller Abscheu bezeichnete, war ihr fremd geworden. Sie hatte ihren eigenen Weg eingeschlagen, hatte nichts mehr mit den Menschen und dieser Kultur gemein. Sie war eine Dakota geworden und verspürte Stolz darüber. Aus tiefstem Herzen war sie dankbar dafür, dass Dark Cloud sie gefunden hatte und sie in die Gemeinschaft des Stammes aufgenommen worden war. Ihr Freund hatte ihr mehrfach und auf verschiedene Weise das Leben gerettet. Körperlich wie geistig. Anna empfand eine Schuld gegenüber dem Volk der Dakota. Eine Schuld, die zu begleichen sie mehr als bereit war.

Der Kampf war noch lange nicht zu Ende. Ebenso wenig, wie ihre Rache bereits vollendet war.

Am heutigen Morgen hatte ihr eine ihrer Mitbewohnerinnen gesagt, dass dieser Tag der 5. Oktober 1862 war.

›Siebzehn Jahre bin ich alt‹, dachte sie bei sich. Eine Zeitrechnung hatte sehr lange keinerlei Bedeutung mehr gehabt.

Es waren drei Tage und drei Nächte vergangen, seit dem gemeinen Überfall auf ihr Lager am Beaver Creek. Drei Nächte, in denen sie so gut wie nicht geschlafen hatte. Obwohl sie das Armeezelt stets verlassen und die Nächte unter freiem Himmel verbracht hatte, hatte sie so gut wie kein Auge zugetan. Die Dunkelheit war erfüllt gewesen von den Bildern der ermordeten und gepeinigten Körper. Die Schreie ihrer sterbenden Freunde gingen ihr nicht aus dem Kopf. Sie hatte Angst ihre Augen zu schließen, weil sie wusste, dass in der Finsternis die Dämonen der Erinnerung auf sie warteten. In den kurzen Momenten, in denen sie eingeschlafen war, kamen jetzt auch immer wieder Szenen vor, in denen sie ihren Vater sah, dem das Seil um den Hals gelegt wurde. Wieder erlebte sie die Panik, als ihr dieses Schwein, Robert McFee, das Gesicht in den Schlamm gedrückt und ihr die Luft zum Atmen genommen hatte. Auch verfolgten sie die Stimmen derer, die dem Tode geweiht gewesen waren.

Jetzt machte sie sich auf den Weg durch das große Lager, schritt vorbei an den Familien, die damit beschäftigt waren ihre Mahlzeit für den Abend zu bereiten, spazierte langsamen Schrittes vorbei an den großen Planwagen, den provisorischen Bauten und Zelten der Siedler, bis sie schließlich das Gelände des Forts betrat. Bald würde die Sonne hinter den Hügeln verschwinden und das Land in die tiefe Schwärze der Schattenwelt tauchen. Es war ein ungewöhnlich warmer Herbst in diesem Jahr. Anna wollte die Zeit nutzen, um sich umzusehen. Nachdem sie zwei Tage in der Gesellschaft der Siedlerfrauen und ihrer Kinder verbracht hatte, sollte ihr niemand mehr mit Misstrauen begegnen. Sie war wie selbstverständlich ein bekanntes Mitglied dieser Gemeinschaft geworden. Die Leute redeten über sie.

»Das arme Ding war alleine bei den Wilden gefangen« oder »das Mädchen hat bestimmt Schreckliches erlebt« waren die immer wiederkehrenden Äußerungen, die sie vernahm, wenn sie an den Leuten vorüberging. Ein paar Männer standen zusammen bei den Pferden. Anna ging hinüber zu ihrem Pony und streichelte dem Tier über die Nüstern. Die Männer unterhielten sich etwas zu laut, denn sie konnte die Worte hören, als einer der Älteren meinte, sie wäre vielleicht auch eine Indianerhure und würde so eine *Behandlung* möglicherweise sogar brauchen. Was der Mann unter Behandlung verstand, war Anna bewusst, denn die Männer lachten laut auf. Einer pfiff zu ihr herüber, als sie sich umdrehte und langsam in Richtung des Platzes, der die Mitte des Forts kennzeichnete, verschwand.

Anna betrachtete die Steingebäude, schlenderte hinüber zu den Holzbaracken und setzte sich schließlich auf die hölzernen Stufen eines Gebäudes, von dem sie annahm, dass es sich um die Unterkünfte der einfachen Soldaten handeln musste. Zu gern hätte sie gewusst, was mit Will passiert war. In ihren Gedanken nannte sie den Lieutenant schon seit längerem nur noch mit Vornamen: ›Will‹. Bestimmt war es die Abkürzung für William … ein wunderschöner Name. Irgendwo hier im Fort musste er sein. Eingesperrt in eine Arrestzelle. Aber wo?

Erneut sah sie sich mit prüfendem Blick um.

Auf der gegenüberliegenden Seite sah sie eine Wache vor einer schweren Holztür stehen. Das war zumindest schon mal ein Anhaltspunkt. Neben der Tür stand ein kleiner hölzerner Schemel, offenbar war es dem Wachposten erlaubt sich zu setzen. Ohne sich große Gedanken um seine Haltung zu machen, stand der Mann an den Bogen des Türrahmens gelehnt und paffte an einer Zigarre. Sein Gewehr stand neben ihm an die Tür gelehnt.

Anna stand auf und überquerte langsam den großen Platz. Sie wollte nicht direkt auf die Tür und den Wachestehenden zugehen, deshalb machte sie ab der Mitte des Exerzierplatzes einen ausladenden Bogen, um sich dem Mann und der Tür von der Seite kommend zu nähern. Als sie nur noch wenige Meter von der Wache entfernt war, sah sie ihn auf dem Boden, vor einem der aus schweren Granitblöcken gebauten Gebäude sitzen. Will!

Er war an Händen und Füßen gefesselt. Seinen, mit einem blutigen Verband umwickelten Kopf, hatte er nach hinten in den Nacken gelehnt, die Augen waren geschlossen. Es wirkte, als wäre er eingeschlafen.

Warum aber saß er hier im Freien? Warum war er nicht eingesperrt?

Anna sah sich um und erblickte einen bewaffneten Soldaten, der in einiger Entfernung zu Will auf einem Stuhl saß und ebenfalls vor sich hindöste. Offensichtlich war ihm die Bewachung des Gefangenen übertragen worden. Sie ging langsam auf den Gefesselten zu.

Kurz bevor sie direkt vor ihm stand, öffnete dieser die Augen. Das Herz schlug ihr bis zum Hals, sie wollte sich ihre Aufregung aber nicht anmerken lassen. Will sah schlecht aus. Abgemagert und verletzlich. Als er sie erkannte, setzte er sich unwillkürlich etwas auf und streckte seinen Rücken durch.

»Sie ... sind in Ordnung?«, fragte Anna, unsicher, wie sie ein Gespräch beginnen sollte.

»Es geht mir gut«, war Wills knappe Antwort.

Einer Eingebung folgend, setzte sich Anna neben ihn auf die Erde.

»Warum hast du das getan?«

Anna verstand nicht, was ihr offenbar anzusehen war, denn er fügte hinzu: »Warum hast du mich am Leben gelassen?«

Jetzt erst verstand Anna, worauf er hinauswollte. Er hatte sie bei dem Überfall doch erkannt, als sie für die Erbeutung der Gewehre verantwortlich gewesen war.

»Manche Menschen haben es nicht verdient zu sterben. Ich bin nur meiner Überzeugung gefolgt.«

»Überzeugung!«, konstatierte Will. Dabei warf er einen schnellen Blick zu dem Soldaten, der als Wache für ihn abgestellt worden war.

Dieser schien von dem Besuch des Mädchens aber noch nichts mitbekommen zu haben. Er saß da wie versteinert und schien tatsächlich zu schlafen. Die anderen Soldaten, die an ihnen vorübergingen, die Einheiten, die noch die letzten Übungen des Tages hinter sich brachten oder die vielen Zivilisten, die innerhalb des Forts zu tun hatten, schenkten ihnen keinerlei Aufmerksamkeit.

»Darf ich fragen, woher du diese Überzeugung nimmst? Du kennst mich doch gar nicht. Außerdem wird es wohl keinen großen Unterschied machen, wenn ich meine Lage richtig einschätze.«

»Sie werden dich verurteilen?«

»Da bin ich mir ziemlich sicher. Es sind zu viele Dinge passiert. Zu vieles, das mich in ihren Augen belastet. Aber du ... wer oder was bist du? Eine Indianerin? Eine Weiße?«

»Ich weiß, dass es dir schwer fallen wird es zu glauben, aber ich komme aus Böhmen, Europa.«

»Europa?«, wiederholte Will verdutzt. Dann fragte er: »Wie kommt ein Mädchen aus Europa dazu, sich in Amerika einem Aufstand von Indianern anzuschließen und so vielen unschuldigen Menschen den Tod zu bringen?«

Anna fühlte sich verletzt.

»Ich dachte, du würdest es verstehen. Es war kein Streben nach Macht, das uns dazu veranlasst hat gegen euch zu kämpfen. Es war ein Akt der Verteidigung. Du bist dabei gewesen, als uns die Händler die Nahrungsmittel verweigern wollten, was sie wenig später auch wieder getan haben. Es sind Betrüger, die hoffentlich ihre gerechte Strafe empfangen haben.«

»Und das Abschlachten unschuldiger Männer, Frauen und Kinder, die nichts weiter versucht haben, als ihr Heim zu verteidigen? Was ist mit diesen Menschen? Waren das auch alles nur Betrüger?«

Will wirkte verärgert.

»Auf beiden Seiten sind schreckliche Dinge passiert. Wenn ich es ungeschehen machen könnte, glaub mir, dann würde ich das tun. Auch wenn Little Crow die Verantwortung für die Taten seiner Krieger übernommen hat, so kann ich dir versichern, dass solcher Art

Geschehnisse nie in der Absicht der Häuptlinge gewesen ist. Ich war bei einigen der Beratungen dabei.«

Unsicherheit war statt Angriffslust in seinen Augen zu lesen, als er antwortete: »Ja, ich weiß, dass den Indianern schreckliches Unrecht widerfahren ist. Du hast Recht. Das ist auch der Grund für meine missliche Lage, in die ich mich gebracht habe. Aber ich konnte nicht anders handeln und würde mich nie anders verhalten.«

»Du bist ein guter Mensch, Lieutenant Eaton. Das habe ich dir schon einmal gesagt.«

»Ich weiß«, sagte Will und konnte ein Lächeln nicht unterdrücken.

Ein Lächeln, welches Annas Herzschlag auf Anhieb zum Rasen brachte. Sie merkte, dass sie errötete.

»Ich darf dich Will nennen?«

»Nur, wenn du mir auch deinen Namen verrätst«, erwiderte er ohne zu zögern.

Jetzt war sie es, die ihm ein Lächeln schenkte. »Anna. Mein Name ist Anna Wolnisek. Ich komme aus einer kleinen Stadt in Böhmen. Welche Fügung des Schicksals dafür verantwortlich ist, dass ich hier in diesem Land gestrandet bin, das weiß ich nicht. Aber ich weiß, dass ich eine Aufgabe habe.«

»Hey! Was soll das?«, schrie plötzlich der Wachmann, der gerade von seinem Schlaf aufgewacht war und Anna erblickte, die sich mit dem Gefangenen unterhielt. Sofort sprang er von seinem Stuhl auf und kam, noch etwas unsicher auf den Beinen, auf die beiden am Boden Sitzenden zugerannt.

Anna erhob sich, machte aber keine Anstalten, sich vor der Wache in Sicherheit bringen zu wollen.

»Was haben Sie hier zu suchen? Es ist nicht gestattet mit dem Gefangenen zu sprechen!«, schnauzte er sie an.

Mit einem Lächeln im Gesicht warf Anna dem Wachposten einen Blick zu, wandte sich wieder an Will und sagte: »Wir sehen uns wieder, Will. Du darfst nicht verzweifeln.«

Mit diesen Worten ließ sie den völlig überforderten Private einfach stehen und wandte sich zum Gehen.

»Vielen Dank, Anna«, hörte sie Will noch rufen.

Die Dämmerung war bereits eingetreten, als Anna zu dem Feuer der Siedler zurückkehrte. Sie setzte sich zu den Leuten, die sich um die Feuerstelle zum Essen versammelt hatten. Großzügig wurde ihr ein schmackhafter Eintopf angeboten, der überwiegend aus Kartoffeln, Bohnen und sogar etwas Fleisch bestand.

Hungrig machte sie sich darüber her und ließ sich sogar eine weitere Portion schmecken. Ihre Gedanken waren bei Will. Es war etwas Außerordentliches mit ihr geschehen.

-

Nachdem die beiden Arrestzellen für verurteilte oder in Gewahrsam genommene Indianer benötigt wurden, welche alle paar Tage nach Fort Snelling, in das dort eigens errichtete Internierungslager gebracht wurden, konnte Will den Vorzug genießen, in einer der Offiziersunterkünfte eingesperrt worden zu sein. Einige Stunden am Tag wurde er nach draußen gebracht, wo für diese Zeit ein Wachposten für ihn abgestellt war. Dann saß er, so wie gestern, angelehnt an die Wand der Unterkünfte und genoss es, wenigstens an der frischen Luft sein zu können. Hier gab es auch etwas zu beobachten, was der Einsamkeit einer Arrestzelle in jedem Fall vorzuziehen war. Nur mit einem Besuch wie gestern hätte er niemals gerechnet. Er wusste zwar, dass sich die Indianerin, für die er Anna noch bis vor kurzem gehalten hatte, ebenfalls beim Fort aufhielt, war aber davon ausgegangen, sie nie wiederzusehen.

Er hatte es bis vor einigen Stunden nicht verstanden. Warum waren sie sich dreimal begegnet, einmal sogar in einer Schlacht? Warum hatte sie ihn am Leben gelassen und wie konnte sie plötzlich als Weiße in dem überfallenen Indianerlager auftauchen? Nicht, dass er darauf eine Antwort gehabt hätte, aber die Tatsache, dass Anna eine Weiße war, ließ zumindest einige Rückschlüsse zu.

›Sie hat die Seiten gewechselt‹, dachte er bei sich. Bei näherer Betrachtung schien ihm diese Formulierung allerdings zu militärisch.

Anna lebte bei den Indianern. Sie war aufgenommen worden. Die Tatsache, dass sie eine Weiße war, musste die Häuptlinge dazu bewogen haben, ihr einen Sonderstatus zu gewähren, denn nie wäre eine Indianerin in den Kampf gezogen. Zumindest hatte er noch nie davon gehört. Was aber hatte Anna zu den Sioux gebracht? Warum hatten sie die Indianer so bereitwillig bei sich aufgenommen?

Es musste schrecklich für sie gewesen sein, als Becker und seine Einheit das Dorf überfallen und die Menschen getötet hatte. Es hatte keine Überlebenden gegeben. Anna musste unter einem schweren Schock zu leiden haben. ›So hat sie gestern aber gar nicht gewirkt.‹

Will musste sich eingestehen, dass etwas mit ihm geschehen war. Seit er Anna das erste Mal gesehen hatte, war sie ihm nicht mehr aus dem Kopf gegangen. Am meisten hatten ihn ihre tiefblauen, kristallklaren Augen fasziniert. Bereits da hätte ihm auffallen müssen, dass dies für eine Indianerin sehr ungewöhnlich war. So hatte Anna von Anfang an eine unerklärliche, geheimnisvolle Aura umgeben, der er sich nicht entziehen konnte. Außerdem war sie eines der hübschesten Mädchen, denen er je begegnet war. Kurz schweiften seine Gedanken zu Margaret und dieser, zugegeben, äußerst attraktiven Sylvia Di Lauro ab, die sein früheres Leben zerstört hatte. Einen Vergleich aber konnte und wollte er nicht ziehen. Keine der Frauen hatte eine derartige Anziehungskraft auf ihn ausgeübt, wie er sich eingestand. Auch Margaret nicht. Anna war etwas Besonderes, sie besaß die Gabe ihn zu verzaubern und das vom ersten Moment an. Sofort hatte er gespürt, dass sie auf eigentümliche Art und Weise von ihm Besitz ergriffen hatte, als er sie das erste Mal gesehen hatte. Sie hatten nicht ein Wort miteinander gesprochen und trotzdem war er sofort in ihren Bann gezogen worden. Als sie ihn dann zum Abschied als »guten Menschen« bezeichnet hatte, waren ihm schier die Worte im Halse stecken geblieben. Auch da hätte ihm bereits auffallen müssen, dass sie so gut wie akzentfreies Englisch gesprochen hatte. Es war jedenfalls keinerlei Sioux zu erkennen gewesen, zumindest soweit er es beurteilen konnte. Seine Erfahrung hätte ihm den ersten Hinweis liefern müssen. Wenn er ehrlich zu sich selbst war, hatte er damals schon nicht mehr objektiv beurteilen können, was mit ihm geschah oder was es mit diesem eigenartigen Indianermädchen auf sich hatte, die wie selbstverständlich in der Delegation des großen Häuptlings Little Crow zu den Verhandlungen gekommen war. Jetzt erinnerte er sich auch, wie sie beim Anblick dieses betrunkenen alten Mannes erschrocken war. Oder hatte er sich das doch nur eingebildet?

Betroffen fragte er sich, ob ihm genügend Zeit bleiben würde, ob er überhaupt noch eine Möglichkeit haben würde, auf seine vielen Fragen eine Antwort zu erhalten.

Ein Geräusch an der Tür sagte ihm, dass der Schlüssel im Schloss gedreht wurde. Spontan erhob er sich, als Private Johnson den Raum betrat, um ihn nach draußen ins Freie zu begleiten.

»Komm Will, du darfst wieder nach draußen. Aber mach keinen Ärger, ich werd aufpassen.«

»Keine Sorge, ich würde eh nicht weit kommen.«

Zwei andere Soldaten betraten den Raum und Will ließ sich geduldig die Hände vor dem Körper fesseln. Ein weiteres Zugeständnis, denn auf den Rücken gebundene Hände bedeuteten auf Dauer ein ziemlich schmerzhaftes Unterfangen. Sie begaben sich wortlos nach draußen, wo Will auch die Füße aneinandergefesselt wurden, nachdem er an der Steinmauer Platz genommen hatte. Er konnte nicht sagen warum, aber er fühlte sich beobachtet und sah sich erwartungsvoll um.

»Wann wollen sie entscheiden, was mit dir passieren soll?«, fragte Johnson.

»Ich weiß es nicht. Ich weiß auch nicht, warum sie mit der Verhandlung so lange warten. Sie werden momentan wohl andere Sorgen haben, als sich um einen Deserteur zu kümmern, der versucht hat, ein Massaker an unschuldigen Menschen zu verhindern.«

Die beiden Männer sprachen unter vier Augen, denn die anderen beiden Soldaten waren zurück auf ihren Posten gegangen.

»Haben sie dich befragt, was passiert ist? Dieser Becker ist ein Schwein. Ich wollte, ich hätte so viel Mumm wie du in den Knochen, Will. Seit Tagen kann ich nicht mehr schlafen. Auch wenn ich mich nicht aktiv an den Gräueltaten beteiligt habe und mich hinter der Bewachung und Befreiung der Geisel versteckt hab ... ich hätte wenigstens versuchen müssen, etwas dagegen zu unternehmen. So wie du.«

»Sibley hat mich befragt. Aber warum nur hab ich das Gefühl, das er gar nicht hören wollte, was ich zu berichten hatte?«, sinnierte Will.

Und weiter antwortete er auf die Frage Johnsons: »Mittlerweile bin ich zu der Überzeugung gelangt, dass Becker mit voller Autorisierung vorgegangen ist. Sieh dir an, was die Tage passiert ist. Wie man hört, strömen die Indianer aus allen Richtungen in die Soldatencamps. Die Vernichtung des Lagers und die Ermordung der Menschen müssen sich herumgesprochen haben wie ein Lauffeuer. Selbst ohne Überlebende. Der Rauch der niedergebrannten Zelte sollte weit genug zu sehen gewesen sein. Sibley hat die Dakota gewarnt. Wer sich nicht ergibt ist des Todes. Das hat er konsequent durchgezogen und ein Exempel statuiert.«

»Was du da sagst ist unfassbar. Ich kann nicht glauben, dass die US Armee ein derartiges Verbrechen gutheißen oder sogar angeordnet haben kann. So logisch deine Ausführung auch klingen mag.«

»Da wäre ich mir an deiner Stelle nicht so sicher. Ich könnte mir gut vorstellen, dass genau das auch der Grund ist, warum mir bis jetzt noch nicht der Prozess gemacht wurde. Ich habe Befehle missachtet und einen Vorgesetzten angegriffen, verdammt nochmal!

Normalerweise wird ein Fall wie dieser noch am selben Tag verhandelt. Schon deshalb, weil man sich Ungehorsam nicht leisten kann. Wir befinden uns im Krieg, vergiss das nicht.«

Betroffenheit war dem jungen Private anzumerken, der in den letzten Tagen so etwas wie Freundschaft mit Will geschlossen hatte. Es war ein Glücksfall, dass er einer der Männer war, die als Wache für Will eingeteilt worden waren. Johnson schwieg eine Weile, dann gab er Will Recht: »Alles, was du sagst, klingt einleuchtend. Ich wünschte, ich wäre in der Lage dir zu helfen.«

»Du kannst mir nicht helfen, aber du könntest mir einen großen Gefallen erweisen. Siehst du das Mädchen da drüben?«

Will deutete mit dem Kinn in die Richtung der zusätzlich errichteten Holzbaracken.

»Miss Wolnischek oder so. Kann mir den Namen nicht merken. Was ist mit ihr? Würd mich interessieren, was sie hier zu suchen hat.«

»Ich will mit ihr reden. Kannst du so tun, als würdest du beim Wachehalten wegdösen? Ich hatte gestern schon ein kurzes Gespräch mit ihr.«

»Will, was soll das bringen? Ich ...«

»Tu es bitte und stell keine Fragen. Es ist wichtig für mich.«

Johnson überlegte. Nach einem Moment sagte er: »Na schön, aber nicht zu lange. Wenn jemandem auffällt, dass ich nicht aufpasse, komm ich in Teufelsküche.«

Will war sich darüber bewusst, dass genau dies der Grund dafür war, dass Griffith, der gestern Wache gestanden hatte, den Vorfall nicht gemeldet hatte.

»Ich danke dir.«

Johnson begab sich, genau wie am Vortag Griffith, auf den Stuhl am Holzverschlag, der hinter den Stützpfosten des Gebäudes eine Art im Schatten liegende Veranda darstellte. Nach einigen Augenblicken gab er vor, eingeschlafen zu sein.

Anna hatte das Geschehen von ihrem Platz auf den hölzernen Stufen beobachtet. Nun erhob sie sich, überquerte den Vorplatz und ließ sich abermals neben Will auf den Boden nieder.

Es verging fast eine Stunde, in der Anna ihm ihr Leben erzählte. Sie konnte nicht sagen warum, aber sie spürte, dass sie Will vertrauen konnte. Sie erzählte, wie sie mit ihrem Vater nach New Ulm gekommen war, wie der dortige Richter und seine Helfershelfer ihn ermordet und sie eingesperrt hatten. Von ihrem Kampf mit dem McFee Sohn und ihrem Unfall, als der Sturm ihr Pferd zum Scheuen gebracht hatte. Dark Cloud hieß der Indianer, der ihr das Leben gerettet und sie in die Gemeinschaft des Stammes aufgenommen hatte.

Sie hatte die Sprache der Sioux erlernt und war von den Indianern als heilige Frau verehrt worden. Von ihrer Gabe erzählte sie nicht.

Sie war zur Kriegerin geworden.

Will wurde unbehaglich, als sie ihm von ihrer Rache an dem Richter erzählte.

»Wer war der Mann, vor dem du in der Agentur so erschrocken bist?«

»Du hast das bemerkt?«, fragte sie ungläubig. Dann antwortete sie: »Der alte McFee. Es war der Mann, der für den Tod meines Vaters die Hauptverantwortung trägt. Auch seine Tage sind gezählt.«

»Das Töten soll weitergehen?«, fragte Will verständnislos.

»Es hat nie aufgehört«, erwiderte Anna. »Sieh dir an, was sie uns angetan haben. Wie sie mit uns umgehen. Will, ich habe erfahren, dass Sibley die Krieger der Dakota vor Gericht stellt. Sie haben alle gefangen genommen und in »Camp Release«, wie sie es nennen, unter Arrest gestellt. Alle werden in ein Gefangenenlager nach Fort Snelling gebracht.«

»Woher weißt du das alles?«, wollte Will wissen.

»Nur, weil ich hier im Fort bin, bin ich nicht blind und taub. Die Dakota sollen fortgeschafft werden aus Minnesota. Egal, ob sie sich an dem Kampf gegen die Weißen beteiligt haben oder nicht.«

Anna erstaunte Will.

»Was willst du tun?«

In dem Moment polterte eine Einheit über den Vorplatz, die ebenfalls aus dem Reservatsgebiet zurückkam und gefangene Dakota, darunter einige Krieger, an Seilen an einen der Wagen gebunden mit sich führte. Anna kannte die Krieger.

Sie erhob sich und trat einige Schritte auf die Gefangenen zu.

In dem Moment kam Johnson auf sie zugelaufen, der anscheinend davon ausging, sie könnte auf die Gefangenen losgehen. Szenen wie diese waren nichts Ungewöhnliches, denn es kam immer wieder vor, dass Siedlerfrauen, die ihre Männer verloren hatten, geradezu hysterisch gegen die gefangenen Krieger vorgingen. Einige der Indianer waren auf diese Weise schwer verletzt worden.

»Nicht Misses«, rief er und rannte auf Anna zu, so dass ihm sein Hut vom Kopf fiel. Er fasste Anna an den Armen, um sie am Weitergehen zu hindern.

Will beobachtete Anna und die Reaktion der Krieger, als sie Anna erblickten. Es gab keinen Zweifel, sie kannten sich. Eine weitere Reaktion, außer dem kurzen Augenaufschlag eines der Krieger, war nicht auszumachen. Die schwere Holztür, hinter der Anna die Arrestzellen vermutet hatte, wurde geöffnet, die Krieger, sieben an der Zahl, wurden von dem Wagen losgebunden und mit gefesselten Händen in den Raum geführt.

Anna starrte auf die Tür und tat ein paar Schritte rückwärts. Sie stand nur wenige Schritte von Will entfernt.

»Dort werden die gefangenen Indianer festgehalten. Es sind auch Frauen und Kinder dabei. Alle drei, vier Tage werden sie mit einem

Gefangenentransport nach Fort Snelling gebracht. Ich weiß jetzt warum ...«, sagte Will hinter ihr.

Anna schwieg und starrte zu der Tür, die eben von einem der Sergeanten geschlossen und mit einem großen, eisernen Schlüssel zugesperrt wurde.

»Das ist auch der Grund dafür, warum ich hier draußen und in der Nacht in einem Zimmer der Offiziersunterkünfte untergebracht bin. Das Gefängnis ist belegt.«

»Ich muss gehen«, erwiderte Anna knapp und ging schnellen Schrittes in Richtung der Lagerplätze der Siedler davon.

Am nächsten Morgen war Aufruhr im Fort. Will sah aus dem Fenster und rieb sich die Augen. Irgendetwas musste passiert sein. Er klopfte an die Tür, rief nach der Wache, bekam aber keine Antwort. Er hastete zurück zum Fenster, das von außen vernagelt worden war und nur zwei dünne Schlitze bot, um einen Blick auf den Vorplatz werfen zu können. Männer liefen auf die offenstehende Tür der Arrestzellen zu. Indianer, Frauen und Kinder standen eng beieinander, zusammengepfercht an der Steinmauer des Gebäudes und im Halbkreis umringt von einigen Soldaten, die mit Gewehren auf sie zielten. Sheehan kam über den Platz geeilt und verschwand in der Tür zu den Arrestzellen. Nach einer Weile wurde der leblose Körper eines Mannes herausgetragen und auf die festgestampfte Erde des Exerzierplatzes gelegt. Will versuchte zu erkennen, um wen es sich handelte, als der Schlüssel im Schloss zu seiner Gefängniskammer gedreht wurde. McCullen, der Sergeant, der einst Wills Ausbilder gewesen war, trat ein.

»Was ist passiert?«, fragte er den Serge.

»Es ist Blackwood«, antwortete der und stellte einen Teller mit etwas Brot, Wasser und einem Apfel auf den kleinen Tisch, der neben dem Bett stand.

»Diese verdammten Rothäute haben ihm die Kehle durchgeschnitten. Er hatte Wache letzte Nacht.«

»Aber ... wie ...«

»Sie müssen Hilfe von draußen bekommen haben. Dein Glück, dass du hier eingesperrt warst, Eaton. Ich hätte keinen Cent mehr auf dein Leben gegeben.«

Will dachte fieberhaft nach. Konnte Anna so etwas tun? War sie in der Lage, einen Wachposten zu überfallen, um die Krieger zu befreien?

Es war offensichtlich, dass nur die Männer geflüchtet waren. Frauen und Kinder wären für eine Flucht eine zu große Belastung gewesen. Es wäre ein Leichtes, ihre Spuren zu verfolgen und die Flüchtigen nach kurzer Zeit zu stellen. So aber, wenn sich die Krieger in den Wäldern und Tälern verstreuten, war es eine fast unmögliche Aufgabe, die geflohenen Häftlinge wieder dingfest zu machen.

War es Anna zuzutrauen?

Will hätte sich selbst belügen müssen, wenn er sich diese Frage nicht mit einem eindeutigen ›ja‹ beantwortet hätte. Auch wenn er über den Tod Blackwoods nicht den geringsten Funken Trauer verspürte, so erschien ihm die Art und Weise, wie er ums Leben gekommen war, doch befremdlich. Vor allem die Vorstellung, dass es ein Mädchen gewesen sein soll, die diesen kräftigen, ausgebildeten Soldaten ins Jenseits befördert hatte.

»Du kannst nach draußen, dein Frühstück essen. Ich will dir das Spektakel nicht vorenthalten.«

Will bedankte sich und ging nach draußen. Niemand fesselte ihm die Hände. Nur der alte Serge löste den Lederriemen an dem Halfter seiner Pistole, zog den Stuhl, der immer noch auf der *Veranda* stand, näher heran und setzte sich zu Will.

McCullen berichtete gerade über den möglichen Hergang der Tat, als Will plötzlich der Apfel aus der Hand fiel und er kreidebleich im Gesicht wurde.

»Was zum Teufel ...«, grunzte der Sergeant und drehte sich in die Richtung, in die auch Will blickte, sah aber nichts Ungewöhnliches.

»Was ist los mit dir, Eaton?«, wollte er wissen.

»Ah ... nichts, schon gut. Ich ... mir war nur kurz schwindelig. Ich brauch einfach dringend was zu essen.«

»Sagt es und lässt dabei seinen Apfel in den Dreck fallen«, amüsierte sich der Serge.

Will stand auf, hob den Apfel auf und putze ihn an seiner Kleidung ab. Seinen Blick hielt er immer noch auf die Geschehnisse gerichtet, die sich vor der Tür der Arrestzellen abspielten. Er konnte es kaum fassen. Hinter den Reihen der Soldaten, die in gedrückter Stimmung die Szene betrachteten, hatte er Anna erblickt, die wie eine der anderen Schaulustigen herangetreten war und interessiert beobachtete, wie Blackwood in ein großes Tuch eingewickelt und auf einen offenen Wagen gehoben wurde. Sheehan stand dabei, riss wutentbrannt seinen Hut vom Kopf und warf ihn auf den Boden zu seinen Füßen.

Will sah zu Anna hinüber, die sich umdrehte und ihm einen vielsagenden Blick zuwarf.

»Süß, die Kleine«, meinte McCullen. »Man müsste noch einmal jung sein ... Aber wer weiß, was ihr die Wilden angetan haben. Gut möglich, dass sie bereits einen Bastard unter ihrem Herzen trägt. Die Männer aus Beckers Einheit ... ach, du warst ja dabei ... jedenfalls haben die erzählt, die Kleine hätte sie beschimpft, als sie sie befreit haben. Ungewöhnlich ... außer, sie ist eine Indianerhure geworden. Das will man sich nicht mal vorstellen.«

»Sie ist keine Indianerhure geworden und sie hatte Recht.«

»Wie meinst du das?«, wollte McCullen wissen. Sein Tonfall wurde zunehmend aggressiver.

»Es war ein Massaker, Serge. Ich schwöre es. Becker und die meisten seiner Leute haben unschuldige Frauen und Kinder auf dem Gewissen. Sie haben alle ermordet, die Frauen vergewaltigt und danach ebenfalls umgebracht. Becker hat einem Kind den Kopf abgeschlagen.«

Der Sergeant schwieg für einen langen Moment, dann erwiderte er: »Du bist ein dreckiger Lügner, Eaton. Ich schäme mich dafür, mit dir in derselben Einheit gekämpft zu haben.«

Mit diesen Worten erhob er sich, stieß den Teller, auf dem immer noch das Brot lag, mit dem Fuß in den Dreck und holte die Stricke, die neben dem Stuhl auf dem Boden gelegen hatten. Er fesselte Wills Hände und Füße und zerrte ihn nach drüben an die Mauer. Dann spuckte er ihm ins Gesicht und schritt schnellen Schrittes zu den anderen Soldaten, die immer noch betroffen und ungläubig auf dem Vorplatz versammelt standen.

Es dauerte fünf Tage bis Will Anna wiedersah. Sie hatte sich die ganzen fünf Tage nicht einmal im Fort blicken lassen. In der Zwischenzeit war das Unglaubliche geschehen.

Sheehan hatte ihn am Morgen in seiner improvisierten Zelle besucht und ihm mitgeteilt, dass die Armee der Vereinigten Staaten auf eine Anklage verzichten würde. Allerdings würde er mit sofortiger Wirkung unehrenhaft aus dem Militärdienst entlassen und würde auch keine weiteren Bezüge erhalten. Seine Uniform, Waffen und alles, was der Armee der Vereinigten Staaten gehöre, hätte er abzugeben und innerhalb einer Woche das Fort zu verlassen. Zum Schluss fragte Sheehan, ob er sich mit dieser Regelung einverstanden erklärte und Will zögerte nicht einen Moment.

»Unter uns, Eaton«, hatte der Kommandant des Forts noch hinzugefügt, »machen Sie, dass Sie fortkommen. Es gibt nicht nur einen Mann hier im Fort, der Sie liebend gerne hängen sehen würde. Wir brauchen uns nichts vormachen: Diese Abmachung zwischen uns wird auf Unverständnis stoßen und ich riskiere damit mehr, als nur meine Karriere. Wäre Sibley immer noch hier im Fort, dann würden Sie hängen.«

»Ich danke Ihnen, Sir.«

Sheehan war betreten gewesen, als er fortgefahren war: »Und, Eaton, tun Sie sich selber einen Gefallen und vergessen Sie, was Sie am Beaver Creek gesehen haben. Wenn Sie nicht aufhören, diese Geschichte zu erzählen, werden Sie wie Blackwood enden. Ich versichere Ihnen, ich werde nichts mehr für Sie tun können.«

Will wusste nicht, an welchen Stricken der Macht der Kommandant gezogen hatte, aber er war sich sicher, dass er seinen ganzen Einfluss geltend gemacht haben musste, um die Offiziere des Forts zu überzeugen und eine Anklage gegen ihn zu verhindern. Unmissverständlich war aber auch, dass die Armee dadurch versuchte, ihn mundtot zu machen. Erstmal war sein Leben gerettet, solange er den Rat des Kommandierenden befolgte und das Fort so schnell wie möglich verließ. Über weitere Schritte wollte er nachdenken, nachdem er sich in Sicherheit gebracht hatte.

Anna! Er musste Anna finden.

Gerade als er aus dem Arrest entlassen worden war und als freier

Mann das Gebäude der Offiziersunterkünfte verließ, lief sie ihm fast in die Arme.

Sie sah ihm ungläubig ins Gesicht. Angst war in ihren Augen zu lesen, als aus dem Gebäude mehrere bewaffnete Männer heraustraten und Will absichtlich anrempelten. Aber sie marschierten an ihm vorbei und hinüber zum Exerzierplatz.

Erleichterung spiegelte sich in ihren Augen, als Will sagte: »Ich bin frei, Anna. Die Armee hat mich unehrenhaft entlassen und verzichtet auf eine Anklage.«

Anna trat auf ihn zu und umarmte ihn leidenschaftlich. Es war das erste Mal, dass sie sich berührten und Anna, genauso wie Will, empfand eine nicht zu erklärende Vertrautheit.

»Ich werde gehen«, sagte sie. »Ich möchte, dass du mit mir kommst, denn ich will dir etwas zeigen.«

»Das trifft sich gut«, meinte Will in sichtlich gut gelaunter Stimmung. »Ich muss das Fort innerhalb einer Woche verlassen, sonst sperren sie mich wieder ein.«

»Wir werden einige Zeit unterwegs sein«, erklärte Anna. »Wir brauchen Proviant und Pferde.«

»Lass das meine Sorge sein«, erwiderte Will. »Ich hab noch etwas gespartes Geld. Das ist genau der Zeitpunkt, etwas Sinnvolles damit zu machen. Wann willst du los?«

»So schnell wie möglich. Will, wir werden ins Indianergebiet reiten. Nach Westen.«

Die Besorgnis, er könnte es sich anders überlegen, war ihr anzumerken.

Will fasste sie sanft an den Oberarmen und blickte ihr tief in die Augen. Sie sah wirklich wie eine der Siedlerfrauen aus, in einer Normalität, die ihn fast zum Lachen animiert hätte. Trotzdem sagte er in ernstem Tonfall: »Mir ist gerade ein drittes Leben geschenkt worden, Anna. Eines hast du mir geschenkt, als wir uns im Kampf gegenübergestanden sind. Eines habe ich eben von der Armee geschenkt bekommen. Es gibt nichts, was mich zurückhalten könnte dir zu folgen. Nur Eines möchte ich wissen: Die befreiten Krieger, das warst du?« Ohne Worte, nur mit einem leichten Kopfnicken bejahte sie seine Frage.

Fort Ridgely, Minnesota, 16. Oktober 1862

Will hatte die Nächte an den Feuern der Siedler unter freiem Himmel verbracht, nachdem er noch am Tag seiner Entlassung aus der Armee der Vereinigten Staaten das Notwendigste erworben hatte, was er für das Leben als Zivilist benötigte. Er war mit ein paar Siedlern ins Geschäft gekommen, die ihm bereitwillig einige der wichtigsten Gegenstände verkauften, darunter eine Decke, ein paar Kleidungsstücke und ... einen Revolver samt Halfter, den er um seine Hüften geschnallt trug. Will musste vorsichtig sein. Er wusste, dass er von einigen seiner ehemaligen Kameraden geradezu gehasst wurde. Sheehan hatte ihm deutlich zu verstehen gegeben, dass er in Gefahr war, solange er sich in oder bei Fort Ridgely aufhielt. Dass sich die Siedler so freizügig von einem Teil ihrer Habseligkeiten getrennt hatten, war dem Umstand geschuldet, dass Will bereit gewesen war den doppelten Preis zu bezahlen. Für ihn ging es um mehr, als nur den Erwerb einer Ausrüstung. Er musste in der Lage sein, sich zu verteidigen. Außerdem war ihm klar, dass er von nun an auf eigenen Beinen stehen musste. Neben den Befürchtungen, ihm könne etwas angetan werden, verspürte er ein unglaubliches Glücksgefühl, in die Freiheit entlassen worden zu sein.

Freiheit. Im Grunde hatte er sie nie gekannt.

Er war als Kind wohlhabender Eltern umsorgt und behütet aufgewachsen. Niemals hatte er sich einer ernsten Herausforderung stellen müssen. Das Lernen war ihm leichtgefallen und so hatte er den Erwartungen seiner Eltern, besonders seines Vaters, zu jeder Zeit entsprochen.

Die Erinnerungen an seine Eltern verursachten ihm einen Kloß im Hals. Zu gern hätte er gewusst, wie es ihnen ging, ob sie gesund waren. Auf der anderen Seite war er froh und stolz, seinen eigenen Weg zu gehen. Irgendwann würde er ihnen telegraphieren.

Dann die Verbindung mit Margaret, in der er im Grunde von Beginn an gefangen gewesen war. Von Freiheit keine Spur. Als er gegen die Pläne seines Vaters aufbegehrt hatte, was seine Zukunft betraf, war es wie der verzweifelte Versuch gewesen, endlich auf irgendeine Weise Widerstand zu leisten. Letztendlich wäre es aber fast so weit gekommen, dass er sich den gesellschaftlichen Zwängen gefügt und den ihm aufgezwungenen Weg gegangen wäre. Und all das nur, weil Margaret ihn ausgenutzt und hingehalten hatte. Es war alles Betrug gewesen und er hatte wie eine Fliege in einem Spinnennetz gehangen. Ein Netz, welches von Margaret und seinem Vater gemeinsam gesponnen worden war.

Jetzt aber war er das erste Mal in seinem Leben wirklich frei. Zwanzig Jahre war er mittlerweile alt und in vielen Dingen völlig unerfahren. Auch wenn er öfter mit dem Gedanken gespielt hatte, es den Männern seiner Einheit gleich zu tun und seine Bedürfnisse mit der Bezahlung der Frauen in den Hotels und Saloons der Stadt zu befriedigen, er hatte es letztendlich nicht geschafft. Seine Überzeugung hatte es nie zugelassen, sich der Versuchung hinzugeben und mit einer Frau zu schlafen, die im Grunde nur sein Geld wollte. Außerdem hatte auch eine gewisse Unsicherheit eine Rolle gespielt, denn er hätte gar nicht gewusst, was dabei genau von ihm erwartet worden wäre.

»Steck ihn rein, dann weißt du schon, was Sache ist«, hatten ihn die anderen verspottet, als er nur die Frage nach dem Ablauf einer solchen Nacht angedeutet hatte.

Er hatte es nie bereut, sich in dieser Hinsicht zurückgehalten zu haben, denn es gab noch vieles, das vor ihm lag. Erfahrungen und Erlebnisse.

So wie der Sturm, der vor einigen Tagen in seinem Herzen losgebrochen war. Wie ein loderndes Feuer hatte ein Gefühl von ihm Besitz ergriffen, welches er in der Art und Intensität niemals zuvor erlebt hatte. Aus dem Funken einer ersten Begegnung war eine Feuersbrunst entstanden. Annas Nähe war etwas, auf das er nie wieder verzichten wollte. Er wäre ihr überall hin gefolgt. Seit langem hatte er sich darüber geärgert, nicht mehr über die Indianer zu wissen, um die Vorfälle richtig beurteilen zu können. Es war ihm nicht gelungen, die Zusammenhänge zu erfassen und niederzuschreiben. Alles, was er notiert hatte, beruhte auf Folgerungen und Mutmaßungen. Damit konnte er sich nicht zufriedengeben. Es war an der Zeit, diese Wissenslücke zu schließen und Anna war bereit, ihm diese Möglichkeit zu bieten. Im ersten Moment hatte er sich noch gefragt, ob er zu schnell geantwortet hatte, als ihm Anna ihren Plan nach Westen in die Indianergebiete zu reiten, unterbreitet hatte. Mittlerweile aber war er sich sicher, die richtige Entscheidung getroffen zu haben. Außerdem hätte er sie ohnehin nicht alleine in die Prärie hinausziehen lassen.

Über die Tatsache, dass ihm Anna mehr Schutz gewähren würde als umgekehrt, war er sich nicht bewusst.

Tagsüber verbrachten sie die meiste Zeit gemeinsam mit Gesprächen.

Wenn sie nicht mit den Vorbereitungen für ihre Reise beschäftigt waren, verließen sie das Lager in Richtung Fluss und verloren sich in endlosen Spaziergängen. Sie ließen sich am Ufer des Flusses nieder, warfen Steine in die Strömung und redeten.

Will erzählte Anna, dass er aus Boston stammte und dass er in die Armee der Vereinigten Staaten eingetreten war, noch bevor der Krieg gegen die Konföderierten Staaten ausgebrochen war.

»Ich hab mir eingebildet, ich könnte einen Beitrag leisten, um gegen die Sklavenhalterstaaten vorzugehen, wenn der Krieg erstmal losgegangen sein würde. Sozusagen als ein Akt der Menschlichkeit. Ich war dumm und naiv.«

Dass er einer reichen Bostoner Familie entstammte, das verschwieg er, genauso wie seinen richtigen Namen, der eben nicht Eaton, sondern Kronberg lautete. Auch die Tatsache, dass er verlobt gewesen war und was letztendlich den Anstoß für seine Flucht gegeben hatte, ließ er aus. Er hielt es für nicht relevant.

In zwei Tagen wollten sie Fort Ridgely verlassen. Bis dahin sollten sie die notwendigen Vorräte und Ausrüstung zusammen haben. Von verschiedenen Siedlerfamilien kauften sie zwei Pferde. Anna schien sich mit Pferden auszukennen. Sie war zielstrebig auf die beiden Tiere losgegangen, so als käme keines der anderen Pferde auch nur ansatzweise in Frage. Annas eigenes Pony war in die Armeebestände übergegangen.

Will hatte einen Betrag für die beiden Reitpferde zu bezahlen, über den er lieber nicht weiter nachdenken wollte. Seine Ersparnisse waren auf ein Fünftel der ursprünglichen Summe zusammengeschrumpft.

Endlich aber war es soweit.

Anna hatte viele argwöhnische Blicke der umstehenden Siedler und Soldaten erhalten, als sie früh am Morgen in Männerhosen und Hemd aus ihrem Zelt getreten und direkt zu den Pferden hinübergegangen war, die in einiger Entfernung grasten. Ihr Haar hatte sie hochgesteckt.

Will beobachtete, wie einige der Siedlerfrauen die Hände vors Gesicht schlugen. Andere schüttelten ungläubig den Kopf und wendeten sich mit demonstrativ zur Schau gestelltem Entsetzen ab.

Dass es sich für eine Frau nicht schickte in Männerkleidung herumzulaufen, das war Anna mit Sicherheit bewusst. Warum provozierte sie die Leute?

Er selbst musste sich eingestehen, dass Anna, vielleicht gerade wegen der Kleidung, die sie trug, einfach umwerfend aussah. Die Hose und das Hemd betonten ihre schlanke Figur, der Glanz ihres Haares ließ sich auch durch das Hochstecken nicht verbergen. Als sie auf ihn zukam, um ihn zu begrüßen und er in ihre strahlend blauen Augen blickte, kam es ihm vor, als hätte er noch nie eine schönere Frau gesehen. Anna sah atemberaubend aus, auch wenn es diese biederen Siedlerfrauen nicht wahrhaben wollten. Es war offensichtlich, dass Anna ihre Wirkung auf einige der umstehenden Männer ebenfalls nicht verfehlte. Plötzlich fühlte Will sich unbehaglich und drängte Anna zum Aufbruch, es wurde Zeit.

Früh am Morgen des 18. Oktobers verließen sie das Lager der Siedler in Fort Ridgely, überquerten den Minnesota River und hielten sich nach einer Weile geradewegs nach Westen. Wieder war es ein strahlender, warmer Herbsttag, Will sog den Duft der Freiheit tief in seine Lungen. Er konnte gehen, wohin er wollte. Keine Vorschriften waren zu befolgen, keine Anweisungen. Von niemandem.

›Ich folge meinem Herzen‹, dachte er bei sich. ›Und das zum allerersten Mal in meinem Leben.‹

Viele Stunden ritten sie schweigend neben- oder hintereinander her. Meist war es Anna, die vorausritt. Sie wirkte, als würde sie den Weg genau kennen. So als hätte sie die Strecke schon einige Male zurückgelegt. Sie war ein eigenartiges Mädchen. Gerade mal siebzehn Jahre alt, wenn er ihrer Aussage Glauben schenkte. Sie wirkte nicht wie siebzehn. Hätte man ihn gefragt, so hätte er geschätzt, dass sie das gleiche Alter wie er selbst haben müsste. Mindestens neunzehn hätte er gedacht.

›Sie ist das aufregendste Geschöpf, dem ich je begegnet bin.‹

»Woran denkst du, Will Eaton?«, riss sie ihn aus seinen Gedanken.

»Ich hab mir nur eben gedacht, wie schön es hier ist. Diese Weite ist überwältigend. Ich habe das Gefühl, als wären wir die ersten Menschen, die diesen Landstrich entdecken. Warst du schon mal hier?«

Aber Anna schenkte ihm nur ein bezauberndes Lächeln, stieß ihrem Pferd sanft die nackten Fersen in die Seite und galoppierte voran.

Auch Will gab seinem Pferd einen Hieb in die Flanken und so jagten die beiden über die schier endlose Prärie. Wälder und Steppe wechselten sich ab, immer wieder mussten sie Bäche und kleinere Flüsse durchqueren. Anna bewies viel Geschick im Umgang mit Pfeil und Bogen, welche sie selbst hergestellt hatte. Fasziniert hatte Will ihr handwerkliches Können bestaunt, während sie die Waffen fertigte. Wie sich herausstellen sollte, war es ein Segen, dass Anna sich in der Wildnis mehr als nur zu helfen wusste. Am ersten Abend bereitete sie frischen Fisch über dem Feuer. Die beiden Forellen hatte sie an einem der Bäche mit gezielten Schüssen der Pfeile erlegt.

Als sie sich schlafen gelegt hatten, bewunderte Will lange den übermächtigen Sternenhimmel über ihnen und überlegte, ob er sich jemals in seinem Leben so sicher gefühlt hatte.

-

Anna hatte gewusst, dass sie sich nicht länger im Fort aufhalten durften. Die hasserfüllten Blicke der Soldaten waren nicht zu übersehen gewesen, wenn sie bei ihrer Patrouille durch das Lager der Siedler auf Will trafen. Entweder er bemerkte es nicht oder er tat, als wäre es ihm gleichgültig. Als sie schließlich das Fort verließen, war es wie eine Erleichterung für sie gewesen. Kaum waren sie außerhalb der

Sichtweite des Forts, lenkte sie ihr Pferd in Richtung des Flusses. Ab jetzt würden sie ihren Weg nur nach Westen fortsetzen.

Nach einigen Stunden war ihrem Begleiter deutlich anzumerken, wie die Anspannung von ihm abfiel, wie er aufblühte und den strahlenden Tag genoss. Er hatte zu ihr gesagt, er wäre niemals so frei gewesen.

Anna wusste, wie sie diese Äußerung zu verstehen hatte.

In der Armee war Will völlig fehl am Platz gewesen. Sie hatte ihn kämpfen sehen. Es war nicht, dass es ihm an Kraft oder Mut gemangelt hätte. Aber Will war ein Denker, kein Kämpfer. Vielleicht fühlte sie sich deshalb so zu ihm hingezogen. Sie fühlte sich hilflos, wenn er nur lächelte. Wenn er zu ihr herantrat, um ihr die Wasserflaschen abzunehmen, die sie an einem der Bäche gefüllt hatte, bekam sie Herzklopfen. Bei einer flüchtigen Berührung ihrer Hände spürte sie, wie ihre Beine ihr den Dienst versagen wollten. Sie bekam regelrecht weiche Knie.

In der ersten Nacht, die sie zusammen in der Wildnis verbracht hatten, hatte sie mitbekommen, dass er, genauso wie sie, lange wach gelegen hatte. Sie hatte sich ausgemalt, wie es sich anfühlen musste ihn zu küssen und war dabei in einen ihr unbekannten Erregungszustand geraten. Ihr Herz hatte zu rasen begonnen und eine wohlige Wärme hatte sich in ihrem Unterleib ausgebreitet. Niemals zuvor hatte sie derartige Signale ihres Körpers empfangen.

Sie wusste, dass es Liebe war.

-

Auch der nächste Tag empfing sie mit strahlendem Sonnenschein. Sie hatten an dem Bach übernachtet, in dem Anna am Abend die beiden Bachforellen gefangen hatte. Will fühlte sich, als könne er Bäume ausreißen. Er konnte sich nicht erinnern, wann er das letzte Mal so tief geschlafen hatte. Das erste Mal seit dem Überfall auf das Indianerdorf, hatte er in seinen Träumen nicht mit den schrecklichen Bildern zu kämpfen gehabt, die ihn normalerweise in den Nächten verfolgten. Die Zeit schien die Wunden zu heilen. Er erblickte Anna, die bereits länger wach zu sein schien. Sie trug ihr Haar offen. Jetzt sah er das Indianermädchen in ihr, dem er bei der Agentur begegnet war. Ein sanfter Windstoß spielte mit ihren tiefschwarzen Haaren und er erkannte in ihrem Gesicht auch die Kriegerin, die ihn besiegt und ihm das Leben geschenkt hatte. Das offene Haar brachte eine Wildheit zum Vorschein, die er schon vergessen hatte.

Nach einem freundlichen »Guten Morgen«, welches er Anna, die eben dabei war die Pferde zu versorgen, zuwarf, schlenderte er lässig zum Bach hinunter, wobei er sein Hemd über den Kopf zog, um sich zu waschen.

Anna sah ihm nach. Sie beobachtete, wie sich seine Muskeln spannten, als er sich des Hemdes entledigte, sah seinen nackten Oberkörper und fühlte sich plötzlich schwindlig. Er kniete sich nieder und warf sich einen Schwall Wasser ins Gesicht.

Sein Anblick brachte sie geradezu aus der Fassung.

Sie streichelte den Tieren über die Nüstern, ohne ihren Blick von ihm abzuwenden und genoss den Moment.

Was war nur los mit ihr?

Schließlich war sie an den Anblick eines nackten männlichen Oberkörpers mehr als gewöhnt. Viele der Krieger hatten versucht, ihr mit dem Spiel ihrer Muskeln zu imponieren. Aber das hier, das war etwas völlig anderes. Auch hatte sie nicht den Eindruck, dass Will bewusst versuchte, sie aus der Fassung zu bringen. Er wollte sich schlicht und ergreifend waschen.

Als er zurückkehrte und auf sie zu kam, hielt er sein Hemd in der Hand, von seinem Gesicht und seinem dunklen Bart tropfte Wasser auf seine Brust. Er lächelte sie an und setzte sich auf einen Felsen, um sich von der Morgensonne trocknen zu lassen. Anna hatte ihn betrachtet, ihm nur kurz in die Augen gesehen und war mit ihrer Arbeit fortgefahren.

Sie ritten den ganzen Vormittag ohne Pause. Will fiel auf, dass Anna schweigsamer war als gewohnt. Er fragte sich, ob er etwas falsch gemacht oder sie mit einer unbedachten Bemerkung verletzt hatte.

Als die Sonne den Zenit erreichte, überquerten sie eine große Ebene. Es war ungewöhnlich, welche Kraft die Sonne zu dieser Jahreszeit noch entwickeln konnte. Es war eine regelrechte Hitze, die sich über der weiten, verdorrten Graslandschaft ausbreitete.

Nach einer Pause, die sie im Schatten einer meterhohen Felswand verbrachten, etwas Dörrfleisch und getrocknetem Brot, setzten sie ihren Weg durch die Ebene fort, erreichten wieder bewaldete Gebiete und sahen am Abend einen großen See vor sich liegen, an dem sie ihr Nachtlager aufschlagen wollten.

Will ging sich nach Feuerholz umsehen und war eine ganze Weile unterwegs. Er duckte sich durch das Gestrüpp und schlug mit seinem Messer Zweige und kleinere Äste zur Seite, um sich den Weg zu dem nahegelegenen Wäldchen zu bahnen. Mehrere Male kam er zu der angedachten Feuerstelle zurück und lud seine Last ab. Es kam ihm seltsam vor, dass Anna die Pferde alleine gelassen hatte. Als er dabei war, einen weiteren Stapel Zweige und Äste abzulegen, war immer noch keine Spur von Anna zu entdecken.

Will erschrak.

Er ging zu den Pferden hinüber und sah nach den Seilen, mit denen Anna die Zügel an den Baum gebunden hatte. Sie hatte die Tiere abgesattelt und versorgt. Als Nächstes kontrollierte er die beiden Sattel, konnte aber auch hier nichts Ungewöhnliches feststellen. Die Gewehre lehnten an den Ästen der Gebüsche, genau da, wo er sie hingestellt hatte.

Aber was war das? Bei den Gewehren lag etwas, das er nicht dort gelassen hatte.

Er machte einen Satz zu den Gewehren und hob die Sachen auf. Es war Annas Kleidung! Ihre Hose, das Hemd, die Schuhe und ... auch ihre Unterkleidung, die, wenn man ihre schmale Figur in Betracht zog, völlig überdimensioniert war. Ungläubig hielt er Annas Schuhe in seinen Händen, die sie des Öfteren beim Reiten ausgezogen und um den Knauf ihres Sattels gebunden hatte. Gedankenverloren legte er die Kleidungsstücke wieder dorthin, wo er sie gefunden hatte.

›Was um alles in der Welt ...?‹

Auf dem See war, weit vom Ufer entfernt, eine Bewegung im Wasser festzustellen. Will ging schnellen Schrittes auf die Uferböschung zu und sprang nach unten auf die Kieselsteine, die von den Wellen umspült und frei gewaschen waren. Sie bildeten einen etwa zwei Meter breiten, trockenen Streifen bis zum Wasser.

Er blickte auf den See hinaus und stellte erleichtert fest, dass es Anna war, die die Bewegung des Wassers auslöste, in dem sie schwimmend ihre Kreise zog. Sie tauchte unter und war eine ganze Weile nicht zu sehen. Als sie wiederauftauchte, war sie dabei zurück zum Ufer zu schwimmen, wo Will immer noch wie betreten auf den See hinaus starrte. Schnell drehte er sich um, stieg die Uferböschung wieder hinauf und begab sich zurück zum Lagerplatz, wo er die Feuerstelle errichten sollte.

Der Abend war noch herrlich warm und er genoss die Natur und die Ruhe, die ihn umgab. Wieder wurde ihm bewusst, dass er im Grunde immer schon ein Stadtmensch gewesen war, der von der Schönheit und der Unendlichkeit dieses Landes viel zu wenig kannte. Es gab durchaus Zeiten, in denen er das geschäftige Treiben, die Hektik und die vielen Menschen um sich herum vermisste. Boston war eine aufblühende Stadt, in der den Menschen in vielerlei Hinsicht etwas geboten wurde.

Theater, Musik und nicht zu vergessen die politischen Debatten, die er mit seinen Freunden geführt hatte, kamen ihm in den Sinn, ebenso wie die vielen Bildungsstätten, die Bibliothek und kulturellen Angebote.

Doch mit dem, was er jetzt und hier erlebte, in dieser unberührten Wildnis, war es nicht zu vergleichen.

Er würde nicht zurückkehren wollen. Eine Stadt wie Boston kam für ihn trotz der dort gebotenen Möglichkeiten nicht mehr in Frage.

Sein Magen knurrte und erinnerte ihn daran, mit der Arbeit fortzufahren, damit das Feuer brannte und sie etwas zwischen die Zähne bekamen, bevor die Sonne ganz hinter dem Horizont verschwunden sein würde. Während er das Holz in die mit großen Steinen begrenzte Feuerstelle legte, warf er erneut einen Blick hinunter zum See.

Wie versteinert hielt er inne: Anna kam völlig nackt und tropfnass die Böschung herauf und auf ihr Lager zu. Seine Anwesenheit schien sie nicht im Geringsten zu stören. Sie hob ihren Arm, umfasste ihr langes, nasses Haar mit beiden Händen und drückte das Wasser heraus. Dann streifte sie ihre Haare mit der flachen Hand nach hinten, gerade so, als würde sie ihm mit voller Absicht ihren wunderschön geformten Körper darbieten wollen. Ihr Anblick verschlug ihm den Atem.

Sie hatte die schönsten Brüste, die er sich nur vorstellen konnte, ›und recht große für ihre schmale Figur‹, dachte er bei sich, wobei er spürte, wie er errötete.

Regungslos saß er in der Hocke und starrte sie an. Sein Mund fühlte sich plötzlich wie ausgetrocknet an und er schluckte schwer.

Anna kam heran und lächelte ihm zu. Dann beobachtete er, wie sie zu ihren Sachen hinüberging, eine der großen Decken aus den seitlichen Satteltaschen zog, sie aufschlug und ihren Körper damit umhüllte.

Noch bevor sie sich wieder zu ihm umdrehen konnte, wendete er sich ab und gab vor, eifrig mit dem Herrichten der Feuerstelle beschäftigt zu sein. Anna trat neben ihn und meinte, während sie sich mit der Decke über den Kopf rubbelte: »Ich werde mich anziehen und sehen, ob ich uns noch etwas Fleisch für das Abendessen besorgen kann. Noch ist es hell genug.«

Will nickte stumm und strich mit zitternden Händen ein Zündholz an.

Danach folgte er ihr mit seinen Augen, als sie an das große Gebüsch herantrat, wo er ihre Kleidung gefunden hatte.

Sie ließ die Decke auf den Boden fallen und bot ihm erneut ihren wunderschönen, makellosen Körper dar. Sie bückte sich, schlüpfte in ihre viel zu großen Unterhosen und streifte das Hemd über.

Wieder versuchte er sich aufs Feuermachen zu konzentrieren und fachte durch Pusten die kleine Flamme an, die sich schnell zu einem Feuer entwickelte und nach mehr brennbarer Nahrung lechzte. Er legte Feuerholz nach und bekam gerade noch mit, wie Anna, bewaffnet mit ihrem Bogen und drei Pfeilen, das Lager verließ. Im Laufschritt verschwand sie im Wald.

›Diese Frau ist unergründlich‹, dachte er. ›Sie strahlt eine Stärke aus, wie ich sie noch nie bei einem anderen Menschen verspürt habe. Sie ist eine Kämpferin und trotzdem nur ein Mädchen, das man in seinen Armen halten möchte, um sie zu beschützen und sie zu trösten für das, was sie in ihrem jungen Leben bereits durchmachen musste. Auf der anderen Seite umgibt sie eine Vertrautheit, so als würde ich sie schon ewig kennen und eine Ausstrahlung, die mich einfach nicht loslässt.‹

Er rief sich das Bild vor Augen, wie sie eben aus dem Wasser gestiegen und auf ihn zugekommen war und spürte, wie sein Glied versuchte sich in seiner engen Hose aufzurichten.

Vorhin, als sie ihm nackt gegenübergestanden hatte, war ihm das nicht passiert, so perplex war er gewesen und von ihrem Anblick fasziniert.

Wieder knurrte sein Magen. Er hoffte, ihre Jagd würde erfolgreich sein, denn das Trockenfleisch war beileibe kein wirklicher Ersatz für ein *richtiges* Essen.

Es war fast dunkel, als Will an dem hoch lodernden Feuer saß und Anna mit einem großen Kaninchen, das sie bereits ausgenommen hatte, an die Feuerstelle zurückkehrte. Das Tier hielt sie an den langen Ohren gepackt, als sie sich seitlich auf ihren am Boden liegenden Sattel setzte und ihrer Beute das Fell abzog. Dabei schenkte sie Will ein kurzes Lächeln, mit dem sie ihn abermals verzauberte.

Das Fell des Tieres warf sie ins Feuer.

»Auch, wenn die Spuren des Berglöwen, die ich entdeckt habe, nicht frisch waren, wir sollten uns keine ungebetenen Gäste einladen.«

Verunsichert sah Will sich nach allen Seiten um.

-

Als Will im Unterholz verschwunden war, um Feuerholz für den Abend zu suchen, hatte Anna der Versuchung nicht widerstehen können: Sie musste ein Bad nehmen!

Mit dem Wissen, dass der See vom langen Sommer aufgeheizt war, hatte er eine unwiderstehliche Anziehungskraft auf sie ausgeübt.

Sie hatte an dem Strauch gestanden, an den sie die Gewehre gelehnt hatten und hatte zögerlich damit begonnen sich auszuziehen. Bei dem Gedanken, dass Will mit dem ersten Stapel Äste und Zweige zurückkommen könnte, hatte ihr das Herz bis zum Hals geschlagen. Es war einer der aufregendsten Momente, den sie je erlebt hatte, als sie das Hemd zu Boden fallen ließ und somit mit entblößtem Oberkörper dagestanden, den, im Grunde nicht vorhandenen Bauch eingezogen und den obersten Knopf ihrer Hose gelöst hatte.

Insgeheim hatte sie sich gewünscht, er würde gerade jetzt aus dem Dickicht herauskommen und sie ansehen. Ein Schauer hatte ihren Körper durchlaufen. Gleichzeitig war Hitze in ihr aufgestiegen. Absichtlich hatte sie sich beim Entkleiden Zeit gelassen, war einen gefühlt endlosen Moment völlig nackt dagestanden und hatte nach Will gespäht. Nachdem er aber nicht erschienen war, war sie die Böschung zum See hinuntergelaufen und hatte ihren Körper in die kühlenden Fluten gestürzt. Sie war untergetaucht und hatte dabei pure Lebensfreude verspürt. In einigen schnellen Zügen war sie weit auf den See hinausgeschwommen. Sie war getaucht, hatte etwas schlammige Erde vom Grund des Sees nach oben geholt und diese lachend in Richtung der Uferböschung geschleudert. Die Tiefe an dieser Stelle, hatte sie auf etwa sechs Meter geschätzt.

Dann war sie einen großen Bogen geschwommen, hatte sich auf den Rücken gedreht und wild mit den Füssen gestrampelt, in der Hoffnung, Will würde sie eventuell beobachten.

›Vielleicht war er eben dabei ihr zu folgen ...? Wenn er es doch nur tun würde‹, hatte sie sich gewünscht.

Sie hatte sich vorgestellt, wie er zu ihr schwimmen, ihr Wasser ins Gesicht spritzen und sie necken würde. Wie sie vor ihm davon schwimmen und er sie verfolgen würde, wie sie sich von ihm einholen und ... berühren lassen würde …

Wieder hatte ihr Herz wie wild zu klopfen begonnen. Sie hatte nicht sagen können, ob von den Schwimmzügen oder von diesen wunderschönen Gedanken.

Sie hatte leise gelacht und war abermals kopfüber in den Fluten verschwunden.

Dann hatte sie ihn gesehen!

Will war unten am Ufer gestanden und hatte Ausschau nach ihr gehalten. Er hatte sie beobachtet.

Sie hatte ein Lächeln nicht unterbinden können, als sie tief Luft geholt und erneut unter der Wasseroberfläche verschwunden war. Mit kräftigen, langen Zügen war sie auf das Ufer zugetaucht.

Es würde passieren! Es musste passieren!

Sie wollte sich ihm zeigen und hatte gebetet, dass er es richtig deuten würde, dass sie ihn nicht überfordern und von sich wegtreiben würde. Den Reiz einer Situation wie dieser hatte sie sich bereits unendliche Male ausgemalt, auch wenn sie nie gewusst hatte, wer der junge Mann in ihrem geheimen Traum sein könnte und ob sie jemals den Mut zu einer solchen Tat aufbringen würde.

Als sie aufgetaucht war, hatte sie enttäuscht festgestellt, dass Will nicht am Ufer auf sie gewartet hatte. Er war nach oben zur Feuerstelle gegangen, hatte bei den großen Steinen gekniet und war damit beschäftigt gewesen, das Holz hineinzurichten.

Unsicherheit hatte sich mit Furcht gemischt.

Hätte sie den See an einer anderen Stelle verlassen sollen, an der er sie nicht beobachten konnte? Sie hätte dann im Schutz des Dickichts von hinten an die Lagerstelle herantreten können, so dass sie nur wenige Meter bis zu ihrer Kleidung hätte zurücklegen müssen. Das Ganze wäre so schnell gegangen, dass es allerhöchstens zu einem kurzen Blick von ihm hätte kommen können, wenn er denn überhaupt von seiner Arbeit aufgesehen hätte.

›Nein‹, hatte sie sich gescholten. ›Ich werde zu meinen Gefühlen und Sehnsüchten stehen, so wie ich das immer getan habe.‹

Sie wusste, dass es im Grunde nur eine Phrase gewesen war, denn eine Situation wie diese hatte sie noch niemals zuvor erlebt. Das erste Mal in ihrem Leben war sie verliebt. Das, was sie als Gefühle und Sehnsüchte kannte, hatte sie vorher stets in ihrer Gewalt behalten. Mit Mut, Ausdauer und Beharrlichkeit hatte sie es immer geschafft, ihren Weg zu gehen. Aber jetzt war es die Liebe, die ihr einen Streich spielte und sie war sich über die Verletzbarkeit ihres Herzens bewusst, als sie allen Mut zusammengenommen und aus dem Wasser gestiegen war.

Mit langsamen, entschlossenen Schritten war sie die Böschung emporgestiegen und direkt auf Will an der Feuerstelle zugegangen, während sie ihre tropfendnassen Haare mit beiden Händen umfasst und vor ihrem Körper ausgewunden hatte. Sie hatte das Wippen ihrer Brüste gespürt, ebenso die Wassertropfen, die über ihren Bauch nach unten gelaufen und in dem dunklen Dreieck zwischen ihren

Schenkeln versickert waren. Alles war so intensiv, so unglaublich sinnlich gewesen.

In der Hoffnung, ihn mit ihrer Tat nicht von sich fortzustoßen, hatte sie ihn freundlich angelächelt und er ... er hatte das Lächeln erwidert!

Dann hatte er sie angestarrt, als wäre ihm eine der Zauberfeen aus den Geschichten erschienen, die ihr als Kind von ihrer Großmutter vorgelesen und erzählt worden waren. Er hatte leicht den Mund geöffnet, aber keinen Laut von sich gegeben. Mit beiden Händen hatte er kleine Äste und Zweige gehalten, sich ansonsten aber nicht bewegt. In seinen Augen hatte sie etwas erkennen können, das ihr ein unglaubliches Glücksgefühl beschert hatte, welches sie nie zuvor verspürt hatte: Bewunderung.

Mit langsamen Schritten war sie zu ihrem Sattel gegangen und hatte eine der großen Wolldecken hervorgezogen. Während sie ihren Körper darin einwickelte, hatte sie bereits bedauert, dass dieser magische Moment zwischen ihnen nur von so kurzer Dauer gewesen war. Aber sie musste sich auch noch anziehen.

Mutig war sie an ihn herangetreten, während er unbeholfen versucht hatte, die Zweige und Äste aufzuschichten. Sie hatte sich eingebildet, dass seine Hände gezittert hatten, als sie ihn von der Seite angesprochen hatte: »Ich werde mich anziehen und sehen, ob ich uns noch etwas Fleisch für das Abendessen besorgen kann. Noch ist es hell genug.«

Inständig hatte sie gehofft, dass er das Beben ihrer Stimme nicht bemerken würde, denn sie hatte versucht, sich so selbstbewusst wie möglich zu geben. Wie angekündigt, hatte sie sich dann hinüber zu ihren Kleidungsstücken begeben und bemerkt, dass diese nicht mehr so sortiert und gebündelt im Gras lagen, wie sie sie zurückgelassen hatte. Wieder war ihr ein Schauer über den Rücken gelaufen. Will hatte ihre Kleidung in Händen gehalten. Sie hatte die Decke von ihren Schultern fallen lassen und seine Blicke wie sanfte Berührungen auf ihrer Haut gespürt. Die Neugierde und Unsicherheit, ob er wirklich zu ihr herübersah, hatte sie fast um den Verstand gebracht. So hatte sie sich ein wenig zu ihm gedreht, als sie die großen Unterhosen vom Boden aufgehoben hatte.

Sie hatte sich gerade soweit gedreht, dass sie aus den Augenwinkeln mitbekam, dass er sie tatsächlich wieder beobachtet hatte.

Als sie das Hemd übergezogen hatte, war der Zauber mit einem Mal verflogen gewesen.

Sie hatte den Stand der Sonne geprüft und festgestellt, dass ihr nicht mehr viel Zeit bleiben würde, um ihr Glück bei der Jagd zu versuchen. Es hatte mal wieder Fleisch geben müssen, wenn sie ihren Weg in dieser Geschwindigkeit fortsetzen wollten.

Als sie fertig angezogen gewesen war, hatte sie Pfeil und Bogen ergriffen und war, mit einem glücklichen Strahlen in ihren Augen, im Wald verschwunden.

-

Den Abend verbrachten sie in einer besonderen, aber auch betretenen Stimmung. Will war schweigsamer als die Tage zuvor und Anna hatte die Befürchtung, einen großen Fehler begangen zu haben. Sie hatte sich von ihrer Erregung zu etwas hinreißen lassen, von dem sie nicht wissen konnte, wie er reagieren würde. Was es für ihn bedeuten oder in ihm auslösen würde, das hatte sie nicht bedacht. Vielleicht hatte sie das, was sie als Bewunderung gedeutet hatte, einfach falsch verstanden. Vielleicht hatte sie gegen seine Grundsätze oder seine Überzeugung verstoßen. Ihre Unsicherheit und Zweifel führten dazu, dass auch ihr nicht nach Reden zumute war. So saßen sie schweigend am Feuer, aßen das gebratene Kaninchen und vermieden es regelrecht, sich in die Augen zu sehen. Nervös spielte Will mit einem Ast, den er immer wieder ins Feuer hielt. Er entzündete ihn, nur um die Flammen im nächsten Augenblick im sandigen Boden vor der Feuerstelle wieder zu ersticken. Will lobte Annas Jagdkünste und auch die Art und Weise, wie sie das Fleisch zubereitet hatte, was aber mit dem Wissen um die richtigen Kräuter keine große Sache für sie gewesen war. Anna hatte viel bei den Dakota gelernt. Bei dem Gedanken an die vielen Menschen, die ums Leben gekommen waren, sank ihre Stimmung weiter und schlug in Trauer um. Sie würde ihren Freund Dark Cloud nie wiedersehen und hatte nicht einmal die Möglichkeit gehabt, ihm eine, nach den Gebräuchen der Dakota, würdige Bestattung zu gewähren. Wahrscheinlich lag sein geschundener Körper immer noch draußen in der endlosen Prärie, während Krähen, Wölfe und anderes Getier sich über ihn hermachten. Auch Häuptling Mankato war gefallen. Ebenso wie viele hundert Krieger.

Als sie sich schlafen legten, lag sie sehr lange wach. Sie konnte nicht einschlafen und dachte über ihre Vergangenheit nach, über ihren Weg zu dem Volk der Dakota, der so bestimmend in ihrem Leben geworden war und über diese neuen, unergründlichen Gefühle, die sich ihrer bemächtigt hatten. Dabei drehte sie sich langsam zu Will um, der, auf der Seite liegend, ebenfalls die Augen geöffnet hatte und ihr im Licht des Vollmondes direkt in die Augen sah.

Es kam Anna wie eine Ewigkeit vor, wie sie so dalagen und sich ansahen. Eine Ewigkeit, die ihr das Versprechen der Unvergänglichkeit dieses Augenblicks ins Ohr flüsterte, während sie Wills Gesicht studierte. Seine dunklen Augen, die von Fernweh und einer Sehnsucht erzählten, die Anna noch nicht verstehen konnte. Seine klassisch geschwungene Nase und ... seine Lippen, die zu küssen ihr wie die Erfüllung eines lang ersehnten Traumes erschien.

Sie schwelgte gedanklich immer noch in ihren Beobachtungen und Vorstellungen, als Will langsam seinen Arm ausstreckte und mit der Hand sanft über ihre Wange strich. Anna legte ihre Hand auf die seine, führte sie zu ihrem Mund und hauchte einen zärtlichen Kuss auf seine Finger. So, als wären alle Ängste und Zweifel mit einer einzigen Zärtlichkeit verflogen, kam er zu ihr herüber, sah ihr in die Augen und erfüllte ihre unausgesprochene Sehnsucht. Er beugte sich zu ihr herunter und küsste sie zärtlich auf den Mund. Anna dachte, ihr Herz würde ihr aus dem Leib springen. Sie erwiderte den Kuss, welcher der erste in ihrem Leben war. Instinktiv öffnete sie den Mund und suchte seine Zunge. Sie atmeten schwer, erhöhten den Druck ihrer Lippen, lösten sich voneinander, sahen sich in die Augen und küssten sich wieder. Ein Sturm der Leidenschaft erfasste sie und hob sie in schwindelerregende Höhen, gerade so, als würde er Zeit und Raum aus den Fugen geraten lassen wollen.

Es war kurz vor der Morgendämmerung, als sie sich liebten. Für beide war es das erste Mal. Sie ließen ihren Instinkten freien Lauf und folgten den Begierden, die sie ergriffen. Will war so zärtlich, so verständnisvoll. All ihre Wünsche schienen sich durch die Berührung ihrer Lippen auf ihn zu übertragen.

Es war ein Rausch der Gefühle, in dem Liebe, Verzweiflung, Glück und Besessenheit zu einer Einheit fanden.

Als der Morgen graute, lagen sie nackt unter den groben, wollenen Decken, die in der Nacht ihr Liebesnest gewesen waren. Anna lag in Wills Armen und streichelte zärtlich über seinen Oberarm, während er die Augen geschlossen hatte und ihre Berührungen genoss. Niemals hatte er sich vorgestellt, dass es so sein könnte. So von Zartheit und Erregung erfüllt, von Unwiderstehlichkeit, Sanftheit und der Schönheit der Frau, die er begehrte.

»Ich liebe dich, seit wir uns das erste Mal begegnet sind«, sagte er leise. Anna stemmte sich vorsichtig hoch und küsste ihn leidenschaftlich.

»Und mir ist es genauso ergangen. Nur, dass ich nicht wusste, was mit mir passiert.« Beide lachten.

Nach einer Weile befreite sich Anna aus seiner Umarmung und stand auf. Wieder sah er sie an, mit diesem Blick, der ihr durch und durch ging und sie sofort wieder in Erregung versetzte.

»Wie schön du bist ...«, sagte er. Anna schmunzelte und verschwand hinter einem großen Baum. Kurz darauf legte sie sich wieder zu ihm und wieder schliefen sie miteinander. Diesmal setzte sie sich auf ihn.

Als sie keuchend und verschwitzt auf ihn niedersank, ihr Ohr auf seine Brust legte und das wilde Schlagen seines Herzens hörte, sagte sie: »So muss es immer sein, jetzt und für immer.«

Der anbrechende Tag erschien ihnen heller und strahlender, als sie es jemals zuvor erlebt hatten. Die Vögel sangen schöner, die Luft war klarer, das Wasser des Sees tiefer und unergründlicher. Will war in seine Hosen gestiegen und fachte die Glut des Feuers an, während Anna sich anzog. Sie kochte Kaffee und Will lief zum See hinunter. Er zog seine Hose wieder aus und sprang kopfüber ins Wasser. Anna beobachtete ihn und musste lachen.

»Komm rein«, rief er aus einiger Entfernung vom Ufer.

Anna zögerte nicht eine Sekunde. Sie nahm die Blechkanne vom

Feuer, lief die Böschung hinab, während sie sich auf dem Weg bereits der eben angezogenen Kleidungsstücke entledigte. Sie schwamm auf ihn zu und alles geschah, wie sie es sich ausgemalt hatte. Sie lachten, scherzten, tauchten sich gegenseitig unter und immer wieder umschlungen und berührten sie sich. Sie spürte sein Geschlecht an ihrem Körper, jetzt nicht hart und fordernd, sondern zart und geschmeidig. Dann standen sie am Ufer im seichten Wasser und Anna nahm sein Gesicht in ihre Hände. Will war gut einen Kopf größer als sie, so blickte sie ihm von unten in die Augen und sagte: »Ich liebe dich so sehr, Will Eaton. Ich werde immer für dich da sein, wenn du es willst.«

»Ich könnte mir nichts Schöneres vorstellen auf dieser Welt«, antwortete Will aufrichtig.

Es war wie das Versprechen einer Ehe, nur ohne Priester, ohne Zeremonie oder geheuchelte Glückwünsche.

Nur die Natur um sie herum war Zeuge.

Eine Stunde später saßen sie wieder im Sattel und setzten ihren Weg nach Westen fort. Keiner von ihnen spürte auch nur einen Anflug von Müdigkeit und das, obwohl sie so gut wie gar nicht geschlafen hatten. Sie waren so glücklich wie noch nie zuvor in ihrem Leben. Anna erkannte, dass das Glück dieser Welt in der Liebe begründet sein musste. Nichts und niemand sollte sie je wieder voneinander trennen.

****

Westliches Minnesota, 26. Oktober 1862

Fünf Tage waren vergangen, seit sie »den See der ersten Liebe«, wie Will ihn getauft hatte, hinter sich gelassen hatten. Sie waren weiter nach Westen geritten, hinein in diese unglaubliche Landschaft, die auf Will wie eine einzige, unendliche Ebene wirkte. Immer spärlicher wurde der Bewuchs durch Bäume oder Gestrüpp, welches sich in nennenswerter Größenordnung nur an den Flüssen und Bächen dieses wundervollen Landes ausbreitete. Es war überwältigend, in welchen Farbtönen der Himmel erstrahlte, wenn die Abendsonne sich anschickte, langsam hinter den sanften Hügeln des Horizonts zu verschwinden. Je nachdem, wo sie ihr Lager für die Nacht aufschlugen, nahmen sie sich die Zeit, dieses Schauspiel zu bewundern. Wenn sie früh genug mit dem Bereiten der Feuerstelle und der Schlafplätze, mit der Versorgung der Tiere, dem Sammeln von Feuerholz und allen sonstigen Vorbereitungen für die Nacht fertig waren, erklommen sie einen der höher gelegenen Kämme und saßen schweigend, engumschlungen, eingehüllt in eine der Decken und beobachteten den Sonnenuntergang. Die Abende und Nächte wurden nun deutlich kühler. Die Macht des Sommers entschwand und die Fürsten des Herbstes verneigten sich vor den Boten des herannahenden Winters.

An diesem Abend herrschte eine unwirkliche, bedrohliche Stimmung. Während der Himmel in Richtung des Sonnenuntergangs ihre Herzen mit seinem unergründlichen Farbenspiel erfreute, bot sich auf der entgegengesetzten Seite der Anblick einer schwarzen, bedrohlich heraufziehenden Gewitterfront. Das Grollen des Donners war bereits zu vernehmen, obwohl Anna und Will immer noch die letzten warmen Sonnenstrahlen auf ihren Gesichtern spürten. War die Sonne erstmal verschwunden, würde es kalt werden. Dazu der herannahende Sturm, der sich mit seinen dunklen Wolken unaufhörlich den gesamten Himmel zu eigen machte und dabei war, tiefe Dunkelheit über das Land zu bringen. Will wurde mulmig zumute. Er fing an, unruhig auf seinem Hosenboden hin und her zu rutschen.

»Du musst keine Angst haben«, sagte Anna in beruhigendem Tonfall, »… ich bin ja bei dir.«

Will sah ihr in die Augen und musste lachen.

»Na dann ...«, gab er belustigt zurück.

»Die Stürme gehören zu diesem Land wie die Büffelherden, die darüber hinweg ziehen. Es sind die Gewalten, welche diesen Ort geformt haben und zu dem machen, was er ist. Hier ist der Mensch nur geduldet und muss sich anpassen, wenn er überleben will. Er muss beweisen, dass er diesen Kräften trotzen und widerstehen kann. Er muss eins werden mit ihnen.«

»Ich verstehe, was du meinst«, flüsterte Will, während in der Ferne ein Blitz durch die undurchdringliche Schwärze der Wolken zuckte und zu Boden raste. Der in nur wenigen Augenblicken darauffolgende Donner zerriss die Stille über der Prärie.

»Wir müssen gehen.« Anna erhob sich.

Auch Will stand auf, nahm die Decke und folgte Anna zurück zu ihrem Lagerplatz.

»Wir müssen den kleinen Felsüberhang nutzen, als Schutz für die Nacht«, sagte sie bestimmt und deutete auf einen niedrigen Felsvorsprung etwas entfernt von der Feuerstelle, die Will angelegt hatte, während sie noch mit der Jagd auf Kleinwild beschäftigt gewesen war. Sie hatte zwei der kleinen Nagetiere erlegt, die es hier in der Gegend dutzendweise zu geben schien. Anna war bereits dabei, ihren Sattel zu der kleinen Felswand hinüber zu tragen, als sich Will eingestehen musste, dass er den Felsvorsprung im Vorbeireiten noch nicht einmal bemerkt hatte. Sie musste entweder einen sechsten Sinn haben oder aber mit einer Aufmerksamkeit gesegnet sein, die sie überall und zu jeder Zeit in die Lage versetzte, intuitiv richtig zu handeln. Hier unten am Fluss hätten ihnen die paar Bäume niemals ausreichend Schutz geboten. Ganz davon abgesehen, dass es auch nicht ratsam gewesen wäre, sich länger in der Nähe der hohen Fichten aufzuhalten. Etwas wehmütig dachte Will an die kommende Nacht.

Sie hatten sich jede Nacht mehrmals geliebt, seit sie das erste Mal miteinander geschlafen hatten. Er hatte die starke Befürchtung, das Wetter würde ihnen heute einen Strich durch die Rechnung machen.

Die letzten fünf Tage ... er konnte sich nicht erinnern, jemals so glücklich gewesen zu sein. So frei, so unbekümmert und ... so verliebt.

So lange hatte er davon geträumt, mit einem Mädchen zusammen zu sein. An Margaret hätte er dafür beinahe seine Seele verkauft, so kam es ihm jetzt vor. Dass es so sein könnte wie mit Anna, das hatte er sich in seinen schönsten Vorstellungen nicht ausgemalt. Er begehrte dieses Mädchen mehr, als er sagen konnte. Die Begierde, die in ihm erwachte, loderte wie ein Feuer, das zu bezähmen nur die Leidenschaft ihrer verschmelzenden Körper imstande war. Immer wieder hatte Anna sich ihm hingegeben und sich nach seinen Zärtlichkeiten und der Kraft seiner Lenden verzehrt. Es war so harmonisch, von einer so natürlichen Selbstverständlichkeit geprägt, dass es ihm erschien, als müssten sie sich bereits ewig kennen. Aber genau das Gegenteil war der Fall. Was wusste er schon über dieses zierliche, faszinierende Wesen, das ihm vollends den Verstand geraubt hatte. Dieses Mädchen trug neben der Liebe, die sie unerklärlicherweise für ihn empfand, auch unübersehbar eine große Last in ihrem Herzen. Sie sprach von Rache, Vergeltung und dem Kampf, der ihnen bevorstehen würde. Unsicher fragte er sich, ob sie dies sinnbildlich meinte oder ob hinter diesem unergründlichen Hass und dem bevorstehenden Kampf eine tatsächliche Absicht steckte. Er versuchte ihr zu erklären, dass die Tage des Krieges für sie beide nun für immer vorüber waren, dass sie zusammenleben würden und niemals auch nur in die Nähe der Armee und der Soldaten zurückkehren mussten. Sie hatte sich bis jetzt auf keine Diskussionen darüber eingelassen. Auch auf seine Zukunftspläne hatte sie in keinster Weise reagiert, sondern stets ein bezauberndes Lächeln aufgesetzt, ihn geküsst und das Thema damit beendet.

»Sie würde ihm ihr Leben zeigen«, hatte sie gesagt, was Will nicht verstanden hatte. *Er* war schließlich jetzt ihr Leben. Aber was wusste sie im Grunde von ihm? Dass er *Eaton* hieß?

›Verdammt‹, dachte er bei sich. ›Wir beide müssen noch vieles miteinander teilen, aber das wird die Zeit schon bringen.‹

Er nahm sich vor, keine Geheimnisse vor Anna haben zu wollen. Irgendwann würde er ihr auch von Margaret erzählen und dass er aus einem der wahrscheinlich wohlhabendsten Häuser Bostons stammte. Von seinem übermächtigen Vater, den Plänen seiner Eltern, was seine Zukunft betroffen hatte und auch von der Schmach, die ihm von dieser Sylvia angetan worden war.

Ein ohrenbetäubendes Krachen riss ihn aus seinen Gedanken.

»Hier rüber Will, schnell«, rief Anna ihm zu, die bereits die Zügel der Pferde an sich genommen hatte und die Tiere ebenfalls zu der niedrigen Felswand hinüberführte. Beschwichtigend sprach sie auf die Tiere ein, in einer Sprache, die er nicht verstand.

»Wir können jetzt kein Feuer machen«, schrie sie gegen den Wind an. Will lief hinüber zur Felswand und warf den Stapel Brennholz unter den Vorsprung. »Hol alles hier rüber.«

Die ersten Regentropfen peitschen Will ins Gesicht, als er die Satteltaschen, die Gewehre und seinen Sattel in den Schutz des Vorsprungs schleifte. Auch den Vorrat an Holz, den er zuvor bereits gesammelt und neben der Feuerstelle aufgestapelt hatte, brachte er so schnell er konnte in Sicherheit.

Es hatte Stunden geregnet, in denen sie unter dem Felsüberhang gesessen und etwas gedörrtes Fleisch und getrocknetes Brot zu sich genommen hatten. Anna hatte kurz vor ihrer Flucht vor dem Sturm noch irgendwo ein paar Beeren gepflückt, die sie sich nun schmecken ließen. Sie erzählte von ihrer Kindheit in Böhmen und der Überfahrt nach Amerika. Dieses Mädchen hatte in ihrem kurzen Leben bereits mehr Leid ertragen müssen, als für viele Menschen auch nur vorstellbar war. Will war beeindruckt von ihrer Ausdauer, ihrem Lebenswillen und der Kraft, ohne die sie die Schicksalsschläge und Strapazen niemals überlebt hätte. Die Art, wie sie über ihren Freund, den Indianer Dark Cloud erzählte, der ihr offensichtlich nicht nur einmal das Leben gerettet hatte, faszinierte ihn. Er schämte sich fast dafür, dass irgendwo in seinem Inneren das Gefühl von Eifersucht aufkam, wenn Anna von diesem Mann erzählte. Es lag so viel Begeisterung in ihren Worten, wenn sie von den Fähigkeiten dieses *heiligen* Mannes erzählte, der wie ein Lehrer für sie gewesen war. Ein Lehrer des wahren Lebens, wie sie es mit einer Überzeugung ausdrückte, die keinerlei Gedanken an Widerspruch zuließ.

»Was ist mit dir, Will Eaton«, fragte sie nach einem Moment des Schweigens. Der Regen prasselte auf die Blätter der Bäume und des Gestrüpps um sie herum und Will stellte fest, dass der Wind sich gelegt hatte. Es herrschte fast völlige Dunkelheit und er konnte ihr hübsches Gesicht nicht mehr richtig erkennen. Nur ihre Stimme vermittelte ihm das glückliche Gefühl ihrer Gegenwart.

»Ich denke«, sagte er in einem gespielten Befehlston zu sich selbst, »dass Mr. Eaton erstmal zum Feuermachen abkommandiert wurde.«

Er erhob sich, kramte das trockene Brennholz hervor und begann es zu einem zeltähnlichen Gebilde aufzustapeln.

Später, als er im Schein des kleinen Feuers in ihre Augen blickte, sagte er: »Du willst wissen, wer ich bin. Was ich gemacht habe und warum ich zur Armee gegangen bin. Ha! ... Die Armee. Das war wohl eine meiner schlechtesten Entscheidungen.«

»Aber sie hat dich zu mir geführt«, warf Anna ein.

»Da hast du Recht und ich bin mehr als dankbar für diese Fügung des Schicksals. Manchmal denke ich, die Dinge geschehen nicht grundlos. Vielleicht sind wir alle nur Teil eines großen Plans.«

»Ich möchte wissen, was dich quält, Will. Ich weiß, dass du mir noch viele Dinge sagen musst, die du in deinem Herzen weggesperrt hast.«

»Woher ...?«

»... ich kann es spüren, Will.«

In Will keimte eine Verunsicherung auf, die ihn erneut in seine innere Verschlossenheit zu treiben drohte. Er kämpfte dagegen an, denn er spürte instinktiv, dass der Moment gekommen war, ihr seine Geschichte zu erzählen.

»Mein Name ist nicht Eaton.«

Er starrte ihr ins Gesicht. Ohne eine Geste der Verwirrung oder Ungläubigkeit sah sie ihm erwartungsvoll in die Augen und ermutigte ihn, weiterzusprechen.

»Ich ... ich bin geflohen, Anna. Aber nicht so wie du. Bei mir ging es nicht ums Überleben. Ich hatte keine Verfolger abzuschütteln oder musste mich gegen irgendwelche Angreifer zur Wehr setzen. Ich bin vor einem Leben geflohen, das ich nicht mehr ertragen hab. Mein Name ist William Kronberg und ich bin der Sohn einer der reichsten und angesehensten Familien in Boston.«

Immer noch zeigte sich keinerlei Regung in Annas Augen. Sie sah ihn an und wartete auf das, was er zu berichten hatte.

»Meine Arbeit war die eines Reportes, für die Zeitung meines Vaters. Ich sollte irgendwann seine Nachfolge antreten und das »Imperium«, wie er es zu nennen pflegte, übernehmen. Nur war das nie meine Absicht und auch nicht der Weg, den ich mir von meinen Eltern für mein Leben bestimmen lassen wollte. Mein ganzes Leben habe ich in einem Spinnennetz verbracht, so kommt es mir vor.«

Anna rückte näher an Will heran, breitete ihre Decke über seinen Rücken und legte den Arm um ihn. Sie ließ ihren Kopf auf seine

Schulter sinken und meinte leise: »Sprich weiter.«

»Ich ... war verlobt, Anna.«

Keine Regung.

»Mein ganzes Leben habe ich mir eingeredet ein Mädchen zu lieben, mit dem ich aufgewachsen bin. Unsere Eltern hatten es verstanden, das Spinnennetz so zu weben, dass es für mich von vornherein gar keinen anderen Ausweg geben sollte, als die von ihnen vorbestimmte Zukunft für mich zu akzeptieren. Das Schlimmste ist aber, dass sie es fast geschafft hatten, dass ich selbst daran glaubte.«

»Was ist passiert, dass du dem entfliehen konntest?«

Will wurde heiß und kalt zugleich. Es war der Moment, Anna alles zu erzählen.

»Sie hat mich mit einer Frau betrogen.«

Jetzt hob Anna ihren Kopf von seiner Schulter und sah ihm in die Augen. Er konnte es nicht fassen, aber er erkannte ehrliches Mitgefühl in ihrem Blick. Die Art wie sie ihn ansah, war mit Liebe erfüllt.

Sie küsste ihn auf den Mund. Lange.

»Es tut mir so leid.«

»Mir nicht mehr, Anna. Es war alles falsch.«

Sie ließ ihren Kopf wieder sinken.

»Nachdem ich die beiden bei ihrem Liebesspiel ertappt hatte, bin ich fortgegangen aus Boston. Ich werde niemals dorthin zurückgehen! Weißt du, was die Ironie des Schicksals ist? Es war der Tag, an dem ich offiziell um ihre Hand anhalten wollte.«

Der Bann war gebrochen. Lange erzählte Will darauf von seiner Kindheit in Boston, seiner Laufbahn in der Schule und Ausbildung. Von seinen Freunden, die er mehr vermisste als seine Eltern, aber auch von dem Heimweh, das ihn immer wieder plagte. Über Margaret oder ihre Geliebte erzählte er nicht und er rechnete es Anna hoch an, dass sie nicht nachfragte. Die Details waren nicht entscheidend für den Weg, den er letztendlich eingeschlagen hatte. Wichtig war, dass er sich befreit hatte von den Zwängen seiner Vergangenheit. Er war jetzt Will Eaton. Punktum!

Der Regen hatte aufgehört, als sie sich zusammen unter die schweren Wolldecken kuschelten. Will schmiegte sich von hinten an Anna und umarmte ihren Oberkörper. Sie rückte näher an ihn heran und bewegte ganz leicht ihren Unterleib, der sich an ihn schmiegte, als wäre er passgenau für diese Körperhaltung an ihn geformt worden. Sofort reagierte Wills Glied unter den Bewegungen ihres Hinterteils, das sich nun wie fordernd gegen ihn bewegte. Will begann schwer zu atmen. Er küsste ihren Hals, liebkoste ihre Ohrläppchen und legte seine Hand auf ihre Brüste. Auch sie atmete stoßweise. Nach einer Weile löste sie den Gürtel ihrer Hose, streifte sie nach unten und blieb in Erwartung seiner Liebe auf der Seite liegen.

»Bitte, schlaf mit mir«, waren ihre gehauchten Worte, die Will zum glücklichsten Mann auf der ganzen Welt werden ließen.

-

Die Vögel zwitscherten und begrüßten einen strahlend blauen Tag, so als hätte der Sturm der letzten Nacht niemals stattgefunden. Will ließ sich von den Geräuschen der Natur langsam aus dem Schlaf geleiten und zog die Decke noch mal etwas enger um seinen nackten Oberkörper. Die Kühle des Morgens war dabei, sich in die Kälte des herannahenden Winters zu verwandeln. Mit einem genüsslichen Grunzen streckte er unter der Decke seine Hand nach Anna aus, die er gleich neben sich vermutete. Er fasste ins Leere.

Sie musste bereits aufgestanden sein. Vielleicht hatte sie ihre volle Blase dazu gezwungen. Will drehte sich auf den Rücken und öffnete die Augen.

Wie ein Schock erfasste ihn der Anblick der Krieger, die in einem Halbkreis um ihn herum Stellung bezogen hatten und ihn anstarrten.

Hektisch griff er nach seinem Revolvergürtel, fand ihn aber leer, was die Indianer dazu veranlasste in Gelächter auszubrechen. Völlig fassungslos starrte Will in die Gesichter der Krieger und wurde sich allmählich klar darüber, dass seine letzte Stunde nun geschlagen hatte.

Er hob die Hände, als Zeichen seiner Aufgabe und sah sich um. Es mussten an die fünfzehn Krieger sein, die ihn aufgespürt und überfallen hatten. Einige standen in seiner unmittelbaren Nähe, die anderen verteilten sich über ihren nächtlichen Lagerplatz. Zwei standen bei den Pferden, andere bei den Bäumen und der Böschung, die zu dem kleinen Fluss unterhalb des Felsmassivs hinunterführte.

Will sagte kein Wort.

Wo um alles in der Welt war Anna? Hatte sie sich vor dem Überfall der Indianer in Sicherheit bringen können? ›Verdammt!‹

Was sollte er tun, um sie zu warnen?

Als er noch verzweifelt versuchte, sich einen Plan zurechtzulegen, wie er an das an die Felswand gelehnte Gewehr gelangen könnte, um zumindest einen Warnschuss auszulösen, vernahm er ihre Stimme.

Mit nassen Haaren kam sie über den Hügel vom Fluss herauf und ging direkt und von den Kriegern völlig unbehelligt auf ihn zu. Mit ihren nassen Haaren sah sie so unglaublich hübsch aus ...

»Nimm die Hände runter, Will«, lächelte sie mit einem Strahlen in ihren blauen Augen, das so unglaublich entwaffnend wirkte, dass die Anspannung und die Angst, die Will eben noch empfunden hatte, von dem einen auf den anderen Moment wie weggeblasen war.

»Es sind Freunde, sonst wärst du auch schon tot.« Sie lachte.

Will hätte nicht sagen können, dass er in diesem Augenblick großen Sinn für Humor aufbringen konnte. Er senkte die Hände, knöpfte unter der Decke seine Hose zu und erhob sich. Schnell zog er sich Hemd und Weste über und stieg in seine Reitstiefel. Die Krieger schienen ihn dabei nicht aus den Augen zu lassen.

»Das ist mein Leben, das ich dir zeigen wollte. Das ich dir zeigen musste, Will. Diese Männer sind zum Teil die Gefolgsleute von Dark Cloud gewesen und sie verstehen, was ich sage.«

Einer der Männer sagte etwas auf Sioux, worauf erneut Gelächter der anderen folgte. Auch Anna schmunzelte, als sie fortfuhr: »Wir gehen nach Westen, um uns dort mit Little Crow und den anderen zu vereinigen. Die Stämme der Prärie werden uns unterstützen.«

»Das soll heißen, dass du es ernst gemeint hast? Die Kämpfe sollen weitergehen? Anna, ihr werdet nicht die Spur einer Chance haben, wenn ihr gegen die Armee in einen weiteren Krieg ziehen wollt und das weißt du. Bist du es, der diese Männer folgen? Dann bist du es, die ihnen den Tod bringen wird.«

»Du denkst, dass sich nicht jeder Einzelne von uns darüber im Klaren ist? Wirklich? Was, Will, wäre denn deiner Ansicht nach die Alternative? Diese Männer kämpfen für etwas, dass ihr, die weiße

Herrenrasse, schon lange nicht mehr kennt! Gerechtigkeit und Freiheit. Es kommt für uns nicht darauf an, ob dieser Kampf zu gewinnen ist. Es ist ein Kampf, der geführt werden muss.«

Die Art, wie Anna das Wort *Herrenrasse* betont hatte, war wie eine Beleidigung an ihn adressiert gewesen.

Sie war die Anführerin dieser kleinen Gruppe. Das wurde Will umso mehr klar, als sie einige strenge Worte sprach, die Will nicht verstand und die Krieger, ohne ein weiteres Wort zu verlieren, damit begannen, das Lager aufzulösen. Die Pferde wurden gesattelt und alles für die Weiterreise gepackt und verschnürt. Einer der Männer kam auf Will zu und gab ihm schweigend etwas zu essen. Es war Fleisch, welches die Krieger offensichtlich am vorigen Tag gebraten hatten. Es war äußerst schmackhaft und besänftigte Wills Gemüt ein wenig, als sie sich schließlich wenige Augenblicke später auf den Weg machten. Dreizehn Krieger, nur zwei von ihnen auf Pferden, dazu Anna und er selbst auf dem Weg nach Westen zu einem der dort ansässigen Indianerstämme. Wieder beschlich Will das Gefühl, dass andere über seine Zukunft bestimmen wollten. Erstmal blieb ihm nichts anderes übrig, als der Gruppe zu folgen. Er war verwirrt. Eben noch wäre er Anna überall hin gefolgt, bis ans Ende der Welt, wenn es hätte sein müssen. Doch plötzlich stand das Leben unter einem völlig anderen Licht. Er liebte Anna und wusste, dass sich daran nie etwas ändern würde. Aber sie war eine Kriegerin. Konnte er ihr auch in den Kampf folgen? Noch dazu in einen Kampf, der gegen seine eigenen Leute geführt werden sollte?

Anna kam von hinten neben ihn geritten.

»Ich weiß, was du denkst, Will.«

Will hielt den Blick starr nach vorne gerichtet und schwieg.

»Ich würde niemals von dir erwarten, dass du dich unserem Kampf anschließt. Das hab ich auch nicht gesagt.«

Jetzt drehte er sich zu ihr, sah ihr in die Augen, schwieg aber weiter.

»Sieh mich bitte nicht so an«, sagte sie und der Anflug eines Lächelns umspielte ihre Mundwinkel, »du weißt, dass ich deinem Blick nicht widerstehen kann.«

»Zu Scherzen bin ich weiß Gott nicht aufgelegt, Anna. Ich verstehe nicht, was in dir vorgeht. Wir könnten glücklich sein zusammen ...«

»Ich bin glücklich, Will. Glücklicher, als jemals zuvor in meinem Leben. Ich habe jetzt dich. Und egal wo du auch bist oder sein magst, du wirst immer in meinem Herzen sein.«

»Anna, sag mir: Was hast du mit dem Kampf der Indianer zu tun? Im Grunde bist du doch mehr oder weniger zufällig da hineingeraten.«

Annas Gesichtszüge verhärteten sich augenblicklich.

»Es ist mein Volk! Auch wenn du das nicht verstehen kannst, ich habe meinen Weg schon lange gewählt, bevor wir uns begegnet sind. Was erwartest du von mir? Dass ich all den Menschen, die sich auf mich verlassen, für die ich eine Verantwortung trage, einfach im Stich lasse? Nach all dem, was sie für mich getan haben? Ich wäre schon lange nicht mehr am Leben, wenn sie mich nicht in ihre Gemeinschaft aufgenommen hätten. Es ist so viel geschehen. Die Menschen haben so viel Leid ertragen müssen, ich werde mich nicht von ihnen abwenden, jetzt, da sie mich brauchen.«

Beklommenheit breitete sich in Will aus. Er verstand, was Anna ihm zu erklären versuchte.

»Aber ...«, stammelte er, »... du bist eine Frau. Was kann eine Frau denn schon ausrichten?«

»Jetzt beleidigst du mich«, sagte sie, wieder mit einem Lächeln.

»Was soll aus uns beiden werden, Anna? Ich werde dir in diesen Kampf nicht folgen können. Und was genau hast du jetzt vor?«

»Zunächst einmal sollst du wissen, wie sehr ich dich liebe. Vergiss das nie. Das wird uns niemals genommen werden können.«

Sie fasste nach seiner Hand. »Alles andere wird sich zeigen. Es kommt der Winter. Bis zum Frühling werden wir im Lager unserer Freunde im Westen bleiben. Dann sehen wir weiter. Ich weiß nicht, was Little Crow in der Zwischenzeit bewegen konnte, aber nur so viel: Ich muss noch einmal zurück nach New Ulm. Es gibt dort immer noch eine Rechnung zu begleichen.«

»McFee ...«, brachte Will den Gedanken zu Ende.

Anna blickte zu ihm auf und nickte stumm.

****

Saint Paul, Minnesota, 24. Februar 1863

Es war ein wirklich feudales Abendmahl im Hause des erst letzten Septembers ernannten »Befehlshabers im Wehrbereich Nordwest«.

Das Amt war direkt nach dem Aufstand der Sioux in Minnesota mit dem Ziel geschaffen worden, die Feindseligkeiten der Indianer zu beenden und die Sicherheit der dort lebenden Menschen wiederherzustellen.

Der Gastgeber, John Pope, der als Kommandant der Virginia-Armee durch die Niederlage gegen die Konföderierten am Bull Run, nur dreißig Meilen von der Hauptstadt Washington entfernt, zu zweifelhaftem Ruhm gekommen war, saß am Kopfende des Tisches und gab sich herrschaftlich und selbstzufrieden. Er unterhielt seine Gäste mit Anekdoten aus seiner Zeit in Westpoint, als er als junger Offiziersanwärter die »heiligen Hallen der Akademie« unsicher gemacht hatte, wie er es zu nennen pflegte. Ihm und seinen Kameraden seien allerlei Streiche eingefallen, so berichtete er und rief mit seinen Ausführungen des Öfteren ein empört gespieltes Lachen der anwesenden Damen hervor. Er war witzig, charmant und strahlte Selbstsicherheit aus.

Diese sogenannte »zweite Schlacht am Bull Run«, in dessen Folge Pope sogar den unter ihm dienenden Generalmajor wegen Befehlsverweigerung vor Gericht hatte stellen lassen, hatte für Pope ein schwerwiegendes Karrieretief bedeutet. Der Umstand, dass er die Schuld für die Niederlage ausschließlich bei anderen suchte und dies auch immer wieder in der Öffentlichkeit betonte, warf einen dunklen Schatten auf seine militärische Laufbahn und ließ viele an seinen Führungsqualitäten zweifeln. Kurz bevor er offiziell des Kommandos enthoben worden und die Virginia-Armee in die Potomac-Armee unter Generalmajor George B. McClellan eingegliedert worden war, hatte er kurzerhand um seine Entlassung gebeten, um diesem, für ihn erniedrigenden Schritt der Regierung, zuvorzukommen. Kurz danach war er dann in das neu geschaffene Amt des Militärbefehlshabers im Nordwesten berufen worden, was vielerorts als Degradierung kommentiert worden war.

Pope machte an diesem Abend aber keineswegs den Eindruck eines geprügelten Hundes, ganz im Gegenteil. Immer wieder sprach er von der großen Zukunft Minnesotas, das erst vor fünf Jahren zum Bundesstaat erhoben worden war. Die Schätze und Möglichkeiten dieses Landes seien noch nicht einmal ansatzweise erkannt, die sich daraus ergebenden Möglichkeiten und Geschäfte von immenser Bedeutung. Sobald der Krieg zu einem siegreichen Ende gebracht war, stände ihnen allen eine glorreiche Zukunft bevor. All diese Äußerungen riefen einträchtiges, zustimmendes Kopfnicken hervor. In den Augen einiger Damen blitzte unverhohlen Erregung auf, bei der Vorstellung eines Lebens in Macht und Reichtum.

Nur einem Mann unter den Gästen, gekleidet in einer tadellos gepflegten und hoch dekorierten Uniform der Unionsarmee, war bei näherem Hinsehen so etwas wie unerwünschte Skepsis anzumerken. Henry Hastings Sibley, der erst kürzlich durch die Niederschlagung des Siouxaufstandes und seiner Beförderung zum Brigadegeneral die Schlagzeilen beherrscht hatte, strich sich nachdenklich durch seinen Bart. Während die anderen Anwesenden ihrem Gastgeber zustimmten und ihr Glas erhoben, musste sich Sibley erst von seiner Frau Sarah, die an der langen Tafel neben ihm saß, etwas unsanft den Arm stoßen lassen. Schließlich setzte aber auch er ein mehr oder minder gequältes Lächeln auf und hob ebenfalls das Glas. Sibley wusste immer noch nicht, was er von diesem aufgeblasenen, teils ungehobelt daherredenden Pope halten sollte. Er und sein langjähriger Freund Alexander Ramsey, der ihm nach seiner Zeit als erster Gouverneur des Staates Minnesota ins Amt gefolgt war und dieses nun seit ziemlich genau drei Jahren bekleidete, hatten hier schon immer gute Geschäfte gemacht. Sie waren ein geradezu unschlagbares Gespann gewesen. Zuerst hatten sie Minnesota erfolgreich zum 32. Bundesstaat der Vereinigten Staaten von Amerika gemacht, dann war zuerst er, anschließend Alexander Gouverneur geworden. Ihre Zusammenarbeit, das Zusammenspiel der Kräfte, hatte sie reich werden lassen.

Plötzlich war dieser Pope aufgetaucht und unvorhergesehenerweise zu seinem Vorgesetzten erkoren worden. Die Situation mit den Sioux war zu diesem Zeitpunkt im Grunde schon geklärt gewesen, weshalb er den Grund für die Einsetzung eines Wehrbeauftragten in Minnesota nicht nachvollziehen konnte, denn er, Sibley, hatte sich mit seinen eintausendvierhundert Mann bereits mitten im Kampf gegen Little Crow und seine Krieger gefunden. Alexander und er hatten ganze Arbeit geleistet und den Aufstand erfolgreich niedergeschlagen.

Als Pope sich dann mit der Erfolgsmeldung an Washington profilierte, wäre ihm beinahe der Kragen geplatzt. *Er* war es gewesen, der die Lage wieder unter Kontrolle gebracht hatte, Pope hatte mit dem ganzen Feldzug nicht das Geringste zu tun gehabt. Aber so agierten sie nun mal, die Herren Politiker. Ins gemachte Nest hatte er sich gesetzt. Politiker!

Sibley selbst hatte das Leben als erster Gouverneur des Staates nicht wirklich genießen können. Am wohlsten, das musste er eingestehen, fühlte er sich immer noch auf dem Rücken eines Pferdes, wenn er seine Männer anführte und mit ihnen, wenn es sein musste, auch in den Kampf zog. Er war einfach ein Mann der Tat, nicht des Geschwätzes. Als sich die Sioux ergeben hatten und er das gesamte Indianerdorf hatte umstellen lassen, waren ihm alle von den Indianern gefangen gehaltenen Weißen und Halbblutindianer unverzüglich übergeben worden. Er hatte sich regelrecht als Befreier gefühlt. Das am Ort seines Triumphes entstandene Soldatenlager war unter dem Namen »Camp Release« bekannt geworden und schnell in aller Munde gewesen. Die folgenden Wochen hatten dann aber vermehrt zu schweren Meinungsverschiedenheiten zwischen ihm und Pope geführt. Immer wieder waren ihm von Kurieren Botschaften und Anweisungen aus der Hauptstadt Saint Paul überbracht worden. Bei jeder einzelnen war unvermittelt Wut in ihm aufgestiegen. Die Menschen in Minnesota hätten es anscheinend am liebsten gesehen, wenn er auf der Stelle den Erschießungsbefehl für die gesamten zweitausend Indianer erteilt hätte. Sicher, der Ruf nach Rache war nicht unverständlich, aber dass ein Oberbefehlshaber in die Stimmung des Mobs mit einschlug, das hatte er nicht erwartet. Pope hatte ihm ein zu nachsichtiges Verhalten vorgeworfen und mehr Härte eingefordert.

Wieder hätten Unschuldige ihr Leben lassen sollen. Dazu war er nicht bereit gewesen, auch wenn einige Soldaten und Offiziere seiner Einheit ganz offen gezeigt hatten, dass sie anderer Ansicht waren und den Anweisungen Popes nur zu gerne Folge geleistet hätten. Es hatte unbedingt Ruhe bewahrt werden müssen. Schließlich aber hatte er erkannt, dass er im Grunde nur Zeit gewinnen brauchte und einer seiner Offiziere hatte ihn auf die entscheidende Idee gebracht. Ohne gerichtliche Verfahren war es ihnen nicht möglich, auch nur eine einzige Hinrichtung zu rechtfertigen. Kurzerhand hatte er also ein aus fünf Männern bestehendes Kriegstribunal instituiert, welches noch am Tag seiner Einsetzung sechzehn Fälle verhandelt hatte. Obwohl Sibley darauf bestanden hatte, das Militärgericht solle sich auf eindeutige Verbrechen wie Mord, Vergewaltigung, Totschlag oder Plünderung und Vergehen gegen die Menschlichkeit konzentrieren, wurden an diesem ersten Verhandlungstag zehn Todesurteile verhängt. Begründet wurden diese meist durch die bloße Teilnahme der Indianer an Kampfhandlungen gegen die Armee oder sich zur Wehr setzende weiße Siedler. Anfang Oktober verlegte er die Prozesse an den Ort, an dem seiner Auffassung nach der Aufstand seinen Ursprung genommen hatte, der unteren Agentur am Redwood River. Dort quartierte sich das Gericht in die Hütte eines der ersten Opfer der Indianerüberfälle ein, eines Mannes namens Francois LaBathe, der für die American Fur Company gearbeitet hatte. Die Kommission bearbeitete die Fälle aller gefangen genommenen Sioux im Schnellverfahren. Fast vierhundert Kriegern wurde der Prozess gemacht. Anfang November waren über dreihundert Todesurteile gesprochen worden, die er umgehend bestätigt hatte. Es war ihm keine andere Wahl geblieben. Hätte er sich wiederholt mit Pope anlegen sollen, der immer wieder ein viel radikaleres Umgehen mit den Angeklagten gefordert hatte? Im Grunde hatte Pope ja auch nicht ganz Unrecht gehabt: Die Indianer waren schuldig und sei es nur, am Aufstand teilgenommen zu haben. Sie hatten auf ihn und seine Männer geschossen.

Sibley erhob sich, während Bedienstete dabei waren den Tisch abzuräumen und das Dessert zu servieren. Gedankenverloren trat er hinaus in den großen Salon. Es hatte einige, wenige Menschen gegeben, gerade hier in Saint Paul, die um Gnade für die inhaftierten und zum Tode verurteilten Krieger gebeten hatten. Dieser Bischof zum Beispiel, Whipple war sein Name, war eigens zum Präsidenten nach

Washington gereist, mit dem Ergebnis, dass Lincoln sämtliche Urteile nochmals hatte prüfen lassen. Zweihundertvierundsechzig Urteile waren hauptsächlich in Gefängnisstrafen umgewandelt worden, sogar ein paar wenige Freisprüche waren erfolgt. Nur neununddreißig der Todesurteile waren bestätigt worden.

Sibley war bei der Massenexekution in Mankato am 26. Dezember des vergangenen Jahres selbst anwesend gewesen.

Nachdem ein Indianer noch am Abend vor der Hinrichtung begnadigt worden war, waren an diesem Morgen achtunddreißig Krieger der Dakota das Podest des Galgens emporgestiegen, während sie das Todeslied der Sioux angestimmt hatten. Singend waren ihnen weiße Kapuzen über die Köpfe gezogen und das Urteil vollstreckt worden.

Schallender Applaus war gefolgt, als die Körper der Verurteilten noch zuckend und strampelnd an den Stricken gezappelt hatten. Die braven Bürger Minnesotas hatten einen Teil ihrer Rache bekommen.

»Schatz? Was ist mit Dir? Du scheinst so nachdenklich. Stimmt etwas nicht?«, sprach ihn seine Frau von der Seite an, als er wie abwesend aus dem großen Fenster des Salons starrte, während hinter ihm im Speisezimmer fröhlich gelacht und bereits das Dessert serviert wurde.

»Alles in Ordnung, alles in Ordnung«, erwiderte er hastig. »Es ist nur ... dieser selbstgefällige Schnösel. Er beraubt uns unseres Erfolges, lädt uns großspurig zum Essen ein und denkt, wir würden das Spiel nicht erkennen, das er versucht mit uns zu treiben.«

»Meinst du wirklich, Liebling? Ich finde ihn sehr nett und seine Ansichten, oder besser: Die Aussichten, über die er für unsere Zukunft spricht, klingen mehr als verlockend.« Sie lächelte.

»Du weißt nicht, auf was das hinausläuft, Liebes. Er will die Indianer vertreiben, mit allen Mitteln, die ihm zur Verfügung stehen.«

»Und? Die Wilden haben doch bewiesen, dass man mit ihnen nicht auf friedlichem Wege zusammenleben kann. Es ist genug, Henry.«

»Genug ...«, wiederholte er und drehte sich wieder dem Fenster zu.

»Jetzt komm«, flüsterte sie ihm ins Ohr, »lass uns den Nachtisch nicht verpassen.« Damit hakte sie sich bei ihm unter, zog ihn geradezu aus dem Salon in die Mitte des Esszimmers und riss ihn damit aus seinen Gedanken.

Als das Essen beendet war, zogen sich die Herren der Schöpfung mit Zigarren und Whiskey in die Bibliothek des großen Hauses zurück. »Mit politischen Diskussionen sollte sich die Damenwelt nicht belasten«, meinte Pope knapp.

Die fünf Männer begaben sich einer nach dem anderen in den mit Holz vertäfelten Raum nebenan und schlossen die schwere Tür hinter sich. Im Kamin loderte ein Feuer und verbreitete eine gemütliche, warme Atmosphäre. Pope schenkte Whiskey ein, während sich zwei der Gäste bereits in die hohen Ledersessel niederließen, welche um einen kleinen mit Schnitzereien verzierten Tisch platziert standen. Eingeladen zu dem Essen waren neben Alexander Ramsey, dem amtierenden Gouverneur von Minnesota und dessen Freund Henry Sibley auch noch ein Mann namens James C. Burbank, wobei Sibley nicht wusste, wofür das »C« in der Mitte stand. Außerdem der ehrenwerte Brigadegeneral Alfred Sully, den Pope schon aus seiner Zeit an der Militärakademie in Westpoint kannte, wie er bereits beim Abendessen hatte verlauten lassen.

»Nun denn, meine Herren. Lassen Sie uns einen Toast auf die Union, den hoffentlich bald zu unseren Gunsten entschiedenen Krieg gegen die Rebellen und unsere Zukunft hier in Minnesota ausbringen.

Sobald der Krieg beendet und die Rothäute aus unserem Land vertrieben sein werden, sollte einer mehr als erfolgreichen Zukunft nichts mehr im Wege stehen. Cheers, meine Herren!«

»Darf ich davon ausgehen, dass Sie uns nicht nur wegen eines, das muss an dieser Stelle noch mal betont werden, vorzüglichen Abendessens hierher gebeten haben?«, fragte Burbank.

Pope grinste verwegen.

»Nein, mein lieber Burbank, durchaus nicht. Obwohl es mir eine außerordentliche Freude bereitet hat, Sie alle heute Abend willkommen zu heißen und bewirten zu dürfen. Nein, es gibt da tatsächlich einen Grund … oder besser: einen Plan, den ich gerne mit den hier anwesenden Gentlemen besprechen möchte.

Wie einige von Ihnen vielleicht wissen, ist Mr. Burbank der Besitzer eines mehr als wichtigen Unternehmens in unserer Umgebung. Ihm gehören die Mehrheitsanteile der Minnesota Stage Company, die es sich zur Aufgabe gemacht hat, die Orte unseres schönen Staates mit Postkutschen und Transporten aller Art zu verbinden. Unter anderem ist seine Firma mittlerweile auch mit Aufträgen der Hudson's Bay Company durch das Red River Valley betraut, mit ständig steigendem Auftrags- und Transportvolumen. Mr. Burbank vertritt am heutigen Abend sozusagen die Handelsinteressen.«

Burbank lächelte selbstverliebt, strich sich mit den Fingern seiner linken Hand durch seinen langen Bart und lehnte sich mit seinem Whiskeyglas in die Lehne seines Sessels zurück.

Sibley, der am Kamin stand und unbewegt in das brennende Feuer starrte, sagte ohne sich umzudrehen und den Herren ins Gesicht zu blicken: »Sie sprechen von Interessen, John. Von welchen *Interessen* sprechen wir genau?«

»Nun, es gefällt mir, dass Sie direkt auf den Punkt kommen möchten, Henry.« Es entstand eine bewusste Pause, bevor Pope fortfuhr: »Ich möchte Ihnen allen heute einen Vorschlag machen, der für die Zukunft unseres Landes von entscheidender Bedeutung sein wird.

Der Krieg wird endlich sein und wie ein Gespenst genauso schnell verschwinden, wie er gekommen ist. Danach werden die Staaten im Norden gefordert sein, den Wohlstand wiederherzustellen. Die Menschen wollen leben ... und Leben kostet Geld. Geld, das in unsere Taschen fließen wird, wenn wir es nur richtig anstellen und nichts dem Zufall überlassen.«

»Und wie stellen Sie sich das vor?«, warf General Sully ein.

Sully war ein Mann, der schwer zu durchblicken war. Soweit Sibley wusste, hatte Sully nach seinem Abschluss in Westpoint am mexikanisch-amerikanischen Krieg teilgenommen und war dann nach Kalifornien gegangen, wo er auf tragische Weise Frau und Kind verloren hatte. Wie berichtet wurde, war seine Frau im Kindbett gestorben, während der nur ein Jahr alte Sohn einem Unfall durch Selbststrangulation zum Opfer gefallen war. Man sagte, Sully wäre seitdem nicht mehr er selbst gewesen. In den darauffolgenden Jahren hatten ihm verschiedene Operationen gegen die Stämme der nördlichen Präriegebiete den Ruf eines Indianerkämpfers eingebracht. Er wirkte unnachgiebig, hart und leidenschaftslos. Nach Ausbruch des Krieges war Sully dann nach Fort Leavenworth versetzt worden, wo er mit der Aufstellung von Truppen für die Union und der Vertreibung von konföderierten Einheiten aus St. Joseph und Independence, Missouri, beauftragt worden war. Seine Beteiligung als Kommandeur an der Sieben-Tage-Schlacht, der sogenannten Peninsula-Campaign, also des Halbinsel-Feldzugs im Süden Virginias, ebenso wie die Teilnahme an der Schlacht am Antietam, hatten zu seiner Beförderung zuerst zum Oberst, dann zum Brigadegeneral geführt. Seine letzte Schlacht im Krieg gegen die Rebellen lag gerade einmal fünf Monate zurück.

›Wenig beeindruckend‹, dachte Sibley bei sich, war die Schlacht in der Nähe der Ortschaft Sharpsburg in Maryland doch unentschieden ausgegangen und somit die immense Anzahl an Toten und Verwundeten mit nichts zu rechtfertigen.

Jetzt war der Brigadegeneral hierher in den Militärbereich Nordwest versetzt worden. Angeblich waren es seine Erfahrungen im Krieg gegen die Indianer, die ihn für den Einsatz zur Absicherung der Grenzen gegen die Sioux empfohlen.

»Es liegt ... auf der Hand«, fuhr Pope mit seinen Ausführungen fort. »Die militärische Kontrolle über die gesamte Region ist der Schlüssel zu unserem Erfolg, was im Umkehrschluss nur eines bedeuten kann: die Entfernung der Indianer aus all unseren Gebieten in Minnesota und dem gesamten, mir unterstellten Verantwortungsgebiet.«

Jetzt drehte sich Sibley langsam und nachdenklich zu den anderen um.

»Lassen Sie es mich erklären«, forderte Pope. »Haben Sie sich schon einmal Gedanken gemacht, dass es nur eine Frage der Zeit sein kann, bis die transkontinentale Eisenbahn sich auch durch die westlichen Gebiete unseres Staates erstrecken wird? Sie wird ihre Lebensader auch durch die Plains ziehen. In Idaho wird von Goldfunden berichtet, verdammt nochmal! Ebenso wie in Montana! Können Sie ermessen, was das für uns hier im Osten bedeuten kann? Wir sind diejenigen, die den Zugang zu den Goldfeldern gewährleisten und absichern können. Und das müssen wir auch! Immer mehr Menschen werden in unser Land strömen, viele werden durchziehen, aber genauso viele, wenn nicht mehr, werden bleiben. Sie werden Gemeinden gründen, das Land besiedeln und urbar machen. Überall, an den Streckenposten der Transportgesellschaften, welche zufälligerweise von unserem Freund Mr. Burbank kontrolliert werden, werden Siedlungen, ja - ganze Städte entstehen. Und das alles, vorausgesetzt, wir stellen es richtig an, unter unserer alleinigen Planung und Führung. Noch bevor das Pfeifen einer einzigen Lokomotive zu hören sein wird, werden wir dabei sein, das Land in Besitz zu nehmen.«

»Und die Indianer werden uns das Land einfach so überlassen«, spöttelte Sibley mit einem bitteren Lächeln im Gesicht.

»Das werden sie natürlich nicht tun, Henry. Das wissen Sie genau! Dies ist der Grund für unsere kleine Versammlung heute Abend. Ich möchte Ihnen meinen Plan vorstellen, den ich mit oder ohne Ihr Zutun umsetzen werde. Nehmen Sie den heutigen Abend also bitte als Angebot einer Beteiligung an etwas Großem.«

Ramsey blickte mit einem beschwichtigenden Gesichtsausdruck zu Sibley, der wohl sagen sollte: ›Nun hör dir seinen Plan doch erstmal an‹. Offensichtlich wusste sein Freund bereits um die Pläne des Befehlshabers und billigte sie.

Spontan beruhigte sich Sibley ein wenig. Ramsey und er waren zu lange befreundet, als dass hinter dem Angebot Popes nicht auch etwas Vernünftiges hätte stecken müssen. Wenn Alexander ihn darum bat, Pope eine Chance zu geben, dann wusste er warum.

»Sie sprechen von einem Plan«, platzte es nun fast etwas überhastet aus Ramsey heraus. »Darf man ... hören, um was es sich dabei handelt?«, fügte er in etwas leiserem Ton hinzu, indem er Pope ein aufmunterndes Kopfnicken entgegenbrachte.

»Ihre Skepsis in allen Ehren, Henry. Aber mit einem wohlüberlegten Plan und gezieltem, unnachgiebigem Vorgehen gegen die Indianer, sollte es uns keine größeren Schwierigkeiten bereiten, das Land, *unser Land,* von den Rothäuten zu befreien.«

Bei dem Wort »unnachgiebig« spürte Sibley erneut, wie ihm vor Ärger das Blut ins Gesicht schoss, so deutlich war die Kritik Popes an seinem Vorgehen in Camp Release und den daraus resultierenden

Gerichtsverfahren gegen die angeklagten Krieger der Dakota herauszuhören. Ramsey, der die Wut in den Augen seines Freundes aufglimmen sah, warf schnell ein: »Und mit den richtigen Männern! Erfahrung ist mit keinem Können wett zu machen. Über die Art und Weise kann man schnell ins Streiten geraten. Solange die *richtigen* Entscheidungen getroffen werden, haben wir nichts zu verlieren, denke ich.«

»Außer dem Leben vieler Freiwilliger«, warf Sully ein, »vergessen Sie das bitte nicht, Gouverneur.«

Ramsey überlegte kurz und antwortete energisch: »… die ihr Leben für die Zukunft ihrer Heimat geben würden.«

»Lassen Sie mich meinen Plan erläutern, meine Herren«, warf Pope ein. »Wenn Sie die Details erfahren, können Sie sich ein klares Bild über mein Vorhaben machen und die notwendigen Schlüsse ziehen.«

Popes Plan sah vor, mit zwei Armeen vorzugehen, um die flüchtigen Dakota, so die offizielle Bezeichnung der Indianer in den nordwestlichen Gebieten, zu verfolgen, zu stellen und ihrer gerechten Strafe zuzuführen. Außerdem sollte die Öffentlichkeit durch weitere Argumente von der unabdingbaren Notwendigkeit der »Punitive Expedition«, also der Strafexpedition, überzeugt werden. Little Crow, der Anführer des Aufstandes, dem so viele unschuldige Siedlerfamilien zum Opfer gefallen waren, war immer noch auf freiem Fuß. Womöglich bereitete er den nächsten Überfall auf die Menschen in Minnesota vor. Über achthundert Dakota waren aus dem Reservat in Minnesota geflohen, dazu kamen über viertausend Indianer aus den weiter nördlich gelegenen Reservaten, die ebenfalls dabei waren, ihre Dörfer zu verlassen, um sich im Nordwesten des Dakota Territoriums zu versammeln. So oder so ähnlich sollten die geplanten Schilderungen gegenüber Pressevertretern, Politikern und militärischen Vorgesetzten lauten. Ungeachtet der Tatsache, dass viele der Verfolgten sich gar nicht an den Aufständen beteiligt hatten, sollte eine Panik geschürt werden, die in Horrorszenarien endete, wie zum Beispiel der Vermutung, Tausende von Yanktons und Yanktonais würden aus den westlichen Ebenen des Dakota Territoriums kommen, um ihren Angehörigen in Minnesota Hilfestellung zu leisten. Dass das Grenzland sich immer noch in höchster Gefahr befand, dass die Schuldigen, die Mörder und Verbrecher immer noch nicht bestraft waren und dass sich nur durch eine militärische Aktion der Frieden und die Sicherheit der Menschen gewährleisten lassen würden, sollte in das Bewusstsein der Bevölkerung eingehämmert werden. Hierfür würde Burbank die nötigen finanziellen Mittel bereitstellen. Pope war dabei, eine regelrechte Kampagne zu starten, die aber tunlichst nicht auf ihn oder einen der direkt Beteiligten zurückzuführen sein sollte.

Als Kommandeur über die Militäreinheiten im Gebiet Nordwest umfasste Popes Zuständigkeit nicht nur den Staat Minnesota, sondern beinhaltete auch die Befehlsgewalt über die Einheiten in Wisconsin und Iowa, sowie des Dakota Territoriums. Sogar Nebraska war anfänglich noch in seinem Machtbereich gelegen, wurde aber bereits letzten Oktober dem Department of Missouri zugeteilt, ein Umstand, den Pope erneut als Degradierung verstanden hatte.

Bereits in wenigen Monaten sollte die Expedition beginnen. Sibley sollte mit seinen Einheiten in Minnesota, am besten von Fort Ridgely aus, starten und die Dakota bis hinauf zum Devils Lake verfolgen. Es war das Gebiet, in dem Little Crow und seine Mörderbande vermutet wurden, wenn man den Berichten und Botschaften der für die Armee tätigen Indianerscouts aus den nördlichen Gebieten Glauben schenken wollte. Sibleys Aufgabe sollte es sein, die flüchtenden oder auch nicht flüchtenden Sioux in Kämpfe zu verwickeln und sie vor sich herzutreiben. Er sollte sie bis in den Westen verfolgen, bis sie an den Missouri River gedrängt werden würden. Bevor es den Rothäuten aber gelingen konnte, über den Fluss weiter nach Westen zu fliehen, sollte ihnen Sully, mit seinen Einheiten von Fort Pierre im Süden kommend, den Weg abschneiden. Die Indianer sollten zwischen die Armeen Sibleys und Sullys geraten und dort entweder getötet oder gefangen genommen werden. Während Sibley also mit einer gnadenlosen Hetzjagd auf die Sioux beginnen würde, sollte Sullys Armee sich in Fort Pierre auf Dampfbooten einschiffen und entlang des Missouri nach Norden ziehen, um die sich auf der Flucht befindlichen Krieger, Frauen, Kinder und Alten abzufangen. Am nördlichen Missouri würden sich die beiden Armeen vereinigen, wo dann über das weitere Vorgehen entschieden werden sollte.

Nachdem, trotz Sibleys anfänglicher Skepsis, sehr bald klargeworden war, dass alle Anwesenden Popes Pläne für sinnvoll und durchführbar hielten, war auch sofort ein Termin ins Auge gefasst worden, an dem sich die beiden Armeen in Bewegung setzen sollten. Vorher musste die Kampagne vorbereitet und die nötige Überzeugungsarbeit in den verantwortlichen Regierungsstellen geleistet werden. Notfalls müssten ein paar Dollar investiert werden, um die zuständigen Beamten in die Lage zu versetzen, ihre Einschätzung der Situation im Nordwesten des Landes zu überdenken. Burbank und andere befreundete Geschäftsleute würden auch diese Gelder zur Verfügung stellen.

Zusätzliche Truppenaushebungen würden veranlasst werden müssen und das nötige Material angefordert. Es war nicht damit zu rechnen, dass die Regierung der Vereinigten Staaten der Armee genehmigen würde, die Rothäute notfalls auch in die Gebiete Kanadas verfolgen zu dürfen. Geld hin oder her ... diese Generalgenehmigung würde sich nicht erkaufen lassen.

Das Indianerproblem musste folglich erledigt sein, bevor die Häuptlinge auch nur auf die Idee kommen würden, statt nach Westen die zirka hundertfünfzig Meilen bis nach Kanada zu ziehen. Auch wenn schwerlich anzunehmen war, dass die Kanadier den Sioux auf lange Sicht Unterschlupf gewähren würden, konnte eine Flucht der Indianer nach Norden die ganze Unternehmung gefährden. Sicherheitshalber war deshalb beschlossen worden, Sibleys Truppe in einer Art Zangenbewegung vorrücken zu lassen, welche den Weg nach Norden als abgeschnitten darstellen sollte. Ein Restrisiko war nicht zu vermeiden.

Das Zusammentreffen der beiden Armeen am Missouri wurde für den 25. Juli geplant. Rechnete man von diesem Datum aus zurück und plante großzügig die Zeit für eventuelle Gefechte und anderweitige, mögliche Verzögerungen ein, so musste sich Sibleys Einheit spätestens Anfang bis Mitte Juni von Fort Ridgely auf den Weg machen.

Als sich die Gesellschaft an diesem Abend von ihrem Gastgeber verabschiedete, war die Strafexpedition gegen Little Crow und seine vermeintlichen Verbündeten beschlossene Sache. Sogar Sibley hatte sich am Ende dazu berufen gefühlt, einen Toast auf die geplante Unternehmung auszubringen. Alle Zweifel waren von ihm abgefallen und den Verlockungen einer Zukunft in Macht und Reichtum gewichen.

Im Juni sollte sich die Armee unter General Henry Hastings Sibley von Fort Ridgely aus nach Norden in Marsch setzen.

****

Denver City, Colorado Territorium, 11. Juli 1863

Es war ein ganzer Monat vergangen, seit Will in Denver City angekommen und sich bei der Rocky Mountain News um eine Stelle beworben hatte. Zwei Monate war es her, dass er Anna das letzte Mal gesehen und umarmt hatte. Sie fehlte ihm so sehr, dass er es kaum ertragen konnte. Die Tatsache, dass sie sich fast im Streit getrennt hatten, als sie mit den anderen das Lager der Sioux verlassen hatte, tat ihm unendlich leid. Er hatte es nicht verstehen können, dass sie bereit war, ihre gemeinsame Zukunft aufs Spiel zu setzen für einen Kampf, der ohnehin nicht zu gewinnen war. Es erschien ihm, als hätte sie einen Schwur geleistet, nur so konnte er es sich erklären. Die Indianer waren zu ihrem Leben geworden und sie hätte sich selbst verraten, wenn sie nicht tat, was sie als ihre Bestimmung betrachtete. So sehr er sich auch wünschte, Anna hätte eine andere Entscheidung getroffen, so sehr bewunderte er die Stärke und Willenskraft dieser Frau, die, das wusste er genau, auch zu seiner Bestimmung geworden war. Die letzten Worte waren von ihm im Zorn gesprochen worden, im Moment des Abschieds. Er betete zu Gott, dass er sie beschützen und zu ihm zurückbringen würde, denn die Reise nach Norden würde für alle Beteiligten alles andere als ein ungefährliches Unterfangen werden. Wie sie erfahren hatten, war auf Häuptling Little Crow mittlerweile ein Kopfgeld ausgesetzt worden. Man würde also unerbittlich Jagd auf sie machen, sobald sie sich mit ihren Männern und den Kriegern des Häuptlings vereint haben würde.

Zudem musste die Gruppe Krieger auf ihrem Weg in die nördlichen Gebiete unbedingt unentdeckt bleiben, denn ihre Absicht zu erkennen, war bei Weitem keine Schwierigkeit. Selbst Will, der in die Pläne ihrer Führerin eingeweiht gewesen war, war über das Aussehen, die Bewaffnung und die Entschlossenheit in den Gesichtern der Männer erschrocken gewesen. Anna und ihre Männer mussten sorgsam allen Einheiten der Regierung aus dem Weg gehen und alle Forts und Siedlungen weitläufig umgehen.

Sollte ihnen das nicht gelingen, Will bemerkte, wie seine Handflächen zu schwitzen begannen, dann würde er Anna vielleicht niemals wiedersehen. Nein, das wollte er sich nicht einmal vorstellen.

Anna war die Frau, mit der er sein Leben verbringen wollte, dessen war er sich sicher. Es durfte ihr einfach nichts geschehen!

Ihr Plan war gewesen, nach Norden zu gehen, um sich mit Little Crow am Devils Lake zu treffen und dabei einen möglichst großen Bogen um die Gebiete in Minnesota zu machen, in denen immer noch mit Hochdruck nach den geflohenen Indianern gesucht wurde. Von dort aus wollte sie mit einer kleinen Anzahl an Kriegern den Weg nach New Ulm einschlagen, wo sie McFee, seinen Sohn John und ihre Begleiter zur Rechenschaft ziehen wollte.

Nein, nicht »wollte« ... »musste«, wie sie es auszudrücken pflegte. Es war wie ein Versprechen, das sie ihrem Vater bei dessen Tod gegeben hatte, zumindest konnte Will es so wenigstens annähernd verstehen. Anna musste ihren Vater über alles geliebt haben. Was die beiden bis zu ihrer Ankunft in Amerika durchgemacht hatten, hatte sie zusammengeschweißt. Sie hatten alles verloren und waren völlig auf sich allein gestellt gewesen, als es den braven Bürgern von New Ulm eingefallen war, ihren Vater für eine Tat zu hängen, die er nicht begangen hatte.

Bei dem Gedanken stieg erneut Wut in ihm auf. Er konnte verstehen, wie sehr Anna von diesem Erlebnis geprägt worden sein musste. Dann der unsägliche Weg, auf den sie mit diesem Robert und seinem Gehilfen Jack geschickt worden war. Ihr Kampf ums Überleben und die verzweifelte Flucht in die Wildnis. Annas Erzählungen hatten ihn immer wieder in Erstaunen versetzt und ihm eine Gänsehaut über den Rücken gejagt. All diese Erlebnisse hatten Anna geprägt und die Frau aus ihr gemacht, die sie heute war: eine Kriegerin. Mehr noch! Es war in der Zeit, die sie gemeinsam bei den Indianern verbracht hatten, sehr schnell klargeworden, dass sie von nicht Wenigen der Krieger als Führerin angesehen wurde.

Ihre gemeinsame Reise von Fort Ridgely, hinein in die unendliche, herrliche Weite dieses unfassbar schönen Landes, hatte sein Leben erneut komplett auf den Kopf gestellt. Auch er hatte nichts in Frage gestellt und war Anna gefolgt. Sie war diejenige, die ihm Sicherheit, ja ... Geborgenheit vermittelt hatte. Sie hatte die Lagerplätze ausgesucht. Sie war jagen gegangen. Und es war sie gewesen, die den Weg gewusst hatte, den sie zurücklegen mussten, um sich mit den sich auf der Flucht befindlichen Dakotakriegern zu vereinen. Bis zu dem Zeitpunkt, als er am Morgen nach dem Gewitter plötzlich von den Männern umringt gewesen war und einen Moment um sein Leben gefürchtet hatte, war ihm dieser Plan nicht annähernd klar gewesen. Er war verärgert gewesen, dass Anna ihn diesbezüglich im Unklaren gelassen hatte.

Die Frage, die er sich nun stellte, war: ›Wäre ich mit ihr gegangen, wenn ich es gewusst hätte?‹

Er hätte es getan, es bestand kein Zweifel. Mit einem Lächeln im Gesicht stellte er fest, dass er sich zu diesem Zeitpunkt bereits Hals über Kopf in sie verliebt hatte.

›Der Mensch ist ein eigenartiges Wesen‹, dachte er jetzt bei sich.

Will war von Albträumen verfolgt worden, als er noch in Fort Ridgely als Gefangener der Armee eingesperrt gewesen war. Die schrecklichen Bilder kamen des Nachts ... der Überfall auf das Indianerdorf, das Töten, das Schänden und die Ermordung des jungen Mädchens durch diesen verdammten Becker. Das Kind, dem er einfach ins Gesicht geschossen hatte ... dieses Schwein! All diese schrecklichen Erinnerungen hatten ihn mitten in der Nacht immer wieder schweißgebadet auffahren lassen. Er hatte nicht mehr einschlafen wollen. Die Albträume ... sie waren, als er sich in Anna verliebt hatte, seltener geworden, gerade so, als würde sich die Liebe wie ein heilender Balsam über seine Seele legen. Als sie sich dann auf dem Weg nach Westen befunden hatten, waren die Träume verschwunden.

Die schmerzlichen Erinnerungen kamen natürlich immer wieder in ihm hoch, aber sie schienen ihn nicht mehr zerstören zu können. Auch wenn er sich eingestehen musste, dass er tief in seinem Innern nach Gerechtigkeit und Vergeltung verlangte, was den Überfall und Beckers Kommando anging, so musste er sich auch seine Machtlosigkeit in dieser Angelegenheit eingestehen. Es war ihm nicht gegeben, in dieser Sache Anklage zu erheben und den Mann für seine Taten verurteilen zu lassen.

Was Will nicht wusste, war, dass Beckers Leiche gefunden worden war, nur wenige Stunden nachdem er und Anna Fort Ridgely verlassen hatten. Kinder hatten den Toten gefunden, als sie sich vom Fort entfernt und zum Spielen hinunter in das Dickicht der Sträucher und Gebüsche am Flussufer gelaufen waren. Der Mann war mit durchschnittener Kehle und heruntergelassenen Hosen aufgefunden worden. Etliche Messerstiche in Bauch und Unterleib hatten die Leiche geradezu entstellt.

Nach dem Zusammentreffen mit den Dakotakriegern in der Prärie war plötzlich alles anders gewesen. Die Tage, die er mit Anna auf dem Weg nach Westen alleine verbracht hatte, betrachtete Will als ein Geschenk des Schicksals. Es war wie ein Schatz, den er in seinen Erinnerungen hütete und den ihm niemand, niemals mehr nehmen konnte. Es war die glücklichste Zeit in seinem ganzen Leben gewesen und auch wenn er es sich nicht erklären konnte, er war sich sicher, dass es Anna genauso ergangen war. Dass sie miteinander geschlafen hatten, dass es für sie beide überhaupt das allererste Mal in ihrem Leben gewesen war, hatte sie so tief miteinander verbunden, dass Will klargeworden war, dass er Anna niemals wieder verlassen wollte. Er wollte sie zur Frau haben, mit ihr leben und alles mit ihr teilen. In guten, wie auch in schlechten Tagen.

Er hatte sich großartig gefühlt und hätte Anna am liebsten jede Stunde, zu jeder Nacht- und Tageszeit genommen, sie verwöhnt und geliebt. Ja, er war über seine sexuelle Energie selbst erstaunt gewesen, hatte es aber Anna zugeschrieben, die ihn mit ihrer Schönheit, ihrem Wesen und der geheimnisvollen Unergründlichkeit ihrer Gedanken so sehr in ihren Bann zog, dass er wie natürlich und unweigerlich auf sie reagierte. Immer wieder hatte es ein einziges Lächeln von ihr vermocht, in ihm ein überschwängliches Glücksgefühl auszulösen, welches ihn auf wunderbare Weise immer weiter auf sie zutreiben ließ. Anna war einfach unwiderstehlich gewesen. Niemals hatte er sich das Zusammensein mit einem Mädchen so wundervoll vorgestellt. Die Weichheit ihrer Haut, der Duft ihrer Haare und die Wärme ihres Körpers, die er gespürt hatte, wenn sie nackt, eingehüllt in schwere Wolldecken, dicht aneinander gekuschelt dagelegen und wortlos in die Glut des lange zuvor heruntergebrannten Feuers gestarrt hatten, diese Eindrücke würde er sein Leben lang in seinem Herzen bewahren. Anna war, genau wie er, von einer Leidenschaft erfasst worden, die sie fordernd werden ließ. Auch sie wollte immer wieder von ihm geliebt werden und so war es auch tagsüber, als sie sich auf der Reise befunden hatten, immer wieder zu Zärtlichkeiten und auch zum Liebesakt gekommen. Sie hatten einfach nicht genug voneinander bekommen können.

Dann waren plötzlich die Krieger vor ihm gestanden und ab diesem Zeitpunkt war Anna wie verwandelt gewesen. Nur wenn sie sich sicher sein konnte, dass sie alleine und unbeobachtet waren, hatte sie sich zurück in *seine* Anna verwandelt, war liebevoll und zärtlich mit ihm umgegangen, hatte ihn geküsst oder ihn mit einer betörenden Geste bedacht. Will war zutiefst verunsichert, die Situation geradezu grotesk gewesen.

Es war offensichtlich, dass er von den Kriegern sofort und auf grausamste Weise getötet worden wäre, hätte Anna nicht schützend ihre Hand über ihn gehalten. Während er von dem einen oder anderen auch mal ein freundliches Lächeln zugeworfen bekommen hatte, war es den meisten von ihnen nur zu gut anzusehen gewesen, welch tiefe Verachtung und Hass sie ihm entgegengebracht hatten. Für sie war er nichts anderes als ein Feind gewesen. Wie Anna diese Männer dazu gebracht hatte, ihrem Wort zu folgen, das hatte Will zu diesem Zeitpunkt nicht verstanden. Obwohl er sich sicher gewesen war, dass die Dakota jedes Wort, das er mit Anna wechselte genau verstanden, hatten sie den ganzen restlichen Weg, den sie zusammen zurücklegten, ausschließlich in ihrer eigenen Sprache miteinander gesprochen. Nur wenn sie sich direkt an ihn gewandt und ihm Anweisungen oder Hinweise gegeben hatten, hatten zwei oder drei der Krieger ein paar knappe Worte in englischer Sprache zu ihm gesprochen. Will hatte sich wie ein Gefangener gefühlt, wie eine Geisel in den Händen seiner Feinde, die ihn verschleppten, auf einem Weg in eine mehr als ungewisse Zukunft. Wieder hatte er sich alleine gefühlt und das, obwohl Anna sich alle Mühe gegeben hatte, ihm seine Ängste und Unsicherheiten zu nehmen und immer wieder betont hatte, er würde sich unter Freunden befinden.

Nach zwei Tagen hatten sie einen großen Fluss erreicht, den Missouri. In seinen kühnsten Träumen hatte sich Will nicht ausgemalt, dass er jemals so weit in den Westen vordringen würde. Es mussten weit über eintausendfünfhundert Meilen gewesen sein, die ihn dort, am Ufer dieses Flusses, von seinem Geburtshaus in der zivilisierten Stadt Boston an der Ostküste getrennt hatten. Und der Weg nach Westen sollte noch weitergehen.

An den Ufern des Missouri waren sie auf weitere Indianer getroffen, die sich im Gegensatz zu Annas Kriegern vor allem dadurch unterschieden hatten, dass sie ausschließlich in traditioneller Weise der Stämme des Westens gekleidet waren, während Annas Männer überwiegend Hosen und Hemden der Weißen trugen. Auch die offensichtlich befreundeten Indianer am Fluss trugen vereinzelt bereits Vorderladergewehre, aber keine Patronengurte oder mehrschüssige Revolver. Die indianischen Waffen standen ganz deutlich immer noch im Vordergrund.

Will war erstaunt, ja geradezu beeindruckt gewesen von der Organisation und Hilfsbereitschaft, die unter diesen Menschen vorherrschte. Es hatte nicht lange gedauert, da waren sie bereits in schmalen Kanus gesessen und auf dem Weg, das Wasser zu überqueren. Wie selbstverständlich waren sie von den Freunden über den Fluss gesetzt worden und hatten ihren Weg fortgesetzt, der sie weitere drei Tage hinein in die offene Prärie führen sollte.

Nur ein einziges Mal hatten sie in der ganzen Zeit noch miteinander geschlafen, als sie sich in einer der bereits kalten Nächte vom Lager entfernt und sich oberhalb der zerklüfteten Hügel in einem der schmalen Täler an einem Bachlauf geliebt hatten. Anna hatte ihn geweckt und ohne ein Wort zu sagen auf die Wolldecke gedeutet, die sie unter ihren Arm geklemmt hatte. Sie hatte so süß gelächelt und ihren Zeigefinger auf seine Lippen gelegt, als Zeichen, dass er leise sein sollte. Will war sich sicher, dass einige der Krieger ihr Entschwinden hinaus in die Nacht bemerkt haben mussten, denn diese Männer schienen nie wirklich tief zu schlafen. Sie hatten sich aber nichts anmerken lassen und waren ruhig auf ihren Nachtlagern liegen geblieben, während ihnen der als Wachposten fungierende Krieger ernst und verständnisvoll zugenickt hatte, als sie hinter den Gebüschen verschwunden waren. Sie hatten sich stürmisch geliebt und waren für Wills Geschmack viel zu bald wieder zum Lager und den anderen zurückgekehrt. Danach war er lange wach gelegen und hatte nachgedacht, ob dies wirklich der Weg sein konnte, den er zu gehen bereit war. Die Frage, die ihn am meisten beschäftigt hatte, war die nach dem *Warum*.

Warum hatte ihn Anna hierhergeführt? Was hatte sie vor? Was hatten die Krieger, die sich um sie versammelt hatten, für eine Erwartung an Anna und warum sprach sie niemand mit ihrem Namen an?

Nicht ein einziges Mal hatte er einen der Männer das Wort »Anna« sagen hören. Warum akzeptierten die Krieger, dass Anna einen Weißen mit sich führte? Ihre Autorität war auf dem ganzen Weg kein einziges Mal infrage gestellt worden.

Als sie schließlich das große Indianerlager erreicht hatten, waren sie sofort von einer großen Menschenmenge umringt worden. Die Menschen hatten auf sie eingeredet und Will hatte kein einziges Wort verstanden. Offensichtlich war gewesen, das viele Fragen gestellt worden waren. Enttäuschte Blicke waren gewechselt worden und auch Tränen waren geflossen. Anna hatte mit einem der Häuptlinge gesprochen und gestikulierend auf ihn eingeredet. Immer wieder hatte ihm der Mann in die Augen gesehen, mit einem Blick, den er nicht zu deuten im Stande gewesen war. Es war nicht Feindseligkeit gewesen, die ihm der Häuptling entgegenbrachte, sondern hatte eher wie ein Abschätzen der Vertrauenswürdigkeit gewirkt. Was Anna dem Häuptling gesagt hatte, war für ihn im Verborgenen geblieben.

Sie hatte ihm am darauffolgenden Abend nur erklärt, dass es ihm gestattet war, im Dorf zu bleiben. »Bei mir zu bleiben«, hatte sie mit einem vielsagenden Lächeln hinzugefügt und es damit wieder geschafft, seinen aufkeimenden Widerstand schon im Ansatz zu brechen.

Sie hatten ein eigens für sie beide errichtetes Zelt, ein *Tipi,* bezogen, welches für die kalte Jahreszeit ihr Zuhause werden sollte. Der Winter hatte dann auch nicht lange auf sich warten lassen. Im Laufe der nächsten Tage und Wochen war es immer kälter geworden und bald war der Boden mit einer hohen Schneeschicht bedeckt gewesen. Will hätte lügen müssen, wenn er sich nicht eingestanden hätte, dass dieser Winter eine besondere Magie besessen hatte.

Die meiste Zeit hatten er und Anna damit verbracht, sich in ihrem Zelt zu lieben. Das Leben im Dorf war mehr oder weniger zum Erliegen gekommen. Schien die Sonne, traf man die Menschen in den wenigen Stunden mit Tageslicht im Freien. Kinder spielten und jagten sich über die schneebedeckte Steppe und liefen hinunter zum Fluss. Die Frauen redeten und lachten, während sie eifrig damit beschäftigt waren, Kleidung zu nähen und zu reparieren, Schäden an den Zelten zu beheben oder Essen zu bereiten. Die Männer stellten neue Bögen, Pfeile und Werkzeuge her. Jeder hatte zu tun und niemand kam auch nur ansatzweise auf die Idee, sich seinen Pflichten auf irgendeine Weise entziehen zu wollen.

Immer wieder war Will von der Disziplin und Hilfsbereitschaft dieser Menschen beeindruckt gewesen.

»Es ist die Zeit des Zuhörens und des Lernens«, hatte Anna zu ihm gesagt. Und es hatte gestimmt: Will hatte die Zeit genutzt. Er hatte Anna mit seinen vielen Fragen fast zur *gespielten* Verzweiflung gebracht. Er hatte gefühlt und gewusst, wie sehr sie sich über sein Interesse und die damit einhergehenden Fragen gefreut hatte. Viele Stunden hatte er mit dem Studium der Sprache verbracht, wobei er immer wieder auf Schwierigkeiten zwischen den verschiedenen Dialekten gestoßen war. Die Aussprache war nicht immer völlig identisch. Sprach und lernte er mit Anna, so verwendete sie die Sprachgepflogenheiten der östlichen Dakotastämme. Die Menschen hier aber waren Prärieindianer, die ebenfalls der Bevölkerungsgruppe der Sioux angehörten. Es war ein Volk mit vielen verschiedenen Wurzeln. Will hatte gelernt, dass sich selbst die östlichen Stämme der

Dakota in zwei größere Gruppen unterteilen ließen, wobei die Übergänge oft fließend waren. Es wurde von den Santee und den Sisseton gesprochen, die sich wiederum in Untergruppen aufgliederten. Ähnlich war es auch bei ihren Brüdern, den westlichen Dakota, die auch »Teton« genannt wurden, »Bewohner der Ebene«.

So wie er es für sich gewohnt war, schrieb er alles auf, machte sich Notizen und Zeichnungen. Alles trug er in das kleine Tagebuch ein, das er die ganze Zeit über mit sich geführt hatte. Die Folge davon war gewesen, dass Papier und Tinte schneller zur Neige gegangen waren, als ihm lieb gewesen war. Tinte ließ sich ersetzten. Auch hier half ihm eine freundliche, ältere Frau mit einem dunklen Gebräu, welches seinen Zweck erfüllte. Papier aber war ein Problem gewesen.

Er wusste heute noch nicht, wie Anna es bewerkstelligt hatte, aber er hatte sie vor Freude fast erdrückt, als sie ihm eines Tages mitgeteilt hatte, sie hätte ein Geschenk für ihn. Aus einem ledernen Beutel hatte sie zwei säuberlich in Kartons verpackte, neue Tagebücher herausgezogen. Wills Begeisterung war übermächtig gewesen.

Wehmütig dachte er jetzt an den letzten Winter zurück. Es war eine so schöne, ruhige und harmonische Zeit gewesen.

Als sich die ersten Vorboten des Frühlings angekündigt hatten, war eine stetig zunehmende Unruhe bei Anna zu bemerken gewesen. Während Will das Leben im Dorf mit Anna zu lieben begonnen hatte, verdunkelte sich die Stimmung seiner Geliebten und es war klar zu erkennen gewesen, dass ihnen Veränderungen bevorstehen würden.

Die Zeit der Liebe sollte bald vorüber sein und Will wusste warum.

Als sie im Frühjahr die erschütternde Nachricht erreicht hatte, dass, nachdem Sibley den Aufstand in Minnesota niedergeschlagen und über dreihundert Indianer in Schnellverfahren vor einem Militärgericht zum Tode hatte verurteilen lassen, achtunddreißig Dakotakrieger in Mankato bei einer Massenexekution Ende Dezember gehängt worden waren, verdüsterte sich die Stimmung von Anna und den im Lager lebenden Dakota zunehmend. Es mussten weit über hundert Menschen gewesen sein, die aus Minnesota geflohen und bei ihren Brüdern im Westen Sicherheit gesucht hatten. Die Unsicherheit und Trauer war deutlich zu spüren gewesen. Frauen und Kinder der Dakota und einige ältere Menschen waren genauso westwärts gezogen wie die Krieger, denen vermutlich dasselbe Schicksal bevorgestanden hätte wie den gefangengenommenen Kämpfern. Neben den achtunddreißig Hingerichteten waren Hunderte in Gefangenschaft geraten. Was mit ihnen geschehen war, das wusste man zu diesem Zeitpunkt noch nicht.

Wie Anna von einem Kundschafter berichtet worden war, hatte Little Crow den Beschluss gefasst, mit einigen seiner Leute nach Kanada zu gehen, um dort bei seinen vermeintlichen Freunden, den Engländern, um Hilfe zu bitten. Er war der Ansicht, die Engländer würden immer noch in der Schuld der Dakota stehen, die diese in früheren Zeiten im Kampf gegen die Amerikaner unterstützt hatten.

Als Will Anna darauf angesprochen hatte, ob auch sie allen Ernstes daran glaube, dass von den British-Kanadiern auch nur ein Fünkchen Unterstützung zu erwarten sei, hatte sie es verneint.

»Little Crow wird nicht auf mich hören«, hatte sie gesagt. »Er wird es auf jeden Fall versuchen.«

»Und du wirst mit ihm gehen, hab ich Recht?«

»Will, noch ist Winter. Wir haben Zeit ...«

»Zeit? Ein paar Wochen sollen uns ein ganzes Leben ersetzen? Was redest du da, Anna?«

»Ich werde wiederkommen«, hatte sie mit einem sanften Lächeln erwidert. »Außerdem ...«, war sie fortgefahren, »ich werde nicht nach Kanada gehen. Ich muss zurück in die Stadt, nach New Ulm, das weißt du.«

»Um deinen Rachegelüsten zu frönen, die dir ja anscheinend mehr bedeuten als unsere Liebe und unsere Zukunft. Ich kann dich einfach nicht verstehen.«

»Ich habe geschworen, meinen Vater zu rächen. Und ich werde den Dakota weiter zur Seite stehen. Das ist mein Leben. Ich kann es nicht ändern.«

Will war wütend und enttäuscht gewesen, als ihm Anna klipp und klar erklärt hatte, wie ihre Pläne aussahen, sobald der Schnee geschmolzen und die Pässe wieder passierbar sein würden. Zuerst hatte er geschmollt, nach einer Weile aber einen eigenen Plan verfolgt.

Ihre Liebe war einzigartig und von solcher Leidenschaft erfüllt, dass er inständig gehofft hatte, dass Anna schwanger werden würde.

Auch wenn er sich in seiner Verliebtheit und Gier nach Anna zuerst nicht den geringsten Gedanken über eine Schwangerschaft gemacht hatte, so hatte er im Nachhinein sehr wohl überlegt, warum es noch nicht geschehen war.

Aber wiederum hatte sich seine Hoffnung in Verzweiflung gewandelt. So oft hatten sie miteinander geschlafen. Warum nur war Anna nicht schwanger geworden?

Jetzt musste er fast lachen über das Vorhaben, welches er nach diesem Streitgespräch mit Anna für einen guten Plan gehalten hatte. So etwas ließ sich nicht erzwingen. Er hatte sich damals vorgenommen, noch öfter mit ihr zu schlafen, denn nur ein Kind hätte sie von ihrem irrsinnigen Plan, nach Minnesota zurückzukehren und die McFees zu töten, abbringen können. Zumindest war dies die einzige Idee, die ihm eingefallen war.

Aber es sollte nicht sein.

Der Schnee war geschmolzen und der Wärme des Frühlings gewichen.

Nach einigen Wochen der Vorbereitung musste es, zumindest, wenn man seinen zeitlichen Aufzeichnungen Glauben schenken wollte, Anfang Mai des Jahres 1863 gewesen sein, als sich Anna mit einer größeren Anzahl an Kriegern auf den Weg nach Norden gemacht hatte. Diese Männer, so war es ihm erschienen, waren allesamt bereit gewesen, ihr Leben für ihre Anführerin zu lassen.

»Die Weiße Krähe auf dem Kriegspfad«, hatte er ihr enttäuscht entgegengeschmettert. Das nämlich war der Grund, warum er nie den Namen »Anna« von einem der Indianer gehört hatte.

Die Weiße Krähe. Es war Annas indianischer Name geworden.

»Will, du musst mich verstehen. Ich wünsche mir nichts sehnlicher, als mit dir zusammen zu sein. Aber ich muss tun, was ich tun muss. Sonst würde ich einen Teil meiner selbst verraten. Ich werde mein Versprechen halten und zu dir kommen, wenn das hier vorbei ist. Ich werde deine Welt kennenlernen, so wie wir es vereinbart haben. Amerika, so wie du es kennst.«

Es stimmte: Anna hatte versprochen, zu ihm zurückzukommen, in seine Welt. Sie würde zu ihm in eine amerikanische Stadt der Weißen ziehen und den Versuch unternehmen, das Leben der anderen Seite zu verstehen, so wie er einverstanden gewesen war, den Winter bei den Indianern zu verbringen, um zu sehen, zu verstehen und zu lernen.

Nicht versprochen hatte sie allerdings, dass sie bleiben würde, darüber war sich Will im Klaren. Er hatte sich auf die Abmachung eingelassen, weil er überzeugt davon gewesen war, dass es ihm gelingen würde, Anna zurück in das zivilisierte Leben der Weißen zu bringen. Er erinnerte sich, dass er sich damals für seine eigenen Gedanken geschämt hatte, denn das Wort »zivilisiert« hatte in diesem Kontext bei Gott nichts mehr verloren.

Als er dann vor ihr gestanden hatte, als sie im Begriff gewesen war, das Lager mit den anderen in Richtung Norden zu verlassen, hatte ihn Panik erfasst. Er wollte, nein, er konnte sie nicht einfach gehen lassen. Ihr Plan war viel zu gefährlich!

Er hatte in ihre wunderschönen, strahlend blauen Augen geblickt und war an der bevorstehenden Trennung beinahe zerbrochen.

»Du ... Anna, du darfst nicht gehen. Was soll nur aus mir werden, wenn dir etwas zustoßen sollte? Ich ...«

»Es wird mir nichts geschehen, Will.« Sie umarmte ihn. »Ich komme zurück. Ich komme in die Stadt, die du mir genannt hast: Denver City. Und ich werde dich finden.«

Will hatte ihr in einem ihrer vielen Streitgespräche den Vorschlag gemacht, mit ihr zu gehen, um sie in ihrer Rache gegen die McFees zu unterstützen. Sofort, nachdem er diese Idee formuliert hatte, hatte er gewusst, einen Fehler begangen zu haben. Beide hatten sie gewusst, dass er dies niemals gekonnt hätte. Ein Kämpfer, das war er auch. Aber nicht mit Gewehr und Pistole. So war er dankbar dafür gewesen, dass Anna das Angebot nicht einmal kommentiert hatte. Sie hatte sein Gesicht in ihre Hände genommen, ihn liebevoll geküsst und ihm ins Ohr geflüstert: »Es ist meine Aufgabe, nicht deine.«

Will sah sich immer noch verzweifelt an der Biegung des Flusses stehen, wie er Anna und ihren Kriegern hinterherblickte. Er hatte sich nicht abwenden können. Erst als sie hinter den Felsen verschwunden waren, hatte er sich auf den Hosenboden fallen lassen und war mehrere Stunden einfach nur dort sitzen geblieben. Er hatte die Hoffnung nicht aufgeben wollen, Anna hätte ihre Meinung ändern und zu ihm zurückkommen können. Tief in seinem Herzen aber hatte er gewusst, dass diese Hoffnung unbegründet gewesen war.

Bereits am darauffolgenden Tag hatte er das Dorf ebenfalls verlassen und sich auf den Weg zum südwestlich gelegenen Fort Laramie gemacht, von wo er dann weiter nach Denver City ziehen wollte, um sich dort um eine Anstellung als Journalist bei einer der ansässigen Zeitungen zu bewerben.

Jetzt saß er an seinem Schreibtisch, blätterte wie so oft in älteren Ausgaben der »Rocky«, wie die Zeitung von den Leuten genannt wurde und versuchte sich vergeblich auf seine Recherchen zu konzentrieren. Die älteren Ausgaben sollten ihm ein Bild von der Arbeit der Zeitung vermitteln. Ihren Stil und, was viel entscheidender für ihn war, ihre politische Ausrichtung und Neutralität unter Beweis stellen. Will wollte seine Erlebnisse und Erfahrungen verarbeiten können, wenigstens zu einem Teil. So wie damals in Boston hätte es keinen Sinn gemacht, die Leser direkt mit den Wahrheiten und Hintergrundinformationen zu konfrontieren, die sich schwerlich beweisen lassen würden. Er würde sich vorhalten lassen müssen, seine Meinung wäre gefärbt. Wieder würde er sich sagen lassen müssen, er wäre ein Indianerfreund, was nur dazu führen konnte, dass ihm am Ende niemand mehr zuhörte. Nein, er musste geschickter vorgehen und versuchen, seine Anliegen anderweitig an den Mann zu bringen. Ein Zweifel hier, eine Andeutung dort, vor allem aber das immer wiederkehrende Hinterfragen der Entscheidungen und Vorgehensweisen der Regierung, der Reichen und Mächtigen, welche die Stricke in der Hand hielten und die Leute wie Marionetten zu lenken wussten. Ihre Interessen standen immer über den Interessen der anderen. Für Minderheiten war kein Platz, egal ob es dabei um die Ausbeutung der Schwarzen im Süden ging oder um das Land der Indianer im Westen.

Als er vor ein paar Wochen auf dem Weg nach Denver City ein paar Tage in Fort Laramie verbracht hatte, war ihm die Dimension der Veränderung, welche diesem Land und den Menschen, die seit Jahrtausenden von Jahren hier lebten, bevorstand, mit aller Deutlichkeit zu Bewusstsein gekommen. Nichts würde den Strom der Siedler und Glücksritter aufhalten können. Es war unfassbar, welche Strapazen die Menschen auf sich nahmen, um den Weg zu beschreiten, der sie in eine neue, bessere Zukunft führen sollte. Zu den Äckern und Böden, die sie ihr Eigen nennen wollten, zu den Goldfeldern im Westen, die verheißungsvoll mit Reichtum und Wohlstand lockten oder den Städten an der Pazifikküste, an deren Aufbau sie sich beteiligen wollten. Andere versuchten, schlicht ihre Vergangenheit zurückzulassen. Es ging darum, einen Ausweg zu finden aus Armut, Kriminalität oder gesellschaftlichen Zwängen. Anderswo die Chance auf einen Neuanfang zu erhalten, dies war ihr einziges Bestreben. Welche Ausdauer die Menschen dabei an den Tag legten, welche Mühe und Gefahren sie dabei in Kauf nahmen, forderte Respekt. Dass die Lebensweisen, die dabei unweigerlich aufeinanderprallten, weder kulturell noch weltlich zueinander passten, schien niemanden zu interessieren. Wer sich dieser Entwicklung entgegenstellen wollte, der war dem Untergang geweiht. So einfach war das.

Will kannte jetzt beide Seiten. In den vergangenen Monaten hatte er mehr gelernt, als in den ganzen Jahren, die er als Heranwachsender in Boston verbracht hatte. Das hier war das Leben. Pur und ungeschönt.

Es war zugleich Verdammnis, Abenteuer und Freiheit. Es verhieß Glück, Strapazen und Tod. Es war mit nichts vergleichbar.

Die Zeiten aber änderten sich in einer so unglaublichen, rasenden Geschwindigkeit, die es den Menschen nicht erlaubte zu rasten. Während der Westen besiedelt wurde, drangen von den Küsten die Eisenbahnlinien immer weiter in das Herz des Kontinents vor. Unaufhaltsam und ohne Rücksicht.

Nachrichten wurden über Kabel gesendet, Straßen wurden gebaut und entlang der entstehenden Schienenstränge schossen Siedlungen und Städte wie Pilze aus dem Boden. Wer sich am Reichtum der Natur bedienen wollte, der musste jetzt tätig werden. So war die

Devise.

So sehr er es sich mittlerweile auch für die Indianer gewünscht hätte, die Leute, die in dieses Land einfielen wie ein Schwarm von Heuschrecken, waren nicht aufzuhalten.

Viele vom Stamme der Sioux waren in den vergangenen Monaten seine Freunde geworden. Er konnte die Sprache mittlerweile ganz ordentlich sprechen und auch übersetzen. So war ihm im Fort spontan die Stelle eines Dolmetschers angeboten worden, welche er aber dankend abgelehnt hatte. In Fort Laramie hatte er zwei volle Tage nur mit Trinken verbracht. Er vermisste Anna und ergab sich seinem Selbstmitleid. Er hatte getrunken, geschlafen, zwischendurch mal eine Kleinigkeit gegessen und weiter getrunken. Am Morgen des dritten Tages war er mit solch starken Kopfschmerzen erwacht, dass er nur noch von seinem Schlafplatz, unter einem der großen Planwagen, hervorgekrochen war und sich am Rande der Palisaden übergeben hatte.

Danach hatte er seine Fassung schnell wiedererlangt.

Es war ihm eine ältere Ausgabe der Rocky Mountain News in die Hände gefallen, die auf der Stelle sein Interesse geweckt hatte. Sofort war ihm ein Bericht ins Auge gefallen, der mit der Überschrift »Umstrittene Wege durchs Indianerland« seine Aufmerksamkeit erregt hatte. Der Artikel berichtete über die Goldfunde im Dakota Territorium, von der großen Zahl der Glücksritter, die in den letzten Wochen begonnen hatten, das Indianerland zu durchqueren und den damit provozierten Auseinandersetzungen mit den Sioux. Fort Laramie, so stand zu lesen, würde bald eine noch wichtigere Bedeutung für die Sicherheit der Menschen haben, da es nicht nur als sicherer Hafen für die nicht abreißenden Ströme an neuen Siedlern gebraucht würde, sondern mit aller Wahrscheinlichkeit schon bald als Bastion gegen die Feindseligkeiten der Ureinwohner herhalten musste. In der Tat fungierte das Fort seit Jahrzehnten als Dreh- und Angelpunkt auf dem langen und beschwerlichen Weg nach Westen. Eine der Hauptaufgaben der hier stationierten Einheiten lag darin, die Siedler auf den direkt am Fort vorüberführenden Trails nach Westen vor möglichen Überfällen der Indianer zu schützen. Während der Oregon Trail die Menschen in den nördlichen Westen geleitete, war es der California Treck, der bereits Tausende von Goldsuchern auf die mittlerweile ausgebeuteten Claims in den Süden gebracht hatte und nun die Ströme der Siedler führte. Das kalifornische Gold war schon seit Jahren in festen Händen und wurde seitdem ausschließlich industriell und im großen Stil gefördert. Für einzelne Goldgräber oder Glücksritter war dort schon lange kein Platz mehr gewesen, was die Leute verständlicherweise dazu trieb, ihr Glück anderswo zu versuchen. Wie zum Beispiel in der Gegend um den Ort Bannack am Grasshopper Creek, der immerhin rund sechshundert Meilen von Fort Laramie entfernt lag und den Hauptanziehungspunkt für die Goldsucher in dieser Region darstellte. Das Städtchen schien nach den Beschreibungen der Leute rasend schnell zu wachsen und Will hatte von den ersten Bestrebungen gehört, Montana sollte ein selbständiges Territorium werden. Jedenfalls hatte der beginnende Goldrausch in diesem Gebiet der Situation eine völlig neue Dimension beschert. Nahezu unkontrolliert drangen ganze Goldgräberzüge in das Territorium der Indianer ein und durchquerten das Land auf dem Weg zu den Goldfeldern im Nordwesten, nicht nur auf den dafür vorgesehenen und vereinbarten Wegen. Ein Vertrag, so las Will in dem Bericht weiter, hatte bereits 1851 dafür Sorge tragen sollen, Gewalttätigkeiten auf beiden Seiten zu verhindern. An die zehntausend Sioux hatten sich in dem Jahr am Horse Creek mit Vertretern der amerikanischen Regierung getroffen und nach zwei Wochen war der Vertrag in Kraft getreten. Den Indianern war der Besitz des Landes ohne jegliche Einschränkung zugesagt worden. Gegen eine von der Regierung der Vereinigten Staaten zu leistende jährliche Zahlung, hatten sie dem Bau von Straßen und Militärposten auf ihrem Land zugestimmt. Dies war für den weiteren Ausbau des Oregon Trails von entscheidender Bedeutung gewesen.

Trotzdem war die Entstehung der Wege und Militärposten ein immerwährender Streit- und Konfliktpunkt in den Beziehungen der Armee mit den Dakota geblieben, vor allem, weil unter den Stämmen Uneinigkeit darüber vorgeherrscht hatte, inwieweit man die Übertretung der Vereinbarungen durch die Weißen zu tolerieren hatte.

Nach einem größeren Konflikt drei Jahre später, regelmäßigen Angriffen der Indianer gegen Siedlerzüge auf dem Oregon Trail, dem unter General William S. Harney geführten Überfall der US Armee auf ein Dorf der Brulé am Blue Water Creek, welcher sechsundachtzig Indianern, überwiegend Frauen, Kindern und alten Menschen das Leben kostete, hatte man sich 1856 erneut zu Friedensverhandlungen getroffen.

Will war erstaunt und beeindruckt gewesen über die Offenheit, mit der die Vorkommnisse in dem Bericht der Zeitung kritisch und unvoreingenommen betrachtet wurden. Der Schreiber des Berichts hatte Recht gehabt. Als Will sich im Fort etwas genauer umgesehen hatte, hatte er die Anspannung und die Angst der Leute wahrnehmen können, welche im Fort eine sichere Rast auf ihrem Weg nach Westen gesucht hatten. Auch vielen der Goldgräber, die sich tatsächlich auf dem Weg nach Norden befunden hatten, war die Unsicherheit in ihren Gesichtern abzulesen gewesen.

Es war deutlich spürbar, dass sich da draußen etwas zusammenbraute.

Will, der nun mehr oder weniger zwischen den Fronten stand, hatte von Anna gewusst, dass sich die Stämme des Westens vermehrt zusammenschlossen. Dass es hitzige Diskussionen unter den Häuptlingen gegeben hatte und die vermehrten Überfälle auf die Trails ein deutlicher Vorbote dessen waren, was folgen mochte.

Er hatte sich die Zeitung zu eigen gemacht und wollte gleich nach seiner Ankunft in Denver City mit dem Herausgeber der Rocky Mountain News, einem Mann namens William Newton Byers, in Verbindung treten. Bereits am darauf folgenden Tag war er nach Denver City aufgebrochen.

Nachdem er von seinen Siouxfreunden bis Fort Laramie begleitet worden war, hatte er seinen Weg von dort aus alleine, auf befestigten Straßen, nach Süden fortgesetzt und nach acht Tagen Denver City erreicht. Es hatte nur ein einziges Treffen mit Byers benötigt, um die gewünschte Anstellung bei der Zeitung zu bekommen. Byers war von dem Auftreten, der Ausdrucksweise und dem Bildungsniveau des jungen Mannes überrascht gewesen. Obwohl er dem Herausgeber die wahren Hintergründe für sein Erscheinen in Denver City verschwieg, so hob er doch hervor, dass er aus Eigeninteresse und Studienzwecken die Sprache der Sioux erlernt hatte und in der Indianerfrage als unparteiisch anzusehen sei. Außerdem, so hatte er betont, sei er strikter Gegner der Sklaverei und aus persönlichen Gründen nicht mehr in der Armee der Vereinigten Staaten von Amerika. Er gab vor, triftige Gründe zu haben, welche er aber an dieser Stelle nicht näher erläutern wolle.

Drei Tage später hatte er das kleine Büro im Gebäude der Rocky Mountain News am Cherry Creek, welches, dem Himmel sei Dank, nicht dem im April wütenden Brand in der Innenstadt zum Opfer gefallen war, bezogen. Am 19. April, also gut sechs Wochen vor seiner Ankunft in der Stadt, war ein verheerendes Feuer im Geschäftsbereich der Stadt ausgebrochen, welches fast den gesamten Innenstadtbereich in Schutt und Asche gelegt hatte. Jetzt war so etwas wie Aufbruchsstimmung in der Stadt zu spüren. Die Bürger wollten sich nicht unterkriegen lassen und so war beschlossen worden, die Innenstadt mit Steingebäuden neu zu errichten und zu gestalten. Die Innenstadt von Denver City sollte in neuem, unverwüstlichem Glanz erstrahlen.

So hatten Wills erste Artikel für die Zeitung dann auch von den Aufräumarbeiten, den Fortschritten und Vorschlägen des Architekten und von sonstigem Klatsch und Tratsch der Stadt gehandelt. Schnell hatte er einen jungen Burschen damit beauftragt, sich umzuhören, ihm als »Neuen« in der Stadt entsprechende Hintergrundinformationen zu besorgen und ihn über das gesellschaftliche Leben auf dem Laufenden zu halten. Der Herausgeber seinerseits versäumte es nicht, Will in die entsprechenden Kreise einzuführen und ihn vorzustellen. So hatte es auch nicht lange gedauert, bis der junge Will zu allerlei Feiern und Anlässen eingeladen wurde und er sich als Mitglied des Bürgertums der Stadt einen entsprechenden Namen gemacht hatte. Denver City schien auf einen jungen Mann wie ihn gewartet zu haben. Die Leute mochten ihn, ebenso wie seinen Schreibstil und so musste die Zeitung bereits nach wenigen Ausgaben die Auflage erhöhen.

Wie Will erfuhr, war die Rocky Mountain News erst vor drei Jahren von einer Wochenzeitung zur jetzigen Tageszeitung aufgestiegen und Will erkannte das Potenzial seines neuen Arbeitsplatzes. Dass er jemals zum Journalismus zurückkehren würde, das hatte er nie geglaubt. Aber auch er hatte sich geändert. Das Erlebte hatte ihn verändert. Er hatte in die Abgründe der menschlichen Seele geblickt, hatte Dinge gesehen, die ihn sein Leben lang verfolgen würden.

Jetzt war es an der Zeit, etwas aufzubauen. Für Anna und sich selbst. Er wollte eine Familie gründen, Kinder haben. Er wollte Anna bei sich haben und sie nie wieder gehen lassen müssen. Das wünschte er sich mehr als alles andere auf der Welt. Der Grundstein ihrer Zukunft war gelegt. Jetzt blieb ihm nichts anderes übrig, als zu warten.

****

New Ulm, Minnesota, 9. Juni 1863

Anna konnte sich nicht mehr erinnern, wie oft sie an diesem Ort gewesen war, wie viel Zeit sie mit Beobachten und Warten verbracht hatte. Immer wieder hatte sie sich im nahegelegenen Wald versteckt, hatte das Haus und die Scheune aus sicherer Entfernung betrachtet und auf die Rückkehr der ihr so sehr verhassten Männer gehofft, um sie ihrer gerechten Strafe zuführen zu können. Während um sie herum der Aufstand getobt hatte, war sie immer wieder hierhergekommen, zu der Farm des alten McFee, seinem minderbemittelten Sohn John und den anderen beiden, Dave und, wenn sie sich richtig erinnerte, Martin.

Natürlich wusste sie nicht, ob die beiden Männer immer noch für den Alten arbeiteten, ob sie die Überfälle der Dakota an anderer Stelle überlebt oder sich an den Kampfhandlungen gegen die Krieger der Santee überhaupt beteiligt hatten. Anna schätzte diese Männer für so feige ein, dass es gut vorstellbar war, dass sie sich bei den ersten Anzeichen eines bevorstehenden Angriffs sofort in eine der befestigten Städte verzogen hatten. Wie in New Ulm waren nach dem Ausbruch der Kämpfe auch in anderen Gemeinden sofort Barrikaden, ja sogar Palisaden entstanden, welche die jeweiligen Bürgerwehren zur Verteidigung gegen die Indianer errichtet hatten. Hutchinson und Forrest City kamen dabei infrage und auch Fort Abercrombie, das ebenfalls den Überfällen standgehalten hatte und belagert worden war. Irgendwo hatten sich die McFees verkrochen und Annas Rache hatte warten müssen.

Jetzt aber waren sie zurück. Anna lief ein eiskalter Schauer über den Rücken als sie die Männer erblickte, die sich seit ihrer letzten Begegnung kaum verändert hatten. Dem alten McFee war sie damals in der Agentur noch einmal gegenübergestanden, an dem Tag, an dem sie Will das erste Mal gesehen hatte. Der stumpfsinnige, betrunkene Alte aber hatte sie für eine Indianerin gehalten. Er hatte in ihr nicht das Mädchen erkannt, dessen Vater er auf dem Gewissen und an den Galgen gebracht hatte für eine Tat, die dieser nicht begangen hatte. Damals hatte McFee gewusst, dass ihr Papa unschuldig gewesen war, daran bestand kein Zweifel. Er und alle seine Begleiter hatten es gewusst und sich einen Spaß daraus gemacht, einen Unschuldigen aufhängen zu lassen. Dabei hatte ihr Vater in seinem ganzen Leben niemals etwas gestohlen gehabt, dessen war sie sich sicher.

Dann, bei ihrem Zusammentreffen in der Agentur, hatte der alte Mann bereits zu viel getrunken gehabt, um eine Verbindung zwischen der jungen Indianerin und dem Mädchen herstellen zu können, das vor vielen Monaten mit dem Verschwinden seines Sohnes in Verbindung gebracht worden war. Bestimmt waren sie davon ausgegangen, dass Anna ebenfalls zu Tode gekommen war. Das Grab des jungen Jack Templer, dessen Errichtung ein großer Fehler gewesen war und auch den Leichnam von McFees Sohn hatten sie aller Wahrscheinlichkeit nach gefunden. Welche Schlussfolgerungen dann gezogen worden waren, war eine offene Frage.

Das Wiedersehen bei den Verhandlungen in der Agentur jedenfalls, hatte Anna in ihrer Absicht nur bestärkt: Der Alte war des Todes. Obwohl er sie direkt angesehen hatte, war keinerlei Regung oder Zeichen der Erkenntnis erkennbar gewesen. In seinen Augen hatte sich, wie damals, immer noch das Böse widergespiegelt.

Er wurde von seinem durchtriebenen, von Hass zerfressenen Wesen bestimmt, welches wiederum ihr Angst gemacht und eine Gänsehaut über den Rücken gejagt hatte. So sehr Anna bei seinem Anblick zunächst erschrocken gewesen war, es war keinerlei Gefahr von ihm ausgegangen. Will hatte ihn damals sogar festnehmen und gewaltsam entfernen lassen.

Endlich war der Tag der Abrechnung gekommen.

Hier und jetzt!

Auch wenn Will es nicht verstehen und ihr vielleicht auch nicht verzeihen konnte, sie hatte gehen müssen. Sie hatte hierher zurückkommen müssen, um ihrer Bestimmung zu folgen.

Der letzte Winter, den sie zusammen mit Will bei ihren Freunden verbracht hatte, war eine so glückliche Zeit für sie gewesen. Anna liebte Will und hatte den Schmerz der Trennung genauso verspürt wie er. Wahrscheinlich war es für sie sogar noch schlimmer gewesen, denn bei ihr kamen unweigerlich Schuldgefühle mit hinzu. Manchmal wünschte sie sich, sie hätten sich niemals kennengelernt. Oder zumindest nicht so früh. Es machte sie unendlich traurig, ihm diesen Schmerz zufügen zu müssen, um ihren Weg zu gehen. Obwohl sie sich geschworen hatte, niemals zu den Weißen und deren Lebensweise zurückzukehren, wollte sie das Versprechen Will gegenüber einlösen. Sie würde ihm folgen in die Stadt und *seine* Welt kennenlernen. Will hatte immer wieder von Heirat gesprochen, von einer Zukunft, die er für sie beide aufbauen wollte und den Plänen, eine Familie zu gründen. Sie war nie näher darauf eingegangen, denn sie hatte gewusst, dass sie ihm dieses Versprechen schuldig bleiben musste. Anna wusste nicht, ob sie imstande sein würde, zu den Menschen zurückzugehen, die für sich in Anspruch nahmen, alles und jeden zu unterwerfen und zu zerstören, was über Jahrhunderte und Jahrtausende gewachsen war. Diese Leute kümmerten sich nur um ihr eigenes Wohlergehen. Nur ihre eigenen Interessen standen für sie im Vordergrund. Rücksichtslos drangen sie in Gebiete und Länder ein, die ihnen nicht gehörten. Ganze Völker fielen ihnen zum Opfer.

Etwas in ihrem Herzen begehrte auf gegen Wills Pläne. So sehr sie sich auf der anderen Seite über seinen Antrag gefreut hatte, die Vorstellung an ein Leben unter diesen Menschen warf dunkle Schatten der Traurigkeit auf ihre Seele. Hinzu kam, dass sie das Volk der Dakota niemals im Stich lassen würde. Ein tiefer Zwiespalt tat sich vor ihr auf, mit dem sie nicht umzugehen wusste. Sie musste darüber nachdenken, aber dies war weder die Zeit noch der Ort dafür, denn eine Entscheidung würde sie diesbezüglich auch nicht so ohne Weiteres treffen können. Das Versprechen Will gegenüber würde sie halten, alles andere musste sich ergeben. Wieder stand ein Kampf unmittelbar bevor und sie musste sich konzentrieren.

Die sieben Krieger, die Anna so bedingungslos folgten, waren ihre Armee in dem Rachefeldzug gegen die McFees. Anna wollte keinen einzigen von ihnen unnötig in Gefahr bringen. Ihr Plan sah vor, keine Gefangenen zu machen. Das Ganze durfte auf keinen Fall als Indianerüberfall zu erkennen sein, denn die darauffolgenden Strafexpeditionen würden Unschuldige treffen. Die Soldaten würden abermals unter den Indianern wüten und jeden töten, der auch nur den Anschein einer Mitwisser- oder Mittäterschaft zeigte. Ein gefangener Krieger musste einem Soldaten nur etwas zu stolz in die Augen blicken und er wurde gefoltert, geschlagen oder getötet.

Es waren viele Dakota in Gefangenschaft geraten. Viele Frauen und Kinder, alte Menschen und auch Krieger. Und auch die meisten der Häuptlinge mit ihren Gruppen, die sich an den Aufständen bewusst nicht beteiligt, sondern zu den Weißen gehalten hatten, waren gefangen genommen und in eines dieser Lager gepfercht worden.

Anna lag mit drei ihrer Krieger am Boden und spähte durch das Geäst eines dichten Dornengewächses. Sie gab den anderen ein Zeichen, sich mit ihr zurückzuziehen und so robbten die vier Gestalten nach hinten in die sichere Umgebung des Waldes. Sie würden warten, bis ihnen die Dunkelheit den nötigen Schutz zum Heranschleichen an das neue Gebäude bieten würde, welches die McFees anstelle des alten, zerstörten Hauses errichtet hatten. So wie die meisten der Farmen, war am Ende auch das Haus und die Scheune von Malcolm McFee niedergebrannt worden, nachdem es geplündert worden war. Little Crow hatte Anna unter Zureden ihres Freundes Dark Cloud zugestanden zu warten und so war die McFee-Farm eine der letzten gewesen, die dem Feuer zum Opfer gefallen war.

Das neue Haus war deutlich größer geplant worden als das alte. McFee musste also immer noch über erhebliche Mittel verfügen, um so schnell ein neues Haus bauen zu können. Auch für eine neue Scheune hatte es gereicht, an der noch gebaut wurde.

Die Schläge der Hämmer und das Surren der Sägen war deutlich zu hören, als sich Anna mit den Kriegern wieder in den Wald zurückzog.

Sie hatte elf Männer gezählt.

Inständig hoffte sie, dass sich der Großteil nur zum Arbeiten auf dem Grund der McFees befand und dem Geschehen gegen Abend den Rücken kehren würde. Zurück in die Stadt, zu ihren Frauen und Familien. Sie hatten vermutlich nichts mit dem Verbrechen der Männer zu tun, auf die nun Jagd gemacht werden würde.

Tatsächlich berichtete Creeping Wolf, der als Beobachter zurückgeblieben war, nach einiger Zeit, dass sechs der Männer die Farm auf einem Wagen verlassen hatten.

Fünf Männer waren noch dort. Annas Herz begann zu rasen, aber noch war der Zeitpunkt der Rache nicht gekommen. Sie wies die Krieger an, sich vor dem bevorstehenden Kampf auszuruhen und etwas zu essen. Sie selbst wollte sich wieder auf Beobachtungsposten begeben, um herauszufinden, ob es die richtigen Männer waren, die sich nun auf der Farm befanden.

Sie schlich sich diesmal näher heran und hielt sich im Dickicht hinter den verbrannten Resten des alten Farmhauses verborgen. Durch das verkohlte Gebälk des einstigen Gebäudes erspähte sie ihre Opfer und beobachtete einen der Männer, der sich zum Pinkeln mit einer Hand an einer großen Eiche abstützte. Als er sich, während er sein bestes Stück in seiner Hose verstaute, zu ihr umdrehte, konnte sie ihn eindeutig als Dave identifizieren, diesen miesen Kerl, der ihren Vater brutal geschlagen und getreten hatte. Er war es auch gewesen, der sie bei der alten Dame festgehalten hatte, bei ihrem Versuch aus dem Haus zu fliehen. Er hatte sie festgehalten, ihr Schmerzen zugefügt und ihre Brüste begrabscht.

Jetzt trat ein weiterer Bursche auf ihn zu und sagte etwas, das Anna aus der Entfernung nicht verstehen konnte. Johnnyboy!

John McFee, der Bruder von Robert, diesem fetten Schwein, der irgendwo zwischen hier und Saint Paul sein Leben gelassen hatte.

Dieser trottelig drein starrende Idiot mit dem Gemüt eines Kleinkindes schlenderte hinüber zum Gatter und verfütterte einige Mohrrüben an die Pferde.

Seine mindere Intelligenz, das wusste Anna, machte ihn aber vielleicht zu einem noch gefährlicheren, unberechenbareren Gegner. Sie musste auf der Hut sein.

Malcolm, der Alte, war im Haus, dessen war sich Anna absolut sicher.

»Hey! Kommt rein. Essen is' fertig«, rief eine Stimme von der Tür des neuen Farmhauses.

McFee!

Die Stimme des alten Mannes war unverkennbar. Sie klang wie das Krächzen eines Vogels. Wie die Stimme des Jüngsten Gerichts, die Anna niemals mehr in ihrem Leben vergessen würde. Diese Stimme hatte ihren Vater verleumdet. Dieser Mann war es gewesen, der ihren Vater mit seinen Lügen an den Galgen gebracht und sie schutzlos diesem fetten, ungewaschenen Kerl ausgeliefert hatte, was immer dieser auch von ihr wollte oder mit ihr vorhatte. Erneut stieg Ekel in ihr auf.

Von der Scheune kam ein junger Bursche gelaufen, den sie nicht kannte. Dicht hinter ihm der vierte Gefolgsmann des Todes: Martin.

Also waren sie alle hier versammelt. Sie würden ihrer Rache nicht entgehen.

Der junge Mann, den sie nicht kannte, machte ihr Sorgen. Er stellte ein ernsthaftes Problem dar, denn auch wenn sie ihn nicht töten wollte, so konnte sie ihn als Zeugen auf gar keinen Fall am Leben lassen. Die Folgen für die Dakota, die sich noch in diesem Land befanden, egal ob eingesperrt oder geduldet, wären nicht auszudenken.

Wie Anna und die geflohenen Häuptlinge und Krieger erfahren hatten, war nach der Niederschlagung des Aufstandes auf die Schnelle ein großes Sammellager bei Fort Snelling angelegt worden, in das die gefangenen Dakota von den Soldaten gepfercht worden waren.

Über eintausendfünfhundert Indianer, überwiegend Frauen, Kinder und Alte, waren dazu verdammt worden, den Winter umringt von hölzernen Palisaden zu verbringen, hungernd, krank und sterbend. Die Masern hatten über zweihundert Menschen das Leben gekostet. Im Frühjahr waren dann die ersten Überlebenden mit einem Dampfschiff abtransportiert worden. Unter Beschimpfungen und Steinwürfen waren die Gefangenen auf das Boot verfrachtet und aus Minnesota fortgeschafft worden.

Das Leben der wenigen Dakota, die sich noch hier aufhielten oder auf ihren Abtransport warteten, hing nun zu einem wesentlichen Teil von ihren Taten und ihren Entscheidungen ab. Sie beschloss, den jungen Mann als Ersten unschädlich zu machen, bevor er Zeit haben würde zu registrieren, was vorging oder imstande wäre die anderen zu alarmieren. Sollte dies misslingen, so musste er sterben.

Little Crow hatte mit all seinen Vorhersagen Recht behalten. Den Soldaten, besonders Sibley war nicht zu trauen.

Das Lager, die Inhaftierung der Menschen und die Zustände, die zum Tode von so vielen geführt hatten, waren menschenunwürdig gewesen. Die Schnellprozesse, die Hinrichtungen der achtunddreißig Krieger, die Misshandlungen und Überfälle, all das zeugte von der Unbarmherzigkeit ihrer Gegner. Viele dieser Berichte und Vorfälle waren in den Ratsversammlungen der Häuptlinge im großen Winterlager am Devils Lake besprochen und diskutiert worden.

Als Anna mit ihren Kriegern bei den Stämmen im Norden angekommen war, war ihr schnell klar gewesen, dass unter den Führern der verschiedenen Gruppen Uneinigkeit darüber bestand, wie mit der Situation und der Flucht der Dakota vom Minnesota River umzugehen sei.

Little Crow, seine Häuptlinge, Krieger und viele Familien hatten bei ihren Brüdern im Westen Zuflucht gefunden und den Winter mit Beratungen verbracht. Er hatte vehement versucht, die Häuptlinge der Dakota von der Notwendigkeit zu überzeugen, gegen die Weißen in den Krieg zu ziehen. Diese aber hatten sich in falscher Sicherheit gewähnt und viele hatten keinen Grund gesehen, gegen das vermeintlich schwache Volk der Weißen vorgehen zu müssen. Man solle sie ruhig kommen lassen und werde sie dann bekämpfen, wenn es nötig werden würde.

Anna und ihre Männer hatten einen verärgerten, ungehaltenen Little Crow angetroffen, der immer noch nicht zur Aufgabe bereit gewesen war. Er würde nach Norden gehen und bei seinen Freunden, den Briten um Hilfe gegen die Amerikaner bitten. Es war so, wie es von den Kundschaftern berichtet worden war: Little Crow rief immer noch zum Aufstand gegen die Weißen.

Anna hatte gewusst, dass dies der letzte Versuch des großen

Häuptlings sein würde, sich der Übermacht des weißen Mannes entgegenzustellen. Sie war sich sicher gewesen, dass er von den Briten keinerlei Unterstützung zu erwarten hatte, wollte aber auch nicht gegen den Versuch stimmen.

Die Dakota hatten ihr die Beteiligung an den Ratsversammlungen versagt und so wurde sie erst im Nachhinein von den Santeehäuptlingen über die Beschlüsse des Rates informiert. Obwohl vielen im Lager klar gewesen war, dass ihr mittlerweile mehr Krieger folgten als einigen der angestammten Häuptlinge, wurde sie von den meisten der Stämme immer noch nicht als Führerin akzeptiert.

Darauf aber war sie auch zu keinem Zeitpunkt aus gewesen. Ihr ging es weder um Macht, noch um Anerkennung. Weder hatte sie dafür geworben ihr zu folgen, noch hatte sie jemals versucht, die Machtbefugnisse eines anderen in irgendeiner Weise infrage zu stellen. Alles, was sie tat, wurde ihr von ihrem Verantwortungsbewusstsein, ihrer Dankbarkeit und der Liebe zu diesem Volk diktiert. Sie hatte echte Freundschaften gefunden und die Männer Dark Clouds waren ihr nach dessen Tod wie selbstverständlich gefolgt. Eine Tatsache, die sie oft selbst nicht verstand.

Zu den Männern ihres Freundes hatten sich bald weitere gesellt. Viele aus der Gruppe des ebenfalls gefallenen Häuptlings Mankato waren unter ihnen. Sie suchten die Weiße Krähe, bereit, ihr Leben für sie zu lassen. Vereinzelt widersetzten sich Krieger auch dem Befehl ihrer Anführer, wenn diese sich für einen Weg mit, statt gegen den weißen Mann entschlossen hatten. Eine Entscheidung, die ihnen zur Freiheit verholfen hatte, denn ihre Häuptlinge waren letztendlich genauso in dem Internierungslager bei Fort Snelling gelandet, wie diese, die sich den Soldaten entgegengestellt und im Kampf gefangen genommen worden waren. Sie alle würden später in ein bewachtes, karges und unbewaldetes Stück Land am westlich gelegenen Crow Creek umgesiedelt werden.

Immer wieder hörte sie die Menschen von dem Zauber der Weißen Krähe sprechen. Die Männer, die ihr folgten, hatten sich ihr aus freien Stücken angeschlossen und es wurden immer mehr.

Sie redeten offen über die Visionen, von denen Dark Cloud seinen Männern berichtet, über die er aber nie persönlich mit Anna gesprochen hatte. Ihr Freund war ein großer Mann gewesen, ein Führer, den das Schicksal viel zu früh mit dem Tode bedacht hatte.

Anna wollte der ihr zugewiesenen Rolle und Verantwortung gerecht werden. Die Krieger folgten ihr bedingungslos. So hatte sie fast Mühe gehabt, die Gruppe, mit der sie zurück nach Minnesota gehen wollte, auf nur sieben Männer zu beschränken.

Langsam begann es dunkel zu werden. Anna verließ ihren Beobachtungsposten und kehrte zu den im Wald ruhenden Kriegern zurück. Schweigend, einem unausgesprochenen Befehl folgend, versammelten sich die Männer sofort um ihre Führerin und erwarteten ihre Anweisungen. Nachdem Anna beobachtet hatte, dass der junge Bursche offensichtlich damit beschäftigt war, auf der Rückseite des halbfertigen Gebäudes neue Balken und Bretter für den Bau zu bearbeiten, hoffte sie darauf, er würde zu einem späteren Zeitpunkt noch einmal dahin zurückkehren, um Werkzeuge und Material aufzuräumen. Nachdem der Alte seine Leute zum Essen gerufen hatte, war einfach alles an Ort und Stelle liegen gelassen worden. Zusammen mit Creeping Wolf machte sie sich nun auf den Weg, um hinter der neuen Scheune, in dem angrenzenden Waldrand Stellung zu beziehen. Sie hatten einen Leinensack geleert, in dem Vorräte verstaut gewesen waren und legten sich auf die Lauer. Die anderen Krieger nahmen ebenfalls, jeweils zu zweit, die Gebäude ins Visier und versteckten sich in den Sträuchern und Bäumen um das Wohnhaus. Bevor Anna das Signal zum Angriff geben konnte, musste der Junge unschädlich gemacht werden.

Laute Stimmen und Lachen war aus dem Gebäude zu hören, wo sich die Männer um McFee zum Essen zurückgezogen hatten. Das Warten war fast unerträglich, dennoch bewahrten sie Ruhe.

Plötzlich öffnete sich die Tür, aber zu Annas Enttäuschung trat der dämliche John auf den Vorplatz hinaus. Er rülpste laut, lachte und begab sich torkelnd mit einer Flasche in der Hand zu einem kleinen Holzverschlag, unter dem sich offensichtlich die Versitzgrube befand.

Kaum war er darin verschwunden, sprang einer der Krieger lautlos aus dem Geäst des Baumes, der dem Verschlag am nächsten gelegen war und lief, bewaffnet mit Pfeil und Bogen, in gebückter Haltung zu den Sträuchern hinter dem für die Notdurft errichteten Holzhäuschens.

Im selben Moment war er auch schon nicht mehr zu sehen.

Wieder öffnete sich die Tür des Wohnhauses und heraus trat der junge Bursche, der von Anna und Creeping Wolf nahezu sehnsüchtig erwartet wurde. Tatsächlich ging er in Richtung der Baustelle.

»Hey! Bleib da und trink was. Das Zeug brauchste morgen doch eh wieder!«, rief ihm Dave hinterher, als auch er sich kurz am Eingang des Hauses blicken ließ.

»Is' nicht mein Ding«, antwortete der Bursche, »hat ein Heidengeld gekostet, das Werkzeug. Zuerst wird aufgeräumt, dann gefeiert.«

»Ach!«, stieß Dave hervor und verzog sich mürrisch zurück ins Haus.

»Feiern ohne Weiber ... so'n Scheiß ...«, hörte ihn Anna noch prahlen.

Der Junge kam direkt auf sie zu und begann die Werkzeuge einzusammeln, die kreuz und quer verstreut auf dem Boden lagen. Mittlerweile war es fast dunkel und er hatte alle Mühe, die Gegenstände, nach denen er suchte, zu identifizieren.

Anna gab Creeping Wolf ein Zeichen und sie begannen, sich von hinten an den Mann heranzuschleichen. Sie hob einen größeren Stein vom Boden auf und als sie nur noch wenige Meter vom Rücken des jungen Mannes entfernt waren, schleuderte sie ihn in Richtung Haus. Mit einem lauten Plumpsen fiel der Stein auf den staubigen Boden des Vorplatzes. Sofort richtete sich der Bursche auf und sah in die Richtung, aus der er das Geräusch vernommen hatte. In dem Moment stülpte ihm Creeping Wolf den Leinensack über den Kopf, riss ihn zu Boden und legte seinen Ellbogen im Würgegriff um den Hals seines Opfers. Schnell war Anna zur Stelle, drückte die Arme des Gefangenen nach hinten und begann die Hände hinter dem Rücken des Jungen zusammenzubinden. Creeping Wolf musste fester zudrücken, um den Mann am Schreien zu hindern. Ihr Opfer wehrte sich verzweifelt, strampelte mit seinen Beinen und schlug wild um sich. Dann, Anna wollte die Schlinge, die sie um seine Handgelenke gelegt hatte eben mit einem festen Ruck zuziehen, schlug er mit seinem Kopf heftig nach hinten und traf Creeping Wolf mit einem harten Schlag seines Hinterkopfes direkt im Gesicht. Benommen lockerte der Krieger seinen Griff und so gelang es dem Burschen, auch der Fesselung zu entgehen. Er riss seine Arme nach vorne, schlug blind in die Richtung, in der er den zweiten Angreifer vermutete und traf Anna am Oberarm. Noch bevor diese richtig registrierte was geschah, hatte er sich bereits den Leinensack vom Kopf gerissen und sah sie an.

»Indianer«, stammelte er keuchend und völlig außer Atem, bevor er Luft holte, um zu einem Schrei anzusetzen.

»In ...«, zu mehr war er nicht mehr in der Lage gewesen, als er von Creeping Wolf mehrmals das Messer in den Rücken gestochen bekam.

»Dave? Warst du das?«, ertönte die Stimme Johnnyboys aus dem Bretterverschlag. »Hey! Was'n da drauß'n los?«

Mit einem Krachen flog die Tür des Farmhauses auf und Dave erschien mit einer Flinte im Arm auf der kleinen Veranda, die wohl als Vorbau den Eingangsbereich des Hauses aufwerten sollte.

»Greg?«, rief Dave. »Alles in Ordnung?«

John trat nur in Unterhosen bekleidet aus dem Klohäuschen heraus und starrte zu Dave, als im nächsten Moment ein Pfeil dessen Hals durchbohrte. Röchelnd, mit schmerzverzerrtem, ungläubigem Blick ließ sich Dave auf seine Knie fallen, kippte mit seinem ganzen Gewicht nach vorne und stürzte über die Verandatreppe hinunter.

Sofort entstand eine große Blutlache um Hals und Kopf des Toten.

»Dad!«, schrie nun John McFee hysterisch. »Dad! Wir werden überfallen!«

Mit seinen Hosen in der linken Hand fing er an, in Richtung des Wohnhauses zu laufen, um sich in Sicherheit zu bringen, wurde aber bereits nach wenigen Schritten von hinten angesprungen und zu Boden geworfen. Einer der Krieger hatte sich auf ihn gestürzt. Er wimmerte und hustete durch den aufgewirbelten Staub, der in seine Lungen drang. Gleich darauf wurde er herumgerissen, so dass er mit dem Rücken auf dem Boden lag. Er starrte in das wutentbrannte Gesicht einer Rothaut, die ihn angegriffen hatte und nun bereits auf ihm saß. Ein Schlag mit der Faust des Kriegers, der ihm die Nase brach, raubte ihm das Bewusstsein.

Anna und die anderen Krieger liefen nun mit schnellen Bewegungen auf das Haus zu. Sie erreichte die Veranda als Erste und als sie von innen Schritte auf die noch geschlossene Tür zutrampeln hörte, lehnte sie sich hastig mit dem Rücken an die Wand.

Martin war der Nächste, der sich blicken ließ. Bewaffnet mit einem Revolver, den er in der Hand hielt. Hinter ihm erklang die Stimme des Alten: »Verdammte Scheiße! Was ist los da draußen? Habt ihr alle zu viel gesoffen?«

»Bleib zurück, Malcolm, und hol dir ein Gewehr!«, befahl Martin, als er die Tür öffnete und aus dem Haus sprang. Anna stand direkt hinter ihm. Noch bevor der Mann in der Lage war die Situation zu erfassen, hatte sie ihm bereits die Klinge ihres Messers an die Kehle gelegt und verletzte seine Haut. Er erstarrte und gab keinen Ton von sich.

»Fallen lassen!«, flüsterte Anna.

Polternd fiel der Revolver auf den hölzernen Boden der Veranda.

Die Krieger erklommen lautlos die Stufen und drangen ins Haus ein.

Der Schuss eines Gewehres löste sich und zerriss die Stille des Abends. Glas zersplitterte.

»Ihr miesen, dreckigen Rothäute«, erklang die Stimme des Alten.

McFee wurde im Inneren des Hauses überwältigt, während Creeping Wolf und Yellow Moon sich um Martin kümmerten, ihn zu Boden zwangen und seine Hände auf den Rücken banden.

Erleichtert stellte Anna fest, dass durch den Schuss niemand verletzt worden war. Die Krieger waren dem Schuss des Alten ausgewichen.

McFee war bereits entwaffnet worden und saß schimpfend und fluchend in einem Schaukelstuhl. Sein enormer Bauch hing über den Hosenbund seiner fettigen, vor Dreck starrenden Hose. Sein Hemd war zerrissen und ebenfalls über und über mit Flecken bedeckt.

Anna sah sich um. So neu und gepflegt das Haus von außen auch aussehen mochte, so dreckig und verwahrlost sah es im Inneren aus.

Und das passte auch. Diese Männer waren Abschaum. Überall lagen und standen leere Flaschen herum. Zum Teil in Scherben. Essensreste und schmutziges Geschirr stapelten sich auf dem Tisch, überall auf dem Boden verstreut lagen Reste von Zigarren und Tabak. Der Geruch von gebratenem Fleisch mischte sich mit dem von Kaffee, Schweiß und Moder. Im hinteren Eck des Raumes lagen zwei Strohmatratzen am Boden. Die Tür zu einem weiteren, kleineren Raum, in dem ein Bett und eine Kommode zu sehen waren, stand offen. Auch hier lag eine weitere Strohmatratze am Boden, zusammen mit verdreckten Kleidungsstücken und abermals halbleeren Flaschen mit einer bräunlichen Flüssigkeit darin.

»Was wollt ihr von uns, ihr Dreckschweine«, rief der Alte. »Hey, Squaw! Komm her, kannst mich lutschen! Miststück!«

Jetzt brachten die Krieger John und Martin ins Haus, beide mit auf den Rücken gebundenen Händen und jeweils einem Messer an der Kehle.

»Was zum Teufel ...?«, begann McFee, wurde aber von Anna unterbrochen.

»Du weißt nicht wer ich bin, alter Mann?«

Verdutzt und verwirrt starrte er sie an.

»Kann mich nicht erinnern, dich schon gefickt zu haben, du Göre. Wär' aber mit Sicherheit ein Spaß gewesen.«

Anna öffnete das Band, welches ihre Haare zu einem langen Zopf zusammengehalten hatte. Sie schüttelte die Haare nach vorne und strich sie dann wieder nach hinten aus ihrem Gesicht.

»Es ist ziemlich genau drei Jahre her, dass wir uns zum ersten Mal begegnet sind. Ich habe dich, deine Söhne und deine Gefolgsleute nie vergessen, McFee.«

Jetzt wirkte der Alte verunsichert.

»Ihr habt uns überfallen und behauptet, wir hätten eure Pferde stehlen wollen. Klingelt es jetzt irgendwo? Dann habt ihr meinen Vater verurteilen und aufhängen lassen in der Stadt, obwohl ihr genau wusstet, dass er unschuldig war.«

McFee wurde blass.

Johnnyboy, der mittlerweile wieder bei Bewusstsein und von einem der Krieger ins Haus gezerrt worden war, gab ein Grunzen von sich, als er schrie: »Die Schlampe, Dad. Die Robert auf'm Gewissen hat. Das ist sie!«

Blut tropfte aus seiner Nase auf den hölzernen Fußboden.

Die Augen des Alten verformten sich zu engen Schlitzen und blanker Hass starrte ihr entgegen.

»Du Drecksau, hast meinen Sohn auf dem Gewissen.«

Anna sah sich um und richtete ihren Blick nach oben. Dann gab sie den Kriegern einen Befehl auf Sioux, den die anderen nicht verstehen konnten. Einer der Krieger verließ den Raum.

›Ich muss an das Schießeisen von Malcolm rankommen, drüben auf der Kommode. Irgendwie muss ich es schaffen.‹

»Martin, richtig?«, fragte Anna, an den Gehilfen McFees gewandt. Es waren seine Gedanken, die sie eben laut und deutlich vernommen hatte. Ruhigen Schrittes trat sie in den Nebenraum und kam kurz darauf mit dem Revolver in der Hand zurück, der unter einem schmutzigen Hemd auf der Kommode gelegen hatte. Sie sah ihm direkt in die Augen und gab die Pistole an Yellow Moon weiter, der den Alten mit dessen eigener Flinte in Schach hielt. Ein Lächeln umspielte ihre Mundwinkel.

›Verdammt! Wie hat sie das gewusst?‹, kommentierte der dem Tode Geweihte in Gedanken.

»Martin?«, wiederholte sie ihre Frage.

»Ja, Martin. Was tut's zur Sache?«

»Nun, ich finde schon, dass ich wissen sollte, mit wem ich es zu tun habe, wenn du gleich um dein Leben kämpfst.«

»Ihr wollt kämpfen?«, schoss es aus ihm heraus, da er offensichtlich eine Chance witterte.

»*Du* wirst kämpfen«, antwortete Anna knapp und ergötzte sich dabei an der Unsicherheit und Angst, die in seinen Augen abzulesen war.

Der Krieger kam ins Haus zurück. Über seinem Arm hingen zwei dicke Seile.

Während die beiden jüngeren Männer immer noch die Messer der Krieger an ihren Kehlen spürten, wurde McFee zusehends unruhiger, als er beobachtete, wie einer der Krieger zwei große Schlingen knüpfte und die Stricke anschließend über den stabilen Dachbalken im Inneren des Raums warf.

»Was habt ihr vor, ihr verdammten, roten Schweine?«

»Gerechtigkeit, alter Mann. Es wird euch Gerechtigkeit widerfahren.«

Dem folgte ein kurzer, lauter Befehl, den Anna wiederum in der Sprache der Sioux an ihre Mitstreiter richtete. Die beiden Gefangenen wurden nach vorne gestoßen.

»Wagt es nicht ...«, fauchte McFee, immer noch in seinem Schaukelstuhl ins Visier genommen.

Schon wurden den beiden jungen Männern die Schlingen um den Hals gelegt, zugezogen und sofort rissen jeweils zwei Krieger an den Seilen, so dass die beiden nach oben gezogen und durch ihr eigenes Körpergewicht stranguliert wurden.

»Ihr Bestien!«, schrie McFee in weinerlichem Tonfall und wollte sich spontan aus seinem Stuhl erheben. Ein harter Schlag mit dem Gewehrkolben beförderte ihn zurück. Er stöhnte vor Schmerz und war im Begriff, das Bewusstsein zu verlieren. Anna gab ein Zeichen und die Krieger ließen die beiden Gepeinigten herunterfallen. Keiner der beiden war in der Lage, sich auf den Füßen zu halten. Sie krachten auf den Boden und jappten würgend nach Luft. Sie husteten und Speichel lief ihnen aus dem Mund. Aus Johns Nase ergoss sich ein Schwall seines Blutes über die Dielenbretter.

Creeping Wolf verließ den Raum nach draußen und kam mit einem Eimer Wasser zurück, den er dem Alten mit einem Schwung ins Gesicht schüttete. Er sollte anwesend sein, bei vollem Bewusstsein. Er sollte seinen Sohn und seinen Gefolgsmann sterben sehen.

Jetzt klang die Stimme des Alten flehend und wimmernd: »Bitte, lasst meinen Sohn. Ihr wisst nicht, was ihr mir antut.«

Anna nickte den Kriegern zu, woraufhin diese die Seile wieder strammzogen und die Körper der Männer abermals etwa einen halben Meter über dem Boden baumeln ließen. Die Augen ihrer Opfer traten hervor, während die Seile ihnen tiefe Schürfwunden in die Hälse schnitten.

»Sieh gut zu, alter Mann. Deine Brut wird sterben. Hier und jetzt.«

Die Männer strampelten und zuckten wie wild mit den Beinen. Anna konnte keinerlei Gedanken der Sterbenden erfassen. Setzte ihre Gabe bei sich im Todeskampf befindlichen Personen aus?

Sie sah dem alten McFee ins Gesicht, dessen Augen sich nun mit Tränen füllten.

»Bitte, habt Erbarmen ...«

Ein großer nasser Fleck bildete sich zwischen den Beinen Johnnyboys und es begann nach Kot zu riechen, als die Zuckungen des jungen Mannes verebbten und seine, jetzt blaue Zunge, aus dem Mund hervortrat. Eine deutliche Ausbeulung war in seinen Unterhosen zu sehen, die sich über sein erigiertes Geschlecht spannte.

Martins Kampf dauerte noch etwas länger, aber schließlich bepinkelte sich auch er. Aus seinen weiten Hosenbeinen tropfte Urin auf den Boden, als die Zuckungen nachließen und er reglos an dem Seil hin und herzupendeln begann.

McFee weinte mittlerweile. Ein gebrochener Mann. Mit gesenktem Kopf saß er in seinem Stuhl und schluchzte.

Dann hob er seinen Kopf und sah Anna direkt in die Augen. Wieder verformten sich seine Augen zu Schlitzen, Tränen liefen über seine Wangen und versickerten in seinem langen, grauen, ungepflegten Bart. Wieder flammte der pure Hass in ihm auf.

Er setzte gerade an, um etwas zu sagen, als Anna mit einem hastigen Schritt auf ihn zuging, ihr Messer zückte und ihm in einer schnellen Bewegung die Kehle durchschnitt.

Jetzt riss er die Augen weit auf. Ungläubig sah er sie an, völlig überrascht. Dann verklärte sich sein Blick und er starb. Sein Hemd durchtränkte sich mit Blut, während seine Arme rechts und links von den Stuhllehnen baumelten.

Anna hob das blutige Messer über ihren Kopf und stieß den schrillen Schrei des Sieges aus.

Noch in derselben Nacht verschnürten sie die Leichen der fünf Getöteten auf ihre Pferde und verließen die Farm der McFees. Obwohl die Pferde der Siedler von enormem Wert für sie gewesen wären, ließen sie, bis auf eines der Tiere, alle anderen bewusst in ihrer Umzäunung zurück. Kein Indianer würde nach einem Überfall die Pferde seiner Gegner zurücklassen. So waren sie wenigstens einigermaßen sicher, dass die Weißen nach anderen Gründen für das Verschwinden des alten McFees und seiner Leute suchen würden.

Sorgfältig hatten sie darauf geachtet, keine Spuren des Überfalls zurückzulassen. Die Blutflecke auf dem Fußboden waren bestmöglich entfernt worden, ebenso die Schleifspuren, welche entstanden waren, als sie die Leichen auf dem Vorplatz zusammengetragen hatten.

Anna hatte das durchschossene Fenster von außen eingeschlagen, indem sie eine Leiter in die Scheibe fallen ließ. Die Leiter hatte sie einfach im Fensterrahmen liegen lassen, sodass nichts mehr auf eine andere Ursache für die Scherben hindeutete. Das Pferd, das sie mitgenommen hatten, diente ihnen nun als Packtier. Außerdem, so hoffte Anna wenigstens, sollte es Zweifel darüber streuen, wer von den Männern die Farm auf seinem Pferd verlassen hatte und warum. Die Leute sollten sich die Frage stellen, warum der Reiter nicht in die Stadt gekommen war und warum er überhaupt spurlos verschwunden war. Es sollten Gerüchte über einen Streit entstehen, so würde niemand auch nur daran denken, einige Indianer könnten zurückgekommen sein und einen Überfall geplant haben. Die zurückgelassenen Pferde würden den endgültigen Beweis liefern, dass keine Indianer in einen möglichen Überfall auf die McFees verstrickt gewesen sein konnten.

Nach wenigen Stunden auf ihrem Weg nach Norden hoben sie mit den von der Farm entwendeten Schaufeln ein großes Loch aus. Unsanft wurden die Leichen der fünf hineingeworfen und das Loch wieder verschüttet. Niemand würde jemals auf den Gedanken kommen, sie hier zu suchen. Es würde ein ewiges, einsames Grab sein.

Anna und ihre Männer setzten ihren Weg zurück zum Devils Lake in gelöster, teils fröhlicher Stimmung fort. Sie übernachteten an den Ufern des Minnesota Rivers, jagten Kleinwild und gingen den Siedlungen und Forts der Weißen weiterhin im großen Bogen aus dem Weg.

Einige der Krieger sprachen sie immer wieder auf Will an, ob sie ihm folgen würde und brachten ihre Besorgnis zum Ausdruck, dass die Weiße Krähe sie verlassen und zu den Weißen zurückkehren könnte.

Der Zwiespalt wurde für Anna immer größer und unüberwindlicher. Sie liebte Will, konnte aber nicht sagen, ob sie in der Lage sein würde ihm zu folgen. Ein Leben ohne diese Menschen, die mehr als nur Freunde für sie geworden waren, das konnte und wollte sie sich nicht vorstellen. Außerdem konnte sie sich gerade jetzt, wo das gesamte Volk der Dakota im Begriff war, in eine ungewisse Zukunft aufzubrechen, nicht einfach wegdrehen und ihrer eigenen Wege gehen. Auch wenn sie es nie ausgesprochen hatte, sie hatte ihrem einzigen, wahren Freund auf dieser Welt ein Versprechen gegeben. Sie gehörte hierher. Dark Cloud würde es von ihr erwarten.

Gegen Ende Juni trafen sie im großen Lager am Devils Lake ein.

Wie sie erfuhren, waren Little Crows Hilfsgesuche bei den Kanadiern nicht gehört worden. Zusammen mit Shakopee und Medicine Bottle, deren Ansehen und Einfluss immer noch ungebrochen war, war er nach Kanada gezogen, um Verhandlungen mit den dort ansässigen Weißen zu führen. Der Häuptling, der die Kanadier tatsächlich immer noch als Verbündete angesehen hatte, musste diesbezüglich aber eine schwere Enttäuschung erleben. Alles, was die Kanadier getan hatten, war, ihn mit ausreichend Proviant zu versorgen. Ein Aufenthaltsrecht war ihm als Anführer des Aufstandes in Minnesota versagt geblieben. Anders, als den beiden anderen Häuptlingen. Medicine Bottle, wie auch sein Freund Shakopee, war in Kanada geblieben, während Little Crow zunächst zum Lager am Devils Lake zurückgekehrt war. Nach kurzem Aufenthalt im Lager der Teton war er zusammen mit einer Gruppe von Kriegern und seinem Sohn Wawinapa in Richtung Süden, zurück nach Minnesota aufgebrochen. Sein Ziel, so erzählten die Menschen im Lager, sei es, Pferde zu besorgen, um sich dem Leben der Prärieindianer anzupassen. Little Crow war dabei, den Kampf niederzulegen.

Anna war auf der einen Seite wie vor den Kopf gestoßen, erkannte aber andererseits die Möglichkeit auf Frieden. Außerdem sah sie eine wirkliche Chance, mit Will ein neues Leben zu beginnen. Würde Little Crow die Waffen niederlegen und sich den Stämmen des Westens anschließen, so bestand die, wenn auch geringe Hoffnung, dass auch die Weißen sich zurückziehen und von einer weiteren Verfolgung absehen würden. Für den Moment aber konnte sie nichts anderes tun, als wie alle anderen auf Little Crows Rückkehr zu warten und so folgten Tage der Ruhe. Endlich war es ihr gelungen, ihrer

Trauer um ihren Freund Dark Cloud und der vielen anderen gefallenen und hingerichteten Gefährten Ausdruck zu verleihen. Einige der Getöteten waren ihr wie eigene Familienmitglieder ans Herz gewachsen.

Anna verließ das Lager allein und machte sich auf die Suche nach ihrer spirituellen Kraft. So, wie sie einst mit ihrem Freund durch das Land seiner Vorfahren gezogen war, in endlosen Gesprächen oder einträchtiger Schweigsamkeit vereint, so suchte sie auch jetzt die Einsamkeit. Viele der Antworten, auf deren Suche sie war, waren in ihrem Inneren zu finden. Wie früher wollte sie eins werden mit ihrem Geist, ihrer Seele und ihrem Körper.

Sie würde die Antworten in Visionen finden.

-

Von hoch oben blickte sie auf das Tal hinab, in dessen Mitte sich ein Fluss in schlangenförmigen Windungen den Weg hinab in die tiefer gelegenen Ebenen bahnte. Die Sonne stand hoch am Himmel und die Schatten der Bäume warfen dunkle Flecken auf die Landschaft unter ihr. Instinktiv fragte sie sich, wie sie so weit nach oben gekommen war und warum sich kein Schwindelgefühl einstellen wollte. Sie verkrampfte ihre Zehen, wissend, dass diese für einen sicheren Halt auf dem Geäst sorgen würden, solange sie um ihr Gleichgewicht bemüht war. Was war nur geschehen?

Sie konnte sich nicht erinnern, auf einen Baum geklettert zu sein. Und schon gar nicht bis so weit nach oben. Panik stieg in ihr auf. Sie konzentrierte sich und sah ein weiteres Mal vorsichtig nach unten. Dort! Unten ... bewegte sich etwas durch das Dickicht des Laubwaldes unter ihr. Es waren Gestalten, Menschen, die sich im Schutz der Bäume und Sträucher fortbewegten. Krieger, aber keinesfalls Sioux.

Sie schlichen durchs Unterholz, pirschten sich an ein Opfer heran, offensichtlich waren sie auf der Jagd. Aber sie trugen keine Gewehre.

Anna beugte sich etwas nach vorne, um die Jäger weiter beobachten zu können, die sich nun mit schnellen, lautlosen Schritten aus ihrem Sichtfeld bewegten. Der Ast unter ihr bewegte sich im Wind und Anna erschrak, als sie erkannte, dass sich das Geäst unter ihrem

Gewicht zu biegen begann. Nein! Wie konnte das sein, dass sie von diesem viel zu dünnen Ast überhaupt getragen worden war? Sie kippte vorn über, es war zu spät. Sie würde unaufhaltsam in die Tiefe stürzen. Sie schrie, aber ihrer Kehle entrang sich nur ein scharfes, undefinierbares Krächzen. Laut wurde das Echo durchs Tal getragen und von der vor ihr aufragenden Felswand zurückgeworfen.

Verzweifelt versuchte sie ihre Arme auszustrecken, mit ihren Händen nach irgendeinem Halt zu greifen, stellte aber zu ihrem Entsetzen fest, dass ihre Hände, ihre Finger ihr den Dienst versagten. Erstmals drehte sie nun den Kopf, während sie bereits dabei war nach vorne zu fallen.

Sie hatte keine Hände! Keine Arme.

Anstelle ihrer Arme breiteten sich zwei schneeweiße, große Flügel aus, die das Gewicht ihres Körpers auffingen und nach oben trugen. Sie flog!

Wieder entrang sich ihrem Hals dieses kehlige Krächzen, als sie über die Baumwipfel hinweg glitt, indem sie die warmen Winde für eine Aufwärtsbewegung nutzte. Verdutzt stellte sie fest, dass sie wusste, was sie tat. Sie *konnte* fliegen.

Ihr Herz schlug wie wild, als sie in einem elegant geschwungenen Bogen über das tief unter ihr liegende Tal hinweg segelte.

Konnte das sein?

Plötzlich erblickte sie einen Krieger der Sioux, der mit verschränkten Beinen auf einem der großen, am Flusslauf liegenden Felsen saß und sich offensichtlich in Trance befand. Sie erkannte den Mann aus der Entfernung nicht, ließ sich aber kontinuierlich nach unten gleiten.

Mit einem Krähen glitt sie an ihm vorüber und sah sein Gesicht.

Nein, sie kannte den Mann nicht.

Klar erkennbar war dennoch, dass er einer der heiligen Männer seines Stammes sein musste. Er strahlte eine Art erhabene Würde aus.

Gerade als ihr ein warmer Luftzug unter das Gefieder fuhr und sie wieder nach oben tragen wollte, drangen drei Gestalten aus dem Dickicht. Es mussten Krieger der Winnebago sein, eines Volkes, das zwar die Sprache der Sioux, nicht aber deren Lebensweise teilte. Viele Winnebagos hatten sich in den Dienst der US Armee gestellt, so wie diese drei Krieger auch. Es war eindeutig an ihrer Kleidung zu erkennen, die zum Teil aus Armeebeständen stammte und mit Sicherheit nicht gestohlen war. Die drei bewegten sich in gebückter Haltung auf den heiligen Mann der Sioux zu. Der Krieger gab keinerlei Regung zu erkennen. Offenbar war er sich der nahenden Gefahr nicht bewusst. Die Krieger der Winnebago trachteten ihm nach dem Leben.

Mit ein paar kräftigen Flügelschlägen näherte sie sich dem Siouxkrieger. Als sie direkt auf ihn zusteuerte und gerade zu einem warnenden Schrei ansetzen wollte, öffnete der Mann seine Augen und blickte ihr direkt in die ihren.

Mit einem Ruck wurde Anna aus dem Traum gerissen!

Sie atmete schwer und stützte sich auf ihre Ellbogen. Schweiß lief ihr von der Stirn. Hoch über ihr war der warnende Schrei einer Krähe zu hören. Sie rieb sich mit zittrigen Fingern die Augen und versuchte einen klaren Gedanken zu fassen. Wo war sie?

Richtig, sie hatte das Dorf am Devils Lake verlassen und war nach Norden geritten. Zwei Tage lang.

Aber hier? Es war helllichter Tag! Warum war sie eingeschlafen?

Sie erinnerte sich, dass sie sich an den Bach gesetzt und etwas Wasser getrunken hatte. Sie hatte die Natur um sich herum beobachtet und sich irgendwann mit dem Rücken in das hohe Gras fallen lassen. Die Müdigkeit musste sie übermannt haben.

Aber ... dieser Traum. Sollte er eine tiefere Bedeutung haben? Der Zusammenhang war klar: eine weiße Krähe. *Sie* war die Weiße Krähe.

Jetzt im Nachhinein betrachtet war es schön gewesen, sich frei wie ein Vogel zu fühlen und sich die Lüfte zu eigen machen zu können. Es war ein herrliches Gefühl gewesen, wenn man von der Panik absah, die dem eigentlichen Fliegen vorangegangen war. Den Krieger der Sioux hatte sie noch nie in ihrem Leben gesehen, dessen war sie sich sicher. Er hatte ein zu markantes Gesicht gehabt, um es vergessen zu können und Anna hatte ein sehr gutes Gedächtnis, was Gesichter betraf. Sie erhob sich, trank noch einmal aus dem Bach und ging zurück zu ihrem Pferd, dass sie an einen der niedrigen Äste gebunden hatte. Sie schien Freude in den Augen des Tieres zu erkennen, als sie das Dickicht am Wasserlauf verließ und die Reitdecke über den kräftigen Rücken ihres Pferdes legte.

So sehr sie sich auch bemühte, nicht weiter über diesen Traum nachzudenken, es gelang ihr nicht. Die Bilder verfolgten sie noch den ganzen Tag.

-

Nach acht Tagen kehrte Anna in das Lager der Dakota am Devils Lake zurück. Die Freude über ihre Rückkehr schlug bei einigen der Krieger in echte Erleichterung um, als sie zu Fuß, ihr Pferd an den Zügeln führend, das Lager betrat.

Anna wusste um ihre Verantwortung und die Erwartungen der Menschen, die in ihr eine spirituelle Führerin sahen.

Die Geschichte von dem Rachefeldzug gegen die McFees hatte in ihrer Abwesenheit die Runde gemacht. Die Tatsache, dass sie das Lager anschließend alleine verlassen hatte, um, wie sie nun von allen Seiten zu hören bekam, »den großen Geist um Visionen zu bitten«, vergrößerte ihr Ansehen bei diesen Menschen noch einmal um ein Vielfaches. Selbst von vielen Häuptlingen und Kriegern der anderen Stämme wurde sie jetzt als Weiße Krähe und heilige Frau der Dakota anerkannt.

Nach weiteren vier Tagen, in denen sie sich wie alle anderen Frauen im Dorf bei den anfallenden Arbeiten nützlich gemacht, Tipis genäht und Werkzeuge aus Büffelknochen hergestellt, für die Zubereitung des Essens und das Trocknen von Büffelfleisch gesorgt hatte, geschah das Unerwartete. Es traf die am Devils Lake versammelten Dakota wie ein Schlag, als Little Crows Sohn Wawinapa alleine von dem Vorhaben des Pferdestehlens in Minnesota zurückkam und berichtete, wie sein Vater von zwei Siedlern erschossen worden war, als sie sich im Wald beim Beerenpflücken befunden hatten.

»Sie haben einfach geschossen. Ohne Vorwarnung, ohne Grund.«

Mit Tränen in den Augen erzählte der junge Wawinapa, wie sein Vater bereits von dem ersten Schuss getroffen worden war und trotzdem sofort zurückgeschossen hatte. Dann war eine weitere Kugel in seine Seite eingedrungen. Little Crow war zu Boden gegangen und in den Armen seines Sohnes gestorben, kurz nachdem dieser ihm noch einen Schluck Wasser zu trinken gegeben hatte.

»Ohne Grund!«, Anna war außer sich. Wawinapa schien in seinem Schock vergessen zu haben, dass Skalpprämien ausgesetzt worden waren. Jeder Indianer, der sich in Minnesota frei bewegte, war zum Töten freigegeben worden. Es war ein Geschäft für die Männer, die auf Indianer, egal ob Männer, Frauen oder Kinder, regelrecht Jagd machten. Weiter berichtete er, dass sich eine größere Anzahl Soldaten auf dem Weg nach Norden befand. Seiner Aussage nach hatte er die Einheiten auf seinem Weg hierher überholt. Sie konnten sich nur wenige Tage hinter ihm befinden.

Während die Häuptlinge zur Ruhe mahnten und beschwichtigend darlegten, es seien noch keine Späher mit ähnlichen Nachrichten zurückgekehrt, verbreitete sich Angst im Dorf. Man konnte es deutlich in den Gesichtern der Menschen sehen, an den Kriegern, von denen viele ihre Waffen bereitmachten und den Vorbereitungen, die auf eine mögliche, schnelle Flucht hindeuteten.

Noch am Abend bestätigte sich die Aussage Wawinapas, als die ersten Späher ins Dorf zurückkehrten und von den anrückenden Truppen unter ihrem Führer Sibley berichteten. Die Einheiten der Armee würden in weniger als sechs Tagen den See erreichen.

Sibley!

Anna war schockiert. Sie konnte sich gut an die Ausstrahlung des Mannes erinnern, als sie ihm bei der Übergabe von Little Crows Botschaft in Fort Ridgely direkt in die Augen geblickt hatte. Es waren kalte Augen gewesen. Der Colonel hatte stolz gewirkt. Überheblich.

Sibley konnte unmöglich bereits über den Tod Little Crows informiert worden sein. Die Frage war eher: Hatten die schießwütigen Siedler überhaupt gewusst, dass sie den Oberhäuptling der Santee-Dakota erschossen hatten? Wahrscheinlicher war, dass sie nur seinen Skalp genommen hatten und die Leiche achtlos im Wald liegen geblieben war. Bei diesem Gedanken stieg wiederum Wut in Anna auf.

Der große Häuptling Little Crow, ermordet und liegengelassen in einem Waldstück zwischen Armeeposten und Farmen der Siedler.

Plötzlich befand sich das Dorf in reger Aufbruchsstimmung. Menschen liefen geschäftig durcheinander, Kinder schrien und Pferde wurden zu den Tipis geführt. Die Häuptlinge und Führer riefen ihren Leuten gezielte Anweisungen zu. Das gesamte Dorf würde sich bereits am nächsten Morgen auf den Weg machen, während über zweihundert Krieger die Soldaten in Gefechte verwickeln sollten, um Zeit zu gewinnen.

Anna und ihre Männer schlossen sich den kampfbereiten Gruppen an. Gemeinsam verließen sie das Lager, ohne Pferde, und liefen ihrem Erzfeind Sibley entgegen.

****

Big Mound, Dakota Territorium, 24. Juli 1863

Es waren Tage des Kampfes. Sibley und seine Truppen waren nicht aufzuhalten. Alles, was Anna und die Häuptlinge mit ihren Kriegern tun konnten, war einen möglichst geordneten Rückzugskampf zu organisieren, der ihren Familien und Freunden die Zeit verschaffen sollte, nach Südwesten, in Richtung des großen Flusses auszuweichen.

Sibley war nicht in der Lage gewesen, mit der Geschwindigkeit der Fliehenden mitzuhalten. Zu viel schweres Material musste bewegt werden, zu viele Wagen. Außerdem hatte die Truppe mittlerweile auch einige Verwundete zu transportieren und zu versorgen. Trockenheit und Hitze forderten ebenfalls ihren Tribut.

Die gezielten, schnellen Angriffe der Indianer sollten den anfangs immer näher heranrückenden Feind wie Nadelstiche treffen, ihn ständig wach und auf der Hut sein lassen. Ohne Pause, ohne Gnade.

Dabei hatten auch die Sioux einige Verluste hinnehmen müssen und auch Anna selbst war in die ein oder andere gefährliche Situation geraten. Sie hatte einen Streifschuss am linken Arm abbekommen und mehrere geprellte Rippen, was sie aber nicht davon abhielt, weiterhin mit vollem Körpereinsatz auch in die Nahkämpfe zu gehen. Die Art und Weise, mit der Anna vorging, wenn sie sich auf feindliche Soldaten stürzte, gerade so, als würde sie nichts zu verlieren haben, brachte ihr bald den Ruf einer furchtlosen und mächtigen Kämpferin ein. Sie wurde mehr und mehr bewundert, für ihren Mut und ihren Kampfeswillen. Ihre Schnelligkeit, die Gelenkigkeit, welche der einer Raubkatze ähnelte und ihr Mut zu vollem Risiko überraschte ihre Gegner oft derartig, dass ihnen noch im selben Moment die Möglichkeit zur Verteidigung genommen wurde.

Viele der Soldaten hatten wahrscheinlich nicht einmal realisiert, dass es eine Frau war, die ihnen nach dem Leben trachtete.

Die ersten Überraschungsangriffe durch Anna und ihre Krieger hatten Sibleys Männer zunächst völlig unvorbereitet getroffen, trotzdem setzten die Soldaten, die auf ihrem Weg nach Norden bis dahin offenbar keinen einzigen Indianer zu Gesicht bekommen hatten, ihren Weg fort. Kundschafter berichteten nach einigen Tagen, dass Sibley nun nicht weiter nach Norden zu den Seen vorstoßen würde, was schlechte Nachrichten für die versammelten Stämme der Yanktons, Yanktonai und Santee bedeutete, denn die Lagerplätze am Devils Lake waren geräumt und alle Menschen auf der Flucht nach Südwesten.

Sibley errichtete ein Camp, in dem er alles Überschüssige an Material, ebenso wie die verwundeten Soldaten und verletzten Tiere zurückließ. Die Geschwindigkeit der Verfolgung würde also zunehmen.

Durch das Errichten des Lagers aber gewannen die Kriegshäuptlinge wertvolle Zeit und beschlossen, zu den anderen zurückzukehren, die sich mittlerweile weit unterhalb des Devils Lake befanden. Als Anna mit ihren Kriegern kurz vor Einbruch der Dunkelheit im Lager an einem nahegelegenen See ankam, war sie völlig erschöpft. Verfilzt hingen ihr die langen Haare in Strähnen vom Kopf, voller Staub und Sand. Sie ging zum See hinunter, entledigte sich ihrer Kleider und sprang kopfüber ins Wasser.

Erinnerungen.

Sie vermisste Will mehr, als sie sagen konnte.

Es war das erste Mal, dass sie wieder schwamm seit dem wunderbaren Erlebnis mit Will, als sie zusammen die unendliche Weite der Prärie durchquert hatten. Sie hätten genauso gut Mann und Frau sein können, auf dem Weg in eine ungewisse Zukunft im Westen. Um eine neue Heimat zu finden, eine Familie zu gründen und eine Farm zu bewirtschaften. So wie das weiße Siedler nun mal taten.

Sie tauchte tief hinab bis zum schlammigen Grund des Sees. Wasserpflanzen umspielten ihren nackten Körper und begleiteten sie auf ihrem Weg nach oben.

Luft!

Als Anna aus dem Wasser stieg, lächelten ihr die Männer offen zu. Niemand machte eine Bemerkung oder verhielt sich in irgendeiner Weise aufdringlich. Anna bemerkte, dass sie auch den ein oder anderen bewundernden, ja sogar sehnsuchtsvollen Blick empfing.

Sie reagierte mit überzeugter Gleichgültigkeit, legte sich eine der Decken um, die sie mit zum Wasser genommen hatte und verhüllte ihren Körper. Nachdem sie etwas gegessen hatte, legte sie sich schlafen. Sie schlief so fest, dass sie nicht einmal das Abfeuern einer Kanone der Soldaten aus dem Schlaf hätte reißen können.

Und sie träumte.

Wieder trugen sie ihre schneeweißen Flügel empor und sie flog über den Wipfeln der Bäume. Wieder waren es drei Angreifer, die sich auf den am Boden sitzenden heiligen Mann der Sioux zubewegten. Kleidung und Waffen des Mannes ließen vermuten, dass es sich um einen Krieger der westlichen Stämme handelte, die eigentlich jenseits des großen Flusses lebten. Sie spürte keine Angst mehr, denn sie kannte den Traum. Noch einige Male hatte sie ihn erlebt, seit dem ersten Mal, an diesem Nachmittag, als sie alleine unterwegs und an dem kleinen Bach nördlich des Devils Lakes eingeschlafen war.

Der nächste Morgen war ein strahlender Tag. Sibley und seine Truppen schienen aufgrund des Vorsprungs wie aus dem Bewusstsein der Menschen verbannt. Alles drehte sich nur um die bevorstehende Büffeljagd. Männer der Yanktonai, Krieger der Dakota und auch eine große Anzahl Oglalas und Hunkpapas, die den Fluss für die Jagd überquert und sich mit ihren Brüdern der großen Siouxfamilie vereint hatten, strebten der Ebene zu.

Anna sah zu, wie die Krieger hinausritten, in freudiger Erwartung der bevorstehenden Jagd. Sie selbst hatte nie an einer Büffeljagd teilgenommen, denn dies war Aufgabe der Männer. Nachdem die

Jäger das Lager verlassen hatten, stieg sie einen der angrenzenden Hügel empor. Sie wollte sie sehen: Büffel, die für diese Menschen seit Jahrtausenden die Lebensgrundlage bildeten. Diese mächtigen Tiere, die mit ihrem Fleisch für Nahrung, mit ihren Fellen und Häuten für Kleidung und Unterkunft, mit ihren Knochen für Werkzeuge und Gebrauchsgegenstände sorgten. Es waren erhabene, stolze Tiere. Auch wenn Anna sich eingestehen musste, dass sich ein gehöriger Sicherheitsabstand zu diesen furchteinflößenden Geschöpfen immer wieder als beruhigend erwies. Aus der Ferne betrachtet allerdings, ließ ihr der Anblick der riesigen Herde einen kalten Schauer über den Rücken laufen. Es bescherte ihr ein Glücksgefühl sondergleichen. Überall auf der Ebene waren Gruppen von Jägern auf ihren Pferden unterwegs. Die Männer waren mit Bögen bewaffnet, bereit, sich den Kolossen in den Weg zu stellen, sie in einer Hetzjagd auseinanderzutreiben und ihre Pfeile in die Körper der Tiere zu versenken.

Als die Jagd begann, setzte sich Anna im Schneidersitz auf den Boden und beobachtete die Szenerie. Sie wünschte sich, Will könnte bei ihr sein und diesen Moment des Glücks mit ihr teilen.

Wo mochte er sein? In Denver City, so wie er es geplant hatte?

Anna wusste, dass sie ihr Versprechen nicht so schnell würde einlösen können, denn noch war die Gefahr nicht gebannt. Noch wurden sie von den Truppen verfolgt und sie war sich sicher, dass die Armee der Vereinigten Staaten auch nicht aufgeben würde. Sie blickte hinab, erkannte die Lebensfreude der Menschen und war trotzdem mit ihren Gedanken in einer düsteren Vorahnung verstrickt, die sie regelrecht aus der Harmonie des Moments herauszureißen drohte. Auch wenn momentan nichts auf die heranrückenden Soldaten hinwies, Sibley war immer noch unterwegs und verfolgte sie, daran bestand kein Zweifel.

Unterhalb, auf der anderen Seite des Hügels, lag ihr Lager, das mit einer Größe von über sechshundert Zelten das größte Indianerdorf war, das Anna bisher gesehen hatte. Die Menschen erschienen ihr mit einem Mal zu arglos.

Tȟatȟáŋka Nážin, Standing Buffalo, ein Häuptling der Sisseton Dakota, der sich am Aufstand Little Crows nicht beteiligt hatte, sprach immer noch von Frieden und der Möglichkeit mit den Weißen zu verhandeln, was Anna bezweifelte. Sibley war nicht unterwegs, um zu verhandeln.

Als die Krieger am Abend von der erfolgreichen Jagd ins Lager zurückkamen, wurde aus Annas Befürchtung bittere Wahrheit. Sibleys über zweitausend Mann starke Armee war in einiger Entfernung gesichtet worden. Bevor Anna überhaupt die Möglichkeit gehabt hatte, mit wenigstens einem der führenden Häuptlinge zu sprechen, hatte Standing Buffalo bereits die Initiative ergriffen und war zu Verhandlungen mit den Weißen aufgebrochen. Anna schnappte sich Pfeil und Bogen und sprang auf ihr Pferd.

Sie machte sich so schnell sie konnte auf den Weg in Richtung der vermeintlichen Verhandlungsstätte, aber sie kam zu spät.

Auf einer der Anhöhen, Big Mound genannt, die sich etwa drei- bis vierhundert Meter entfernt vom geplanten Verhandlungsplatz befand, hatten sich einige Dakota mit einer Delegation von Scouts und Soldaten der Armee versammelt. Noch war alles friedlich.

Die Männer kannten sich offenbar und begrüßten sich freundlich.

Zumindest war es das, was Anna aus der Entfernung im Vorbeireiten zu erkennen glaubte. Sie wollte bei den bevorstehenden Verhandlungen zumindest anwesend sein und ritt wie der Teufel hinter der Delegation der Häuptlinge, angeführt von Standing Buffalo, her.

Plötzlich fiel ein Schuss. Dann noch einer und als Anna ihr Pferd an den Zügeln packte und herumriss, um sich dem Geschehen zuzuwenden, war bereits eine wilde Schießerei im Gange. Die Soldaten feuerten auf die Indianer und umgekehrt. Männer fielen in den Staub, andere ergriffen Hals über Kopf die Flucht. Die Schlacht begann so unvermittelt, dass auch die Armeeeinheiten völlig überrascht und unvorbereitet wirkten.

Anna sah, wie Standing Buffalo ebenfalls sein Pferd zügelte und die Flucht zurück in Richtung des Dorfes ergriff. Panisch liefen nun von allen Seiten Krieger in Richtung Dorf, um ihre Familien zu schützen. Vor ihnen wurden bereits Kanonen in Stellung gebracht.

Eine Kavallerieeinheit stieß nach vorne, geradewegs auf Big Mound zu, wo das Gefecht begonnen hatte.

Auch Anna gab ihrem Pferd zwei heftige Stöße in die Flanken und machte sich auf den Weg, zurück zum Lager. Die wichtigste Aufgabe würde darin bestehen, die Frauen und Kinder in Sicherheit zu bringen. Der nun unweigerlich folgende Rückzugskampf musste geführt und organisiert werden.

In vollem Galopp kam Anna mit ihrem Pony im Lager an, sprang vom Rücken des Tieres und gab den anwesenden Kriegern erste Anweisungen. Alles, was an Schusswaffen zur Verfügung stand, sollte hinauf auf die Anhöhen befördert werden, für eine geschlossene Verteidigungslinie. Anna wusste, dass sie im Gegensatz zu den Soldaten hoffnungslos unterbewaffnet waren. Es galt also, zumindest den Eindruck einer ebenbürtigen Verteidigung zu erwecken, während sich die Menschen im Lager in Sicherheit bringen konnten.

Sie stürmte mit einer größeren Anzahl Kriegern die angrenzenden Hügel hinauf, wo sie sich in einer Linie auf den Boden warfen.

»Schießt gezielt und nicht alle gleichzeitig. Sie müssen erkennen können, dass sie einer breiten Linie von Gewehren gegenüberstehen. Vergeudet keine Munition!«, rief sie in Sioux.

Die letzten Schüsse verhallten, als sich Dunkelheit über die westlichen Hügel des Big Mound legte. Von zwei Seiten war es ihnen gelungen, die Männer Sibleys soweit in Schach zu halten, dass die Frauen und Kinder entkommen konnten. Was dann folgte, war ein verzweifelter Rückzugskampf gewesen, bei dem sie dem Feind die Zelte und alles, was nicht auf die Schnelle zu transportieren gewesen war, überlassen hatten. Aus einiger Entfernung hatten sie die Zerstörungswut der Soldaten beobachten können, die in das Dorf eingedrungen waren und alles vernichtet hatten, was ihnen in die Hände geraten war. Werkzeuge, Töpfe, Büffelhäute, Waffen und sogar Vorräte wurden arglos auf große Haufen geworfen und angezündet. Dies, so wurde Anna klar, sollte ein Vernichtungsfeldzug der Soldaten werden. Es blieb ihnen keine Wahl. Sie mussten fliehen und kämpfen oder sterben.

Zwei Tage später entschlossen sich die Häuptlinge zu einem Hinterhalt. Am Dead Buffalo Lake sollte es zur nächsten Auseinandersetzung kommen, nachdem sich ihnen unter dem großen Häuptling

Inkpaduta weitere sechshundert bis siebenhundert Krieger der Hunkpapa und Blackfoot Teton angeschlossen hatten. Anna wurde mit ihrer Gruppe von zweiundzwanzig Kriegern als Geleit für die weiterhin nach Westen flüchtenden Familien der Krieger eingeteilt. Ohne ein weiteres Wort zu verlieren, hatte sie sich auf den Weg gemacht. Während sie unter den Santee einen geheimnisvollen, aber durchaus mächtigen Namen besaß, wurde sie von angesehenen Häuptlingen wie Inkpaduta nahezu ignoriert. Sie fügte sich den Befehlen der Häuptlinge, bedeutete die ihr und ihren Männern übertragene Aufgabe auch einen Vertrauensbeweis, den sie zu schätzen wusste. Es lag nicht in ihrem Ansinnen, nach Macht zu streben. Anna wollte helfen die Menschen in Sicherheit zu bringen, egal was dabei ihre Aufgabe sein würde.

Der Plan, die Soldaten durch den Diebstahl, beziehungsweise die Vernichtung der Pferde und Maultiere, in ihrer Beweglichkeit einzuschränken, war von den Armeeeinheiten vereitelt worden. Zwar hatte sich der Abstand zwischen den Fliehenden und den Truppen noch einmal vergrößert, trotzdem war den Häuptlingen klar, dass Sibley alles versuchen würde, um ihre Flucht über den großen Fluss zu verhindern.

In der Nacht, als die Krieger erfolglos und niedergedrückt vom Dead Buffalo Lake zurückkehrten, träumte Anna: Wieder war es der Krieger, dem drei Feinde auflauerten, wieder bewegte sie ihre weißen Schwingen über die Gipfel der Hügel. Die Angreifer näherten sich ... unaufhaltsam ... tödlich ...

Lange vor der Morgendämmerung erwachte Anna schweißgebadet und konnte danach auch nicht wieder einschlafen. Sie wurde von einer eigenartigen Unruhe erfasst. Es stand eine Entscheidung bevor und so würde der anbrechende Tag entweder Tod und Verderben bringen oder Überleben und Sicherheit bedeuten. Zwischen diesen beiden Möglichkeiten war kein Platz.

Noch bevor die ersten Sonnenstrahlen über den Hängen erschienen, bereitete sich Anna auf ihren nächsten Kampf vor. Sie saß mit verschränkten Beinen an einem der Feuer und legte Holz nach. Wie einst ihr großer Freund und Lehrer Dark Cloud, summte sie die leisen Gesänge, welche ihr Kraft und Ausdauer bescheren sollten, Mut und Klugheit im Kampf gegen ihre Feinde. Gegen die Feinde ihres Volkes, dem sie so viel zu verdanken hatte.

Was weder die Häuptlinge noch Anna ahnen konnten, war, dass Sibley einen genauen Plan verfolgte, in dem er die Indianer nach Westen vor sich hertrieb. General Sully, von Süden den Missouri River flussaufwärts kommend, sollte den Sioux den Weg abschneiden.

»Keine einzige Rothaut wird den Fluss überqueren, so wahr ich hier stehe!«

****

Stoney Lake, Dakota Territorium, 28. Juli 1863

Seit vier Tagen befanden sie sich nun auf der Flucht vor den Truppen der Armee, die immer noch mit über zweitausend Mann hinter ihnen her waren und sie an der Überquerung des Flusses hindern wollten. Jenseits des Flusses erstreckten sich ausnahmslos Gebiete, in denen die Dakota zuhause waren. Die Weißen waren bisher nur ansatzweise in die große Steppe vorgedrungen und würden sich aufgrund der Unerforschtheit, der Rauheit und der möglichen Übermacht der Indianer wohl kaum dazu hinreißen lassen, die Verfolgung am anderen Ufer fortzusetzen. Der Fluss bedeutete die Grenze zwischen Tod und Freiheit.

Immer weiter waren sie nach Westen geflohen, zwei Schlachten hatten sie geschlagen und sich dem Feind immer wieder entgegengestellt, um ihre Familien zu schützen und deren Flucht abzusichern. Viele Krieger waren getötet oder verletzt worden. Anna fühlte sich müde.

Obwohl sie versucht hatte, sich bestmöglich auf diesen Tag und die bevorstehenden Kämpfe vorzubereiten, hatte sie es diesmal nicht geschafft, ihre innere Ruhe zu finden und sich mental auf die Aufgabe einzustellen, die vor ihnen lag.

Nun ging es darum, den Fluss zu erreichen und das sichere Durchqueren des Wassers für die geschwächten und ausgehungerten Menschen zu gewährleisten, für deren Leben sie mitverantwortlich war. Die Idee war, die Truppen Sibleys mit einem direkten Angriff zu überraschen, um Zeit zu gewinnen. Schließlich hatten sie den Fluss beinahe erreicht.

Auch Anna und ihre mittlerweile über vierzig Krieger zählende Gruppe sollte den Angriff unterstützen, während die sich auf der Flucht befindlichen Frauen, Kinder und Alten beinahe schutzlos den Weg zum Fluss fortsetzen mussten. Kurz nach Sonnenaufgang waren sie den Armeeeinheiten entgegengelaufen und ihnen eher als erwartet gegenübergestanden. Die Soldaten mussten ihr Nachtlager noch vor Morgengrauen verlassen und sich auf den Weg gemacht haben. Die Überraschung war dahin!

Sibley, dessen Scouts offensichtlich sofort Meldung gemacht hatten, brachte bereits seine Kanonen in Stellung, während Inkpaduta, welcher die Führung von Standing Buffalo als Kriegshäuptling übernommen hatte, seine Männer in einem großen Halbkreis um die Stellung der Weißen formierte. Er wollte Eindruck auf die Soldaten machen, denn während sich die Einheiten Sibleys geradezu einigelten, verteilte er seine zahlenmäßig sogar unterlegenen und schlecht bis miserabel bewaffneten Krieger in die Breite.

Anna, die sich Gesicht und Körper mit den Farben des Krieges bemalt hatte, saß auf ihrem ebenfalls mit Farbe geschmückten Pony und sah sich um. Bis auf die Schreie und lauten Befehle der Offiziere war kein Laut zu vernehmen. Der warme Wind blies ihr ins Gesicht und wehte ihr langes Haar nach hinten.

Die Täuschung war perfekt. Der Anblick der vielen, auf den Hügeln verstreuten Krieger vermittelte den Eindruck einer Übermacht.

Wie zwei hungrige Berglöwen standen sich die Feinde gegenüber und belauerten sich gegenseitig.

Zeit!

Es bedeutete Zeit, die mit jeder Sekunde eindeutig für sie und ihre Familien arbeitete. Die Kräftigeren unter ihnen sollten den Fluss mittlerweile fast erreicht haben.

Anna sah zu den Häuptlingen zu ihrer Linken. Inkpaduta musste sich bewusst darüber sein, dass sein Plan eines Überraschungsangriffs gescheitert war. Jetzt noch einen frontalen Angriff zu versuchen würde einem Selbstmord gleichkommen. Dass sie sich in Reichweite von Sibleys Kanonen befanden, während sie weder mit Pfeil und Bogen, noch mit ihren veralteten Musketen und Gewehren auch nur annähernd zurückfeuern konnten, musste ihm genauso klar sein, wie die Tatsache, dass die Aufstellung der Soldaten keinerlei Schwachpunkte aufwies.

Welche Strategie verfolgte er?

Schließlich eröffneten die Soldaten das Feuer, worauf sich einige der Häuptlinge mit ihren Gruppen sofort aus der Schusslinie begaben und hinter den Hügelkämmen verschwanden. Kanonendonner folgte. Die Einschläge aber waren noch zu kurz berechnet und so wurde nur Erde meterweit in die Luft gerissen, welche als feiner Staub zurück auf den Boden rieselte. Noch eine Salve, diesmal lagen die Einschläge wesentlich näher. Anna konnte die Druckwelle spüren. Steine wurden in ihre Richtung geschleudert.

Kurz bevor die dritte und treffsichere Salve abgefeuert werden konnte, hob Inkpaduta sein Gewehr über den Kopf und signalisierte den Rückzug. Als die Geschosse einschlugen, waren alle Krieger bereits verschwunden.

Anna war mulmig zumute. Beim Signal des Häuptlings hatte sie blitzartig ihr Pony gewendet und war nach unten in den Schutz der kleinen Baumgruppe verschwunden. Sie stieg von ihrem Tier, packte ihr Gewehr, Bogen und den Köcher mit den Pfeilen und lief zu der Gruppe von Kriegern, die sich erwartungsvoll um einen der Häuptlinge versammelt hatten. Gestikulierend gab er ihnen zu verstehen, sich wieder auf den Hügeln zu verteilen.

Immer noch fielen Schüsse und immer wieder donnerten auch die Kanonen.

›Ein Katz- und Mausspiel‹, dachte Anna bei sich.

Natürlich! Den Häuptlingen ging es nun nur noch darum, den Feind zu beschäftigen und Zeit zu gewinnen. Sich immer wieder blicken zu lassen, um im nächsten Moment wieder in der Deckung zu verschwinden.

Auch um Anna herum versammelten sich einige ihrer Krieger. Sie gab ein Zeichen und sofort machten sie sich wieder auf den Weg, die Anhöhe hinauf.

Es war keine wirkliche Schlacht, worüber Anna in diesem Moment nicht unglücklich war. Sie erlangte ihr Selbstvertrauen zurück und führte die Krieger an, um dem Feind immer wieder kleine Nadelstiche zu versetzen. So wie einige der anderen Gruppen, schlichen sie näher an die Soldatenstellungen heran, schossen Pfeile und Kugeln ab, womit sie die Verwundbarkeit der Soldaten unterstrichen.

Schließlich gab Inkpaduta den Befehl zum vollständigen Rückzug. In Windeseile verschwanden die Krieger hinter Hügeln und Schluchten, in den spärlichen Wäldern und Tälern.

Sibley ließ das Feuer einstellen, zeigte aber keinerlei Interesse die Verfolgung aufzunehmen, was Anna verwunderte. Sie liefen den ganzen Tag, bis sie am Abend ebenfalls den großen Fluss erreichten.

Als sie das gegenüberliegende Ufer erreicht hatten, blickte Anna zurück. Es war der Tag des Überlebens gewesen. Die Dakota hatten ihre Familien in Sicherheit gebracht.

Anna dachte an Will, als sie müde und erschöpft die untergehende Sonne betrachtete und die wiedergefundene Ruhe genoss, die sich in ihrem Inneren ausbreitete. Die Tage des Kampfes waren vorüber.

Sie vermisste Will so sehr, dass es ihr Schmerzen bereitete. Ihr Herz wurde schwer und sie nahm sich vor, sich so schnell wie nur möglich auf den Weg nach Denver City zu machen. Zu Will. In seine Arme.

Alles, was sie wollte, war von ihm in die Arme genommen zu werden.

****

Denver City, Colorado Territorium, 10. Oktober 1863

Heute war der große Tag. Die ganze Stadt war auf den Beinen und feierte die neueste technische Errungenschaft der Stadt, denn es war das erste Telegramm über die neu verlegte Telegraphenleitung angekommen. Will war ganz aus dem Häuschen, bedeutete diese Anbindung für ihn und die Zeitung nicht weniger als den Aufbruch in ein neues Zeitalter der Information.

Die erste Nachricht zur Einweihung waren lediglich Glückwünsche des Bürgermeisters von Omaha an den hiesigen Bürgermeister, den ehrenwerten Amos Steck gewesen und trotzdem hatten diese ersten per Kabel übermittelten Worte einen geradezu magischen Zauber.

So traurig es manchen auch stimmen mochte: Der Pony Express würde damit, bereits drei Jahre nach seiner Gründung, zum Auslaufmodell werden. Will war sich sicher, dass es auf lange Sicht das Ende der gesamten Postreiterei bedeuten würde.

Die Strapazen, unter denen die Reiter bei Kälte und Sturm, Regen und Unwetter ihren Weg bestreiten mussten, immer der Gefahr ausgesetzt, von Indianern oder Banditen überfallen zu werden, sollten mit der Verbindung der Kabel der Geschichte angehören. Es verwunderte Will, dass in der ganzen Zeit seit Gründung der Reiterverbindung im Frühjahr 1860 nur eine einzige Sendung verloren gegangen sein sollte. Angeblich war nur ein einziger Reiter einem Indianerangriff zum Opfer gefallen und das auf einer Route, die mit über hundert Stationen eine Distanz von über zweitausend Meilen abdeckte. An die achtzig Männer und an die fünfhundert Pferde sorgten für den schnellen Weitertransport der Nachrichten und kleinen Pakete oder was eben so in die Satteltaschen der Reiter hineinpasste.

Will musste lachen, setzte seinen neuen Hut ab und kratzte sich am Kopf. Er stand auf der Veranda des kleinen Hotels, genoss die warme Herbstsonne und ließ sich eine Zigarre schmecken, eine von der Sorte, die er für besondere Anlässe aufbewahrte. Es war schon erstaunlich. Von einem Tag auf den anderen, waren sie mit der ganzen Welt verbunden. Bis zum heutigen Tage war Denver City auf die Reiter des Pony Express angewiesen gewesen, um über den Hergang des Krieges auf dem Laufenden zu bleiben. Und das, obwohl Denver noch nicht einmal eine direkte Station des Reiterunternehmens war. Ständig waren zusätzliche Reiter der Zeitung zwischen Julesburg und Denver City im Einsatz. Von Denver aus leitete die Rocky Mountain News die Nachrichten an ihre Büros in die etwa hundert Meilen entfernte Mienenstadt Tarryall und in das fünfundvierzig Meilen entfernte Central City weiter. Ebenfalls durch einen eigenen

Reiterservice der Zeitung.

Der Ableger der »Rockys«, der in Tarryall gedruckt wurde, hieß »The Minor's Record« und schaffte es immerhin, das Kriegsgeschehen im Osten mit einer Verzögerung von weniger als fünf Tagen zu den mehreren tausend Goldgräbern zu bringen.

Will und seine Kollegen hatten von der Schlacht bei Gettysburg berichtet und den schrecklichen Verlusten beider Seiten. Das war gerade mal drei Monate her. Über fünfeinhalbtausend Gefallene waren zu beklagen gewesen, nach einer Schlacht, in der über einhundertfünfzigtausend Soldaten ins Feld gezogen waren.

An die vierzigtausend Verwundete waren gemeldet worden, ein unvorstellbares Ausmaß des Grauens.

Aus Wills Sicht, und das hatte er in seinem Artikel in der Rockys auch so formuliert, war Gettysburg die Folge des konföderierten Sieges bei Chancellorsville im Mai dieses Jahres gewesen. Zehn Meilen westlich der Kleinstadt Fredericksburg, Virginia, war den Unionstruppen eine Lehre erteilt worden.

Dieser zugegeben grandiose Sieg der Konföderierten über die von Generalmajor Joseph Hooker geführten Potomac-Armee, musste wie eine Ermutigung für Lee gewirkt haben. Er war geradewegs nach Norden marschiert und hatte damit den Krieg in die Nähe der Hauptstadt Washington gebracht. Außerdem hatte er durch diesen gekonnten Schachzug Baltimore im Bundesstaat Maryland genauso bedroht wie Philadelphia in Pennsylvania. Es war ihm gelungen die Potomac-Armee dazu zu zwingen, ihm in den Norden zu folgen. Somit hatte der Rebellengeneral nicht nur feindliches Territorium betreten und wertvolle Ressourcen ergattert, sondern sich auch in die Lage versetzt, den Ort der nächsten Schlacht zu bestimmen, welche diesmal auf feindlichem Territorium stattfinden sollte.

Des Weiteren folgerte Will, dass Lee die Union zu zwingen versucht hatte, Truppen aus den Küstengebieten Carolinas abzuziehen. Gleichzeitig wollte er dem Feind die Möglichkeit nehmen, die Verbände unter General Grant zu verstärken, welche zur gleichen Zeit in Mississippi die Stadt Vicksburg belagerten. Dass der Fall Vicksburgs zum gleichen Zeitpunkt stattgefunden hatte wie die Schlacht bei Gettysburg, das nannte Will in seinem Artikel die Ironie des Schicksals, denn mit dem Fall von Vicksburg, so schloss er, verlor die Konföderation ihren vorletzten Stützpunkt am Mississippi. Nach der kurz darauffolgenden Kapitulation Port Hudsons, Louisiana, stand das gesamte Tal des Mississippi unter Unionskontrolle. Die Konföderation war damit faktisch in zwei Teile gespalten worden.

Die Folge von Lees unaufhaltsamen Marsch nach Norden war schließlich das Aufeinandertreffen der Armeen bei Gettysburg gewesen, wobei Will die Behauptung aufstellte, dies könne unmöglich Lees eigentliche Wahl für den Kriegsschauplatz gewesen sein. Will vermutete ein eher zufälliges Losbrechen der Hölle, in der Gegend um die Kleinstadt in Pennsylvania.

Obwohl der Norden die größeren Verluste zu verzeichnen gehabt hatte, war die Union letztendlich siegreich aus der Schlacht hervorgegangen. Für die Konföderierten bedeutete diese Niederlage mehr als nur den Verlust von Männern und Material.

Einige Militärs waren der Ansicht, Gettysburg hätte das Rückgrat der Rebellen bereits gebrochen. Dabei hatte es den Berichten zufolge zuerst noch sehr gut für General Lee und seine Männer ausgesehen. Am ersten Tag der Schlacht, die mit einem eher kleineren Scharmützel verfeindeter Truppenteile begonnen hatte, war es den Rebellen gelungen, die Unionstruppen zurückzuschlagen und empfindlich zu treffen. Als Lee dann am zweiten Tag die, durch einen persönlichen Erlass Lincolns, mittlerweile von Generalmajor George Gordon Meade geführte Potomac-Armee auf beiden Flügeln angegriffen hatte, war er auf unerwartet heftigen Widerstand gestoßen. Es war ihm nicht gelungen, die Stellungen des Nordens zu durchbrechen. Somit hatte der zweite Tag der Schlacht mit einem Remis geendet.

Dann waren die Rebellen am dritten Tag mit einem Angriff auf die Mitte der feindlichen Truppen und dem Versuch, eine Entscheidung für sich zu erzwingen, gescheitert.

Trotz des vorübergehenden Einbruchs der Stellungen des Nordens, war die Angriffskraft der Einheiten aus dem Süden so geschwächt gewesen, dass diese den Rückzug hatten antreten müssen.

Wie es Lee gelungen war, die Nord-Virginia-Armee dennoch kampffähig zurück nach Virginia zu bringen, blieb Will ein Rätsel.

Am 8. August hatte Lee wegen der verlorenen Schlacht ein Rücktrittsgesuch bei Präsident Jefferson Davis eingereicht, welches von diesem aber abgelehnt worden war.

Erst vor wenigen Tagen hatte sie die Nachricht einer empfindlichen Niederlage der Unionstruppen bei Chickamauga, im Norden des Staates Georgia, erreicht.

Ebenfalls über hunderttausend Mann waren sich gegenübergestanden. Die Verluste - Gefallene, Verwundete und Vermisste eingeschlossen - wurden mit über vierunddreißigtausend Mann beziffert.

Ein genauerer Bericht über den Hergang der Schlacht, die Hintergründe, den Verlauf und die strategischen Entscheidungen, hatte sie noch nicht erreicht. Klar war, dass der Konföderiertengeneral Braxton Bragg über die Unionsgeneräle William Starke Rosecrans und George Henry Thomas gesiegt und die Armee der Nordstaaten dadurch gezwungen hatte, nach Chattanooga auszuweichen.

Obwohl sich die Konföderation an allen anderen Kriegsschauplätzen in der strategischen Defensive zu befinden schien, gab diese Niederlage bei vielen Menschen Anlass zur Sorge.

Völlig in den Hintergrund rückten die Meldungen, welche Will noch viel mehr aufwühlten als die Geschehnisse im fernen Osten, wo sich Männer im Bruderkampf gegenseitig die Pulsadern durchschnitten.

Sibleys Verfolgung der Sioux im Norden war der Zeitung bestenfalls eine Randbemerkung wert, gingen die Leute doch mit fester Überzeugung davon aus, die Armee würde den paar aufständischen Wilden aus Minnesota schon den Garaus machen.

Aus Militärberichten, die ihm ein junger Sergeant aus Fort Laramie, selbstverständlich gegen Bezahlung, zukommen ließ, erfuhr Will, dass ein geplantes Zusammentreffen von Sibleys Einheiten und einer eintausendzweihundert Mann starken Armee unter General Sully nicht stattgefunden hatte. Sully hatte sich von Fort Pierre aus mit schwerer Bewaffnung in Richtung Norden einschiffen sollen, der niedrige Wasserstand des Missouri aber hatte das Ablegen der Dampfschiffe unmöglich gemacht. Die dadurch entstandene Verzögerung hatte die Vereinigung der Truppenverbände am oberen Missouri vereitelt. Das offensichtliche Ziel, die Sioux in die Zange zu nehmen und ihnen die Fluchtmöglichkeit über das Wasser zu nehmen, war nicht erreicht worden. Stattdessen hatte sich Sibley mit den Indianern mehrere Gefechte geliefert und sie letztendlich, »erfolgreich«, wie er betonte, über den Fluss nach Westen getrieben.

Er hätte sie besiegt und auf die westliche Seite des Missouri zurückgedrängt, so sein offizieller Kommentar. Minnesota sei befreit und die Menschen könnten von nun an in Sicherheit leben.

Richtiger aber war, dass durch die Tatsache, dass Sully mit seinen Männern nicht zur Stelle gewesen war, die Indianer am Überqueren des Flusses nicht gehindert werden konnten. Die Aktion war zweifelsohne ein militärischer Fehlschlag gewesen.

Erst Mitte August war Sully mit seinen Einheiten am vereinbarten Treffpunkt eingetroffen, während Sibley bereits am letzten Tag des Julis den Rückzug nach Minnesota angetreten hatte.

Drei Tage hatte er mit seinen Männern am Ostufer des Flusses Stellung bezogen und auf die Verstärkung durch Sully gewartet. Seine Männer seien müde und erschöpft gewesen durch die verbrachten Heldentaten, so Sibley.

Die Rothäute hätten sie immer wieder angegriffen, hinterhältig ihre Zelte beschossen und die Prärie in Brand gesteckt. Der Umstand, dass es ihnen nicht gelungen war, die weiteren Verluste an Pferden und Vieh zu verhindern, hatte Sibley schließlich dazu bewogen, nach drei Tagen des Wartens die Zelte abzubrechen und sich auf den Weg zurück nach Minnesota zu begeben. Von Sullys Einheiten war zu diesem Zeitpunkt keine Spur zu entdecken gewesen, berichtete der General.

Wills Hände hatten beim Lesen des Berichts geschwitzt.

Wie, um alles in der Welt, mochte es Anna ergangen sein?

Die vielen Kämpfe, das Hetzen durch Sibleys Truppe. Will wusste, dass Anna sich aus den Kämpfen niemals heraushalten würde. Sie war mitten drin gewesen, dessen war er sich sicher. Lebte sie noch? War sie vielleicht verwundet worden? Brauchte sie seine Hilfe?

All diese Fragen trieben ihn zur Verzweiflung.

Aber was sollte er tun? Was konnte er tun?

Das Warten begann ihn regelrecht zu zermürben.

Seine eben noch hervorragende Stimmung wechselte, seine Freude erstarb und wich einem Gefühl der Schwäche und Machtlosigkeit.

Vier Tage nachdem Sibley das Lager am Missouri River verlassen hatte, war ein Floss mit Siedlern von den Indianern angegriffen worden, wobei zweiundzwanzig Weiße ums Leben gekommen waren.

Als Sully schließlich am oberen Missouri angekommen war, war von General Sibley und seinen Leuten nur die verlassene Lagerstelle zu finden gewesen. Scouts meldeten die Spuren von Indianern, die nach Sibleys Verschwinden anscheinend auf die östliche Seite des Flusses zurückgekehrt waren, um auf Büffeljagd zu gehen. Die Überreste der getöteten Tiere, die bald darauf gefunden worden waren, hatten die Vermutung bestätigt. Bald darauf, so war den Berichten der Militärs zu entnehmen, hatten Sullys Kundschafter ein Indianerdorf ausgemacht. An die vierhundert Zelte.

Am 3. September hatte Sully das Dorf umstellen und vernichten lassen, was in den Berichten als großartiger Sieg bezeichnet wurde.

›Großartiger Sieg!‹

Will wusste, dass sich die Indianer nicht auf dem Kriegspfad, sondern lediglich auf der Jagd befunden hatten. Das bedeutete, dass Sully über ein Dorf mit Alten, Frauen und Kindern hergefallen sein musste. Die Krieger konnten nicht auf einen Kampf vorbereitet gewesen sein.

Zorn hatte ihn beim Lesen des Berichts erfasst.

Sollte das Morden denn ewig so weitergehen?

Aufgrund der schwierigen Versorgungslage hatte Sully schließlich beschlossen, ebenfalls den Weg zurück nach Fort Pierre anzutreten.

Am 6. September hatte er mit seiner Truppe die Gegend um Whitestone Hill verlassen und war nach Süden marschiert.

Nach seiner Ankunft in Pierre und dem Bau eines weiteren Forts, welches selbstverständlich nach ihm benannt worden war, äußerte Sully die Absicht, nach dem Winter zu einem weiteren Schlag gegen die flüchtigen Indianer ausholen zu wollen.

Zumindest, so hatte Will bei sich gedacht, würde dies Anna und den Sioux eine Verschnaufpause verschaffen. Wo immer sie sich in diesem Moment auch befinden mochten.

Die Sorge um Anna hatte ihn viele Nächte nicht schlafen lassen.

Warum war sie nicht, wie vereinbart, zu ihm nach Denver gekommen?

Hier wäre sie in Sicherheit.

Er schüttelte den Kopf, über diese dumme Frage, die er sich immer wieder selbst stellte, nur um dann sofort festzustellen, wie einseitig seine Betrachtungsweise doch war. Er kannte die Antwort. Und zwar besser als ihm lieb war. Anna hätte es als Verrat gesehen. Als Verrat an ihrem Volk.

Wieder schüttelte er den Kopf, strich sich mit der Hand durch den Bart und setzte den Hut wieder auf seinen Kopf. Es blieb ihm nichts anderes übrig, als zu warten.

Heute sollte ein Tag des Feierns sein. Er wollte versuchen, die dunklen Gedanken und auch die Sorge um Anna soweit zurückzustellen, dass es ihm zumindest ein bisschen gelingen sollte, den Tag zu genießen. Am Abend war er zum Essen beim Bürgermeister eingeladen, der zur Feier des Tages einen kleinen Empfang gab. Wieder würden die Gastgeber darum bemüht sein, ein oder zwei Damen der gehobenen Gesellschaft im heiratsfähigen Alter einzuladen, nein ... zu präsentieren!

Will hatte mittlerweile von Gerüchten gehört, der »neue Mann der Rocky Mountain News« interessiere sich vielleicht eher für das männliche Geschlecht.

Er konnte ein leichtes Grinsen nicht unterdrücken.

Sollten die Leute denken, was sie wollten. Er jedenfalls hatte nicht das geringste Interesse daran, irgendwelche Damen kennenzulernen. Ob es den Leuten nun gefiel oder nicht.

So grausam diese Ungewissheit und das Warten auch sein mochten, nie verlor er die Hoffnung auf ein Lebenszeichen von Anna. Jeden Moment rechnete er damit, sie könne vor ihm stehen, ihr Versprechen einlösen. Vielleicht würde es ihm gelingen, sie von einem gemeinsamen Leben hier in Denver City zu überzeugen.

Das allerwichtigste aber war, dass sie am Leben war. Dass es ihr gut ging.

Er sehnte sich nach ihrer Nähe, vermisste sie so sehr, dass es ihn körperlich schmerzte. Er würde die Hoffnung nicht aufgeben.

Niemals!

****

Paha Sapa, Black Hills, Dakota Territorium, Mai 1864

Es klang wie das Wehklagen eines verletzten Tieres. Wie ein Hilferuf.

Gleichzeitig aber auch wie eine Warnung vor etwas Bösem, dessen Macht sich auszubreiten drohte und das mit den Fingern des Todes nach ihr zu greifen versuchte.

Anna schlug die Augen auf.

Über ihr, hoch oben im Geäst einer riesigen Weiß-Fichte, da musste sie sein: eine Krähe, die schrie, als müsste sie Himmel und Hölle in Bewegung setzen. Als würde ihr Überleben von den Rufen nach Freiheit abhängen und ihr von der Wildnis die Aufgabe übertragen worden sein, den Wald und seine Bewohner auf die bevorstehenden Ereignisse vorzubereiten.

Verschlafen richtete Anna ihren Blick zum Himmel und versuchte das Tier auszumachen, welches im Stande war, ein solches Spektakel zu veranstalten. Sie hätte gut und gerne noch eine Weile unter ihren warmen Decken liegen bleiben können, steckten ihr die Strapazen der letzten Tage doch ziemlich in den Knochen. Auch wenn sie sich an das Aufstehen bei Morgengrauen gewöhnt hatte, wenn sie alleine unterwegs war, gönnte sie sich ab und zu den Luxus eines verspäteten Tagesbeginns. Außerdem hatte sie am gestrigen Abend erst sehr spät ihren Lagerplatz aufgeschlagen. Es war bereits dunkel gewesen, als sie das Flussufer erreicht hatte. Jetzt bei Tageslicht sah sie das erste Mal die Schönheit der Landschaft, in die sie in der Dunkelheit eingetaucht war. Die Spur eines Grizzlybären hatte sie am frühen Abend zu einem Umweg gezwungen, der sie mehrere Stunden Fußmarsch gekostet hatte. Es war wieder an der Zeit gewesen, allein unterwegs zu sein.

Sie musste ihre Gedanken sammeln, sich auf die Suche nach ihrer inneren Stimme begeben und versuchen, Antworten zu erhalten. Antworten auf die Fragen nach dem Zusammenhang zwischen ihrem Leben und dem Volk der Dakota. Sie wollte sich in die Schattenwelt begeben, sich den Visionen stellen und, sollten ihr die Mächte gnädig sein, den richtigen Weg für die Zukunft erkennen.

Die Erlaubnis, den heiligen Ort der Sioux besuchen zu dürfen, bedeutete für Anna die endgültige Entscheidung der Häuptlinge, sie in ihre Stammesgemeinschaft aufzunehmen.

›Die Weiße Krähe ist eine heilige Frau der Sioux.‹

Niemand würde das je wieder anzweifeln. Bis auf ... sie selbst.

Anna war auf der Suche nach ihren spirituellen Wurzeln. Sie suchte Antworten. Sie erinnerte sich an ihren guten Freund Dark Cloud, der wie ein Bruder zu ihr gewesen war. Er hatte sie gelehrt, die Dinge in ihrem wahren Licht zu sehen. Bäume, Felsen, Flüsse ... alles war mit Leben erfüllt. Jeder Stein, jeder Berg konnte eine Geschichte erzählen. Es gab keine Zufälle. Die Vorbestimmung hatte sie hierhergeführt.

Sie wollte herausfinden, warum.

Nachdem sie, auf der Flucht vor den Soldaten, den großen Fluss überquert und sich in Sicherheit gebracht hatten, war Anna schnell bei der Sache gewesen. Sie hatte eine von den Soldaten erbeutete Satteltasche mit dem Nötigsten für die Reise gepackt, hatte einen Revolver sowie Pfeil und Bogen verstaut und wollte bereits am nächsten Morgen aufbrechen. Nach Denver City, der Stadt des weißen Mannes, wo Will auf sie wartete.

Es war eine unwirkliche Überzeugung gewesen, die sie angetrieben hatte. Irgendetwas hielt sie davon ab, mit Bestimmtheit daran zu glauben, dass sie den Weg zurück in die Welt der Siedler, Soldaten und weißen Familien wirklich antreten würde. Halbherzig hatte sie sich eingeredet, dass sie ihre Schuld gegenüber den Dakota beglichen und nun ein Recht auf ein eigenes Leben, ein eigenes Glück hatte. Die Häuptlinge konnten auf ihre Unterstützung nun, da sie ihre Leute in der Obhut der Siouxstämme des Westens wussten, verzichten. Ob sie diese überhaupt je benötigt hatten, das war ohnehin eine Frage, die zu beantworten sie nicht in der Lage gewesen wäre.

Hatte ihre Beteiligung an den Kämpfen etwas bewirken können?

Als sie am Abend vor ihrem geplanten Ritt nach Denver bei den Feuern gesessen hatte, war, als könne er ihre Gedanken lesen, Inkpaduta an sie herangetreten und hatte sich neben sie gesetzt.

Nach einer Weile des Schweigens, es wäre ungebührlich gewesen den alten Häuptling anzusprechen, hatte er etwas zu ihr gesagt, was sie ihr Leben lang niemals vergessen würde: »Die Weiße Krähe hat mehr als nur Mut bewiesen. Sie hat den Dakota die Hand gereicht in einem Moment, in dem sie dem Tod in die Augen gesehen haben. Du hast unserem Volk die Kraft gegeben, die einzig und allein in der Hoffnung begründet liegt. So bist du endgültig eine von uns geworden.«

Anna hatte den Häuptling direkt angesehen, als dieser fortgefahren war: »Inkpaduta hat mit den Häuptlingen der Dakota gesprochen. Die Weiße Krähe soll gehen und ihre Bestimmung finden - in den heiligen Bergen.«

Anna hatte zunächst nicht verstanden und Inkpaduta hatte ihre Unsicherheit gespürt. »He Sapa. Die heiligen Berge. Du wirst dort hingehen, um nach Antworten zu suchen. Antworten, über die Verbindung zu diesem, deinem neuen Volk.«

Funken stoben aus dem Feuer, als Anna mit einem Stock einen der größeren Holzblöcke drehte, um den Flammen mehr Nahrung zu geben.

»Die Weiße Krähe ist eine heilige Frau, jeder weiß das. Was dich aber zur Kriegerin werden ließ, ist allein in deinem Herzen verborgen.«

»Wann werde ich gehen?«, fragte sie leise.

»Sobald die Sonne die Nacht besiegt hat, werden wir weiter in das Land der Oglala ziehen. So ist es beschlossen. Einige werden zurückkehren über den Fluss und Büffel jagen, sobald die Soldaten das Land verlassen haben. Sie können uns nicht weiterverfolgen, denn sie gehören nicht hierher. Dieses Land wird für immer das Land der Dakota bleiben. Nach dem Winter wirst du gehen.«

»Ich ... wollte den Stamm für eine Weile verlassen ...«

Der Häuptling hatte sie nur angesehen und es war klar gewesen, dass Anna ihren Plan, zu Will nach Denver City zu gehen, zumindest jetzt nicht in die Tat würde umsetzen können.

Stumm hatte sie genickt. Es war beschlossen.

Als ihnen nur wenige Wochen später von dem gemeinen Überfall einer weiteren Soldatenarmee auf das Dorf der Jäger auf der östlichen Seite des Flusses berichtet wurde, hatte sich tiefe Trauer auf ihre Herzen gelegt. Es waren Frauen und Kinder getötet worden. Die

Soldaten hatten sie regelrecht hingerichtet, während sich die meisten Krieger auf der Jagd befunden hatten.

Eine als Friedensbekenntnis geschwenkte weiße Fahne war von den Soldaten genauso ignoriert worden wie die Tatsache, dass sie gegen wehrlose Menschen zu Felde gezogen waren.

Yanktonai, Santee, Teton ... all diese Stämme waren betroffen, hatten Familien und Angehörige verloren. Die wenigen Krieger hatten bestmöglich versucht Widerstand zu leisten und die Familien in Sicherheit zu bringen. Im Schutz der Dunkelheit war vielen Menschen die Flucht geglückt, trotzdem waren Hunderte unter den Kugeln und Säbeln der Soldaten gestorben. Noch einmal die Hälfte war gefangen genommen und verschleppt worden. Unter ihnen auch die Häuptlinge Pahtanka und Akicita Najin.

Am Morgen nach dem Töten hatten die Blauröcke vernichtet, was ihnen in die Hände gefallen war. Alles an getrocknetem Büffelfleisch war verbrannt worden, ebenso Zelte und Kleidung.

Ihre Zerstörungswut hatte keine Grenzen gekannt.

Vielleicht am schlimmsten aber wog die Erkenntnis, dass der Krieg und die Verfolgung kein Ende gefunden hatten. Die Häuptlinge hatten sich mehrere Tage und Nächte besprochen und einen langen Kampf vorausgesagt. Die Krieger sollten sich sammeln.

Als dann der Winter über das Land hereingebrochen war, hatten sie ohne die Vorräte an Büffelfleisch schlimmen Hunger leiden müssen. Trotzdem waren den Umständen nur einige wenige Alte und Kleinkinder zum Opfer gefallen. Der Frühling hatte das Land wiederbelebt und die Menschen mit neuem Lebensmut beseelt.

Anna war aufgebrochen, als sie sich stark genug gefühlt hatte.

Sie hatte sich vorbereitet, den Kampf geprobt und ihren Körper durch viele unterschiedliche Übungen in Kraft und Ausdauer gestählt.

Mit den Kriegern hätte sie den Kampf im reinen Vergleich der Kräfte niemals aufnehmen können. Ihre Schnelligkeit aber, die Unvorhersehbarkeit ihrer Aktionen, der Mut und ihre Entschlossenheit, die bis zur scheinbaren Selbstaufgabe reichte, verlieh ihrer Art zu kämpfen etwas Unberechenbares. Wie eine Raubkatze sprang sie ihre Gegner an, stellte ihnen Fallen oder siegte durch Täuschungsmanöver. Diese taktischen Fähigkeiten brachten ihr Ruhm und Anerkennung bei ihren vermeintlichen Gegnern ein, die sich für Übungskämpfe immer weniger bereitwillig zur Verfügung gestellt hatten. Von einer Frau besiegt zu werden hätte Schande bedeutet, was aber nicht der Fall war, wenn es sich bei der Frau um die Weiße Krähe handelte. Ihr Zauber war groß.

Vor ein paar Tagen war Anna schließlich allein, ohne Pferd und nur mit Pfeil, Bogen und einem Messer bewaffnet, losgezogen.

Nach He Sapa, den heiligen Bergen, die von den Weißen »Black Hills« genannt wurden.

Auf ihrem Weg waren ihr keine Menschen begegnet. Sie hatte wenig an Vorräten dabei, ernährte sich überwiegend von dem, was die Natur ihr schenkte. Sie suchte Beeren, Wurzeln, wilden Reis und ausgesuchte Pilze, so wie sie es von ihrem Lehrer erfahren hatte. Das Jagen von Kleinwild brachte ihr Fleisch, die Flüsse versorgten sie mit Wasser und Fischen.

So war sie in der vorigen Nacht an diesen Ort gekommen und hatte ihr Lager aufgeschlagen.

Das Krächzen der Krähe war immer noch zu hören, als Anna sich hinter den hohen Bäumen erleichterte. Sie trat aus dem Schatten der großen Äste heraus, sah den Vogel noch die Flügel ausbreiten, konnte aber nicht erkennen in welcher Richtung er davonflog, denn sie musste direkt gegen die Sonne blicken. Kurz war es ihr erschienen, als hätte er ein weißes Federkleid getragen.

Sie ging hinunter zum Fluss, um sich zu waschen und ihre Wasservorräte aufzufüllen. Als sie durch die dicht stehenden Bäume auf die Böschung und das Wasser zutrat, stockte ihr beim Anblick der hinter dem Fluss aufragenden Felsformation der Atem.

Sie kannte das Bild, ohne jemals zuvor an diesem Ort gewesen zu sein! Die vierzig bis fünfzig Meter hohe Felswand, an deren oberen Kante sich die Bäume bis an den Rand des Abgrunds drängten, überragte die Szene. Grasflächen, durch die sich der Fluss schlängelte, zwischen denen sich immer wieder einzelne Laub- und Nadelbäume behaupteten, betteten den Fluss in ein sanftes, saftiges Grün. Sogar die Risse und Abstufungen der Felsstruktur kamen ihr bekannt vor, genauso, wie die aus dem Wasser herausragenden Steinbrocken, die sich irgendwann im Laufe der Jahrhunderte aus der Felswand gelöst und als ständige Mahnmale in den Fluten verewigt hatten.

Es gab keine Zufälle!

Mit einem Mal wurde Anna bewusst, dass dies die exakte Kulisse ihres immer wiederkehrenden Traumes darstellte, nur, dass sie diese diesmal nicht aus der Vogelperspektive wahrnahm.

Sie war mittendrin!

Unsicher blickte sie sich um. Sie konnte keine Anzeichen dafür entdecken, dass sie nicht alleine in dem Tal war. Auch die Tage zuvor waren ihr zumindest keine frischen Spuren von anderen Menschen aufgefallen. Sie beruhigte sich ein wenig.

Was wollte ihr der Traum nur sagen?

Nachdem sie sich gewaschen und den Wasserbeutel gefüllt hatte, machte sie sich auf den Weg, zurück zu ihrem Lager. Nach ein paar Schritten aber, nahm sie in einiger Entfernung das Knacken eines Astes wahr. Instinktiv ließ sie sich zu Boden fallen, griff nach dem Messer an ihrem Gürtel und rollte sich, mitsamt dem gefüllten Wasserbeutel, unter die mit kleinen Dornen besetzten Äste eines Strauches. Ihre zerkratzten Oberarme brannten ebenso wie die Abschürfungen in ihrem Gesicht. Ein kleiner Tropfen Blut lief ihr von der Wange, sie beachtete ihn nicht.

Schwer atmend lag sie in ihrem Versteck und wartete ab. Das vereinzelte Geräusch hatte ihr eindeutig zu verstehen gegeben, dass es sich unmöglich um ein Tier handeln konnte, welches sich ihr näherte.

Da! Wieder ein Rascheln, diesmal näher. Sehr nah!

Dann sah sie die Männer.

Sie schlichen vorsichtigen Schrittes auf die Uferböschung des Flusses zu. Es waren zwei Krieger. Winnebago!

Anna wurde heiß und kalt. Es *war* die Szene aus ihrem Traum, auch wenn es in ihrer Vorstellung immer drei Krieger gewesen waren, welche die Verfolgung des unbekannten Siouxkriegers aufgenommen hatten. Sie mussten ihm gefolgt sein!

Anna war nicht weit in das Gebiet der heiligen Berge eingedrungen. Sie befanden sich also bestenfalls am äußersten Rande. Der Krieger mit der Armeehose und der Soldatenmütze gab dem anderen ein stummes Zeichen. Sie näherten sich weiterhin dem Fluss.

Anna hoffte, sie hatten ihre Lagerstelle auf der Anhöhe über dem Wasser nicht entdeckt. Sie hatte sich keine große Mühe gegeben, ihre Anwesenheit zu verbergen, was sie jetzt mehr als bedauerte. Sie hatte einen Fehler gemacht.

Unten am Fluss nahm sie eine Bewegung war. Der dritte Krieger!

Er hatte Pfeil und Bogen in Händen, keiner der Winnebago-Krieger trug ein Gewehr.

Lautlos, in gebückter Haltung, lief der Krieger über die Steine des Flussbettes. Durch die spärlichen Regenfälle der letzten Tage und Wochen war der Wasserstand erheblich gesunken und viele Felsen lagen sogar völlig auf dem Trockenen.

Starr vor Anspannung ließ Anna die Krieger an sich vorüberziehen.

Sie blieb unentdeckt.

Was sollte sie tun? Ihr Instinkt sagte ihr, dass sie zum Handeln gezwungen war. Langsam rollte sie sich aus dem Gebüsch. Sie richtete sich auf, blieb aber in der Hocke, die eine Hand auf die Scheide an ihrem ledernen Gürtel gelegt, in der sich ihr Messer befand. Sprungbereit.

Die drei Männer bewegten sich entgegen der Strömung auf die Biegung des Flusses zu. Einen Moment später, als sie sich sicher war, sich nicht mehr in Sicht- oder Hörweite der Krieger zu befinden, erhob sie sich und kletterte hastig mit Händen und Füßen die Böschung empor. Oben angekommen rannte sie, so schnell sie nur konnte. Sie kämpfte sich durch das Dickicht des Unterholzes, zerschrammte sich weiter Arme und Gesicht, überquerte im Laufschritt eine kleine Lichtung und verschwand erneut in den Schutz der Bäume. Hoch über ihr ertönten die warnenden Schreie der Krähe.

Sie wusste, dass, sollten es die Krieger der Winnebago tatsächlich auf den Sioux Krieger aus ihren Träumen abgesehen haben, ihre einzige Chance darin bestand, die drei Kämpfer im großen Bogen zu umgehen und sie somit kurz vor der Biegung abzufangen. Was sie tun würde, sollte sie tatsächlich schnell genug sein, das wusste sie nicht.

Nur noch einige hundert Meter, dann müsste die Uferböschung

vor ihr auftauchen. Sie duckte sich unter einem großen Ast hindurch, beförderte ihren Körper mit einem Sprung über einen Graben und preschte weiter durch das Geäst der niedrigen Bäume. Sie fühlte keinen Schmerz. Ihre nackten Oberarme waren blutig, Schweiß lief über ihr Gesicht. Sie war fest entschlossen für den unbekannten Mann der Sioux zu kämpfen, sollte dieser denn wirklich existieren.

Vor ihr, der Fluss. Sie blieb stehen, richtete ihren Blick flussaufwärts.

Tatsächlich!

Auf einem der flachen Felsen, dicht am Lauf des Wassers saß eine Gestalt im Schneidersitz. Aus der Entfernung konnte sie lediglich erkennen, dass der Mann das Gesicht nach unten gewandt hielt.

Seine Arme im Schoß verschränkt, saß er vornübergebeugt, schutzlos und nicht mit einem Angriff rechnend, auf dem Stein und war seinen Angreifern damit völlig ausgeliefert. Vorausgesetzt, sie machten keinen Fehler ... oder ... es kam ihm jemand zu Hilfe.

Da tauchte unterhalb von ihr der Krieger mit dem Bogen auf. Sie bewegte sich nicht, stand nur da und beobachtete das Geschehen. Hätte er sein Augenmerk nach oben auf die Böschung gerichtet, wäre sie direkt vor ihm gestanden, keine zehn Schritte von ihm entfernt.

Der Krieger aber konzentrierte sich nur auf sein anvisiertes Opfer. Er zog langsam einen Pfeil aus dem Köcher, den er am Rücken trug, spannte ihn in die Sehne des Bogens und wollte diese eben mit einem kräftigen Ruck nach hinten ziehen, als er von einer wild schreienden Anna von oberhalb der Uferböschung angesprungen wurde.

Beide Körper landeten krachend auf den Steinen und dem Sand des zum Teil matschigen Flussbettes. Wie hunderte Male geübt, rollte Anna sich ab, wirbelte mit gezogenem Messer herum und stand dem Winnebago, der ebenfalls sofort wieder aufgesprungen war, nun von Angesicht zu Angesicht gegenüber.

Diesmal würde es keine Übung sein.

Dieser Kampf würde über Leben oder Tod entscheiden.

Süffisant lächelte er, als er registrierte, dass es ein Mädchen war, mit dem er es zu tun hatte. Auch er zog sein Messer.

Jetzt kamen auch die beiden anderen Krieger angelaufen und zogen ebenfalls ihre Waffen.

Anna dachte nicht. Sie konzentrierte sich ausschließlich auf die Situation.

Einer der Krieger lachte überheblich, dann machte der Mann, den Anna zu Fall gebracht hatte, eine Bemerkung, welche sie nicht verstand und im ersten Moment auch nicht zu deuten wusste.

Dann, als sich die beiden abwandten und auf ihr eigentliches Opfer zuhielten, wusste Anna, was die Bemerkung zu bedeuten gehabt hatte.

Ihr Gegenüber lächelte grausam, legte den Kopf ein wenig zur Seite und winkte sie mit einer Geste seiner Hände zu sich heran. Siegessicher forderte er sie auf, einen Angriff zu versuchen, wollte ihr zeigen, wer hier wem das Fell über die Ohren ziehen würde.

Er hatte darauf bestanden das Siouxmädchen eigenhändig zu töten.

Er allein. Für eine Frau würde er keine Hilfe seiner Mitstreiter benötigen.

Im Hintergrund nahm Anna aus den Augenwinkeln wahr, wie der Sioux-Krieger aufgesprungen war und mit einem Messer in der einen und einem Tomahawk in der anderen Hand, in vollem Laufschritt auf die beiden Winnebagokrieger zulief, die ihm mit lautem Kampfgeschrei entgegenrannten.

Auch ihr Gegner drehte den Kopf zur Seite und so beobachteten sie gemeinsam, wie der Sioux auf den Ersten seiner beiden Kontrahenten zulief, sich vor ihm mit einem Hechtsprung zu Boden warf, mit voller Geschwindigkeit nach vorne abrollte und sein Messer tief in den Bauch des Mannes versenkte.

Im gleichen Moment stand er, den Tomahawk fest mit der Faust umklammernd, vor dem zweiten Krieger, der spontan zwei Schritte zurückwich, während der Mann in der blauen Soldatenjacke hinter dem Sioux sterbend zu Boden fiel.

Annas Gegner richtete seine Aufmerksamkeit nun wieder der Frau zu, die es nun mit einem schnellen Streich zu besiegen galt, um seinem Freund zu Hilfe kommen zu können.

Mit ausgestrecktem Arm, das Messer auf Annas Hals gerichtet, machte er zwei schnelle Schritte auf sie zu. Blitzschnell ließ Anna ihr Messer in der Scheide an ihrem Gürtel verschwinden, geradeso, als hätte sie genau mit dieser Attacke ihres Gegners gerechnet, fasste Hand und Unterarm des Mannes und rollte sich, das rechte Knie zwischen die Beine des Kriegers stoßend, nach hinten auf den Boden. In hohem Bogen flog der Körper des Mannes über dem ihren hinweg und landete platschend im kalten Wasser des Flusses.

Wieder sprang Anna auf die Füße, zog erneut ihr Messer und hechtete auf den vor Schmerz gekrümmten, im seichten Wasser knienden Krieger zu.

Diesmal landeten sie beide im Wasser, als der Krieger ihren Angriff mit einem Stoß seines Ellbogens abwehrte und Anna ihn mit sich nach hinten riss. Zu ihrem Entsetzen verlor sie ihr Messer bei dem Schlag, der sie mit voller Wucht in die Seite getroffen und eine Rippe angebrochen hatte. Beide richteten sich auf und Anna gelang es, das Handgelenk ihres Gegners zu fassen, in dem sie die Klinge vermutete. Ein Schnitt in ihren linken Oberarm aber verschaffte ihr sofortige Gewissheit, dass sich das Messer in der anderen Hand des Kriegers befand. Sie schrie auf, Blut rann aus der Wunde.

Sie ließ das Handgelenk des Mannes los und stürzte nach hinten, zurück ins tiefere Wasser. Wieder war dieses undefinierbare, grausame Lächeln in seinem Gesicht zu sehen, als er auf sie zu stampfte, sich zu ihr hinunter beugte und seine Hand mit dem Messer nach hinten zog, um für den finalen Stoß auszuholen.

Anna würde niemals das Geräusch vergessen, als plötzlich der Krieger der Sioux hinter ihm auftauchte und ihm mit dem Tomahawk den Schädel spaltete.

Leblos kippte der Körper des Winnebago in die Fluten des Flusses.

Die kräftige Hand des Siouxkriegers, der, wie Anna jetzt erkannte, dem Stamme der Hunkpapa angehören musste, zog sie mit einem kräftigen Ruck aus dem Wasser und auf die Füße.

Sogleich wendete er sich von ihr ab und ging hinüber zu den beiden Toten, die auf dem sandigen Boden des Flussbettes lagen. Er beugte sich zu ihnen hinab und durchsuchte sie nach weiteren Waffen oder Gegenständen, die ihm nützlich sein konnten.

Erschöpft setzte sich Anna in das hohe Gras der Uferböschung und hielt die Hand auf ihre zum Glück nicht sehr tiefe Wunde am Arm.

Der Hunkpapa holte ein paar Dinge, die er beim Angriff der Krieger auf dem Felsen zurückgelassen hatte, schritt mit einem leichten Hinken direkt auf sie zu und blieb mit verschränkten Armen vor ihr stehen.

Er sah sie an, sagte nichts.

Mit ernstem Gesichtsausdruck, nur durch ein leichtes Nicken seines Kopfes, bedankte er sich bei ihr, dass sie ihm das Leben gerettet hatte.

Anna tat es ihm gleich.

Leicht hob er die rechte Hand zum Gruß und verließ, ohne ein Wort mit Anna gewechselt zu haben, die Flussbiegung, indem er hinter den hohen Felsen im Wald verschwand.

****

»... Ich möchte, dass ihr allen Häuptlingen der Soldaten hier zu verstehen gebt, dass wir Frieden wollen und dass wir Frieden geschlossen haben, damit wir von ihnen nicht für Feinde gehalten werden ...«

Black Kettle, Southern Cheyenne, zu Gouverneur Evans und Colonel John Chivington (Denver 1864)

Denver, Colorado, 22. Dezember 1864

Eine begeisterte Menge jubelte den heimkehrenden Männern des siegreichen dritten Freiwilligenregiments zu, während die Verbände das obere Ende der Ferry Street passierten, entlang der Larimer und einigen Seitenstraßen schließlich zurück auf die große Straße einbogen, um ihre Parade fortzusetzen.

Will stand neben Männern, die mit ihren Frauen und Kindern einem Schauspiel beiwohnten, welches Übelkeit in ihm aufstiegen ließ. Er wurde regelrecht von einem Schock der Erinnerungen erfasst, als er mitansehen musste, wie die Soldaten, Freiwilligen und sogar Offiziere mit den Trophäen ihres Triumphs über die feindlichen Indianer durch die Straßen der Stadt zogen und ihre eigene Abartigkeit zur Schau stellten. Skalps wurden präsentiert wie Kriegsbeute. Ringe, die immer noch an den abgetrennten Fingern ihrer einstigen Besitzer steckten und andere Gliedmaßen von getöteten und misshandelten Kreaturen wurden bewundert und bejubelt. All diese Abscheulichkeiten, zusammen mit den jetzt wieder eindeutig präsenten Erinnerungen, waren zu viel für Will. Er trat ein paar Schritte zurück, verschwand schnell in einer der, dem Spektakel abgewandten Seitengassen und musste sich heftig übergeben.

Mit Tränen in den Augen taumelte er zurück, drängte sich an der Menschenmasse vorbei und verließ den Tumult in Richtung des Gebäudes, welches seit Mitte des Jahres die Redaktion der Rocky Mountain News beheimatete.

Niemand hatte ihm zuhören wollen. Keiner war bereit gewesen, seine Hinweise und Warnungen zu verfolgen und die richtigen Entscheidungen zu treffen. Mit seinem Verleger, Byers, hatte er immer wieder heftige Auseinandersetzungen gehabt. Es war ihm strikt untersagt geblieben, eigene Recherchen und Berichte in der Rockys zu veröffentlichen, die sich mit den Überfällen und Raubzügen der Indianer und den geplanten Strafexpeditionen des Militärs befassten. Dass er einer der wenigen war, der über Informationen aus beiden Lagern verfügte, konnte er nicht preisgeben, so gern er das auch getan hätte. Es hätte ihm mit Sicherheit seinen Job gekostet und damit die Grundlage entzogen, für sich und Anna – sollte sie tatsächlich jemals vorgehabt haben, zu ihm zu kommen – eine Zukunft aufzubauen.

›Eine Zukunft …‹, dachte er bei sich. ›Sieh sie dir an, die Menschen, die sich für zivilisiert und christlich halten. Wie sie sich am Abschlachten anderer ergötzen! Wie sie im Namen ihrer eigenen Sicherheit zu brutalen Bestien werden und gezielt Jagd auf die machen, die ihren Plänen im Wege stehen könnten. Egal ob Männer, Frauen oder Kinder.‹

Wieder wurde ihm übel.

Als sich die schrecklichen Entwicklungen angebahnt hatten, war Will noch guter Dinge und überzeugt gewesen, mit den richtigen Leuten zusammenzuarbeiten, für eine Zeitung, die unvoreingenommen und gerecht mit den Themen umging, die die Menschen beschäftigten. Und er hatte Erfolg gehabt. Bei seiner Arbeit genauso wie im Ansehen um seine Person. Er hatte die gesellschaftlichen Anlässe genossen und war ein gefragter junger Mann gewesen, dessen Meinung, insbesondere zu politischen Angelegenheiten, dem Verlauf des Krieges und den außerordentlichen Errungenschaften des Fortschritts, gehört und wertgeschätzt wurde. Immer wieder hatte er die Leute mit seinem Auftreten, seiner Erziehung und seinem Bildungsniveau beeindruckt. Er hatte sich wohl und unter seinesgleichen gefühlt.

Seine Aufgabe war es gewesen, die Informationen und Berichte des Kriegshergangs zu studieren und detaillierte, verständliche Artikel für die täglichen Ausgaben zu formulieren. Außerdem erfreute sich seine Kolumne über den Tratsch und Klatsch der Stadt vor allem bei der weiblichen Leserschaft, die sich für Politik und Wissenschaft naturgemäß weniger interessierte, größter Beliebtheit.

Kritische Artikel über die Rothäute und den Umgang mit dieser »Brut der Hölle«, würden seiner Entwicklung und Karriere nur im Wege stehen, so war ihm eindeutig zu verstehen gegeben worden.

Sehr genau konnte er sich an den Streit mit Byers erinnern und wusste noch genau, dass es April gewesen war, als er das erste Mal bei seinem Verleger vorgesprochen und energisch seine Bedenken, bezüglich der geplanten Strafmaßnahmen gegen die Arapaho und Cheyenne formuliert hatte. Ein Informant aus Offizierskreisen in Fort Laramie hatte ihm mitgeteilt, dass ein gewisser Colonel John Milton Chivington von Governor John Evans höchstpersönlich den Auftrag erhalten hatte, mit der 1st Colorado Cavalry Jagd auf die marodierenden Banden der Stämme zu machen, die auf ihren Beutezügen nach Pferden und Vieh das Grenzland unsicher gemacht hatten. Dass die Order gewesen war, sämtliche Indianer, egal ob Männer, Frauen oder Kinder, zu töten, unabhängig davon, ob diese an den Überfällen und Raubzügen beteiligt gewesen waren oder nicht, hatte Will dermaßen in Rage versetzt, dass er direkt in das Büro seines Vorgesetzten gestürmt war, mit der Forderung, diese Informationen unverzüglich drucken zu dürfen.

Gelassen, überheblich und unmissverständlich hatte Byers ihn in die Schranken gewiesen. Niemand würde derartige Lügenmärchen drucken, solange *er* das Sagen in der Redaktion hätte. Außerdem hatte er Will untersagt, weitere Recherchen in dieser Richtung zu betreiben und das Ansehen der Zeitung zu beschmutzen.

›Lügenmärchen!‹

Fassungslos und enttäuscht war Will an seinen Schreibtisch zurückgekehrt und hatte sich zur Ruhe zwingen müssen. Schon damals war er nahe daran gewesen, die Arbeit bei der Zeitung hinzuwerfen. Was war nur los mit den Leuten? Warum hegten sie einen so unerklärlichen Hass gegen alles, das ihnen fremd erschien?

Entgegen der Anweisung seines Arbeitgebers und trotz der überdeutlich formulierten Warnung hatte er beschlossen weitere Nachforschungen über den Auftrag und das Vorgehen des Militärs gegen die Indianer anzustellen. Er würde sich nicht verbieten lassen, eigene Aufzeichnungen und Beschreibungen zu verfassen.

Das Unglück, welches die Stadt knapp einen Monat später wie aus dem Nichts getroffen hatte, hatte dann aber alles andere erstmal in den Hintergrund rücken lassen.

Aufgrund der Schneeschmelze in den Bergen und den sintflutartigen Regenfällen der Tage zuvor, war der Cherry Creek über die Ufer getreten und hatte am 19. Mai des Jahres 1864 Teile der Stadt mit einer aus den Rocky Mountains kommenden Flutwelle überrollt. Dieses Datum sollte auch für die Zeitung ein historisches bleiben, denn auch das Gebäude der Rocky Mountain News, sowie die Methodistenkirche, das Rathaus und viele kleinere Geschäftsgebäude, Lager und Büros im tiefer gelegenen Gelände waren den Fluten zum Opfer gefallen und völlig zerstört worden. Acht Bewohner der Stadt waren ums Leben gekommen, eine enorme Anzahl an Pferden und Vieh ertrunken.

Byers hatte sofort reagiert und kurz entschlossen die Commonwealth gekauft, ein mit der Rockys in Konkurrenz stehendes Blatt und so den Fortbestand seiner Zeitung gesichert. Bereits wenige Tage nach der Katastrophe hatten sie die Räumlichkeiten der Redaktion bezogen und die Arbeit der ehrwürdigen Rocky Mountain News fortgesetzt. All das geschah, während das Militär bereits unnachgiebig mit der »Säuberungsaktion« begonnen hatte.

Es war gekommen, wie es kommen musste und bereits wenige Wochen später hatten sich Wills schlimmste Befürchtungen bestätigt. Obwohl es niemals offizielle Aussagen über das Abschlachten Unschuldiger geben sollte, hatten ihm mehrere Informanten über die Vorfälle berichtet. Chivington und seine Männer waren gegen überwiegend unbewaffnete Menschen vorgegangen. Die meisten hatten gar nicht gewusst, wie ihnen geschah und zu spät erkannt, was ihnen angetan werden sollte. Den fliehenden Frauen und Kindern war in den Rücken geschossen worden, die Männer hatte man kurzerhand am nächsten Baum aufgeknüpft.

»Spart euch die Kugeln und hängt sie auf«, hatte der knappe Befehl gelautet.

Mit keinen nennenswerten Verlusten war die Truppe in die Stadt zurückgekehrt, worauf das Daily Mining Journal, die Tageszeitung des etwa fünfunddreißig Meilen entfernten Städtchens Black Hawk, getönt hatte, der Indianerkrieg wäre erstmal vorüber. Es zitierte eine Aussage des Colonels, in der er behauptet hatte, dass die Route am Platte River niemals freier von irgendwelchen Frechheiten und Übergriffen der Rothäute gewesen sei.

Es mussten hunderte Menschen gewesen sein, die der Aktion Chivingtons zum Opfer gefallen waren, aber es schien niemanden wirklich zu interessieren.

»Es waren ja bloß dreckige Indianer gewesen«

So einfach wollte Will die Erklärung aber nicht stehen lassen.

Es musste Unterstützer geben. Mächtige Männer, die sich durch diese Art *Befreiungsaktion* der Bevölkerung gegenüber profilieren und daraus ihren persönlichen, politischen Nutzen ziehen wollten.

Evans, dem Governor, sagte man nach, er wolle Senator werden und Colorado zu einem eigenständigen Bundesstaat machen. Ein Vorhaben, das angeblich sogar vom Präsidenten unterstützt wurde, was bei näherer Betrachtung durchaus erklärlich wirkte, denn Lincoln hoffte zweifelsohne, durch die zusätzlichen Stimmen innerhalb der Union seine eigene Wiederwahl im Herbst des Jahres sichern zu können. Mit welchen Machenschaften sich der Governor allerdings gegenüber der Bevölkerung ins rechte Licht zu setzen versuchte, darüber war dem Präsidenten mit Sicherheit nichts bekannt. Jedenfalls schätzte Will Lincoln nicht so ein, als würde er der Macht willen über Leichen gehen. Noch war er überzeugter Unterstützer der Politik ihres Oberkommandierenden, der mit dem Fortgang der Kämpfe gegen die Rebellen mehr als beschäftigt sein durfte.

Chivington erschien Will wie einer dieser Emporkömmlinge, der jetzt ganz offensichtlich das Amt des ersten Kongressabgeordneten Colorados ansteuerte. Er war ein Mann, der seine Pläne rücksichtslos verfolgte und dem jedes Mittel Recht war, sein Vorankommen, sei es militärisch, gesellschaftlich oder politisch, zu sichern.

Wehrlose Indianer boten für ihn ein nahezu perfektes Ziel, vorausgesetzt, man konnte sie der Bevölkerung als wilde Bestien verkaufen und die Jagd auf sie als heldenhafte Tat darstellen, die einzig darauf ausgerichtet war, brave, weiße Siedler, Bürgerinnen und Bürger zu schützen.

Diese Männer wussten, was sie taten, denn die Reaktionen der Häuptlinge und Krieger der Cheyenne blieben nicht aus. Es wurde von massiven Überfällen und Plünderungen im Grenzland von Colorado und Kansas berichtet, nur wollte niemand sehen, dass es sich hierbei um Vergeltungsaktionen handelte. Es war die Antwort gewesen auf das völlig ungerechtfertigte Vorgehen Chivingtons und seiner Männer.

Gewalt erzeugt Gegengewalt. Eine einfache Gleichung, die hier genauso der Wahrheit entsprach wie überall auf der Welt.

Zeitungsmänner wie Byers wurden der Verantwortung, die ihnen eine aufklärende und neutrale Berichterstattung gebot, nicht gerecht. Hier hatte jeder seinen Beitrag geleistet, im Spiel um Macht und politischen Einfluss. Sein Boss war da keine Ausnahme.

»Schreiben Sie über Dinge, die Sie verstehen, William. Sie sind ein hervorragender Schreiber, was das Kriegsgeschehen betrifft. Schreiben Sie weiter an Ihrer Kolumne und bringen Sie etwas Freude in die Herzen der Menschen dieser Stadt. *Das* ist Ihre Verantwortung.

Und ... in Herrgottsnamen ... suchen Sie sich endlich ein Mädchen, das Sie auf andere Gedanken bringt!«

Will hörte Byers immer noch poltern, so tief hatten ihn die Worte seines Verlegers getroffen: »Lassen Sie die Indianer, Indianer sein! Diese roten Teufel haben Ihre Aufmerksamkeit nicht verdient. Seien Sie vernünftig, Will. Verderben Sie nicht die großartige Zukunft, die hier in Denver auf Sie warten könnte. Kooperieren Sie!«

›Kooperieren ...!‹

Mundtot sollte er gemacht werden!

An einem der darauffolgenden Abende hatte er einen Drohbrief erhalten, der unter der Tür seines Appartements durchgeschoben worden war. Als Indianerfreund hatte man ihn bezeichnet und damit gedroht, ihn neben den Häuptlingen aufzuknüpfen, wenn er seine Fragerei und Behauptungen nicht für sich behalten würde.

Die beste Möglichkeit, einer Schlange das Gift zu entziehen, sei immer noch, ihr den Kopf abzuschlagen.

Will musste sich eingestehen, dass dieser Brief ihn mehr als nur bedenklich gestimmt hatte. Er war erschrocken.

In besagter Nacht hatte er seit langem das erste Mal wieder mit seinem geladenen Revolver unter dem Kopfkissen geschlafen.

Als dann am Abend des 11. Juni der Überfall auf die Ranch von Van Wormer am Box Elder Creek, etwa dreißig Meilen südöstlich von Denver, bekannt wurde und die Leichen seines Gehilfen und dessen Familie in die Stadt gebracht und als schauerliche Beispiele der Grausamkeit zur Schau gestellt worden waren, war die Stimmung verständlicherweise völlig zugunsten der Indianerhasser gekippt.

Die völlig entstellten und verstümmelten Leichen von Nathan Hungate, seiner Frau Ellen und seiner beiden Töchter waren auf der Ladefläche eines Wagens präsentiert worden, um die Angst, die Wut und den Hass der Leute auf die Spitze zu treiben.

Die Erwachsenen waren erstochen und skalpiert worden. Die Frau vorher offensichtlich vergewaltigt. Der nur zwei Jahre alten Laura und ihrer fünf Monate alten Schwester Florence waren die Kehlen durchschnitten worden. Es war herzzerreißend.

Die ganze Stadt war in Aufruhr. Menschen rannten weinend und schockiert durch die Straßen und waren dabei gewesen, eine regelrechte Massenhysterie auszulösen.

Ein gewisser Miller, ein weiterer Gehilfe auf der Ranch von Van Wormer hatte berichtet, der Ranchbesitzer selbst sei bei dem Überfall nicht anwesend gewesen. Er und Hungate seien bereits früh am Morgen aufgebrochen, um nach vermissten Kälbern zu suchen, als sie aufsteigenden Rauch wahrgenommen hatten aus der Richtung, in der die Ranch lag. Er habe Hungate überreden wollen, Hilfe zu holen, dieser aber hatte sich nicht zurückhalten lassen.

Hungate hatte versucht, seiner Familie zu Hilfe zu kommen und war dabei selbst zu einem weiteren Opfer der Bestien geworden.

Auch Will hatte einen Blick auf die Ermordeten geworfen, sich aber sofort von dem Anblick der Grausamkeiten gelöst. Er konnte diese Bilder einfach nicht mehr ertragen.

In dieser Nacht waren die Träume zurückgekehrt. Er hatte Angst vor dem Schlafen. Angst vor den Träumen und den Bildern, die ihn heimsuchen würden, vor denen es kein Entrinnen gab.

Natürlich hatte die Zurschaustellung der Opfer ihre Wirkung nicht verfehlt. Evans und Chivingtons Plan war voll aufgegangen.

Evans hatte reagiert und den sofortigen Krieg gegen alle Indianer ausgerufen, die sich nicht ergeben und in die Reservate begeben würden. In der Hoffnung, die Stämme untereinander zu entzweien, hatte er eine Aufforderung erlassen, welche alle wirklich friedfertigen Häuptlinge dazu bringen sollte, sich mit ihren Leuten in den Forts der Armee zu ergeben, wo Indianeragenten sie schützen und ihnen Nahrungsmittel zur Verfügung stellen würden. Alle anderen Rothäute würden als feindselig betrachtet werden.

Sofort hatte er nach Freiwilligen ausrufen lassen, die sich für eine Dienstzeit von hundert Tagen unter den Befehl von Colonel Chivington stellen sollten. Bestehend aus Männern und Burschen, die überwiegend aus den Saloons und Straßen der Stadt rekrutiert worden waren, war die »Third Colorado Cavalry« entstanden, gegründet, um die Ängste der Menschen zu besänftigen, sie zu schützen und die Indianer zu bestrafen. Das Land sollte endlich von dieser roten Seuche befreit werden.

Auf der einen Seite hatten verschiedene Artikel der Rockys die Ängste der Menschen bewusst weiter geschürt, in dem die Frage gestellt worden war, ob die Regierung denn in der Lage wäre, die Dinge im Griff zu behalten und einen Indianeraufstand zu verhindern, während auf der anderen Seite mit viel rhetorischer Finesse bestätigt wurde, dass alles in Ordnung und gut vorbereitet sei.

Evans, Chivington und vor allem die Zeitung behielten die Bürger der Stadt unter ihrer Kontrolle. Es gab nichts, was Will dagegen hätte unternehmen können, ohne selbst Gefahr zu laufen, Opfer der Wut der Bürger zu werden.

»Die Indianerhäuptlinge sagen, die Situation sei nur durch etwa hundert bis einhundertfünfzig Krieger entstanden, die sich über die Autorität der Häuptlinge hinweggesetzt haben. Sie hoffen, die Weißen werden diese Verbrecher zur Rechenschaft ziehen.«

Will hatte zu diesem Zeitpunkt bereits heimlich seine Kontakte zu den sich um Fort Laramie befindlichen Sioux intensiviert. Immer wieder hatte er Denver für ein paar Tage verlassen, war nach Laramie geritten und hatte sich mit verschiedenen indianischen Händlern und »Herumtreibern« unterhalten, Informationen gesammelt und Berichte verfasst. Außerdem sprach er ebenso mit seinen Informanten im Fort, die erzählten, dass der Kommandant von Fort Lyon, etwa zweihundert Meilen südöstlich von Denver gelegen, mit einhundertzwanzig Mann zu einer Strafexpedition aufgebrochen war und auf über sechshundert Cheyenne und Arapaho getroffen war. Ohne Kampfhandlungen hatten die Häuptlinge vier weiße Geiseln freigegeben und sich unter Arrest stellen lassen. Major Edward Wynkoop war daraufhin in der Rockys für seinen Mut und die »Coolness« gelobt worden, mit der er die Expedition zum Erfolg geführt hatte.

»Er hat vier Weißen das Leben gerettet, die nach meiner Überzeugung mehr wert sind, als tausend dieser Wilden. Mit einhundertzwanzig Mann ist er in das Herz des Indianerlandes vorgedrungen, umringt von fünftausend feindlichen Indianern«, hatte einer der Schreiberlinge Byers zum Besten gegeben. In genau demselben Artikel, den Will erst später zu Gesicht bekommen hatte, als er nach einem längeren Aufenthalt in Fort Laramie wieder zurück an seinen Schreibtisch gekehrt war, hatte die News die Befürchtungen Evans zum Ausdruck gebracht, die Cheyenne und Arapaho wären mit Rebelleneinheiten im Süden in Kontakt getreten. Sie behaupteten allen Ernstes die Stämme hätten vor, sich mit den Rebellen zu verbünden, um die Stadt anzugreifen. Angeblich hätten die Offiziere der Konföderierten den Häuptlingen sogar versprochen, ihnen dafür ihr Land wiederzugeben.

Will hatte sich bereits zu diesem Zeitpunkt dafür geschämt, immer noch für diese Zeitung tätig zu sein. Dennoch hielt er an seinem Plan fest, etwas zu schaffen für sich und dieses Mädchen, das ihm immer fremder wurde, je länger die Trennung zwischen ihnen andauerte.

Wynkoop hatte es geschafft, die Häuptlinge Bull Bear, Black Kettle, White Antelope und Little Robe dazu zu bewegen, ihm nach Denver, oder besser gesagt, in die Nähe der Stadt zu folgen, um dort mit Governor Evans und Colonel Chivington zu verhandeln und ihre friedlichen Absichten zu unterstreichen.

Ende September hatte das Treffen in Camp Weld stattgefunden, an dem auch Will als Beobachter teilgenommen hatte. Den Häuptlingen war Schutz und Verpflegung zugesagt worden, worauf sie sich bereitwillig der Autorität der Soldaten in Fort Lyon unterstellten. Will hatte ein langes und ausführliches Gespräch mit Wynkoop geführt, wobei sie sich schnell nur noch mit Vornamen angesprochen hatten. Edward Wynkoop war alles andere als ein Indianerhasser. Er tat seine Pflicht, die ihm genauso wie die Anordnungen seiner Vorgesetzten ein unüberwindliches Maß an Menschlichkeit gebot.

Einige wenige Wochen später war Wynkoop seines Kommandos in Fort Lyon enthoben und durch einen Mann namens Major Scott Anthony ersetzt worden.

Was dann genau geschehen war und wie es zu dem grausamen Überfall auf das Lager der Indianer am Sand Creek gekommen war, das hatte Will nicht im Einzelnen recherchieren können. Mit der fadenscheinigen Begründung, er müsse auf eine weitere Genehmigung der Regierung warten, um sie weiterhin beim Fort unter seinen Schutz stellen zu können, hatte Anthony die Indianer aufgefordert, Fort Lyon zu verlassen und ihnen den Lagerplatz am Sand Creek zugewiesen.

Wie Will von einem der stationierten Soldaten unter der Hand berichtet wurde, hatte der neue Kommandant noch während er sich den Häuptlingen gegenüber freundschaftlich gegeben hatte, zusätzliche Truppen für einen Angriff angefordert.

Außerdem hatte er einem Spitzel aus dem Umfeld des Bürgermeisters gegen einen enormen Betrag die Information abgekauft, dass sowohl Chivington als auch dem Governor bei den Verhandlungen in Camp Weld durch einen Brief von General R. Curtis, kommandierender Offizier des Department of Kansas, eindeutig Friedensverhandlungen mit den Indianern untersagt worden waren.

Am 9. November, so stand es geschrieben, hatte Black Kettle noch bestätigt, wohlbehalten am Sand Creek angekommen zu sein und sich friedlich zu verhalten.

Dass zwischenzeitlich die Einheiten Chivingtons, zusammen mit der Freiwilligenarmee aus Denver, die mittlerweile »The Bloodless Third«, die »Blutlose Dritte« genannt wurde, weil die Leute munkelten, die Männer würden entlassen, bevor es auch nur zu einer einzigen Kampfhandlung gekommen wäre, in Richtung Süden unterwegs waren, war Will genauso wenig bekannt gewesen, wie der eigentliche Plan: der Angriff auf ein unbewaffnetes, friedliches Indianerlager.

Am 28. November hatte Chivington Fort Lyon erreicht.

Nach etlichen Streitigkeiten und Diskussionen hatten sich viele der Offiziere hinter den Plan des Überfalls auf die Cheyenne und Arapaho gestellt.

Einige aber verweigerten ihre Beteiligung vehement. Sie waren als Feiglinge und Verräter beschimpft worden.

-

In der Abenddämmerung des 28. November 1864 verlassen siebenhundert Mann, darunter einhundertfünfundzwanzig Soldaten der Garnison unter Major Scott Anthony, mit vier Zwölfpfünderhaubitzen Fort Lyon.

Nachdem sie die ganze Nacht durchgeritten sind, erreichen sie im Morgengrauen des 29. November die Gegend am Sand Creek und stoßen auf das noch verschlafene Lager der Cheyenne, in dem das Leben gerade erst erwacht.

Zunächst noch unbemerkt beobachten die Soldaten, wie sich die Menschen sammeln und sich auf den bevorstehenden Tag vorbereiten.

Ein Schrei.

Viele Schreie.

Frauen haben die Einheiten auf den Hügeln entdeckt und schlagen Alarm.

Als Zeichen, dass es sich um ein friedliches Indianerlager handelt, lässt Häuptling Black Kettle an einem langen Speer zuerst eine weiße Flagge hissen, gefolgt von der Amerikanischen. Er hätte dann nichts zu befürchten, so war ihm gesagt worden.

Oberhalb des Lagers werden die Soldaten ermahnt, sich daran zu erinnern, wie die weißen Frauen und Kinder getötet worden waren und dass es keine Gefangenen geben soll.

Nach dem Angriffssignal, als sie durch den Fluss galoppieren, teilt sich die Truppe in verschiedene, auch kleinere Einheiten. Während sich einige Männer des Kommandos unter Major Anthony um die Ponyherde kümmern, flankieren andere die linke Seite des Lagers.

Überall laufen schreiende Menschen. Sie versuchen zu fliehen oder ihre Familien in Sicherheit zu bringen. Die Zange der Soldaten beginnt sich zu schließen.

Die Hauptmacht der Einheit stößt mit wildem Geschrei direkt ins Zentrum des Lagers vor und schießt dabei auf alles, was sich bewegt.

Frauen, Kinder stürzen zu Boden, getroffen von den Kugeln der Soldaten. Einige wenige Krieger - die meisten Männer befinden sich auf der Büffeljagd - versuchen verzweifelt Widerstand zu leisten und werden von Hagelgeschossen aus den Haubitzen niedergemäht. Die Überlebenden zerstreuen sich, versuchen, in alle Richtungen zu fliehen, werden erschossen, erstochen, zerstückelt.

Stundenlang begehen die Soldaten eine Orgie von Brutalität und Hass.

Nur einige wenige Männer sind auf den Hügeln zurückgeblieben, haben ihre Beteiligung an dem Massaker verweigert und trauen ihren Augen nicht.

Sie beobachten ihre Kameraden beim Vergewaltigen, Töten und Verstümmeln. Sehen zu, wie diese über das Schlachtfeld wandern, getrieben von Mordlust und hemmungslosem Blutrausch.

Verwundete werden getötet und skalpiert, ihre Leichen bis zur Unkenntlichkeit verstümmelt. Egal ob Frauen, Kinder oder Männer.

Den getöteten Häuptlingen werden die Geschlechtsteile abgetrennt. Den Frauen die Brüste abschnitten, die Schamlippen entfernt.

Einer der Frauen wird das ungeborene Kind aus dem Bauch geschnitten und getötet. Eine andere tötet ihre Kinder, noch bevor die Soldaten Zugriff auf sie erlangen. Dann richtet sie die Waffe gegen sich selbst.

Auch andere begehen Selbstmord.

Wenige Indianer, denen die Flucht geglückt ist, kauern in ihren Verstecken unterhalb der Böschung, im wilden Gestrüpp des Ufers. Teils im Wasser liegend oder hockend.

Einige werden entdeckt und massakriert, andere harren bis zum

Einbruch der Dunkelheit in ihren Zufluchtsorten aus und schleichen in der Nacht in Richtung Norden, um bei anderen Cheyenne oder den, in der Vergangenheit eigentlich feindlichen Sioux, Zuflucht zu suchen.

Bis auf einige wenige Männer, von denen die meisten im Kugelhagel des eigenen Feuers umgekommen sind, hat die Armee keine Verluste zu melden.

Das von Colonel Chivington gegebene Versprechen auf ein »Gefecht«, bei dem Ruhm und Ehre zu ernten sein würde, ist gehalten worden.

Den darauffolgenden Tag verbringen die Soldaten mit dem Töten der Verwundeten, die am Vortag übersehen worden sind. Sie plündern und vernichten den indianischen »Plunder«, den sie nicht gebrauchen können und sammeln Trophäen wie Skalps und andere menschliche Körperteile, um ihre Gewehrläufe, Sättel und Hüte zu schmücken.

Abgetrennte Hoden und Vaginen zieren die Sattelknäufe, genauso wie Brüste, die den Frauen abgeschnitten worden sind, um ihren Peinigern als Tabakbeutel zu dienen.

Am Morgen des 1. Dezember 1864 brennen die Soldaten die Reste des Indianerlagers nieder und verlassen erhobenen Hauptes den Sand Creek.

Neun Soldaten sind gefallen, achtunddreißig verwundet.

Mehr als einhundertfünfzig Cheyenne und Arapaho sind abgeschlachtet worden. Zwei Drittel davon Frauen und Kinder.

-

Die erste Nachricht vom glorreichen Sieg Chivingtons am Sand Creek wurde am 7. Dezember mit einer Schlagzeile in der Rockys gefeiert.

Will hatte sofort gewusst, dass etwas an der Darstellung eines »Gefechts« und dem »heldenhaften Sieg« der Armee über fünfhundert feindliche Cheyenne nicht stimmte.

Schon die Tage danach bestätigten seine schlimmsten Befürchtungen.

Die Nervosität und Trauer der Indianer war deutlich zu spüren gewesen, als er sich wenige Tage später nach Fort Laramie begeben hatte. Im Gegensatz zu den vorangegangenen Treffen in den Tipis rund ums Fort, hatte er diesmal nicht das Gefühl, ein gern gesehener Gast zu sein. Und dies, obwohl er wie immer einiges an Vorräten, Kochgeschirr und Werkzeugen als Geschenke dabeigehabt hatte.

Von den Sioux unter den »Heruntergekommenen«, wie sie von den weißen Siedlern und Soldaten oft abfällig genannt wurden, erfuhr er den tatsächlichen Hergang des schrecklichen Überfalls der Armee und dem grauenhaften Abschlachten von Frauen und Kindern.

Noch während der alte Indianer das Massaker schilderte, liefen Will dicke Tränen über die Wangen. Er zwang sich, dem Bericht des Alten zu folgen und war fassungslos über die Tiefe, in welche die menschliche Seele sich verlieren konnte. Barbarisch war noch zu gut, um zu beschreiben, was die Männer den Menschen am Sand Creek angetan hatten.

›Der bestialische Gestank ihrer Taten möge für immer an ihren Händen haften bleiben!‹

Am 14. Dezember tönte die News:
»Die Wilden sind zerstreut! 500 Indianer getötet!«

Chivingtons Darstellung bestätigte die Berichte über die Anzahl der besiegten und getöteten Indianer, den Tod Black Kettles und weiterer Häuptlinge. Die Taten seiner Männer beschrieb er als heldenhaft und edelmütig.

Will hatte bereits zu diesem Zeitpunkt gewusst, dass Black Kettle entkommen war und sich die Anzahl der Opfer glücklicherweise doch in einer anderen Dimension bewegt hatte. Die Aussagen der Krieger und Männer, die bereit gewesen waren mit Will zu sprechen, differierten zwischen hundertfünfzig und zweihundert getöteten Cheyenne und Arapaho, was die Tat an sich natürlich um keinen Deut besser machte.

Viele der Zelte um das Fort waren über Nacht verschwunden.

Von allen Seiten wurde über blutige und sich häufende Überfälle der Indianer berichtet. Das Land schien jetzt endgültig im Kriegszustand zu versinken.

Chivington hatte versprochen nach Norden zu ziehen, die Verfolgung der Wilden aufzunehmen und für Ruhe zu sorgen, war aber bereits nach wenigen Tagen nach Denver zurückgekehrt, wo er mit Jubelrufen empfangen worden war.

Jetzt war der Tag gekommen, an dem die »Bloody Third«, jetzt die »Blutige Dritte« genannt, nach Denver zurückkehrte und mit einem Triumphzug durch die Straßen Denvers zog …

Will stürmte in sein Büro und ließ sich erschöpft auf seinen Stuhl fallen. Außer ihm war niemand in der Redaktion. Alle feierten und jubelten der Mörderbande zu, die sich in einem blutigen Zug, wie die Schlange des Bösen, durch die Straßen der Stadt schlängelte. Abwesend blätterte er in den Unterlagen, die chronologisch sortiert den Verlauf dieses verdammten Krieges widerspiegelten, in dem Amerikaner gegen Amerikaner kämpften.

›Überall nur Tod, Verderben und Blutvergießen!‹

Monatelang hatte Will damit verbracht, diesen Wahnsinn aufzuzeichnen und zu Papier zu bringen, damit die Menschen sich über den Stand der Dinge im Osten informieren konnten.

Mit einem energischen Faustschlag wischte er seine Aufzeichnungen von der Schreibtischplatte, beugte sich vornüber und ließ den Kopf auf seine Arme sinken. Was sollte er tun?

Zumindest wusste er, was er *nicht* tun würde!

Auf keinen Fall würde er weiter für die Belustigung der Menschen dieser Stadt sorgen. Und das blutige Gemetzel im Osten … das würde auch ohne ihn stattfinden, seine Berichte und Beschreibungen würden auch von jemand anderem verfasst werden. Letztendlich steckte dieser ganze schmutzige Krieg sowieso fest.

Da mochte sich Lincoln noch sooft hinstellen und in großen Reden das eigentliche Ziel des Krieges beschwören.

»Den Erhalt des demokratischen Herrschaftssystems der USA, der Regierung des Volkes, durch das Volk und für das Volk!«

Leere Worte, wenn man bedachte, wie viele Menschen dafür getötet, misshandelt und massakriert wurden.

Im März dieses Jahres hatte der Präsident Ulysses S. Grant zum Oberbefehlshaber der US Army benannt und was war seitdem geschehen? Das Abschlachten hatte von neuem begonnen, unbarmherziger und härter als zuvor. Zehn Monate war so gut wie nichts Entscheidendes passiert.

Seit es den Unionstruppen im November letzten Jahres gelungen war, die Belagerung von Chattanooga durch einen waghalsigen Frontalangriff aufzuheben und die konföderierten Truppen in Richtung Georgia zu vertreiben, hatten sich Wills Berichte auf kleinere Scharmützel und Kuriositäten, wie den ersten erfolgreichen Angriff eines sogenannten »Unterseeboots« auf ein Kriegsschiff der Union beschränkt. Dass dieses Unterseeboot der Konföderierten anschließend aus ungeklärten Ursachen ebenfalls auf dem Grund des Meeres gelandet war, war dabei eher eine Randbemerkung geblieben.

Schreckliche Berichte hatten sie erreicht, über ein angebliches Gefangenenlager der Rebellen bei Andersonville, Georgia, in dem menschenverachtende Zustände herrschen mussten. Es war von vielen tausend sterbenden Unionssoldaten die Rede. Hunger, Misshandlungen und Krankheiten rafften die Männer dahin.

Erst Anfang Mai, als die Army of the Potomac unter Generalmajor Meade den Fluss Rapidan überschritten hatte und auf Lees Northern Virginia Armee gestoßen war, war es zu einer weiteren großen Schlacht gekommen, die allerdings wieder in einem Unentschieden geendet hatte. Trotzdem waren die Truppen der Union diesmal nicht wieder nach Norden ausgewichen!

Will vermutete eine geänderte Strategie hinter der Entscheidung Grants, der in der Folge der darauffolgenden Kämpfe keinerlei Rücksicht auf die hohen Verluste seiner eigenen Armee zu nehmen schien. Den Verlusten der Union von über achtzehntausend Mann, standen Verluste der Rebellen von geschätzten elftausend Mann gegenüber.

Grant hatte die Truppen der Union weiter nach Süden marschieren lassen, in Richtung Richmond. Der Oberbefehlshaber der Union hatte offensichtlich beschlossen, sich den Vorteil der bei Weitem höheren Ressourcen an menschlichem Material zunutze zu machen.

Die weniger bevölkerungsreichen Staaten im Süden sollten ausbluten, was den Nachschub an Soldaten anbelangte.

Es waren weitere Schlachten gefolgt, bei Spotsylvania Court House und Cold Harbor.

Trotz der schrecklichen Anzahl an gefallenen Soldaten war Abraham Lincoln im Juni ein weiteres Mal zum Präsidentschaftskandidaten der Republikanischen Partei ernannt worden, während noch im selben Monat mit der Belagerung der Stadt Petersburg durch Unionstruppen begonnen worden war. Nachdem der Sturmangriff auf die Stadt gescheitert war und Grant diesen wichtigen Versorgungs- und Eisenbahnknotenpunkt nicht aufgeben wollte, hatten sich die Armeen beider Lager regelrecht ineinander verhakt. Seit Juni lieferten sich die gegnerischen Parteien einen nicht zu gewinnenden Kampf von einem Schützengraben zum anderen.

Eine andere Versorgungslinie der Rebellen war brutal durch General Philip Sheridan unterbrochen worden, der im August einen Feldzug im Shenandoah Tal, Virginia, geführt hatte, das als Kornkammer der konföderierten Truppen galt. Nachdem sich die Rebellen unter großen Verlusten zurückgezogen hatten, hatte er die Vorräte geplündert und systematisch die wirtschaftlichen Mittel des Tals zerstören lassen.

Am 2. September war der Union unter General Sherman ein weiterer Schlag geglückt. Mehr oder weniger kampflos war ihnen Atlanta in die Hände gefallen, nachdem die Südstaatenmetropole am Vortag von den Aufständischen geräumt worden war. Sie hatten keine Chance gesehen, die Stadt erfolgreich zu verteidigen.

Damit hatte Sherman der Weg zur Atlantikküste freigestanden, mitten hindurch durch das Kernland der Konföderation.

Es war nicht zu übersehen gewesen, dass dies zu einem deutlichen Stimmungswechsel der Öffentlichkeit im Norden geführt hatte. Plötzlich sprachen die Menschen wieder von Ruhm und Sieg.

In der Folge hatte Lincoln Anfang November die Präsidentschaftswahl für sich entschieden, ein deutliches Votum für die Fortsetzung des Kriegs.

Will hatte sich in seinem Stuhl zurückgelehnt und starrte mit leeren

Augen gegen die Wand. Von draußen drangen immer noch die Jubelrufe der Menschen in seine Ohren, ein Jubel über die Misshandlung menschlicher Kreaturen.

Er öffnete die Schreibtischschublade und holte ein Glas und eine noch ungeöffnete Flasche Whiskey hervor, die er für einen besonderen Anlass aufgespart hatte.

›Na, wenn das Mal kein besonderer Anlass ist!‹

Sherman hatte seit November einen regelrechten Verwüstungsfeldzug gegen die Menschen in Georgia begonnen. Er befand sich momentan offensichtlich kurz vor Savannah, an der Küste.

Schon jetzt war das Ausmaß der Zerstörung absehbar, denn seine Männer hatten eine fast sechzig Meilen breite Schneise der Vernichtung geschlagen und waren dabei, ihren Weg ohne Gnade fortzusetzen. Vorräte wurden geplündert, kriegstaugliches Material vernichtet und die meisten Häuser in Brand gesteckt. Der Nachschub der Konföderierten musste nahezu am Zusammenbrechen sein, die Menschen demoralisiert und zur Aufgabe bereit.

Das erste Glas trank Will in einem Zuge leer. Ebenso das Zweite, das er bis zum Überlaufen eingeschenkt hatte. Die Flasche steckte er in die Seitentasche seines Jacketts und ging, mit dem leeren Glas in der Hand, langsamen Schrittes auf die Tür des Büros zu. Im Türrahmen drehte er sich um und blickte noch einmal auf seinen bisherigen Arbeitsplatz. Dann holte er aus und schleuderte das Glas mit aller Gewalt gegen die gegenüberliegende Wand. Tausend Scherben wirbelten durch die Luft und regneten auf seinen Schreibtisch nieder, als das Glas an der Ziegelwand zerschellte.

›Auf Wiedersehen, Mr. Byers. Es war mir *kein* Vergnügen.‹

****

North Platte River, Dakota Territorium, 19. Mai 1865

Rauch! Überall Rauch! Schreiende Menschen.

›Was soll ich nur tun? Wo ist Mama? Ich muss hier raus, nur raus!

Nach oben. Irgendwie nach oben … die Leute müssen mich durchlassen!‹

»Bitte! Lassen Sie mich durch, ich muss nach oben. Meine Mama ist da oben. Bestimmt!«

Die Menschen drängen, schreien verzweifelt um Hilfe. Trotzdem schiebt sich die Masse an Leibern ständig durch den schmalen Gang. Stufe um Stufe. So, als würde sie durch einen Sog über die enge Treppe ins Freie gezogen.

›Nicht stolpern! Um Himmels willen, nur nicht hinfallen! Endlich, da vorne geht es nach draußen. Aber … was ist das? Feuer!‹

»Feuer! Da oben brennt es!«

Die Leute laufen auf das obere Deck hinaus. Es ist schrecklich!

Brennende Menschen springen über Bord.

›Auf der anderen Seite, oben auf dem Vorderdeck! Ja, da ist sie!‹

»Mama! Bitte Mama, hilf mir!«

Ein Mann in Uniform kommt aus einer der sonst fest verschlossenen Türen. Aber er schüttelt nur den Kopf: »Wir sind verloren. Wir sind alle verloren.«

Mama hält den kleinen Franz an der Hand.

›Sie muss ihn retten!‹

Überall wütet das Chaos der Verzweiflung. Ein Mann wird bei dem Versuch, ihn mit einem der schweren Seile aus dem Wasser zu ziehen stranguliert. Er zuckt mit den Beinen, kann sich nicht befreien.

»Mama. Mama!«

Sie steht immer noch da. Sie lächelt, aber sie bewegt sich nicht. Sie bringt sich nicht in Sicherheit!

»Nein! Sie brennt!«

Ihr Kleid, ihre Haare fangen Feuer!

›Nein! Bitte nicht! Sie lächelt mich immer noch an, wird gänzlich von den Flammen erfasst! Nein. Neeeeeiiiiiiin!!!!!‹

Mit einem Ruck fuhr Anna nach oben!

Dunkelheit.

Schweißgebadet blickte sie sich um, griff einem Instinkt folgend nach ihrem Messer, um sich – gegen wen auch immer – verteidigen zu können.

Ein Traum.

Dieser Traum!

Er hatte sie schon lange nicht mehr heimgesucht. Diese Ausgeburt ihrer eigenen Phantasie, vermischt mit den Erinnerungen an Leid und Verlust.

Es würde bald zu dämmern beginnen. Sie musste auf der Hut sein!

Langsam versuchte sie die Kälte aus ihren steifen Gliedern zu bekommen, indem sie sich streckte, sich Arme und Beine rieb und sich bewegte. Sie hatte kein Feuer machen können. Zu nah. Zu gefährlich.

Mehr als zwanzig Tage war sie durch die karge, teils noch verschneite Landschaft unterwegs gewesen. Das Winterlager im Norden zu verlassen, um sich alleine auf den Weg zu machen, war von vielen als eine törichte, gefährliche Entscheidung angesehen worden. Einige der Krieger hatten sie vehement zurückhalten wollen. Doch sie wusste, sie hatte ein Versprechen einzulösen.

Ob sie Will finden würde? Ob er nach so langer Zeit überhaupt noch etwas von ihr wissen wollte? Diese Zweifel nagten an ihr wie eine Krankheit, die mit zunehmender Unsicherheit und bösen Gedanken einen übermächtigen Schmerz in ihr Herz trieb.

Will war der Mann ihres Lebens. Sie hatte es gewusst, seit dem ersten Mal, als sie sich geliebt hatten. Es würde nie einen anderen geben.

Zum Glück gab es Anzeichen dafür, dass er sich nicht in eine andere verliebt, geheiratet und eine Familie gegründet hatte.

Wenn sie den Berichten der Menschen, die um das Soldatenfort an der Gabelung der Wege, die von den Weißen »Trails« genannt wurden, glauben konnte, so gab es dort seit einiger Zeit einen jungen Mann, der sich immer wieder nach einer Verbindung zwischen ihnen und der »Weißen Krähe« erkundigte, Fragen stellte und sich mittlerweile als Übersetzer für die Soldaten im Fort zur Verfügung stellte.

»Er spricht die Worte der Mdewakanton.«

Einem wort- und sprachgewandten Mann wie Will würde es nicht schwerfallen, die Unterschiede im Sprachgebrauch der verschiedenen Stämme herauszuarbeiten. Auch die Beschreibungen über sein

Aussehen passten.

Bei dem Gedanken, Will gegenüberzustehen, verspürte sie einen Stich in ihrem Herzen.

Viel war geschehen in der Zeit der Trennung.

Zum Aufbruch hatte sie sich entschieden, als sich der Winter dem Ende geneigt hatte und sich der Rat der Häuptlinge darüber einig gewesen war, dass mit einer weiteren Verfolgung durch die Soldaten erstmal nicht zu rechnen sei. Es war eine große Vereinigung der Stämme im Gange. Ehemals verfeindete Völker schlugen nun gemeinsam ihre Lager auf. Die Ereignisse der letzten Monate zwangen die Indianer zu gemeinsamen Aktionen und Planungen.

Noch im Sommer des vergangenen Jahres hatten sich die Stämme und Gruppen der Hunkpapa, Sihasapa, Miniconjou und Sans Arc am Tahkahokuty, dem »Ort, wo sie die Hirsche töten« sicher gefühlt und ein großes Lager errichtet. Auch Inkpaduta, mit einer Gruppe Santee hatte sich ihnen angeschlossen, darunter auch sie selbst und einige wenige ihrer übriggebliebenen Gefolgsleute.

Die ihr zugesprochene Verbindung zu Wakan Tanka, dem »großen Geheimnis der Kräfte« hatte unter den Dakotaführern des Westens teils Skepsis, teils unverhohlene Ablehnung hervorgerufen. Inkpaduta tat alles in seiner Macht Stehende, die Weiße Krähe, die unter den Santee schon lange als heilige Frau galt und die in seinen Augen dadurch einen gegebenen Führungsanspruch innehatte, zu schützen.

Anna war dieser Führungsanspruch gleichgültig. Sie hatte niemanden gebeten ihr zu folgen oder sich ihretwegen in Gefahr zu begeben. Immer noch war sie dabei, eine Schuld zu begleichen. Mehr noch: Sie gehörte hierher. Niemals zuvor hatte sie sich mehr verbunden gefühlt. Sie hatte ihr Blut vergossen, um diesen Menschen zu helfen, hatte gekämpft und ihre Feinde getötet. Sie hatte den Tod einiger Krieger vorhergesehen und ihren Gegnern durch ihre bloße Gegenwart das Fürchten gelehrt. Oft erstarrten ihre Feinde, wenn sie erkannten, dass es eine Frau war, der sie gegenüberstanden und mit welcher Kaltblütigkeit, Selbstaufgabe und Brutalität diese in den Kampf ging.

Es war ein riesiges Lager entstanden an den Hügelketten, die an die sogenannten »Badlands« angrenzten. Und es war eine friedliche Zeit gewesen, bis der Tag kam, an dem etwa dreißig Sioux-Krieger auf eine Gruppe feindlicher, indianischer Scouts der Armee gestoßen waren. Es hatte nur einen kurzen Kampf gegeben, bei dem einer der Soldatenscouts verletzt worden war, trotzdem war eines sofort klar gewesen: Die Zeit der Ruhe und des Friedens war vorüber gewesen.

Sie hatte nicht einmal drei Jahreszeiten angedauert.

Der Mann mit dem langen, grauen Bart war wieder da!

Und mit ihm an die zweitausend Soldaten auf Pferden, Kanonen und einer Wagenkolonne Siedler, auf dem Weg in Gebiete, in denen sie nichts verloren hatten.

»Wo immer der weiße Mann die Erde berührt hat, ist sie wund.«

Auch Dark Cloud hatte sie gelehrt: »Die Gier nach den gelben Steinen bringt das Schlechteste in den Kreaturen zum Vorschein.«

Es war dann alles sehr schnell gegangen.

Bereits zwei Tage später hatten die Soldaten das Lager erreicht, in dem bereits eiligst Vorbereitungen für die Flucht ergriffen worden waren. Viele der Zelte wurden abgebaut, Vorräte für den Abtransport vorbereitet, Waffen und Werkzeuge verstaut.

Es war ein eher ungeplantes Vorgehen der Häuptlinge gewesen. Unkoordiniert waren sie ihren Feinden entgegengeritten.

Anna kannte den Namen ihres Verfolgers: Es war ein gewisser General Sully. Derselbe Mann, der für den gemeinen Überfall auf das Lager an den weißen Hügeln verantwortlich gewesen war, der so viele Herzen in den Staub getreten hatte. Seinen Namen hatte sie von einem schwerverwundeten Winnebago-Scout erfahren, der kurz darauf gestorben war.

Anna und einige ihrer Krieger hatten gezielt Jagd auf die indianischen Kundschafter der Soldaten gemacht. Es konnte der Schlüssel zum Erfolg sein, wenn die Weißen ihrer Augen und Ohren beraubt werden würden. Alleingelassen, in für sie unbekanntem Gelände, waren die Soldaten hilflos wie Kinder.

Aber jetzt waren sie herangerückt. Zu nah.

Die Führer der Stämme hatten ihre Krieger auf den Hügeln und Kämmen der öden, nur schwer zugänglichen und zerfurchten

Schlucht Aufstellung nehmen lassen, während die Soldaten, ihre Pferde an den Händen führend, in einer Art Viereckformation weiter in die Schlucht vorgerückt waren.

Lautes Geschrei und Beschimpfungen der Krieger hatten nichts an der Entschlossenheit der Armee geändert und Anna hatte sich mit ihren Männern zum Angriff bereitgemacht.

Einer der Hunkpapas war dann unvermittelt losgeprescht. Er war nahe an die vordere Reihe der Soldaten herangeritten, hatte mit seinem Bogen über dem Kopf gedroht, sie verspottet und beschimpft.

Einige Augenblicke später war das Feuer auf ihn eröffnet worden.

Anna konnte nicht sagen, wie viele Schüsse den Hunkpapakrieger verfehlt hatten, bis ihn eine Kugel von hinten in die Schulter traf und er nach vorne auf die Mähne seines Ponys gekippt war.

Bereits nach den ersten Schüssen der Soldaten war der Kampf eröffnet gewesen. Leider war es ein zu unentschlossener Angriff gewesen. Die Krieger hatten begonnen, die Flanken der feindlichen Formation zu attackieren, die Soldaten aber hatten standgehalten und waren in einer geschlossenen Schützenreihe unaufhaltsam weiter vorgerückt. Schließlich hatte die Armee ihre Kanonen eingesetzt, um die Häuptlinge daran zu hindern ihre Kämpfer in größeren Gruppen zu sammeln und einen gezielten Schlag zu führen.

Anna war bei den Angreifern gewesen, die auf Anweisung ihres Häuptlings Inkpaduta den feindlichen Truppen in den Rücken fallen sollten, aber auch hier hatte der Beschuss aus den Kanonen ein Herankommen an die Weißen unmöglich gemacht. Einige Krieger der Dakota waren von den Granaten regelrecht zerfetzt worden.

Es war sinnlos gewesen.

Mit der Art, wie die Krieger vorgegangen waren, hatten sie der Übermacht und Kampfstärke der weißen Eindringlinge nichts entgegenzusetzen gehabt.

Die Häuptlinge hatten die Lage erkannt und so hatten sie sich mit vereinten Kräften darauf konzentriert, zumindest das Vorrücken der Einheiten zu verlangsamen. Die Yanktonai hatten zusammen mit den Santee die rechte Flanke, die Teton die linke übernommen, während ein paar Meilen entfernt Frauen, Kinder und Alte in Sicherheit gebracht worden waren. Alles war ungeordnet in Richtung der Felsformationen geflohen, hinein in die zerklüftete Landschaft der Badlands. Angst war in den Augen der Menschen zu lesen gewesen, von denen viele noch niemals zuvor in ihrem Leben einen Weißen zu Gesicht bekommen hatten.

Bei Einbruch der Dunkelheit hatte Sully mit seinen Männern das Lager erreicht, in dem die Menschen immer noch damit beschäftigt gewesen waren, Hab und Gut zu sammeln und sich auf die Flucht in die Schluchten der rauen Berglandschaft zu machen.

Grollender Donner war ihr Begleiter gewesen, denn die Soldaten hatten ihre Kanonen in Stellung gebracht und wahllos das Feuer auf die Zelte im Tal eröffnet. Das war der Zeitpunkt gewesen, an dem alles stehen und liegen gelassen worden und Anna sich ihrer eigenen Machtlosigkeit mehr als bewusstgeworden war. Das Weinen der Kinder, das Klagen der Frauen und die Rufe der Krieger, mit denen sie die Fliehenden zur Eile drängten, all das würde sie niemals vergessen können. Sie waren zu einem Volk der Vertriebenen geworden.

Am nächsten Tag hatte Sully das Dorf, oder besser das, was von ihm übriggeblieben war, vernichten lassen.

Anna war mit einigen Kundschaftern in der Nähe der Soldaten geblieben und hatte ihren Augen nicht getraut: Die Soldaten hatten nicht nur die Zelte niedergerissen oder angezündet. Sie hatten die Hunde erschossen. Mehrere tausend Tiere!

Vorräte, Felle, das für den Winter getrocknete Büffelfleisch und alles, was die Indianer in ihrer Hast zurückgelassen hatten, war auf einen Haufen geworfen und angezündet worden. Einige Sioux, die in der Hoffnung auf Frieden im Dorf zurückgeblieben waren, waren von den Winnebago-Scouts getötet worden.

Zu Annas völligem Unverständnis waren ein paar der Häuptlinge mit einer weißen Fahne auf den Hügeln erschienen, wohl um Verhandlungen mit diesen Mördern aufzunehmen.

Die Antwort hatte ihren Hass bestätigt. Kaum waren die Häuptlinge von den Soldaten ausgemacht worden, hatte man sie auch schon unter Beschuss genommen.

Sully war einzig und allein auf Krieg aus gewesen.

Und er wollte seinem Gegner, der zum größten Teil aus Frauen und Kindern bestand, nicht die Spur einer Chance lassen.

Dieser Mann war der Teufel!

Im Gegensatz zu den Häuptlingen hatte es Anna nicht verwundert, dass der General sie in den darauffolgenden Tagen weiterverfolgt hatte. Der Ehrgeiz dieses Mannes schien unersättlich zu sein.

Obwohl er immer noch einen Wagenzug von Siedlern mit sich führte, drang er in die Wildnis der Badlands ein und rückte weiter auf die Fliehenden vor.

Es war der Abend des bevorstehenden Angriffs gewesen, als Anna vor dem Zelt der großen Ratsversammlung gesessen und gewartet hatte. Sie hatte gewusst und akzeptiert, dass ihr die Teilnahme an den Gesprächen im Kreise der Dakotahäuptlinge versagt bleiben würde.

Die Führer und heiligen Männer des Volkes hatten lange beraten, dann waren sie einer nach dem anderen aus dem Zelt getreten und hatten sich auf den Weg zu ihren Gruppen gemacht. Als Vorletzter, kurz vor Inkpaduta war ein Mann aus dem Zelt getreten, den sie sofort wiedererkannt hatte.

Er war gesenkten Hauptes an ihr vorbeigegangen und hatte ihr erst im letzten Moment in die Augen gesehen. Seine Verwunderung war ihm deutlich anzumerken gewesen. Auch er hatte sie erkannt.

Mit einem kurzen, anerkennenden Nicken hatte er einen Gruß angedeutet, was die umstehenden Krieger und Häuptlinge allesamt mit fragenden Gesichtern zurückgelassen hatte.

Er war Tatanka Iyotanke, Sitting Bull.

Der Mann, dem sie in den Black Hills das Leben gerettet hatte.

Was in den nächsten Tagen gefolgt war, war eine Art Zermürbungstaktik gewesen, die nun unter der alleinigen Führung Tatanka Iyotankes gestanden hatte.

Ein Überfall auf die Pferdeherde der Soldaten. Schnelle, gezielte Attacken auf die Flanken der Marschierenden. Die andauernde, offensichtliche Präsenz von Hunderten von Kriegern auf den Kämmen und Hügeln, dazu die offensichtliche Knappheit an Wasser und Vorräten hatten die Weißen zusehend geschwächt.

Der Häuptling hatte gewusst, was er tat. Er hielt die Krieger weitestgehend außer Schussweite der Soldaten und versuchte, die Route der Armee in schwerzugängliches Gelände zu leiten, in dem es seinen Feinden unmöglich gemacht wurde, ihre Kanonen sinnvoll in Stellung zu bringen. Immer wieder prasselte, wie aus dem Nichts, ein Regen aus Pfeilen auf Sullys Männer nieder.

Trotzdem war es ihnen nach drei Tagen gelungen, das schroffe Land der Badlands hinter sich zu lassen, was ihnen einzig und allein durch die Führung einiger Blackfoot-Scouts gelungen sein konnte. Im Grunde gab es nur einen einzigen Weg durch das Labyrinth der Schluchten, der mit Wagen und Gerät passierbar war.

Kaum hatten die Soldaten das offene Land erreicht, hatten sie ihre Kanonen in Stellung gebracht und das Feuer auf ihre Verfolger eröffnet.

Obwohl er seine Feinde nicht vernichtet hatte, war es wie ein Sieg für Tatanka Iyotanke gewesen.

Vor den Weißen lag ein Marsch von mehreren Tagen, durch ödes, ausgetrocknetes Land. Ihre Wasservorräte mussten aufgebraucht sein.

Viele waren dem Tode näher als dem Leben.

In weitem Abstand wurden den abziehenden Truppen Krieger hinterhergeschickt.

Zum Erstaunen der meisten hatte Sully die Wüste ohne weitere Verluste an Männern durchquert und den Yellowstone River erreicht, wo zwei Dampfboote mit Verpflegung auf ihn gewartet hatten. Auf seinem Weg hatte er fast alle Pferde und das gesamte Vieh verloren.

Anna war mit den Stämmen nach Norden in das dortige Winterlager gegangen, wo nach und nach immer mehr Menschen vor der Verfolgung weißer Soldaten Zuflucht gesucht hatten. Eine große Anzahl von Flüchtenden war aus den Gebieten des Colorado Territoriums nach Norden gezogen und hatte den Weißen auf ihrem Weg großen Schaden zugefügt. Es war ein Rachefeldzug gewesen, nachdem Soldaten ein friedliches Dorf der Cheyenne und Arapaho angegriffen und wehrlose Frauen und Kinder abgeschlachtet hatten. Die Grausamkeiten, die von den wenigen Überlebenden berichtet wurden, waren unvorstellbar.

Je näher sie dem Soldatenfort gekommen war, in dessen Umgebung sie Will vermutete, umso größer war ihre innere Anspannung und Unsicherheit geworden. Sie war jetzt nur noch eine Tagesreise von diesem Ort entfernt. Nein, sie konnte nicht mehr umkehren. Sie musste sich ihren Ängsten stellen.

Sollte Will sie vergessen haben, dann war das nicht zu ändern. Aber sie musste Gewissheit haben.

Tief in ihrem Herzen wünschte sie sich verzweifelt, dass dies nicht der Fall war.

****

Fort Laramie, Dakota Territorium, 20. Mai 1865

Will hatte Denver verlassen und war nach Fort Laramie gegangen, wo er als Vermittler und Übersetzer schnell eine Tätigkeit gefunden hatte.

Er hatte es abgelehnt, fest in die Armee einzutreten und stellte seine Dienste den Offizieren genauso zur Verfügung, wie den Händlern und Pelzjägern, die mit den Indianern rund um das Fort gute Geschäfte machten. Irgendwie hatte er das Gefühl, seine Arbeit würde ihn auf unerklärliche Weise zumindest in die Nähe von Anna bringen. Ob er, sollte sie wirklich zu ihm kommen, erstmal zurück in die Stadt wollte, das wusste er nicht. Zuviel war geschehen. Die Tatsache, dass menschliche Körperteile als Trophäen im Denver Theatre ausgestellt worden waren, ... Skalps und Gliedmaßen der Ermordeten ... und dass sich die Bevölkerung daran ergötzte, ja geradezu erfreute, widerte ihn an. Er stellte sich ernsthaft die Frage, ob es sich bei jenen, die dieses Schauspiel bewunderten, um wirkliche Menschen handeln konnte.

Schließlich war geschehen, was geschehen musste.

Hatten die Chivingtons und Evans dieser Welt denn wirklich geglaubt, die Cheyenne und Arapaho würden das Abschlachten ihrer Leute einfach so hinnehmen?

Es war eine Spirale der Gewalt losgetreten worden und Will hatte den Verdacht, dass glasklares Kalkül hinter der Vorgehensweise der Politiker gesteckt haben musste. Zu klar wurde Kriegshetze betrieben. Zu groß war die Gier nach Macht und Gold.

Ja, Gold!

Der entscheidende Antrieb, das Indianerland gänzlich in Besitz nehmen zu wollen, waren mit Sicherheit die erneuten Goldfunde in den Gebieten von Montana und Idaho gewesen. Die Lebensader der Siedler und Glücksritter war der Fluss. Mit Dampfbooten strebten hunderte, wenn nicht tausende Weiße den Missouri River flussaufwärts, direkt durch das Land der Indianer.

Bereits im Januar hatten wieder Siedler mit ihrem Leben bezahlt.

Am 7. Januar kam es zum Überfall auf Julesburg, das mittlerweile nicht nur Postkutschen-, sondern auch Telegraphenstation geworden war. Die Hauptstation des Overland Trails war zu einer wichtigen Anlaufstelle für Siedler und Reisende geworden, die ihre Vorräte auffüllen wollten oder einfach nach einer Pause verlangten, auf ihrem langen und mühsamen Weg nach Westen.

Den Militärberichten zufolge waren mehr als eintausend Krieger an dem Überfall beteiligt gewesen.

Während die Menschen aus den umliegenden Farmen im nahegelegenen, erst vier Monate zuvor in Betrieb genommenen Fort Rankin Zuflucht gesucht hatten, waren die Einrichtungen inklusive des Warenhauses, den Ställen, des Gasthauses und der Poststation geplündert worden. Ebenso wie die angrenzenden Wohngebäude der Betreiber.

Schließlich waren alle Gebäude der Station niedergebrannt worden und die marodierenden Krieger waren weitergezogen.

Eine Strafexpedition der Armee unter General Robert Byington Mitchell hatte bis auf ein bereits verlassenes Indianerlager nichts gefunden und keine feindlichen Indianer stellen können. Die einzige kämpferische Auseinandersetzung war in einer der eiskalten Nächte zu berichten gewesen, in der einige Krieger durch das Lager der Armee geritten waren und in die Zelte der Soldaten gefeuert hatten.

Es hatte nur wenige Verletzte gegeben.

Die Soldaten waren ausgelaugt und mit teils schweren Erfrierungen von dem Einsatz zurückgekehrt, während sich die Cheyenne und Arapaho bereits auf dem Weg nach Norden befunden hatten.

Auf ihrer Route hatten sie jede Telegraphenleitung, jede Farm zerstört und alle Weißen, denen sie begegnet waren, getötet. Ganze Familien waren ausgelöscht worden, das Vieh gestohlen, die Häuser niedergebrannt.

»In der Nacht war der Himmel über dem Tal erleuchtet von den brennenden Ranchen und Postkutschenstationen. Aber diese Orte waren schnell zerstört und Dunkelheit senkte sich wie der Schleier des Vergessens über das Land.«

Dies war die Aussage eines der sogenannten »Laramie-Gammler« gewesen, einem Cheyenne, der sich zwischen den Tipis um das Fort und den Stämmen der Reservationen bewegte, Handel betrieb oder als Kundschafter fungierte. Von diesen Männern gab es einige. Immer wieder hörte Will auch von angesehenen Kriegern und sogar Häuptlingen, die sich angeblich in den Zelten um Fort Laramie aufgehalten hatten. Viele dieser Menschen waren alles andere als Gammler. Es bot ihnen schlichtweg die perfekte Tarnung.

Manchmal war sich die Armee in ihren Unternehmungen einfach zu sicher, gab sich arrogant und hielt sich für unangreifbar.

Will wusste, dass ein intelligenter Führer unter den Indianern eine solche Schwachstelle zu nutzen wissen würde.

Weiterhin hatte der Mann berichtet, dass sich ehemals verfeindete Stämme der Sioux, Cheyenne und Arapaho zusammengetan hatten. Während die Sioux das östliche Tal in Schutt und Asche legten, agierten die Cheyenne im Westen und die Arapaho in der Mitte.

Mud Springs war der Ort, an dem es am 4. Februar zu einer weiteren, größeren Auseinandersetzung gekommen war. Über Telegraphen war es dem dortigen Kommandanten gelungen, einen Hilferuf nach Laramie und Fort Mitchell abzusetzen. Während einige Soldaten bei den Kämpfen ihr Leben gelassen hatten, waren den Männern in Mud Springs weitere Truppen zu Hilfe geeilt. Eine größere Einheit unter Colonel William O. Collins hatte sich auf einen massiven Angriff der Indianer eingestellt, diese aber waren nicht zum Kampf erschienen.

Die Stämme hatten den gefrorenen North Platte River überquert und nur fünf Meilen weiter nördlich ihr Lager aufgeschlagen.

Offensichtlich hatten die Häuptlinge eine Zeit der Ruhe eingeplant, denn sie mussten Mensch und Tier auf den mehr als zweitägigen Marsch durch das wasserlose Gebiet der Nebraska Sand Hills vorbereiten. Wahrscheinlich waren die Krieger von den Angriffen auf die Soldaten zurückgekehrt und niemand hatte mit einer Verfolgung durch die Armee gerechnet.

›Es muss ein riesiges Indianerlager gewesen sein‹, dachte Will bei sich.

Von dem, was er über das Leben der Stämme gelernt hatte, wusste er, dass es den Häuptlingen nur durch die Plünderungen, dem gestohlenen Vieh und den angesammelten Vorräten möglich gewesen war, eine so große Anzahl von Menschen zusammenzuhalten.

Sie hätten sich anderenfalls in kleinere Gruppen zerstreuen müssen, um auf die Jagd gehen zu können.

Was die Stammesführer nicht wussten: Colonel Collins hatte zu diesem Zeitpunkt mit über einhundertachtzig Mann die Verfolgung aufgenommen.

Bei dem Versuch, das Indianerlager frontal anzugreifen, hatte er sich allerdings plötzlich einer Übermacht von über eintausend Kriegern gegenübergesehen. Am Rush Creek war eine Wagenburg gebildet worden und es war zur Schlacht gekommen, die aber keine der beiden Seiten eindeutig für sich entschieden hatte.

Bereits am 20. Februar 1865 war die Einheit nach Fort Laramie zurückgekehrt. Die Strafexpedition war beendet.

Will erinnerte sich, als wäre es gestern gewesen. Er hatte die völlig am Boden zerstörte Truppe bei ihrem Einmarsch ins Fort beobachtet. Collins und seine Männer waren mehr als vierhundert Meilen geritten, hatten zwei Gefechte geführt und waren durch die bittere Kälte, den Mangel an Essen und die Strapazen des Weges am Ende ihrer Kräfte gewesen.

Auch wenn sofort Stimmen laut geworden waren, es wäre »ein heftiger Schlag gegen die Indianer gewesen«, so war nicht von der Hand zu weisen, dass den Stämmen, die sich um das Gebiet des Sand Creek befunden hatten, die Flucht zu ihren Angehörigen im Norden gelungen war. Sie hatten sich ihren Weg im wahrsten Sinne des Wortes freigekämpft.

Letztendlich waren dem Rachefeldzug der Krieger mehr Weiße zum Opfer gefallen, als Indianer bei dem Massaker von Sand Creek im November des letzten Jahres ums Leben gekommen waren.

Mit Gerechtigkeit aber konnte das nichts zu tun haben.

Will trauerte um die Seelen der hingerichteten Indianer genauso wie um die vielen Farmerfamilien und getöteten Soldaten.

Es war alles so sinnlos!

Wie Will von seinen indianischen Informanten um das Fort erfahren hatte, waren die Stämme gegen Ende des Winters in dem Gebiet angekommen, welches von den Weißen als Powder River Country bezeichnet wurde. Neben den Black Hills eines der größten noch existierenden Hochburgen des Indianerterritoriums.

Die Kämpfe mit den Indianern waren aber bald von anderen Ereignissen in den Hintergrund gedrängt worden: Der Krieg der Vereinigten Staaten von Amerika gegen die rebellische, konföderierte Armee war mit der Kapitulation General Lees in einem kleinen Ort in Virginia namens Appomattox Court House zu Ende gegangen. Nur fünf Tage später war die Nation von einem Mann namens John Wilkes Booth in einen Schockzustand versetzt worden, als dieser am 14. April bei einer Aufführung in einem Washingtoner Theater ein Attentat auf den Präsidenten verübt hatte. Lincoln war angeschossen worden und am darauffolgenden Morgen seinen schweren Verletzungen erlegen.

Der Präsident und Oberbefehlshaber der siegreichen Unionsarmee war einem gemeinen Anschlag zum Opfer gefallen!

Will hatte an dem Abend, als sie die Nachricht vom Tod des Präsidenten erreicht hatte, alle Vorsichtsmaßnahmen über den Haufen geworfen und sich bis zur Besinnungslosigkeit betrunken.

Sein gesamtes Weltbild war ins Wanken geraten. Seine Hoffnungen auf eine Wende zu mehr Demokratie und Vernunft waren mit der Amtsübernahme durch den Vizepräsidenten Andrew Johnson mit einem Mal zunichtegemacht worden. Was er über Johnson gewusst und in den Monaten seit dessen Nominierung im Juni letzten Jahres recherchiert hatte, ließ nicht darauf schließen, dass er den anstehenden Herausforderungen gewachsen sein würde.

Der siebzehnte Präsident der Vereinigten Staaten von Amerika hatte das Erbe einer der größten Persönlichkeiten der Geschichte anzunehmen, die Staatengemeinschaft zu versöhnen und die Wunden des Krieges zu heilen. Die Sklaverei war abgeschafft. Der Süden lag größtenteils in Schutt und Asche.

Nach einer Zeit der Trauer hatte das Leben, fernab der Zivilisation und der großen Politik, wieder seinen gewohnten Gang eingeschlagen.

Will hatte sich Gedanken über seine – und so Gott will – Annas Zukunft gemacht. Er war kein wohlhabender Mann, hatte aber in der Zeit in Denver einen beachtlichen Betrag angespart, den zu investieren er fest entschlossen war. Sie konnten sich etwas aufbauen.

Auch wenn er sich eingestehen musste, von dem Leben als Farmer, der Landwirtschaft und Viehzucht bis jetzt nicht die geringste Ahnung zu haben, so sah er diese Idee doch mehr oder weniger als einzige Möglichkeit an, ihre beiden Leben in Harmonie zu verbinden.

Dass er Anna niemals das Leben in einer Stadt aufzwingen konnte, das hatte er erkannt. Auch ihn selbst zog es nicht dorthin zurück, zumindest nicht in naher Zukunft. Was irgendwann sein würde, das konnte er nicht sagen. Erstmal war es entscheidend, Anna wieder zu finden. Er wusste ja nicht einmal, ob sie überhaupt noch am Leben war!

Es konnte kein Zweifel daran bestehen, dass sie sich bestimmt nicht aus den Kämpfen herausgehalten hatte, welche den Indianern durch die militärischen Aktionen aufgezwungen worden waren.

Will hatte sich über die Vorkommnisse in den Killdeer Mountains und die anschließende Hetzjagd durch die Berge, so gut er konnte, informiert. Er wusste, dass es nicht viele Tote gegeben hatte, aber was bewies das schon?

Genauso konnte es sein, dass Anna in die Kämpfe um Julesburg, Lodgepole Creek, Mud Springs oder Rush Creek verwickelt gewesen war. Keiner dieser Konfrontationen wäre sie aus dem Weg gegangen.

Will hatte Angst um sie!

Er saß neben den Baracken der Soldatenunterkünfte, blickte in den Sonnenuntergang und genoss den Rauch einer neuen Zigarre.

Die Tage waren bereits mit der Wärme des Frühlings durchflutet und jetzt, in dieser rotgefärbten Abendstimmung, hatte er ein wohliges Gefühl der Harmonie und Freiheit.

Etwas entfernt von ihm standen die Ersten der etwa zweihundert Tipis der um das Fort ansässigen Indianerfamilien, von denen er einige durchaus zu seinen Freunden zählte. Will war ein angesehener Mann in dieser Umgebung, bei den Offizieren und Soldaten der Armee ebenso wie bei vielen Menschen, die dort unten in ihren Zelten lebten.

Er nahm einen tiefen Zug, kippte mit seinem äußerst wackeligen Stuhl nach hinten, so dass die Lehne des Gestells an der Lehmwand seiner eher improvisierten Unterkunft spärlichen Halt fand. Kurz ruckte er nach vorn, um auch sicher zu gehen nicht mit dem Hosenboden auf der Erde zu landen. Mit einem Grinsen im Gesicht lobte er sich für den gelungenen Ausgang seiner Entspannungsmission und beobachtete, wie einer der älteren Krieger die Ponys versorgte, sah Kindern beim Spielen zu, entdeckte aber auch einen betrunkenen Kerl, der sich kaum noch auf den Beinen halten konnte.

Alkohol hatte auf Indianer eine weitaus verheerendere Wirkung als auf weiße Männer. Warum das so war, konnte er sich nicht erklären.

Es war schlimm mit anzusehen, wie die »Laramie Loafers«, also diejenigen unter den Indianern, auf welche die Bezeichnung »Gammler« tatsächlich zutraf, im Laufe der letzten Monate immer mehr geworden waren.

›Schlimm, sie als Gammler zu bezeichnen, aber doch zutreffend.‹ Einen Krieger, der aus dieser Misere zurückgefunden hatte, hatte er noch nicht getroffen. Diese Männer waren dem Untergang geweiht. Sie soffen sich in ihr eigenes Grab.

Die Kühle des Abends zog herauf und Will beschloss einen Spaziergang hinüber zu den Weiden zu machen, auf denen die Herde der Armeepferde graste. Er umrundete die Tiere, steckte sich, nachdem er die Zigarre gelöscht hatte, einen langen, abgerissenen Grashalm in den Mund und schlenderte zwischen den Zelten hindurch.

Niemand schenkte ihm besondere Aufmerksamkeit, denn seine Anwesenheit stellte nichts Ungewöhnliches dar. Will galt nicht als Soldat. Auch nicht als einer der Händler, der die indianischen Jäger und Sammler übervorteilte.

Er war Vermittler. Übersetzer. Und - zumindest für die Menschen beider Lager, die einem friedlichen Zusammenleben noch eine Chance einräumten - ein Bindeglied im Verständnis zwischen den Kulturen.

So fand er meist auch Gehör, wenn es um knifflige Situationen, Ärger oder handfesten Streit ging. Nicht selten wurde er als Schlichter hinzugezogen, auch wenn die Gemüter bereits erhitzt und sich die Kontrahenten kampfbereit gegenüberstanden.

Es war eine der Phasen in Wills Leben, in denen er das Gefühl hatte, etwas Gutes zu tun. Etwas Sinnvolles.

Aus einem der Tipis trat ein Mann heraus, den er noch nie zuvor hier gesehen hatte. Ein eigenartiges Gefühl beschlich ihn, denn im Gegensatz zu den Bewohnern, die um das Fort geduldet wurden, wirkte dieser Bursche nicht wie ein gedemütigter, geschlagener Hund, der sich über die Reste der Knochen hermachte, die man ihm bot, sondern hatte das Auftreten eines stolzen Kriegers. So wie er es bei den Männern gesehen hatte, die mit Anna kämpften.

Er war sich sicher, dass er sich nicht täuschte, denn der Mann senkte nicht den Blick, als Will ihm direkt in die Augen blickte.

Will blieb stehen. Keiner von ihnen unterbrach den Blickkontakt, bis der Krieger die Arme vor seiner Brust verschränkte und ihn ansprach.

»Du verstehst meine Worte?«, fragte er in der Sprache der östlichen Völker.

›Ein Krieger der Santee‹, schoss es Will durch den Kopf.

»Ja, ich verstehe die Worte unserer Freunde.«

Eine Geste, die einem leichten, Unverständnis ausdrückenden Kopfschütteln glich, beantwortete die freundschaftlich gemeinte Aussage Wills.

»Du bist der Mann, den sie Will nennen? Der Übersetzer.«

Es war mehr eine Feststellung, als eine Frage.

»Der bin ich.«

»Ich habe eine Botschaft für dich.«

Schweigen.

»Folge mir.«

Der Indianer öffnete den Eingang zum Zelt und bedeutete Will, sich in Bewegung zu setzen. Ein eigenartiges Gefühl beschlich Will. Andererseits war es nicht das erste Mal, dass ihn ein Gesandter der Stämme im Norden in illegale Waffengeschäfte verwickeln wollte. Aber irgendetwas sagte ihm, dass es hier nicht um derartige Handelsbeziehungen ging. Das Auftreten des Mannes war anders. In seinen Worten und Gesten war Verachtung ebenso wie Anerkennung zu spüren. Will folgte ihm ins Innere des Tipis.

Der Krieger hob ohne ein weiteres Wort einen ledernen Beutel vom Boden auf und entnahm einen in Tuch gewickelten Gegenstand heraus. Es konnte sich nicht um etwas Schweres handeln.

Zum Vorschein kam eine weiße Feder, die er Will entgegenstreckte.

»Eine weiße Feder? Ich verstehe nicht …«

»Es ist eine Krähenfeder«, erwiderte der Krieger.

»Die Weiße Krähe!«, platzte Will heraus. »Wo ist sie, wie geht es ihr?«

Der Mann sah Will tief in die Augen, zögerte. Dann ließ er den völlig verunsicherten Übersetzer, ohne auch nur ein erklärendes Wort, alleine in dem Tipi zurück.

»Hey! Ich hab dich etwas gefragt … ich …«

In dem Moment bemerkte Will eine Bewegung im Inneren des Zeltes.

Unter einem der alten, zerfressenen Büffelfelle rührte sich etwas und er ließ seine Hand an den Griff seines Messers gleiten.

Das Fell wurde zur Seite geworfen.

»Anna!«

****

Fort Laramie, Dakota Territorium, 22. Mai 1865

Sie lagen dicht aneinandergeschmiegt unter einem der Felle. In der

Mitte des Zeltes brannte ein kleines Feuer und tauchte das Innere des Tipis in spärliches, warmes Licht.

Anna lag auf der Seite, Will hinter ihr. Er küsste immer wieder ihren Hals und streichelte ihre Arme. Dabei spürte sie seinen flachen Bauch an ihrem Rücken, wie er bei jedem seiner Atemzüge sanft ihre Haut berührte, spürte sein jetzt zufriedenes, weiches Geschlecht an ihrem Gesäß und genoss den Moment ihrer Liebe. Die Zeit schien völlig still zu stehen.

Will war vor Glück überwältigt gewesen. Er hatte sie in seine starken Arme genommen und gedrückt, dass ihr beinahe die Luft zum Atmen genommen worden war. Sie hatten nicht viele Worte der Begrüßung gesprochen, hatten sich auf das Lager fallen lassen und sich mehrere Male geliebt.

Mit Sicherheit saß der Mann, den Will als eine Art Geleitschutz für Anna ansah, vor dem Zelt und hielt fremde Augen und Ohren von dem Geschehen im Inneren des Tipis fern.

Es war bereits spät in der Nacht und sie fühlten sich sicher.

Die Zeit des Redens war gekommen und so erzählten sie sich gegenseitig von den Ereignissen und was sich in der Zeit ihrer Trennung ereignet hatte. Beide wussten über die Geschehnisse am Sand Creek Bescheid. Anna erzählte von dem fliehenden Volk, von dem Kampf der Überlebenden, die sich nach Norden durchgeschlagen hatten und schließlich zu den Stämmen gestoßen waren, bei denen Anna den Winter verbracht hatte.

»Es gibt einen Häuptling der Oglala, um den sich viele Krieger versammeln. Sie sind entschlossen, der Armee entgegenzutreten und die Weißen aus ihrem Gebiet zu vertreiben.«

»Und du denkst, eine Vereinigung der Stämme ändert etwas an der Übermacht der Soldaten? Anna, die Armee hat nicht nur eine schier unerschöpfliche Anzahl an Soldaten, sondern auch immer modernere Waffen, denen die Krieger nicht das Geringste entgegenzusetzen haben. Hast du die neuen Geschütze im Fort gesehen?«

»Nein, ich …«

»Du weißt, wie sehr ich Unterdrückung, Hass und Diskriminierung verurteile, aber den Kampf gegen die Vereinigten Staaten von Amerika kann dein Volk nicht gewinnen.«

»Mein Volk …«, wiederholte Anna gedankenverloren.

»Wie heißt der Mann?«

»Mahpíya Lúta. Oder Red Cloud, wie er von den Weißen genannt wird. Ein großer Mann. Er hat nicht nur Willenskraft und die Fähigkeiten, die einen großen Führer ausmachen, er ist ein Mann, mit dem man Verträge schließen kann. In seinem Herzen wohnt nicht nur Hass und der Ruf nach Vergeltung.«

»Wird er dem Ausbau der Trails zustimmen?«

»Das weiß ich nicht. Ich selbst bin ihm auch noch nicht begegnet. Aber die Menschen sagen, dass er das Vorrücken der Siedler, zumindest in der Art, wie es von den Weißen heute betrieben wird, verhindern kann.«

»… was unweigerlich Krieg bedeuten wird.«

Anna drehte sich nach hinten, auf den Rücken und sah Will in die Augen. Sie lächelte ihn an.

»Wir sollten nicht immer über Krieg sprechen.«

Will küsste sie auf den Mund. Die Weichheit ihrer Lippen überwältigte ihn von neuem und er tastete mit seiner Zunge nach der ihren. Nach einem langen Kuss legte er sich über sie, küsste ihre weichen Brüste und drang erneut in sie ein. Zärtlich bewegte er sein Becken und hörte sie unter seinen sanften Stößen leise aufstöhnen.

»Ich will mit dir zusammen sein, für immer!«, sagte er nach einer Weile, nachdem sie sich schwer atmend wieder voneinander getrennt hatten. Anna legte ihren Kopf auf seine Schulter und betrachtete seinen Körper, während sie mit ihren Fingern durch seine Brusthaare strich.

»Das will ich auch, Will.«

»Ich möchte, dass du meine Frau wirst!«

In der Ferne hörten sie das Heulen eines Wolfes.

Anna krabbelte unter dem Fell hervor, kroch auf den Ellbogen gestützt nach vorne und legte ein paar weitere, getrocknete Holzscheite in die Glut. Sofort erfasste ein heller Lichtschein das Innere der Zeltwände.

Sie schlüpfte zurück zu Will unter das große Büffelfell und legte sich mit ihrem gesamten Gewicht auf seinen Körper. Sie küsste seine Stirn.

»Du willst mich heiraten? So, wie ich damals als Kind davon geträumt habe? In einer Welt, die völlig anders war als das hier.«

Es klang irgendwie abfällig.

»Was ist schlecht daran? Wir … wären eine Familie.«

Anna schüttelte den Kopf.

»Auf welches unserer Leben würden wir uns denn einigen, Will?«

»Auf ein gemeinsames, neues Leben. Hör mir zu, Anna, ich habe viel darüber nachgedacht. Ich weiß, dass ich dir ein Leben in der Stadt niemals zumuten könnte und was mich betrifft, habe ich die Überzeugung ebenfalls verloren, dass das der richtige Weg für uns sein kann. Auch ich will nicht zurück in die Stadt.«

»Was meinst du?«

»Ich denke, wir sollten einen Mittelweg finden. Es sind verschiedene Leute an mich herangetreten, die mich gerne im Zeitungsgeschäft zurückwüssten. Was ich sagen will: Ich habe Geld gespart, Anna. Noch reicht es nicht. Aber wenn ich es schaffe, mir den einen oder anderen Kontakt zunutze zu machen, dann kann ich auch wieder für eine oder zwei größere Zeitungen im Osten berichten, die an einem Mann wie mir großes Interesse zeigen. Für die würde ich eine direkte Quelle zu den Geschehnissen im Westen darstellen. Ich könnte hierbleiben und meine Artikel für spätere Ausgaben der Blätter verfassen.«

»Geld! Geld wird euer Verderben sein!«

»Nein, Anna. Ich spreche nicht von Geld. Das darf nur Mittel zum Zweck sein. Ich spreche von unserer Zukunft. Von einer kleinen Farm, außerhalb der Stadt. Weit genug entfernt von der Engstirnigkeit, der Intoleranz und dem politischen Geklüngel.«

Anna küsste seine Brust. Sie wirkte nachdenklich, sagte aber nichts.

»Natürlich werde ich viel lernen müssen«, fasste Will nach, »noch hab ich keine Ahnung von Ackerbau und Viehzucht«, lachte er. »Aber es gibt genügend Leute, die Bescheid wissen und die gegen anständige Bezahlung für mich arbeiten werden. Verstehst du, was ich meine, Anna? Das könnte für uns der Schritt in eine gemeinsame Zukunft sein.«

»Du vergisst, dass ich Verantwortung trage.«

»Verantwortung für wen?«, seine Stimme klang etwas zu aggressiv und sofort bereute er seine vorschnelle Reaktion. Doch Anna blieb ganz ruhig, als sie antwortete: »Für die Menschen, die mir das Leben gerettet haben. In vielerlei Hinsicht. Ich kann mich nicht einfach umdrehen und gehen. Nicht in Zeiten wie diesen.«

»Du hast Recht und ich verstehe das«, erwiderte er in sanftem Tonfall.

»Deshalb ist es wichtig, dass unser neues Zuhause eine Schnittmenge bildet. Einen Schnittpunkt zwischen dem alten und dem neuen Leben, für uns beide.«

Anna stützte sich mit den Händen vom Boden ab und sah ihn fragend an. Wieder küsste er zärtlich ihre großen Brüste. Die Linke, die Rechte, dann fuhr er fort: »Ich spreche von dem Ort, der unser Leben bestimmen soll, Anna. Es muss einen Platz auf dieser Erde geben, der mir ermöglicht, meinem Beruf nachzugehen und dir, mit deinem auserwählten Volk in Verbindung zu bleiben. *Gerade* in Zeiten wie diesen!«

»Was du sagst, klingt nicht unmöglich«, sie strahlte ihn an. »Ich möchte mit dir zusammen sein, bis ans Ende meines Lebens. Das, was die Weißen unter einer Heirat verstehen, das gibt es für mich nicht mehr. Aber ich gehöre dir. Und das werde ich immer tun.«

Tränen stiegen ihr bei diesen Worten in die Augen und auch Will verspürte einen Kloß im Hals.

»Aber ich werde Zeit brauchen«, flüsterte er nach einer Weile, nachdem sie sich innig geküsst hatten.

»Was ist Zeit, Will? Zeit existiert nur in der Welt des weißen Mannes. Für mich ist es ein Ziel. Ein Plan. Ein Weg, der uns zusammenführen kann. Ich liebe dich für dein Verständnis. Und für das, was du bist.«

Am nächsten Tag brachen sie auf, ließen das Fort und die Menschen zurück, um eine Zeit der Ruhe und des Friedens gemeinsam zu verbringen. So wie vor vielen Monaten ritten sie hinaus in die Freiheit und Wildnis der Prärie, hielten sich zunächst entlang der Flussläufe und verließen bald die von den Weißen erforschten Gebiete, hinein in das offene Indianerland.

Sie liebten sich in den Nächten, setzten ihren Weg bei Tage fort und verweilten an spirituellen Orten, von denen Will wusste, dass ihm ihre Geheimnisse für immer verborgen bleiben würden. Oft bemerkte er einen fragenden Blick, wenn Anna ihn betrachtete. Wenn er sie danach befragte, wurde er meist nur mit einem schweigenden Lächeln beschenkt. Anna würde für ihn wohl immer unergründlich bleiben.

Wissend, dass den Tagen und Nächten der Liebe wiederum eine Zeit der Trennung folgen würde, verschlechterte sich Wills Stimmung im Laufe der folgenden Tage zusehends. Die Rückkehr zum Fort war gleichbedeutend mit Einsamkeit und so wurden ihre Herzen von Traurigkeit erfasst. Schweigend ritten sie nebeneinander her, auf ihrem Weg zurück zum Fort der Soldaten.

****

Fort Laramie, Dakota Territorium, 30. Mai 1865

Die Leichen der gehängten Indianer baumelten regungslos an den Ketten des Schafotts. Offenbar hatte das Militär wieder einmal nicht darauf verzichten können, eines dieser unsinnigen und widerwärtigen Exempel zu statuieren. Wie bereits ein paar Wochen zuvor hatte es eine Hinrichtung gegeben, bei der die Leichen der vermeintlich Schuldigen zur Abschreckung am Galgen hängen gelassen wurden. Während der Körper Big Crows, bereits vermodert und von den Krähen zerfetzt, nur noch als Gerippe im Wind baumelte, waren die beiden anderen Männer noch deutlich zu erkennen.

Der Anblick der verwesenden Leichen ließ Übelkeit in Will aufkommen. Wie es Anna ergehen musste, die schweigend, mit versteinertem Gesichtsausdruck neben ihm ritt und ihre Augen nicht ein einziges Mal von der schauerlichen Darbietung nahm, das konnte und wollte er sich nicht vorstellen.

Schwärme von Fliegen schwirrten um die toten Körper der Hingerichteten und ein penetranter, süßlicher Gestank des Todes verbreitete sich aus der Richtung des Galgens.

Will stieg von seinem Pferd und versuchte eben, die Zügel von

Annas Pony in den Griff zu bekommen, als sie das rechte Bein über den Rücken des Pferdes schwang und sich auf der anderen Seite des Gauls heruntergleiten ließ. Ohne ein weiteres Wort zu verlieren, kehrte sie dem schauerlichen Schauspiel den Rücken und lief in Richtung der Indianerzelte davon.

Will schüttelte den Kopf, unternahm aber nichts, um sie aufzuhalten. Er wusste, dass sie in einem Moment wie diesem allein sein musste. Es war nicht die Zeit zu reden und auch er selbst wollte dringend wissen, was während ihrer Abwesenheit geschehen war.

Wer waren diese beiden Krieger und warum hatte man sie gehängt?

Er ließ die Zügel des Ponys los und versetzte dem Tier einen leichten Klaps auf dessen Hinterteil, woraufhin es sich in Bewegung setzte und Anna auf direktem Wege hinterherlief.

Two Face und Black Foot, zwei Häuptlinge der Oglalas, hatten eine weiße Frau namens Lucinda Ewbanks und ihr Baby nach Fort Laramie gebracht, nachdem sie sie einer Gruppe von Cheyenne abgekauft hatten. Es gab unterschiedliche Aussagen über die Vorkommnisse vor und nach der Befreiung der Frau.

Die Indianer um das Fort behaupteten, die beiden Siouxhäuptlinge hätten die Frau und ihr Baby den kriegerischen Cheyenne abgekauft, welche die Frau im August des vergangenen Jahres bei einem Überfall auf die Farm der Ewbanks gekidnappt hatten. Sie hätten die Weiße als Geschenk ins Fort gebracht, um ihre friedfertigen Absichten unter Beweis zu stellen. Thomas Moonlight, erst seit April Kommandant des Forts, hatte die beiden Krieger aber als Täter verhaften lassen. Will kannte die schnelle Art Moonlights, wenn es darum ging, Schuldige unter den Indianern zu finden und Bestrafungen anzuordnen. Nicht nur einmal hatte er diesbezüglich heftige Auseinandersetzungen mit dem Kommandanten gehabt. Die Tatsache, dass der Befehlshaber zum Alkoholismus neigte, vereinfachte die Situation nicht gerade.

Offenbar hatte Mrs. Ewbanks sogar für die beiden Indianer ausgesagt, trotzdem hatte Moonlight die Todesstrafe verhängt und vollziehen lassen. Als abschreckendes Beispiel sollten die Toten, wie der etwa einen Monat zuvor hingerichtete Big Crow, mit den Ketten um ihre Hälse hängen gelassen werden. Ein weiterer, niederschmetternder Beweis der Unfähigkeit der Armee, konnte sich doch jedermann, der klaren Verstandes war, ausrechnen, welches Signal durch Taten wie diese an die Stämme ausgesandt wurde. Noch dazu in einer Zeit, in der das ganze Land ohnehin bereits in Flammen stand. Die offenen Angriffe und Überfälle der Dakota, Cheyenne und Arapaho nahmen ständig zu, wirkten besser organisiert und zielgerichteter. Der Armee der Vereinigten Staaten von Amerika war nichts anderes übriggeblieben, als den Oregon Trail komplett für die Benutzung durch Zivilisten zu sperren.

Es dauerte auch nicht lange, bis sich Unmut unter den *freundlichen* Indianern rund um das Fort verbreitete. Schließlich waren sie durch die beiden toten Häuptlinge einer ständigen Provokation ausgesetzt.

Auch Anna war außer sich!

Will war zugetragen worden, dass, wegen der vermehrt feindlichen Stimmung der beim Fort lebenden Menschen, der Entschluss gefasst worden war, sie nach Nebraska zu deportieren, in ein Gebiet etwa dreihundert Meilen östlich von Fort Kearny.

Ausgerechnet in das Territorium ihrer Erzfeinde, der Pawnee!

Bereits als Will unterwegs war, um Anna von den Plänen der Armee zu berichten, ging die Information wie ein Lauffeuer durch das Lager, welches überwiegend von Brulé-Dakotas und Arapaho bewohnt wurde. Im Laufe der Zeit hatten sich an die fünfzehnhundert Indianer bei Fort Laramie niedergelassen, um ihre friedlichen Absichten zu demonstrieren und sich von den kriegerischen Stämmen im Powder River Gebiet abzugrenzen. Die Menschen hatten sich in die Obhut und der daraus resultierenden, völligen Abhängigkeit von der Armee begeben.

Ein gewisser Charles Elliston, eigentlich einer der Händler, war damit beauftragt worden, eine Art paramilitärische Einheit als Lagerpolizei zu gründen, die überwiegend aus dem Militär zugetanen Scouts und einigen Kriegern bestand. Es waren auch Ellisons Leute gewesen, welche die beiden Oglalahäuptlinge gefasst und an Moonlight übergeben hatten. Indianer verhafteten Indianer.

Will versuchte Anna zu überreden, das Lager so schnell wie möglich zu verlassen, ohne Erfolg. Sie würde die Leute nicht im Stich lassen und sie auf ihrem Weg begleiten. Es war zum Haare raufen!

Anna versuchte zu helfen. Einige Kinder und Alte waren krank.

Sie bat Will, zusätzliche Vorräte bei der Armeeversorgung zu erbitten und er tat, was er konnte.

Nachdem er einige Beutel mit Getreidemehl, Mais und sogar eine Sonderration Zucker in einem der Zelte abgelegt hatte, verließ er das Tipi, wobei er Anna einen verärgerten Blick zuwarf. Die Armee, oder besser: Die Lagerpolizei, hatte das Indianerdorf mittlerweile nahezu umstellt. Nachdem sich das Gerücht verbreitete, einer der Kriegshäuptlinge Inkpadutas hätte sich ins Lager eingeschlichen, wollte sich keiner der Offiziere mehr offen im Lager bewegen. Es blieben die üblichen Kontrollen wie auch die nächtlichen Besuche bei den Indianermädchen aus.

»White Crow« sollte sich angeblich im Lager aufhalten und einige *seiner* Krieger. Es brachte Will beinahe um den Verstand.

Wie konnte Anna nur so leichtsinnig sein?

»Ich weiß, wer du bist«, sagte eine der älteren Frauen zu Anna, als sie sich mit ihr allein in einem der Tipis aufgehalten hatte. »Du bist die Weiße Krähe. Ich habe dich am Devils Lake gesehen, als wir von den Soldaten verfolgt und in die Enge getrieben worden sind. Von deinem Mut hat jeder erfahren. Auch wenn seitdem viele von uns ihr Leben gelassen haben, damals hast du den großen Geist auf unsere Seite gebracht und uns das Leben gerettet. Zusammen mit den Häuptlingen und Kriegern.«

Anna spürte, dass sie nichts von der Frau zu befürchten hatte und legte sanft ihre Hände auf die der Alten.

»Du musst mit denen reden, die hier das Sagen haben«, meinte die Frau besorgt. »Nicht mit den Polizisten, die ihr Volk verraten haben. Es gibt Männer, die versuchen, den Menschen Hoffnung zu geben. Die uns anführen.«

Mit einem schweigenden Nicken erklärte Anna ihr Einverständnis.

Noch am selben Abend wurde Rat gehalten, wobei sich Anna in eine Situation begab, die einen Verrat geradezu herausforderte, sollte sich unter den sieben, überwiegend alten Männern und Häuptlingen auch nur eine einzige verräterische Seele befinden.

Sie sprachen über das Für und Wider einer möglichen Flucht. Erörterten ihre Chancen gegen die Soldaten und beschlossen zu Annas Enttäuschung, sich den Anordnungen des Militärs zu fügen. Zu viele Menschenleben stünden auf dem Spiel, zu viele Alte, Kinder und Frauen waren auf ihren Schutz und die Vernunft der Weisen angewiesen. Anna versuchte nicht groß zu widersprechen, bat aber, die Situation im Auge zu behalten. Viel würde davon abhängen, wer und wie viele Männer den Transport der Menschen nach Nebraska begleiten würden.

Es war der 11. Juni 1865, als über eintausendfünfhundert Indianer, eskortiert von einhundertachtunddreißig Kavalleristen der 7th Iowa unter dem Kommando von Captain William D. Fouts, das Fort verließen. Außerdem waren Ellistons indianische, uniformierte Polizeieinheiten dabei, sowie einige Zivilisten, darunter der Dolmetscher und Indianerfreund William Eaton genauso, wie die arme Mrs. Ewbanks und die Frau des Captains, die sich der befreiten Witwe und ihrem Kleinkind angenommen hatte.

****

45 Meilen südöstlich von Fort Laramie,
Dakota Territorium, 14. Juni 1865

Es war spät in der Nacht, als Anna von einem der Krieger geweckt wurde. Leise erhob sie sich, legte sich eine Decke über die Schulter und folgte ihm nach draußen. Sie durchquerten das Lager, in dem nur an einigen Feuerstellen Männer zu sehen waren, die über die Schlafenden wachten. In einiger Entfernung lag das Soldatencamp.

Die Wagen der Soldaten waren in einem Halbkreis formiert worden, dahinter standen die Pferde.

Schweigend trottete sie hinter dem Krieger her, der zu der kleinen Gruppe von Männern gehörte, die sich spontan als eine Art Leibwache für sie formiert hatten. Sie waren mit ihren Familien aus den östlichen Gebieten geflohen und hatten sich widerwillig dem Willen ihrer Häuptlinge gefügt. Die Führer der Gruppen waren überwiegend alte Männer. Sie waren des Kampfes müde und bereit, sich der Herrschaft des weißen Mannes zu unterwerfen.

Anna konnte nur bedingt Verständnis dafür aufbringen, denn selbst wenn sie sich darüber im Klaren war, dass ein Kampf gegen die Übermacht und die modernen Waffen der Soldaten nicht zu gewinnen war, so hatte sie die Hoffnung auf ein friedliches Nebeneinander noch nicht aufgegeben.

Will war anderer Meinung gewesen, denn er sagte voraus, dass sich die weißen Siedler niemals an festgeschriebene Grenzen halten würden. Spätestens wenn in den Indianergebieten Gold gefunden würde, stünde eine regelrechte Invasion bevor, die keine Abmachung oder sogar vertragliche Vereinbarung respektieren würde. Und selbst wenn nicht: Das Land der Indianer stellte in seinen Augen eine unerschöpfliche Quelle der Begierde dar. Die Siedler würden das Land für ihre Farmen und Felder beanspruchen.

»Sie werden nicht aufhören, weiter in das Land westlich des Missouri einzudringen.«

Anna wusste, dass es Gold gab in den heiligen Bergen.

Jetzt lag Will nicht einmal eine Meile von ihr entfernt in einem der Soldatenzelte oder, was wahrscheinlicher war, im Innern eines Wagens, mit dem einige Zivilisten die Verpflegung und die Ausrüstung transportierten. Anna war sich sicher, dass Will, genau wie sie, diese Nächte der Trennung nur sehr schwer ertragen konnte. Ihre Verbindung war hier nur einigen wenigen bekannt und das musste unter allen Umständen so bleiben. Nicht auszudenken, in welcher Lage sich Will befinden würde, wenn herauskäme, dass er mit einer der Indianerinnen mehr als nur ein vergnügliches Verhältnis hatte. Als Mann einer Indianerin hätte er sofort an Ansehen und Einfluss verloren. Wenn dann noch erkannt würde, dass es sich bei dieser Frau um eine Art Anführerin handelte, würde man ihn des Verrats bezichtigen. Eine Anschuldigung, die mit dem Tode bestraft wurde. Die Tatsache, dass Anna ebenfalls eine Weiße war, würde nur noch mehr Unverständnis und Hass auf sie ziehen. Wahrscheinlich würden sie beide unmittelbar zum Tode verurteilt und nebeneinander gehängt. So wie die beiden Oglalahäuptlinge im Fort.

Sie richtete ihren Blick auf die Wagenburg der Soldaten und verspürte einen Stich in ihrem Herzen. Sie vermisste Wills Nähe und die Geborgenheit, wenn sie in seinen Armen lag.

»Hier hinein«, flüsterte der Krieger und öffnete den Eingang zu einem der Zelte.

Im Inneren des überfüllten Tipis saßen Männer in zwei Reihen um ein Feuer in der Mitte, andere standen als Zuhörer und drückten sich an die Zeltwände. Nah am Feuer saß ein junger Mann, der Anna aber den Rücken zuwendete, sie konnte nicht erkennen, um wen es sich handelte. Wild gestikulierend, aber mit gedämpfter Stimme redete er auf die Anwesenden ein.

»Ihr müsst kämpfen, wenn sie euch nicht gehen lassen wollen. Und seid versichert, dass es zum Kampf kommen wird. Hier ist die geeignete Stelle! Der Fluss wird euch die Flucht ermöglichen.«

Gemurmel. Uneinigkeit.

»Wenn ihr eure Familien in Sicherheit bringen wollt«, fuhr der junge Mann fort, »dann müsst ihr handeln. Oder ihr begebt euch in die Sklaverei der Pawnee. Oder der Weißen, was macht das für einen Unterschied? Ich werde mit meinen Männern zur Stelle sein, wenn die Sonne eine Hand breit über der Erde steht und ihr von den Soldaten zum Aufbruch aufgefordert werdet. Wir geleiten die Frauen, Kinder und Alten über den Fluss, während wir die Soldaten bekämpfen.«

Jetzt erhob er sich und drehte sich zu allen im Zelt Versammelten um: »Ihr werdet sterben, wenn ihr meinen Worten nicht folgt!«

Anna kannte diesen Mann!

Es war einer der jungen Anführer der Oglala. Tȟašúŋke Witkó – Crazy Horse und einer der Männer, der sich stets gegen ihren Führungsanspruch unter den vereinten Stämmen des Ostens und des Westens gestellt hatte. Und das, obwohl ihr niemals auch nur in den Sinn gekommen wäre, einen derartigen Anspruch zu erheben.

Er hatte sie im Grunde niemals auch nur angesehen. Für ihn war sie eine Weiße und damit ein niederes Wesen. Sie gehörte genauso zu den Eindringlingen, wie alle anderen Bleichgesichter auch. Er hasste die Weißen.

Einige Oglala behaupteten, dieser Hass liege in seinem eigenen Blut begründet, welches zur Hälfte aus dem eines weißen Mannes bestand, mit dem seine Mutter geschlafen hatte. Niemand wagte es, dem jungen Anführer mit dieser Behauptung direkt gegenüberzutreten.

Anna hielt sich im Hintergrund und beobachtete die Männer bei den Beratungen. Abgesehen von Crazy Horse, der ihre Anwesenheit noch nicht bemerkt hatte, stellte niemand ihre Teilnahme an der Zusammenkunft infrage. Als einzige Frau wurde sie unter den Häuptlingen, Alten und Kriegern geduldet. Sie hoffte, der junge, wilde Oglala würde sie nicht bemerken.

Es begann eine leise, hitzige Diskussion über das Für und Wider, die aber letztendlich ohne Ergebnis blieb. Uneinig zerstreute sich die Versammlung und die Männer gingen zu ihren Schlafplätzen zurück.

Anna wusste, dass die Präsenz eines Kriegers wie Crazy Horse alles verändern konnte. Egal wie er zu ihr selbst stehen mochte: Dieser Mann hatte eine geradezu charismatische Ausstrahlung, der auch sie sich nicht entziehen konnte. Er war der geborene Kriegshäuptling. Seine Taten und sein Ansehen sprachen eine deutliche Sprache. So hatte sie bereits von ihm gehört, als sie sich noch auf der Flucht in Richtung Westen befunden hatten. Inkpaduta hatte seinen Namen erwähnt. Genauso wie den Namen des Mannes, dem sie am Fuße der heiligen Berge das Leben gerettet hatte und einem weiteren großen Häuptling der Oglalas, der im Begriff war, die Stämme zu einem großen Kampf zu vereinen: Maȟpíya Lúta, Red Cloud.

Noch vor Sonnenaufgang war Anna bereits auf den Beinen. Sie hatte nach den Beratungen nicht mehr einschlafen können und wartete angespannt und ängstlich auf die Geschehnisse und Entwicklungen des folgenden Tages.

Die Sonne war aufgegangen und die Soldaten bereiteten sich auf den Abbruch des Lagers vor. Nach einem kargen Mahl, das aus ein wenig Schweinefleisch und Bohnen bestanden hatte, brachen auch die Indianer die Zelte ab und machten alles für den Abtransport zurecht.

Wohin die Reise weitergehen sollte, war unklar.

Es war eine angespannte Stimmung im Lager zu spüren. Die Menschen waren verunsichert und ängstlich. Einigen Kriegern war deutlich anzusehen, dass sie sich auf einen Kampf vorbereiteten. Gleichzeitig war es Stolz, der in ihren Augen abzulesen war. Ein lang vermisstes Gefühl.

Die Soldaten waren abmarschbereit und die ersten Wagen setzten sich in Bewegung. Selbstverständlich gingen die Offiziere der Weißen davon aus, die Indianer würden der Truppe in einiger Entfernung folgen, so wie es die Tage zuvor auch der Fall gewesen war.

Aber diesmal entstand Streit unter einigen der älteren Häuptlinge und Krieger. Während sich die einen mit ihren Familien auf den Weg machen wollten, den Soldaten weiter zu folgen, war es die überwältigende Mehrheit, die abwarten und beobachten wollte, was als Nächstes geschehen würde.

Schließlich wurden diejenigen, die gehen wollten, mit Gewalt zurückgehalten.

Nachdem der Abstand zwischen den abziehenden Einheiten und ihnen immer größer wurde, konnte es nur eine Frage der Zeit sein, bis einige der Blauröcke auftauchen und nach dem Rechten sehen würden.

Anna hielt sich zurück. Sie saß auf ihrem Pony und beobachtete die immer heftiger geführte Auseinandersetzung zwischen den Männern der Dakota. Es war eine Entscheidung zu treffen und sie konnte und wollte sich nicht einmischen. Bis auf ein paar wenige wäre ihrem Wort auch niemand gefolgt.

Dann sah sie die Soldaten. Sechs Reiter kamen in schnellem Galopp auf sie zu.

-

Will hatte fast nicht geschlafen. Die halbe Nacht hatte er damit verbracht, über Annas und seine Situation nachzudenken. Es musste etwas geschehen, wenn sie ihre beiden Leben irgendwie miteinander in Einklang bringen wollten. Die Alternative hätte die endgültige Trennung bedeutet, schon der bloße Gedanke daran versetzte ihm einen schmerzvollen Stich in seinem Herzen.

Sein Leben würde sinnlos werden!

Nein, es musste eine Lösung geben und er hatte nach wie vor Zukunftspläne.

Gedankenverloren kippte er gerade den Rest wässrigen Kaffees in die Glut der Feuerstelle neben einem der Proviantwagen und wollte sich eben auf den Weg zu seinem bereits gesattelten Pferd machen, als er von hinten die verärgerten Worte des Kommandierenden hörte.

»Was zum Teufel ist denn jetzt schon wieder los? Diese Rothäute bringen mich noch dazu, andere Saiten aufzuziehen! Sergeant, was geht da hinten vor? Warum folgt uns das Pack nicht?«

Sichtlich eingeschüchtert durch den aggressiven Ton seines Vorgesetzten antwortete dieser: »Sir, tut mir leid, Sir, aber ich weiß es nicht. Ich hatte Befehl zum Aufbruch erteilt. Allerdings ...«

»Was, allerdings?«, schnauzte Fouts, der ganz offensichtlich Mühe hatte, nicht gleich völlig aus der Haut zu fahren.

Der Mann war ohnehin schwer zu durchschauen. Er hatte seine Frau mitgenommen, die im hinteren Bereich des Trecks einen der Wagen steuerte. Sie war es gewesen, die Lucinda Ewbanks und ihr Kind bei sich aufgenommen hatte, nachdem die beiden Oglalahäuptlinge im Fort festgenommen worden waren. Mrs. Ewbanks saß neben der Frau von Fouts auf dem Kutschbock, auf dem Weg, der sie nach Denver geleiten sollte.

Will war bereits zweimal heftig mit Fouts aneinandergeraten, der die ständigen Schikanen und Misshandlungen der Indianerfrauen und Mädchen einfach ignorierte. Beinahe war es zu einem Zwischenfall gekommen, als sogar Anna von zwei Soldaten begrabscht worden war. Blitzschnell hatte sie ihr Messer gezogen und einen der beiden Männer an der Kehle verletzt, während sie ihn in Schach gehalten hatte. Es war zu keinen Nachforschungen gekommen. Den beiden Männern war es offenbar zu peinlich, von einer Indianerin in die Schranken gewiesen worden zu sein.

Will war heilfroh, dass Anna ihrem Instinkt, dem Mann auf der Stelle das Leben zu nehmen, widerstanden hatte. Er hatte die Weiße Krähe kämpfen sehen. Der Mann hatte mehr als nur Glück gehabt, noch am Leben zu sein. Dieses Mädchen, nein – diese Frau – hatte zwei Gesichter. War sie für ihn das liebenswerteste, zärtlichste und schutzbedürftigste Wesen der Welt, so war sie als Indianerin hart, unbarmherzig und brutal. Frau oder Kriegerin, aber niemals beides.

»Allerdings herrscht Streit unter ihnen, Sir!«, beendete der Sergeant seinen Satz.

»Sie da! Eaton, richtig?«, wurde Will nun von Fouts direkt angesprochen. »Jetzt können Sie mal was für ihre Indianerfreunde tun. Kommen Sie mit und übersetzen Sie. Unser Dolmetscher ist wahrscheinlich wiedermal beim Kacken! Nie da, wenn man ihn braucht.«

Will antwortete nicht, ging zu seinem Pferd und saß auf.

»Los geht's!«, befahl Fouts und schon stoben sie im Galopp dem Indianerlager entgegen, zusammen mit dem Sergeanten und drei weiteren Männern.

Als sie fast angelangt waren, kam ihnen eine Gruppe Reiter entgegen. Will erkannte Anna schon von Weitem und er konnte ein Lächeln der Vorfreude nicht unterdrücken. Niemals hätte er gedacht, dass er eine Frau jemals so bedingungslos lieben könnte.

Die Krieger zügelten ihre Pferde und kamen nun langsamer auf sie zu. Auch Fouts gab Befehl, die Geschwindigkeit zu drosseln und so trafen sich die beiden Delegationen, wie wenn es um Verhandlungen gehen würde. Ein eigenartiges Gefühl beschlich Will. Sein Lächeln erstarb, denn auch Anna lächelte nicht.

In dem Moment erhoben die Krieger ihre Gewehre. Der erste Schuss traf Fouts ins Gesicht, der zweite mitten ins Herz.

Der Mann, der neben seinem Kommandanten geritten war, versuchte den Revolver zu ziehen. Blitzschnell sprang Anna mit den Füßen auf den Rücken ihres Ponys und stürzte sich auf den Soldaten, der durch den Aufprall zusammen mit Anna vom Pferd gerissen wurde.

Anna rollte sich über den sandigen Boden ab, sprang auf und hielt ihr blutverschmiertes Messer in der Hand. Der Soldat blieb mit durchschnittener Kehle auf dem Boden liegen und rührte sich nicht mehr. Alles war so schnell gegangen, dass Will nicht einmal mitbekommen hatte, wann Anna ihr Messer gezogen hatte, geschweige denn, wann sie dem Mann damit an die Kehle gegangen war.

Schüsse knallten, die Pferde scheuten und versuchten sich aufzurichten.

Anna stand immer noch in Angriffspose und fixierte die Soldaten, die, von der Attacke der Indianer überrascht, wie gelähmt wirkten.

Im Hintergrund sah Will die Frauen und Kinder der Dakota in Richtung des Flusses flüchten, einige von ihnen liefen bereits durchs Wasser. Im hohen Gras des Ufers standen, knieten und lagen die Krieger, um die Flucht ihrer Familien zu decken.

Ein furchteinflößender junger Krieger kam mit lautem Kriegsgeheul auf den Sergeanten zugeritten. Panisch fummelte dieser an seinem Gewehr herum, versuchte verzweifelt, seine zitternden Hände unter Kontrolle zu bringen, als er, von der Lanze des Kriegers durchbohrt, rückwärts vom Pferd geschleudert wurde.

Einem Instinkt folgend, ließ sich Will von seinem Pferd gleiten, um Anna und den Dakota auf ihrer Flucht zu folgen, aber Anna gebot ihm Einhalt: »Nein Will, nein!«, rief sie auf Sioux, während die beiden Soldaten ihre Pferde wendeten und die Flucht ergriffen, als wäre der leibhaftige Teufel hinter ihnen her. Der Siouxkrieger schnitt dem Sergeanten die Haare vom Kopf und machte einen Satz in Richtung Will.

»Nein!«, rief Anna. »Er gehört zu mir!«

Der Krieger, um den sich mittlerweile eine ganze Schar anderer Männer versammelten, schüttelte angewidert den Kopf und gab einen markerschütternden Schrei von sich, in der rechten Hand sein blutverschmiertes Messer, in der anderen den erbeuteten Skalp.

»Geh, Will! Ich werde wiederkommen!«

»Anna, ich ...«

»Nein, Will. Es ist nicht dein Kampf. Vertrau mir! Ich komme zu dir!«

Wieder kam eine Horde Krieger angeritten und Will wurde von Angst erfasst. Er schwang sich auf sein Pferd und gab ihm heftig die Sporen.

Er hörte Schüsse hinter sich und Trompeten, die zum Angriff bliesen, von vorne.

****

Boulder, Colorado, Oktober 1865

An dem Tag im Juni, als Will Anna das letzte Mal gesehen hatte, war über eintausend Menschen die Flucht über den North Platte River gelungen. Sie waren einer Deportation entgangen, die mit Sicherheit den meisten von ihnen sehr bald das Leben gekostet hätte. Entweder wären sie der Vernachlässigung durch die Indianeragenten und Behörden oder den Feindseligkeiten der in Nebraska ansässigen Pawneestämme zum Opfer gefallen, dessen war Will sich sicher.

Es hatte einen Gegenangriff der Truppe gegeben, die mit einer verzweifelten, sehr unorganisierten und schlecht durchdachten Attacke auf die Fliehenden versucht hatte, die Situation wieder unter Kontrolle zu bringen. Das Ganze hatte in einem relativ kurzen Rückzugskampf geendet, bei dem weitere Soldaten gefallen waren.

Später, als sich die Lage beruhigt und die Indianer Richtung Norden verschwunden waren, hatten sie die Leichen einiger weniger Krieger und Häuptlinge entdeckt. Ihre Weigerung zur Flucht musste sie das Leben gekostet haben.

Auch eine Strafexpedition hatte in einem Desaster geendet.

Als Moonlight in Fort Laramie von der Flucht und der Ermordung Fouts erfahren hatte, hatte er unmittelbar die Verfolgung aufgenommen. Mit etwa zweihundertfünfzig Männern hatte er sich auf eine halsbrecherische Jagd auf die flüchtenden Indianer begeben, mit dem Ergebnis, dass viele seiner Männer schon vorzeitig nach Laramie zurückkehren mussten, da ihnen sprichwörtlich die Gäule unter dem Hintern verreckt waren. Bei dem Versuch, den Indianern auf ihrem Weg nach Norden den Weg abzuschneiden, kam es wenige Tage danach zu einem Angriff der Sioux. Sie hatten es auf die Herde Moonlights und seiner Leute abgesehen, stahlen die meisten Pferde und zwangen den Kommandanten damit, den Heimweg ins Fort zu Fuß anzutreten. Moonlight war von seinen Leuten mit schweren Vorwürfen bedacht worden. Er hätte getrunken, sagten sie und die Herde war nahezu unbewacht geblieben. Ein paar Wochen später war der Colonel seines Kommandos enthoben worden und aus *persönlichen* Gründen aus der Armee der Vereinigten Staaten ausgetreten. Wenn man den Aussagen seiner engeren Vertrauten im Fort Glauben schenken mochte, so wollte er sich fortan einer politischen Laufbahn widmen.

Will war damals, nachdem Anna mit den Indianern geflohen war, nichts anderes übriggeblieben, als mit der Truppe weiterzuziehen.

Die erfolglose Eskorte, mit ihren Versorgungswagen, der niedergeschlagenen Indianerpolizei und der untröstlichen Mrs. Fouts, die am Platte River ihren Mann verloren hatte, war wenige Tage nach der »Schlacht«, wie sie von den Beteiligten genannt wurde, in Fort Rankin, bei den nahegelegenen Ruinen Julesburgs angekommen.

Will hatte zunächst nicht gewusst, wie es weitergehen sollte.

›Geh, Will! Ich werde wiederkommen!‹

Diese Worte klangen wie ein weit entferntes Echo in seinem Gedächtnis.

Er fühlte sich ausgeliefert. Gefesselt und geknebelt von seinen eigenen Gefühlen. Weder konnte er einfach seines Weges ziehen, noch hatte er den Argumenten und Forderungen seiner Geliebten auch nur das Geringste entgegenzusetzen. Ein Leben ohne sie konnte und wollte er sich immer noch nicht vorstellen.

Es war der Zeitpunkt, an dem eine Entscheidung hatte gefällt werden müssen. Er musste, mit oder ohne Anna, sein Leben wieder in den Griff bekommen, eigene Ziele verfolgen und es irgendwie schaffen, die Tür für Anna offen zu halten. Dass dies auf einen schwer zu erduldenden Kompromiss hinauslaufen musste, dessen war er sich bewusst. Deshalb kam eine Stadt wie Denver auch nicht mehr infrage. Andererseits musste er irgendwie versuchen, in unmittelbarer Nähe einer Telegraphenstation zu bleiben, um seine Pläne umsetzen zu können, was die Arbeit für die Zeitungen im Osten oder im fernen San Francisco betraf. Sollte sein Vorhaben gelingen, dann wäre er auch nicht unbedingt darauf angewiesen, eine Farm mit Landwirtschaft oder gar Viehzucht zu betreiben.

Boulder hieß der kleine Ort am Rande der Rocky Mountains, der wenige Wochen darauf die Antwort auf seine Gebete bereitzuhalten schien. Das kleine Städtchen war erst vor wenigen Jahren gegründet worden und hatte erstmal nur als Versorgungsstation der Goldsucher gedient, die in den Rockys nach Reichtum und Glück gegraben hatten. Die Nähe zu Denver machte diesen Ort geradezu perfekt für sein Vorhaben. So war er zunächst in die Stadt zurückgekehrt, hatte auf der Bank sein Konto aufgelöst und in Bares getauscht.

Etwas außerhalb von Boulder hatte er für einen wirklich günstigen Preis eines der verlassenen Farmhäuser gekauft – die Menschen, die es erbaut hatten, waren wohl entweder reich geworden und hatten alles zurückgelassen oder waren einem Indianerüberfall zum Opfer gefallen. Wer konnte das wissen?

Der Kaufpreis für die Bretterbude und das dazugehörige Stück Land, den Will an die Gemeinde zu entrichten hatte, war mehr einer Spende für den Stadtrat gleichgekommen als dem eines Kaufpreises für Haus und Grund. In Boulder war man noch bescheiden geblieben und froh über jeden weißen Mann, jede Frau und Familie, die den Ort mit Tatkraft und Verstand voranbringen konnten.

Manch einer träumte schon bald von einer eigenen Zeitung, als Will seine neue Behausung bezogen hatte.

Will war handwerklich begabt. Vieles hatte er in seiner Zeit beim Militär gelernt. So wusste er sich zu helfen. Er reparierte das mehr als regendurchlässige Dach, baute ein kleines Gatter für seine beiden Pferde und räumte ordentlich auf mit dem Gerümpel, das bei seinem Einzug überall um das Haus verstreut herumgelegen hatte.

Die baufällige Scheune riss er ab und verwendete das Holz für die Reparaturarbeiten am Wohnhaus. Viele Wochen hatte er richtig Spaß an der körperlichen Arbeit und den sichtbaren Erfolgen, was sein neues Zuhause betraf.

Irgendwann aber beschlich ihn das Gefühl der Einsamkeit. So sehr er die Stille und die überwältigende Kulisse zu schätzen wusste, die sich ihm jedes Mal bot, wenn er seinen Blick in Richtung der Berge wandte, wenn er schweigend, ohne zu denken, den wahrhaft unbeschreiblich schönen Sonnenuntergang von seiner kleinen, selbstgezimmerten Veranda aus beobachtete … er wurde von einer melancholischen Traurigkeit erfasst, der er sich bald nicht mehr erwehren konnte.

Die gröbsten Arbeiten am Haus waren getan. Jede weitere Planung wäre mit Investitionen verbunden gewesen, die er sich im

Moment nicht mehr leisten konnte. Er war gezwungen – und vielleicht war das auch ganz gut so – nach Denver zu gehen. Er musste für seinen Lebensunterhalt sorgen.

Jetzt, Ende Oktober, war er aufgebrochen, denn er hatte mehrere Dinge zu erledigen. Erstens musste er in die Stadt, um seine alten Kontakte zu aktivieren, Telegramme an die interessierten und eventuell interessierten Redaktionen der großen Zeitungen des Ostens zu verfassen und das gleiche Telegramm auch nach San Francisco zu senden. Hierfür würde fast der gesamte Rest seiner Ersparnisse draufgehen. Er sah es ganz nüchtern als eine notwendige Investition in seine Zukunft.

Zweitens musste er den Weg nach Fort Laramie in Kauf nehmen, in der Hoffnung einen der Dakotakrieger anzutreffen, der eine Botschaft an Anna übermitteln konnte. Er musste sie wissen lassen, wo er sich aufhalten würde.

Er hatte Angst um Anna.

Die Kämpfe, Verfolgungen und Auseinandersetzungen mit den Stämmen der Plains nahmen immer verheerendere Ausmaße an. Nördlich des North Platte Rivers schien das gesamte Land in Flammen zu stehen.

Im Juli war die Brücke über den Platte River angegriffen worden. Sämtliche Telegraphenleitungen, die durch Indianergebiet oder an dessen Grenze verliefen, waren zerstört, Farmen überfallen, geplündert, das Leben vieler Familien ausgelöscht worden.

Noch im August wurden mehrere Expeditionen in das Indianergebiet geführt, die in dem Versuch, die Stämme zu unterwerfen, allesamt gescheitert waren. Im September erst war eine völlig verwahrloste und ausgehungerte Truppe unter Colonel Samuel Walker und Colonel Nelson D. Cole in Fort Connor eingetroffen, zurück von ihrer Höllenmission im Powder River Gebiet. Die Männer waren teils barfuß unterwegs gewesen, in Fetzen gekleidet und hatten sich in den Wochen zuvor mitunter von rohem Pferdefleisch ernähren müssen.

Früh einsetzende Schneestürme, verseuchtes Wasser, Unterernährung und Erschöpfung hatten vielen das Leben gekostet. Genauso wie die immer fortwährenden Angriffe der Sioux, Cheyenne und Arapaho.

Will hatte die Geschehnisse als Artikel zusammengefasst und wollte diese nun den Zeitungen als erste, kostenlose Muster seiner Arbeit im Indianergebiet zur Verfügung stellen.

Allein die Militäroperationen vom August und September des Jahres 1865 konnten als Stoff für mehrere Seiten dienen.

Wie Will erfahren hatte, waren die Leute im Osten in hohem Maße an den Vorgängen im Indianerland interessiert. Einige machten sogar die gesamte wirtschaftliche Entwicklung der Vereinigten Staaten von den Landgewinnen im Westen abhängig. Klar war, dass der Bürgerkrieg das Land in einen Notstand versetzt hatte und an allen Ecken und Enden dringend Geld benötigt wurde. Das Land lechzte geradezu nach guten Nachrichten, Erfolgen und dem Siegeszug der Armee im Westen.

Gold stand dabei im Vordergrund der Begehrlichkeiten. Egal ob Glücksritter, die für ein paar Nuggets bereit waren, ihre Seele zu verkaufen oder ob es um die Schürfrechte im größeren Stil ging. Der Westen öffnete die Tür zur wirtschaftlichen Erholung des gesamten Landes. Was dieser Entwicklung im Wege stand, würde sich fügen müssen oder im Kampf um die Ländereien untergehen.

›Untergehen …‹, dachte Will bei sich.

Er saß auf dem Kutschbock seines Zweispänners, den er für die Fahrten nach Denver erworben hatte, ließ die Pferde in einer gemächlichen Geschwindigkeit laufen und hing seinen Gedanken nach. Er hatte es nicht eilig. Lange vor Einbruch der Dunkelheit würde er in der Stadt sein.

Es war offensichtlich, in welcher Situation sich die Häuptlinge der freien Stämme befanden. Aus militärischer Sicht ein nicht zu gewinnender Kampf, denn die indianische Streitmacht zeigte gegenüber der amerikanischen ein paar entscheidende Schwächen.

Oft hatte er mit Anna über diese Dinge gesprochen. Tatsache war, dass für die Indianer nur bestimmte Zeiten des Jahres für kriegerische Auseinandersetzungen infrage kamen. Aufgrund der Jagdgegebenheiten ließ sich im Grunde nur im Hochsommer sowie im frühen Winter eine größere Anzahl an Kriegern zusammenhalten. Somit ergab sich jeweils eine maximale Zeitspanne von ein paar Wochen, in der über strategische Unternehmungen nachgedacht werden konnte. Außerdem bestand noch eine weitere Hürde: In der Regel blieben die indianischen Verbände nicht länger als eine Woche bis zehn Tage zusammen.

Sie hatten schlechte Gewehre und oft so gut wie keine Munition. Mit ihrer Hauptwaffe, dem Pfeil und Bogen, war wenig gegen die Befestigungen und Forts der Soldaten auszurichten. Dazu kam, dass die Stämme auch nicht über eine geordnete Kommandostruktur verfügten. Die Krieger lebten in einer gewissen Unabhängigkeit und folgten nur, *wem* sie wollten und kämpften auch nur, *wann* sie das wollten. Ruhm und Ehre zu erlangen, was sich in erbeuteten Pferden maß, stand im Vordergrund und führte zwangsläufig nicht zu Siegen, die dem allgemeinen, übergeordneten strategischen Ziel dienlich gewesen wären. Der fatalste Fehler, der daraus resultierte, war, dass sie außerstande waren, einzelne Attacken und Kämpfe in Zusammenhang zu bringen und einen Feldzug zu organisieren.

Mehr oder weniger kämpfte jeder für sich. Uneinigkeit und Streit waren oft die Folge, was Anna immer wieder fast verzweifeln ließ.

Sie wurde unter den Santee nicht nur als heilige Frau verehrt, sondern hatte sich in der Zeit der Flucht aus Minnesota das Ansehen eines Kriegshäuptlings verdient.

Dies hatte weniger mit der Art zu tun, wie sie ihre Feinde angriff ... bedingungslos, brutal und gelenkig wie eine Raubkatze, nein ... es war die Art und Weise wie sie vorausschauend plante. Sie führte ihre Männer zum Sieg oder brach die Angriffe bereits im Vorfeld ab, was einige der Krieger verärgerte, da sie befürchteten als feige zu gelten.

Wenn es in seltenen Fällen im Voraus zu Verhandlungen oder Gesprächen der gegnerischen Parteien gekommen war, hatte sie ihren Gegnern des Öfteren deren Tod vorausgesagt und jedes Mal Recht behalten. Anna umgab etwas Unerklärliches, Mystisches.

Will hoffte, sie sehr bald wieder bei sich zu haben.

Er wollte sie lieben, sie festhalten und in seinem Leben wissen.

Vielleicht hatte er mit der kleinen Farm in Boulders den richtigen Schritt unternommen. Vielleicht würde ihnen der Ort am Fuße der Rocky Mountains den Einstieg in ein neues Leben verschaffen. Ein

Leben, das Anna zwischen den Feuern verbringen konnte. Ein Leben, gemeinsam mit ihm und der Möglichkeit, jederzeit zu ihrem selbst erwählten Volk zurückzukehren.

Dies konnte die Lösung sein und er war bereit auf sie zu warten.

Zu jeder Zeit.

****

Fort Laramie, Dakota Territorium, 5. Juni 1866

Argwöhnisch betrachtete Anna die Männer, die mit geschulterten Gewehren auf den Laufstegen hinter den Palisaden die Ankunft der Häuptlinge beobachteten. Es war früher Vormittag, als sie das Fort der Weißen erreichten. Die Offiziere standen zur Begrüßung bereit, in angespannter Erwartung der Dinge, die nun folgen würden.

Anna ritt mit gebührlichem Abstand hinter den Häuptlingen, war sie doch die einzige Frau in der Delegation der Oglala, Sicangu, Cheyenne und Arapaho.

Einige der mächtigsten Männer der Stämme waren hier versammelt, viele der Häuptlinge sah sie zum ersten Mal. Es war beeindruckend!

Auch Anna war zunächst gegen dieses Treffen mit den Soldaten gewesen, da sie durchaus weniger gefestigte Charaktere unter den Häuptlingen vermutete. Alle wussten, dass die Weißen mit anderen Stämmen bereits Frieden geschlossen und die Anführer der Gruppen dafür mit üppigen Geschenken und Bezahlungen bedacht hatten. Anna wollte sich nicht kaufen lassen! Sie hoffte auf die Weisheit und den Weitblick der hier versammelten Stammesoberhäupter.

Der junge und angesehene Kriegshäuptling der Oglalas, Crazy Horse, hatte seine Teilnahme an jeglichen Verhandlungen mit den Weißen verweigert, ebenso wie der mittlerweile zum Häuptling und geistlichem Oberhaupt avancierte Sitting Bull, den sie seit ihrem gemeinsamen Überlebenskampf in den Black Hills nur ein einziges Mal wiedergesehen hatte.

Am Abend zuvor war sie dem Mann begegnet, der als Hoffnungsträger aller Oglalas galt und dem jetzt auch viele Häuptlinge und

Krieger der Cheyenne und Arapaho folgten: Red Cloud.

Neben dem großen Kriegshäuptling war auch der eigentliche Stammesführer der Oglalas zugegen, der von den Weißen »Man-Afraid-Of-His-Horse« genannt wurde, sowie die mächtigen Sicangu-Häuptlinge Sinte Galeshka, bekannt als Spotted Tail und Swift Bear. Keiner ihrer eigenen Stammesführer war anwesend, da es um Angelegenheiten der Gebiete westlich des großen Flusses ging und Häuptlingen wie Inkpaduta und anderen eine Einmischung schlicht untersagt geblieben war. Die Folge war gewesen, dass sich die meisten von ihnen den beiden Gegnern der Verhandlungen angeschlossen hatten. So stieg die Anzahl der Krieger um Crazy Horse und Sitting Bull von Tag zu Tag. Lange hatte Anna überlegt, ob dies nicht auch ihr Weg sein sollte, schließlich fühlte sie sich den Angehörigen und Nachkommen ihres Freundes Dark Cloud auch familiär verbunden. Sie waren ›ihre Leute‹. Sie hatte sonst niemanden auf dieser Welt.

Will war etwas anderes. Er war der Mann, den sie liebte und mit dem sie ihr Leben verbringen wollte. Die Zeit aber spielte gegen sie.

Nachdem sie und Will das letzte Mal zusammengelegen hatten, hatte sie einige Wochen danach eine immer wiederkehrende Übelkeit in den Morgenstunden verspürt. Sie hatte sich elend und krank gefühlt und war daraufhin mit weniger Überzeugung in die Kämpfe gegangen. Ihren Kriegern war diese Veränderung nicht verborgen geblieben und so hatten sich einige von ihr abgewendet und sich anderen Kriegsführern angeschlossen.

Bis zu dem Tag, an dem eine der älteren Oglala-Frauen sie angesprochen und gemeint hatte, sie würde ein neues Leben unter ihrem Herzen tragen, hatte sie darüber gerätselt, welche *Krankheit* sie befallen haben mochte.

Der anfänglichen, überschwänglichen Freude war aber bald tiefe Traurigkeit gefolgt, denn sie hatte das Kind nicht behalten. Nur wenig später hatte sie starke Schmerzen im Unterleib verspürt, gefolgt von einer unregelmäßigen Blutung. Die Frauen hatten sofort Bescheid gewusst und ihr Mut zugesprochen. Es wäre schon vielen unter ihnen so ergangen und sie würde wieder schwanger werden.

In Anna war etwas zerbrochen.

Überwältigt von Enttäuschung und Schmerz hatte sie sich an jedem Kampf gegen die Weißen beteiligt, der sich ihr bot. Noch brutaler, unbarmherziger und in einer Art und Weise mutig, dass es viele ihrer Mitstreiter als Selbstopferung werteten. Ihr Ansehen wuchs und einige der Krieger behaupteten gar, die Weiße Krähe sei unverwundbar. Die Kugeln der Soldaten könnten sie nicht treffen.

Bis zu dem Tag, als sie bei einem Angriff auf einen Siedlerzug in die Schulter getroffen und nach hinten von ihrem Pony geschleudert worden war. Viele Tage und Nächte hatte sie im Fieber verbracht. Nachdem die Verletzung aber ein glatter Durchschuss gewesen war, war sie mit dem Leben davongekommen.

Unablässig hatten die Stämme das Durchkommen weißer Siedler, Goldgräber und Armeeinheiten durch ihr Land behindert oder blutig beendet. Das Land zwischen Paha Sapa, den Black Hills, und dem Gebiet, welches von den Soldaten die »Bighorn Mountains« genannt wurde, war das wohl gefährlichste Terrain, auf das die Weißen jemals ihren Fuß gesetzt hatten.

Es war nur eine Frage der Zeit gewesen, bis die Armee indianische Läufer ausschicken musste, um mit den Häuptlingen zu sprechen. Das Ziel der Verhandlungen war von Anfang an klar. Sie wollten die Krieger dazu bringen, von Angriffen, vor allem auf den Bozeman Trail abzusehen, der den einzigen Weg nach Montana darstellte, dem weitläufigen Gebiet im Norden.

Will hatte ihr von den dortigen Goldfunden berichtet und den unablässigen Strom der Siedler vorausgesagt.

Die Soldaten wollten verhandeln. So sollte es sein!

Den anwesenden Häuptlingen war bekannt, dass die Weiße Krähe keine Indianerin war, ihre Taten aber sprachen für sie. Kaum ein Krieger hatte mehr Weiße getötet. Sie brachten ihr volles Vertrauen entgegen und so war sie ausgewählt worden, die Offiziere und Verhandlungsführer der Armee ihrer Doppelzüngigkeit zu überführen. Sie sollte den Verhandlungen als stilles Verständnis beiwohnen und die Worte der Männer bestätigen oder der Lüge strafen. Die offiziellen Übersetzer waren von den Soldaten gekauft. Ihnen war nicht zu trauen.

Als die Sonne ihren höchsten Stand erreicht hatte, war es soweit. Die Verhandlungsdelegationen begaben sich zu einer ausgesuchten

Stelle außerhalb des Forts. Anna wusste, dass einige der Häuptlinge eventuellen Angeboten der Weißen schnell angetan sein würden, denn für einige Gruppen war es eine erfolglose Zeit der Jagd gewesen.

Die Menschen vieler Stämme hungerten. Not und Elend war ihr ständiger Begleiter.

Die Häuptlinge begaben sich gerade zum Verhandlungsplatz und setzten sich auf den Boden, als eine größere Gruppe von Männern, gefolgt von drei Karren, auf dem Kisten und Säcke voller Getreide und anderen Lebensmitteln deutlich sichtbar gestapelt waren, das Fort verließ.

Die Konferenz begann und die Regierungsbeauftragten legten ihre Absichten dar. Sie seien an friedlichen Beziehungen zu allen Stämmen interessiert und wollten lediglich das Recht auf den Bau und die Nutzung einiger Wege und Straßen durch das Gebiet der Indianer bewirken.

»So, wie es für die öffentlichen Dienste notwendig ist und damit Siedler zu den Bergbaugegenden im Westen gelangen können«, hörte sie den Mann in dem über und über von Staub bedeckten Anzug gerade sagen, als sie ihren Blick auf einen weiteren Mann konzentrierte, der vom Fort aus direkt auf sie zukam. Sie kannte die Art, wie er sich bewegte und für einen Moment schien ihr Herz vor Freude einen Sprung zu machen.

Dennoch blieb sie ruhig sitzen und versuchte, sich so gut wie sie nur konnte auf die Worte des Dolmetschers zu konzentrieren.

Will kam näher, sprach mit einem der Sergeanten ein paar kurze Worte, worauf ihm dieser den Weg zu dem Kreis der Verhandelnden freigab. Er kam direkt auf sie zu, blinzelte gegen die Sonne und setzte sich hinter die Männer, die in Armeeuniformen an den Gesprächen teilnahmen. Jetzt erst sah er sie an.

Die Verwunderung in seinen Augen würde sie wohl niemals in ihrem Leben vergessen. Er strahlte sie an und sie beide mussten das Lächeln, das ihnen von der Freude ihrer Herzen geschenkt wurde, bestmöglich unterdrücken.

Endlich!

Nachdem sie sich vor einem Jahr an den Ufern des North Platte

River getrennt hatten und sie mit den, vor den Soldaten Fliehenden, nach Norden gegangen war, hatte sie seine Spur verloren. Die wenigen Male, an denen es ihr geglückt war, bis an das große Fort heranzukommen, hatte sie keine Informationen über seinen Aufenthaltsort bekommen können. Er war wie vom Erdboden verschlungen gewesen. Einige der trunksüchtigen Männer in den nunmehr wenigen geduldeten Zelten um das Fort hatten behauptet, er sei zurück nach Denver gegangen. Andere faselten von seiner Tötung durch die Hände des großen Crazy Horse, der am Platte Rache genommen hatte an den Weißen.

Jetzt waren die Beamten bei dem Versuch angelangt, die Häuptlinge mit völlig wirren und unmöglich einzuhaltenden Versprechen zu besänftigen. Zu Annas Erstaunen wurden diese wahrheitsgemäß von dem Übersetzer wiedergegeben und veranlasste die Stammesführer dazu, sich gegenseitig ungläubige Blicke zuzuwerfen.

»Die Reisenden auf dem Bozeman Trail werden sich nur auf den Straßen bewegen«, hörte sie einen der Offiziere sagen. »Außerdem wird es ihnen nicht gestattet sein, das Wild der Region auch nur zu stören.«

Ein hoher Geldbetrag, Nahrungsmittellieferungen und besondere Geschenke an die Stammesführer wurden versprochen. Das alles sei in dem großzügigen Angebot des großen weißen Vaters in Washington beinhaltet.

In Anna keimte Hass auf.

Die Häuptlinge aber erbaten sich Bedenkzeit und wollten die Fortsetzung der Verhandlungen um einige wenige Tage verschieben.

Es wurde ein erneutes Treffen in acht Tagen vereinbart, damit sich die Stammesführer zur Beratung zurückziehen konnten.

Es waren acht Tage des Glücks für Anna und Will. Gemeinsam verließen sie den Verhandlungsort in Laramie und ritten hinaus in die Weite. Das Land gehörte ihnen. Ihnen beiden allein … und ihrer Liebe.

Will erzählte Anna von seinem Haus, dem dazugehörigen Land und der Idee, dass sie zu ihm kommen und mit ihm leben sollte.

»Du kannst jederzeit zu deinen Leuten zurückkehren. Wann immer du willst. Ich werde dir nie einen Stein in den Weg legen, außer …«

»Außer?«, wollte sie wissen, als sie sich an ihn schmiegte, ihr Kinn auf seiner Brust ablegte und die Wärme des Lagerfeuers auf ihrem Gesicht fühlte. Sie sah ihm in die Augen und lächelte so anmutig und süß, dass er sofort den Drang verspürte, sie erneut zu lieben.

Aber er gab dem Impuls nicht nach, sondern sagte: »Außer, du begibst dich unnötigerweise in Gefahr.«

»Was nötig und unnötig ist, entscheidest dann du, verstehe ich das richtig?«

»Unter Umständen: Ja!«, er lächelte.

Sie stemmte sich nach oben und senkte langsam ihre schweren Brüste auf seinen nackten Oberkörper. Sie fühlte sich so unglaublich gut an. So weich, so geschmeidig und zärtlich. Sie küsste ihn und erneut richtete sich sein Glied auf. Sie bemerkte seine Anspannung und fasste nach unten, zwischen seine Beine. Leicht drückte sie zu und ihm entfuhr ein leises Stöhnen.

»Ich möchte ein Kind von dir, Anna.«

Abrupt richtete sie sich auf, verließ das Lager und warf sich eine lange Decke über die Schulter. Langsam ging sie um das Feuer herum und setzte sich auf der anderen Seite im Schneidersitz auf den Boden.

»Hab ich etwas Falsches gesagt?«, fragte er verwirrt.

Anna sah nur in die Flammen, zeigte keinerlei Regung.

»Anna. Was ist?«

»Wir haben bereits ein Kind. Aber es hat nicht überlebt. Ich bin keine gute Mutter.«

»Was redest du da? Anna …«

»Ich hab es verloren. So, wie ich alles zu verlieren scheine, was ich liebe. Vielleicht solltest auch du einen Bogen um mich machen. Ich bin verflucht!«

Ohne ein weiteres Wort zu sagen stand Will auf und lief nackt um das Lagerfeuer herum, kniete nieder und nahm Anna in seine Arme.

»Es tut mir so leid. Ich konnte nicht wissen …«

»Es war unser Kind, Will. Ich habe es verloren.« Eine dicke Träne lief ihr übers Gesicht, sie schluchzte.

»Schon gut. Alles ist gut. Alles wird gut«, tröstete er sie und drückte sie an sich. »Wir werden Kinder haben. Ich weiß, dass so etwas immer wieder passiert und keine Frau trägt Schuld daran. Es ist von der Natur bestimmt. Vielleicht mehr Zufall als eine Laune. Aber mit Sicherheit kein Fehler von dir oder mir. Anna, wir lieben uns. Welch größeres Geschenk kann es geben? Welche Voraussetzungen, eine Familie zu gründen, könnten besser sein? Komm mit mir! Ich werde dich lieben, ehren und mich um dich sorgen, so lange ich lebe. Ich werde immer für dich da sein.«

Sie sah ihm in die Augen, so als wollte sie ergründen, ob seine Worte wahr sein konnten. Wieder füllten sich ihre Augen mit Tränen.

»Das möchte ich, Will. Und so wird es auch sein. Aber ich brauche Zeit.«

»Und ich werde auf dich warten. Für immer. Bedingungslos!«

Sie umarmte ihn und drückte ihn an sich.

Die Nacht war kühl. Das Feuer brannte nieder, bis nur noch eine schwache, rotgelbe Glut übrig war, während sich die beiden unablässig und ausdauernd liebten.

****

Fort Laramie, Dakota Territorium, 13. Juni 1866

Anna und Will waren bereits am Vorabend der Verhandlungen wieder im Fort. Sie schliefen nicht weit entfernt zwischen den Lagern der Dakota und Soldaten und machten sich am nächsten Tag auf, um rechtzeitig zum Beginn der Gespräche zugegen zu sein.

Sie hofften auf ein Wunder, das ihnen Frieden bringen würde, wenigstens eine Zeit lang, dann würde man weitersehen. Wenn die Regierung es diesmal ehrlich meinte, die Häuptlinge und ihre Anliegen ernst nahm und sich vielleicht eine Art Kompromiss erreichen ließe, bei dem beide Seiten ihren guten Willen unter Beweis stellen würden, dann bestünde vielleicht eine Chance.

Eine kleine Chance auf Frieden.

Die Stammesführer waren eben mit den Regierungsmännern zusammengekommen, als ein weiterer Trupp Soldaten am Fort ankam.

»Verdammt!«, brach es aus Will heraus, dem vor einiger Zeit ein Gerücht über die Vorhaben der Regierung zu Ohren gekommen war, militärische Verstärkung nach Fort Laramie zu schicken mit dem Befehl, durch den Bau weiterer Forts am Bozeman Trail für Sicherheit zu sorgen. Aufgrund der hier stattfindenden Verhandlungen mit den Indianern war er aber bis zu diesem Moment noch von einer Falschmeldung ausgegangen.

Anna sah in seinem Gesicht, welche Wut in ihm aufzusteigen begann.

Während an die siebenhundert Soldaten mit Wagen und Baumaterial ins Fort einzogen, trat der Kriegshäuptling der Oglala nach vorne vor den Regierungsvertreter und sah diesem mit strengem Blick in die Augen.

Red Cloud war kein junger Mann mehr, aber eine imposante Erscheinung. Seine langen schwarzen Haare, die er in der Mitte gescheitelt trug, wehten im Wind, keiner der Anwesenden wagte auch nur laut zu atmen.

Dann sprach der Häuptling: »Der Große Vater schickt uns Geschenke und verlangt neue Straßen. Aber der weiße Häuptling stiehlt mit seinen Soldaten die Straße, bevor die Dakota ja oder nein sagen!«

Er wandte sich an seine Leute: »Die weißen Männer haben die Indianer Jahr um Jahr zurückgedrängt. So, dass wir gezwungen sind, in einem kleinen Gebiet nördlich des Flusses zu leben. Jetzt soll uns unser letztes Jagdgebiet, die Heimat des Volkes, genommen werden. Unsere Frauen und Kinder werden verhungern, aber was mich betrifft, so sterbe ich lieber im Kampf als an Hunger.«

Noch bevor der Übersetzer in der Lage war, die Worte des Häuptlings der Oglala zu übersetzen, verließ Red Cloud wutentbrannt den Verhandlungsplatz, bestieg sein Pony und ritt davon.

Anna gab Will ein Zeichen und sie liefen ebenfalls zu ihren Tieren.

»Komm«, sagte sie und schon stoben sie im wilden Galopp über die Prärie, weg vom Fort und auch weg von den Lagern der Indianer.

Nur Sinte Gleshka, der Häuptling der Sicangu, die von den Weißen auch Brulé genannt wurden, sowie einige wenige Unterhäuptlinge der Sioux und Cheyenne hatten den Vertrag unterschrieben. Es wurde ihnen eine jährliche Auszahlung von insgesamt siebzigtausend Dollar über die nächsten zwanzig Jahre versprochen, einzig und allein dafür, dass sie die Reisenden auf dem Bozeman Trail in Frieden ziehen lassen würden. Ein absurdes Versprechen, konnte der offensichtliche Betrug, der zum Abbruch der Verhandlungen durch Red Cloud geführt hatte, doch nichts anderes bedeuten … als Krieg.

****

Boulder, Colorado, 12. November 1868

Seit über drei Jahren bewohnte Will nun das einfache Farmhaus, etwas außerhalb der kleinen, aber stetig wachsenden Gemeinde Boulders am Rande der Rocky Mountains. Mit seinen mittlerweile sechsundzwanzig Jahren war er immer noch ledig und schon lange nicht mehr das, was man als eine gute Partie bezeichnen würde.

›Kein junger Mann mehr‹, dachte er bei sich.

Hatte er anfänglich noch offene Offerten der Männer bekommen, was die Töchter der Gemeinde betraf, so hatte ihn doch bald der Ruf eingeholt, er sei eigenbrötlerisch, auf seine Schreibarbeiten fixiert und habe vielleicht gar kein Interesse an weiblicher Gesellschaft.

Über die Jahre hatte es etliche Festivitäten in der Stadt gegeben, mit Musik und Tanz. Will hatte immer gerne daran teilgenommen. Er hatte mit den Mädchen getanzt und geflirtet, nur war sein Herz bereits vergeben gewesen. Es hatte auch Frauen gegeben, die ihre Männer verloren hatten. Einige durch Krankheit und Unfälle, die meisten aber durch Überfälle der »roten Teufel«, wie sie die Indianer zu nennen pflegten. So war es auch Melissa ergangen, die in dieser Gegend eines der besten Stücke Land ihr Eigen nannte.

Melissa Burbanks hatte vor acht Jahren ihren Mann verloren, als ein Holzfällertrupp in den Bergen mit einer Horde Sioux zusammengetroffen war. Sie hatte früh ihren ersten Sohn geboren, der nun bereits sechzehn Jahre zählte und mit der Grund war, warum sie ohne Mann die Bewirtschaftung und die Arbeit auf der Farm überhaupt einigermaßen bewältigen konnte. Ihr zweiter Sohn war zwölf und ebenfalls bereits eine große Hilfe.

Melissa und Will waren in der Stadt schnell als Paar gesehen worden, denn es hatte nach Ansicht der Leute vieles für eine Heirat der beiden gesprochen. Melissa war hübsch anzusehen und brauchte einen Mann. Will war mit der Instandhaltung seines Anwesens unnötigerweise beschäftigt, fehlte ihm doch eine Frau. Die beiden Ländereien zusammengenommen hätten einen stattlichen Besitz ergeben. Allein das Holz musste ein kleines Vermögen wert sein. Melissa Burbanks war eine starke Frau. Sie war Farmerin und hätte alles mitgebracht, was man von einer fleißigen und ehrbaren Ehefrau erwarten konnte.

Nicht nur einmal hatten ihm die Männer zu verstehen gegeben, dass sie in anderer Hinsicht bestimmt auch Nachholbedarf hätte.

Will mochte Melissa. Unter anderen Umständen hätte er sich gut und gerne vorstellen können, ihr näher zu kommen. Aber das Leben schrieb nun mal seine eigenen Regeln und so waren seine Gefühle für seine Nachbarin niemals über Freundschaft hinausgegangen.

Mit einer Tasse heißen Kaffees, die er mit beiden Händen umschlossen hielt, um sich die Finger daran zu wärmen, lehnte er am Stützbalken der Veranda und beobachtete den Tanz der ersten Schneeflocken dieses Winters.

Der Plan, was seine beruflichen Aktivitäten betraf, war aufgegangen.

Es hatte sich bestätigt, dass seine Artikel und Berichte über die Geschehnisse im Westen des Landes an der Ostküste großen Anklang fanden. Die Menschen waren interessiert und teilweise empört darüber, wie mit den »eingeborenen Nationen« verfahren wurde. Die öffentliche Meinung war gespalten.

Die Untersuchungen zu den Vorkommnissen am Sand Creek und anderen Überfällen der Armee auf teilweise friedliche und unbewaffnete Indianerdörfer brachten für die braven Bürger und Bürgerinnen des Mittelstandes schockierende und widerwärtige Abgründe des menschlichen Wesens zum Vorschein. Einige weigerten sich zu glauben, dass christliche Männer anderen Menschen derartig abartige Misshandlungen zuteilwerden lassen konnten.

Während die Armee von einigen wenigen Verfehlungen sprach, bildete sich im Osten eine Reformbewegung gegen die Vertreibung und betrügerischen Machenschaften der Regierung, was den Umgang mit den Völkern des Westens betraf.

Will hatte sich eine Zeit lang sogar eingebildet, seine Arbeit könnte dazu beitragen, die Invasoren zu stoppen.

Ungläubig über seine eigene Naivität schüttelte er kurz, mit einem bitteren Lächeln im Gesicht, den Kopf. Er strich sich mit den Fingern durch seinen mittlerweile stattlichen Bart.

Die Ereignisse hatten sich nach den gescheiterten Verhandlungen in Laramie überschlagen. Red Cloud hatte seine Drohung wahrgemacht.

»… was mich betrifft, so sterbe ich lieber im Kampf als an Hunger …«

Diese Worte hatten sich eingeprägt in Wills Gedächtnis. Sie hatten für ihn und Anna doch nichts anderes bedeutet als eine weitere, lange Zeit der Trennung. Es hatte den Anschein gehabt, als wäre ihnen ein gemeinsames Leben nicht vergönnt – aus welchen Gründen auch immer.

Anna war zunächst zu den Stämmen zurückgekehrt.

Neben dem charismatischen Crazy Horse, dem unnachgiebigen Sitting Bull, dem großen Führer Red Cloud und anderen Häuptlingen wie Gall, Little Wolf oder Inkpaduta, fürchteten die Soldaten bald auch einen weiteren Kriegshäuptling der Dakota. Einen Mann, den anscheinend noch niemand zu Gesicht bekommen hatte. Er war ein Anführer, dem nachgesagt wurde, er wäre unverwundbar und würde stets mit äußerster Brutalität und Grausamkeit vorgehen. Es war ein Mythos entstanden um den Namen des Mannes, den sie »die Weiße Krähe« nannten.

Geschichten woben sich um diese Gestalt, wie Erfindungen über Revolverhelden und Outlaws in billigen Groschenromanen. So hätte er einem Feind mit bloßen Händen die Augen ausgerissen, hatte Siedler in ihren Farmhäusern eingesperrt und diese angezündet.

Außerdem hatte er eine weiße Frau den Hunden des Stammes

zum Fraß vorgeworfen. Bei lebendigem Leibe!

›Ein Mann!‹

Dass diese angeblichen Gräueltaten genauso erlogen waren wie die Tatsache, dass es sich bei der Weißen Krähe nicht um einen Mann handelte, kümmerte Will nicht weiter. Auch wenn er wusste, dass Anna unter den Kriegern sehr wohl Einfluss und Ansehen besaß, so lag dies viel mehr in ihrem spirituellen Wirken begründet als in einem Macht- oder gar Führungsanspruch innerhalb der Gruppen. Anna wurde als heilige Frau verehrt und als Kämpferin geschätzt. Mut und Geschicklichkeit im Kampf wurde mit Ansehen belohnt. Deshalb folgten ihr die Krieger.

Es war Colonel Henry B. Carrington gewesen, der vor mittlerweile mehr als zwei Jahren mit seiner Truppe die Verhandlungen in Fort Laramie zum Scheitern gebracht hatte. Beauftragt von derselben Regierung, welche die fadenscheinigen Gespräche mit den Häuptlingen inszeniert hatte, war er mit seiner Einheit angerückt, den Bozeman Trail endgültig zu sichern, was durch die Errichtung weiterer Forts entlang der Strecke erreicht werden sollte.

Neue Forts!

Das war einer gegenseitigen Kriegserklärung gleichgekommen und hatte Red Cloud genau mit der Provokation versorgt, die nötig gewesen war, um sämtliche Stämme der Prärie hinter sich zu vereinen.

Noch im Sommer desselben Jahres, wenige Wochen nach den gescheiterten Gesprächen, war Carrington mit einem Bataillon von siebenhundert Soldaten und Offizieren der 18. Infanterie ausgezogen und hatte mit dem Bau dreier Forts entlang des Trails begonnen. Fort Phil Kearny, das größte der mit Palisaden versehenen Befestigungsanlagen, lag in einer dicht mit Kiefern bewachsenen Hügellandschaft östlich der Bighorn Mountains und sollte Carrington als Hauptquartier dienen.

Seine Lage zwischen den beiden anderen Stützpunkten war als Ausgangspunkt und Kommandozentrale geradezu ideal.

Das nächstgelegene Fort zu Laramie war das etwa hundertachtzig Meilen entfernte Fort Reno, welches bereits den beiden gescheiterten

Expeditionen des Jahres 1865 als Stützpunkt gedient hatte und zunächst als Fort Conner in die Geschichte der Indianerkriege eingegangen war. Carrington musste das Fort und seine Garnison, die überwiegend aus Galvanized Yankees, also ehemaligen Soldaten der Südstaatenarmee bestand, im Grunde nur auf Vordermann bringen, einige Befestigungen verstärken und für die Renovierung der Unterkünfte sorgen.

Fort C. F. Smith war der nördlichste und somit am weitesten abgelegene Stützpunkt der Armee entlang des Bozeman Trails im Indianergebiet. Alle drei Forts waren über die Jahre hinweg Schauplatz erbitterter Kämpfe gewesen. Viele Männer hatten ihr Leben gelassen, noch bevor auch nur von einem einzigen neuen Fort überhaupt die Rede gewesen sein konnte.

Der Krieg hatte das Land fest im Griff gehabt.

Will erinnerte sich, wie wenn es gestern gewesen wäre.

An einem kühlen Morgen des vorletzten Frühjahrs war er, noch völlig übermüdet, auf die Veranda getreten und hatte vor sich am Boden einen kleinen Lederbeutel entdeckt. Er hatte ihn aufgehoben, geöffnet und darin nichts weiter als eine Feder entdeckt. Es war eine weiße, große Feder gewesen und als er sich noch verwundert damit beschäftigt hatte, was dies bedeuten sollte, hatte ihn Anna von hinten angesprochen: »Es ist eine Krähenfeder.«

Seitdem hatte ihn Anna immer wieder besucht. Sie lebte zwischen den Fronten. Während im Norden, in den Indianergebieten, der Kampf tobte, hatte sie immer wieder zu ihm zurückgefunden. Manchmal nur für wenige Tage oder Stunden.

Viele Schlachten waren geschlagen worden.

Im Dezember vor Annas erstem Besuch in Boulder hatte die Armee der Vereinigten Staaten einen vernichtenden Schlag einstecken müssen. Dem Colonel hatte dies letztendlich sein Kommando gekostet, obwohl er bei den Kampfhandlungen selbst nicht zugegen gewesen war. Will hatte ausführlich recherchiert und seine Artikel an die Zeitungen des Landes weitergegeben.

Es war die größte Niederlage der Armee gegen Indianer gewesen, die sie jemals hatte hinnehmen müssen und hatte auf einer Befehlsverweigerung des kommandierenden Offiziers beruht.

Captain William Judd Fetterman war besessen gewesen von der Idee, die Indianer endgültig zu besiegen und begehrte offen gegen seinen Vorgesetzten, Colonel Carrington, auf. Er hielt Carringtons Führung und den bloßen Versuch, den Trail zu sichern, für absolut untauglich.

Der Konflikt zwischen den beiden Offizieren war zwar nicht offen eskaliert, als aber Fettermans Freund, Leutnant H. S. Bingham, Anfang des Monats von Indianern getötet worden war, verschärfte sich die Lage und gipfelte schließlich in den tragischen Ereignissen, die als »Fetterman Massacre« in die Geschichte eingehen sollten.

Am 21. Dezember 1866 hatten Dakota-Krieger eine Gruppe von Holzfällern in der Umgebung Fort Kearnys angegriffen, worauf Fetterman, mit der Unterstützung eines weiteren Lieutenants und einer Mannstärke von neunundsiebzig Soldaten und zwei Zivilisten, ausgeschickt worden war, den Männern zu Hilfe zu kommen.

Der ausdrückliche und unmissverständliche Befehl Carringtons hatte gelautet, den Lodge-Trail-Kamm unter keinen Umständen zu überqueren, da die Einheit sonst von jeder weiteren Unterstützung aus dem Fort abgeschnitten wäre.

Wie Will von Anna erfahren hatte, war der Captain geradewegs in die Falle gelaufen, als Crazy Horse, der Anführer, der bei dem Angriff beteiligten Stämme, zehn Krieger als Lockvögel über die Anhöhe geschickt hatte, um die Soldaten in einen tödlichen Hinterhalt zu locken. Anna war einer dieser Lockvögel gewesen und hatte in der darauffolgenden Schlacht vier Männern das Leben genommen.

Unverhohlener Stolz hatte aus Annas Stimme gesprochen, als sie ihm über den Verlauf der Kämpfe und den großartigen Sieg der Indianer berichtet hatte.

»Es war das erste Mal, dass Crazy Horse sich anerkennend über mich geäußert hat. Du hättest ihn sehen sollen, Will! Ich denke, im Kampf ist er der wichtigste Führer seines Volkes. Er weiß was er tut und rennt nicht blindlings drauf los, um Weiße zu töten. Endlich haben wir jemanden, der strategisch denkt und handelt.«

Will hatte nicht gewusst, wie er mit seinen Gefühlen umgehen sollte.

War es Verrat an seiner Geliebten, dass er an der Rechtmäßigkeit des von den Indianern betriebenen Verteidigungskampfes zweifelte?

Den einundachtzig Männern unter Fetterman waren nach Annas Angaben über eintausend Krieger der Oglala, Brulé, Hunkpapas, Arapaho und Cheyenne unter Crazy Horse, Little Wolf und High Backbone gegenübergestanden.

Die Einheit war bis auf den letzten Mann aufgerieben worden.

Schockiert war die Öffentlichkeit vor allem von den Aussagen der Männer, die unter Captain Tenedor Ten Eyck, die bis zur Unkenntlichkeit verstümmelten und misshandelten Körper der Leichen geborgen hatten. »Wilde Bestien«, wurden die Indianer genannt und »die Ausgeburt der Hölle«. Nahezu jede Zeitung des Ostens war voll gewesen von Grausamkeiten und angeblichen Augenzeugenberichten, die von abgeschlagen Köpfen, Kastrationen, Verstümmelungen und dem Skalpieren bei lebendigem Leibe berichtet hatten.

Anna hatte sich nicht an dem Racheakt beteiligt, den vor allem die Krieger der Cheyenne im Namen ihrer toten Familienangehörigen des Sand Creek Massakers an den Soldaten begangen hatten.

Ein einziger toter Soldat war den Verstümmelungen entgangen. Seine Leiche war unversehrt geblieben und mit einem Büffelfell bedeckt worden. Keiner der Männer des Bergungstrupps hatte eine vernünftige Erklärung dafür gefunden, handelte es sich bei dem jungen Mann noch nicht mal um einen der Offiziere. Er war einer der Hornisten gewesen und fast noch ein Kind. Sein Name war Adolph Metzger gewesen.

Will erntete für seinen Artikel über den jungen Mann viel Spott, beschrieb er doch dessen Tapferkeit im Kampf gegen die Krieger der Cheyenne, als er sich nur mit seinem Instrument als Knüppel bewaffnet gegen mehrere Angreifer erfolgreich zur Wehr gesetzt hatte, bevor er schließlich seinen Verletzungen erlegen war.

Dass Will jemanden kannte, von dem er diese Geschichte aus erster Hand berichtet bekommen hatte, konnte niemand ahnen.

Anna hatte den Tod des Jungen mitangesehen.

Das Fell und die Unversehrtheit seines Körpers waren Zeichen der Anerkennung und des Respekts gegenüber einem Feind, gegen den es zu kämpfen eine Ehre gewesen war.

Weitere Kämpfe und Schlachten waren gefolgt.

Red Cloud und seinen Kriegshäuptlingen war es gelungen, den Soldaten die Versorgungswege zu nehmen.

So hatten sie die Forts im Belagerungszustand gehalten und keinen einzigen Versuch eines Frontalangriffs unternommen. Der Oberhäuptling hatte die Armee regelrecht ausbluten lassen.

Brigadier General Henry W. Wessells, der im Januar nach Carrington das Kommando in Fort Kearny übernommen hatte, fand sich auf verlorenem Posten. Die Nahrungsmittel wurden knapp, viele Pferde und Maultiere starben an Futterknappheit und die meisten der Männer litten an Skorbut.

Die Pläne für eine Strafexpedition gegen die Indianer mussten, auch wegen der Temperaturen, die an manchen Tagen die Marke von Minus dreißig Grad Celsius unterschritten, aufgegeben werden.

Während sich die Indianer in kleineren Gruppen in ihr Winterlager zurückzogen und dadurch die Angriffe auf die Soldaten abgenommen hatten, waren Untersuchungen zum Hergang des Fetterman Gefechts eingeleitet worden, in dessen Folge auch der Kommandeur Fort Laramies seinen Posten aufzugeben hatte.

Der Oberbefehlshaber der U.S. Army, Ulysses S. Grant, hatte auf die Ablösung General Cookes bestanden und damit den kompletten Austausch der Führungsoffiziere eingeleitet.

Im Frühjahr des nächsten Jahres hatte Red Cloud mit gezielten Angriffen auf den Oregon Trail im North Platte River Valley begonnen, dem hunderte Siedler mit ihren Familien, Soldaten und Zivilisten zum Opfer gefallen waren.

»Die Morde werden so alltäglich, dass ihnen keine wirkliche Aufmerksamkeit mehr geschenkt wird«, hatte einer der bekanntesten Journalisten geschrieben und Will hatte dem nichts hinzuzufügen gehabt.

Dass Anna Teil dieses sinnlosen Kampfes gegen Unschuldige war, hatte Will immer wieder in tiefe Zweifel gestürzt. Trotzdem hatte er sich über jeden einzelnen ihrer Besuche gefreut, war es doch wenigstens der Beginn dessen, was er als Zusammenleben empfinden konnte. Er verglich Annas Leben mit dem einer Raubkatze. Wie verwandelt, liebevoll und zärtlich, wenn sie bei ihm lag, unbarmherzig und tödlich, wenn man ihr auf freier Wildbahn begegnete.

Niemals sprach er seine Bedenken aus. Kein Wort der Kritik kam über seine Lippen. Er konnte und wollte die magischen Momente nicht stören, wenn sie zusammen waren.

Manchmal war es Anna gewesen, die von sich aus über ihre Erlebnisse und Kämpfe erzählt hatte und des Öfteren hatte sie ihn auf sein nachdenkliches Schweigen angesprochen.

»Der Krieg wird uns noch alle zerstören«, hatte er ihr geantwortet und seine Sorge um sie zum Ausdruck gebracht.

Die Liebe, die sie verband, war unzerstörbar und würde sie über alle Schwierigkeiten und Hindernisse hinwegtragen, davon war er überzeugt. Er musste seiner Geliebten nur in die Augen sehen und wusste, dass er sich für immer und ewig in der Tiefe seiner Liebe zu ihr verlieren würde.

Das Vorgehen Red Clouds gegen den Gleisbau der ersten transkontinentalen Eisenbahn durch das Gebiet der Dakota, gipfelte in dem verzweifelten Versuch der Armee, die Einheiten entlang der Trails und Fort Laramies noch einmal zusätzlich zu verstärken.

Trotz aller Bemühungen war es der Armee aber nicht gelungen, die Situation in den Griff zu bekommen. Es herrschte Angst, Verwirrung und Chaos.

Anna, die die Zeit der Sonnentänze im Juli bei Will verbracht hatte, hatte einen langen Kampf vorausgesagt.

Zunächst war es um angebliche Friedensverhandlungen gegangen, angestoßen durch den Sicangu-Häuptling Sinte Galeshka, welche sich aber als Verzögerungstaktik Red Clouds herausgestellt hatten. Der Oglala-Häuptling hatte nicht vorgehabt, mit den Soldaten über Frieden zu verhandeln.

Seine Krieger griffen weiterhin Planwagenzüge und Armeepatrouillen an, überfielen Boten und Forts, stahlen Pferde und Vieh. Fast ein gesamtes Jahr war Fort C. F. Smith fast völlig von der Außenwelt abgeschnitten. Es war ein einziger Überlebenskampf der Männer gewesen. An eine strategische Ausrichtung war nicht im Entferntesten zu denken gewesen.

Die Reformbewegungen im Osten hatten mehr und mehr Druck auf die Regierung ausgeübt und schließlich war das Unglaubliche passiert.

Will konnte die Ereignisse immer noch nicht richtig sortieren, aber es hatte, wie aus dem Nichts, ein Umdenken stattgefunden.

Der finanzielle und militärische Aufwand, den Bozeman Trail zu sichern, erschien den Verantwortlichen mit einem Mal zu groß.

»Nicht lohnenswert«, so das offizielle Statement aus Washington.

Und weiter: »Solange die Soldaten damit beschäftigt sind, sich selbst zu verteidigen und zu versorgen, können sie keinem übergeordneten militärischen Ziel von Nutzen sein.«

Will hatte seinen Augen nicht getraut, als er die Ausgabe der Rocky Mountain News in seinen Händen gehalten hatte, deren Schlagzeile lautete:

»Die Armee zieht sich aus den Indianergebieten zurück!«

In dem Artikel war von großen Siegen der Armee gegen die aufständischen Sioux berichtet worden. Besondere Beachtung wurde dabei dem sogenannten »Waggon Box Fight« bei Fort Kearny von Anfang August dieses Jahres geschenkt und dem im Grunde zeitgleich erfolgten Angriff auf eine Gruppe Zivilisten und Soldaten, die sich zum Heuschneiden außerhalb Fort C. F. Smith befunden hatten.

Beide Siege, so das Blatt, waren überwiegend auf die neuen Springfield Hinterlader-Gewehre »Modell 1866« zurückzuführen gewesen und der in ausreichender Menge mitgeführten Munition.

Außerdem wurde hervorgehoben, dass die Sicherung des Bozeman Trails durch die baldige Fertigstellung der transkontinentalen Eisenbahn ohnehin an Bedeutung verlieren würde. Wesentlich kürzere und sicherere Strecken in die Bergbauregionen Montanas würden dann zur Verfügung stehen und deshalb sei von weiteren, blutigen Auseinandersetzungen mit den Wilden abzusehen.

Insgesamt war versucht worden, das Versagen der Armee im

Kampf gegen Red Cloud mit allen Mitteln als Erfolg zu verkaufen und es gab genügend Leute in Denver und den Metropolen des Ostens, die gerne bereit waren, diese Lüge zu schlucken.

Will hatte die Ausgabe der Zeitung behalten und wollte sie als Zeitdokument bewahren.

Es fing stärker an zu schneien und er stellte den Kragen seines Mantels hoch. Es war so schön hier draußen, so friedlich.

›Nur noch meinen Kaffee austrinken, dann geh ich wieder rein.‹

Er hörte die Schritte nicht, die sich von hinten näherten.

Langsam bewegten sich die Füße über die genagelten Bretter der Veranda, eingehüllt in genähte, aus Hirschleder gefertigte und geschnürte Stiefel.

Erst als zwei Arme von hinten seinen Bauch umschlungen und seinen Körper an den ihren drückten, bemerkte er, dass Anna bereits wach und ebenfalls nach draußen gekommen war. Er lächelte.

»Na? Schlafmütze.«

Er drehte sich zu ihr um und küsste sie auf den Mund.

»Na? Mein bärtiger Bär.«

Anna war vor drei Tagen zu ihm gekommen und hatte ihm berichtet, dass Red Cloud den Friedensvertrag in Fort Laramie unterzeichnen würde.

So unglaublich es auch klingen mochte, in dem Vertrag wurde das gesamte Territorium des Powder River Country, einschließlich der Black Hills und weiterer Gebiete, als Indianerland zur uneingeschränkten und unbehelligten Nutzung und Besiedelung durch die »Great Sioux Nation« ausgewiesen und den Indianern zugesprochen. Zudem sollte es keinerlei Landabtretungen ohne die ausdrückliche Zustimmung von mindestens dreiviertel aller erwachsenen, männlichen Reservationsbewohner geben.

Fort Reno, genau wie Fort C. F. Smith und Fort Kearny, mussten geräumt und der Zerstörung durch die Indianer preisgegeben werden.

Red Cloud hatte gewonnen und die Armee der Vereinigten Staaten zum Rückzug gezwungen!

»Wir werden hier leben?«, fragte Anna.

»Wir werden leben, wo immer du willst. Aber hier wäre ein Ort, der dich die Verbindung zu deinem Volk aufrechterhalten lassen kann. Die Wälder und Berge bieten dir Schutz. Du kannst kommen und gehen, wann immer du willst.«

»Ich will aber nicht gehen«, sie küsste ihn auf den Mund. »Nur ab und zu, wenn ich meine Leute besuchen möchte«, lachte sie.

Ihr Lachen war so wunderschön.

Will wusste immer noch nicht, ob er wach war oder träumte. Er konnte sein Glück kaum fassen. Anna würde bleiben. Hier, bei ihm!

Sie würden sich endlich ein eigenes Leben aufbauen.

So, wie er es sich immer gewünscht hatte.

****

»Wir wollen die Weißen nicht hier haben. Die Black Hills gehören uns.«

Sitting Bull vor der Entweihung der Black Hills

Boulder, Colorado, 25. Juni 1876

»Es ist ein Mädchen!«

Will war ganz in Gedanken versunken, als plötzlich freudestrahlend Mrs. White vor ihm stand. Sie trug ein Bündel von sauberen Tüchern auf ihrem Arm, in denen, eingehüllt und fast verborgen von einer großen Wolldecke, das kleine Gesicht eines Neugeborenen zu sehen war.

»Du hast eine Tochter, Will. Hier ist sie. Na? Sag deinem Daddy guten Tag, meine Süße.«

Will sprang von seinem Stuhl auf. Über Stunden hatte er nur auf der Veranda gesessen und sich so unglaublich hilflos gefühlt. Er hatte nicht helfen, nicht eingreifen können, während Anna sich unter Schmerzen gewunden hatte. Noch bevor er sein kleines Töchterchen in seine Arme nahm, fragte er ängstlich: »Wie … wie geht es ihr?«

Mrs. White senkte den Blick ein wenig, aber lächelte: »Es geht ihr gut soweit. Es war die schwerste Geburt, bei der ich jemals zugegen war. Anna ist so tapfer! Ich bin mir sicher, sie ist in Ordnung, aber sie braucht jetzt viel Ruhe. Sie ist an ihre Grenzen gegangen, um eurer Tochter das Leben zu schenken.«

Will nickte stumm. Er war so ergriffen, dass er kein Wort herausbrachte. Es fühlte sich an, als würde ihm die Kehle zugeschnürt.

»Und noch etwas, Will ...«, er sah Raquel in die Augen, »… ihr solltet keine weiteren Kinder mehr haben. Ich denke nicht, dass Anna eine weitere Geburt überleben würde.«

Raquel White war die Frau des Docs, die gleichzeitig als Lehrerin für die Kinder des Ortes fungierte. Sie war etwa Mitte vierzig und das, was man die gute Seele der Gemeinde nannte. Sie und ihr Mann hatten sich liebevoll um Anna gekümmert, seit am gestrigen Nachmittag die Wehen eingesetzt hatten.

Es war einfach unfassbar, jetzt hier mit seiner kleinen Tochter im Arm zu sitzen. So lange hatten sie sich Kinder gewünscht und die Hoffnung bereits aufgegeben gehabt. Endlich waren sie eine richtige Familie!

Anna hatte die Verbindung zu ihren indianischen Freunden nie aufgegeben. Über die letzten Jahre war sie immer wieder in die Gebiete zurückgekehrt, die den Stämmen nach dem Vertragsabschluss mit Red Cloud in Fort Laramie als »The Great Sioux Reservation« zugesichert worden waren.

Acht Jahre war das mittlerweile her.

Will konnte nicht sagen, wo die Zeit geblieben war.

Natürlich war sehr viel geschehen. Politisch und gesellschaftlich ebenso, wie in ihrem bescheidenen, privaten Leben.

Die Berichte und Artikel, die er für die Verlagshäuser an der Ostküste verfasste, erfreuten sich immer noch großer Beliebtheit. Es war ihm gelungen, für Anna und sich eine Zukunft aufzubauen. Und mehr noch!

Nach dem Sieg der Sioux, der Aufgabe der Forts entlang des Bozeman Trails und der Übergabe des Landes an die Indianer, hatte sich Anna für ein gemeinsames Leben mit ihm entschieden. Hier in Boulder wollten sie leben.

Will, der von dem Arbeiten in der Landwirtschaft noch weniger Ahnung hatte als Anna, hatte es sich in den Kopf gesetzt eine Farm zu gründen. Er wollte Getreide anbauen, Mais und Gemüse. Die stetig wachsende Gemeinde von Boulder wollte verpflegt werden und Will sah eine gute Gelegenheit, das Seine dazu zu tun, um das soziale und wirtschaftliche Vorankommen der Stadt zu sichern.

Tatsächlich waren seine Bemühungen von Erfolg geprägt gewesen, denn es war ihm im entscheidenden Moment ein glücklicher Zufall zu Hilfe gekommen.

Er war geschäftlich in Denver gewesen, als er von einer Familie aus Deutschland gehört hatte, die auf ihrem mühsamen Weg nach Westen all ihren Besitz verloren hatte. Ihnen war ein Wagenrad gebrochen, als sie sich irgendwo in der Wildnis zwischen Omaha und Denver befunden hatten und es grenzte an ein Wunder, dass es ihnen mit letzter Kraft gelungen war, die Stadt zu erreichen.

Will hatte die Familie aufgesucht und nachdem sich herausgestellt hatte, dass Herr und Frau Pfitzner beide von einem Hof aus Hamm in Deutschland stammten, wo sie ihr ganzes Leben auf dem bäuerlichen Betrieb eines Gutsbesitzers als Arbeiter verbracht hatten, hatte er ihnen spontan ein Angebot unterbreitet.

›Mehr als fünf Jahre muss das bereits her sein‹, dachte er bei sich.

Wie, als würden Gedanken eine besondere Verbindung aufbauen können, kam Helene, die ebenfalls bei der Geburt der kleinen Emely geholfen hatte, aus dem Haus.

»Was für ein süßer Schatz«, sagte sie und deutete mit ihrem Blick auf das schlafende Baby in seinen Armen. »Hatte einen Mordshunger, die Kleine.«

»Was ist mit Anna?«

»Sie ruht sich aus. Keine Sorge. Es geht ihr gut. Wir müssen nur dafür sorgen, dass sie sich ruhig hält die nächste Zeit.«

Will nickte und fuhr damit fort, seine kleine Tochter zu betrachten.

Es war ein berauschendes, unbeschreibliches Glücksgefühl, das sich in diesem Moment in ihm ausbreitete.

Seit ihrer Begegnung mit Will und ihrer Vereinbarung, was das Bewirtschaften der entstehenden Farm betraf, lebten Karl und Helene Pfitzner mit ihren beiden Söhnen Jonas und David zusammen mit Anna und Will auf diesem Stück Land. Sie waren gute Freunde geworden. Auch wenn Will der eigentliche Eigentümer der Erde war, die sie gemeinsam beackerten, so arbeiteten alle so, als wäre es ihr gemeinsames Stück Land. Alle Erträge waren von Anfang an zu gleichen Teilen geteilt worden. Sie hatten ein neues Gebäude für Anna und Will errichtet, während die Familie in dem alten, aber gut instand gesetzten Farmhaus lebte. Sie hatten Stallungen und eine Scheune gebaut, außerdem eine Koppel für die Pferde angelegt. Gemüsebeete waren entstanden und es war schnell mit der Rodung der zukünftigen Felder begonnen worden.

Die jungen Burschen der Pfitzners waren mittlerweile siebzehn und dreizehn Jahre alt und verrichteten dementsprechend die Arbeit von richtigen Männern. Will hatte von Anfang an darauf bestanden,

den Erlös der Ernte durch die Anzahl der arbeitenden Köpfe zu teilen. Dass die Kinder im Ort zur Schule zu gehen hatten, war eine der Bedingungen ihrer Absprache, der Karl und Helene nur zu gerne nachgekommen waren. Die Jungs hatten gelernt und danach im Betrieb mitgeholfen. Will hatte sie alle von Anfang an in sein Herz geschlossen und ihre Gemeinschaft als Familie empfunden.

Helene war nach etwa einem Jahr noch einmal schwanger geworden, hatte das Kind aber nach wenigen Wochen verloren.

Alles, was Will über das Bestellen von Feldern, den Gebrauch von landwirtschaftlichen Werkzeugen und Gerätschaften wusste, verdankte er Karl. Sie hatten zusammen geschuftet, geschwitzt und waren an vielen Abenden wie gerädert nur noch in ihre Betten gefallen.

Aber die Mühe hatte sich gelohnt.

Erst vor einem Jahr hatten sie weiteres Land hinzugekauft und mit dem Fällen der Bäume begonnen. Das Holz war verkauft worden und hatte einen beachtlichen Teil der Kosten für den zusätzlichen Grund gedeckt.

Um sie herum hatten die Entwicklungen ebenfalls ihren Lauf genommen. Bereits im Jahr, nachdem der Friedensvertrag mit den Indianern zustande gekommen war, waren die beiden Eisenbahnstrecken der Union und der Central Pacific Railroad miteinander verbunden worden. Hatten sich die beiden Eisenbahngesellschaften zuerst noch ein Wettrennen um die Gelder und das Land der Regierung geliefert, so hatte man sich schließlich doch auf den Zusammenschluss der beiden Strecken einigen können.

Am 10. Mai 1869 waren die Gleise mit einem symbolischen goldenen Gleisnagel in den Hügeln am großen Salzsee in Utah miteinander verbunden worden. Eine Reise mit dem Zug von New York nach dem fernen Sacramento dauerte nun nur noch sieben bis acht Tage! Es war wirklich unfassbar.

Es war die Zeit gewesen, in der Anna zur Ruhe gekommen war. Die Leute in Boulder waren zunächst erstaunt gewesen, woher Will plötzlich eine Frau gehabt hatte. Niemand hatte ihre Ankunft in der Stadt bemerkt. Keiner wusste, woher sie gekommen war und woher sich die beiden kannten. Nachdem Will auf viele Fragen seiner Freunde und Nachbarn nur ausweichend geantwortet hatte und sich der Tratsch und Klatsch im Ort allmählich gelegt hatte, war Anna als vollwertiges Mitglied der Gemeinde mehr als willkommen gewesen.

Die Tatsache, dass sie niemals zu den sonntäglichen Gottesdiensten erschienen, wurde akzeptiert und niemand hatte Will gegenüber auch nur eine Andeutung oder eine Äußerung des Missfallens verlauten lassen. Boulder wuchs schnell. Ja, geradezu rasant. Immer mehr neue Siedler trafen ein. Aber immer wieder auch Geschäftsleute, Spekulanten, Anwälte oder Bankiers, die ihre eigenen Zukunftschancen im Ort abschätzten. Der Westen der Vereinigten Staaten weckte Begehrlichkeiten unterschiedlicher Natur. Es kamen Familien wie die Pfitzners, aber auch Glücksjäger, Goldsucher, junge Männer, die sich mit Gelegenheitsarbeiten über Wasser hielten und andere, die das Abenteuer suchten.

Lange Zeit hatte es Frieden gegeben zwischen den Indianern in den nördlichen Gebieten der Plains und den Siedlern und Soldaten hier, außerhalb des Reservationsgebietes.

Dann aber war der Tag gekommen, an dem sich die Armee zu einer völlig unverständlichen und schmählichen Vertragsverletzung genötigt gesehen hatte. Anna war völlig vor den Kopf gestoßen gewesen, denn entgegen der Erfahrungen der vergangenen Monate und Jahre, hatte Will von keinem seiner Informanten innerhalb des Militärs auch nur eine Andeutung mitbekommen, was eine bevorstehende Expedition zu den heiligen Bergen der Sioux betraf.

Es war ziemlich genau zwei Jahre her, als ein gewisser George Armstrong Custer mit etwa eintausend Mann losgezogen war, um die Black Hills zu erkunden, neue Standorte für die Errichtung weiterer Forts zu bestimmen und die immer wieder aufkommenden Gerüchte über Goldvorkommen in den Bergen zu belegen.

Will hatte recherchiert über den Auftrag, der einen Bruch des Vertrags mit Red Cloud und den Häuptlingen dargestellt hatte, wie auch über den ehrgeizigen, skrupellosen und nur an seiner Karriere interessierten Generalmajor Custer.

Dieser hatte die Militärakademie als Klassenletzter abgeschlossen, galt als ungehalten, undiszipliniert und eigensinnig. Will hatte sich ernsthaft gefragt, wie dieser Mann es bis zum General geschafft haben konnte.

Custer hatte in der Unionsarmee im Bürgerkrieg gekämpft, wo er zunächst als Unteroffizier gedient hatte. In der ersten Schlacht von Bull Run war er an die Front versetzt worden. Immer wieder war er während des Krieges für ausgesprochen waghalsige und kühne Aktionen ausgezeichnet worden, mit denen er dem Feind zugesetzt hatte. An der Schlacht von Gettysburg war er beteiligt gewesen, wie auch an dem letzten Feldzug seines Oberbefehlshabers und jetzigen Präsidenten der Vereinigten Staaten, Ulysses S. Grant.

Custer war ein Emporkömmling.

Was Will über den Mann in Erfahrung gebracht hatte, ließ den General nicht gerade in einem sympathischen Bild erscheinen.

Nach dem Krieg war er zum Generalmajor der regulären Armee befördert und ins Indianergebiet versetzt worden, von wo er bald darauf wegen Befehlsverweigerung zurückgezogen worden war. »Von den Plains verbannt«, so hatte sich einer seiner Journalistenkollegen im Osten ausgedrückt.

Trotzdem war Custer, warum auch immer, im November 68 von General Sheridan für einen Winterfeldzug gegen die Indianer nach Kansas zurückgeholt worden. Einhundertvierundzwanzig Siedler waren von Indianern getötet worden, nachdem sie vertragswidrig in die Jagdgründe der Krieger eingedrungen waren.

So war Custer an sein erstes Kommando gegen feindliche Indianer gekommen, denn er hatte von Sheridan den Auftrag erhalten, *diese* Indianer zu finden und zur Rechenschaft zu ziehen.

Geendet hatte das Ganze in einem sinnlosen Abschlachten eines Dorfs der Cheyenne, die nichts, aber auch gar nichts mit dem Überfall auf die Siedler zu tun gehabt hatten.

Will hatte nicht gewusst, woher Anna die Informationen hatte, aber sie behauptete, dass es zu einem großen Teil dieselben Menschen gewesen waren, welche das Massaker am Sand Creek überlebt hatten. Häuptling Black Kettle war angeblich einer der Ersten, der von Custers Leuten niedergemacht worden war.

In der Welt der Weißen war der Überfall auf das friedliche Dorf der Cheyenne am Washita River als großartiger und Custers erster

Sieg über die feindlichen Rothäute gefeiert worden.

Will hatte es Anna hoch angerechnet, dass sie ihr Versprechen gehalten und bei ihm geblieben war, denn für einen Moment hatte es so ausgesehen, als könnten die Vorfälle in Kansas einen Flächenbrand auslösen.

Dann waren Reiseberichte Custers als Fortsetzungen in verschiedenen Zeitschriften des Landes erschienen. In »My Life On The Plains« berichtete Custer über seine Erlebnisse mit den Rothäuten, bezeichnete sie als niedere Kreaturen und wilde Tiere. Er berichtete über Überfälle auf weiße Siedler und die Orte, wo er gezwungen gewesen war, den roten Mann anzutreffen.

Er sprach von befremdlichen Ritualen und hatte es ernsthaft geschafft, von vielen Leuten als Indianerkenner bezeichnet zu werden.

Eine Farce!

Die Wirklichkeit, das wusste Will nach seinen Recherchen genau, hatte ganz anders ausgesehen. Vor seinem ersten Einsatz in den Indianergebieten bei dem es zu keinem nennenswerten Zusammentreffen oder gar einer Auseinandersetzung mit den Sioux, Cheyenne oder anderen Stämmen der Plains gekommen war, hatte Custer rein gar nichts über die Indianer oder die Kriegsführung gegen sie gewusst.

1873 war er schließlich nach Fort Abraham Lincoln im Dakota Territorium strafversetzt worden, nachdem er eine Disziplinarstrafe, erneut wegen Befehlsverweigerung, abgesessen hatte. In Fort Lincoln hatte er die Eisenbahnstrecke gegen mögliche Angriffe der Sioux absichern sollen.

Es war dann die Wirtschaftskrise gewesen, die vor drei Jahren alles auf den Kopf gestellt hatte.

Will hatte auch damals alles genauestens recherchiert und einige Artikel über die Zusammenhänge, die Entstehung und die möglichen Auswirkungen der Krise veröffentlicht.

Am 18. September vor drei Jahren hatte das Bankhaus Jay Cooke Bankrott angemeldet und dieser Konkurs war nicht der Letzte im Osten des Landes geblieben. Der Aktienmarkt war zerfallen und die Börse geschlossen worden. Bankiers, höhere Angestellte und Geschäftsführer von Firmen waren über Nacht mit dem Geld ihrer Anleger und Kunden verschwunden und hatten das Land ins Chaos gestürzt. An der gesamten Ostküste, von New Orleans bis Boston, waren die Löhne über Nacht auf ein Minimum gefallen. Arbeitslosigkeit und stetig wachsende Armut verlangten ihren Tribut. Es war zu Unruhen in einigen Städten gekommen. Die Kriminalität war den zuständigen Behörden über den Kopf gewachsen.

Angefangen hatte es damit, dass es der Bank bereits zu Beginn des Bürgerkriegs gelungen war, vom Kongress zum »Subscription Agent for National Loan« ernannt zu werden.

Mit dieser Ernennung hatte sie als Hauptverkäufer von US-Kriegsanleihen den Markt kontrolliert und war infolgedessen zu einem der größten Bankhäuser der Vereinigten Staaten aufgestiegen.

Im Laufe des Bürgerkrieges hatte Cooke Anleihen im Wert von über einer Milliarde Dollar verkauft! Mehr als ein Sechstel des gesamten Volumens.

Der Auslöser des Zusammenbruchs war dann eine gigantische Fehlspekulation gewesen, welche der Institution letztendlich das Genick gebrochen hatte.

Nach der erfolgreichen Fertigstellung der Eisenbahnstrecke 1869, war unmittelbar mit dem Bau einer weiteren Strecke der Northern Pacific Railroad begonnen worden.

Aufgrund der aufgelaufenen enormen Kriegsschulden, mit der die Regierung unter Präsident Grant zu kämpfen hatte, war es nicht zu der von den Investoren erwarteten Finanzspritze Washingtons gekommen.

Kein Geld, lediglich fünfzig Millionen Hektar Land, war seitens der Regierungsvertreter zugesichert worden.

Dann waren beim Planen und Erkunden der Streckenführung immer weitere Probleme und Verzögerungen aufgetreten, was zusätzlich zur Nervosität der Investoren und Finanzmärkte beigetragen hatte.

Es war einfach nicht mit der notwendigen Sorgfalt an die Untersuchung und Vermessung des Geländes der Streckenführung herangegangen worden. Die Trassen mussten immer wieder durch unwegsames Terrain geführt werden, über Flüsse, Sumpfgebiete und Seen.

Die Baukosten hatten sich um ein Mehrfaches erhöht.

Einer der Siouxhäuptlinge, Sitting Bull, der den Großteil der Stämme unter seiner Führung vereinte, hatte der Eisenbahngesellschaft offen gedroht. Eindringlich hatte er davor gewarnt, die Strecke durch das Jagdgebiet der Sioux zu führen, ohne Erfolg.

So war es zu wiederholten Belästigungen und Übergriffen durch Indianer gekommen, was den Trassenbau nur immer weiter verzögert und zu zusätzlichen Kosten geführt hatte.

Schließlich war die ganze Finanzierung gekippt und hatte das Bankhaus Jay Cooke mit sich in den Abgrund gerissen. Während es im Westen noch relativ ruhig geblieben war, war die gesamte Wirtschaft der Ostküste in die Knie gegangen. Die Menschen hier im Westen waren guter Dinge gewesen, denn die Ernten in den benachbarten Staaten, Nebraska und Kansas, schienen erfreulich gut auszufallen in besagtem Jahr.

Will erinnerte sich genau, wie er mit den Leuten in der Stadt sogar über die Möglichkeit von fallenden Preisen spekuliert hatte und mitunter eine Abmilderung der Krise im Osten vorausgesagt hatte.

»Das Getreide wächst gut, im August werden Hafer und Weizen reif sein. Wir werden unseren Teil dazutun und das Land wieder auf Vordermann bringen«, hatte er in der Gemeindeversammlung getönt.

Es tat immer noch weh, wenn er daran dachte.

Denn wie aus dem Nichts war wenig später eine große, glitzernde Wolke über den satten Weiden, Wiesen und Feldern der Farmer erschienen.

Millionen von Heuschrecken hatten sich auf alle essbaren Pflanzen gestürzt und innerhalb weniger Tage vernichtet, was auf den Farmen erarbeitet worden war. Über Tage hatte sich eine mehrere Zentimeter dicke Schicht aus Insekten gebildet, die den Boden fast völlig bedeckt hatte. Was übriggeblieben war, war eine einzige kahle, abgefressene Wüstenlandschaft gewesen.

Will war sich sicher, dass diese beiden Ereignisse des Jahres 1873 zu der Entscheidung der Regierung Grant geführt hatte, sich Zutritt zu den *ungenutzten* Gebieten der Indianer zu verschaffen. Neues Land für Siedler stand dabei mit Sicherheit genauso im Vordergrund wie der Ausblick, die Staatskasse durch mögliche neue Goldfunde zu sanieren. Washington musste das Wasser bis zum Halse gestanden haben und Custer war schlicht der Kundschafter gewesen, den man ausgesandt hatte, das Land zu erkunden, um es anschließend in Beschlag zu nehmen.

Es war keine versehentliche Missachtung der Vereinbarung mit Red Cloud und den Häuptlingen gewesen. Eher eine wohlkalkulierte Provokation, die wenig später auch genau das beabsichtigte Ergebnis gezeigt hatte.

George Armstrong Custer war kein Mann, der sich mit dem Herausposaunen von Neuigkeiten zurückhalten konnte. Sein Ehrgeiz kannte keine Grenzen und so würde er keine Möglichkeit auslassen, mit vermeintlichen persönlichen Erfolgen und ruhmreichen Entdeckungen zu prahlen. Der Plan der Regierung war vollends aufgegangen und dieser einfältige General hatte genau für den Wirbel um die heiligen Berge der Sioux gesorgt, den man mit seinem Einsatz bezweckt hatte.

»Gold, von den Graswurzeln abwärts!«

Diese und ähnliche Meldungen verbreiteten sich im ganzen Land wie ein Lauffeuer. Die Goldfunde, die Berichte über sattes, fruchtbares Land und der Drang zur Besiedelung der Gebiete wurde von den Menschen als Hoffnungsschimmer gesehen, sich von den Fesseln der Wirtschaftsdepression zu befreien. Es schien die Lösung aller Probleme zu sein, wäre da nicht dieser unsinnige Vertrag mit den Indianern gewesen, der vor Jahren mit einem der Häuptlinge in Fort Laramie verhandelt worden war.

Die Zeiten waren unsicherer geworden. Anna hatte dann einige Zeit bei ihren Leuten in den Dörfern verbracht, in denen Stammesangehörige der Santee aufgenommen worden waren. Sie hatte Will aber auch berichtet, dass die Weiße Krähe bei den führenden Häuptlingen und Kriegern der Plains an Ansehen verloren hatte. Sie bezweifelte, dass sie je so etwas wie Einfluss besessen hatte. Dennoch war ihr damals zumindest Gehör geschenkt worden, bevor sie sich entschlossen hatte, zu Will und in das Leben der Weißen zurückzukehren. Es hatte sie traurig gemacht, dass viele ihrer indianischen Freunde ihr mehr und mehr mit Abstand begegneten. Die engsten Verbindungen bestanden immer noch zu den Menschen, die zur Gruppe ihres Freundes und Lehrers Dark Cloud gehört hatten. Es war Annas Familie, wie sie stets betonte.

Eine der Töchter Dark Clouds hatte drei Kindern das Leben geschenkt. Von seinen beiden Frauen war eine gestorben, die andere mittlerweile mit einem der Oglalahäuptlinge verheiratet.

Von seinen zwei Söhnen war einer im Kampf gefallen.

Zusammen mit anderen Santees lebten sie in einem der größeren Lager der Hunkpapas, deren großer Führer Sitting Bull persönlich war. Anna hatte Will gegenüber erwähnt, dass zwischen dem Häuptling und ihr eine entfernte Verbindung bestand, war aber nie näher darauf eingegangen.

»Ich habe nie mit ihm gesprochen«, hatte sie gesagt, was Will nur noch mehr verwundert hatte.

Die Herausforderung, die bei Annas Reisen in die Plains bestanden hatte, war die Erklärungsnot gegenüber ihren Freunden gewesen. Immer hatte er sich irgendwelche Ausreden einfallen lassen müssen, um das plötzliche Verschwinden und wieder Auftauchen seiner Frau auch nur einigermaßen plausibel dastehen zu lassen.

Einmal war sie zu Freunden nach Denver gereist, ein anderes Mal war ihr Vater im Osten verstorben.

Warum sie sich niemals von jemandem persönlich verabschiedet hatte, blieb unerklärt. Auch, dass Anna niemals mit der Postkutsche verreiste, sondern angeblich nur mit Pferd und Packtaschen durch die Wildnis unterwegs war, kam vielen Leuten bedenklich vor.

Niemand hatte sie je gehen oder wiederkommen sehen. Nicht mal Karl oder Helene, ihre besten Freunde, waren eingeweiht gewesen.

Es gab nicht viele Menschen in Boulder, die den Ureinwohnern dieses Landes wohlgesinnt gegenüberstanden.

Es war Will stets nichts anders übriggeblieben, als den Fragen auszuweichen und sich letztendlich, als Selbstschutz, verärgert zu geben, wenn ihm die Leute zu sehr auf die Pelle rückten.

Er konnte es ja selbst nicht wirklich verstehen.

»Anna weiß, was sie tut. Sie steht da draußen mehr ihren Mann, als viele von euch das auch nur ansatzweise zustande bringen würden!«

Das hatte er einmal im Zorn geäußert, woraufhin sich die Männer mit weiteren Fragen zurückgehalten hatten.

Will hatte immer gewusst, dass er Annas Entscheidungen zu akzeptieren hatte. Als er noch inständig gehofft hatte, die Lage möge sich wieder beruhigen, hatte die Regierung schließlich zum nächsten, entscheidenden Schlag ausgeholt.

Indem das Kriegsministerium erneut einen Forschungsbericht von 1858 über das Gebiet der Black Hills veröffentlicht und diesen auch noch mit einer Landkarte ausgestattet hatte, waren Tausende von Glücksrittern im Grunde mit einer Eintrittskarte in das Gebiet der Indianer versorgt worden.

Zusätzlich zu den wichtigen Informationen, die eine solche Karte für die Abenteurer bereitgehalten hatte, hatte man es nicht versäumt, auf die enormen Risiken beim Eindringen in das heilige Land der Sioux hinzuweisen. Es war ein wohlüberlegter Schachzug gewesen, denn völlig unbeeindruckt hatten sich Glücksuchende, Arbeitslose, Minenarbeiter, Händler, Spieler und Gesetzlose auf den Weg gemacht und einen klaren Verstoß gegen den Laramie-Vertrag begangen, während sich die Armee der Vereinigten Staaten mehr oder weniger schuldlos im Hintergrund halten konnte.

Was war das doch für ein mieses Spiel gewesen! Will hatte Artikel um Artikel verfasst und an seine Redakteure weitergeleitet.

Nicht einer seiner kritischen Berichte war gedruckt worden!

Nach und nach war die Regierung unter Druck geraten, so die offizielle Darstellung der Behörden. Es wurde den Indianern kurzerhand ein Kaufangebot für das *brachliegende* Land der Black Hills unterbreitet.

»Die Rothäute können mit der mineralreichen Erde ja doch nichts anfangen«, war die allgemeine Überzeugung.

Womit die Regierungsvertreter aber nicht gerechnet hatten, war der große Einfluss, den die frei umherziehenden Jagdverbände der

Sioux auf die *guten Reservationsindianer* ausübten.

Es waren Männer wie Sitting Bull, Crazy Horse, Gall und Crow King, die sich nie zum Vertrag von 1868 bekannt hatten und ein Leben in einem vorgegebenen Reservationsgebiet strikt ablehnten.

Andere Häuptlinge wie Inkpaduta, der immer noch eine stattliche Anzahl von Kriegern anführte, schlossen sich den Lakotaverbänden an, genauso wie die Cheyenne und Arapaho.

Inkpaduta war derjenige, der die Verbindung zu Anna nie ganz abreißen ließ und stets das Gespräch mit ihr gesucht hatte, wenn sie bei ihren Leuten zu Besuch gewesen war.

Der Häuptling hatte Einfluss. Und er war einer der wenigen Führer, der immer noch vom großen Zauber der Weißen Krähe überzeugt war, die für ihn eine Art Bindeglied zwischen den Welten des Diesseits und Jenseits verkörperte.

Das Angebot der Regierung war von den Häuptlingen natürlich rigoros abgelehnt worden. Niemals würden sie die heiligen Berge an die Weißen verkaufen! Für kein Geld der Welt.

Die Folge war ein Ultimatum des großen weißen Vaters in Washington gewesen, in dem er alle Indianer der Plains aufgefordert hatte, sich bis zum 31. Januar dieses Jahres in den Reservaten einzufinden und sich zu ergeben. Anderenfalls würden sie als feindliche Indianer angesehen, unnachgiebig von der Armee verfolgt und mit Gewalt zurückgebracht werden. Man würde sie in die Reservate zwingen!

Es war die pure Androhung von Gewalt gewesen, die Anna in tiefe Verzweiflung gestürzt hatte. Wie ein verletztes Tier war sie im Haus auf- und abgelaufen, hatte ihre Sachen gepackt, hatte stundenlang gedankenverloren auf der Veranda gesessen und war dann schließlich doch nicht aufgebrochen. Was hätte sie tun sollen? Es hätte Tage gedauert, um in die Great Sioux Reservation zu kommen und wen hätte sie dort dann angetroffen? Wie weit nach Norden hätte sie gehen müssen? Die Gefahr, von Truppen der Vereinigten Staaten in Gewahrsam genommen zu werden, bevor sie ihre Leute überhaupt erreichen konnte, war nicht von der Hand zu weisen gewesen.

In diesem Wahnsinn hatte die Armee anscheinend auch übersehen, dass es vielen Gruppen rein logistisch gar nicht möglich gewesen war, dem Aufruf der Regierung nachzukommen, selbst wenn sie gewollt hätten. Schließlich herrschte tiefster Winter! Was hatten sich die Verantwortlichen nur dabei gedacht?

Wahrscheinlich waren *Indianerkenner* wie dieser armselige Custer befragt worden. Es war einfach unfassbar!

Dass Anna zu diesem Zeitpunkt bereits mit der kleinen Emely schwanger gewesen war, hatten sie nicht gewusst.

Vor ein paar Monaten, es musste etwa im März gewesen sein, war das erste Mal einer der Kundschafter Inkpadutas aufgetaucht. Plötzlich, wie aus dem Nichts, war der Mann mitten im Wohnraum gestanden.

Will war fürchterlich erschrocken. Er war gerade dabei gewesen Holz im Kamin nachzulegen. Als er sich wieder zu Anna gedreht hatte, war unvermittelt der Mann vor ihm gestanden und hatte ihn mit dem Lauf seines Gewehrs bedroht.

Anna war aus der Schlafkammer getreten und hatte den Mann auf Sioux begrüßt.

Die beiden hatten lange miteinander geredet, während Will sich draußen, vor dem Haus, auf der Veranda niedergelassen hatte. Über eine Stunde war er nur dagesessen und hatte gewartet. Irgendwann war der Krieger dann wortlos an ihm vorbeigegangen. Will hatte nicht einmal das Öffnen der Außentür gehört. Der Mann war zur Rückseite des Gebäudes gelaufen und hatte sich auf den Rücken seines Ponys geschwungen.

Einen Moment später war er bereits in der Dunkelheit verschwunden gewesen.

»Sie nehmen die Drohungen der Weißen nicht ernst«, hatte Anna dann gesagt, als sie ebenfalls auf die Veranda getreten war und ihre Arme um Wills Schultern gelegt hatte. »Sie machen einen Fehler.«

Will wusste, dass sich die Armee bereits vor Tagen mit mehreren tausend Mann auf den Weg in die Indianergebiete gemacht hatte, um die *feindlichen* Stämme zu unterwerfen. Sie mussten sich in diesem

Moment bereits weit in den Jagdgründen der Sioux befinden.

Er hatte Gott dafür gedankt, dass Anna aufgrund ihrer Schwangerschaft nicht einmal darüber nachgedacht hatte, mit ihren Brüdern in den Krieg zu ziehen, um den Verteidigungskampf gegen die Soldaten wiederaufzunehmen.

Was Will nicht wusste, war, dass George Armstrong Custer zu diesem Zeitpunkt, an dem er mit seiner kleinen Tochter im Arm die untergehende Sonne betrachtete, bereits nicht mehr am Leben war.

Am Little Big Horn River war das gesamte 7. Kavallerie Regiment unter Custer vernichtend geschlagen worden. Es war der größte Sieg über die Armee der Vereinigten Staaten, den die Indianer jemals erringen sollten.

****

Boulder, Colorado, 19. Juli 1876

Die Nachricht von der Niederlage und den unglaublichen Verlusten am Little Big Horn River trieb die Leute um. Will war damit beschäftigt, Informationen einzuholen. Über den Hergang der Schlacht, die Umstände, wie es zu diesem Fiasko für die Armee der Vereinigten Staaten kommen konnte und welcher strategisch ausgetüftelte Plan der Indianer vermeintlich dahinterstecken mochte. Das Bild allerdings, welches sich nach seinen Recherchen ergab, war ein völlig anderes als das eines wohlüberlegten Angriffs oder gar Hinterhalts, in den die Häuptlinge die Einheiten unter Custer und Major Reno gelockt hatten. Ganz im Gegenteil.

Die Darstellung der Vorgesetzten Custers, sowie der wenigen Überlebenden des Reno Kommandos und die Aussagen einiger indianischer Scouts, legten den Schluss nahe, dass der Ursprung der Katastrophe abermals in Custers eigenmächtigem Handeln begründet lag. Es war kein Angriff der Sioux auf die Soldaten gewesen, sondern eine Attacke der Soldaten auf ein, wie sich zu spät herausgestellt hatte, riesiges Dorf der Indianer.

Die Krieger hatten sich also lediglich verteidigt!

Trotzdem war vor vier Tagen der erste detaillierte Bericht über das »Massaker an Custers Kommando« im Helena Daily Herold erschienen.

Die Behauptungen in dem Bericht waren widersprüchlich und stützten sich weitestgehend auf die Aussagen eines Lieutenants der Scouts des 7. Infanterieregiments.

Die Öffentlichkeit reagierte mit Entsetzen und schnell war der Ruf nach Wiederherstellung der Ordnung, Vergeltung und dem massiven Einsatz der Armee gegen die feindlichen Rothäute zu hören.

»Ich muss zu meinen Leuten«, sagte Anna.

»Wie stellst du dir das vor? Anna, *wir* sind jetzt deine Familie. Denk an Emely. Sie braucht dich. Du kannst sie unmöglich mitnehmen.«

Will sah die Verzweiflung in Annas Gesicht.

»Ich weiß ...«

Sie kam auf ihn zu und legte ihren Kopf an seine Brust. »Was soll ich nur tun?«

Will hielt sie fest in seinen Armen.

»Was kannst du denn tun?«, fragte er nach einem Moment der innigen Umarmung. »Liebes, ich weiß sehr gut, dass du dich den Sioux zugehörig fühlst. Der Krieg, den ihr geführt habt, ist jetzt aber nicht mehr der Gleiche wie früher.«

Er löste ein wenig die Umarmung, um ihr in die Augen zu sehen.

»Du bist nicht für das verantwortlich, was geschieht. Und du hast keinen Einfluss darauf. Sieh es doch mal aus einem anderen Blickwinkel: Wenn du gehst, was du aus meiner Sicht gar nicht kannst, dann bringst du alles in Gefahr, was wir uns aufgebaut haben. Du bringst dein Leben genauso wie das deiner Familie in Gefahr.«

Annas Gesichtsausdruck verhärtete sich.

»Versteh mich nicht falsch«, beschwichtigte er sofort. »Ich liebe dich. Ich werde dich immer lieben. Aber wenn deine Entscheidung ist zu gehen, dann kann ich nicht hinter dir stehen. Diesmal nicht. Es steht zu viel auf dem Spiel, jetzt, da wir eine Tochter haben. Die Verantwortlichkeiten haben sich verändert.«

Er küsste sie auf den Mund und zögerlich erwiderte sie den Kuss.

»Die Armee wird unbarmherzig Jagd auf sie machen«, flüsterte sie.

»Daran wirst du nichts ändern können. Möchtest du wieder zur Kämpferin werden? Wieder töten, rächen und das Leben vieler unschuldiger Zivilisten auslöschen? Von Leuten wie unseren Freunden hier im Ort? Das kann ich mir nicht vorstellen. Anna, die Zeiten des Kampfes sind vorbei für dich. Es ist Zeit zu leben. Und zu lieben.«

Sie drückte ihn wieder an sich und umarmte ihn noch fester als zuvor.

»Du musst eine Entscheidung treffen, das weiß ich«, sagte er in liebevollem Ton. »Ich hoffe, dass du dich für uns entscheidest.«

****

Boulder, Colorado, 21. Juli 1876

Zwei Tage war es her, dass Will mit Anna über ihr Fortgehen gesprochen hatte. Seitdem hatten sie kein weiteres Wort über das Thema Verfolgung und Krieg miteinander gewechselt. Wie eine schwere Last hing die unvermeidbare Entscheidung Annas über ihrem gemeinsamen Leben.

Die Hitze der Tage unterstützte die Trägheit, die ihr Zusammensein, das Leben und Arbeiten auf der Farm beinahe völlig zum Erliegen brachte. Will hatte echte Mühe, sich zum Arbeiten aufzuraffen. Alles hing von Annas Entscheidung ab. Von einem Moment auf den anderen könnte alles sinnlos werden. Würde Anna im Kugelhagel der Armee ihr Leben verlieren, dann wäre alles umsonst. Sein Leben und das Leben seiner Tochter wären verwirkt. Der Kampf der Stämme gegen die Armee war nicht zu gewinnen und sie wusste es!

›Sie weiß es, verdammt nochmal!‹

Als sie in der Nacht nebeneinander im Bett lagen und für beide an Einschlafen nicht zu denken war, drehte sie sich nach einer Weile zu ihm und hauchte ihm einen sanften Kuss auf die Wange.

»Ich werde bleiben.«

Stille. Kein Wort der Erklärung. Kein Anzeichen weiterer Unentschlossenheit.

Nachdem sie so kurz nach der Geburt nicht miteinander schlafen konnten, ließ sie ihre Hand über seine nackte Brust gleiten und streichelte seinen Bauch. Sie küsste seine Brust, schob das dünne Laken von seinen Hüften und umfasste sein Glied mit den Fingern. Will stöhnte auf, während das Blut in seinen Lenden zu pulsieren begann und sein Glied steif werden ließ.

Sie küsste ihn leidenschaftlich und schob ihre Zunge zwischen seine Lippen. Ihre Zungen umspielten sich liebevoll, während sie ihn mit ihrer Hand befriedigte.

Am nächsten Morgen waren alle Sorgen wie weggeblasen. Will fühlte sich großartig und war trotz der anhaltenden Hitze bereit, Bäume auszureißen. Es war, als hätte er viele Nächte Schlaf nachzuholen gehabt.

Während Anna im Inneren der Stube der kleinen Emely die Brust gab, stand er, mit einem Becher Kaffee in der Hand, auf der Veranda und wartete auf Karl und dessen Sohn Jonas, mit denen er den heutigen Tag in den Bergen verbringen wollte, um ein weiteres Stück bewaldeten Landes in Augenschein zu nehmen.

Keine halbe Stunde später waren sie bereits unterwegs und ritten geradewegs auf die Rockys zu.

Anna saß mit der schlafenden Emely in ihren Armen auf einem Stuhl und blickte den drei Männern nach, die nach einer Weile an der Biegung in Richtung Wald verschwunden waren.

Sie fühlte sich erleichtert nach der Entscheidung, hier bei ihrer Familie zu bleiben. Gleichzeitig quälten sie entsetzliche Schuldgefühle ihren indianischen Freunden gegenüber.

Es konnte kein Zweifel daran bestehen, dass sich die Verbände und Gruppen der verschiedenen Stämme bereits aufgelöst hatten und jeder seines Weges zog. Wie Sitting Bull es geschafft hatte, eine so große Anzahl an Kriegern und Familien an ein und demselben Ort am Big Horn River zu vereinigen, war ihr ein Rätsel. Noch dazu in der Zeit, die seit jeher der Jagd vorbehalten war. Männer wie Crazy Horse würden alles daransetzen, eine möglichst große Anzahl an Kriegern hinter sich zu bringen, um sich dem erwarteten Ansturm der Soldaten entgegenzustellen.

Schon lange war Sitting Bull auf einer großen Versammlung der Stämme zum Häuptling aller Lakota gewählt worden, eine Position, die es so noch nie zuvor gegeben hatte. Wie würde er auf die näher rückende Bedrohung durch die Soldaten reagieren?

Oder Gall und Crow King, die dem großen Führer ebenso als dessen Kriegshäuptlinge zur Seite standen?

Ihr Unterstützer Inkpaduta, der zu den angesehensten Häuptlingen zählte und auch ein treuer Freund Sitting Bulls geworden war, war mit Sicherheit an der Schlacht beteiligt gewesen.

Auch wenn sie ihre Entscheidung getroffen hatte und, zumindest solange Emely noch ein Baby war, nicht zu den Stämmen zurückkehren würde, plagte sie die Ungewissheit darüber, was die Erwartungshaltung der Häuptlinge ihr gegenüber betraf.

Ob sich Sitting Bull überhaupt an sie erinnerte? Oder ob Crazy Horse ihr immer noch so etwas wie Anerkennung entgegenbrachte?

Was war mit Red Cloud und seiner Stellung innerhalb der Lakota?

Gall hatte sie nie kennengelernt, genauso wenig wie Crow King, deren große Namen sie nur vom Hörensagen kannte.

Zuviel Zeit war vergangen, seit sie mit den Kriegern gekämpft hatte.

In den Monaten ihrer Schwangerschaft hatte sie viel über die Menschen nachgedacht, für deren Tod sie verantwortlich oder zumindest mitverantwortlich gewesen war. Sie hatte Väter und Söhne getötet. Jetzt, da sie selbst Mutter war, bereute und betrauerte sie den Tod dieser Menschen. Nicht alle hatten es verdient gehabt zu sterben.

Nachdem der Tod ihres Vaters gerächt war, hätte sie mit dem Töten aufhören können. Aber es galt, die Freiheit und das Leben ihrer Familie und Freunde zu schützen. Schließlich waren es nicht sie gewesen, die in das Land der Weißen eingedrungen waren. Sie hatte ihr Volk verteidigt!

›Mein Volk …‹

Anna erinnerte sich an ihre Ankunft hier in Boulder. Die Menschen hatten unsicher und verstört reagiert, als Will sie als seine Frau aus dem Osten vorgestellt hatte.

Ihre Haut, ihre Gesichtsfarbe und ihr Auftreten hatte nicht dem entsprochen, was die Leute von einer wohlerzogenen Frau aus dem Osten erwartet hatten. Schließlich waren Gerüchte im Umlauf gewesen, sie müsse eine von den Indianern verschleppte und misshandelte Frau sein und dies sei auch der Grund, warum Will nicht über die Umstände ihres Kennenlernens herausrückte. Schnell war diese Geschichte als Erklärung für das sonderbare Verhalten von Wills Frau in aller Munde gewesen.

Will hatte mit ihr darüber gesprochen und sie hatten beschlossen, nichts gegen diese Gerüchte zu unternehmen, da es ihnen als willkommene Verschleierung der Tatsachen in die Hände spielte.

Anna wurde, vor allem von den Frauen der Stadt, von da an mit »armes Kind« angesprochen und überall mit zurückhaltendem Mitleid behandelt.

In die Welt der Weißen zurückzukehren war ihr schwerer gefallen, als sie gedacht hatte. Es hatte Tage gedauert, bis sie sich an die vier Wände gewohnt hatte, die sie nun andauernd umgaben.

Als die Temperaturen das Leben im Freien wieder erträglicher werden ließen, hatte sie zunächst in einem alten Armeezelt geschlafen, das Will von einem seiner Kontakte innerhalb der Truppe bekommen hatte. Ihrem Wunsch, ein Tipi zu errichten, war er nicht nachgekommen, da er mit Recht gemeint hatte, er würde in Erklärungsnot gegenüber den Stadtbewohnern geraten. Das Armeezelt hingegen würden die Leute doch eher als Rückgewöhnungsphase verstehen und nicht weiter hinterfragen. Als die Pfitzners zu ihnen gestoßen waren, hatte sie bereits fest mit Will im Haus gelebt.

Den Pfitzners mit ihren beiden Söhnen war Anna zunächst argwöhnisch gegenübergestanden. Karl war bestimmt ein anständiger Kerl und guter Vater, aber er hatte mit seinen Ansichten über die Indianer, die er als »rote Bestien« oder »Teufel« bezeichnete, schnell an Ansehen verloren. Anna ging Gesprächen mit ihm so gut sie konnte aus dem Weg.

In Helene hatte sie seit langem wieder eine echte Freundin unter den Weißen gefunden. Dass sie ihr nicht die Wahrheit über sich und ihre Erlebnisse in diesem Land erzählen konnte, hatte sie immer ein wenig betrübt. Durch die Einstellung ihres Mannes, was das Zusammenleben mit den »Wilden« betraf, hätte sie ihrer Freundin aber nur eine unnötige Bürde auferlegt.

Wegen ihrer vermeintlichen Entführung und Misshandlung durch die Indianer waren niemals Fragen gestellt worden. Wenn Anna sich zurückzog, wenn ihre Freunde auf das Thema Indianer und »was mit den Rothäuten passieren soll« zu sprechen kamen, so wurde das stets verständnisvoll akzeptiert, da es bei ihr schließlich die schlimmsten Erinnerungen wecken musste, wie die Leute annahmen.

Helene hatte anfänglich mit Zurückhaltung und etwas gekränkt reagiert, wenn Anna für einige Wochen verschwunden gewesen war, ohne Erklärung und ohne sich zu verabschieden.

»Es tut mir leid, aber ich kann es dir nicht erklären«, hatte sie ihr einmal gesagt. »Lass nichts zwischen uns und unsere Freundschaft kommen.«

Ihre Freundin hatte nur stumm genickt und sie hatten sich in die Arme genommen.

»Aber es ist kein anderer Mann, wie ich hoffe«, hatte sie schließlich gescherzt.

Die Jahre waren schön gewesen.

Das Einzige, das ihr Glück etwas getrübt hatte, war, dass es ihr wohl versagt bleiben sollte, Kinder in die Welt zu setzen. Lange hatten sie darauf gewartet, dass Anna schwanger werden würde und sich bereits mit dem Gedanken an eine kinderlose Partnerschaft abgefunden.

Als Anna dann im Winter des letzten Jahres über morgendliche Übelkeit geklagt hatte, hatten sie zuerst eine Krankheit befürchtet und gegen Annas Willen nach ein paar Tagen schließlich den Doc um Rat gefragt. Als Will nach der Untersuchung mit sorgenvoller Miene das Schlafzimmer betreten und das Strahlen in Annas Gesicht gesehen hatte, war es einer der glücklichsten Momente ihres Lebens gewesen.

Anna lächelte bei den Gedanken daran und drückte Emely unbewusst ein wenig fester an sich. Wie oft hatte sie bei ihren Freunden erlebt, wie sich junge Frauen wegen Übelkeit am Morgen beklagt hatten. Wie oft hatten sie gelacht und sofort gewusst, in welchem glücklichen Zustand sich die Mädchen befunden hatten. Nur bei ihr selbst hatte sie diese offensichtliche Diagnose nicht stellen können. Höchst merkwürdig. Aber vielleicht hatte es einfach daran gelegen, dass sie mit ihren dreißig Jahren nun mal kein junges Mädchen mehr war und schon längst hätte schwanger werden müssen. Vor allem, wenn man die Häufigkeit in Betracht zog, mit der sie und Will sich liebten.

Es war später Nachmittag, als Anna zusammen mit Helene die anstehenden Arbeiten im Haus erledigt hatte. Ihre Freundin wollte vor der Rückkehr der Männer mit dem Wagen in die Stadt fahren, um noch einige Besorgungen zu erledigen.

Zusammen mit ihrem jüngeren Sohn hatte sie eben den Hof verlassen und polterte mit dem Wagen den holprigen Weg der Stadt entgegen.

Es sollten ein paar Stunden vergehen, bis die beiden wieder zuhause sein würden. Langsam war von Pferd und Wagen nur noch eine entfernte Staubwolke zu sehen.

Emely schlief auf der Veranda, friedlich in einer mit Kissen und Schaffell ausgelegten Kuhle, die Anna eigens für ihre Tochter hergerichtet hatte. Sie selbst setzte sich, von der geleisteten Tagesarbeit erschöpft, auf den Stuhl, auf dem meist Will saß, wenn er Pfeife rauchend über irgendetwas nachzudenken hatte.

»Ihr könnt vorkommen. Die Art, wie ihr euch heranschleicht, gleicht einer wütenden Herde Büffel«, sagte sie auf Lakota, in belustigtem, herzlichem Tonfall.

»Wir haben nicht versucht, uns an dich heranzuschleichen«, gab der Mann vor, der als Erster nach vorne trat und sich unverwandt auf die unterste Stufe der Veranda setzte.

Jetzt kamen weitere Männer hinter dem Haus hervor. Anna hörte das Wiehern ihrer Pferde, die sie von hinten an das Haus heranführten und mit den Zügeln an einen der Baumstämme banden.

»Ich habe euch erwartet«, sagte sie.

Es waren fünf Krieger, von denen Anna nur zwei persönlich kannte.

Creeping Wolf, der lange zu den Kriegern gehört hatte, die der Weißen Krähe gefolgt waren, ließ sich auf den Stufen der Veranda nieder und sah zu ihr auf. Er war am Rachefeldzug gegen die McFees genauso beteiligt gewesen, wie an den vielen Überfällen, die sie unter Red Cloud auf die Arbeitertrupps der Eisenbahnlinien und die Trecks auf den Versorgungsstraßen der Weißen angeführt hatte.

»Einige der Häuptlinge wollen wissen, ob die Weiße Krähe ihren Zauber verloren hat. Sie haben über dich zu Rate gesessen.«

»Erzähl mir erstmal, was alles passiert ist. Alles, was ich weiß, stammt aus den Lügenschriften der Zeitungen. Und lass nichts aus.«

Will näherte sich mit Karl und Jonas langsam der Farm. Sie hatten gute Nachrichten, was das ihnen zum Kauf angebotene Land betraf und waren erfolgreich bei der Jagd gewesen. Vor ihm über dem Sattel lag ein stattlicher Hirsch, den sie in den Wäldern erlegt hatten. Heute Abend wollten sie feiern und auf das neue Land anstoßen, denn die Entscheidung, das Land und den Wald zu erwerben, stand fest.

Auch wenn es etwas mühsam werden würde, die Felder am Hang zu bestellen, so versprach die gute Erde und das klare Wasser der Berge einen reichlichen Ertrag. Lachend ritten die drei auf die Farmhäuser zu, als Will bemerkte, dass etwas anders war als sonst.

Noch bevor er etwas dagegen sagen oder unternehmen konnte, stieß Karl hervor: »Verdammte Rothäute!«

Er zog sein Gewehr aus dem Halfter und stieß seinem Tier die Absätze seiner Stiefel in die Flanken.

»Nein! Karl! Nicht!«, rief Will ihm hinterher. Er hatte Mühe, sich des getöteten Hirschs zu entledigen, den er schließlich aber doch seitlich von seinem Pferd gleiten ließ.

Noch bevor er selbst imstande war, sein Pferd anzutreiben, um Karl hinterherzujagen, hatte der Junge ebenfalls seinen Revolver gezogen und war in Richtung des zweiten Gebäudes davon galoppiert, in dem er seine Mutter und seinen jüngeren Bruder vermutete.

Karl hielt direkt auf die Krieger zu, die sich vor ihrem Haus versammelt hatten. Sie machten nicht den Eindruck, in feindlicher Absicht gekommen zu sein, eine Tatsache, die jemandem wie Karl, der sich selbst einen bekennenden Indianerhasser nannte, natürlich zwangsläufig entgehen musste.

Wills Pferd war deutlich schneller als das von Karl und so schaffte er es, seinen Freund bis zur Hofeinfahrt einzuholen. Karl legte eben sein Gewehr an die Schulter und versuchte in vollem Galopp auf einen der Indianer zu zielen, der etwas abseits der Veranda stand. Als Anna Karl auf sich und die Krieger zureiten sah, erhob sie sich und breitete als Zeichen des Friedens die Arme aus.

Schon zischte ein Pfeil durch die Luft.

Karl wurde an der Schulter getroffen, sein Oberkörper lehnte sich gefährlich nach hinten. Es gelang ihm, sich auf seinem Pferd zu halten und so sackte er im nächsten Moment in seinem Sattel nach vorne.

»Nein!«, rief Will, brachte die beiden Pferde zum Stehen und half dem verletzten Karl aus dem Sattel, in dem er von seinem Pferd sprang und den Körper seines Freundes schwerfällig vom Rücken des Tieres zerrte.

»Gib mir mein Gewehr«, zischte Karl. »Ich bring sie um wie räudige Hunde!«

Aus dem Nebengebäude erschien sein Sohn Jonas, der vor einem der Krieger hertrottete, welcher ihm ein Messer an die Kehle hielt. Hass war in den Augen des Indianers zu erkennen. Die Klinge des Messers färbte sich rot, als sie die empfindliche Haut des jungen Mannes verletzte.

»Nein!«, rief Karl. »Lasst ihn in Frieden, ihr roten Schweine! Lasst uns einen Kampf unter Männern austragen!«

Will, der immer noch am Boden bei seinem Freund kniete, sah fassungslos zu Anna hinüber. Ungläubig schüttelte er den Kopf.

Der Krieger, der bei Anna auf der Veranda gesessen hatte, kam mit seinem Gewehr auf sie zu. Er sah mit einem Gesichtsausdruck auf den verletzten Karl herunter, als würde er ein widerliches Insekt betrachten.

Im Hintergrund waren Pferdehufe zu hören.

›Oh mein Gott‹, dachte Will, der sich bereits in einem Kampf der Stadtbewohner mit den anwesenden Sioux verwickelt sah.

Aber es waren keine Weißen, die auf seine Farm geritten kamen.

Es waren weitere Sioux, die auf das neue Farmhaus zuritten und sich rechts und links des Weges platzierten, so als würden sie den Platz für einen Herrscher bereiten.

Und tatsächlich, es folgte ein weiterer Reiter.

Langsam schritt sein weißes Pony voran. Der Mann trug einen dunklen Büffelkopf mit Hörnern als Zeichen seiner Macht und Anerkennung unter den Kriegern. Stolz blickte er nur geradeaus und würdigte Will und den verletzten Mann, der da im Staub der Straße lag, nicht eines einzigen Blickes.

Karl wollte aufbegehren, aber Will hielt ihm, einer Eingebung folgend, mit seiner rechten Hand den Mund zu.

»Nicht jetzt, Karl!«, zischte er seinen Freund an, »oder wir sind alle tot!«

Der Krieger mit dem Büffelkopf blieb auf seinem Pferd, welches er erst kurz vor der Veranda zum Stehen brachte.

Will hörte Worte auf Sioux, konnte aber aufgrund der Entfernung nicht verstehen, was der Mann zu sagen hatte. Offensichtlich aber war, dass er zu Anna sprach.

Es zerriss ihm fast das Herz, als Emely zu weinen anfing. Sie schrie nach ihm und seiner Mutter. Aber er konnte nichts unternehmen. Er *durfte* nichts unternehmen, um seine Familie und Freunde nicht zu gefährden.

Als der Indianer das Weinen des Kindes vernahm, deutete er mit der Hand zuerst auf die kleine Emely und drehte sich dann zu Will um, um diesem das erste Mal in die Augen zu sehen.

Als Anna zu sprechen begann, drehte sich der Mann wieder nach vorne und setzte das Gespräch mit Anna fort.

Es dauerte nur wenige Minuten, bis der Krieger sein Pferd wendete, seinen Männern ein Zeichen gab und sein Pferd antrieb. In vollem Galopp verließ er die Farm. Die berittenen Krieger taten es ihm gleich.

Der Indianer, der immer noch das Messer an die Kehle des jungen Jonas gehalten hatte, gab diesen frei und beförderte Karls Sohn mit einem Tritt zu Boden. Der Junge hielt sich den blutenden Hals, war aber soweit in Ordnung.

Will sah zu den verbliebenen Kriegern hinüber. Der Mann mit

dem Gewehr, das, wie Will sofort aufgefallen war, eines der neuesten Winchester Modelle war, ging entschlossenen Schrittes zurück zur Veranda. Anna hielt mittlerweile die kleine Emely in ihren Armen.

Der Krieger schüttelte in einer Geste der Enttäuschung den Kopf und begab sich hinter das Farmhaus, wo Ponys an einen der Bäume gebunden waren.

Karl stöhnte vor Schmerzen.

»Dad! Alles in Ordnung?«, Jonas robbte auf dem Boden zu ihnen herüber, so als traute er sich nicht, sich zu erheben.

»Scheiße, verdammte!«, war alles, was er von seinem Vater als Antwort erhielt.

Im nächsten Moment waren auch die anderen Indianer verschwunden.

Die Geräusche der Hufe ihrer Pferde verrieten, dass sie sich von Wills Grund und Boden davonmachten.

»Kannst du reiten?«, fragte Will an Jonas gewandt.

»Ja!«

»Dann los! Hol den Doc. Die Sioux werden nicht zurückkommen.«

Jetzt sprang der Junge auf die Beine und torkelte zum Pferd seines Vaters. Er stieg auf und ritt in Richtung Stadt davon.

»Es war Crazy Horse«, sagte Anna, als sie am Abend zu Will auf die Veranda trat. Sie hatte Emely in ihr Bettchen gelegt und gewartet, bis die Kleine eingeschlafen war.

Es war eine warme Nacht. Die Sonne war seit Stunden untergegangen.

Nachdem ihr Freund vom Doc versorgt worden war und dieser versichert hatte, dass Karl lediglich eine Narbe davontragen würde, hatte sich Will, wie so oft, wenn er nachdenken musste, auf seinen Stuhl nach draußen gesetzt.

Schweigend hatte er dort die letzten Stunden zugebracht und seine Pfeife geraucht.

»Ich dachte, du hättest dich entschieden?«, sagte er vorwurfsvoll.

»Das habe ich auch.«

»Was wollte der Kerl dann von dir?«

Will blickte stur geradeaus. Er konnte und wollte Anna nicht in die Augen sehen.

»Du weißt, was er wollte. Er war hier, um festzustellen, ob die Weiße Krähe ihren Zauber verloren hat, der dem Volk der Lakota in so vielen Kämpfen beigestanden hat. Er ist geschickt worden, Will.«

»Geschickt worden? Von wem?«

»Von Sitting Bull. Ich habe dir von Inkpaduta erzählt, der immer zu mir gehalten hat und warum auch immer den großen Geist in mir gesehen hat. Inkpaduta und Sitting Bull stehen sich sehr nahe.«

»Er wollte dich überreden, mit ihnen in den Kampf zu ziehen, richtig?«

»Nein, das wollte er nicht. Er hat genau gewusst, dass er mich niemals zu etwas überreden können wird. Er war da, um sich meine Entscheidung anzuhören.«

»Und wie hast du dich entschieden?«

»Sei nicht unfair, Will! Du kennst meine Entscheidung.«

Jetzt drehte sich Will zu ihr und sah ihr in die Augen.

»So? Tu ich das …«, bemerkte er in fast herablassendem Ton. »Heute wäre fast ein Freund von uns ums Leben gekommen, Anna! Du hast unsere Tochter in Gefahr gebracht, genauso wie den Sohn von Karl und Helene! Von meiner Wenigkeit ganz zu schweigen.«

»Ich habe niemanden in Gefahr gebracht!«, stieß sie hervor. »Dein Freund, der Indianerhasser, hat sich nicht im Griff gehabt. Es wäre nicht ein Hauch von Gefahr entstanden, hätte er sich nicht wie ein Verrückter aufgeführt! Wer sind hier die Wilden, Will? Creeping Wolf und auch Crazy Horse waren lediglich zum Reden hier. Andernfalls hättet ihr alle bereits euren Skalp verloren und würdet in der Sonne verfaulen.«

Gleich nachdem sie die Worte ausgesprochen hatte, tat es ihr unendlich leid, so mit Will zu sprechen.

Er erhob sich von seinem Stuhl, machte einen viel zu tiefen Zug an seiner Pfeife, so dass die Glut des Tabaks deutlich aufglühte und schritt die Stufen der Veranda hinunter.

»Will, es tut mir leid. Ich …«

Ohne sich noch einmal umzudrehen ging Will davon.

Es war sinnlos ihm nachzulaufen.

Anna war mit ihren Aussagen zu weit gegangen.

Boulder, Colorado, Dezember 1877

Es war gekommen, wie Will vorhergesagt hatte.

Der Sieg der Sioux über Custer am Little Big Horn, hatte die Welt der freien Indianer nicht nur erschüttert, er hatte das Ende der Lebensweise der Menschen in den Plains besiegelt.

Mit unnachgiebiger Härte waren die Gruppen um Sitting Bull, Crazy Horse und den anderen Häuptlingen verfolgt und zu einem großen Teil ausgelöscht worden.

Wer sich nicht ergeben hatte, war ohne Gnade niedergemacht worden.

Noch im Jahr des großen Sieges der Indianer waren sie bis zur Erschöpfung durch die Gebiete der Great Sioux Reservation gejagt worden. Sitting Bull und seine Gefolgschaft, der sich auch Häuptlinge wie Inkpaduta angeschlossen hatten, waren wie Tiere durch die Yellowstone Region gehetzt worden. Immerhin hatten sie es dennoch geschafft, ihren Häschern zu entgehen und die Grenze nach Kanada zu überschreiten, wo sie seit dem Winter des letzten Jahres Zuflucht gefunden hatten.

Viele von Annas *Familienangehörigen,* darunter auch Inkpaduta selbst, hatten sich im Wood Mountain Gebiet in einem kanadischen Pelzhandelsposten vor dem Zugriff der US-Armee in Sicherheit gebracht.

Anna war erleichtert gewesen, als sie die Nachricht der gescheiterten Verfolgungsjagd auf den großen Häuptling und »Custer-Schlächter« Sitting Bull erreicht hatte.

Nach dem Vorfall, der seinem Freund Karl beinahe das Leben gekostet hatte, war für mehrere Tage eine Wand des Schweigens zwischen Will und Anna entstanden. Anna war sich darüber bewusst gewesen, dass sie mit ihren Äußerungen über Karl den Bogen überspannt hatte und so war auch sie es gewesen, die auf Will zugegangen und sich entschuldigt hatte. Danach hatten sie das erste Mal nach der Geburt ihrer Tochter wieder miteinander geschlafen.

So, wie die Zeit des Zorns die Worte unterbunden hatte, war danach eine Phase des Redens gekommen.

Eine der wichtigsten Fragen, die sich ihnen gestellt hatte, war, wie sie die Zusammenkunft der Sioux unter Crazy Horse mit Anna erklären sollten. Die Stadtbewohner hatten zum Glück nicht viel mitbekommen. Ihnen gegenüber war die ganze Sache als Angriff einiger weniger Krieger dargestellt worden, die, in der Absicht, Anna zu entführen, in die Flucht geschlagen worden waren. Karl Pfitzner wurde als Held gefeiert, der bei dem Versuch, Wills Frau vor den Wilden zu retten, sogar verwundet worden war.

Will war erleichtert gewesen und hatte es Karl und seinem Sohn Jonas hoch angerechnet, dass sie die Wahrheit für sich behalten hatten.

Natürlich war Karl im ersten Moment, als er sein Gewehr gezogen hatte und auf die Farm losgestürmt war, von einem Überfall der »roten Teufel« ausgegangen, wie er sie zu nennen pflegte.

Spätestens als er verletzt auf dem Boden gelegen und die Geschehnisse ihren Lauf genommen hatten, musste ihm klargeworden sein, dass sich die Indianer mit Anna in einer Art Verhandlung befunden haben mussten. Die fünf Krieger, die um Wills Haus herumgestanden hatten, waren als Freunde zu Anna gekommen.

Als dann der Krieger mit dem Büffelkopf auf seinem Haupt erschienen war, hatte es keinen Zweifel mehr geben können. Die Sioux hatten etwas von Anna gewollt.

Als Will am nächsten Tag nach Karl sehen wollte, hatte dieser ihn unverblümt darauf angesprochen.

»Was in Herrgottsnamen war das, Will? Was haben diese dreckigen, roten Hunde von Anna gewollt? Was geht hier eigentlich vor?«

Will, der sich das erste Mal so richtig mit Anna zerstritten hatte, hatte nur zögerlich geantwortet: »Du sollst erfahren, was die Sioux hierhergeführt hat. Aber ich möchte, dass du es aus Annas Mund erfährst. Wir haben uns gestritten. Ich bin so wütend auf sie, dass sie uns in diese Lage gebracht hat … auf der anderen Seite danke ich Gott dafür, dass sie uns das Leben gerettet hat.«

»Das Leben gerettet?«, Karl hatte versucht, sich in seinem Bett aufzusetzen, sein Gesicht rot vor Zorn. Er stöhnte auf, denn die Schmerzen in seiner Schulter zwangen ihn, sich wieder zurückzulehnen.

»Ja, Karl. Wären die Sioux sich ihrer Anwesenheit nicht bewusst gewesen … keiner von uns wäre noch am Leben!«

»Was scheren sich diese Schweine um Annas Anwesenheit, verdammt?«

»Nochmal, Karl. Hab Geduld. Ich werde mit Anna reden und sie wird dir alle Fragen beantworten. Aber ich habe eine Bitte an dich.«

»Ich denke, bei Gott, du hast bereits alle Gefallen aufgebraucht, die ich dir erweisen kann«, dabei war sogar so etwas wie ein Lächeln über sein wettergegerbtes Gesicht gehuscht und hatte Will mit Zuversicht erfüllt.

»Ja, du hast Recht«, hatte Will mit einem zaghaften Lächeln auf den Lippen geantwortet, »aber es ist wichtig.«

»Ich höre …«

»Wir sind eine Familie. Du, ich, Helene, die Jungs, Emely … und auch Anna. Wir müssen zusammenhalten, egal was passiert oder in der Vergangenheit geschehen ist. Ich weiß sehr genau, was du über das Leben hier draußen und die Indianer denkst, die dieses Land wahrscheinlich schon seit Tausenden von Jahren bewohnen. Ich wünsche mir, dass du das, was geschieht, auch von der anderen Warte betrachtest.«

»Ich weiß nicht, worauf du hinauswillst.«

Will hatte Verlegenheit im Tonfall seines Freundes bemerkt, was ihm Mut gemacht hatte weiterzusprechen.

»Ich denke schon, dass du das weißt«, war er fortgefahren. »Wenn, dann sind wir doch hier die Eindringlinge, Karl. Ob du die Indianer nun verstehst oder nicht. *Sie* sind diejenigen, die sich verteidigen.

Nur so viel: Anna ist bereits als junge Frau in den Verteidigungskampf der Santee-Sioux in Minnesota hineingezogen worden. Nachdem ihr von einem heiligen Mann des Volkes der Santee das Leben gerettet worden und sie von weißen Männern misshandelt und verfolgt worden war, ist sie bei den Indianern aufgenommen worden. Anna hat mit den Kriegern gekämpft und an ihren Peinigern Rache genommen.«

»Sie hat Weiße getötet?«

»Sie hat Schuldige bestraft, die der Gerechtigkeit des Gesetzes bereits durch die Maschen gegangen waren.«

Karl hatte geschwiegen und nachgedacht.

»Sie hat Schlimmes durchgemacht, hä?«

»Ja, das hat sie. Aber sie ist unheimlich stark geworden. Vielleicht mit ein Grund dafür, warum ich mich so unsterblich in sie verliebt hab.«

Will hatte seinen Freund offen angelächelt, denn es war die unumstößliche Aussage, dass er immer zu ihr halten würde, egal was geschehen oder wie Karl sich entscheiden mochte. Will hatte gewusst, dass Karl eine Entscheidung hatte treffen müssen. Für ihn mit Anna … oder gegen Anna, was gleichzeitig auch den Bruch ihrer Freundschaft bedeutet hätte.

»Lass mir Zeit zum Nachdenken. Ich bin ein alter Mann.«

»Und ein alter Sturkopf«, hatte Will hinzugefügt.

»Schon gut, ich weiß.«

Sie hatten gelacht.

Will hatte nicht erfahren, was Anna seinem Nachbarn und Freund letztendlich erzählt hatte. Viele Stunden waren sie verschwunden gewesen, um zu reden.

Als sie zurück auf die Farm gekommen waren, es musste etwa zwei Wochen nach Karls Verletzung gewesen sein, hatte ihm sein Freund nur eine lapidare, rhetorische Frage entgegengeschleudert, als er an ihm vorübergeschritten war, so, als wäre nichts gewesen: »Crazy Horse? Hä?«

Es war unfassbar gewesen. Die ganze Zeit während die beiden zum Fluss geritten waren, um in Ruhe miteinander zu sprechen, war Will wie auf glühenden Kohlen gesessen. Er hatte die Anspannung fast nicht ertragen und war mehrere Male in Versuchung geraten, den beiden zu folgen und nach dem Rechten zu sehen.

Als er Karl am nächsten Morgen auf sein Gespräch mit Anna angesprochen hatte, hatte ihm sein Freund nur zu verstehen gegeben, dass alles in Ordnung sei. Er hege keinerlei Groll gegen Anna und habe viel gelernt.

»Aber das wird mich jetzt nicht zum Freund der Rothäute machen«, hatte er gewitzelt. »Es mag solche und solche geben, ok. Die

Mehrzahl von ihnen kann mir gestohlen bleiben, daran wird sich nichts ändern.«

Es war eine stillschweigende Abmachung unter ihnen getroffen worden. Egal, wer wie zu den Indianern oder den Angelegenheiten und Geschehnissen stand, sie würden zusammenhalten. So wie Will es seinem Freund gegenüber formuliert hatte: Sie waren eine Familie und das wollten sie auch bleiben.

Das Einzige, was Karl sich erbeten hatte, war, dass Anna auch mit Helene, seiner Frau sprechen sollte. Er wollte nichts wissen, was seiner Frau verborgen bleiben sollte.

»Gleiches Recht für alle!«, hatte er betont.

Seinem Sohn wollte er selbst die Vorkommnisse und die Lage erklären, in der sie sich befanden.

Die Ereignisse im Reservationsgebiet hatten sich dann überstürzt.

Auch wenn sich Sitting Bull offensichtlich in Sicherheit befand, hatte die Armee der Vereinigten Staaten den Druck auf die verbliebenen Sioux, Cheyenne und Arapaho in den Gebieten der ehemaligen Great Sioux Reservation verstärkt. Die Jagd auf die Menschen war unaufhörlich fortgesetzt worden, was dazu geführt hatte, dass immer mehr Indianer unerlaubt die Grenze nach Kanada überschritten. Auf der Flucht vor Hunger und Misshandlungen innerhalb der Agenturen begaben sich viele auf die Suche nach einer neuen Heimat. Sitting Bull scharte erneut viele seiner Leute um sich. Nach offiziellen Angaben der kanadischen Regierung hatten sich im Mai des Jahres 1877 über viertausend Sioux in der Obhut der Behörden befunden.

Anna wollte nach Norden gehen, bis nach Kanada und ihre Leute finden. Ein Wunsch, den Will ihr nicht verübeln oder ausreden konnte. Seine einzige Bedingung war gewesen, dass er sie begleiten durfte. Jetzt, im Winter, war an eine Reise in den Norden nicht zu denken, so hatte er befunden. So planten die beiden, sich im Frühjahr auf den Weg zu machen und teilten diese Entscheidung auch Karl und Helene mit.

Die beiden reagierten mit mehr Verständnis, als sie erwartet hatten.

»Geht nur, wir halten den Laden hier schon am Laufen. Wenn es für dich in Ordnung ist, Will, stell ich ein, zwei Leute aus der Stadt an, für den Ausfall eurer Arbeitskraft. Auf Emely passen wir schon auf. Macht euch keine Sorgen. Ihr wisst, dass sie bei uns in guten Händen ist. Und was soll schon sein?«

Was sollte schon sein?

Karl hatte Recht. Das Land war, was mögliche Überfälle oder Bedrohungen durch die Sioux oder andere Stämme betraf, befriedet.

Ende September hatte sie dann die Nachricht vom Tod des mächtigen Häuptlings Crazy Horse erreicht.

Seit dem Frühjahr, als die Angriffe der Sioux auf das Militär in fortwährenden Demütigungen für die Indianer geendet hatten, waren immer mehr Häuptlinge und Anführer der Stämme gezwungen gewesen, die Waffen niederzulegen und sich in den jeweiligen, neu entstandenen Agenturen unter Arrest stellen zu lassen.

Crazy Horse, so wurde berichtet, war als Gegenleistung für seine Kapitulation ein eigenes Reservat am Powder River versprochen worden.

Am 5. Mai 1877 hatte er schließlich seine leidenden, völlig ausgehungerten Leute nach Fort Robinson, Nebraska, geführt und sich dem dortigen Kommandanten ergeben. Das Versprechen auf ein eigenes Reservat war genauso wenig gehalten worden wie die Zusicherungen auf reichlich Nahrung und gute Behandlung der Menschen.

Wieder wusste Will nicht, wie Anna an die Informationen gekommen war und, wenn er ehrlich zu sich selbst war, wollte er es auch gar nicht wissen. Anna entfernte sich von Zeit zu Zeit von der Farm. Sie ritt in die Wälder, um alleine zu sein. So, wie sie das vor Jahren schon getan hatte. Es war ihre Sache, wenn sie sich dort mit Leuten traf, denen es eigentlich strikt untersagt war, ihre Reservationen zu verlassen und die sich seit einiger Zeit nur noch mit Passierschein außerhalb des ihnen zugewiesenen Territoriums bewegen durften.

Irgendwie musste es ihnen das Risiko wert sein.

Jedenfalls wusste Anna, dass sich Crazy Horse in der Red Cloud Agentur befunden hatte, wo mächtige Männer, wie sogar der alternde Red Cloud selbst, ihm nicht wohlgesonnen gewesen waren.

Die jungen Männer in den Reservaten schauten auf zu den einstigen Kriegshäuptlingen. Crazy Horse hatte somit mehr Ansehen genossen als die Alten. Von Eifersucht und Neid getrieben, hatten diese gezielt Gerüchte über eine mögliche Flucht der Krieger und einen drohenden Aufstand gestreut. Laut Anna war Crazy Horse anscheinend völlig unbeeindruckt geblieben. Er hatte sich von den Weißen so gut es ging ferngehalten und sogar eine Einladung nach Washington abgelehnt, wo er den seit März im Amt befindlichen neuen Präsidenten, Rutherford Birchard Hayes, treffen sollte.

»Er hat noch versucht, seine Familie in Sicherheit zu bringen, indem er sie in eine andere Agentur gebracht hat. Der Haftbefehl gegen ihn war beschlossene Sache gewesen«, hatte Anna berichtet.

Tatsächlich war der Häuptling verhaftet und nach Fort Robinson zurückgebracht worden.

Was dort geschehen war, konnte niemand genau sagen. Es hatte ein Handgemenge gegeben, im Laufe dessen er mit einem Bajonett erstochen worden war, so die offizielle Aussage.

Anna war lange Zeit sehr betrübt gewesen.

Nicht, dass sie mit dem Oglalahäuptling eine engere Freundschaft oder Beziehung verbunden hätte, aber Crazy Horse war einer der Männer gewesen, zu dem sie als junge und einzige Kriegerin der Sioux aufgesehen hatte. Er war ein strategischer Führer gewesen. Einer, der bis zuletzt für die Freiheit seines Volkes gekämpft hatte.

Nach seinem Tod war unmittelbar mit der Zerschlagung der Great Sioux Reservation begonnen worden. Die Black Hills waren als Reparationszahlung der Indianer an die Vereinigten Staaten beschlagnahmt und die Red Cloud Agentur kurzerhand zum Missouri River verlegt worden. Als Begründung hatte die Armee Einsparungsmöglichkeiten beim Transport der Versorgungsgüter für die Sioux vorgegeben. Um das Ansehen des alten Häuptlings zu schmälern, war die Agentur zusätzlich in »Pine Ridge« umbenannt worden.

Bereits im August war auf Bitten der Kanadier eine Kommission zusammengestellt worden, die in der Absicht, mit dem Oberhäuptling der Sioux über dessen Rückkehr in die Vereinigten Staaten zu verhandeln, nach Norden entsandt worden war.

Als die Verhandlungen dann im Oktober begonnen hatten, war sehr schnell klar gewesen, dass sich der Führer der Stämme nicht zu einer Rückkehr bereit erklären würde. Zunächst hatte er sogar jegliche Gesprächsbereitschaft verweigert: »Wenn sie auch nur einen einzigen ehrlichen Mann in Washington haben, sollen sie ihn herschicken und ich rede mit ihm!«

Will hatte Informationen aus erster Hand, denn einer seiner Informanten war in die Einheit abkommandiert worden, welche die Delegation unter General Terry nach Kanada begleitet hatte.

Niemals hätte er darauf gewettet, dass sich Sitting Bull auf den ihm vorgeschlagenen Handel einlassen würde. Was hatte sich die Armee eigentlich gedacht?

Sie hatten ihm eine Begnadigung angeboten. Hatten versprochen, dass er für sein Volk Nahrung im Überfluss erhalten würde und eine angemessene Behandlung. Und das, nachdem nahezu jede Versprechung, jede Absprache und jeder Vertrag von den Weißen gebrochen worden war. Natürlich war der Regierung der Vereinigten Staaten nicht zu trauen. Sitting Bull wusste, was er tat, als er jedes ihm unterbreitete Amnestieangebot des Präsidenten hartnäckig abgelehnt hatte.

Nach den gescheiterten Verhandlungen war der Druck auf die kanadische Regierung noch größer geworden, den diese unmittelbar an die Sioux weitergab. Die Lebensmittelrationen an die Indianer waren auf ein Minimum reduziert worden. Wieder war der Hunger zum ständigen Begleiter der Menschen an der Seite des großen Häuptlings geworden. Es war nur eine Frage der Zeit, bis sich die Ersten auf den Weg zurück in die Reservate ihrer alten Heimat machen würden.

Will hoffte, Annas Wunsch auf ein Wiedersehen mit ihren Leuten erfüllen zu können. Tief in seinem Herzen aber bezweifelte er, dass sich in absehbarer Zeit die Gelegenheit für eine sichere Reise in den Norden tatsächlich ergeben würde.

Er hatte Angst vor der Erkenntnis, dass von den Menschen, die Anna dort besuchen wollte, vielleicht niemand mehr am Leben war.

»Sie sagen, wir hätten Custer massakriert, aber er hätte das Gleiche mit uns getan, wenn wir uns nicht verteidigt und bis zum Letzten gekämpft hätten.«

Crazy Horse, Sioux-Häuptling,
nach der Schlacht am Little Bighorn (1876)

Boulder, Colorado, Dezember 1887 … 10 Jahre später

Auch wenn Anna immer wieder mit der Last auf ihrer Seele zu kämpfen hatte, wenn sie die Umstände betrachtete, die zur Vernichtung des freien Lebens der Stämme geführt hatten, so waren es für sie und ihre Familie vor allem glückliche Jahre gewesen.

Sie hatte zu jeder Zeit versucht, den Kontakt zu ihren Leuten in den neu entstandenen Agenturen aufrecht zu erhalten. Und so war sie zu einer ständigen Besucherin der Menschen geworden, die vor allem in der Standing Rock Agency um den Militärstützpunkt Fort Yates ihr Dasein fristeten. Anders konnte man das Leben unter den Bedingungen, die den Indianern von der Regierung aufgezwungen worden waren, beim besten Willen nicht nennen.

Für viele war es nur noch ein Warten.

Ein Warten auf einen erlösenden Tod.

Seit einigen Jahren, es war ein schleichender Prozess gewesen, war sie nicht mehr überall ein gern gesehener Gast gewesen. In der Pine Ridge Reservation, wo der mittlerweile gealterte, aber immer noch angesehene Häuptling Red Cloud versuchte, seinen Führungsanspruch zu behaupten, hatte man ihr deutlich zu verstehen gegeben, dass sie *doch* nur eine Weiße war und unter ihresgleichen bleiben solle. Viele der Menschen kannten sie nicht mehr. Sie wussten nichts von der Weißen Krähe und dem Ansehen, welches sie unter den Lakota einst genossen hatte. Nur wenige erinnerten sich an ihre Taten und die Opferbereitschaft, mit der sie als junge Kriegerin gegen die Soldaten in den Kampf gezogen war.

Aber vielleicht war es auch gut so.

Anna hatte jetzt ihre eigene Familie.

Die kleine Farm, die ihr Zuhause geworden war, war der Mittelpunkt ihres Lebens. Sie liebte Will und ihre kleine Tochter über alles. Niemals hatte sie für möglich gehalten, dass sich durch die Geburt eines Kindes das Leben derart verändern könnte. Sie konnte eine Trennung von den beiden immer schwerer ertragen und fühlte einen fast körperlichen Schmerz, wenn sie sich auf den langen Weg zu den Reservaten begab, um die Menschen zu treffen, die sich an sie erinnerten.

Seit der Ermordung von Crazy Horse vor zehn Jahren hatte sich so vieles verändert. Für Creeping Wolf, Yellow Moon oder die anderen war es im Laufe der Zeit fast unmöglich geworden, die Reservation bei Fort Yates zu verlassen und sich bis nach Boulder durchzuschlagen, nur um die Weiße Krähe zu sehen und sie mit Informationen zu versorgen. Immer seltener war sie um Rat gefragt worden.

Auch durch die Gewöhnung an das Leben mit den Leuten hier in der Umgebung und in der Stadt spürte Anna, wie sie die Bindung zu dem Volk der Lakota mehr und mehr verlor.

Durch Emely hatte sie ihr Lachen wiedergefunden.

Hatte sie dem Leben der Siedler anfangs noch den Rücken zugedreht, so waren im Laufe der Jahre echte Freundschaften entstanden. Emely war mit sechs Jahren das erste Mal zur Schule gegangen. Ihre Energie und Lebensfreude war wie ein Quell von Jugend, Sorglosigkeit und Sinngebung für Anna gewesen. Ihre Tochter war eine Weiße und würde in der Welt der Weißen zurechtkommen müssen. Dort war kein Platz für den großen Geist, für das Einssein mit der Natur und die spirituelle Verbindung mit dem Jenseits.

Oft war Anna von der Oberflächlichkeit der Menschen regelrecht enttäuscht gewesen. Sie war in die Wälder geritten, um allein zu sein, und hatte so eine Möglichkeit gefunden, sie selbst zu bleiben. Sie wusste, dass ihr Herz unwiderruflich mit der Welt und dem Leben ihrer Freunde, der Lakota, verbunden war und dies auch über ihren eigenen Tod hinaus sein würde.

Will hatte Recht gehabt. Als sie damals am liebsten sofort aufgebrochen wäre, um ihre Leute in Kanada aufzusuchen, hatte sie die Lage völlig falsch eingeschätzt und ihre Familie völlig unnötig unter Druck gesetzt.

Sitting Bull hatte zunächst darauf bestanden, in Kanada zu bleiben, worauf die Behörden die Lebensmittelrationen auf ein Minimum reduziert hatten. Nach und nach hatten viele seiner einstigen Anhänger aufgegeben und waren in die Vereinigten Staaten zurückgekehrt. Es war schlichtweg der Hunger gewesen, der sie in die Agenturen des US Militärs zurückgetrieben hatte.

Anna hatte schließlich Wills Rat befolgt und abgewartet.

Tatsächlich waren einige ihrer Leute schon bald in die Vereinigten Staaten zurückgekommen und hatten sich in der Agentur, die überwiegend den Hunkpapas zugeteilt worden war, niedergelassen.

Der einst stolze Stamm der Santee war auf eine kleine Gruppe von Menschen reduziert gewesen, die sich nun in die vollständige Abhängigkeit des weißen Mannes begeben hatte. Für einen Funken Hoffnung hätten die meisten alles gegeben, was sie noch besaßen. Für das Wohlergehen ihrer Familien auch ihr eigenes Leben.

Anna war dann zur rastlosen Reisenden geworden.

Mindestens einmal im Jahr war sie mit einem Wagen, beladen mit Lebensmitteln, Kochgeschirr, Werkzeugen und Dingen des täglichen Lebens, in die Region der einstigen Stammesgebiete aufgebrochen.

Das, was den Indianern allerdings als Lebensraum zugeteilt worden war, glich in den meisten Fällen nur dem kargen und unwirtlichen Land, das man gut und gerne auch als Wüste hätten bezeichnen können. Eine Farce, wenn man bedachte, dass von den Indianern erwartet wurde, dort Landwirtschaft zu betreiben.

Anfangs hatten die Menschen in der Pine Ridge Agentur noch positiv auf Annas Erscheinen reagiert, denn sie hatte niemals eine Art Bezahlung oder Gegenleistung für die Dinge erwartet, die sie den hungernden und kranken Menschen als Unterstützung gebracht hatte.

Irgendwann aber hatte sich die Stimmung gegen sie gewandt.

Anna hatte nie erfahren, was der eigentliche Grund für die plötzliche Ablehnung ihrer Person unter den Sioux gewesen war. Sie vermutete die alten Häuptlinge hinter den Gerüchten, welche besagten, sie würde mit Geschenken versuchen, die Menschen zu blenden, würde ihnen die Seele rauben und im Dienst der Soldaten und der Agenten stehen.

Immer wieder hörte sie Aussagen der Jüngeren, die Weiße Krähe wäre nur eine Erfindung der Kriegshäuptlinge im Kampf gegen die Soldaten gewesen. Eine Gestalt, die den Weißen Furcht einflößen sollte. Ein Geist, der die toten Krieger um sich versammelt und gegen die Soldaten ins Feld geführt hatte. Einige Ältere bezeugten sogar, den frühen Tod der Indianerin gesehen zu haben, die dann als Weiße Krähe verherrlicht worden war.

Keiner unter ihnen hatte jemals zu den Männern gehört, die mit Anna gekämpft hatten. Die meisten ihrer früheren Krieger waren nicht mehr am Leben. Die Männer und Frauen, die die Existenz der Weißen Krähe nun verleugneten, waren größtenteils Menschen, denen Anna niemals zuvor begegnet war.

Dass selbst der alte Häuptling Red Cloud plötzlich nichts mehr von ihrem gemeinsamen Kampf gegen die Armee der Vereinigten Staaten wissen wollte, schmerzte Anna, als würde ihr jemand ein Messer direkt in die Brust stoßen.

Irgendwann hatte sie dann schweren Herzens beschlossen, die Pine Ridge Agentur nicht mehr zu besuchen und sich auf ihre *wirklichen* Familienangehörigen in Standing Rock zu konzentrieren. Die Hunkpapas hatten sich als echte Freunde der Santee erwiesen und Anna hatte den Kontakt zu den wenigen Überlebenden der einstigen Gruppe um Dark Cloud nie abreißen lassen.

Jede Reise dorthin kostete sie mehr als drei Wochen. Meist blieb sie nur wenige Tage in der Agentur, bevor sie sich wieder auf den Weg nach Hause machte.

Mindestens zwei Monate war sie dann getrennt von Will und Emely und konnte die Trennung von ihren Lieben kaum ertragen.

Will hatte ihr einen Planwagen gekauft.

Um eventuellen Diebstählen vorzubeugen, hatten sie den Wagen mit einem doppelten Boden ausgestattet, um zumindest einen gewissen Teil der lebenswichtigen Vorräte für die Indianer darin zu verstecken. Man musste schon sehr genau hinsehen, um das Versteck im Wagen zu entdecken, welches genau aus diesem Grund so schmal wie möglich gehalten war. Neben den Vorräten hatte Anna es sich zur Gewohnheit gemacht, auch einige neue Gewehre für ihre Leute zu transportieren, weshalb sie mit Will immer wieder in Streit geraten war.

»Es ist für die Jagd. Ja, und für den Fall, dass sie sich verteidigen müssen.«

Tief in ihrem Herzen hatte Anna immer gewusst, dass diese Rechtfertigung nur zu einem Teil stimmte.

Es war der Zorn, der sie antrieb. Die unsägliche Wut auf die Behörden, die Ungerechtigkeit und die ständigen Übergriffe auf die wehrlosen Geschöpfe, deren Land die Weißen geraubt hatten.

Nahezu keines der jungen Mädchen blieb von den Belästigungen durch die Soldaten und Händler verschont. Manche verkauften ihren Körper für eine Mahlzeit, eine Flasche Whiskey oder ein paar Münzen, um ihre Familien zu unterstützen.

Viele der Krieger waren dem Alkohol verfallen. Ihr Stolz war gebrochen und ihrem Leben der Sinn genommen worden.

Es galt, die Wenigen zu unterstützen, die versuchten, für die Rechte der Stämme einzutreten, die gegen die Machenschaften der Agenten und Kommandeure aufbegehrten und innerhalb der Reservate mit Recht als eine Art inoffizielle Autorität angesehen wurden.

In dem Jahr, als Anna vom Tode des großen Häuptlings Inkpaduta erfahren hatte, war auch Sitting Bull in die Vereinigten Staaten von Amerika zurückgekehrt.

Am 19. Juli 1881 war der Hunkpapahäuptling mit seinen halb verhungerten Leuten in das nicht einmal hundert Meilen von der kanadischen Grenze entfernte Fort Buford eingerückt, wo er sofort verhaftet worden war.

Zuvor hatten die Kanadier die Lebensmittelversorgung gänzlich eingestellt und so war den verzweifelten Menschen um Sitting Bull nichts anderes übriggeblieben, als sich dem Willen der Behörden zu beugen. In allen Zeitungen war darüber zu lesen gewesen.

Zwei Tage später, so stand geschrieben, hatte der Oberhäuptling der Sioux und »Custer-Schlächter« Sitting Bull in Fort Buford offiziell kapituliert, in dem er sein Gewehr, eine 44er Winchester, an seinen sechsjährigen Sohn übergab, der die Waffe den Soldaten ausgehändigt hatte.

Die Hunkpapas waren dann nach Fort Yates geschafft worden, wo sie angesiedelt werden sollten, während Sitting Bull zusammen mit einigen seiner engeren Vertrauten als Kriegsgefangener nach Fort Randall transportiert worden war.

Anna und Will hatten über die Zeitungen und eigene Recherchen versucht, sich ein möglichst klares Bild von der Situation zu machen.

Auch wenn sie es nicht erklären konnte, zwischen diesem Mann der Hunkpapas und ihrem eigenen Dasein bestand eine Verbindung, die vielleicht auch nur daraus resultierte, dass sie ihm einst das Leben gerettet hatte.

Nie hatte Sitting Bull danach den Kontakt zu ihr gesucht. Nie hatte er besonders auf ihre Anwesenheit reagiert.

Es war auch nie mehr als ein sehr intensiver Blickkontakt gewesen, wenn sie einander begegnet waren. Immer war ihr dabei heiß und kalt zugleich geworden. Nicht nur einmal hatte sie nach einer Begegnung mit dem großen Häuptling weiche Knie bekommen.

Niemand wusste, was damals in den Black Hills geschehen war. Keiner hatte auch nur den Hauch einer Ahnung, dass es die Weiße Krähe gewesen war, die dem damals noch jungen, heiligen Mann der Hunkpapa zur Seite gestanden hatte, als ihn seine Feinde bereits in die Zange genommen hatten. Ohne Annas Mut und Einsatz wäre es nie zu dem Ruhm gekommen, den dieser Mann genoss.

Vielleicht wäre ein anderer an seine Stelle getreten … aber Anna bezweifelte dies.

Will hatte sich immer verständnisvoll gezeigt, was sie ihm hoch anrechnete. »Du scheinst irgendwie mit dem Leben und Handeln dieses Mannes verbunden«, hatte er einst gesagt.

Und auch damit hatte er Recht gehabt.

Zwei Jahre nach seiner Verhaftung hatte man Sitting Bull schließlich zu den Hunkpapas in die Standing Rock Reservation entlassen.

Anna hatte in Erfahrung bringen können, dass er mit seiner Gruppe zum Grand River gezogen war, ganz in die Nähe seines Geburtsortes, wo er tatsächlich damit begonnen hatte, Landwirtschaft zu betreiben. Er versuchte sich in der Zucht von Pferden und Rindern.

Damals hatte sie sich fest vorgenommen, den großen Häuptling zu besuchen, wenn sie das nächste Mal nach Standing Rock reisen würde. Vorausgesetzt, er würde sie sehen wollen.

Es war zu keinem weiteren Zusammentreffen gekommen.

Sitting Bull hatte an einer vierzehntägigen Reise nach Minneapolis und Saint Paul teilgenommen, wo er unverständlicherweise ein Engagement bei einem Showunternehmer angenommen hatte.

Mit der »Buffalo Bill's Wild West Show« war er anschließend durchs Land gezogen und erst nach etlichen Monaten in die Standing Rock Agentur zurückgekehrt. Eine Verlängerung des Vertrags mit William »Bill« Cody hatte er ebenso abgelehnt wie das Angebot, mit der Show auf eine Tour nach Europa zu gehen.

Anna hatte mitbekommen, dass sich das Verhältnis des Häuptlings zu dem Agenten auf Standing Rock so sehr verschlechtert hatte, dass man durchaus von einem gewissen Konfliktpotential sprechen konnte.

Wills Recherchen hatten dann ergeben, dass McLaughlins Frau irgendwie an dem Geschäft mit Cody und dem Häuptling beteiligt gewesen war. Sie hatte Sitting Bull öffentlich einen »alten Narren« geschimpft und ihr Mann hatte verlauten lassen, dass von einer Genehmigung für eine Auslandsreise des Indianers nie die Rede gewesen sei.

McLaughlin missbrauchte die Macht, die ihm als Agent der Standing Rock Reservation verliehen worden war und ließ keine Möglichkeit aus, den Ruf des Häuptlings zu schädigen. Er ging sogar noch einen Schritt weiter und versuchte, ihm nach und nach sämtliche Privilegien innerhalb der Agentur abzuerkennen.

Waren sich die beiden Männer anfänglich noch mit Respekt begegnet, so kam es jetzt immer wieder zu Provokationen und Streit.

Anna und Will hatten das Schlimmste befürchtet, sollte es tatsächlich zu einer direkten Konfrontation kommen.

Niemand konnte sagen, was passieren würde, sollten sich die Gemüter nicht zumindest soweit beruhigen, dass einem friedlichen Nebeneinander nichts im Wege stand.

Sitting Bull hatte sich nicht provozieren lassen.

Auch wenn es zu keiner Zusammenkunft zwischen ihr und dem Häuptling gekommen war, so hatte Anna in ihrem Inneren die Gewissheit verspürt, dass der einstige Führer des großen Volkes der Lakota nunmehr die Ruhe suchte. Für sich, seine Familie und die Menschen, die sich ihm angeschlossen hatten.

Er hatte die Welt der Weißen gesehen. Er war sogar mit einer Delegation der Häuptlinge beim Präsidenten in Washington gewesen.

Einen Kampf würde es nicht mehr geben. Der Gegner, der das Land seiner Vorfahren geraubt hatte, war zu übermächtig. Von seinem Volk war nur ein kläglicher Rest geblieben, dazu verdammt, in völliger Abhängigkeit vom weißen Mann zu leben.

Es war Hoffnungslosigkeit, die Anna verspürte, wenn sie die Agentur besuchte. Viele Menschen resignierten.

Auch sie selbst hatte mit dem Agenten McLaughlin zu tun bekommen.

Er sah ihre Besuche mit Argwohn und versäumte keine Gelegenheit, seinen Unmut darüber auszudrücken, dass sie den Kontakt zu den Indianern aufrechterhielt. Er beschlagnahmte regelmäßig einen Teil der offen im Wagen befindlichen Vorräte, behinderte ihre Ankunft durch bewusst in die Länge gezogene Genehmigungsprozesse und versuchte ihr zu verbieten, innerhalb der Reservation mit indianischer Kleidung aufzutreten.

Kein Mensch konnte ihr vorschreiben, wie sie sich zu verhalten oder zu kleiden hatte!

Durch die Intervention Wills, der McLaughlin in einem offenen Brief drohte, das von ihm angestrebte Verbot publik und auch auf weitere Missstände innerhalb der Agentur aufmerksam zu machen, hatte der Agent schließlich aufgegeben und Annas Auftreten innerhalb der Agentur toleriert.

»Lassen Sie sich innerhalb meines Autoritätsbereichs auch nur eine Kleinigkeit zu Schulden kommen, ich schwöre, Sie werden nie wieder einen Fuß in diese Reservation setzen!«

Diese Drohung McLaughlins verfolgte Anna bei jedem ihrer weiteren Besuche. Sie hoffte und betete inständig, dass die Soldaten und Indianerpolizisten niemals auf das Geheimnis des doppelten Bodens in ihrem Planwagen kommen würden. Auch wenn sie sich schon lange nicht mehr traute Gewehre oder andere Waffen zu transportieren, so war doch davon auszugehen, dass ihr die versteckten Güter und Lebensmittel als Verrat, wenn nicht sogar als Hochverrat, angelastet würden. Ihr Verhältnis zu dem Agenten war von Hass geprägt.

Würde er auch nur eine Andeutung darüber mitbekommen, dass es sich bei ihrer Person um etwas anderes als eine dieser Aktivistinnen für die Rechte der Indianer handeln könnte, er würde sie ohne zu zögern inhaftieren lassen.

Die Gefangennahme der »Weißen Krähe« allerdings würde mit Sicherheit den Höhepunkt seiner Karriere darstellen, während sie mit einer harten Strafe zu rechnen hatte, die auch eine Hinrichtung bedeuten konnte.

Sie war keine Indianerin.

Sie war eine Weiße.

Eine Weiße, die Weiße getötet hatte.

In den Augen der Behörden war sie damit eine Mörderin!

****

Boulder, Colorado, November 1890

»Ich muss gehen, Will! Die Menschen sind am Verhungern! Ich kann nicht warten, bis sich die Regierung entschließt, sich endlich auf ihre Verantwortung zu besinnen. Da regieren unbarmherzige Wahnsinnige!«

»Anna, ich sage nicht – und das weißt du! – dass wir den Menschen nicht helfen sollen. Aber es ist Winter! Und so leid es mir tut …«, er versuchte, seinem Gesichtsausdruck etwas Schelmisches zu verleihen, um der Diskussion durch einen kleinen Spaß die Gereiztheit zu nehmen, »… du bist auch keine zwanzig mehr, auch wenn du immer noch so aussiehst.«

Anna lächelte tatsächlich.

»Ich weiß, Will. Ich weiß, wie alt ich bin. Du musst mich nicht daran erinnern.«

Mit ihren fünfundvierzig Jahren sah Anna tatsächlich noch so aus, wie er sie von ihrer ersten Begegnung in Erinnerung hatte. Will konnte nicht sagen, ob er dabei sonderlich objektiv bleiben konnte, aber das machte keinen Unterschied. Er liebte Anna für alles, was sie war. Sie war die schönste Frau der gesamten Umgebung, dessen war er sich absolut sicher. Was täte es zur Sache, wenn jemand anderer Meinung wäre?

Wieder ernst, der Sache zugewandt, sagte er: »Weißt du Anna, es ist ein Unterschied, ob du als junge Frau und Kriegerin losgezogen wärst, wie damals. Es wird ein harter Winter!«

Schweigen.

»Ja, es ist Winter …«, erwiderte Anna leise.

»Und wie immer bestehst du vehement darauf, alleine loszuziehen. Ich sag dir jetzt mal was: Ich liebe dich über alles! Es fügt mir Schmerzen zu, wenn ich von dir getrennt bin und das war schon immer so. Nichts hat sich geändert, seit wir uns das erste Mal begegnet sind.«

Sie sah ihn an.

Was für ein attraktiver Mann er doch war, mit seinem gepflegten und zurechtgestutzten Bart ums Kinn, seinen durch die Arbeit auf der Farm gestählten Muskeln und diesem jungenhaften Strahlen in seinen Augen. Das flackernde Licht der Kerze, die zwischen ihnen auf dem Tisch stand, verlieh seinen männlichen Zügen eine gewisse Härte, die so gar nicht zu den Worten passen mochte, die er eben gesprochen hatte. Sie verspürte ein leichtes Kribbeln in ihrem Unterleib, welches sie daran erinnerte, dass sie bereits seit Wochen nicht mehr miteinander geschlafen hatten. ›Das werde ich heute Nacht einzufordern wissen‹, dachte sie bei sich und lächelte ihn an.

»Du sprichst so schöne Worte und bist unwiderstehlich, wenn du dich um mich sorgst.«

»Ich mach keine Witze, Anna.«

Er ärgerte sich offensichtlich, weil er befürchtete, sie würde ihn nicht richtig ernst nehmen.

»Das weiß ich«, beschwichtigte sie schnell. »Ich weiß, dass du keine Witze machst. Du willst mich nicht gehen lassen, weil du es für zu gefährlich hältst. Weil du es mir nicht zutraust.«

»Das hat mit *Zutrauen* nichts zu tun. Ich weiß, wozu du in der Lage bist. Trotzdem hast du immer schon dazu geneigt, dich zu überschätzen. Auch wenn ich glaube, dass du weißt was du tust, es ist nun mal nicht von der Hand zu weisen, dass es sicherer ist, bis zum Frühjahr zu warten. Solltest du deinen Dickkopf durchsetzen wollen und doch jetzt aufbrechen, dann musst du mir zumindest gewähren, dich zu begleiten.«

Die Jahre hatten schweres Unglück über das Land gebracht.

1889 und auch das fast beendete Jahr 1890 waren von Dürre und Hunger geprägt gewesen.

Das extrem trockene Wetter hatte der Landwirtschaft großen Schaden zugefügt. Will und Karl hatten das erste Mal seit Bestehen der Farm Verluste gemacht. Die Missernte war einfach nicht aufzuwiegen gewesen mit dem Verkauf der Rinder und Schweine, für die ihnen auf längere Sicht ohnehin das Futter und Wasser ausgegangen wäre. Anstatt die Tiere auf den vertrockneten Böden verenden zu lassen, hatten sich die beiden glücklicherweise frühzeitig dazu entschlossen, den Viehbestand fast völlig zu verkaufen, als für die Tiere wenigstens noch einigermaßen annehmbare Preise bezahlt worden waren.

Für die Indianer in den Reservaten hatten die Zeiten der Dürre katastrophale Folgen. Die Lebensmittelrationen, die ihnen von der Regierung der Vereinigten Staaten versprochen worden waren, waren kontinuierlich reduziert worden und das, obwohl es ein Leichtes gewesen wäre, die hungernden Insassen der vielen Reservate zu versorgen. Will hatte einige erboste Briefe an verschiedene Kongressabgeordnete gerichtet, auf die er zum größten Teil nicht einmal eine Antwort erhalten hatte. Die Wenigen, die es für nötig befunden hatten, dem nicht gänzlich unbekannten Journalisten im fernen Westen eine Stellungnahme zukommen zu lassen, hatten beteuert, sie täten bereits alles in ihrer Macht Stehende, um den Bedürfnissen der Bewohner der Reservationen gerecht zu werden.

Sie versicherten, dass es keinerlei Anweisungen gegeben hätte, die Rationen zu verkleinern und wiesen ausdrücklich darauf hin, dass den Indianern schließlich Land zur Verfügung gestellt worden war, um die Versorgung zusätzlich durch landwirtschaftliche Arbeit innerhalb der Reservationsgebiete sicherzustellen.

Anna hatte einen regelrechten Wutausbruch gehabt, als Will ihr die Briefe aus Washington vorgelesen hatte.

Diese dummen Bürokraten!

Sie verhöhnten die Indianer, die bereits nahe vor dem Hungertod standen! Viele Kinder waren gestorben. Durch die ständige Unterernährung brachen auch Krankheiten wie Grippe oder Keuchhusten aus und kosteten vielen das Leben.

Auch wenn sie es niemals so deutlich aussprachen: Anna und Will vermuteten eine systematische Vernichtungsaktion hinter den Machenschaften der Regierung. Sie wollten die Indianer nicht befrieden. Sie wollten sie ausrotten.

Auf dem kargen Land, das den Ureinwohnern zugestanden worden war, konnte man in normalen Zeiten schon kaum von einer guten Ernte sprechen. Selbst wenn die Bedingungen auch noch so günstig waren, die Erträge bewegten sich stets in einem mehr als überschaubaren Rahmen. Die Dürre aber hatte jede Bemühung der Menschen im Keim erstickt. Jeder noch so kleine Fortschritt in der Landwirtschaft war zunichtegemacht worden, die Vorräte gänzlich aufgebraucht.

Zusätzlich hatte die Regierung in den beiden Jahren zuvor intensive Landabtretungsverhandlungen mit den Lakota geführt, zu einem Zeitpunkt, an dem die Männer für eine Schüssel Reis und einen Apfel ihre Seele verkauft hätten.

Das Ergebnis der Abstimmung hatte von vornherein festgestanden. Durch Täuschung und Bestechung war es den Behörden gelungen, die notwendigen Unterschriften zu sammeln, um eine weitere Reduzierung der Reservationsgebiete der Lakota in Angriff zu nehmen. Zugunsten weißer Interessenten und Landspekulanten hatten sie eine Dreiviertelmehrheit der männlichen, erwachsenen Reservationsbewohner erreicht, ohne dass die wenigen Männer, die unter den Sioux noch so etwas wie Einfluss besaßen, auch nur das Geringste entgegenzusetzen hatten.

Der einst mächtige Stamm der Lakota war völlig demoralisiert.

Es war abzusehen gewesen, dass sich die verzweifelten Menschen an jeden Hoffnungsschimmer klammern würden, der ihnen geboten würde.

Und so hatte sich eine Nachricht wie ein Lauffeuer von einem Reservat zum nächsten verbreitet und vereinzelt eine regelrechte Hysterie in den Agenturen ausgelöst.

Will und Anna hatten mit einiger Skepsis verfolgt, dass mehr und mehr Indianer zum christlichen Glauben konvertiert waren. Es war ein weiterer Versuch der Weißen, Einfluss auf die alten Traditionen der Stämme zu nehmen, wenn nicht sogar deren Existenz zu vernichten.

Aus der Vermischung zwischen christlichem Glauben und genau diesen alten Traditionen war ein Mann namens Wovoka aufgetaucht, der vorgab, während der Sonnenfinsternis im Januar des letzten Jahres eine Vision gehabt zu haben, in der ihm Jesus erschienen war.

Was Wovoka, der auch unter dem Namen Jack Wilson bekannt war, tatsächlich gepredigt hatte, das wussten sie nicht. Klar war, dass die Geschichte der Vision, in der den Indianern das ewige Leben im Reich Gottes versprochen wurde, sehr schnell zu immer irrwitzigeren Varianten emporstilisiert worden war.

Kicking Bear, einer der letzten einflussreichen heiligen Männer und Häuptling der Oglala, der noch mit Crazy Horse in die Schlacht gezogen war, hatte den heiligen Mann des Stammes der Paiute mit einer Delegation in Nevada aufgesucht, um herauszufinden, was hinter dessen Predigten steckte.

Zurückgekommen war er mit dem Auftrag, den sogenannten »Geistertanz« unter den Stämmen in allen Reservationen zu verbreiten.

Dieser Tanz, so wurde behauptet, würde die Indianer unsterblich werden lassen. Kicking Bear verbreitete außerdem, dass die Zeit des weißen Mannes abgelaufen sei.

Jesus hätte Wovoka verkündet, dass er sein erstes Erscheinen auf der Welt für nutzlos hielte, weil er vom weißen Mann verschmäht und ans Kreuz geschlagen worden war. Seine Lehren seien mit Füßen getreten worden. Bald würde er wiedererscheinen, sich der Indianer erbarmen und sie retten. Die Erde würde dann erbeben und die Städte der Weißen zerstören. Der Büffel würde zurückkehren und das Land würde wieder den Indianern gehören. Innerhalb der nächsten zwei Jahre würde das geschehen und so hätten sich alle mit den Tänzen auf sein Kommen vorzubereiten.

Es wurde von Geistertanzhemden berichtet, die, reich mit heiligen Zeichen und Symbolen verziert, ihren Träger unverwundbar machen sollten vor den Kugeln der Soldaten.

War die Bewegung vorerst noch einer gewissen Geheimhaltung unterlegen, so überschlugen sich bald darauf die Ereignisse in den Reservaten, als die Männer schließlich die Arbeit verweigerten, die Kinder nicht mehr in die Schulen gingen und die Weißen innerhalb der Agenturen anfingen, von Verschwörung zu sprechen.

»Mich begleiten …«, wiederholte Anna. »Wie stellst du dir das vor, Will? Emely hier alleine lassen? In einer Zeit, in der vielleicht erneut eine Auseinandersetzung mit den Sioux bevorsteht?«

»Du denkst wirklich, dass es soweit kommen könnte?«

»Ich weiß es nicht«, Anna senkte den Kopf. »Eigentlich denke ich nicht, dass sich die Häuptlinge zu einem Aufstand hinreißen lassen könnten. Sie müssen sich im Klaren darüber sein, wie sinnlos ein weiterer Kampf gegen die Übermacht der Soldaten ist. Auf der anderen Seite weiß ich auch, dass viele bereit wären, in den Tod zu gehen. Dass viele mehr als bereit wären, ihr schmachvolles Leben zu beenden und einen ehrenvollen Tod vorziehen würden. In einer Situation wie dieser kann alles geschehen.«

»Wie wird sich Sitting Bull verhalten?«, fragte Will. »Von ihm wird es abhängen, was das Volk der Lakota tun wird.«

»Ja, das wird es. Aber ich weiß nicht, was er tun wird. Was ich weiß ist, dass er kein Verfechter dieser Geistertanz-Geschichte ist, sie aber auch nicht ablehnt. Er wird sich nicht blenden lassen, bestimmt nicht. Aber er wird sehr genau beobachten, welchen Nutzen er vielleicht daraus ziehen könnte. Allein dieses Verhalten macht ihn zu einem gefährlichen Gegner für Männer wie diesen Leuteschinder McLaughlin, der ja leider immer noch das Sagen hat in der Agentur.«

»So, und jetzt willst du da reinspazieren und für Ordnung sorgen, oder wie?«

»Entschuldige Will, wenn ich das jetzt sage, aber sei nicht dumm. Ich bin es auch nicht. Ich weiß, dass sie mir wahrscheinlich nicht einmal Gehör schenken werden.«

»Was willst du dann dort?«, Will klang nun deutlich verärgert.

»Ich kann es dir nicht erklären, was mich bewegt«, flüsterte sie leise. Sie rückte mit ihrem Stuhl näher an den Tisch und berührte mit ihrer Hand sein Gesicht. »Ich kann es dir nicht sagen, mein schöner, kluger Will.«

»Hmm ...«, raunte Will. Er genoss ihre Berührung. »Es ist die Verbindung zu den Menschen, die du *deine* Leute nennst. Es ist die Sorge um sie, die dich umtreibt.«

»Nicht nur. Ich werde versuchen mit Sitting Bull zu sprechen, bevor alle unnötig in Gefahr gebracht werden.«

»Meinst du, er ist sich darüber im Klaren, dass einige der Agenten bereits um militärische Verstärkung nachgesucht haben? Kennt er die Situation, die sich über ihren Köpfen zusammenbraut? Vor ein paar Monaten hat sich alles noch ganz anders dargestellt.«

»Ja, ich weiß«, sagte Anna. »Vor ein paar Monaten haben die Agenten die Bewegung und die Tänze noch belächelt. Keiner hat darin eine Bedrohung gesehen. Es sind Männer wie Kicking Bear, die dem Ganzen eine Wendung gegeben haben. Die Menschen warten nun nicht mehr auf einen Messias, sie hoffen auf Befreiung, was der Bewegung einen völlig anderen Charakter verleiht.«

»Einen kriegerischen Charakter ...«, ergänzte Will.

»Kann sein, ich weiß es wirklich nicht.«

»Wann hast du das letzte Mal mit einem deiner Leute gesprochen?«

»Du weißt doch, wann ich in Standing Rock war.«

»Anna?«

Sie zögerte nur einen kurzen Moment. »Gestern«, sagte sie schließlich kleinlaut und senkte erneut den Kopf.

»Hmm«, äußerte Will abermals. Gab sich nachdenklich. »Wer war da?«

»Creeping Wolf. Zusammen mit seinem Sohn. Er meint, viele werden den Frühling nicht erleben. Will, Sie brauchen uns! Wir müssen Medizin und Nahrungsmittel zu ihnen bringen, so schnell wir nur können. Ich ... habe es versprochen.«

Will sah Anna in die Augen. Sie kämpfte mit den Tränen.

Er nahm ihre Hände in die seinen und sagte: »Ja, Anna. *Wir* müssen ihnen helfen.«

»Aber wir können Emely nicht alleine lassen.«

»Ich werde Emely bei Raquel unterbringen, in der Stadt. Raquel ist wie eine Großmutter für Emely. Es wird ihr mehr als gut gehen in der Zeit, in der wir fort sind.«

»Nein, Will!«

Will erschrak über den herrischen, bestimmenden Ton in Annas Stimme. Er kannte diese Entschlossenheit aus früheren Zeiten. Aus den Zeiten, als Anna noch eine Anführerin gewesen war. Es war nicht seine liebe, herzensgute, zärtliche Anna, die da gesprochen hatte.

Es war die Weiße Krähe, die wieder aus ihr sprach und keine Widerrede zuließ.

Langsam senkte er ihre Hände, die er immer noch festumschlossen gehalten hatte, auf die Tischplatte und gab sie frei.

»Nun denn«, sagte er gekränkt. »Es scheint bereits beschlossene Sache zu sein. Dann habe ich dem nichts mehr hinzuzufügen.«

Er erhob sich von seinem Stuhl und ging in Richtung Tür.

»Will?«

Er blieb stehen, drehte sich aber nicht zu ihr um.

»Du weißt, wie sehr ich euch liebe, dich und Emely. Ich muss das tun. Ich muss es alleine tun. Da draußen wartet eine Anzahl an Kriegern auf mich. Wir werden morgen aufbrechen.«

Jetzt drehte er sich doch um, um ihr in die Augen zu sehen.

»Du willst damit sagen, ihr zieht in den Kampf? Anna …«

»Nein! Nein, mein Schatz«, sie sprang von ihrem Stuhl auf, lief auf ihn zu und umarmte ihn fest.

»Nein, kein Kampf. Sie begleiten mich, um mit Sitting Bull zu sprechen. Er hat nach mir geschickt. Das erste Mal nach so vielen Jahren will er mit mir reden.«

Will konnte und wollte nicht verstehen, warum sich Anna dieser Gefahr aussetzen musste. In seinem Herzen aber wusste er, dass er sich nicht gegen ihre Entscheidung stellen konnte.

Eine ganze Weile waren sie in inniger Umarmung vor der Tür zu ihrer Schlafkammer gestanden.

Dann hatten sie das Licht gelöscht, waren hineingegangen und hatten zärtlich miteinander geschlafen.

****

Standing Rock Reservation, 14. Dezember 1890

Es war bitterkalt gewesen, als sie am gestrigen Abend die Zelte und wenigen Hütten am Grand River erreicht hatten. Völlig erschöpft, frierend und ausgehungert waren sie im Lager Sitting Bulls angekommen. Auf dem Weg von Boulder hierher hatten sie zwei Männer verloren. Black Eagle war einfach vom Pferd gestürzt, als sie sich in einem Schneesturm und ohne Schutz auf der großen Ebene befunden hatten. Er war an Erschöpfung gestorben. Ihnen war nichts anderes übriggeblieben, als den nur aus Haut und Knochen bestehenden Leichnam in einer Senke mit Schnee zu bedecken und ihren Weg fortzusetzen. Dog-Without-Nose, ein junger Hunkpapa, hatte bereits Fieber gehabt, als sie sich in den Wäldern von Boulder vereint hatten und in Richtung Norden aufgebrochen waren. Wenige Tage nach Black Eagles Tod war auch er seiner Krankheit erlegen.

Keiner dieser Menschen hatte noch irgendwelche Reserven. Das, was Anna ihnen an Nahrung zur Verfügung gestellt hatte, konnte die Monate der Mangelernährung nicht in wenigen Tagen wettmachen.

Sie war sich darüber bewusst, dass die Hilfsgüter, die sie in ihrem Wagen mit sich führte, für viele zu spät kommen würden.

Müde und völlig entkräftet legten sie sich an diesem Abend zum Schlafen nieder. Am nächsten Morgen wollte sie sich mit dem großen Häuptling treffen und fiel deshalb in einen unruhigen Schlaf.

Sie wusste nicht, was sie erwartete oder was den Häuptling der Hunkpapa dazu bewegt hatte, nach ihr zu schicken. Auf der ganzen langen Reise hatte sie sich den Kopf darüber zerbrochen, was Sitting Bulls Erwartungen an sie sein mochten. Zu einem Ergebnis war sie nicht gekommen.

Während sie bei ihren sonstigen Besuchen auf der Reservation ihre Kleidung erst kurz vor Erreichen der Agentur gewechselt hatte, hatte sie diesmal bereits vor Anbruch der eigentlichen Reise ihre indianischen Kleider angelegt.

Diesmal wollte sie als Weiße Krähe in das Lager der Sioux zurückkehren. Nicht nur als Besucherin.

Noch während sie über den morgigen Tag nachdachte, breitete sich bleierne Müdigkeit in ihrem gesamten Körper aus. Es fühlte sich an, als würde sie schweben. Einen Moment später war sie eingeschlafen.

Noch vor Sonnenaufgang wurde Anna jäh durch den Lärm um sie herum geweckt. Das gesamte Lager schien in Aufruhr.

»Was ist los?«, rief sie einem vorbeilaufenden Krieger zu, als sie aus ihrem Zelt hinaus in die graue Morgendämmerung dieses kalten Wintertags stolperte.

»Sie holen ihn! Sie wollen ihn verhaften!«, schrie der Mann aufgebracht und rannte mit einem alten, verrosteten Gewehr in der Hand zu einer der Blockhütten.

Anna lief ins Zelt zurück, wickelte ihre Winchester aus der Decke neben ihrem Schlafplatz, verließ das Tipi und rannte ebenfalls hinüber zur Blockhütte, wo sich bereits ein Pulk von Menschen versammelt hatte. Alles starrte erwartungsvoll auf die Eingangstür.

Es dauerte nur einen Moment, bis sich die Tür öffnete und einer der indianischen Polizisten erschien.

»Ihr solltet euch wieder schlafen legen, dann wird niemandem etwas geschehen«, rief dieser provokant in englischer Sprache.

Anna schaute sich um. Sie schätzte die Polizeieinheit auf zirka vierzig Mann. Von überall kamen Männer, Frauen und auch Kinder gelaufen. Einige der Männer waren bewaffnet.

Die Indianerpolizei der Agenturen setzte sich ausschließlich aus jungen Männern zusammen, welche die alten Zeiten in Freiheit nicht mehr erlebt hatten. Ihnen fehlte es an Respekt vor den alten Führern, den Traditionen und des großen Zaubers, der seit Jahrtausenden das Leben der Völker bestimmt hatte. Anstelle der alten, ehrwürdigen Kriegerbünde war eine armselige Anstellung der Behörden getreten.

Jetzt begannen die Einheiten damit, einen Korridor vor der Tür des Blockhauses zu bilden, um den Häuptling abführen zu können.

Rücksichtslos wurden die Menschen zurückgedrängt.

Auffallend war, dass keine Weißen anwesend waren. Weder McLaughlin, noch ein Gesandter der Agentur. Nicht ein einziger Offizier oder gemeiner Soldat.

Anna fragte sich, wo die Armee war.

Sie wusste, dass bereits im Vorfeld militärische Unterstützung beantragt und auch genehmigt worden war, um dem Spuk der Geistertänze in den Reservaten Einhalt zu gebieten. Das hier, das sah wie eine bewusst kalkulierte Provokation aus.

Plötzlich ertönte ein ohrenbetäubendes, schrilles Pfeifen in Annas Kopf! Sie ließ ihr Gewehr zu Boden fallen und hielt sich mit beiden Händen die Ohren zu. Das Pfeifen wollte aber nicht nachlassen.

Sie ging in die Knie. Sie schüttelte den Kopf, in dem Versuch, sich von dem unerträglichen Geräusch zu befreien.

Dann, endlich, nahm die Lautstärke ab und auch die Schmerzen in ihrem Kopf ließen langsam nach. Sie stöhnte auf.

Allmählich erholte sie sich, rappelte sich auf, griff nach ihrem Gewehr und erhob sich. Niemand schien von ihrem Problem Notiz genommen zu haben.

Von hinten wurde sie angerempelt und nach vorne befördert.

Sie stand nun mitten in einem Pulk von Menschenleibern, welcher auf die Eingangstür zu Sitting Bulls Hütte zu drängte.

Direkt vor ihr erkannte sie Crowfoot, den siebzehnjährigen Sohn Sitting Bulls. Sie konnte sein Gesicht sehen.

›Niemals werden sie ihn einfach so holen. Wir werden kämpfen!‹

Ohne dass der junge Mann die Lippen bewegte, hörte Anna seine Worte in der Sprache der Lakota.

Nein, das durfte nicht sein!

›Die dreckigen Verräter …‹, waren die nächsten Worte. Mehr konnte Anna nicht verstehen, der Tumult um sie herum wurde immer lauter.

Die Tür der Blockhütte öffnete sich.

Die Geräusche, das Wettern und Klagen der Menschen um sie herum verlor an Intensität. Dafür wurde ein anderes, zuerst nur schwach vernehmbares Geräusch immer lauter.

Gesang!

Es war das Totenlied der Lakota.

Sitting Bull wurde ins Freie geführt. Sie hörte den Gesang des Mannes, der wohl der letzte große Führer seines Volkes war. Ohne eine Gesichtsregung, ohne die Lippen zu Lauten oder Worten zu formen, hörte sie seinen Gesang. Stolz blickte der Häuptling geradeaus.

»Nein«, flüsterte Anna, ohne sich darüber bewusst zu sein, dass sie dabei unwillkürlich den Hahn ihrer Winchester durchgezogen hatte.

Crowfoot drängte sich durch die Menge nach vorne zu seinem Vater.

Er sprach ihn an, machte ihm vor allen Anwesenden schwere Vorwürfe, er dürfe sich nicht einfach so abführen lassen. Er, der große Häuptling und Kämpfer. Es war dem Häuptling anzusehen, wie sehr ihn die Worte seines Sohnes getroffen hatten.

Jetzt drängte sich auch Anna nach vorne in die erste Reihe.

Sitting Bull verlangsamte seinen Schritt, blieb stehen und sah sich um.

Er besann sich und rief: »Ich gehe nicht! Macht was ihr wollt! Ich werde nicht gehen.«

Catch-The-Bear, einer von Sitting Bulls engsten Vertrauten und Anführer dessen, was im allgemeinen als die Leibwache des Häuptlings angesehen wurde, hob sein Gewehr und schoss dem Polizisten, der Sitting Bull am Arm festhielt, ohne Vorwarnung in die Seite.

»Nein!«, schrie Anna, aber noch im Fallen zog der Indianerpolizist seinen 45er Revolver und schoss dem Verhafteten in den Rücken.

Der nächste Schuss, ausgelöst von dem Uniformierten, der direkt hinter dem Häuptling die Hütte verlassen hatte, traf den auf die Knie gesunkenen Sitting Bull direkt in den Kopf.

Schreie!

Panik!

Überall krachten Gewehrschüsse.

Und auch Anna schoss!

Einen der Polizisten schoss sie in die Brust. Blitzschnell zog sie am

Bügel ihres Gewehrs und feuerte ein weiteres Mal auf die Einheiten der Agentur. Ein junger Mann, viel zu jung um hier und heute sein Leben zu lassen, wurde von ihrer Kugel in den Hals getroffen. Er stürzte zu Boden und blieb mit offenen, leeren Augen auf dem gefrorenen Boden liegen.

Kurz zögerte Anna, doch dann rief sie den wild um sich schießenden Kriegern um sich herum zu, dass sie sich nach hinten in den naheliegenden Wald zurückziehen sollten.

Während sich die Polizisten um ihre Verletzten kümmerten und sich unter dem Beschuss der Sioux in Deckung brachten, zogen sich Anna und die kämpfenden Männer, zusammen mit einigen der Frauen und Kinder, in den Schutz der Bäume zurück. Im Rückwärtsschritt, mit dem Gewehr auf der Hüfte, schoss Anna dabei unentwegt auf die Uniformierten und ermahnte die Krieger im Befehlston zum sofortigen Rückzug.

Irritiert folgten die Krieger den Anweisungen einer Frau, welche die meisten von ihnen noch niemals in ihrem Leben gesehen hatten.

Als sich der gegenseitige Beschuss ein wenig gelegt hatte, versammelten sich die Krieger bis auf einige wenige, die das Feuer der Polizisten weiterhin erwiderten, zwischen den hohen Bäumen.

Aufgebracht redeten und schrien sie durcheinander, bis einer von ihnen die Hand hob und auf Anna zuging.

»Wer bist du, dass du dir anmaßt, das Wort und den Befehl zu führen?«

Sein Ton war aggressiv, von Enttäuschung und Hass geprägt.

»Sie ist eine Weiße!«, rief ein anderer und trat ebenfalls nach vorne.

Er spuckte ihr ins Gesicht.

Anna blieb regungslos. Sie wischte sich mit dem Ärmel den Speichel des Kriegers von den Wangen, ohne dabei den Blickkontakt zu dem Ersten der beiden Männer abreißen zu lassen.

Im Laufschritt näherte sich nun ein anderer Krieger durch den Wald und erreichte die Gruppe.

»Sie ist die Weiße Krähe«, rief er auf Lakota, »und jeder, der sich gegen sie stellt, wird auch gegen mich kämpfen müssen!«

Es war Creeping Wolf.

Anna atmete auf.

Ungläubig starrten sich die Indianer an.

»Die Weiße Krähe ist eine Geschichte! Erfunden, um den Weißen das Fürchten zu lehren.«

»Sie ist keine Geschichte!«, rief Creeping Wolf. »Sie ist eine heilige Frau. Eine Kämpferin. Und sie gehört zu diesem Volk, auch wenn ihre Hautfarbe die einer weißen Frau ist.«

»Woher willst du das wissen, alter Mann?«, die Worte klangen so herablassend, dass Anna befürchtete, Creeping Wolf würde sich jeden Augenblick auf den anderen stürzen.

Der aber blieb ruhig, trat seinem Widersacher bis auf ein paar wenige Schritte gegenüber und sagte: »Weil ich mit ihr gekämpft habe!«

Die Umstehenden brachen in unverständliches Gemurmel aus.

»Es wird wenig Sinn machen, wenn wir anfangen, uns gegenseitig zu bekämpfen«, mischte sich Anna ein. »Ich bin nicht hier, um irgendeinen Führungsanspruch zu behaupten oder Legenden zum Leben zu erwecken. Was passiert ist, ist passiert. Niemand hat damit gerechnet, dass sie Sitting Bull ermorden würden. Wir haben einen Kampf begonnen! Wir müssen überlegen, was zu tun ist.«

Creeping Wolf erhob das Wort: »Soldaten. Der Polizeieinheit folgen Soldaten. Es wird nicht lange dauern, bis sie das Lager erreicht haben.«

Auf den skeptischen Blick des Kriegers hin, der Anna infrage gestellt hatte, fügte er hinzu: »Ich habe sie gesehen.«

»Wir müssen kämpfen. Als Erstes sollen die Hunde bezahlen, die sich als Polizisten haben kaufen lassen!«

»Das werden wir nicht tun!«, sagte Anna bestimmt. »Sieh dich um, Stamping Horse, so ist doch dein Name, richtig?«

Ohne auf die Antwort des jungen Kriegers zu warten, fuhr sie fort: »Willst du das Leben aller in einem sinnlosen Kampf gegen eine Übermacht opfern, gegen die wir machtlos sind? Hier sind Frauen, Kinder und Alte. Die Soldaten werden sie abschlachten, wenn wir hier bleiben, um Widerstand zu leisten.«

Der Krieger sah sich um und blickte in die verunsicherten Gesichter der Männer um ihn herum.

»Soviel ich weiß, hat sich Kicking Bear, nachdem er wegen der

Geistertanzbewegung aus der Agentur entfernt worden ist, mit einigen Anhängern in die Badlands zurückgezogen, ist das richtig?«, setzte Anna nach.

»Kicking Bear ist ein Narr«, tönte der Krieger. »Woher kennst du meinen Namen?«

»Ich bin die Weiße Krähe. Ich habe die Verbindung zu dem Volk der Lakota niemals abbrechen lassen. Auch wenn ich in die Welt der Weißen zurückgekehrt bin, mein Mann und meine Tochter ebenfalls Weiße sind, ist mein Herz mit dem Schicksal eures Volkes auf ewig verbunden. Ich bin hier, weil Sitting Bull mich zu sich gerufen hatte.

Wir konnten nicht mehr reden ... Ich kenne die meisten von euch und ich weiß, dass Stamping Horse kein Mann ist, der Frauen und Kinder in den sicheren Tod führt.«

Man konnte erkennen, dass Stamping Horse sich durch die Worte Annas geschmeichelt fühlte.

»Was schlägt die Weiße Krähe vor?«

»Wir müssen fort von hier und zwar schnell. Es ist keine Zeit, um das Wenige, das wir an Vorräten aus dem Lager mitnehmen könnten, zu holen. Lasst uns gehen! Jetzt! Und die Menschen durch den Wald in Sicherheit bringen. Unser Weg führt in die Badlands. Narr oder nicht Narr ... Kicking Bear ist einer der Männer, die Wovoka aufgesucht und sich seine Lehren zunutze gemacht haben. Er und seine Leute sind die einzige Chance, die wir haben.«

****

White River, Bad Lands, Pine Ridge Reservation,
24. Dezember 1890

Es war das Lager von Spotted Elk, welches Anna mit den wenigen Menschen erreichte, die sich ihrer Flucht durch die Badlands auf dem Weg zur Pine Ridge Agentur angeschlossen hatten. Alle anderen waren entweder auf Standing Rock geblieben, hatten sich in der Umgebung versteckt oder waren mit Stamping Horse gegangen, der versuchen wollte, die verblieben Krieger zu vereinen, um zusammen mit Kicking Bear gegen die Soldaten zu ziehen.

»Es ist besser dem Tod gegenüberzutreten, als das Sterben unserer Kinder mitansehen zu müssen.«

Anna hatte lange über diese Worte nachgedacht. Sie wusste jetzt, was es bedeutete ein Kind zu haben. Sich für dessen Leben und Wohlergehen verantwortlich zu fühlen. Sie konnte den Schmerz der Menschen spüren, die für sich und ihre Familien keinen Ausweg mehr sahen. Niemals wäre es ihr in den Sinn gekommen, dem Krieger zu widersprechen. Sie hatte nicht einmal versucht, ihn oder die anderen Männer, die mit ihm gegangen waren, umzustimmen.

Selbst ihr Weggefährte Creeping Wolf war ihm in die Tiefe der Badlands gefolgt und Anna hatte es verstanden.

Schließlich konnte sie auch nicht sagen, was sie in der Pine Ridge Agentur zu erwarten hatten. Würden sie dort tatsächlich in Sicherheit sein? Würde man sie anklagen, für ihre Gegenwehr und den Angriff auf die Indianerpolizisten in Standing Rock?

Auf dem Weg in die Badlands waren drei Kinder und zwei ältere Erwachsene an Erschöpfung, Kälte und Hunger gestorben. Alle, inklusive ihr selbst, waren am Ende ihrer Kräfte angelangt, als sie als Rettung in letzter Sekunde das Lager der Minneconjou Lakotas entdeckt hatten.

Ihr Häuptling Spotted Elk war kein Unbekannter für Anna, hatte er doch vor Jahren zusammen mit Sitting Bull und Crazy Horse unter Red Cloud gekämpft. Später war er für sein diplomatisches Geschick bekannt geworden, hatte Streitigkeiten zwischen den Häuptlingen und Soldaten geschlichtet und sich letztendlich für die Übernahme der Lebensart des weißen Mannes ausgesprochen. Er war auch einer der Ersten gewesen, der mit Ackerbau und Viehzucht tatsächliche Erfolge hatte vorweisen können. Dreimal waren sie sich begegnet, als Anna noch Krieger in den Kampf geführt hatte und als Weiße Krähe das Ansehen vieler Menschen genossen hatte.

Spotted Elk war ihr mit Respekt begegnet. Er hatte ihr immer zu verstehen gegeben, dass er ihren Einsatz zu schätzen wusste und, wie viele andere auch, hatte er den *großen Geist* in ihr gesehen.

Jetzt aber war er als angeblicher Anstifter und Unterstützer der Geistertanzbewegung selbst zum Verfolgten geworden.

Und er war ein schwerkranker Mann. Mit fast vierhundert Menschen war er mit einer weißen Fahne, die an einer abgebrochenen Zeltstange befestigt worden war, aus der Cheyenne River Reservation geflohen.

Jetzt war er ebenfalls in Richtung Pine Ridge unterwegs, um mit den dortigen Behörden und Häuptlingen zu sprechen.

Anna vermutete eine schwere Lungenentzündung, als sie das Zelt des Häuptlings verlassen hatte.

Am nächsten Morgen ging es dem Häuptling bedeutend schlechter. Er blutete aus der Nase, hustete Blut und musste, nachdem die Zelte abgebrochen worden waren auf einer Ponyschleppe transportiert werden. Anna schätzte den zurückgelegten Weg auf nicht einmal zehn Meilen, als sie am Spätnachmittag ihr Lager errichteten.

Spotted Elk hatte beschlossen, Boten nach Pine Ridge zu entsenden, um ihre Ankunft anzukündigen und den Behörden mitzuteilen, dass sie in Frieden kämen.

Anna beschlich ein ungutes Gefühl. Sie konnte es sich nicht erklären, aber es war eine böse Vorahnung, die sich ihrer bemächtigte.

Nicht einmal die Hälfte der Wegstrecke schafften sie am darauffolgenden Tag. Ein Wintersturm brach über sie herein und zwang sie dazu, vorzeitig ihr Lager aufzuschlagen. Wieder waren Menschen gestorben. Wieder hatten sie die Toten einfach zurücklassen müssen.

Anna hatte Angst.

Sie spürte, wie ihre Kräfte nachließen. Hunger und Kälte forderten ihren Tribut. Sie wünschte sich zu Hause zu sein, bei Emely und Will.

Sie sehnte sich nach der Wärme des Kaminfeuers, dem Lachen ihrer Tochter und einem guten Essen, das sie zusammen mit Will zubereitet hätte.

Hier draußen gab es nichts. Nur Wind, Kälte und frierende, hungernde Menschen, denen keine Hoffnung auf ein besseres Leben geblieben war. Anna würde alles dafür tun, die Menschen in Pine Ridge in Sicherheit zu bringen. Ohne zu wissen, ob es diese Sicherheit wirklich geben konnte, klammerte sie sich an die Hoffnung, dass sie es schaffen würden. Sie mussten es einfach schaffen!

Sobald sie in der Agentur angekommen wären, würde sie Will telegraphieren. Er würde alles in Bewegung setzen, um ihr und den Menschen zu helfen.

Am nächsten Morgen, sie hatten das Lager abgebaut und waren kurz vor Aufbruch, kamen die Krieger zurück, die als Vorboten zur Agentur von Pine Ridge gesendet worden waren.

Anna und ein paar der Männer versammelten sich um den Häuptling, der auf seiner Schleppbahre lag und den Bericht der Kundschafter entgegennahm.

Es war wie ein Schock.

Das Militär und die Verwaltung der Pine Ridge Agentur ließen ihnen mitteilen, dass sie als feindlicher Stamm angesehen wurden und ließen offen, wie sie beim Eintreffen von Spotted Elk und seiner Gruppe reagieren würden. Sie seien nicht erwünscht und sollten sich schnellstens auf den Weg zurück zum Cheyenne River begeben, wo sie auch hingehörten.

Anna war kurzzeitig den Tränen nahe. Wie konnten die Behörden so leichtfertig das Todesurteil über so viele Menschen verhängen? An ein Zurückkehren in die Cheyenne River Reservation war in dem Zustand, in dem sie sich befanden, nicht zu denken. Sie hatten so gut wie nichts mehr zu essen, waren erschöpft, krank und völlig ausgezehrt.

Der Rat der Häuptlinge von Pine Ridge empfahl ihren Verwandten, sich mit Short Bull und Kicking Bear zu vereinigen, die ebenfalls zu Kapitulationsgesprächen nach Pine Ridge unterwegs seien.

›Der Hunger zwingt sie alle in die Knie‹, dachte Anna bei sich.

Nicht, dass sie in der Idee des Widerstands auch nur einen Funken Hoffnung gesehen hätte, aber dass es so schnell geschehen würde, das hatte sie nicht gedacht.

Spotted Elk ignorierte die Aufforderung seiner Brüder in Pine Ridge, erstmal nach Süden auszuweichen, um den heranrückenden Militäreinheiten zu entgehen, die ihre Verfolgung aufgenommen hatten. Zu schwach, auch noch einen Umweg in Kauf zu nehmen, beschloss er, den Marsch auf direktem Weg fortzusetzen. Schließlich bewegten sie sich unter dem Schutz einer weißen Fahne!

Boulder, Colorado, 27. Dezember 1890

Sie war von schwerem Fieber erfasst worden.

Will saß an ihrem Bett, tupfte ihre Stirn mit einem in Essigwasser getränkten Tuch und hielt ihre Hand. Er konnte sich nicht erinnern, dass seine Tochter vorher schon einmal so hohes Fieber gehabt hatte.

Er machte sich schlimme Vorwürfe, dass er Anna hatte gehen lassen. Sie wurde hier gebraucht! Hier, bei ihrer Familie!

»Alles in Ordnung, Will?«

Er hatte gar nicht bemerkt, dass sich die Tür hinter ihm geöffnet und Helene den Raum betreten hatte.

»Ich weiß nicht«, sagte er. »Ich glaube, es geht ihr etwas besser. Zumindest haben die Fieberkrämpfe nachgelassen und ich hab das Gefühl, dass sie etwas zur Ruhe kommt.«

»Das ist doch schon mal ein Fortschritt.«

Das gequälte Lächeln, welches Helene bei diesen Worten im Gesicht stand, konnte die Sorgen, die sie sich tatsächlich um Emely machte, nicht verbergen.

»Will, du musst dich hinlegen. Es hat niemand etwas davon, wenn du auch noch umkippst. Für den Moment hast du getan, was du konntest. Jetzt bin ich da und pass auf die Kleine auf, in Ordnung?«

»Ich ...«

»Nein, Will. Es ist mein Ernst! Du musst jetzt schlafen.«

»In Ordnung. Aber wenn was ist, dann holst du mich! Verstanden?«

Im nächsten Augenblick war ihm der Befehlston, in dem er diese Worte an Helene gerichtet hatte, furchtbar peinlich. »Tut mir leid, Helene. Ich wollte nicht so bestimmend klingen.«

Jetzt erhielt er ein aufrichtiges Lächeln von seiner Freundin und Nachbarin. »Ist schon gut, Will. Wirklich. Ist schon gut. Leg dich hin und ruh dich aus, dann wird alles gut.«

›Alles gut‹, dachte Will ein paar Minuten später, als er sich umgezogen und ins Bett gelegt hatte.

Er dachte an Anna. Wo mochte sie sich in diesem Augenblick befinden?

Die Nachricht über den Tod Sitting Bulls hatte ihn wie ein Schlag in die Magengrube getroffen. Er hatte nichts von Anna gehört.

»Verdammt!«, wimmerte er und zog sich sein Kopfkissen übers Gesicht. Er machte sich solche Sorgen!

Jetzt, da Emely so furchtbar krank geworden war, konnte er nicht einmal daran denken, ihr nach Standing Rock zu folgen. Aber selbst, wenn er abreisen würde … er wusste nicht einmal, wo er mit der Suche nach ihr hätte beginnen sollen.

›Ich muss mich konzentrieren‹, dachte er bei sich und nahm das Kissen von seinem Gesicht. ›Zuerst muss es Emely wieder bessergehen. Das wird bestimmt noch eine Weile dauern. Wenn ich mich dann auf den Weg mache und eine Agentur nach der anderen abklappere, wird sich schon jemand finden, der mir Auskunft geben kann. Schließlich ist Anna unter den Indianern keine Unbekannte. Irgendjemand wird wissen, was mit der Weißen Krähe passiert ist und wo ich sie finden kann. Ich … ich muss nur …‹

Er war eingeschlafen.

Ein Schrei riss ihn wenig später unsanft aus dem Tiefschlaf.

Er richtete sich abrupt in seinem Bett auf, brauchte einen Moment, um sich zu orientieren. Er sprang auf die Füße und rannte, ohne sich den Morgenrock umzulegen, barfuß in das Nebenzimmer, wo Helene gerade dabei war, ein weiteres Kissen unter den völlig verschwitzen Kopf seiner Tochter zu legen.

»Sie hat geträumt. Es ist alles in Ordnung«, sagte Helene in beruhigendem Ton. Ihm fiel ein Stein vom Herzen.

»Eigenartig«, meinte Helene dann, als er sich wie benommen auf einen der an der Wand gelehnten Stühle niedergelassen hatte. »Sie hat zwei, drei ganze Sätze gesagt, von denen ich nicht ein einziges Wort verstanden hab.«

Will lehnte sich etwas nach vorne.

»Was meinst du damit?«

»Na ja, wenn ich es nicht besser wüsste … würde ich sagen, es hat fast nach einer indianischen Sprache geklungen.«

»Das ist unmöglich«, entgegnete Will. »Anna und ich haben die feste Vereinbarung getroffen, dass Emely mit nichts von alledem, was in der Vergangenheit passiert ist, auch nur in Berührung kommen soll. Dazu gehört auch, dass wir ihr gegenüber niemals in einer anderen Sprache als Englisch gesprochen haben.«

Helene wirkte irritiert.

»Wahrscheinlich täusch ich mich auch.«

Emely schnappte nach Luft, was Will dazu veranlasste von seinem Stuhl aufzuspringen und ihre Hand zu umfassen.

»Sie werden kommen ...«

Will konnte es nicht fassen! Emely war nicht bei Bewusstsein. Aber sie sprach diese Worte ... sie sprach diese Worte auf Sioux!

»Sie werden kommen. Sie werden Leben nehmen. Aber ... aber sie werden nicht ... nicht den Stolz des Volkes nehmen, welches der wahre Besitzer dieser Jagdgründe ist. Niemals!«

»Emely, Emely«, er sprach beruhigend, aber mit zitternder Stimme auf seine Tochter ein und streichelte sanft ihr Gesicht, »Alles ist gut. Es wird alles gut werden.«

Emely wand sich in einer Fieberattacke. Schweißtropfen standen auf ihrer Stirn.

»Nein, nein! Sie kommen näher. Ich kann spüren, dass sie näherkommen. Der große Geist muss seine Kinder beschützen.«

»Was sagt sie da? Will? Kannst du verstehen, was sie sagt?«

»Ich ... äh ... nein«, log Will aus einem Instinkt heraus.

Wie von einem Dämon besessen richtete sich das Mädchen plötzlich in ihrem Bett auf. Sie öffnete die Augen, aber Will wusste, dass sie nicht anwesend war. Zumindest nicht in der Welt, in der er und Helene sich befanden.

Seine Tochter fantasierte im Fieber.

Plötzlich wirkte sie ganz ruhig. Langsam hob sie ihren rechten Arm, so, als wolle sie nach etwas Unsichtbarem greifen.

»Nehmt mein Gewehr. Ich werde mit ihnen gehen. Kein Leid, kein Schmerz wird mich davon abhalten können.«

Ihre Stimme war jetzt nicht mehr brüchig.

Dann plötzlich schien der Bann von ihr abzulassen. Sie sackte regelrecht in sich zusammen. Will und Helene mussten schnell reagieren und fassten sie unter Kopf und Armen, um sie sanft zurück auf die mit Stroh gefüllte Matratze zu legen.

Einen Moment später war Emely in einen tiefen, ruhigen Schlaf gesunken.

»Wir müssen sie umziehen und das Bett neu bereiten, Will.«

Die Worte Helenes rissen ihn aus seiner Nachdenklichkeit.

Vorsichtig hob er seine Tochter aus dem Bett, trug sie ins Schlafzimmer und legte sie auf Annas Bett.

Als Emely schließlich in frischem Nachthemd und neuen Laken in ihrem Bett lag, war es bereits kurz vor der Morgendämmerung.

Will war mit einem Becher Kaffee in den Händen nach draußen in die kalte, klare Winternacht getreten, so wie er es oft tat, bevor die Arbeit des Tages ihren Lauf nahm.

Hatte Anna ihrer Tochter entgegen ihrer Abmachung die Sprache der Lakota beigebracht? Und was waren das für Worte gewesen, die sie gesprochen hatte?

Das Wichtigste war natürlich, dass sich Emely nun anscheinend wirklich auf dem Weg der Besserung befand. Sie schlief ruhig und atmete gleichmäßig. Das Fieber war genauso schnell und unerklärlich wieder verschwunden, wie es gekommen war.

Will hob den Kopf und blickte in Richtung Norden.

»Anna, verdammt! Wo bist du?«

****

Wounded Knee Creek, Pine Ridge Reservation,
28. Dezember 1890

Sie hatten sich widerstandslos in die Gefangenschaft der Soldaten begeben, als sie am Tag danach von der 7th Cavalry unter einem gewissen Major Whitside abgefangen worden waren.

Keiner der Krieger hatte auch nur einen Moment an Kampf gedacht, genauso wenig wie ihr mittlerweile todkranker Häuptling, der von den Weißen nicht Spotted Elk, sondern »Big Foot« genannt wurde.

Anna hatte nicht verstanden, wie es zu dem Namenswechsel gekommen war oder warum die Soldaten seinen eigentlichen Namen nicht kannten. Spotted Elk hingegen schien daran gewöhnt, mit Big Foot angesprochen zu werden, denn weder er noch einer seiner Angehörigen hatte Widerspruch geleistet.

Nachdem dem Häuptling, der während der kurzen Verhandlung bei seiner Gefangennahme immer wieder Blut gehustet hatte, schließlich ein Ambulanzwagen der Armee zur Verfügung gestellt worden war, um ihn zu der etwa fünf Meilen entfernten Armeestation am Wounded Knee Creek zu bringen, hatten die halbverhungerten Menschen sogar so etwas wie Hoffnung geschöpft. Ihr Weg des Leidens sollte nun endlich zu Ende sein. Und so hatten sie sich auf den Weg gemacht.

Bereits in den Nachmittagsstunden hatten sie ihr Lager am Wounded Knee errichtet und Whitside hatte einen Arzt geschickt, der Spotted Elk in einem extra errichteten Armeezelt behandelte, in dem sogar ein Ofen bereitgestellt worden war.

Anna konnte es kaum erwarten nach Pine Ridge aufzubrechen, um Will endlich eine Nachricht zukommen zu lassen.

Doch jetzt war nicht der Zeitpunkt, ihre Identität als Weiße preiszugeben. Anna wusste nur zu gut, dass die Armee nach den Aufrührern unter Sitting Bulls Anhängern suchen würde, die sich in Standing Rock der Verhaftung des großen Hunkpapahäuptlings widersetzt hatten. Wenn die Soldaten herausbekämen, dass sie als Weiße bei der Schießerei dabei gewesen war, hätte es aller Wahrscheinlichkeit nach auch zu einer sofortigen Militärgerichtsverhandlung kommen können. Schlimmstenfalls wäre sie zum Tode verurteilt worden.

Anna musste warten. Ihr Plan sah vor, ihre Leute in Pine Ridge in Sicherheit zu wissen und sich dann von den Lagern der Lakota zu entfernen. Sie musste von irgendwoher Kleidung für sich besorgen, um als weiße Besucherin der Agentur mit den dortigen Behörden zu sprechen und eine telegraphische Mitteilung an Will zu senden.

Am Abend kamen weitere Truppen im Militärcamp an.

Anna beobachtete mit Sorge, wie immer mehr Einheiten das eben errichtete Indianerlager umstellten. Sie riegelten die Umgebung regelrecht ab, sodass nach kurzer Zeit niemand mehr das Lager betreten oder verlassen konnte, ohne den Wachposten in die Arme zu laufen. Ein bedrückendes Gefühl kam in ihr auf. Sie fühlte sich plötzlich als Gefangene. Im Gegensatz zu vorher, als sie in Gewahrsam genommen und zum Lager eskortiert worden waren, hatte diese Situation etwas Bedrohliches. Ja, etwas Gewalttätiges.

Sie hoffte inständig, dass sie sich irrte.

Am nächsten Morgen ließen die Verantwortlichen ihre Truppen um das Lager der unter Arrest stehenden Indianer aufmarschieren. Es war ein neues Gesicht unter den Offizieren zu erkennen. Der Mann gab Anweisungen und ließ schließlich zwei Haubitzen in Position bringen.

Was hatte der Offizier im Sinn?

Anna ging schnellen Schrittes zu dem Zelt des Häuptlings, musste aber feststellen, dass dieser, durch seine Krankheit völlig geschwächt, anscheinend nicht mehr in der Lage war, die dunklen Wolken zu deuten, die sich über ihren Köpfen zusammenzogen.

Spotted Elk tat ihre Befürchtungen mit einer Handbewegung ab. Sie solle sich keine Sorgen machen. Niemand im Lager der Minneconjou hätte sich etwas zu Schulden kommen lassen. Es handle sich um reine Vorsichtsmaßnahmen der Soldaten. Es war ihm zugesichert worden, dass sie gut behandelt würden.

»Gut behandelt«, wiederholte Anna die Worte des alten Mannes, als sie sein Zelt verlassen hatte und, wegen der Kälte dick mit Decken umwickelt, über die Mitte des Lagerplatzes ging.

Es dauerte nicht lange, bis die ersten Soldaten das Lager betraten.

Sie verlangten die Herausgabe aller Waffen. Alle Männer, Frauen und Kinder der Lakota hatten sich in der Lagermitte zu versammeln.

Spotted Elk wurde mit einem Wagen gebracht, heruntergehoben und vorsichtig auf Decken auf den Boden gelegt.

Ein Krieger nach dem anderen befolgte die Anweisung, ging langsamen Schrittes nach vorne und legte sein Gewehr, sein Messer oder Pfeil und Bogen auf den vorgesehenen Platz.

Anna, die ihr Gewehr unter einer der Decken trug, sprach einen der jungen Männer an, der sich gerade auf den Weg machen wollte, um sein Messer abzugeben. »Hier, bitte nimm das mit und leg es auf den Haufen.«

Der Krieger sah sie mit leeren Augen an. Er wirkte erstaunt über die Waffe, die wohl eine der modernsten war, die er seit langem in den Händen eines Kriegers gesehen hatte. Aber Anna war kein Krieger, sie war eine Frau! Ungläubig schüttelte er kurz den Kopf, tat aber dann, um was Anna ihn gebeten hatte.

»Das soll alles sein?«, rief der neue Offizier nach einer Weile in Richtung des alten Häuptlings, obwohl immer noch eine ganze Reihe an Kriegern darauf wartete, ihre Waffen an der dafür vorgesehenen Stelle abzugeben.

»Sag Big Foot, ich habe befohlen *alle* Waffen abzugeben!«

Die Worte waren an den Mann neben ihm gerichtet, der für den Offizier als Übersetzer arbeitete.

»Der Häuptling sagt, sie haben keine Waffen mehr.«

»Verdammt nochmal!«, ärgerte sich der Offizier. »Gestern, als sie sich ergeben haben, da waren sie noch gut bewaffnet, wenn ich den Aussagen der Truppe von Major Whitside Glauben schenken darf, was ich tue! Er betrügt mich. Sag ihm, dass er keine Angst haben muss, die Waffen abzugeben. Wir wollen nur sicherstellen, dass es zu keinem Zwischenfall kommt, bis wir ihn und seine Leute nach Pine Ridge schaffen können.«

Soweit Anna es verstehen konnte, gab der Übersetzer genau wieder, was der Offizier ihm aufgetragen hatte. Sie versuchte, weiter nach vorne zum Geschehen zu kommen, ohne die Aufmerksamkeit der Soldaten auf sich zu ziehen.

Spotted Elk sprach in langsamen Worten. Erschöpft und von der Krankheit gezeichnet sagte er mit leiser Stimme: »Wir haben keine Gewehre mehr. Alles, was wir hatten, liegt dort beisammen. Ich habe alle Gewehre eingesammelt, als wir noch in der Cheyenne River Agentur waren. Die Waffen … sind verbrannt worden.«

»Der Häuptling soll sich umsehen und mir sagen, woher die Waffen kommen, die die jungen Krieger an seiner Seite tragen.«

Anna bemerkte, dass einige der jungen Krieger immer noch mit sich haderten, ob sie ihre Gewehre nach vorne bringen sollten. Wobei es sich bei der überwiegenden Anzahl der Waffen ohnehin nur um alte Büchsen, Flinten oder altmodische Modelle handelte.

Die Stimmung begann aggressiver und die Gemüter aufgeheizter zu werden.

Hinter ihnen spielte sich eine grauenhafte Szene ab.

Einer der Offiziere, er hatte offensichtlich getrunken, befahl einer Gruppe von Kriegern, die ihre Waffen bereits abgegeben hatten, sich in einer Reihe aufzustellen. Jedem von ihnen wurde ein Soldat gegenüber platziert, der die Patronen aus seinem Gewehr zu entfernen hatte.

»Los!«, rief der Offizier belustigt. »Spannt die Hähne und zielt auf ihre Köpfe.«

Anna konnte es nicht fassen.

»Danach seid ihr frei«, fügte er, an die Krieger gewandt, hinzu.

»Jetzt, da wir unbewaffnet sind, wagt ihr es, so mit uns zu sprechen«, schrie einer der Krieger. Es war blanker Hass in seinen Augen zu erkennen.

Ein Lakota aus der Menge rief: »Seid mutig! Seid mutig!«

Und auch Spotted Elk nahm all seine Kräfte zusammen und wiederholte laut und deutlich: »Ja, seid mutig! Es sind zu viele Kinder und alte Leute hier!«

Aus der Menge löste sich einer der heiligen Männer der Minneconjou. Er fing an, den Geistertanz zu tanzen und versetzte einige der Soldaten damit unweigerlich in eine Art Alarmzustand. Einige traten ein paar Schritte zurück, andere luden ihre Gewehre durch.

»Ganz ruhig!«, rief Whitside, dessen Anwesenheit Anna bis zu diesem Zeitpunkt noch nicht einmal wahrgenommen hatte.

Der Mann vollführte weiter seinen Tanz und rief dabei in der Sprache der Lakota: »Ha! Ha! Ich habe lange genug gelebt!«

Anna wusste, was dies zu bedeuten hatte. Der heilige Mann bereitete sich auf seinen Tod vor, würde sich seinen Feinden aber nicht wehrlos ergeben. Er faselte noch etwas von Gewehrkugeln, die nicht imstande sein würden, die Krieger zu treffen, die starken Herzens wären, und warf immer wieder Staub in die Luft.

Mit Hilfe des Übersetzers ordnete Whitside Leibesvisitationen an, um sich der fehlenden Waffen zu bemächtigen. Angefangen bei drei alten Kriegern, die diese entwürdigende Prozedur wie erstarrt über sich ergehen ließen, wurde nun ein Mann nach dem anderen systematisch nach Waffen durchsucht.

Anna trat instinktiv ein paar Schritte zurück in die Gruppe von Frauen und Kindern, in der Hoffnung, dass die Soldaten die Durchsuchungen nur auf die Krieger beschränken würden, denn fest an ihren Oberschenkel geschnürt trug sie immer noch ihr Jagdmesser.

So stand sie in der Mitte der Gruppe und sah den Menschen um sich herum in die Augen. Sie las Angst, Kummer und Hilflosigkeit.

Einige wirkten geradezu apathisch. Wie teilnahmslos standen sie da. So, als hätten sie mit ihrem Dasein bereits abgeschlossen.

Sie hörte die Stimmen der Menschen. Ein wildes Durcheinander von Stimmen, die alle zu sich selbst gesprochene Worte wiedergaben.

Erschrocken sah sie sich um. Keine Frau, kein Kind und keiner der in ihrer Nähe befindlichen Krieger bewegte die Lippen.

Tränen stiegen ihr in die Augen. Nein! Das durfte nicht sein!

Im nächsten Moment schoss wie aus dem Nichts ein schrecklicher Schmerz in Annas Kopf!

Dieses schreckliche, alles übertönende, schrille Pfeifen erklang abermals in ihren Ohren, diesmal noch lauter und unerträglicher, als es bei der Ermordung Sitting Bulls der Fall gewesen war.

Anna gab einen leisen Schmerzensschrei von sich und hielt sich mit beiden Händen die Ohren zu. Zwei Frauen, die neben ihr gestanden hatten, darunter die jüngere Schwester Dark Clouds, versuchten sich ihrer anzunehmen, aber das schrille Geräusch in ihrem Kopf wollte nicht nachlassen. Anna drohte ohnmächtig zu werden vor Schmerz.

Ihr wurde übel.

Dann ließ das Pfeifgeräusch plötzlich nach und hinterließ Taubheit auf ihren Ohren. Sie konnte nichts mehr hören, fühlte aber keinen Schmerz. Sie richtete ihren Blick auf das Geschehen aber … die Menschen um sie herum bewegten sich nicht mehr!

Die Szenerie wirkte wie eingefroren. So, als wäre nur sie als Einzige in der Lage sich zu bewegen.

Aus der Ferne nahm sie den Ruf einer Krähe wahr und blickte zum Himmel. Über ihren Köpfen zog ein großer, weißer Vogel seine

Kreise.

Als sie hinüber zu den Soldaten sah, die gerade dabei waren, ihre Leibesvisitationen an den jüngeren Kriegern fortzusetzen, begann sich die Welt aus ihrer Erstarrtheit zu lösen. Mit extrem langsamen Bewegungen vollzogen die Uniformierten die Durchsuchung der Gefangenen. Einer der Soldaten rief seinem Kameraden etwas zu, das Anna nicht verstehen konnte. Seine Stimme war tief. Viel zu tief für einen jungen Kerl wie ihn und hörte sich an wie ein langgezogener, undefinierbarer Laut eines Tieres.

Die Bewegungen der Menschen normalisierten sich langsam wieder und Anna nahm aus den Augenwinkeln wahr, wie zwei Soldaten sich mit einem der Krieger in die Haare kriegten.

Die Geräusche wurden wieder deutlicher. Die Geschwindigkeit der Bewegungen war nun wieder annähernd normal.

»Ich habe viel Geld dafür bezahlt!«, rief der Indianer verärgert und befand sich mitten in einem Handgemenge mit den beiden Soldaten, die mit aller Gewalt versuchten, ihm seine Winchester zu entreißen.

Da löste sich unvorhergesehen ein Schuss aus dem Gewehr.

»N E I N!«, schrie Anna. Tränen liefen über ihr Gesicht.

Es folgte ein Kugelhagel aus den Gewehren und Pistolen der Soldaten, der nichts und niemanden verschonte, der sich im näheren Umkreis des Lagermittelpunktes befand.

Das donnernde Geräusch der beiden in Stellung gebrachten Schnellfeuerkanonen übertönte die Schreie der Sterbenden.

Drei, vier Kugeln trafen Anna in die Brust. Noch im Fallen durchschlug eine weitere ihre Halsschlagader.

Noch lange nachdem Anna bereits tot neben den Körpern vieler Frauen und Kinder am Boden lag, ertönten die Salven aus den Kanonen und Gewehren der Soldaten. Es gab nur vereinzelt einige Krieger, die mit den wenigen nicht abgegebenen Gewehren das Feuer der Soldaten erwiderten.

Viele Menschen versuchten zu fliehen. Den meisten wurde in den Rücken geschossen. Eine Mutter mit ihrem Baby fiel zu Boden.

Die Kugel, die sie getötet hatte, hatte beide Leiber durchschlagen.

Einige erreichten panikartig eine Schlucht. Frauen, kleine Mädchen und Jungen wurden durch die Soldaten von beiden Seiten der Schlucht unter Beschuss genommen.

Ein paar Jungen versteckten sich weinend in ihren Zelten. Soldaten lockten sie mit Beschwichtigungen heraus und massakrierten sie unmittelbar, nachdem sie ihrer habhaft geworden waren.

Eine Frau starb mit ihrem Kind in den Armen, kurz bevor sie die gehisste Friedensfahne erreicht hatte.

Es war ein schöner, sonniger Wintertag, an dem die Geschehnisse ihren Lauf nahmen.

Nachdem die Soldaten das Töten beendet hatten und die Erde mit Blut getränkt war, zog ein schwerer Schneesturm auf. So, als wäre seine Gabe ein Totentuch, bedeckte er die Opfer mit einem weißen Schleier. Es kam eisiger Wind auf, der den Schnee über die gesamte Senke wehte und die Toten und den Boden unter ihnen gefror.

Erst drei Tage später kamen Teile der Armeeeinheiten zurück.

Zivilisten, die als Totengräber angeheuert worden waren, erhielten zwei Dollar für jede Leiche, die sie einsammelten und in ein schnell ausgehobenes Massengrab entsorgten. Das Lager der Minneconjou wurde geplündert und nach indianischen Artefakten durchsucht, die sich in den Städten der Weißen großer Beliebtheit erfreuten und so zu gutem Geld gemacht werden konnten.

Unter den Toten war, neben einigen Soldaten, die überwiegend durch das eigene Feuer ihrer Kameraden getötet worden waren, auch die gefrorene Leiche des Häuptlings.

Spotted Elk, oder »Big Foot«, hatte es nicht geschafft, sein Volk vor seinen Peinigern in Sicherheit zu bringen.

****

Wounded Knee Creek, Pine Ridge Reservation, Mai 1891

Es war bereits April gewesen, bis Will es schließlich nicht mehr ausgehalten hatte und sich auf den Weg nach Norden in die Standing Rock Reservation gemacht hatte, um nach Anna zu suchen.

Nach der Schlacht am Wounded Knee Creek, die wie ein Lauffeuer durch die Presse gegangen war, galt das Indianerproblem im Großen und Ganzen als gelöst.

Will schämte sich für die Artikel einiger seiner Kollegen, die unverhohlen die Auslöschung aller indianischen Kulturen anmahnten. So, wie zum Beispiel dieser Schriftsteller aus South Dakota, Lyman Frank Baum, der im Aberdeen Saturday Pioneer vom 3. Januar lediglich die getöteten Soldaten beklagte und die totale Auslöschung der Indianer forderte.

›Nachdem wir ihnen jahrhundertelang Unrecht getan haben, sollten wir diesem noch ein weiteres Unrecht folgen lassen und diese ungezähmten und unzähmbaren Kreaturen vom Angesicht der Erde wischen. Andernfalls können wir erwarten, dass die kommenden Jahre genauso voller Schwierigkeiten mit den Rothäuten sein werden wie die vergangenen.‹

Will war beim Lesen dieses Artikels beinahe der Kragen geplatzt.

Vor allem, weil es diese Schmierereien mancherorts doch tatsächlich schafften, in der Öffentlichkeit mit Nachdruck diskutiert zu werden.

In der ganzen Zeit hatte er nicht ein einziges Lebenszeichen von Anna erhalten.

Er hatte sich mit sehr gemischten Gefühlen auf die Reise begeben, denn in seinem Herzen trug er eine schlimme Vorahnung mit sich.

Nachdem Emely wieder ganz gesund geworden war, hatte er festgestellt, dass Anna ihre Abmachung keineswegs gebrochen hatte, was die Sprachkenntnisse ihrer Tochter betraf.

Emely verstand und sprach kein einziges Wort Sioux!

In Standing Rock hatte er zuerst mit dem Agenten und dann mit einigen der Bewohner gesprochen, die ihm aber über Annas Verbleib keinerlei Auskunft geben konnten. Es war schwierig, sich an das Thema »Weiße Krähe« heranzutasten, denn er konnte nicht riskieren, seine Frau ungewollt zu denunzieren.

Dann war der Tag gewesen, an dem er von einer Frau in seinem Quartier besucht worden war. Sie hatte mehr über das Schicksal der

Weißen Krähe gewusst, als ihm lieb gewesen war.

Die Indianerin hatte Anna gekannt und war an dem Tag, als die Polizisten den letzten großen Häuptling getötet hatten, dabei gewesen.

Sie war eine Hunkpapa. Eine der Frauen, die zur Gruppe um Sitting Bull am Grand River gehört hatte.

»Die Weiße Krähe hat ihren Mut wiedergefunden, als die Männer unseren Häuptling ermordet haben. Sie hat gekämpft und einige unserer Leute in die Badlands geführt, um sie in Sicherheit zu bringen.«

Will hatte seine Emotionen zurückhalten müssen. Es war ihm schwergefallen, die Worte der Frau zu verkraften, als diese weitergesprochen hatte.

»Ich selbst war nicht dabei. Aber ich habe gehört, dass sie sich mit Spotted Elk zusammengetan hat und am Wounded Knee, zusammen mit so vielen anderen, ihr Leben gelassen hat. Sie ist eine starke Frau gewesen. Der große Geist war in ihr.«

Will war in einen tiefen Abgrund seiner Gefühle gestürzt. Verzweifelt hatte er versucht, den Aussagen der alten Frau in irgendeiner Weise zu widersprechen. Er hatte nach Anhaltspunkten gesucht, die gegen die These der Indianerin gesprochen hätten.

Krampfhaft hatte er sich an die Hoffnung geklammert, die Berichte müssten nicht den Tatsachen entsprechen. Die Aussagen hatten schließlich nur aus Hörensagen bestanden. Solange er keine Gewissheit über Annas Tod hatte, würde er die Hoffnung auf keinen Fall aufgeben!

»Es hat Überlebende gegeben«, hatte die Frau gesagt. »Mit denen musst du sprechen.«

Will hatte sich unverzüglich auf den Weg nach Pine Ridge gemacht, um mit den Menschen zu reden, die bei der Schlacht am Wounded Knee Creek dabei gewesen waren.

Schon bei den ersten Worten einer jungen Frau, die an besagtem Tag Mann und Kinder verloren hatte, bevor sie schwerverletzt in die Missionskirche der Agentur gebracht worden war, war ihm das Entsetzen ins Gesicht geschrieben gewesen. Die Frau hatte ein Massaker an den Indianern beschrieben! Anscheinend war es, entgegen der Darstellung der Armee, zu gar keiner Schlacht gekommen.

Es war kein Kampf gewesen, sondern ein wahlloses Abschlachten von Männern, Frauen und Kindern. Egal mit wem er über die Vorfälle gesprochen hatte, alle Augenzeugen berichteten von den Schnellfeuerkanonen, mit denen die Soldaten willkürlich in die Menge gefeuert und alles niedergemäht hatten, was sich bewegte. Die Schilderungen der Geschehnisse waren herzzerreißend gewesen.

Als er dann mit einem der Krieger gesprochen hatte, der das Massaker ebenfalls schwer verletzt überlebt und die Weiße Krähe gekannt hatte, war eine Welt für ihn zusammengebrochen.

Anna war am Wounded Knee dabei gewesen!

Mit Tränen in den Augen hatte er versucht, den Worten des Mannes zu folgen, während sich in seinem Herzen eine Leere ausbreitete, die seine Welt ins Wanken brachte. Erinnerungen hatten sich mit den Berichten des Mannes vermischt. Ein Schwindelgefühl hatte ihn erfasst und ihn auf die Knie gezwungen.

Anna hatte an den Beratungen der Krieger mit Häuptling Spotted Elk teilgenommen und war an dem Tag des Massakers unter den Menschen gewesen, die von der Armee der Vereinigten Staaten unter Beschuss genommen worden waren. Sie war mitten drin gewesen!

»Ich habe die Weiße Krähe fallen sehen, nachdem sie von mehreren Kugeln der Soldaten getroffen worden ist. Ich bin gelaufen. Nur gelaufen …«

Es war eine Pause entstanden, denn der Krieger hatte selbst Mühe gehabt, die Fassung zu wahren.

»Mein Gewehr hatte ich abgegeben. So wie es die Soldaten befohlen hatten«, war er fortgefahren. »Ich war schwach. Von Kälte und Hunger besiegt. Sie haben mir in den Rücken geschossen, aber es ist mir gelungen, die Schlucht zu erreichen und mich zu verstecken. Ich habe die Kanonen gehört. Die Schüsse, die wie der Donner des Todes über uns hereinbrachen. Frauen, kleine Mädchen und Jungen kamen schreiend heraufgelaufen. Ich habe die Soldaten gesehen und wie sie von beiden Seiten der Schlucht auf die Menschen geschossen haben, bis sie alle getötet hatten. Von überall war der Gesang der Sterbenden zu hören gewesen. Es waren ihre Todeslieder. Lieder, die das härteste Herz zum Weinen bringen würden … jeder … jeder singt das Todeslied, das er sich erwählt hat …«

Will hatte jeden befragt, der behauptet hatte, am Wounded Knee dabei gewesen zu sein. Bei den meisten der Befragten konnte kein Zweifel bestehen, denn die teilweise verheerenden Schussverletzungen, die sie davongetragen hatten, sprachen eine deutliche Sprache. Einige weigerten sich strikt, mit einem Weißen zu sprechen, andere waren wie apathisch. Alle hatten sie Familienangehörige verloren.

Die wenigsten hatten die weiße Frau gekannt, die plötzlich mit ein paar Hunkpapas des in Standing Rock getöteten Sitting Bull zu ihnen gestoßen war. Sie hatten nicht verstanden, warum Spotted Elk ihre Anwesenheit geduldet und die Frau indianische Kleidung getragen hatte. Dass sie ein Gewehr hatte, war genauso wenig zu erklären gewesen, wie die Tatsache, dass ihr der Häuptling, genauso wie einige andere der angesehenen Krieger, Gehör geschenkt hatte.

Es war das Gerücht umgegangen, dass es sich bei der Frau, die mit einem indianischen Namen gerufen wurde, um eine heilige Frau der Santee gehandelt hatte. Dem Namen … heftete eine Legende an.

Die meisten, mit denen Will gesprochen hatte, hatten schrecklicherweise den Tod der Frau und der Hunkpapas bestätigt.

»Sie haben direkt in der Mitte des Lagerplatzes gestanden, als die Soldaten das Feuer eröffnet haben.«

»Die Weiße Krähe war eine der Ersten, die bei Wounded Knee von den Kugeln der Weißen getroffen worden ist.«

Will hatte sich vor wenigen Tagen auf den Weg gemacht und stand nun mit einem der Krieger, der seit Anbeginn an Annas Seite gekämpft hatte, an dem Ort, von dem die Armee der Vereinigten Staaten immer noch behauptete, hier die letzte große Schlacht gegen die Indianer geführt zu haben.

Der Ort wirkte so friedlich. So ruhig.

Irgendwo hier hatte Anna ihren letzten Atemzug getan.

Will ließ sich auf seine Knie nieder und verharrte für einen Moment. Dann griff er mit seiner rechten Hand nach unten und berührte die Erde. Zärtlich strich er mit seiner Hand darüber und nahm eine

Handvoll des sandigen Untergrunds auf. Er hob den Arm, während feine, trockene Erde aus seiner Faust zu Boden rieselte.

›Blutgetränkte Erde‹, dachte er bei sich.

Der Indianer, der die ganze Zeit über reglos neben ihm gestanden und die Zügel seines Pferdes gehalten hatte, begann mit einem leisen Gesang.

Creeping Wolf ließ die Zügel seines Ponys los und begann zu tanzen.

Er tanzte und begleitete seine Schritte mit einem jetzt deutlich vernehmbaren Gesang.

Der Krieger war einer der Letzten des Stammes der Santee, die der Gruppe unter Little Crow angehört hatten. Mittlerweile musste er die Fünfzig deutlich überschritten haben.

›Anna hat ihn stets einen guten Freund genannt.‹

Will verstand nun, was das bedeutete, denn Creeping Wolf hatte ihn erwartet. Er hatte gewusst, dass Will kommen und nach Anna suchen würde. Dankbar hatte Will das Angebot des Indianers angenommen, der ihn auf seinem schwersten Weg begleiten wollte.

Will sah sich um.

Nirgends war etwas Ungewöhnliches zu erkennen, das auf eine Schlacht, ein Massaker oder das Massengrab hindeutete, in dem Anna, zusammen mit wahrscheinlich über einhundertfünfzig anderen Menschen, ihre letzte Ruhestätte gefunden hatte.

»Dieser Ort ist vom großen Geist beseelt«, sagte Creeping Wolf, nachdem er abrupt mit dem Tanzen und Singen aufgehört hatte.

Er stellte sich direkt hinter Will, der immer noch kniend auf seinen Unterschenkeln saß und legte ihm freundschaftlich die Hand auf die Schulter.

»Die Weiße Krähe ist heimgekehrt. Es gibt keinen Grund zur Trauer.«

Will nickte stumm, sah sich mit Tränen in den Augen um und sog deutlich hörbar die warme Luft in seine Lungen.

»Ich werde noch eine Weile hierbleiben.«

Er sah zu dem Indianer auf, der mit einem kurzen, fast unmerklichen Nicken seines Kopfes reagierte.

Creeping Wolf drückte noch einmal Wills Schulter, ging hinüber zu seinem Pony und schwang sich auf den Rücken des Tieres.

»Wir werden uns nicht wiedersehen, Will Eaton.«

Will drehte sich zu dem Indianer um, der hoch über ihm auf seinem Pferd saß und auf ihn herabblickte. Die Sonne blendete ihn, so dass er nur die Silhouette des Kriegers erkennen konnte.

»Ich weiß«, rief er dem Mann zu, der im nächsten Moment, ohne ein weiteres Wort zu verlieren, sein Pferd wendete und langsam davontrabte.

Lange sah Will ihm hinterher, bis der Krieger schließlich hinter den Hügeln verschwunden war.

Er war nun völlig alleine. Er lauschte den Geräuschen der Natur. Dem Wind, der das hohe Gras bewegte, dem Ruf des Adlers, der hoch oben seine Kreise zog und dem Zirpen und Summen der Insekten um ihn herum.

Lange saß er so da, bis sich weitere Geräusche in sein Bewusstsein drängten.

In dem nicht weit entfernten Lager der Soldaten hatte jemand mit Schmiedearbeiten begonnen. Immer wieder ertönte das hohe Schlagen eines Hammers, der auf den Amboss niedersauste.

»Ich werde dich immer lieben, Anna Wirsik.«

Er blickte zum Himmel, der durch die untergehende Sonne in seinen schönsten Farben zu leuchten begonnen hatte.

»Egal wohin ich gehe oder wie alt ich werde … wir werden auf ewig miteinander verbunden sein.«

Erst nach Sonnenuntergang verließ Will die Stelle, an der Anna begraben worden war.

Er wusste, dass er niemals an diesen Ort zurückkehren würde.

****

Bucht von San Francisco, Oktober 1891

Als Will nach Hause zurückgekehrt war, hatte ihn bei seiner Ankunft auf der Farm ein regelrechtes Empfangskomitee erwartet.

Karl, Helene, die Jungs und … Emely … waren direkt beieinandergestanden und hatten gewartet, bis er den Wagen durch die Toreinfahrt gesteuert und ihn kurz vor ihnen zum Stehen gebracht hatte.

Karl hatte ihm in die Augen gesehen und noch bevor er abgestiegen war, hatte er seinem Freund mit einer Geste zu verstehen gegeben, dass Anna nicht mehr wiederkommen würde. Es war nur ein kurzes Kopfschütteln gewesen und Karl hatte Bescheid gewusst.

Er war dann direkt auf Emely zugegangen und hatte die Arme um seine Tochter gelegt.

Noch bevor er etwas sagen konnte, hatte sie das Wort ergriffen: »Ich weiß es bereits, Daddy. Ich hab es schon lange gewusst.«

Will war wie vor den Kopf gestoßen gewesen, hatte die Umarmung gelöst und Emely direkt in die Augen gesehen.

»Mama ist nicht mehr am Leben«, hatte Emely mit gebrochener Stimme gesagt.

»Emely, es tut mir leid ...«

Er hatte seine dreizehnjährige Tochter wieder in die Arme genommen und sie fest an sich gedrückt.

Als er sie unter Tränen gefragt hatte, woher sie von Annas Tod gewusst hatte, hatte sie geantwortet, sie hätte es geträumt.

»Aber es war kein richtiger Traum gewesen. Sie hat gesagt, dass ich stark sein muss. Sie hat gesagt, dass ich etwas Besonderes bin und dass ich keine Furcht haben soll, wenn ich der Gabe begegne. Papa, was hat sie damit gemeint?«

»Es war nur ein Traum, Liebes. Nur ein Traum«, hatte er beschwichtigt und ihre Stirn geküsst.

Er hatte gewusst, dass dies wahrscheinlich nicht der Wahrheit entsprach. Panik hatte ihn ergriffen, denn plötzlich hatte er eine unheimliche Angst um seine Tochter verspürt.

Er musste sie fortbringen von hier. In Sicherheit!

Die Verbindung zum Volk der Sioux musste unterbrochen werden.

Ob Vorahnung, Traum oder übersinnliches Phänomen, es konnte nichts darüber hinwegtäuschen, dass Emely vorbereitet gewesen war auf die schlimmen Nachrichten, die er zu überbringen gehabt hatte.

Neben der Sorge um seine Tochter hatte Will auch Erleichterung verspürt. Er war fast dankbar dafür gewesen, dass Emely bereits Bescheid gewusst hatte und sich insgeheim dafür geschämt.

Die nächsten Wochen waren in einer schleppenden Lethargie an ihnen vorübergezogen. Will hatte sich mit aller Gewalt zur Arbeit auf der Farm zwingen müssen und nur da Hand angelegt, wo seine Hilfe unbedingt notwendig gewesen war.

Die meiste Zeit hatte er auf der Veranda, mit seiner Pfeife im Mund, verbracht und hatte nachgedacht.

Irgendwann, er konnte den Zeitpunkt im Nachhinein nicht mehr genau bestimmen, hatte er dann eine Entscheidung getroffen gehabt.

Er hatte sich an seinen Sekretär zurückgezogen und geschrieben. Mit schlechtem Licht hatte er Nächte damit verbracht, ihre Geschichte aufzuschreiben. Alles sollte festgehalten werden, bevor die Zeit seine Erinnerungen an die Geschehnisse und das, was Anna ihm erzählt hatte, verschwimmen lassen würde. Er wollte es für sich tun! Um nicht die kleinste Kleinigkeit von dem zu vergessen, was sein Leben bestimmt hatte. Und für Anna, die er mehr vermisste, als er sagen konnte.

Außer der Niederschrift seiner Erinnerungen hatte er noch ein weiteres, entscheidendes Projekt in Angriff genommen.

Er hatte damit begonnen, Briefe an verschiedene Verlagshäuser auf der ganzen Welt zu verfassen. Mit der Hilfe seiner Kontakte im Osten des Landes formulierte er Bewerbungsschreiben, die ihn für die redaktionelle Arbeit einer großen Tageszeitung anpriesen.

Nach langer Überlegung war er zu dem Schluss gekommen, dass sie die Vereinigten Staaten von Amerika verlassen mussten. Er musste Anna in seinem Herzen mitnehmen, zusammen mit all seinen Erinnerungen, die er nun auch zu Papier bringen wollte.

Für seine Tochter konnte diese Entscheidung wichtiger sein, als ihr bewusst war. Irgendetwas war mit ihr geschehen, das ihn zu sehr an die von Anna geschilderten Ereignisse in ihrer Jugend und später dann in ihrem Erwachsenenleben erinnerte. Anna hatte die Stimmen der Sterbenden hören können.

›Mein Gott!‹

Will brachte es mit der spirituellen Welt der Indianer in Zusammenhang. Es war offensichtlich, dass er versuchen musste, Emely so weit wie möglich von diesem Einflusskreis zu entfernen.

Sie würden diese Welt und den »großen Geist« zurücklassen.

Außerdem mussten sie diesem Land, dass sich rühmte, das freiheitlichste und fortschrittlichste der Welt zu sein und gleichzeitig einen Völkermord in nie dagewesenem Ausmaß betrieb, den Rücken kehren.

Ihm war durchaus bewusst, dass er woanders vielleicht auf ähnliche Strukturen und machtbesessene, geldgierige Regierungsbeamte stoßen würde. Der Mensch war nun mal alles andere als fortschrittlich und moralisch geprägt.

Trotzdem hatte sein Entschluss festgestanden.

Er wollte …, nein, er musste für sich und Emely einen Neuanfang schaffen. Mit seinen nunmehr neunundvierzig Jahren war er gezwungen, von vorne zu beginnen und, so wie er es schon einmal gemacht hatte, alles hinter sich zu lassen. Nur war er damals ein junger Kerl gewesen, als er Boston und das elterliche Haus verlassen hatte. Die Zukunft hatte noch vor ihm gelegen.

Vielleicht war es ein gerechter Ausgleich, wenn er dieses Mal zumindest nicht mittellos, mit leeren Händen gehen würde.

Nachdem er Karl und Helene ohne große Umschweife und ohne die Möglichkeit eines Widerspruchs über seine Pläne in Kenntnis gesetzt hatte, war es an der Zeit gewesen, auch mit Emely zu sprechen.

Es war ihm gleichzeitig heiß und kalt gewesen, als er seiner Tochter gegenübergesessen und zunächst nicht gewusst hatte, wie er das Gespräch beginnen sollte.

»Raus mit der Sprache«, hatte sie ihn herausgefordert. »Was ist los?«

Nachdem er sie in sein Vorhaben eingeweiht hatte, hatte Emely ausschließlich mit einem »… hmm …« reagiert und dabei ein nachdenkliches Gesicht gemacht.

»In Ordnung«, hatte sie dann nach einem Moment geantwortet. »Wo du hingehst, da geh auch ich hin. Hauptsache, wir sind zusammen.«

Seine Tochter war so stark!

Es hatte ihn stolz gemacht, als sie ihm erklärt hatte, sie würde alle seine Entscheidungen mittragen und ihn in jeder Hinsicht unterstützen.

»Ich bin kein Kind mehr, Dad!«

Sie hatte Recht. Sie war kein Kind mehr.

Mit ihren dreizehn Jahren wurde sie der jungen Anna, die er vor so vielen Jahren das erste Mal gesehen hatte, immer ähnlicher. Emely hatte die strahlenden Augen ihrer Mutter geerbt, genauso wie das seidige, tiefschwarze Haar.

Bald würde sie eine selbstbewusste, junge Frau sein.

Karl hatte zwar zunächst verständnisvoll auf Wills Entscheidung reagiert, die Enttäuschung und die Verunsicherung waren ihm an den darauffolgenden Tagen aber deutlich anzumerken gewesen.

Natürlich hatte Will gewusst, was seinen Freund bewegt hatte, schließlich war immer noch er der alleinige Eigentümer der Farm.

Sein Fortgehen hätte alles bedeuten können, bis zum Verkauf des Betriebs an einen Außenstehenden.

Auch wenn sie die Erträge von Anfang an nach arbeitenden Köpfen aufgeteilt hatten, so lag der gesamte Besitz an Farm, Feldern und Wäldern allein in seinen Händen.

Will hatte seinem Freund und Nachbarn einen Vorschlag unterbreitet.

Sie hatten die Farm an einem Nachmittag verlassen, um in Ruhe miteinander reden zu können. An einem der wilden Bachläufe hatten sie sich niedergelassen und Will hatte erklärt, dass er beschlossen hatte, den gesamten Besitz an Karl und seine Familie zu überschreiben.

»Einfach so?«, hatte Karl ungläubig den Kopf geschüttelt.

»Ja, Karl. Einfach so.«

Karl hatte, wohl aus Verlegenheit, einen Stein vom Boden aufgehoben und ihn in das tiefe Wasser der Strömung versenkt.

»Karl, es ist genauso euer Zuhause, wie es das unsere gewesen ist. Du weißt, dass es ohne Anna keinen Wert mehr für mich besitzt.«

»Wir reden hier über eine Menge Geld, mein Freund«, hatte Karl erwidert.

»Geld! Du weißt, glaub ich, sehr gut, wie sehr mich Geld interessiert. Wieso glaubst du, hab ich einen so tüchtigen Geschäftsmann wie dich gebraucht, um das alles hier zusammen mit euch aufbauen zu können?«

Sie hatten gelacht.

»Will, dein Angebot ehrt mich, wirklich! Dein Vorschlag ist einfach unglaublich.« Es war eine kurze Pause entstanden, bevor Karl seinen Gedanken freien Lauf gelassen hatte. »Aber du wirst dir etwas anderes überlegen müssen, denn ich kann ihn unmöglich annehmen.«

Will hatte verdutzt reagiert und Karl war fortgefahren: »Mann! Du kannst mir doch nicht einfach alles schenken!«

»Von *schenken* kann überhaupt nicht die Rede sein, Karl. Ohne euch würde das alles hier gar nicht existieren! Das alte Haus, das bisschen Land, das ich, selbst für damalige Verhältnisse, für einen Spottpreis bekommen habe. Worin denkst du, lag mein Verdienst, außer, dass ich das Anfangskapital dafür aufgebracht hab? Ihr habt mit eurer Hände Arbeit viel mehr erreicht. Ihr habt euren Anteil daran!«

»Ja, mag sein. Einen Anteil vielleicht. Aber wir besitzen nicht das Land.«

»Und genau das werden wir ändern.«

»Will, sei mir bitte nicht bös. Und ehrlich, ich freue mich aufrichtig, mich deinen Freund nennen zu dürfen ...«

»Dann hör zu«, hatte Will seinen Freund unterbrochen. »Wie wäre es, wenn wir einen Vertrag schließen würden, du und ich. Ich überschreib dir die Farm und alles, was dazu gehört, nur zur Hälfte. Dafür legst du einen Anteil von ... sagen wir 20 Prozent der erwirtschafteten Erträge für mich zur Seite. Aber nur in den wirklich rentablen Jahren. Die Einschätzung darüber unterliegt alleine dir.«

Karl hatte nachdenklich gewirkt. Er wägte das Angebot ab.

»Das klingt gar nicht so unvernünftig für mich«, hatte er dann gestrahlt. »Vor allem, weil der Name »Eaton« als Mitbesitzer der Farm und der Ländereien fortgeführt würde. Lass mich das alles mit Helene besprechen, mein Freund. In Ordnung?«

Die Vereinbarung war getroffen worden.

Auch wenn Will hoffte, niemals auf die Geldreserven der Farm zugreifen zu müssen, so vermittelte ihm der anteilige Besitz in Boulder doch so etwas wie Heimat. Einen Ort, an den sie zurückkehren könnten.

Jetzt befand er sich an Bord eines Schiffes, das in der Bucht von San Francisco unter Segel genommen wurde. Der Wind blähte die großen Tücher auf, die Masten knarrten.

Noch vor einigen Stunden hatten sie den Boden Amerikas unter ihren Füßen gespürt und Will hatte ein Anflug von Melancholie erfasst. Er hatte sein gesamtes bisheriges Leben auf diesem Kontinent verbracht.

Dort hatte er gelebt und geliebt.

Die »Sunflower« hatte den Hafen verlassen und Kurs aufs offene Meer genommen.

Es war ein Wink des Schicksals gewesen, als ihn die Nachricht einer der größten Tageszeitungen von Sydney im fernen Australien erreicht hatte. Dort würde er zunächst als rechte Hand des in die Jahre gekommenen Chefredakteurs eine neu geschaffene Stelle besetzen, mit der Aussicht, den Posten zu übernehmen, sobald der alte Herr und Besitzer der Zeitung in den Ruhestand gehen würde.

Sydney!

Will hatte absolut keine Ahnung, was ihn und seine Tochter in der Stadt, in diesem fremden, unbekannten Land erwarten würde und es war ihm zugegeben etwas mulmig zumute.

Er blickte auf die immer kleiner werdenden Gebäude an der Küste seines Heimatlandes. Er dachte an Anna.

›Vergib mir, mein Schatz, dass ich dieses Land verlasse. Du wirst immer bei mir sein!‹

Gerade als er spürte, wie ihm die Tränen in die Augen stiegen, trat Emely von hinten an ihn heran und legte ihre Arme um seine Hüften.

Er hatte nicht bemerkt, dass sie das Deck betreten hatte.

»Sie wird immer bei uns sein«, hauchte sie ihm ins Ohr, so als hätte sie seine Gedanken gelesen.

Er drehte sich zu ihr um, sah seiner Tochter in die Augen und sie fingen an zu lachen. Will lachte und weinte gleichzeitig, blickte auf die endlose Weite des vor ihnen liegenden Ozeans und drückte seine

Tochter an sich.

Schulter an Schulter standen sie da und segelten dem Sonnenuntergang entgegen.

›Anna – ich liebe dich!‹

Ende

Anmerkungen des Autors

Am Anfang stand erstmal nur eine Idee für eine Geschichte, die ich irgendwann einmal aufschreiben wollte. Das ist mittlerweile über 15 Jahre her. Damals waren meine Kinder noch sehr klein und ich zeitlich einfach nicht in der Lage, mich mit dem Schreiben und dem Entwickeln einer Erzählung im Detail zu beschäftigen.

Als ich 2013 damit begonnen habe, meine Gedanken in Worte zu fassen, hätte ich nicht im Entferntesten gedacht, dass mich die Charaktere, die Entwicklung der Handlung und die Stunden, die ich mit Recherchieren zugebracht habe, einmal so in den Bann ziehen würden.

Ich weiß nicht, wie gut es mir gelungen ist, den Spannungsbogen zu jedem Zeitpunkt aufrecht zu erhalten noch kann ich mit Gewissheit sagen, ob es Leserinnen und Leser geben wird, denen meine Erzählung gefällt. Niemals wäre ich so vermessen, mich als Schriftsteller zu bezeichnen. »Geschichtenerzähler« … das würde mir gefallen.

Gelingt es mir, mit meiner Geschichte auch nur einen Menschen zu erreichen, zu bewegen oder ihm ein Lächeln oder vielleicht auch eine Träne ins Gesicht zu zaubern, so hat sich der Aufwand für mich gelohnt. Wenn mich also jemand als Geschichtenerzähler bezeichnen würde, so wäre es mir eine Ehre.

ZwischenWelten – Die Weiße Krähe ist mein erster Roman und ich gebe offen zu, dass ich am Anfang nicht mit Bestimmtheit hätte sagen können, wohin mich der Weg führen und ob ich in der Lage sein würde, das Projekt zu Ende zu bringen.

Es waren die Menschen, die mich als Versuchskaninchen, Probeleser und Berater in jeder Phase der Entwicklung und Niederschrift bestärkt und motiviert haben. Deshalb gebührt ihnen auch mein herzlichster Dank. Ohne eure Mithilfe hätte ich vielleicht nicht den Mut gehabt, den Faden immer wieder aufzunehmen und weiter zu machen.

Gut kann ich mich noch daran erinnern, welchen Respekt ich vor dem allerersten Satz gehabt habe. Wie um alles in der Welt fängt man mit einer Erzählung an?

Ebenso erinnere ich mich daran, wie die Stunden verflogen sind, als ich mich das erste Mal an die Tastatur gesetzt habe und meinen Gedanken freien Lauf ließ. Erstaunt habe ich damals festgestellt, dass plötzlich über zwanzig Seiten geschrieben waren und ich tatsächlich eine Linie gefunden hatte. Oder besser: ein Konzept für die Fortführung meiner Erzählung. Das Excel File, welches alle wichtigen Daten und Fakten der Geschichte enthält und den Projektplan für die Erzählung darstellt, kann ich niemandem zeigen, ohne mit Gelächter rechnen zu müssen. Es mag ein wenig hemdsärmelig erscheinen, trotzdem hat es mich am Ende zum Ziel geführt.

Mit *ZwischenWelten – Die Weiße Krähe* habe ich mir einen Lebenstraum erfüllt, wobei es für mich nicht von entscheidender Bedeutung war, ob es letztendlich für eine Veröffentlichung tauglich ist.

All meine Fantasie, meine Gedanken und die vielen Stunden, die ich mit der Über- und Einarbeitung der geschichtlichen Hintergründe verbracht habe, haben mich in eine andere, faszinierende Welt entführt. Als Arbeit hab ich es nie empfunden. Eher als Ausgleich zum beruflichen Alltagsstress, der in der Regel nicht viel Raum lässt, für zusätzliche Kreativität.

Ich war erfasst von der Spannung der Geschichte. Es passierten plötzlich Dinge, die ich vorher weder geplant noch vorausgesehen hatte. Ich habe mitgelebt und mitgefiebert, mitgeliebt, mitgekämpft und bereits beim Schreiben, wie auch bei den vielen Korrekturrunden, einige Tränen der Freude als auch der Trauer vergossen.

Ja, ich habe *mich* bewegen lassen.

Dies ist aber nicht weiter verwunderlich, denn natürlich – und das ist das Schöne, wenn man selbst eine Erzählung entwickelt – ist das Manuskript in der Form geschrieben, wie ich es eben selbst gerne lesen würde.

Dass es von dem ersten Wort bis zur Fertigstellung ganze sieben Jahre gedauert hat, ist der Tatsache geschuldet, dass ich das Projekt neben meinen familiären Verpflichtungen - an dieser Stelle schon mal ein riesengroßes Dankeschön für eure Geduld und Nachsicht - meinem oft sehr erfüllten (stressigen) Berufsleben und meiner weiteren Leidenschaft umsetzen musste: der Musik. Meine Band RoxBoxx, mit der ich doch den ein oder anderen Auftritt in München habe, für die ich Songs schreibe und viele Cover-Versionen von bekannten Stücken einübe, Texte lerne, Ausdruck und Intonation entwickle, nimmt ebenfalls einen nicht zu vernachlässigenden Teil meiner Zeit in Anspruch.

Das Entscheidende aber war, dass ich mir vorgenommen hatte, zwei Romane in einem zu schreiben. Vielleicht ein verrückter Gedanke. Ursprünglich war das Gesamtkonzept darauf ausgelegt, gleichzeitig Annas Geschichte als auch die ihrer Eltern zu erzählen. Wie kam es zur Auswanderung? Was sind die Hintergründe und warum kommen sie und ihr Vater alleine in Amerika an? Was ist mit Annas Mutter, mit ihren Geschwistern geschehen und gibt es eine Vorgeschichte, einen Zusammenhang, der ihre übernatürliche Gabe erklärt?

Ich hätte es keinem Leser zumuten können, sich durch ein Werk von circa 1200 Seiten zu schlagen. Die allermeisten hätten sich wohl erst gar nicht die Mühe gemacht, mit dem Lesen zu beginnen, in Anbetracht dessen, was an Seitenzahl vor einem liegt. So lag die Entscheidung nahe, die beiden Geschichten zu trennen. *ZwischenWelten – Seelentanz* wird meine zweite Veröffentlichung werden. Es ist die Geschichte der Eltern von Anna und beginnt in Böhmen, in der kleinen Stadt, aus der meine Urgroßmutter stammte, der ich dieses Buch gewidmet habe.

Egal ob erstes oder zweites Buch … ich möchte betonen, dass die Erzählungen und Hintergründe zum größten Teil frei erfunden sind. Auch wenn ich versucht habe, den historischen Rahmen so genau wie möglich zu beschreiben, die Chronologie zu berücksichtigen und die ein oder andere wahre Anekdote einfließen zu lassen, wie zum Beispiel den Hornisten Adolph Metzger, den es wirklich gegeben hat, so entsprechen andere Details mitnichten den Tatsachen.

Das Geschehen auf der kleinen Farm in Minnesota, das Wettschießen mit den Kriegern des Stammes der Santee, die anwesenden Personen und deren tragischer Tod, der zum Ausbruch des Indianeraufstandes geführt hat, hat so oder so ähnlich stattgefunden. Allerdings habe ich mir erlaubt dem Farmer und seiner Familie eine von mir erdachte Lebensgeschichte als Einwanderer anzudichten. Die vielen Kämpfe zwischen den Dakota und der Armee der Vereinigten Staaten, die Strafaktion der Behörden, die Flucht der Stämme über den Missouri sowie das erfolgreiche Aufbegehren des Häuptlings Red Clouds sind wiederum belegt.

Auf Authentizität möchte ich diesbezüglich aber nicht festgelegt werden und erhebe auch nicht den Anspruch, ein Geschichtsbuch geschrieben zu haben. Das Leben von Anna und Will ist lediglich mit diesem geschichtlichen Rahmen verwoben. Die beiden *könnten* dort gewesen sein.

Wer sich die Mühe macht, die historischen Wahrheiten zu recherchieren, wird trotzdem überrascht sein, wie genau die meisten der beschrieben Begebenheiten den tatsächlichen Ereignissen entsprechen.

Vielleicht hätte ich irgendwann den Antrieb verloren, hätte ich nicht ein so klares Bild der Protagonisten, der Handlung und des Endes der Erzählung vor Augen gehabt.

Trotzdem steht eines für mich fest: Ohne die Hilfe, die Gespräche und Diskussionen, die aufbauenden Worte und das ein oder andere Schulterklopfen, hätte ich es nicht geschafft, in diesem, für mich Monsterprojekt zu bestehen. Deshalb möchte ich meinen herzlichsten Dank aussprechen, an alle, die mich dabei unterstützt haben, den Weg weiter zu gehen. Für das viele, zum Teil wiederholte Probelesen, die Vorschläge bezüglich Stil und zur besseren Verständlichkeit und dem wiederholten Drängen: »Ich will endlich wissen, wie es weiter geht!«

Ich möchte hier nur die Namen der Personen erwähnen, die mich entscheidend unterstützt haben, egal wer wie viel Zeit für mich und meine *verrückte Idee* investieren konnte.

Mein besonderer Dank gilt Sonja Hackl (*Lektorin* der ersten Stunde), Christine Schwarz (wie viel Geduld und Verständnis kann ein Mensch eigentlich aufbringen?), Jorge Schramm (Probeleser, Zuspruch und Unterstützung, musikalische Grüße an dieser Stelle), Carola Lischnewski (die vielen, vielen Stunden der Korrekturen, das

Eintauchen in die Handlung, die Motivation und das, was ich eben damit meine, wenn ich sage: »sich bewegen lassen«), Silke Becker-Mamuzic (der unaufhörliche Zuspruch, die Arbeit als Lektorin und Agentin – ohne dich würde es dieses Buch heute nicht geben!), Franz Spurk (der mein Deutschlehrer in der Realschule war und einen nicht zu unterschätzenden Anteil daran hat, dass sich in mir die Lust am Schreiben entwickelt hat. Dankbar bin ich vor allem für den Mut, den er mir gemacht hat, dieses Buch zu Ende zu bringen.), Birgit Senft (Korrektur und Motivation), Rebecca Mamuzic, Nicolas Schwarz und Martin Neuhaus (Gestaltung) - und allen anderen, die mitgelesen haben, Verständlichkeit und roten Faden geprüft und mir immer wieder Denkanstöße und Anregung gegeben haben.

Und »latürnich«, wie der Asterix-Fan in mir sagen würde, jedem, der sich von meinen Geschichten mitreißen lässt und so zur Erfüllung meines Traumes beiträgt, in dem er sich von mir … bewegen lässt.

Zum Schluss noch eine Bitte: Wem der Roman gefallen hat, der möchte es unbedingt weitererzählen. Sollte sich ein Stein bewegen oder vielleicht sogar ins Rollen geraten, dann wäre dies der Erfolg von allen, die mit diesem Buch zu tun haben … als Schreiberling, Unterstützer, Herausgeber und … Leser.

Über Gedanken, Feedback, Kritik und Anregungen würde ich mich freuen unter: info@autorstefanschwarz.de

ZwischenWelten - Seelentanz

Stefan Schwarz

Prag, Böhmen, 1838

Ein schwerer Schicksalsschlag zwingt den jungen Gregor seine Heimatstadt zu verlassen. Von seinem Mädchen und der Familie getrennt taucht er in das pulsierende Leben der Stadt und wird zunehmend mit den politischen Umwälzungen einer Zeit konfrontiert, welche die gesellschaftliche Ordnung bis ins Mark zu erschüttern droht.
Gregor geht seinen Weg und findet sich wieder, zwischen der verzweifelten Suche nach seiner Marta, der Liebe der schönen Elisabeth und dem Kampf der Straße, der zu seiner Bestimmung wird.
ZwischenWelten - Seelentanz ... eine bewegende Lebensgeschichte. Das Streben nach Freiheit, Frieden und persönlichem Glück ist der Antrieb in einer Zeit, die von wachsender Armut und Knechtschaft geprägt ist.
Dunkle Mächte, Habgier und tödlicher Hass bringen Gregor an die Grenzen des Vorstellbaren.

ISBN 978 3 96206 042 8.
lincom pocket 30. 602 S.
Klappenbroschur. 2020.